FUZANG

伏藏

（下）

杨志军 著

青海人民出版社

目录 CONTENTS

第 一 章	毒咒将临	001
第 二 章	措曼吉姆	047
第 三 章	劫中之劫	083
第 四 章	明空赤露	127
第 五 章	一苇渡河	169
第 六 章	索朗班宗	215
第 七 章	防雪栅栏	259
第 八 章	灵塔丛林	293
第 九 章	晶体菊花	323
第 十 章	骷髅杀手	359
第十一章	司西平措	393
第十二章	玛吉阿米	433
第十三章	伏藏之心	469

尾 声 509

第一章　毒咒将临

1

古茹邱泽喇嘛来到布达拉宫坛城殿，从密集金刚坛城走向胜乐金刚坛城，再走向大威德金刚坛城，然后停下，看着尊师瓦杰贡嘎大活佛正在坛城前闭目打坐，就站到一边静静等候着。

瓦杰贡嘎大活佛睁开眼睛，慈祥地说："准备好了吧？你一定能战胜对手，虽然你的对手很强大。"

古茹邱泽说："我知道尊师最后还想告诉我战胜对手的法宝。"

瓦杰贡嘎大活佛说："不要判断，不要思考，内心的清晰、内心的涌荡就是你最应该表达的，你要随心所欲。我相信你，你和你的本尊已经形神不二地融合在一起，你的表达，就是本尊神的表达。"

"明白了，随心所欲。"古茹邱泽喇嘛说。

瓦杰贡嘎大活佛没再说什么，点了点头，让他离去。

古茹邱泽没有马上离开，留恋地看了看主宰三座坛城的本尊神和四周的壁画，去铜香炉里上了香，轻声念着经咒拜了拜。

十一年前，他就是在坛城殿，在尊师瓦杰贡嘎大活佛的指导下，考取了"拉然巴"，这是西藏格西学位的最高一等，说明他已经取得了显宗方面的最高成就，有了进入拉萨上密院或下密院修习无上密法的资格。此后，他在上密院苦修九年，三年一个台阶，先后晋升到"格阔""翁则""堪布"的职位。堪布是最重要的一个台阶，不用苦修精进，任期三年后就是"堪苏"。上密院的"堪苏"按资格和修法成就，可以升任"东岳法尊"，下密院的"堪苏"可升任"北岳法尊"。两名法尊都是甘丹赤巴的继承人。甘丹赤巴是甘丹寺的住持，而甘丹寺又是格鲁派的第一根本道场，它的住持就是格鲁派教法的最高成就者，是黄教的"教法第一"，在过去也是有资格代替达赖喇嘛执政西藏的第一人选，达赖喇嘛和班禅活佛见了都要起身迎接，赐座赐茶。但让所有僧侣诧异和遗憾的是，古茹邱泽喇嘛在获得上密院"堪布"职位，距离黄教教法之首的地位仅有几年时间、一步之遥的时候，突然辞别上密院，回到了布达拉宫，回到了他最初的上师布达拉宫峰座大活佛瓦杰贡嘎跟前。

瓦杰贡嘎大活佛生气地问他为什么要回来。

古茹邱泽说："圣教视师如佛，我想回到佛的身边，有什么不对吗？"

"既然我是你的佛，那你就得听我的。"

"尊师有什么吩咐，我服从就是了。"

"明年我的任期就到了，你必须参加布达拉宫峰座大活佛的竞任考试，我希望你接我的班。"

古茹邱泽用微笑做了回答。他心仪的就是布达拉宫，就是尊师瓦杰贡嘎的衣钵。他觉得布达拉宫峰座大活佛虽然不像甘丹赤巴那样处于尊崇之巅，却也有甘丹赤巴不及的地方，那就是他占据着布达拉宫这座信仰的高峰。从教外和世界的眼光看，只有布达拉宫才是藏传佛教的中心，它代表西藏，代表西藏宗教和文化的最高知名度，而他古茹邱泽喇嘛关注的，是圣教在教外的光大和对世界的影响，是大迷惘、大危机、大混乱时代，让地球众生坚定信仰、皈依爱善的可能，而不是格鲁派自己对自己的完善，更不是格鲁派僧人自己对自己的尊崇。

但是按照历史惯例和布达拉宫管理委员会的规定，布达拉宫峰座大活佛的位置并不是按资质的晋升和师徒之间的自然传承，而是四年一次的考试竞任。参加竞任考试的都应该是上、下密院取得"堪布"职位的高僧和各大寺院拥有转世资格的住持，必须在显宗和密宗的证悟方面具有众所周知的殊胜成就，有八年以上闭关苦修的经历，以考官的身份参加过三届以上全西藏的格西考试，并有两种以上的著述流传。每次竞任由拉萨三大寺和布达拉宫权力机构选定两名，胜者为王，败者回家，相当残酷。"回家"的意思是，你一旦失败，不仅要罢免你的"堪布"或者"住持"职位，取消你的转世资格，还要发落你到童年或青年时学经的寺院，终生不得有任何升迁。这样的制度一方面是为了增加危险程度，减少竞任者，一方面是为了给胜出者扫除最强劲、最容易产生仇恨的对手，所以只要参加竞任，就都是野心勃勃，都要破釜沉舟。

现在，对古茹邱泽喇嘛来说，实现抱负的时机终于来到了，明天，明天就是第一场考试，他相信自己的实力，相信尊师瓦杰贡嘎大活佛的指导无往而不胜。

古茹邱泽离开尊师，快步回到布达拉宫西侧自己的僧舍，一进门就看到昏暗的光影下，一个熟悉的人影坐在榻铺上白晃晃的笔记本电脑旁。

人影背衬着墙壁，墙壁上没有唐卡的佛像，没有壁画的神灵，也没有法器念珠之类的挂饰，只有一张从画报上撕下来的图片宝贝似的装在镜框里。图片的景色是高耸连绵的雪山和一马平川的草原。雪山白得耀眼，草原绿得发光，更有河流清澈见底，用一个 S 形的弯曲点缀其间。这边是羊群，那边是牛群。一个木头的转经筒桥梁一样架在河床上。一股清香扑鼻而来，似乎不是人影的体香，而是草原的花香，温暖如同躲在云后的太阳悄悄散射着。

就像第一次她来他住所那样，古茹邱泽有些说不清的激动："妃宝来了？怎么提前没说一声，是不是在担心明天的考试？"

妃宝站起来："不，对考试我一点也不担心，我是来告诉你……"她欲言又止。

他拉开窗帘望着她，发现她的眼睛是红肿的："怎么了？"

她说："你弟弟死了。"

他"啊"了一声，僵立着，突然感到天旋地转。僧舍摇晃着，整个布达拉宫摇晃着，他朝前倒去。妃宝扑过去抱住他，把他扶到榻铺上。他用双手撑着榻铺，满眼含泪，长叹一声：弟弟果然死了。

"怎么死的？"

妃宝摇摇头不想说。

他又说："那就是自杀。"

妃宝抽咽了一下说："我本来不想告诉你，但又想，万一你明天正在考试，有人突然说起呢？不如你早一点知道。"

古茹邱泽沉默着，突然说："你来得正好，来得正好。"

妃宝擦了一把眼泪："你觉得好就好。"

古茹邱泽用伤感的口气告别似的说："我们开始吧，这是最后一次了。"他起身拉上窗帘，从白羊毛毡的榻铺上拿开了白晃晃的笔记本电脑。

妃宝有些奇怪，这是突如其来的开始，没有任何预先的提示。但是她知道她现在什么也不能说，唯一要做的，就是迅速出离世俗界，在修炼的状态里进入佛母的幻空之境，成为明王的助力和佛体的法赞。她是明妃，是他的修习女伴，她的存在就是为了让他获得并巩固大乐与性空的证悟。她来到他面前，以"轮王坐"的姿态面对着他。

古茹邱泽喇嘛跏趺而坐，榻铺就是莲台，妃宝就是方便。他什么也不想，就想着光明和幻空，世俗远了，弟弟远了，女人远了，肉体远了，大空大乐、离形去识的法尔境界就要出现了，马上，马上，就要出现了。

但眼看就要出现的"乐空双运"却始终没有出现。古茹邱泽以为自己什么也没想，其实想了，他不可抑制地想到了弟弟，想到了从此和弟弟不会再有任何关联的妃宝，想到了妃宝的过去和未来以及迷人的风情。他惨叫一声，口吐鲜血，仰身而倒。

妃宝扑过去，摇晃着昏迷过去的他，喊着："明王，明王。"看他不应，又换了叫法，"古茹邱泽喇嘛，古茹邱泽喇嘛。"还是没有反应，她又喊，"邱泽哥哥，邱泽哥哥。"

他醒了，他一听到妃宝叫他"邱泽哥哥"就醒了。

妃宝说："有个叫香波王子的来到了拉萨，我是说发掘'七度母之门'的具缘者来到了拉萨。"

古茹邱泽完全醒了:"你见到了?"

"没有,只是听说。"

"现在在哪里?"

"已经去了大昭寺。"

古茹邱泽喇嘛坐了起来,深深地吸口气,下地走向门外,又回来,在僧舍里踱着步子:"来了,来了,终于来了。"然后坚定地说,"来,接着修炼,我们必须用契证法性佛智的空乐成就来迎接这个神奇的具缘者,否则,我们就将和'七度母之门'分道扬镳。"

2

好像法事刚刚结束,香波王子和梅萨一进入大昭寺广场,就见喇嘛们从大昭寺门内蜂拥而出,袈裟的红色泄洪似的覆盖了广场的灰白。他们两个淹没在喇嘛海里,不停地说着"劳驾,劳驾",分开人众朝前挤去。好不容易挤到著名的"唐蕃会盟碑"前,喘了口气,又朝着更靠近寺门的"劝人种痘碑"挤去。

"劝人种痘碑"是清乾隆五十九年为纪念接种牛痘治疗和预防天花而立。大概是为了让人知道天花会带来满脸麻子的后果,藏民用石头敲出了遍体的坑窝。那些坑窝便代替文字成了石碑刻字的内容。香波王子正想把自己的发现告诉梅萨,就听一声法号从大昭寺最高层的金顶传来。

喇嘛们猛地动荡起来,朝着寺门流泻而去。香波王子和梅萨被他们裹挟着,不由得奔跑起来。他们路过了被称作"一百零八块无字经石"的大昭寺门前磕头石板,路过了售票窗口,极力想停下,但一停下就会有喇嘛过来推搡。等到没有喇嘛推搡时,发现已经来到了大昭寺门内的辩经大院里。

寺门很快关上了。喇嘛们星散而去，消失得一个不剩，只留下香波王子和梅萨伫立在空落落的大院子里。一河金光潋滟的酥油灯，在大院东侧的廊檐下无声地流淌着。

香波王子望着天井说："我们就这样进来了，连门票都没买。其实不是我们自己进来的，是他们抓我们进来的。"

梅萨问："他们怎么知道我们会来这里？"

香波王子摇头，正在恍惚，就见一个五大三粗的国字脸喇嘛突然从一河酥油灯后面闪了出来。他和梅萨一眼就认出，此人就是在西藏社会科学院的院子里一把抱起孩子的那个喇嘛。

国字脸喇嘛信步走来，甩着袈裟袖子说："大师说得不错，你们去不了色拉寺，就会来大昭寺。"又指着大门说，"为了迎接你们，不到关门时间，我们就打发走了所有游客。"

香波王子说："不是我们去不了色拉寺，是不想去了。"

国字脸喇嘛说："就是不知道你们对大昭寺知道多少，居然敢来这里发掘'七度母之门'的伏藏。"

香波王子说："说这些有什么用，我们已经失去自由。"

国字脸喇嘛说："世界原本是个大罗网，因因果果、果果因因地纠缠在一起，根本就没有自由，谈不上失去。"

香波王子说："你们准备干什么，把我们交给警察？"

国字脸喇嘛说："秋吉桑波的信徒从来不做那种事情。"

梅萨问："秋吉桑波？他是谁？"

香波王子说："名扬教界的一代密法大师，西藏僧人都知道他。"

国字脸喇嘛点点头："也许你们很快就会见到他，也许你们一生都没有机会认识他。他是所有掘藏人的师父。"说着朝着三十步之外廊檐下的酥油灯吹了一口气,一河酥油灯的灯苗顿时波涛汹涌。"在接待你们之前,我首先要搞清楚,你们凭什么认定,大昭寺就是'七度母之门'的所在地?"

香波王子冷笑着不说话。

国字脸喇嘛贿赂似的朝梅萨笑了笑,又说:"有时候诚实就是佛法,就是力量,你们是懂佛法有力量的人。"

梅萨对香波王子说:"伏藏只有证悟,没有秘密,如果他不是具缘之人,就是知道了'授记指南','七度母之门'也会离他越来越远。你就告诉他吧。"

香波王子说:"事实上我们是在寻找措曼吉姆的踪迹,她是仓央嘉措的情人,曾经陪伴仓央嘉措度过了一段失踪的日子。他们最初藏匿在色拉寺,色拉寺火灾后,便来到拥有'一百零八块阳光般锃亮的经石'的大昭寺。这是'授记指南'告诉我们的,仓央嘉措的情人措曼吉姆在哪里,'七度母之门'就应该在哪里。或者说,措曼吉姆就在大昭寺等着我们,如果你知道她在哪里,请你告诉我们。"

国字脸喇嘛说:"啊,你是说她还活着?"

香波王子说:"仓央嘉措的情人,总会以一种让我们意想不到的方式出现在我们面前。"

"我相信会这样。"国字脸喇嘛说,"古老的大昭寺不拒绝了解它历史的人,秋吉桑波大师也很想知道你们有没有资格进入大昭寺,所以我要和你们谈谈。如果你们能令人满意地回答我提出的五个问题中的三个,今天晚上,大昭寺对你们就是不设防的,你们想去哪里就去哪里。"

香波王子说:"如果我们不能回答三个以上的问题呢?"

国字脸喇嘛说:"那就不仅仅是掘藏的结束,也是生命的结束。"

别忘了，不能继续掘藏就意味着暴露了伏藏而又让它夭折在你们的无能之中，'七度母之门'不会再有打开的可能了。这就等于你们毁灭了伏藏，刺穿了圣教的心脏，同时也刺穿了永生不死的仓央嘉措的心脏。你们将成为佛法的敌人、罪恶的叛誓者。而你们所在的这个地方，这个石板铺成的院子，一千多年以来，从来没有停止过惩罚教敌的行动。知道'隐身人血咒殿堂'吧？"

香波王子点点头。

国字脸喇嘛说："尽管在对待'七度母之门'上我们属于赞美派，他们属于仇视派，立场截然相反，但我们最终还是会把你们交给他们，因为他们毕竟是教内的人。他们是怎么惩罚教敌的，恐怕你也知道。"

香波王子一脸僵硬的胆怯："钻剜经络穴位。"

"不，还有比这更惨的。"国字脸喇嘛夸张地狰狞着。

"更惨的？"梅萨不寒而栗。

国字脸喇嘛瞪着香波王子："如果你知道，就请你告诉她。"

香波王子似乎已经看到那惨不忍睹的场面，闭上眼睛说："毒药会进入教敌的身体，烂掉他的心，烧焦他的肺，撕裂他的肝，洞开他的肠子，把疼痛推向极端，让所有的神经发出地狱煎熬的锐叫。要命的是，你身上没有伤痕，谁也不知道你是怎么死的，也就谁也不会为你的死承担法律责任。"

国字脸喇嘛纠正道："进入体内的不是毒药，是毒咒。"

香波王子问："你们是不是把我们当成了新信仰联盟的人，当成了乌金喇嘛？"

"不是我们，是'隐身人血咒殿堂'把你们当成了乌金喇嘛。乌金喇嘛和'隐身人血咒殿堂'都相信'七度母之门'是仓央嘉措遗言，是摧毁圣教的定时炸弹，前者想发掘'七度母之门'，后者想封藏或者毁灭'七度母之门'。你们是夹在中间的。你们是不是乌金喇嘛，说了不算，要看行动，看你们能不能发掘出真正的仓央嘉措遗言，看仓央嘉措遗言到底是不是对圣教的爆炸性羞辱。"

梅萨惊惧地望望天。黄昏了，阴影笼罩而来。大昭寺的森严壁垒从天而降，恐怖的鸟羽飞下云端，匍匐在大天井的上面。毒咒似乎已经出现，正变成一根根无形的针芒，嗖嗖嗖地随风游弋。恶辣辣的利剑已经悬在头顶，随时都会砍下来。

3

大昭寺门内的辩经大院里，国字脸喇嘛从袈裟袖筒里拿出一红一绿两种金刚怒目的贴牌，带他们来到了一左一右两根黑黝黝的带有羊图腾残痕的老柱子前。

他面朝他们，站定了说："现在提问开始。第一个问题是，谁修建了大昭寺？"

香波王子生怕自己有误，拽了一把梅萨说："我们两个都可以回答。"

国字脸喇嘛说："当然，她是你的法侣。"

梅萨眉毛一抬，像是说：法侣？你任命的？

香波王子说："先是唐妃文成公主给藏王提议，在海底罗刹女的心脏卧塘湖上建立寺庙，保佑藏土平安。这个提议让尼妃墀尊公主激动，因为她从尼婆罗带来的释迦牟尼八岁等身像还没有地方安置。尼妃得到藏王同意，亲自监督填湖造庙，无奈那地方又是沙子又是水，地基不稳，筑墙不牢，每建必倒。尼妃求助于唐妃，唐妃实地勘察了一番，拿出阴阳卜算，确定了挖沙填泥的方案。卧塘湖是一座沼泽地干枯后遗留下来的堰塞湖，本身没有泉眼与河水注入，沙子一挖，水就流走了。然后在沙坑里填上从远处背来的黏土作为基址，再用石料和黏土砌墙。运走沙砾和背来土石是一项繁重的劳役，奴隶不够用，唐妃就使人从山神那里借来一群群山羊充当运输工具。于是效率大增，仅用了十二个月，有八座殿堂的寺庙就拔地而起。大昭寺最早的名字是'惹萨垂朗祖拉康'，意思就是'羊背土建造的神变佛堂'。后来蒙古人来到西藏，改称'大昭'，大昭就是大庙。"

国字脸喇嘛说："你还是没说明白到底谁修建了大昭寺，是文成公主，还是墀尊公主？是赞普松赞干布，还是山神派来的山羊？你不能说大家合力而为，因为秋吉桑波大师的要求是，你必须推断出一千三百多年前建造大昭寺的工程中谁出力最多。"

香波王子卖弄地说："这得从小昭寺说起，文成公主远嫁吐蕃，最重要的嫁妆便是一尊释迦牟尼十二岁等身像。到了拉萨，一路都在行走的佛车突然陷进了泥沼淤沙里，怎么抬也抬不出来。公主说，罢了，就放在这个地方吧，反正藏地也没有安置佛的寺庙。于是便在佛像四周立起四根柱子，悬挂着白锦帐，为之供养。随后这个地方便建起了'甲达惹木切拉康'，也就是后来的小昭寺。既然文成公主带来的释迦牟尼十二岁等身像已经有了安置，尼婆罗墀尊公主带来的释迦牟尼八岁等身像，就无可争议地安置在了'惹萨垂朗祖拉康'，即后来的大昭寺。大昭寺是为安置作为公主嫁妆的释迦牟尼八岁等身像而建，嫁妆的主人尼婆罗的墀尊公主自然应该是大昭寺的修建者。重要的是，无论文成公主的'甲达惹木切拉康'，还是墀尊公主的'惹萨垂朗祖拉康'，在当时修建时并没有大小轻重之分。

数百年以后，经元、明、清历次扩建，墀尊公主的'惹萨垂朗祖拉康'规模越来越大，这才有了'大昭'和'小昭'即大庙和小庙的区别。"

国字脸喇嘛连连摇头："你的回答我们非常不满意。"他回身把一张红金刚贴牌贴到右边的老柱子上，又说，"满意的回答应该是山羊修建了大昭寺，因为山羊是山神的儿子。山羊还起源了'拉萨'这个名字，这就是我要问的第二个问题：人们都说'先有大昭寺，后有拉萨城'，对吗？"

梅萨赶紧说："对对，是这样，满意了吧？"

香波王子斩钉截铁地说："不对，应该是先有布达拉，后有拉萨。当年松赞干布之所以从山南雅砻河谷迁都卧马塘，首先是红山布达拉吸引了他。在修建大昭寺之前，布达拉红山上已经有了砦洞宫室'曲结竹普'，赞普和妻子以及尼妃都住在这里。这里离天最近，险要而安全。至于'拉萨'这个名字，它就是'天地'或'神地'的意思，而不是'惹萨'即'山羊背土'的演变。"

国字脸喇嘛点点头，把一张绿金刚贴牌贴到左边的老柱子上："这个回答我们很满意。第三个问题：你说大昭寺是为安置释迦牟尼八岁等身像而建，那为什么现在大昭寺主供的却是释迦牟尼十二岁等身像呢？"

梅萨说："换了一下呗。"

香波王子说："是啊，换了一下。吐蕃第三十六代赞普名叫赤德祖赞，他和王后生了一个儿子，聪明英俊，被视为天神之子，起名绛赤拉温。天神之子大了要娶亲，大臣们以为不妨按照先王松赞干布的成例，娶个唐朝公主，才好般配，便派出和亲使者前往长安。唐皇欣然允诺，金城公主千里迢迢入藏和亲，没想到不幸已经发生，天神之子绛赤拉温在金城公主到达一个月前摔死马下。金城公主悲戚难忍,哭得死去活来。大臣们却劝说她与其按照汉俗终生守寡,不如依了蕃俗嫁给老赞普赤德祖赞。于是金城公主便成了赤德祖赞的妃子,隆重的婚礼之后,她做的第一件事情就是朝拜文成公主带来的释迦牟尼十二岁等身像,但这时佛像已经不在小昭寺了。原来先前松赞干布的孙子十三岁的芒松芒赞即位,听说唐朝欲派兵进藏接走释迦牟尼十二岁等身像,便把佛像移出小昭寺,藏于大昭寺明鉴南门内,砌墙堵死门户,画上妙音仙女作掩饰,一藏就是六十年。金城公主大为感慨,督促丈夫赤德祖赞立即把释迦牟尼十二岁等身像迎请到大昭寺主殿供养,而原先在这里的释迦牟尼八岁等身像,又被迎请到小昭寺供养。"

国字脸喇嘛摇头道:"这样的回答我们不满意。满意的回答应该是文成公主和墀尊公主都把意愿伏藏在了金城公主身上,金城公主不过是意愿的执行者。她是空行护法的现身,一夜之间就将十几个人搬不动的佛像换了位置,使它们合乎顺序地各就各位。我指的是年龄的顺序,八岁是小的,应该在小昭寺,十二岁是大的,应该在大昭寺。"他说着,把一张红金刚贴牌贴到右边的老柱子上,又说,"现在是第四个问题:我们的佛教徒从四面八方来到拉萨,首要的目的就是朝拜释迦牟尼十二岁等身像吗?"

梅萨说:"当然啦,它是西藏的骄傲。"

香波王子说:"释迦牟尼认为,我的相不是相,凡是人相、众生相都不是相,为什么呢?离开所有的相,才是佛。又说,我在当年没有相:既没有人相,也没有众生相。那个叫释迦牟尼的根本就不存在,他也不曾说一法。法身、报身、化身都是空空如也,更何况雕塑的偶像呢。所以他从不主张建庙立像,圆寂前众弟子百般请求,才答应以自己三个不同年龄段的模样塑三尊像,并亲自为三尊塑像绘图、开光。这便是八岁等身像、十二岁等身像、十六岁等身像，其中以精细华美的十二岁皇子时代的释迦牟尼等身镏金铜像为造像极品。羁留印度的十六岁等身像已在宗教动乱中沉入印度洋，墀尊公主从尼婆罗带来的八岁等身像也在'文革'中损坏，唯有十二岁等身像完好如初。它在南北朝时的佛教东迁中从印度漂洋过海到达长安，后来又陪伴文成公主跋涉数万里，历时三年七个月，到达吐蕃拉萨。作为佛教文物，它已经走向了珍贵的峰巅。但信民朝拜的并不是文物，而是佛祖。在我们的意识里，佛像和释迦牟尼本人并没有区别。就在这种人像无别、时空无别的感觉中，幸福与和平从我们心里坚定而曼妙地升起。释迦牟尼十二岁等身像，它是西藏的圣极之宝，是太阳，由于它的存在，西藏所有的珍宝和圣物都只能是星星和月亮。但是如果天空只有太阳而没有星星和月亮，那就不是佛天。实际上，每一颗星星都是一个世界。在那个世界里，又有他们的太阳、他们的圣极之宝——释迦牟尼十二岁等身像。"

国字脸喇嘛说："你并没有回答我们的问题，但我们还是满意你的模棱两可。佛持'中道见'。"说罢，他将一张绿金刚贴牌贴到了左边的老柱子上。

高高的云彩消失了白色，天井暗下来，被神祇涂抹成青黑的夜晚模糊了视野，却比白昼更加清晰地显现着危境：一左一右两根老柱子上，出现了两张红金刚贴牌、两张绿金刚贴牌。这就是说，第五个问题——第五张贴牌决定着他们的命运，要么在大昭寺畅行无阻，继续寻找'七度母之门'，要么被当作教敌来临，在吃咒的过程中，烂心烂肺，流血五步。香波王子和梅萨闭上眼睛祈祷着，极力想让自己在接近地狱之门时平静在最后的自信里。

国字脸喇嘛说："第五个问题，你们听清楚了。"他抬起头，看了看大院东侧廊檐下那一河金光潋滟的酥油灯。酥油灯的后面，一些戴着鬼怪面具、手里摇晃矛头法器的喇嘛正在闪来闪去，似乎"隐身人血咒殿堂"的人已经做好准备，惩罚教敌的行动即刻就要开始，洪水猛兽般的毒咒就要喷出来了。他又说，"这个问题很简单，大昭寺门前的唐蕃会盟碑，是谁立起来的，谁刻的字？"

梅萨对自己讨巧的回答已没有信心，用拳头捣捣香波王子。

香波王子小声说："这纯粹是刁难，谁知道是谁立起来的。"但他立刻昂起头，声音朗朗地说，"唐蕃会盟碑是我爷爷老扎西立起来的。当时两位盟主唐穆宗皇帝和吐蕃赞普赤德祖赞想抬起来，力气不够，就请来了大力士我爷爷老扎西。我爷爷用一只手托住这座起重机才能吊起来的石碑，轻轻一推，就把它立起来了。刻字的一个是我爸爸，一个是我哥哥。我爸爸刻了汉文，我哥哥刻了藏文。刻字的时候两个人忘了拿底稿，所以石碑上的汉藏两种文字内容其实是不一样的。我哥哥是唱格萨尔的，他刻的藏文比我爸爸刻的汉文有文采。你听我给你背诵各自的开头就知道了。'大唐文武孝德皇帝与大蕃神圣赞普，舅甥二主，商议社稷如一，结立大和盟约，永无渝替。神人具以证知，世世代代，使其称赞。'这是汉文，是严谨的公文形式。而藏文的开头却是浪漫的散文形式：'神圣赞普鹘提悉勃野化身下界，来主人间，为大蕃国王，于雪山高耸之中央，大河奔流之源头，高国洁地，自天神而为人主，德泽流衍，建万世不拔之基业，永崇甥舅之好焉。'当年松赞干布娶了唐朝皇帝的外甥女文成公主，自然就应该随着文成公主管唐朝皇帝叫舅舅，所以有'永崇甥舅之好'之说。"

梅萨小声说："什么你爷爷、你爸爸、你哥哥，生命攸关的时候，你怎么胡说八道？"

香波王子说:"不是胡说是传说,在西藏传说和神话就是一切,我也可以传说,信不信由你。"

国字脸喇嘛举了举红金刚贴牌,又举了举绿金刚贴牌,回头看看一左一右两根带有羊图腾残痕的老柱子,却没有贴上去任何一种贴牌。他望了望廊檐下酥油灯后面那些准备惩罚教敌的喇嘛,转身就走。走到大昭寺主殿的门口,突然回头,大声说:"对你们的回答,我拿不准秋吉桑波大师是否满意,所以不能把贴牌贴上去。最后的结果还没有出来,虽然今夜大昭寺对你们是不设防的,但是在明天早晨天亮前,一旦你们不能证明大昭寺就是'七度母之门'的所在地,不能把仓央嘉措的情人措曼吉姆的踪迹发掘在我们面前,我就会把你们不愿意接受的红金刚贴牌贴上去,圣教之敌烂心烂肺、裂肝裂腹的下场将是你们别无选择的出路。记住,明天早晨天亮前。"

国字脸喇嘛消失了,空荡荡的辩经大院里,黑暗就像填充而来的沙土,磨砺着他们的感觉。悄悄地,神秘在滋长,恐怖在增加。毒咒的针芒依然在飞翔,愈发得阴险叵测。恶辣辣悬在头顶的利剑突然改变了处死他们的时间,又去前面等着他们了。梅萨不由自主地抓住了香波王子的衣袖。香波王子望了望身后紧闭的大门,转着圈看了看四周,浑身一阵哆嗦。

突然,香波王子攥住了梅萨的手:"怎么办?"

"我不知道。"梅萨畏怯地朝后看看。

"我们还有退路吗?走。"香波王子拉着梅萨,朝着一河酥油灯流逝的地方、大昭寺主殿的正门疾步走去。

4

智美坐在切诺基里,一直都在默诵《卜神法音》。这是祈请卜神到来的最佳方法。从早晨断断续续默诵到夜色降临,终于成功了。卜神来到心中的一瞬间,他的身体摇晃了一下,眼睛随之睁开了,喃喃地说:"光亮,光亮,我看到我心中的光亮了。"他立刻拿过胜魔卦囊,用骰子占卜的方式,分六次抛掷,得到了 231541 的数字。然后对应数字排列出从签罐里摇出的六支神签,再把神签上的数字与抛掷骰子得到的数字用减法碰算,得出了代表占卜结果的数字。他喊一声:"大昭寺。"

索朗班宗说:"我们白来色拉寺了,赶紧走吧。也不知香波王子知道不知道是大昭寺。"

"你怎么关心起他来了?"

"我也不知道,一张口就把他的名字说出来了。"

"自从你在网吧见了他,你就变得心神不定了。我要提醒你,掘藏不是合股做生意,只能成就一个人,有他没我,有我没他。历史上的掘藏师,不管大小,都是独立的。"

索朗班宗淡漠地说:"我知道了。"

智美笑了笑:"其实你不用担心香波王子,他的判断跟卜神的示现一样准确,肯定早就去了大昭寺,而且他还得到了秋吉桑波的帮助。秋吉桑波把全部干扰调到了色拉寺,还蛊惑人心地说:'色拉寺,色拉寺,代表坚守的色拉寺,代表西藏的色拉寺。'我现在要把干扰调往大昭寺,让秋吉桑波明白,他的帮助是无效的。"

索朗班宗说:"可是你能得到什么?"

智美说:"乱中取胜,这是卜神告诉我的策略。"

那些等待香波王子和梅萨的逆缘者一直等到色拉寺清寺关门。色拉寺每天黄昏都会清寺关门，但今天格外仔细，所有的地方都被喇嘛们清查了一遍。

阿若喇嘛和邬坚林巴以及另外几个雍和宫喇嘛被清理到了色拉寺大门外，在停车场待了一会儿，便打着哈欠钻进了喇嘛鸟。他们有念经的毅力，却没有蹲守的耐心，一闲就犯困。

阿若喇嘛的手机响了，传来一个奇怪的声音："你是一个见识过人的喇嘛，你应该知道，在西藏，所有教派共同崇信的圣地是不多的，大昭寺是难得的一个。它比色拉寺罕见而重要，全体藏人都这么认为，香波王子也不例外。告诉你吧，已经有骷髅杀手去了大昭寺。"

阿若喇嘛问："你是谁？你不说清楚我肯定不会听你的。"

"我是神，是占卜之神。"电话挂了。

阿若喇嘛无动于衷，心说不要以为随便什么人都可以指挥我，我是阿若喇嘛，是一个佛法密宗的高级修行者，我有我的倚恃。

邬坚林巴知道这是智美打来的，立刻开动了喇嘛鸟。

阿若喇嘛说："你要去哪里？停车。"

但是很快阿若喇嘛就明白那个奇怪的电话说对了，因为手机来了短信，正是他望眼欲穿的"不动佛明示"。他大声说："快走，去大昭寺。"

奇怪的电话也打给了王岩，但内容略有不同："也许你会想，这个不认识的人告诉我香波王子此刻在大昭寺，一定是调虎离山计，我偏要在色拉寺守下去。那你就守下去吧，我知道你有很多时间是可以用来浪费的。告诉你吧，已经有骷髅杀手去了大昭寺。"

王岩说："你是谁，你怎么知道我的手机号？"

"你是警察,应该知道打听一个人的手机号,太容易了。"

"我凭什么相信你?"

"你可以不相信。"对方挂了。

王岩犹豫不定,让卓玛把车开到离色拉寺远一点的扎基路口,隐藏到了路边的树林里。

手机又响了,是北京的同事打来的,第一句话就是:"对不起,王岩,我们没有把事情办好。"接着王岩就知道,珀恩措从三十六层高的大厦顶层跳下去了。同事说:"我们和派出所的人都穿了便衣,但是她很警觉,还是认出来了。"又问,"她到底是什么人?为什么要自杀?"

当着碧秀和卓玛的面,王岩不好说别的,只说:"谢谢,谢谢,你们已经尽力了。"他关了手机,呆愣着:珀恩措到底是藏民,誓言就是天条,约定就是法律,可惜生命不能重来,只能希望她尽快转世了。他想起香波王子的叮嘱:"千万不要报警",不禁懊悔得揪了揪头发,一种五内俱焚的痛楚让他半晌无语。

卓玛问:"什么事儿,王头儿?"

王岩说:"私事儿,小小的私事儿。"

碧秀说:"我们走吧,待在这里干什么。"

卓玛说:"往哪里走?等等,我去方便一下。"他下车,边解裤带边朝树林深处走去。

王岩望着车窗外面一个喇嘛匆匆而逝的背影,认出他就是那个剃了光头、穿着袈裟、用黑氆氇蒙住嘴脸、一直坐在色拉寺售票处窗下的喇嘛。心说只有游客才会选择这个时候离开,他不是游客是朝圣者,为什么不待在色拉寺东边的朝圣者营地呢?

碧秀这时也望着窗外那个光头喇嘛,突然感觉手机一阵震动,拿出来看了一眼,大声说:"这种垃圾短信也会发给警察:出售枪支、发票、假钞、黑车。妈的,等我收拾了香波王子,回头再收拾他们。"

王岩说:"你永远收拾不干净,越收拾越难办,兵来将挡水来土掩,人家也有不断提高的免疫力。就像现在,我们越是紧追不舍,香波王子的逃跑技巧就越高明。"

碧秀说:"那是因为有人表面上追捕,实际上保护。"他瞪了一眼回到车上的卓玛,"我怀疑等我下次再举枪瞄准香波王子时,就会有人一枪毙了我。"

王岩说:"只是思路不同,目的是一样的,不要把同事想象成敌人。"

碧秀说:"我实在不想跟一个罪犯的帮凶做同事了,时间是浪费不起的,我已经想好了,接下来我要单独行动。"

王岩说:"这个案子归我负责,单独行动你将失去追捕的资格。"

碧秀说:"我是拉萨重案侦缉队的副队长,我带着我的人,在我负责的地盘,抓我认定的罪犯,还需要到你这里来获取资格?"

王岩说:"你想过后果没有,案情复杂,万一搞砸了呢?"

碧秀说:"后果大不了就是开除我,我想就是不当警察,也比现在强。现在跟你们合作,真是憋死我了。"

王岩说:"最严重的后果是,你还是警察,但你是一个低能的失败的永远没脑子的警察。"

"不会的,我不会比你们差。"碧秀说着,来到车外,就要离开。

"你给我站住。"王岩吼一声,下车拦住了他。

碧秀想绕开,被王岩一把撕住了。

"放开我,放开我。"碧秀看王岩不松手,一拳打了过去。

王岩捂着鼻子,踉跄后退着,咚一声靠到车上。

"滚你妈的蛋，像你这样无能的警察也配来管我？"碧秀扬长而去。

王岩瞪着碧秀，眉毛拧成了疙瘩，似乎就要扑过去，但最终还是叹了口气，掏出纸巾，擦干净鼻血，回到了车上。

卓玛吃惊地问："王头儿，你真的让他单独行动了？"

王岩说："就让他去吧，他是不见棺材不落泪的。"

卓玛又问："我们怎么办？"

天色眼看着黑了下来，近的地方是浅黑，远的地方是浓黑，树林衬出来的又是郁黑，而来到心里的却是无限苍凉的黑。

王岩沉思着，半晌说："实话说，我也希望碧秀离开。没有他，我们就可以回到最初的想法上：抓捕香波王子不算万事大吉，谁是乌金喇嘛，搞清楚然后清除他，才是最重要的。"

他没提到珀恩措，更不想说正是珀恩措的自杀导致他改变了想法：暂时不抓香波王子，对找到乌金喇嘛有好处，对他王岩也有好处。他要想一想，对珀恩措的死，自己应该采取怎样的态度，总不能认可她就是因为他而死的吧？香波王子冒着生命危险告诉他珀恩措的事情，说明珀恩措死前不止一次地跟香波王子通过话，这就可以假设香波王子是珀恩措的死因。只要香波王子在逃，就有被碧秀一枪打死的可能，假设的死因就会永远假设下去。也许这就是他最终认可碧秀离开的最隐蔽也最真实的原因？王岩几乎本能地想到了这些，就像动物本能的防身。作为警察他无数次地揣测过罪犯如何保护自己，现在这揣测轻轻一滑，就滑到自己身上了。

卓玛说："乌金喇嘛利用香波王子掘藏，我们利用香波王子抓住乌金喇嘛，我早就觉得应该这样。"

王岩说："还有呢？我感觉你还有想法没说出来。"

卓玛说:"我认为乌金喇嘛可能是一个人,也可能是一个符号。如果是人就比较好办,谁是就抓谁;如果是符号,就难办了,因为它可以贴在任何人身上。"

王岩赞扬道:"很好的思路。"

卓玛又说:"但不管这个符号贴在谁身上,他都应该有和乌金喇嘛基本一致的经历和特征,比如曾受到新信仰联盟的训练和改造,曾有过自戕行为和身上留着自戕痕迹——用双刃刀戳出来的七七四十九个窟窿,都对'七度母之门'抱有生命不能比拟的狂热兴趣。否则,很容易被人冒充,冒充不好,新信仰联盟总不至于希望把那些八竿子够不着的罪孽都记录在自己头上吧。"

王岩说:"对,很对。谁是乌金喇嘛,我们不能放过对每一个人的怀疑:阿若喇嘛是不是?邬坚林巴是不是?香波王子以及本来跟他在一起的智美是不是?对我们这一路遇到的所有人,都应该用是不是的眼光来看待。"

卓玛说:"你还应该这样问:卓玛是不是?碧秀是不是?"

王岩说:"不,我不这样问,如果没有足够的理由,我不会怀疑我的同事。"

卓玛说:"还有一个要点,我们不能忘记。既然'七度母之门'是仓央嘉措遗言,而乌金喇嘛是想利用仓央嘉措遗言羞辱和否定佛教,宣扬所谓的新信仰,那么乌金喇嘛的出现很可能就在伏藏现世的最后一刻。"

王岩说:"所以你一直都在保护香波王子?"

卓玛说:"其实我很矛盾,有时候真希望碧秀一枪崩了他,有时候又觉得应该放长线钓大鱼。可是血案在不断发生,香波王子到哪里,哪里就会死人,北京、甘肃、青海、西藏,都不例外。我真是不忍啊，我想你也是。"

王岩说："看来我们两个是投缘的，从现在开始，我们要监视所有关注'七度母之门'的人，重点调查谁是乌金喇嘛，尽量在伏藏现世之前破案。"

公路上传来汽车疾驰的声音，朦胧的夜色里，喇嘛鸟朝南驶去。

王岩说："阿若喇嘛离开了，为什么放弃色拉寺？我们的眼睛长在他们身上，他们一定知道香波王子这时候在哪里，跟上。"

话音未落，卓玛就反应敏捷地发动了汽车。

骷髅杀手是最早放弃色拉寺的一个。色拉寺刚刚结束清寺关门，他就离开了。他的启示来自黑方之主，黑方之主的手机短信就五个字：

大昭寺金顶。

他来到大昭寺广场，站在夜色里，直面漆黑的寺门，知道从门里进去是绝对不可能的，就顺时针沿着八廓街，围绕大昭寺转起来。一边转一边看，不时蹦出几声"大黑经咒"。没有人注意他，他袈裟披身、黑氆氇蒙面、骷髅刀挂腰，地地道道一个远途而来的朝圣者。而在圣地大昭寺，最容易被人忽视的就是朝圣者。

他转了一圈又一圈，就想一件事儿：怎样才能潜入大昭寺？突然看到八廓北街一家靠着大昭寺的商店正在维修。工匠们已经下班，守工地的人蜷缩在敞开的商店里睡觉。工地上除了砖瓦、拌料的铁池、水泥沙子，还有一架方便铺瓦的木梯。他盯上了木梯，踏着木梯就可以登上青瓦房顶，再从青瓦房顶搭梯往上，又是一片红瓦房顶。把木梯抽上红瓦房顶，更上一层，就是大昭寺二层的殿堂窗户了。他不可能爬进窗户，那一定是封闭的，是安装了防盗设施的，但他可以扒住窗户的防盗网，爬上房檐。翻过房檐，一米之下就是主殿二层的平台，从二层到四层金顶，就容易多了。

他这么想着，前后左右一瞅，快速朝木梯走去。

5

一进入大昭寺主殿，香波王子就变得十分恭敬。他站在主殿门口反射着酥油灯的石镜上，看了看不远处的释迦牟尼殿，双手合十，默诵了一声"唵嘛呢叭咪吽"，顿时踏实了许多，心说保佑我的佛多着呢，我怕什么。

梅萨低头看着，紧张地说："怎么铺了一地的照妖镜？"

香波王子说："大昭寺主殿已经有一千四百多年历史了。它是西藏接受朝拜最多的寺院，也是经受苦难最多的寺院，吐蕃时期的两次禁佛事件，首先针对的就是大昭寺。一次是大臣玛尚把大昭寺变成了屠宰场，磨刀霍霍；一次是赞普朗达玛把大昭寺变成了焚经坑佛的场地，斤斧乱飞。大昭寺最早的一批铺地石料，都被磨砺成了镜子，比银镜、铜镜、铁镜还要锃亮。要说它们是照妖镜，那也是名副其实的。谁是罪人，谁心里有鬼，谁就不敢在它面前照，一照就是个白骨精、黑水怪。你看你，都照成什么样儿啦？照成大美女啦，说明你是个好人善人。"

这么一说，梅萨似乎也轻松了许多。

他们互相依傍着，谨慎地往前挪了挪，看到莲花生大师耸立在左侧，那巨大的身躯略为前躬，用臂膀把酥油灯的光影揽照在自己脸上，慈光灼灼地望着他们。

香波王子说："莲花生大师是藏密祖师，他杏眼里含藏着威慑三界的密码，右手握着金刚杵，左手托着甘露宝瓶，腋下夹着三叉天杖，头戴金刚莲花帽。所有这些都是献给密徒的语言。那语言温情脉脉，意味深长，以至于那些能够心领神会的高级密教徒，一见那眼神、那手势、那行头，就会情动于心，泪如泉涌。"他眨巴着眼睛，感觉里面是干涩的，就想可见我天生不是个有密宗根器的人。又想，说一点都没有怕也不确当，为什么发掘"七度母之门"的机缘会落在我头上？

他们拜过了莲花生大师，又去拜右侧的弥勒佛。弥勒佛是慈目善眉的，让他们在森然压抑的大昭寺主殿极其敏感地搜寻到了一丝光明和安慰。

梅萨说："你可要保佑我们，保佑我们顺利找到'七度母之门'，安全走出大昭寺。"

两个人的身影在昏如暗夜的灯光下摇晃着，晃来晃去晃到了通道右侧的壁画前，一种神秘的黯淡立刻吸引了他们。

梅萨小声说："不会在这里吧，'七度母之门'？"

"除非措曼吉姆走进壁画。"香波王子凑到壁画跟前，仔细检查着说，"这是《大昭寺建寺图》。"

梅萨说："看上去很古老。"

香波王子说："大约是7世纪的作品。大昭寺有将近一千米的历史故事和宗教故事壁画，却无法把它们看成是准确反映生活风貌的历史画卷。《清明上河图》类型的作品在西藏凤毛麟角，你几乎不能用形象生动、真实可信等现实主义美术的呈现方式来评价它们。但西藏美术包括大昭寺壁画却有着不可比拟的浪漫和幻想、无法超越的色彩和意象。所有的作品都显得奇幻而美丽、灵动而飞扬，有限中蕴涵无尽，曼妙里透着庄严。人性和神采天然合一，没有神话和现实的界线，不存在精神和美术的区别，瞬间出现和永恒存在不分彼此。艺术挂在殿堂，更挂在人的内心，而人心是不分阶层、不分贫富、不分知识的。欣赏就是膜拜，功利就是终极，从而使艺术获得了最严肃最隆重的对待。"

梅萨说："这就是西藏艺术的魅力？"

香波王子说："其实就两个字，虔诚。生命与艺术、生活与艺术、信仰与艺术，完全是融合而等同的，你活着，你就必须虔诚。很多人来西藏寻找艺术灵感，什么色彩啊、线条啊、布局啊、想象啊、超现实啊、原始主义啊、天人合一啊，学了一大堆，就是没学会虔诚。喜欢、痴迷、虔诚，这是三个层面的态度，结果大不一样，虔诚的人能用自己的灵魂去拥抱艺术的灵魂。西藏的艺术都是用灵魂拥抱出来的，而不是手绘笔画的。入定于艺术，进入物我两忘的境界，就常常有神来之笔。"

梅萨说："就像我们，用灵魂去拥抱'七度母之门'，或者'七度母之门'用它的灵魂来拥抱我们。"

一声老门的吱扭声中断了他们的谈话。循声望去，一个黑影倏然一闪不见了。香波王子呆愣着，想到也许到不了明天早晨天亮前国字脸喇嘛把红金刚贴牌贴到柱子上，死亡就会发生，不禁再次紧张起来，小声说："我们抓紧时间，越快越好。"

梅萨四下看看说："是啊，这个地方太恐怖了，就是不被毒咒毒器杀死，也会吓死。"

他们战战兢兢走向了居中的释迦牟尼殿。

香波王子说："释迦牟尼殿藏语叫'觉卧康'，里面的佛像也叫'觉卧佛'。"

一进门，立刻就是梅萨的惊讶："这么高的十二岁等身像，不会吧？"

香波王子说："佛祖是巨人，十二岁做皇子时就已经十分高大，所以比凡人的十二岁等身像要壮硕许多。"

佛像头戴象征五智如来的最高佛冠，五色哈达挂在冠顶，七彩宝石嵌在冠缨，黄金和各色珠宝的挂饰以各种吉祥图案连缀成一片辉煌的外罩，看得梅萨头晕目眩："太华贵了。"

香波王子说："别愣着呀。"

梅萨说："干什么？"

"你见到了两千五百年前的佛祖，还不磕头。"

梅萨赶紧跪下。香波王子也跪了下来，抚摸着地面，禁不住说："这里的每一块石板都烙印着历史的精华，每一次闪光都是人类精神的最高表现，每一种声音都是天籁的和弦。"两个人把头磕得咚咚响，爬起来的时候掀起一股风，一阵金刚铃声铮铮而来。

主供的十二岁等身像后面又是一尊佛祖像，周围是释迦牟尼的十二大弟子。两个人都拜了拜，然后眼光投在了供桌上。供桌上是数列镶嵌着红绿宝石的高脚长明灯。

香波王子说："这是西藏最著名的酥油灯，全是纯金的，也全是捐赠的。正中那一盏，是十世班禅大师捐赠的，上面有他的签名和祈愿：'世界和平、万物安顺'。虽然大昭寺不属于任何教派，是西藏所有教派共同的信仰，但格鲁派兴起之后，大昭寺基本上就成了格鲁派的重要法场。除了一年一度的默朗木祈愿大法，有时达赖和班禅的受戒仪式、活佛转世制度中的'金瓶掣签'仪式，也在我们站立的这个地方举行。我亲眼看到的一次，就是公元1995年确定的十世班禅额尔德尼·确吉坚赞的转世灵童额尔德尼·确吉杰布的金瓶掣签仪式。"

梅萨指着金灯中央一个金箔镶饰的宝瓶说:"就是这个吗,金瓶掣签的金瓶?"

香波王子探头看了看,取出塞住瓶口的一卷白纸又放回去:"肯定不是,掣签的金瓶叫金本巴瓶,上面有祥纹金盖,世间的尘埃一丝不进,不像这个,用纸塞紧了才能防止灰尘掉进去。"

梅萨扫了一眼被香波王子塞回宝瓶的那卷白纸,心说这么高级的宝瓶怎么用白纸塞着?用一块经绸盖住多好。又看了看佛殿四周斑斓而精致的金饰和银雕说:"太安静了,这么重要的地方,怎么一个值夜的喇嘛都没有?"

香波王子说:"不是没有,是你看不到,他们隐藏在所有的盲点里。"

梅萨说:"我想也是,我们不是来朝拜和参观的,我们来寻找仓央嘉措的情人措曼吉姆留给今天的信息。她和仓央嘉措藏匿过的地方,应该就是留下信息甚或直接显现'七度母之门'的地方,大昭寺不会放过我们的一举一动。"

香波王子说:"但这里是没有的,我已经感觉到了。仓央嘉措是个修习无上金刚大法的密宗师,可这里没有他必须面对的本尊神,没有大威金刚、胜乐金刚、时轮金刚、密集金刚、欢喜金刚。五部金刚大法一部也没有,他不可能和作为佛母的措曼吉姆待在这里。因为离开了忿怒金刚对场面的主宰和对观想的控制,就不可能进入'乐空双运'的修法过程,达到'以欲制欲'的目的。知道什么是'乐空双运'吗? 就是既要得到真实的快乐感受,又要进入空幻的无欲境界,无欲而有欲刚,无性而有性乐,那是来自情色而又超越情色的快乐，是法乐，是空空之乐，是修行的妙果。"

梅萨点点头："修习密法是伏藏的前提，不见密法本尊的场合，必然也是不能伏藏的地方，尽管它是无上圣地。"

两个人互相牵扯着，小心翼翼地走出了释迦牟尼殿。

骷髅杀手来到大昭寺二层平台，像一个隐没在黑暗中的幽灵，飘向通往一层的楼梯。他蹲在楼梯拐角处，谛听下面的动静，听到了嗡嗡嗡略带回音的说话声，听到了嚓嚓嚓有些诡异的脚步声，赶紧返回二层，沿着关门闭户的殿堂，走向东北角的楼梯。他从这里踏上了大昭寺主殿三层，停留了片刻，便来到通往四层金顶的狮子门前。他蹑手蹑脚跨过门槛，回头看了一眼，心想这一男一女如果都上来，我就不好对付了。他摸了摸狮子门敞开的门扇和缠在上面的一把锁死的链条锁，俯身看了看锁眼，便把手伸向了挂在腰里的"遍撬一切"。

几分钟后，他打开链条锁，锁死了狮子门。狮子门很高，门顶是露天的。他相信决不会放弃登上金顶的香波王子只能一个人翻过来。

骷髅杀手站在金顶之上，摸着光头，把蒙住嘴脸的黑氆氇取下来，仰视着天际长喘一口气，冷笑着说："我在这里，我在这里。"

这时胸口一阵震颤，他拿出手机一看是黑方之主的来电，毕恭毕敬地放在了耳朵上。

黑方之主阴沉沉地说："你大概已经到了金顶，金顶是你最后的机会，别忘了你的誓言。"

骷髅杀手马上说："要么香波王子死，要么我死。"

黑方之主说："现在的情况是你作为骷髅杀手离死越来越近，

而香波王子却离死越来越远了。"

骷髅杀手说:"不会的,我不会放过最后的机会。"说着,亮出骷髅刀,闪电一般刺向一只爬出烟道的老鼠。老鼠立刻毙命。

黑方之主说:"我相信家族传承的坚固,相信你对修行圆满的虔诚,请记住,你的命运是'寂杀而归'。"

等待是漫长的,漫长的时间正好用来思念,骷髅杀手又拨通了格桑德吉的电话。这一次,他没再像以前那样傻乎乎地沉默。一拨通他就低声唱起来,从头到尾,一字不落:

> 一双明眸下面,
> 泪珠像春雨连绵,
> 冤家你若有良心,
> 回来看我一眼。

可惜只会这一首,而且如此精短,好像风干肉,一大堆变成了一点点,味道却是年深日久的醇厚和浓烈。他换口气,再来一遍,一遍又一遍,直到她挂断。

但在挂断之前,他听到了抽泣声。

她哭了,他把她唱哭了,用仓央嘉措情歌。他心里一阵激热:比金子贵重的情歌,难道真像香波王子说的,只要会唱,就没有抱不回来的女人?

6

大昭寺是一座封闭式寺院，环绕着释迦牟尼殿，四围都是殿堂。他们先来到宗喀巴殿，瞻仰了宗喀巴大师和包括一世达赖、一世班禅在内的八大弟子，到处看了看，没看到密宗修炼道场的明显标记，赶快出来，钻进了阿弥陀佛殿，钻进了药师琉璃光佛殿，然后又一头扎进了米拉日巴殿。

米拉日巴是噶举派的第二代祖师，以坚忍不拔的苦修成为西藏最著名的瑜伽大修士。他的造型脱肉麦骨，苍茫嶙峋，左手托钵，右手置于耳侧，一副清高自许、不同凡品的模样。香波王子和梅萨在这位以《道歌》和实修影响了整个西藏的密宗大师面前伫立良久，以最大的希望寻找措曼吉姆和仓央嘉措可能埋伏在这里的痕迹和启示，没放过米拉日巴身边用来助修密法的任何一尊佛像和任何一件法器、饰物、供品，但是一无所获。

他们叹息着离开了米拉日巴殿。

突然当啷一声响，吓得他们倒吸一口冷气互相攥住了对方。香波王子摸摸疼痛难忍的额头，侧头一看，才发现自己撞到了粗铁链子上。大昭寺许多殿堂门口都挂着粗铁链子的门帘，平添一种冰冷、恐怖、肃杀、黑暗、幽深、法威森然的气氛，尤其是夜晚，有灵魂的生命都得发抖。

梅萨问："为什么是铁索链的门帘，就像到了刑场，前后左右的神，你的偶像，正在拷问你的灵魂。"

香波王子说："你害怕了，心惊肉跳了，是不是？这就是人家的目的。佛堂对你说，这里是天堂；铁索链的门帘对你说，这里是地狱。大昭寺既是天堂也是地狱，对坏人，它是地狱；对好人，它是天堂。大昭寺在告诉我们,天堂和地狱是我们内心世界佛性和魔性的再现,是生命对自身处境的心理描述和直接感受,是精神的状态——欲望满足、充满欢乐的状态就是天堂,痛苦最深、命运最惨的状态就是地狱。它启迪我们明白一个佛理,心本无好坏,是感应让它有了好坏,修炼佛法就是让时间倒流,摒弃地狱,也摒弃天堂,回到本无好坏的初始阶段而不再往前走,这就是佛,当然是小乘佛。而大乘佛不仅要自己回到本无好坏的状态里,更要让众生都回去,这就是慈航普度,就是菩提方舟。而作为仓央嘉措遗言的'七度母之门',应该是慈航普度的里程碑。所以……"

"所以你要寻找,你也在慈航普度?"

"没这么伟大,我只是在力所能及地做我该做的事情。"

两个人说着,来到观世音殿。

梅萨指着供桌旁边的暗角里一尊半人高的佛像问:"这是什么佛?从来没见过。"

香波王子凑过去想看清楚,不料那佛像噌地跳起来,一把揪住了他。原来是个中年喇嘛,看他手中的红色月刀法器,就知道他正在夜晚的寂静里坐修既显又密的无漏静,这是断除贪、嗔、痴、慢、疑、恶见六种根本烦恼的基本功。

喇嘛推着他说:"我知道你们来干什么,快滚出去。'七度母之门'就是大昭寺之门,大昭寺本身就是一个大伏藏,它会埋葬所有未获成就的人。"

香波王子生怕他手中的红色月刀眨眼变成凶器,抓住他的手说:"嗔慢不改的喇嘛,你的修炼不到家?"

喇嘛说:"嗔慢不改是来了格鲁巴的克星,法器对教友是提携,对教敌是惩罚,看我今天红刀子进白刀子出。"说着,甩开香波王子,一刀刺向梅萨。梅萨尖叫一声，那月刀却刺进了她身边石盆里高高隆起的酥油，果然就是红刀子进白刀子出。喇嘛高举着白色月刀，咬牙切齿地说："祭了你们，祭了你们，不逃命我就祭了你们。"然后转身，嘿嘿嘿地走了，身影是伟岸的，脚步却轻盈得如同微风扫地。

两个人半晌才回过神来。

梅萨问："什么叫祭了你们？"

香波王子说："就是用我们的血肉祭祀神祇。"

"佛教文明不是早就废除了人血祭和牲畜祭吗？"

"其实在西藏，崇尚人血祭和牲畜祭的原始宗教与雍仲本教从来没有真正消失过。大昭寺在最初修建和以后的发展中，都包容了原始宗教与雍仲本教的成分，有些佛像是佛的手足、本教神的面孔，包括大昭寺的结构布局，也都带有本教阴森恐怖的痕迹。"

他们迅速寻找着，很快出来，拐向东边，在立柱和经过的门框上看到了一些著名的檀香木雕，古老的图案上依然没有关于措曼吉姆的任何信息。接下来，他们走进了狮子吼佛殿、喜金刚佛殿、为纪念山羊驮土填湖造庙而设立的镏金神羊殿，最后来到了强巴佛殿。

香波王子说："就在这座佛殿里，六世达赖喇嘛仓央嘉措为西藏的风调雨顺、物阜年丰祈祷过整整一个月，但那是在他失踪以前，也就是还没有出现措曼吉姆以前。祈祷的那一年，果真草原没有雪灾，牛羊肥壮，田野没有旱涝，庄稼丰收。从此这里的强巴佛就变得十分出名，每年藏历新年，都要把它请出去，沿着八廓街，围绕大昭寺转一圈，让它沐浴拉萨的阳光，也让它听到信民们的祈祷。但是这里不可能留下仓央嘉措和措曼吉姆的痕迹，因为你都看见了，这里是显宗的戒律清静堂，用五朵苍翠的优波罗即青莲和五朵缟素的劳陀利即白莲，象征了受持五戒：不杀，不盗，不淫邪，不妄语，不饮诸酒。"

梅萨问:"你是说,我们结束了,没找到措曼吉姆,大昭寺没有'七度母之门'?"

香波王子说:"不,还要转朗廓。"

他们走出大昭寺主殿,朝右顺时针转过去。

香波王子说:"这就是转朗廓的路线,也就是围绕主殿转一圈,这一圈三面有三百八十个转经筒,来朝拜的人,没有不转一圈的。转了朗廓,还要转八廓,转林廓。转八廓就是走出大昭寺,沿着八廓街转圈;转林廓就是沿着拉萨市林廓路,围绕大昭寺、药王山、布达拉宫、小昭寺、下密院、印经院转圈。朗廓是里圈,八廓是中圈,林廓是外圈。这种从核心到外环的三个转经路线我八年前就转过,这次要是找到了'七度母之门',我还想转。转经是坚定信仰、参悟佛理的一种方式,你对世俗不是充满了期待、追求和迷恋吗?那你就转经,转着转着你就发现你的追求早就实现了,因为你已经没有追求,你对世俗的期待和迷恋完全被纯净的思想、光明的天地所代替,那里除了宁静与幸福,什么也没有。这时候你会意识到,你追求的原来是幸福,而不是别的,比如金钱、房屋、奢华,等等。既然已经得到了幸福,那还要金钱干什么?一个享受过幸福的人,是不会再回到烦恼中来的。"

转经筒哗啦啦地流水一般响起来。他们慢慢地走,快快地转,看着,想着:措曼吉姆,仓央嘉措的情人,她在哪里?她的指引在哪里?是不是等他们转够了一圈才会出现呢?

没有出现,所有的转经筒都让他们失望。

梅萨说:"这一圈白转了。"

香波王子说:"也没有白转。第一你排除了它,第二你祈请了它。转经就是转运气,运气一转就会来。说不定过一会儿你就会发现,其实措曼吉姆早就在你的视野里,她的信息你早就注意到了。走,上楼去。"

梅萨说:"你在安慰我,其实你的担忧一点不比我少。"

他们来到楼梯口,这儿不靠近殿堂,没有酥油灯,漆黑一片,黑得他们互相看不见。不光黑,还有静,静得他们都觉得耳朵失聪了。

突然传来一阵隐忍的笑声,吓得梅萨毛骨悚然:"谁?"

香波王子拽住她:"好像不是人,是猫头鹰。不要害怕,往上走,上去就好了,也许二层和三层才是仓央嘉措和措曼吉姆待过的地方。"

梅萨说:"我怎么觉得我们不该上去。"

香波王子说:"我们必须上去。大昭寺主殿一共四层,只有上去,我们才能看到二三层房檐下作为承檐装饰的一百零八个雄狮伏兽和人面狮身的木雕,看到梁柱和斗拱上天鹅、宝象、神驹、祥鹿的印度浮雕,看到明代刺绣的密宗神祇胜乐金刚和大威德怖畏金刚的唐卡,这些都是极其珍贵、非常著名的。三百年前的措曼吉姆想把开启'七度母之门'的'授记指南'留到今天,很可能会把它们当作载体,因为只有它们才会一直存在下去,并受到世世代代的保护和关注。"

终于走过陡峭的楼梯,来到了二层。二层也是黑暗的,像是禅堂禅机:佛意如晦,就里不明。好在这里有一个直视天空的平台,遥远的星空稀释着黑暗,可以看到浮雕般的夜色在周身蔓延,那是隐没的错落的殿堂,吸纳了新一轮恐怖,在沉默中狞厉。怎么没有酥油灯?二层的佛殿居然可以吹灯灭蜡。他们走过去,才发现不是没有灯,而是关了门。他使劲推了推,沉重的木门纹丝不动。

梅萨说:"什么意思,不设防的大昭寺却对我们关起了二层殿堂的门?"

香波王子说:"肯定是有人愿意,有人不愿意。"

又是一阵隐忍的笑声,从上面传来,隐隐约约还有一种呼唤:"我在这里,我在这里。"

梅萨说:"见鬼了。"

香波王子说:"这时候见鬼不一定是坏事,也许是空行母的幻化,或者是措曼吉姆嘱托给某人的召唤。走,去三层。"

他带她走向二层平台东北角的楼梯,这里是通往大昭寺主殿三层和四层金顶的地方。三层是活佛喇嘛读经修行的清静寂寥之地,平时就不对外开放,今夜更是锁门如壁。他们伫立着,感觉寂静更加浓稠,仿佛整个大昭寺都入定了。

鬼怪的笑声再一次响起,笑完了还是那种呼唤:"我在这里,我在这里。"虽然隐隐约约,若断似连,但寂静给了它清晰的可能。香波王子和梅萨明显感觉到那声音突然有了变化,变得他们听不懂了。

梅萨说:"是藏语?"

香波王子说:"不,藏语我都能听得懂,无论是安多语、卫藏语,还是康巴语。我感觉它像古梵语,对,节奏和发音都像古梵语,谁在说古梵语?显然是冲着我们的。"他望了望传来声音的大昭寺金顶,拉着梅萨往上走去。

但是通往金顶的门是锁死了的,他们只能无奈地听着那声音由梵语变成藏语,又由藏语变成汉语:"我在这里,我在这里。"

香波王子朝上看看露天的狮子门的门顶说:"没有别的路可走,只能翻过去了,你踩住我的肩膀。"

"这么高,我翻上门顶怎么下去?再说你怎么办?"

"那就只有一种办法,我翻过去,你在这边等我。"

梅萨不禁打了个寒战,左右看看:"我等你,一个人?"

香波王子也以为不合适,想了想,又觉得这是唯一的办法,不合适也得做。他说:"梅萨,梅萨……"叹口气,"其实我也不忍心把你一个人丢在这里。"说着,突然抱住了她。

梅萨一直绷紧的肌肉就像被人挠了痒痒,一下松弛了。她缩到他怀里,静静的,静静的。她仰起了脸。他低下头,发现她的眼睛就像两颗夜明珠滚动在热艳的怀抱里,禁不住激动起来。他吻她,用手抒情地探摸她的身体。她没有拒绝,也没有响应,身体却有些僵硬,进而有些颤抖。他想用更深情热烈的动作融化她,又突然想起她的誓言,还有她那句让他自卑的话:"你记住了它,却没听懂它。"

这些天,他一直在破译她这句话,破译她的誓言,像破译仓央嘉措情歌一样执着。可惜一无所获。他至今不明白,那么简单明了的誓言,自己怎么会不懂?

他轻轻推开她,抓住狮子门说:"我上去了。"

梅萨的小手,无声地拉住了他的手,这让他有了很深的感动。

"我们的期限是天亮之前,天就要亮了。"香波王子说着摁住了梅萨。

梅萨只好蹲下。香波王子一脚踩上了她的肩膀。

7

香波王子从狮子门的门顶翻到大昭寺金顶后,就再也没有听到那鬼怪的笑声和"我在这里,我在这里"的呼唤。他在四座巨大的金顶之间走来走去,有的金顶可以触及,有的被间隔在四层平台之外,只能观望。但不管是可以触及的,还是只能观望的,光滑的金顶上都不可能存在措曼吉姆的痕迹和发出召唤的那个人。夜色渐渐稀薄了,他焦急地观察那些法幢、金瓶、经轮和吉祥兽,观察四层平台上的每一个暗角、每一根经杆、每一堵矮墙、每一溜砖饰和瓦当,甚至那些缠绕在斗拱、脊檩、边椽上的哈达,都被他翻了一遍。

但是他没有注意到,平台正前方,也就是对着大昭寺广场的一面,半人高的边墙之外,还有一米的延伸。骷髅杀手就藏在这里,已经很长时间了。

骷髅杀手等待着香波王子的探头,只要对方一探头,他就会一刀刺向对方的喉咙。对方肯定会探头,数十米以下就是大昭寺门口,一声女人的尖叫将会把他吸引过来。骷髅杀手等待着,天还没有亮透,下面就出现了第一个磕头的人。很遗憾,是个男人。他知道女人对香波王子更有吸引力。他又等了一会儿,女人来了,一来就很稠,没过几分钟,就占尽了门前光亮的石板。

骷髅杀手朝下看着,瞅中一个姑娘,把一只死老鼠扔了下去。尖叫随之而起,就像一只无形的爪子,将平台那边的香波王子抓了过来。

香波王子果然把头探出了边墙之外,骷髅杀手举刀就刺,发现那头又缩了回去。香波王子听到平台那边的狮子门吱吱嘎嘎一阵响,突然想到了梅萨的安危,转身跑了过去。"梅萨,梅萨。"他喊着。

然而出现在他面前的不是梅萨，是国字脸喇嘛。

国字脸喇嘛身后还有七八个喇嘛，一个个虎视眈眈地望着他。他心里一惊：天亮了，被当作圣教之敌接受惩罚的时间来到了。

他哀叹一声说："我是尽力了，可惜佛祖不保佑我。梅萨呢，我的伙伴，她和我不一样，她只是一个女的，陪伴着我说说话。"

国字脸喇嘛指指天井说："她是你的法侣，是你的一半，你要不要最后看看她？"

香波王子走向天井，隔着边墙，朝下看去，下面是大昭寺门内的辩经大院，一左一右两根黑黝黝的带有羊图腾残痕的老柱子历历在目，左边柱子上依然贴着两张绿金刚贴牌，右边柱子上的红金刚贴牌却不再是两个，而是三个。这就是说，国字脸喇嘛口口声声的秋吉桑波大师已经明确表示了不满意，他们就要履行诺言，施放毒咒了。

国字脸喇嘛说："神圣的大昭寺以不设防的空前优惠接纳了你们，你们却不能证明大昭寺就是'七度母之门'的所在地，不能证明你们是前辈大师选定的具缘掘藏者，就只好有一个烂心烂肺、裂肝裂腹的卑贱下场了。"

香波王子说："可是梅萨呢，我怎么看不到梅萨？"

国字脸喇嘛恶狠狠地说："她就在红金刚贴牌的柱子后面等着你，请你跟我们走，走啊。"

香波王子没看到梅萨，后退了几步，突然指着已经被他翻乱的缠绕在斗拱、脊檩、边椽上的哈达说："慈悲的喇嘛，请你给我最后一点时间，我得把它们仔细检查一遍，完了再跟你们走，也就没什么遗憾了。"

国字脸喇嘛思考着，半晌才点点头。

香波王子说："请你们离开一点，我需要安静，需要用心灵去发现。"说着背对他们，一屁股坐在了哈达旁边。

国字脸喇嘛带着七八个喇嘛退到了平台的一边，耐心等待着。香波王子悄悄把手插进了哈达和经幡，迅速从缠绕的地方取了下来。他一条一条地检查，其实是一条一条地连接。他几乎把所有哈达都连接成了一条线，不结实的地方是两条线，然后把一头拴在了斗拱上。

他闭目打坐念起了经，念了差不多十分钟，悄悄睁开眼睛，看到明亮的晨曦里，大昭寺的金顶突然扩大了，煌然一片金瓦的海，激荡的金浪托帆而起，把一座庞大而立体的曼陀罗坛城不朽在西藏大地上。他知道密教徒的宇宙就是这个样子的，它是太阳的变体，在千万年千万人无条件的崇拜中光芒四射。

香波王子就在曼陀罗坛城光芒四射的时候跳了起来，朝着数十米以下就是大昭寺门口的那道边墙跑去，跑到跟前就把怀抱里的哈达扔了下去，一条哈达通道出现了。他翻过边墙，拽紧哈达跳了下去，这时候才看到，骷髅杀手藏在边墙外面，握着骷髅刀，吃惊地望着他。香波王子更加吃惊，心说完了，只要骷髅杀手一刀割断哈达，大昭寺门前的石板上就会出现一个七窍出血的死人。

香波王子顺着哈达迅速朝下溜去。国字脸喇嘛带人追了过来。骷髅杀手跨前一步靠近哈达，举刀就砍。而在国字脸喇嘛看来，对方举刀就是要行刺自己，靠近哈达就是想溜下去，五大三粗的他一把将骷髅杀手拽翻在边墙上，用整个身子压住了对方举刀的胳膊。另外几个喇嘛扑过来，死死摁住了骷髅杀手。

国字脸喇嘛说："没想到他们还有一个同伙，你是怎么上来的？"

骷髅杀手吼叫着："放开我，放开我，我要杀了香波王子。"他号啕大哭,知道自己再也没有希望,杀死香波王子的最后机会就这样失去了。他想起了自己在黑方之主面前的"隐身人誓言":"要么香波王子死,要么我死。"啊,我死,为什么是我死?

国字脸喇嘛吩咐手下把骷髅杀手绑了起来,然后朝下看看:"快走,一定要抓住香波王子。"他带着人朝狮子门跑去。

香波王子还在顺着晃来晃去的哈达往下溜,看到一大片磕头的信民正借着早晨旺盛的精力波浪起伏,看到乌青闪亮的"一百零八块无字经石"在又一个被人全身心热吻的日子里一如既往地亲切温暖着,突然一阵激灵,仿佛醒了,就像一个一直迷糊的人,触电一样清醒了。他大叫一声:"哎哟妈妈呀,我这个大笨蛋。"

然后,他双脚落地,丢开哈达,狠狠地在自己额头上击了一巴掌。

他想,披露在《西藏日报》上的哲蚌寺"光透文字"里的情歌是这样的:

> 胡须满腮的老狗,
> 心眼比人还好,
> 不说我黄昏出去,
> 归来已是早晨。

注释:老狗不是狗,胡须不是胡须。

而《西藏日报》文章的最后一段却是这样透露"授记指南"的:

读到这样的情歌,我们好似得到了发掘伏藏的"授记指南",定要去寻找那不是狗的"老狗"、不是胡须的"胡须",定要去会会那"情人",看"脚印"是否已延伸到龙女措曼吉姆窗前,看措曼吉姆的身影是否依然匍匐在一百零八块阳光般锃亮的经石上?

这就是说,这首情歌应该这样解读:"老狗"不是狗是人,这个人没有"胡须",没有胡须的人不是男人,是女人。如果这个女人把大昭寺当作她的家,自然就是"黄昏出去,归来已是早晨"。其实,《西藏日报》上的"授记指南"已经明确告诉他措曼吉姆在哪里了,可是他太笨,直到现在才领悟:"看措曼吉姆的身影是否依然匍匐在一百零八块阳光般锃亮的经石上?"

措曼吉姆就在这里,大昭寺门口磕长头的人群里。

他喊起来:"措曼吉姆,措曼吉姆,谁是措曼吉姆?"

没有人回答,却有人从地上蓦然爬起,跑了过来。

是一个容貌出色的姑娘,甩掉保护手掌的木头手套,一把拽住香波王子说:"我看见你从上面下来了,是不是去大昭寺里头找我了?傻不傻呀,我就在门口等你呢。"那口气好像她和香波王子是昨天的情人,今天又来约会。

香波王子惊讶地问:"我们早就认识?"

她不回答,又说:"你没在售票窗口看到我的留言?"

"什么留言?"

"你自己去看嘛。"

香波王子躲闪着磕头的人,几步跳向售票窗口,看到窗边的留言板上的确有一行藏文字:

措曼吉姆离你两步。

他迅速回到措曼吉姆跟前说:"太遗憾了,我们没有买票,我们是被喇嘛们推搡进去的。"想到"授记指南"里的一句:"定要去会会那'情人',看'脚印'是否已延伸到龙女措曼吉姆窗前。"这里的"窗前",指的不就是大昭寺的售票窗口吗?

措曼吉姆又埋怨道:"你怎么才来,我天天都等着你。"

香波王子问:"天天等着我?谁让你在这里等我的?"

措曼吉姆说:"我从两岁起,就在这里磕头,阿妈说是为了等你。后来上学,也是半天去学校,半天来这里。"

香波王子不相信地审视着她:"你怎么就认定你阿妈让你等的就是我呢?"

措曼吉姆嫣然一笑:"因为你喊了'谁是措曼吉姆',阿妈和我等的就是一个寻找措曼吉姆的人,他叫香波王子。"

"你阿妈居然知道我的名字,你阿妈呢?"

"死了,她死了我就一个人等你。"

"你等我干什么?"

"阿妈要我告诉你一句话。"

香波王子立刻感觉到了一种无与伦比的坚韧和牢固。漫长的时间里,伏藏者把未来掘藏的"指南"变成一句话,让一户人家世世代代留传,并围绕这句话安排自己的生活和生命。就为了这一句话,她把柔弱变成了刚强,她献出了所有的时光,甚至会微笑着走向死亡。她们不会中断,一天也不会,信仰支撑着她们,虔诚支配着她们,大昭寺门前的等身长头,以超越灵与肉的强大穿越了所有的风雨雷电、严寒酷暑。

他一把抓住她的手:"什么话?快说。"

大昭寺的门开了,国字脸喇嘛带着一群喇嘛抢出来,直奔香波王子。香波王子拉起措曼吉姆就跑。国字脸喇嘛吆喝着："喇嘛们听我的，把他给我拦住，拦住。"一些早早来到大昭寺广场和八廓街口占地化缘的喇嘛闻声而起，从前面围了过来。

香波王子边跑边问："快说呀，你阿妈到底要你告诉我什么？"

措曼吉姆说："阿妈说你要的珍宝在大昭寺。"

"我知道在大昭寺，在大昭寺的什么地方？"

喇嘛们包抄过来，拥塞了去路，已是举步维艰了。措曼吉姆一步跨过去，挡在香波王子前面，嘻嘻哈哈地推搡着那些年轻年老的喇嘛，推不开的，她就揪住袈裟往下扯，不停地跟他们开着玩笑："阿姐来了，阿姐来了，爱喇嘛的阿姐来了，喇嘛爱的阿姐来了。"喇嘛们也笑了，他们是来自拉萨其他寺院或者拉萨以外的化缘喇嘛，并不知道捉拿香波王子有多么重要，纷纷让开。香波王子惊奇地看着措曼吉姆，心说不愧是仓央嘉措的情人，竟是如此活泼、开朗、恣肆、放逸。

他说："你在这里虔诚地朝拜，却又这样不尊重喇嘛。"

措曼吉姆说："谁说我不尊重了，他们喜欢我这样。"

"为什么喜欢？"

"因为我漂亮。"

他扭头看看她："对，你漂亮，除此以外，你还是仓央嘉措的情人，我说的是前世的前世。"

"仓央嘉措的情人？你怎么知道？"

"我就是知道，相信我，我不会骗你。"

他们跑上了正对着大昭寺广场的宇拓路。路上穿梭着上班的人和最早的游客。出租车慢腾腾窥伺着路边的行人，对每一个站着或举手的人都给予关注。公共汽车却急如星火地奔驰着，似乎它们才是最快的速度。香波王子拉着措曼吉姆跑过去钻进一辆出租车:"快走,师傅。"再一看,国字脸喇嘛已经带人拦在了前面,又拽着措曼吉姆从出租车里冲出来,回身跑向了丹杰林路。一辆公共车正要关门离站,香波王子一把扳住前门,拥着措曼吉姆挤了上去。

国字脸喇嘛带人追赶着,渐渐远了,看不见了。

香波王子突然喊起来:"师傅,停车,停车。"

司机说:"没到站怎么停?"

香波王子急得直跺脚:"可要是到了站,我的钱包就找不回来了,里头有一万,不,十万。"

司机一脚刹住:"快下去吧。"

香波王子拉着措曼吉姆跳下车,跑向马路对面,坐上了一辆观光休闲的篷布三轮车,心说谁能想到这样的蜗牛车会成为逃命者的选择?

一辆出租车驶过,里面坐着国字脸喇嘛一行,他们要去下一站堵截公共车。

再次路过大昭寺广场时,措曼吉姆望着一片匍匐在地的藏民,如释重负地喘口气说:"终于等到了你,我再也不用天天来这里磕长头了。"

香波王子说:"磕长头不好?难道不是充满了幸福和喜悦?"

措曼吉姆"嗨"了一声说:"那是老年人的幸福。"

香波王子说:"你的幸福呢,在哪里?"

"我等啊等啊,终于等到了你,这就是幸福啊。"

"好啊,趁你幸福的时候,快告诉我,珍宝在大昭寺的什么地方?"

措曼吉姆望了望前面踏三轮车的师傅,摇摇头:"它比我的命还重要,我只能让你一个人听到。"

这时香波王子看到，大昭寺广场连接宇拓路的隐蔽角落里，停靠着路虎警车，车边没人，可以想象车里的人已经在大昭寺内外监视守候了。在追踪他们的人中，警察王岩他们的行动总是很慢，他们来了，说明阿若喇嘛和邬坚林巴早就来了。

　　香波王子大声说：“师傅快点，去……”

　　揩曼吉姆说：“去宗角禄康吧。”

　　突然从人群里闪出国际刑警卓玛，追向了篷布三轮车，追了几步又停下，愣愣地望着，自语道："如果不是佛的眷顾，一个人不会这么聪明，就让聪明多留一些时日吧。"

第二章　措曼吉姆

1

布达拉宫峰座大活佛四年一次的竞任考试安排在布达拉宫持明佛殿。

持明佛殿也叫仁增拉康，位于布达拉宫红宫南侧，高大的第二佛陀宗喀巴银铸坐像是殿内的主供佛，四周是莲花生大师八种神变的铜像。精工细雕的神马、大象、雄狮、孔雀、花朵、树叶装扮着神像的宝座。宝座是世间佛法的象征，强调这里是人间，是一个讲究理性的地方。银制的八座佛塔就像八尊大佛的法身宣言，把世界规范在天堂和地狱的临界点上，一步上天，一步入地，竞任考试的参与者都将在佛与魔之间完成转变，所有的情器都变得忐忑不安。

八座佛塔和莲花生大师八神变之间，坐着九位考官，他们是包括瓦杰贡嘎大活佛在内的九位来自不同教派的大成就者。

两个答辩经座相对而设，中间有十米的距离，放着一把代表威严的三尺锡杖。古茹邱泽喇嘛坐在东边，他的竞任对手山南密法领袖苯波甲活佛坐在西边。

围绕着考官和两个竞任者，那些鲜艳斑斓的卡垫上，坐了无数喇嘛，他们大多是来自西藏各寺院获得高等学位的格西，每一个都是腹藏万卷经典的饱学之士。

今天的考试分三步，第一步是竞任者互相提问，每人提三个问题，让对方回答。第二步是格西代表随意提问。第三步是考官随意提问。最后考官进行评判和投票，谁是优胜者当场宣布，然后择日进入第二场考试。

抓阄的结果是，苯波甲活佛首先提问。

苯波甲活佛挺直腰板，中气充沛地问道："喇嘛尊者的才学我早有耳闻，我这个愚鲁的人，想让喇嘛尊者告诉我，当你的本尊神出现在你眼前时，你看到他是绿脸还是红脸？"

古茹邱泽喇嘛立刻意识到这是一个陷阱，因为本尊神以红脸或绿脸出现在眼前是低级修炼阶段身外之法的现象，在内定之法的高级修炼阶段，本尊神会从身体之内的任何一个地方冉冉而起，然后就像白色的血液一样无声无息地流淌在周身。他声音朗朗地回答道："我看到的绿脸是所有男人的脸，我看到的红脸是所有女人的脸，他们陷入欲界、色界而不能超拔，所以显现两色面孔难道你不知道吗？至于尊师传授于我的本尊神，我从来没有看到过，他或许一开始就变成了我的脉搏和气息，变成了明点所包括的精液和所有分泌的黏液，他无时不在却又让我感觉不到他的存在。"

苯波甲活佛击掌再问:"你是说你感觉不到本尊神的存在吗?"

古茹邱泽喇嘛不假思索地回答:"是的。"

苯波甲立刻又问:"你到底有没有本尊神?"

古茹邱泽啪啪地拍响了巴掌:"我的心告诉我,没有。"

格西喇嘛们发出一片诧异的声音。这是不可思议的回答,修炼密宗的喇嘛怎么可能没有主宰心念的本尊神呢?考官们也都板紧了面孔,疑惑地盯着他,想听他解释,他却半响无声,也就是说他的回答结束了。

瓦杰贡嘎大活佛想到自己给弟子的叮嘱"随心所欲",倒也不怎么担心,佛法本来就是思辨之法,对一个辩才无碍的高等喇嘛来说,"没有"很容易变成"有"。

接下来是古茹邱泽喇嘛提问。他目光炯炯地望着对方,做出击掌的样子又故意没有击响,问道:"请问苯波甲活佛,这个世界有没有神?若是有神,那么是先有了世界还是先有了神?"

苯波甲活佛神色坦然,微笑着高声回答:"世界本来没有神,是卵生、胎生、湿生、化生变成了大千世界,然后有了神,这是佛家常识。如果没有三千大千世界,哪里来的释迦牟尼,如果没有释迦牟尼,哪里来的佛法,如果没有佛法,哪里来的灵识,如果没有灵识,哪里来的转世,如果没有转世,哪里来的活佛,如果没有活佛,哪里来的三宝齐全的寺庙,如果没有寺庙,哪里来的万神相聚?神在有无之间,他为需要而存在,佛是世间唯一的需要、唯一的神。"

许多格西喇嘛发出了喝彩声。

古茹邱泽再问:"如果说神是需要就有,不需要就没有,那么我们、所有的有情和无情到底需要不需要神?"

苯波甲瞪起了眼睛:啊,一个喇嘛居然会提出这样的问题?他击掌而答:"当然需要。"

古茹邱泽又问:"那么,神在哪里?如果说他就在持明佛殿里,在宗喀巴大师的坐像和莲花生大师的神变铜像中,那么我祈求他走出来给我信仰的力量时,他为什么不走出来?如果说他就在我们心里,那么我祈求他消除我内心的迷惘时,他为什么毫无所动?如果说他在天上,那么遥远的上天对我们人世到底有多少关心?"

苯波甲愣怔了一下,他没想到对方会提出这样低级的问题:神在哪里?可越是低级的问题似乎越难回答。他本来可以指着自己的心说,就在我心里。但这个路子显然已经被对方堵死了。他犹豫着,突然说:"神在神的家里,在你永远想不到的地方。你之所以想不到,怀疑是根源。喇嘛尊者经、律、论三藏日益贯通,怎么离佛却越来越远了?"

考场一片沉默。考官和格西喇嘛们都在震惊中回味古茹邱泽喇嘛的问题:有没有神?需要不需要神?神在哪里?这些问题他们从来没有思考过,因为这是在西藏,西藏从古到今就是人神共居的地方,就好比人们不会去思考自己为什么吃饭喝水、呼吸空气一样。虔诚信仰、以神为父的高僧,怎么空谷足音般地发出了这样的疑问?

瓦杰贡嘎大活佛也开始纳闷:这个弟子今天怎么了?

这时已经准备好提问的格西代表站了起来,大声问道:"古茹邱泽喇嘛,你是不是说,无相就是实相,不需要神的时候神在,没有神的地方神在?"

古茹邱泽喇嘛说:"不,我是说,当地震发生,当雪灾来临,当冰山消失,当草原毁灭,神在哪里,佛在何处?虽然说佛在不惊不怖不畏处,虽然说祈求是一切人心的根本,但祈求神佛能避免灾难吗?能带来福运吗?能改变现状吗?当人世间的事情让人无奈、无助、无望的时候,鼓励众生去自我的心灵里寻找帮助难道就够了吗?"

格西代表说:"当人空、佛空、法空、一切皆空,我们是耽空滞寂,还是让'空'成为空,而后拥有?请古茹邱泽喇嘛回答。"

古茹邱泽喇嘛说:"我们虽然证得了物空,还没有证得人空,虽然证得了人空,还没有证得法空,虽然证得了法空,还没有证得空空。假如还有一个空的存在,那就是顽空,就是空执。空执就是我执的另一种形式,佛法要破除我执,要面对众生之有、灾难之有。耽空滞寂不可取,空而后有是正道。"

格西代表又问:"苯波甲活佛,你说呢?"

苯波甲活佛说:"让'空'成为空,就是实有,灾难实有,神佛就是空,神佛实有,灾难就是空。"苯波甲谦卑地回答着,突然把头一仰,击掌对准了古茹邱泽,"请教喇嘛尊者,听说你的弟弟自杀了,为什么?听说你的妃宝叫你'邱泽哥哥'了,又是为什么?这是'空'的存在,还是'有'的呈现?"

古茹邱泽喇嘛目瞪口呆,对手居然知道他弟弟的自杀,知道妃宝用一声"邱泽哥哥"把他从昏迷中唤醒。他想到的不是隔墙有耳,不是苯波甲活佛卑鄙地刺探了他的隐私,而是对手作为一个密法修炼者也许早已超过了凡夫的能力,遍知一切的活佛实际上是用不着眼睛看、耳朵听这些低级刺探的。

古茹邱泽双手抚胸,半张着嘴不说话,这是执空无声的意思,而"空声"在答辩中既表示蔑视,也表示用"空白"消除了"有色"——弟弟自杀了,妃宝喊起"邱泽哥哥"了,欲色之界的因缘从来不曾绕过任何一个身居庙堂的喇嘛,只是喇嘛有空白,有修炼而来的机变的精神空白。当一个人说空就空、说白就白的时候,风起云涌的烦恼就会排山倒海而去。

但是古茹邱泽真的已经领有精神空白的幸福，真的能做到说空就空、说白就白吗？弟弟自杀了，妃宝喊起"邱泽哥哥"了。

考官席上，瓦杰贡嘎大活佛突然问道："最近半年的修炼，你以何种法门为主，又是谁的灌顶？"

古茹邱泽意识到尊师已经从根本上怀疑到自己了：如果你修炼的不是邪门外道，怎么可能提出这样的问题：有没有神？需要不需要神？神在哪里？怎么可能产生这样的疑问：祈求神佛能避免灾难吗？能带来福运吗？能改变现状吗？

古茹邱泽半响无话。他严守不打诳语的戒律，不想撒谎。

几年前他结束上密院的九年苦修，回到布达拉宫后，请求自己的根本上师、布达拉宫峰座大活佛瓦杰贡嘎传授无上瑜伽双身修法的秘密灌顶，也就是请求上师在"乐空双运"上给予言传身教，这样的灌顶虽然在上密院时已经由其他上师传授，但他觉得瓦杰贡嘎大活佛的灌顶更为殊胜，更能快捷地达到"即身成佛"的目标。当时瓦杰贡嘎大活佛问："五部无上金刚大法都是至尊至宝的法门，你准备修炼哪一部？"他把时轮金刚、密集金刚、胜乐金刚、大威德金刚、欢喜金刚都在脑子里过了一遍，口气坚定地说："我准备专修密集金刚，兼修时轮金刚和欢喜金刚。"

但是仅仅修炼了一个月，古茹邱泽喇嘛就变了。变化来得猝不及防，连他自己也吃惊，他竟然会顺从变化，毅然抛弃尊师的灌顶。那一次是不分昼夜的禅定，他看到了六世达赖喇嘛仓央嘉措。仓央嘉措肃然而立，一手拈花，一手提壶，灌顶如同奶汁淋头，芳香是音乐的，甜美就像最动听的话语直透心底。然后，仓央嘉措在空行母的伴舞下唱了一首情歌：

要是不曾相见,

我们也不会相恋;

要是不曾相恋,

也不会忍受相思的熬煎。

他就像迎接情人一样欣然出定,看到窗外正在下雪,轻柔的情歌就像雪花一样飘飘而来。

古茹邱泽认为佛性本有,气质更是先天而成。他完全是仓央嘉措的气质,无法拒绝那种诱惑。那是佛门之内馨香而温暖的月光,是生机盎然的宽坦之道延伸到脚下时消解了所有枯乏困顿的大舒畅。他开始依言而行,发现首先需要证悟的便是:有没有神?需要不需要神?当灾难降临时,神在哪里?

瓦杰贡嘎大活佛再次问道:"你的沉默让我如此惊心,就算是离经叛道,为师的也该知道。"

古茹邱泽毅然决然地仰起头,大声说:"我修炼的是'七度母之门'。'七度母之门'的第一门便是:有没有神?神在哪里?"

一片惊嘘,然后是沉默。

古茹邱泽又说:"六世达赖喇嘛仓央嘉措的灌顶法语是,'七度母之门'即将启动发掘,我对你的灌顶是启动的先声。"

瓦杰贡嘎大活佛忽地起身,责问道:"那么我对你的灌顶呢,不算数啦?"

古茹邱泽喇嘛说:"尊师,我内心就像湖水的浪花呈现了这些文字,我是顺波逐流,随心所欲,这正是你的教导。"

瓦杰贡嘎大活佛怫然而起,走过去,拿起那把代表威严的三尺锡杖,狠狠地砸在自己额头上,然后丢给古茹邱泽喇嘛,痛苦地说:

"我死，你也死。"然后顶着一摊血，转身就走。

苯波甲活佛说："大活佛请留步，今天的考试还没有结果。"

的确，考官的评判没有进行，谁是优胜者还不知道。而在苯波甲活佛的期待里，今天的优胜者一定是他，他渴望考官的宣布。

瓦杰贡嘎大活佛意识到自己不仅是古茹邱泽喇嘛的尊师，更是布达拉宫的峰座大活佛，是全场最有权威的人，便不顾难言的羞愧，回到了考官席上。

结果似乎是不言自明的，格西喇嘛们都知道古茹邱泽喇嘛因违背尊师之命，擅自修炼极其机密的"七度母之门"，成了这场考试的失败者。

瓦杰贡嘎大活佛指着年长的尼玛考官说："就请你来宣布吧。"

尼玛考官却问："宣布什么？谁是优胜者？"又指着别的考官说，"我们还没有投票呢。"

瓦杰贡嘎大活佛说："不用投票了。"

尼玛考官坚持道："既定的程序还是不要省略了吧。"

瓦杰贡嘎大活佛没有吭声。九位考官开始投票，很快结束了。当尼玛考官宣布完结果时，作为考场的持明佛殿轰然一片议论。

五票对四票，古茹邱泽喇嘛居然得了五票。

苯波甲活佛不相信这是真的，走过去亲眼把每张票都看了一遍。

瓦杰贡嘎大活佛指着考官们，严厉地问道："谁给古茹邱泽喇嘛投了票？你们居然支持他修炼非法之门。"

没有人回答他。

瓦杰贡嘎大活佛失态地说："我决不允许一个修炼'七度母之门'的人继承布达拉宫峰座大活佛的法座。"

尼玛考官说："大活佛，还是让考试来决定吧，这是规矩。"

2

布达拉宫后面的宗角禄康保留着仓央嘉措时代的峥嵘野秀，龙王潭依然深翠，粗硕的古树依然繁茂。香波王子和揩曼吉姆就像一对情侣奔赴幽会那样，肩并肩走向了树林深处。

香波王子一屁股坐到草窝里，着急地说："就在这里吧，快告诉我，珍宝在大昭寺的什么地方？"

揩曼吉姆说："可你还没说你准备给我什么。"

香波王子吃惊道："你实现阿妈的遗愿，还要报酬？"

揩曼吉姆诡谲地点点头："肯定不能便宜了你。"

"说吧，多少钱？"

"我不要钱。"

"那你要什么？"

"要你。"

香波王子愣了，半晌才说："谁告诉你的你可以要我，也是你阿妈？"

揩曼吉姆认真地说："是我自己想出来的。我原以为我等待的是一个喇嘛，他至少八十岁了，没想到是这么帅一个俗男子，我不能白等，我也是付出了的。"

香波王子说："你不能胡思乱想，我这是在掘藏，掘藏是什么知道吗？就是世界上所有的神圣加起来都比不上它神圣的那种东西，就是佛教本身，简单一句话，没有掘藏就没有藏传佛教。"

揩曼吉姆说："我是伏藏的一部分，你掘的不就是我吗？"

香波王子瞪起眼睛望着她："原来你什么都知道，可我的目标是'七度母之门'，不是你。"

"这里是宗角禄康,到了这里你的目的就应该是我。"

"现在许多人都在抓我,哪儿都危险,我来这里仅仅是因为这里最安全。"

措曼吉姆冷笑一声:"这里干什么最安全?谈情说爱最安全,仓央嘉措的老地方,谁不知道啊。香波王子你要不是男人你滚吧。"说着抬脚朝一片草丛踢去,居然一脚踢出了三个用过的安全套。

香波王子瞪着安全套,半响不知道说什么,突然叹口气说:"好吧,你先告诉我珍宝在大昭寺的什么地方,然后再说别的。"

"你在骗我,我要是告诉了你,你立刻就会抛弃我。"她说罢就走。

香波王子跳起来抓住她:"措曼吉姆你听着,现在有三件事情对我同样重要:第一是发掘'七度母之门'的伏藏;第二营救我的同伴梅萨;第三是保护你。我曾经说过,我不相信开启'七度母之门'需要以那么多生命为代价。措曼吉姆,也就是你,是仓央嘉措情歌告诉我们的第六个情人,其中有四个在我们找到她后,都死了。我不想让你跟她们一样。我发誓要保护你,用生命保护你。你现在已经非常危险,必须跟我寸步不离。"

措曼吉姆说:"死了就死了,我不怕的。放开我,放开我我就告诉你。"

香波王子放开了。措曼吉姆扭头就跑。追逐是必然的,追不上也是必然的,香波王子靠在一棵古松的老皮上,喘着粗气,对十步外的措曼吉姆大声说:"你不怕我怕,我怕我得不到'七度母之门',快说呀,珍宝在大昭寺的什么地方?"

措曼吉姆说:"不说,就不说,除非你答应我。"

"你听我解释,措曼吉姆,你是一个藏族,你应该知道掘藏有严格的规矩,要么跟命定的法侣结合,要么杜绝一切色欲保持绝对清洁。如果我跟别的女人乱来，不仅不能消除蒙昧，获得帮助，还会让我污秽不堪。一个污秽不堪的人，如果还要执意掘藏，必死无疑。更糟糕的是，清洁的伏藏一见到污秽之气，就会逃遁而去，永远消失，历史将不会再有最后一次伟大的伏藏与掘藏了。"香波王子说着，一种自豪从心底油然而生。搁在以前，他是不会放弃这样一次求之不得的艳遇的，措曼吉姆绝对是一个让男人心动的姑娘。即使踏上掘藏之路以后，他也曾认为自己是仓央嘉措再生，可以享有"在欲行禅"的特权。但是现在，香波王子意识到自己变了，烦恼变成了菩提，火中生出了莲花。

措曼吉姆说："你是个瞎子，法侣到了跟前你都不认识，只有我才能帮助你，我的肚子就是证明。"

香波王子断然道："不，你不是法侣。"他眼前浮现出梅萨的面孔，心说我的法侣只能是梅萨。要破色戒，只能是梅萨。

措曼吉姆委屈地说："原来我等的不是你，你不是仓央嘉措，我也不是仓央嘉措的情人。"

"是不是你听我给你唱，唱仓央嘉措情歌。"

"我不听，我不听，没有实际行动的情歌，就是不放奶和茶的水，有什么味道啊。"

情急之中香波王子和措曼吉姆都忘了这些话是不能大声说出来的，隔墙有耳。尤其是宗角禄康，这个六世达赖喇嘛仓央嘉措幽会情人的福宝之地，这个亘古至今孕生性爱的男女私情场，那许多植被茂密的狭小空间里，就有猴急猴急的人儿，倒挂了黑色与红色的牛鼻靴，投身于天当被地当床的浪漫。现在这些人不猴急也不浪漫了，都听着，至少有一个地方的两双耳朵静静听着。一个镶金牙的男子轻轻撩开树叶，听清了，也看清了，几步之外的措曼吉姆竟是如此美丽。他低下头，小声对身边的女朋友——一个胖姑娘说："起来，把衣服穿好，我们有事情要做了。"胖姑娘问："什么事情？"镶金牙的男子说："别忘了我们是拿了人家的钱的，我们天天来这里可不光是为了享受性福。仓央嘉措约会情人的老地方，总会出现与仓央嘉措有关系的人。这是老板说的，我们终于等到了。"

失望的措曼吉姆再次跑起来，但这一次她跑得太快，把香波王子甩得太远。等她像个捉迷藏的游戏中藏起来没人找的孩子，失落地跑出来去寻找香波王子时，偌大的宗角禄康已经没有了他的影子。

"香波王子，香波王子。"她喊着，急得嘴唇立刻起了泡。

一个镶金牙的男子和一个胖姑娘从树丛里窜出来，指着一个密树形成的自然窝笼说："他在里头，让你快进去。"

措曼吉姆没想别的，一头扎了进去，看到里头除了荒芜秽亵的乱草，什么也没有，转身要出来，却被胖姑娘拽住了胳膊，被金牙男子抱住了腰。

"放开我，放开我，流氓，流氓。"措曼吉姆喊叫着，但这样的声音在宗角禄康的风流气氛里只能被当作美妙的音乐。

措曼吉姆被压倒在窝笼里的芜秽乱草上。胖姑娘沉重地压住了她的腿，金牙男子更加沉重地压住了她的肩和胳膊。苗条如蛇的措曼吉姆突然发现自己柔弱得就像一根草。

金牙男子舔着金牙问："什么叫'七度母之门'？"

措曼吉姆仇恨地望着他，摇头。

金牙男子又问："什么珍宝在大昭寺的什么地方？"

她再次摇头。

"你是仓央嘉措的什么人？是他的后代，还是他情人的后代？快说。"

她坚决摇头，露出洁白的牙齿咬住了嘴唇。

"你说你的肚子就是证明，什么证明？"他把手放在了她的肚子上。

她眼睛冒火地瞪着他："你放开我，放开我。"

金牙男子狞笑一声，从腰里拔出一把红铜拉丝柄的白藏刀，一刀割开了措曼吉姆单薄的夏季氆氇裙，看了看那肚子，立刻把电话打给了老板。

3

香波王子是被人骗离宗角禄康的。他找不见措曼吉姆，大声呼喊她的名字，却喊出来一个胖姑娘。胖姑娘说："你找的是不是这样一个姑娘？"她形容了一番。香波王子说："是啊，是啊。"于是胖姑娘告诉他："我看她跑出宗角禄康大门，回家去了。"香波王子问："你怎么知道她回家去了？"胖姑娘说："她离开了你，不回自己家去哪里？"香波王子心说，对啊，措曼吉姆不是说原来她等的不是他吗？她肯定又到大昭寺门口一边磕头一边等待去了。这么想着，他跑出宗角禄康，钻进一辆出租车，大声说："大昭寺。"

半路上，香波王子进商店买了一顶礼帽、一副墨镜和一件藏青色的布料藏袍，穿戴齐备，在镜子前一照，发现跟昨天大不一样了。尽管如此，他还是做好了自投罗网的准备。梅萨和措曼吉姆都在罗网里头，他不自投，怎么能把她们捞回来？

他远远地下车，步行来到东孜苏路，往前进入八廓南街，避开大昭寺广场，混杂在商贩、游客、转经者的人群里，绕到了大昭寺门口。门边站着一个熟人，正是阿若喇嘛。不过阿若喇嘛无动于衷，扫了他一眼，就把眼光投到别处去了。这使他信心大增，感觉自己这番改装是可以蒙骗一时的。他走向售票窗口，掏出七十五元钱买了票，检票进去，躲到门边，朝外观望着。他在那些磕长头的人堆里搜寻措曼吉姆，搜寻了好几遍都没有看到她的身影，便转身朝里走去，心说也许措曼吉姆还没有到达，先去里头寻找梅萨，出来再找她。

他穿过辩经大院，来到一左一右两根黑黝黝的带有羊图腾残痕的老柱子前，看到上面的绿金刚贴牌和红金刚贴牌已经没有了，像是昨天晚上什么事情也没有发生过。他掏出手机，拨给梅萨，对方是关机的。他低着头，迅速走向那一河金光潋滟的酥油灯，没几步，就撞到一个喇嘛身上，他想绕过去，却发现他东喇嘛也东，他西喇嘛也西，抬头一看，愣了。国字脸喇嘛和前后左右的许多喇嘛，一起伸手揪住了他。

国字脸喇嘛说："我们知道你还会回来。"

香波王子说："我来救我的人，梅萨呢？"

喇嘛们押解着他，走向南边一座他从未到过的黑门院落。香波王子看到阿若喇嘛和邬坚林巴以及王岩和卓玛都不知从哪里冒出来，跟在了后面，这才意识到自己就是扒了皮人家也能认出来。

黑门只开了一条缝，喇嘛们押着香波王子一进去，就被国字脸喇嘛关上了。院落的四面都是僧舍，有厨房和马厩，有做杂活的女人的身影，还有一间专门用来关人的两米见方的黑房子。

黑房子成了香波王子的归宿，他后悔得把礼帽掼到地上："他妈的，他妈的，我为什么不能花钱雇一个人来打听梅萨的消息？"又觉得雇了别人是不放心的，自己肯定还会来。他踢着铁门，喊道："你们这是犯法，大昭寺有什么权力抓人？"

国字脸喇嘛在门外说："你是一个了不起的掘藏师，掘藏师首先是一个修炼密法的佛教徒，我们不过是给你提供了一个闭关静修的机会。"

香波王子蒙了：他们非法关押你，你却不能说他们违法。而且，闭关静修不仅是无限期的，而且随时都会蒸发。不管你怎样蒸发，都可以看成是因闭关而涅槃，不会有人追究责任的。他哀求道："你们不是也希望我能证明大昭寺是'七度母之门'的所在地吗？放我出去，我保证证明给你们看。"

国字脸喇嘛说："说的是天亮前，期限已过，我们已经不需要了，这是秋吉桑波大师的法旨。"

香波王子说："但圣教是需要的，别人是需要的。"

国字脸喇嘛说："我们不喜欢别人需要。'七度母之门'一旦离开正等正觉者的引导，必将成为圣教的灭顶之灾。你不是一个正等正觉者，'七度母之门'也不会有打开的可能，伏藏已经被你毁灭，刺穿圣教心脏的人，不是佛法的敌人、罪恶的叛誓者是什么呢？大昭寺的存在，既是福音的存在，也是惩罚的存在。"

香波王子长叹一声："看来我是死定了。"

国字脸喇嘛说："你不是死，你是禅坐而寂。"

香波王子问："什么时候开始？"他指的是施放毒咒，指的是自己烂心、烧肺、裂肝、洞肚的下场。

国字脸喇嘛说："这个院子里，所有的僧舍都住着密教徒，他们合力而为的经咒已经开始。"说罢，砰地关死了门。

香波王子大喊一声："让我见梅萨一面。"然后一头磕到铁门上。

梅萨就在隔壁。隔壁是一间小房子。

夜里，当香波王子踩着梅萨的肩膀，翻过通往大昭寺金顶的狮子门，悄然消失的时候，梅萨害怕得连连发抖，一个人，在一个连夜气都会沾染魔鬼信息的地方，怎么能挨到天亮呢？她想起边巴老师说过的话："其实最早的世界里本没有佛，也没有魔，后来佛出现了，魔就来了，或者魔出现了，佛就来了，不知道先有了佛，还是先有了魔。但是有一点可以肯定，有佛的地方就有魔，有魔的地方就有佛。这是不是说，没有佛与魔的地方，才是最理想的？也许是吧。但不可能没有佛与魔，佛之于宇宙，无处不在，因此魔之于宇宙，也是无处不在。世界万物都有两面性，那就是佛与魔，所以我们说：'佛魔，佛魔。'"她蜷缩在狮子门前的楼梯上，突然意识到，让自己感到恐怖的不是魔，而是佛。她为什么遇佛而恐怖？原来她就是魔，人和佛的关系，就是魔和佛的关系。她这么想着，大声说："我是魔，我是魔。"说了几声，似乎不再恐怖了，便起身朝下走去，她想走出大昭寺。

黑暗中突然伸出一只大手，揪住了她的头发。她鬼叫一声，恐怖重新袭来。

揪住她的是国字脸喇嘛。他不怀好意地说："好一个法侣。"然后吩咐手下把她带下去，绑到辩经大院红金刚贴牌的柱子后面。

她在恐怖中熬过了一个小时，然后才被松绑。

国字脸喇嘛没收了她的手机，神秘地说："秋吉桑波大师让你不要走，在这里等待一个云开雾散的机会。"

梅萨警觉地问："什么云开雾散，对我们，还是对你们？"

国字脸喇嘛不回答，又说："你要是离开大昭寺，立刻会被警察抓走。你要是待在大昭寺，香波王子迟早会来找你。"

梅萨说："你们想拿我做诱饵？"

国字脸喇嘛说："难道你不愿意？难道你的目的不是为了开启'七度母之门'？难道为了这个至高无上的目的，你还会在乎一个同伴的死活？"

梅萨说："你们会搞死香波王子？"

国字脸喇嘛说："搞死他的只能是他自己。"

梅萨被带到了黑门院落的这间小房子里。

小房子的窗户用铁条封闭着，门也是锁死的。但显然这不是一个关押人的地方，因为有一些温馨的陈设：舒适的卡垫、华丽的矮桌、慈爱的白度母唐卡和一个装满了奶茶的银壶，还有摆着净水、檀香、果品和朵玛的供桌，一尊俊美无比的萨迦法王八思巴从容淡笑的铜像；更因为这间小房子是有后门的，后门被白伞盖的门帘遮起来，掀开门帘有一甬道，是通往大昭寺主殿的。梅萨好几次都想走到主殿去，但只要一掀门帘，就会有好几个喇嘛过来阻拦。她知道她仍然被绑缚着，只是喇嘛们不想承担绑架的罪名，才给了她形式上的自由。她想那就不要徒劳了吧，姑且听从国字脸喇嘛的，待在这里等待一个云开雾散的机会。

这会儿，好像云开雾散已经来临，她听到了香波王子的声音，禁不住喊起来："香波王子，我在这里，香波王子。"

国字脸喇嘛进来说："别喊了，没有用的，他救不了你。"

梅萨愤怒地说："你们非法拘禁，我要告你们。"

国字脸喇嘛说："告了我们，'七度母之门'就能自动出来？"

梅萨说："你们到底想干什么？"

"你已经说了，非法拘禁。"

"无赖，玷污了释迦牟尼的无赖。"

"你敢骂人？"国字脸喇嘛举起拳头在她眼前晃了晃。

她心里一阵激愤:逃跑,一定要逃跑,这种人什么事情都能干出来。

黑门院落的外面,在一些轮换着和几个盛装华佩的藏族姑娘照相的外地游客当中,阿若喇嘛和邬坚林巴以及王岩和卓玛默契地走到了一起。

阿若喇嘛说:"不能让他们把香波王子封闭在大昭寺,时间久了会出事儿,必须想办法。"

王岩说:"我就不信香波王子会死掉。"

阿若喇嘛说:"等你相信的时候就晚了。"

王岩说:"你们是喇嘛,他们也是喇嘛,好好给他们说说,让他们放了算了。"

阿若喇嘛说:"喇嘛最痛恨的还是喇嘛,佛法与佛法的对抗,是世界上最大的对抗,我们是不便出面的,警察。"

也许王岩等待的就是阿若喇嘛的请求,他看着卓玛,点了点头。

卓玛先是用指头,再用巴掌和拳头,最后用上了石头,黑门院落才被敲开。两个守门的喇嘛一人拿一根镶铁木棒,怒容满面地说:"这个门是随便乱敲的吗,你们是干什么的?"

王岩拿出警察证厉声说:"我们来抓捕罪犯,为什么不开门?"

两个警察推开两个守门喇嘛,走进了黑门院落。

院子里,大部分僧舍的门都开着,都有喇嘛在里面念经。王岩和卓玛喊着"香波王子"转了一圈,听到黑房子里有回应,举着枪站到了锁死的门前,对几个走出僧舍的喇嘛说:"谁拿着钥匙,快打开。"

国字脸喇嘛走过来,平静地问:"你们要干什么?"

王岩说："抓捕杀人嫌犯。"

国字脸喇嘛说："来这里的都是修炼密法的僧人，没有什么杀人嫌犯。"

卓玛不耐烦了，一脚踹向门锁，没有踹开，又用肩膀对着门，用整个身体的力量夯撞了过去。

门开了，王岩和卓玛扑进黑房子，摁住了香波王子。

香波王子愤怒地说："我都是瓮中之鳖了，你们还这样凶猛，我是狮子，还是老虎？"

卓玛掏出手铐，咔嚓一声铐住了他。

他们走出黑门院落，穿过辩经大院，走向大昭寺大门。卓玛拽着手铐，紧贴着香波王子，小声说："一出门你就跑，千万不要再到这个地方来。"说着灵巧地插进钥匙，啪地打开了手铐。

香波王子说："你肯定希望我最终能够开启'七度母之门'，不然你不会提醒我，但我的目标、我的伙伴都在这个地方，我怎么能不来？"

"你确定'七度母之门'在大昭寺？"

"至少这里应该有显现'授记指南'的'光透文字'。"

"可我能救你的机会并不多。"

香波王子狐疑地望着他："你到底是谁？"

"我们第一次见面时我就告诉过你，我是一个国际刑警，我的目标是乌金喇嘛，不是你。"

香波王子说："你很对，只要我发掘伏藏，乌金喇嘛就会关注我，他迟早会露面的，如果我碰到，一定告诉你。"

"非常感谢。"卓玛一脚跨出大昭寺大门的门槛，推了香波王子一把，"快跑。"

香波王子狂跑而去，但只跑了不到二十米，就被四五个警察扑过去摁住了。

　　香波王子这才注意到，大昭寺门前的广场上，停了至少十辆警车，警车的间隙前后，有许多举枪瞄准他的警察。干吗呢？抓我？抓我至于动这么大的干戈？阿若喇嘛和邬坚林巴也是惊讶万分，愣在大昭寺门口，面面相觑。只有王岩和卓玛明白：如此隆重的逮捕，说明碧秀调动了重案侦缉队的大部分人马，因为他要防范王岩、卓玛、阿若喇嘛、邬坚林巴这一干人对香波王子的抢夺或保护。

　　警察把香波王子摁到一辆警车的车头上，迅速搜遍全身，没收了手机和所有硬器，然后铐上手铐，拉开车门塞了进去。警车鸣笛而去。

4

　　碧秀没有击毙香波王子，也没有把香波王子带到重案侦缉队，而是通过正当手续交给了拉萨看守所。一来既然整个重案侦缉队都参与了抓捕，就只能公事公办地按惯例走程序；二来看守所是戒备森严之地，不会再有让香波王子脱逃的可能；三来碧秀作为具有家族传承的"隐身人血咒殿堂"的护法主门隅黑剑，已经得到黑方之主的新指令，指令让他在对付香波王子的同时，尽快除掉另一个人，如果因为击毙香波王子而受到警察同行的注意和限制，他就无法执行新指令了。

　　看守所的审讯室里，正面墙上"坦白从宽，抗拒从严"的几个红色大字让香波王子顿时矮小了许多。他萎缩在那张无法起立行走的枷锁椅子上，寻思自己够倒霉的，这个地方可不是随便能出去的。

措曼吉姆，措曼吉姆，怪她还是怪我？如果不是她提出那样的要求，又如果不是被他断然拒绝，说不定此刻他已经走到"七度母之门"跟前了。

他面前几步之外是一张桌子，桌子后面是三个审讯他的警察。警察并不急着发问，给他打开手铐，然后静静地望着他。他也静静地望着警察，发现中间那个中年警察便是屡次让他遭遇的门隅黑剑。门隅黑剑的面孔棱角分明，像是刀斧砍凿出来的，十分的原始，眼睛凶悍，有一种贼亮贼亮的光芒。

半晌才有声音传来："你叫香波王子？"

香波王子说："不要兜圈子了，门隅黑剑，有什么你就直接问。"

"什么门隅黑剑？不要给我起外号。我叫碧秀，重案侦缉队的副队长。"

香波王子知道对方不愿在同事面前暴露自己和"隐身人血咒殿堂"的关系，便说："碧秀？响箭的意思，莫名其妙射向了我。你祈请过你的祖先没有？如果你的祖先真的是山南孤儿庄园最早的主人碧秀拉巴，就决不会让你这样无礼地对待一个善良正直的掘藏者。"

"你善良正直，天下就没有善良正直的人啦。正因为我是碧秀拉巴家族的后代，所以才会不遗余力地追捕你，你是一个险恶到极点的大阴谋家。"

香波王子惊喜地叫起来："果然是碧秀拉巴家族的人，山南孤儿庄园，现在还好吗？"

碧秀冷笑一声："扯这些没用，你知道你为什么来这里？"

"我杀了人，我是个阴谋灭教灭佛的大坏蛋。当然是陷害。"

"谁会陷害你？为什么陷害你？"

"我不知道，我要问你们。"

"今天上午你都干了些什么？"

香波王子说："我在大昭寺门口找到了措曼吉姆，带她去了宗角禄康，两个人意见不合她就跑了，我又回到大昭寺来找她，她天天都在那里磕头。"

"你和她什么意见不合？"

"她要那样，我不那样。"

"哪样？"

香波王子嘴角一撇，不说。

碧秀冷笑一声说："你不那样？你既然不那样，带一个姑娘到宗角禄康去干什么？"

香波王子大声说："去宗角禄康就得那样啊？我们就不能谈一点保密的事情？"

"什么保密的事情？"

"我说了是保密的事情。"

碧秀猛拍一下桌子，吼道："这里不是你耍小聪明的地方，没有确凿的证据能请你到这里来吗？"他哗地一下拉开抽屉，拿出一把红铜拉丝柄的白藏刀，"认识它吗？别给我说不认识，它可认识你。它是杀死被害人的唯一凶器。"

香波王子说："它肯定不认识我，我不喜欢拉丝柄的藏刀。"

"还想抵赖，给你看看这个。"碧秀从桌上一个文件夹里拿出一张照片，让身边一个青年警察递给了香波王子。

香波王子拿着照片看了一眼："谁啊？一张女人的裸体照片与我有什么关系？"

碧秀说："你再看看。"

他再次看了一眼："措曼吉姆？她这是干什么呢？"他揉揉眼睛，

仿佛受到闪电一击,顿时吃惊地叫起来,"她死了?"

青年警察一把将照片夺了过去。

香波王子喊起来:"再让我看看,再让我看看。"青年警察不给他,他急得跳起来,带动着枷锁椅子,差一点摔倒。

"说吧,为什么要杀死她?"碧秀问。

"我杀死了她?"香波王子声嘶力竭地喊起来,"再给我看看照片我就说,我一定说,不说就不是人,给我,给我。"

青年警察不给。

香波王子满心悲怆,化作一曲仓央嘉措情歌:

> 野鸭子恋上了沼泽,
> 一心要飞到里面去,
> 想不到水面已封冻,
> 这心愿不得不放弃。

唱着唱着,他就把伤痛变成了眼泪。

> 奔腾的江水去了,
> 跳跃的鱼儿没了,
> 只有龙女措曼吉姆,
> 那是终身不去的伴侣。

这首仓央嘉措情歌,应该唱给措曼吉姆听,可她却再也听不到了。

看着香波王子唱歌的痴迷模样,碧秀觉得可笑,却没有打断。

碧秀眼前出现了一个女人的影子，他以为是照片上那个裸体的女人，一晃眼又不是了，是玛瑙儿。他很吃惊，怎么想起了被自己扇过一个耳光的部下玛瑙儿？

碧秀示意青年警察把照片给香波王子。香波王子双手死死捏住照片，生怕青年警察抢了去，眼光盯着照片上揩曼吉姆的裸体，呆呆地看着。他看到她身上烂开的不是衣服而是伤口，看到那么多伤口都是一个个血洞，血洞的排列从下到上，正好是"足厥阴肝经穴"的走向，看到她身边草丛里的那些红色不是花朵而是血迹，看到被凶残杀害的揩曼吉姆面孔即使变形也依然美丽异常。

最后他的眼光落在揩曼吉姆的肚子上，禁不住浑身战栗，耳畔突然回荡起她的话："现在只有我才能帮助你，我的肚子就是证明。"

肚子上有一个紫红的胎记、一个再清晰不过的藏文词汇、一个关于"七度母之门"的最新提示：

明空赤露。

误解了，他完全误解了，揩曼吉姆并不是放荡，而是调皮。她所有的挑逗都是为了让他看到这个关键词。她也许期待着这样的效果：他心急火燎地脱掉她的衣服，正要那样，一看那关键词，就一下僵住了。如果这样，事情将会有完全不同的结局，她还会鲜活地站在他面前，听他唱仓央嘉措情歌。

香波王子难过得撕开自己的衣服，抓挠着胸脯。他不相信开启"七度母之门"需要以那么多生命为代价，他发誓要用生命保护仓央嘉措的第六个情人揩曼吉姆，但揩曼吉姆还是死了，就因为他刚刚向梅萨发了重誓，刚刚把自己从泛滥的欲望中拯救出来，没有欲火攻心。

这难道就是宿命？

审讯再次开始的时候，香波王子说："我能帮助你们抓到真正的凶手，只要你们相信我。"

审讯者当然不会听他的，他们等待着更有力的证据，那就是检验留在红铜拉丝柄的白藏刀上的指纹和措曼吉姆阴道里的精液，看它们是不是香波王子的。

碧秀说："在证据面前，你没有权利跟我们讲条件。"

香波王子说："其实现在能帮助你们做出正确判断的，不是所谓的证据，而是关于仓央嘉措和'明空赤露'的一切。你们想不想听？听了你们就会知道，这是一起延续至今的古老谋杀，在它的背后掩藏着一个巨大的秘密，凶手是秘密的一部分，不是一个凶手，是许多凶手。"

碧秀心情不错地看着控制在自己手中的香波王子，跷起二郎腿，仰靠到椅背上说："好啊，就听你说说吧，什么仓央嘉措，什么明空赤露，什么古老谋杀，听说你是这方面的专家，我们很想领教。"

香波王子讲起来。他先简单讲了仓央嘉措的整个经历，然后说："'明空赤露'应该从色拉寺开始，从色拉寺的火灾开始。"突然又停下，心怀忐忑地想，这些故事是应该说给梅萨的，可惜梅萨不在，梅萨还在大昭寺。她不会出事吧，也像措曼吉姆那样？

5

香波王子说："色拉寺发生火灾半个月以后，仓央嘉措突然出现在布达拉宫前。失踪结束了，他有些消瘦，但精神很好，脸色也是红润的,身边是随时准备给摄政王桑结跪下的侍卫喇嘛鼎钦。但摄政王没有出现,只是让经师曲介转告仓央嘉措,他已经在吉祥天女班达拉姆面前打过卦了,知道尊者还会回来,今天晚上,哪里也不要去,等着他。夜深人静之时,摄政王桑结来到了德丹吉殿,扑通一声跪下,流着眼泪说:'尊者,下人不幸,罪过突然降临了我,我就要离开神圣的布达拉宫,不能代替尊者管理西藏众生了。'原来,面对康熙皇帝和蒙古和硕特部首领拉藏汗、准噶尔部首领策旺阿拉布坦同时宣布不承认仓央嘉措是五世达赖喇嘛转世的艰难时局,摄政王桑结认为,既然当时选择灵童时,各方神灵包括乃琼大护法都已显灵验证,那就必须让仓央嘉措继续作为六世达赖喇嘛存在于西藏,否则众生将失去依靠。为此他果断决定:一、自己放弃摄政王的位置;二、决不把西藏政教大权交给蒙古人拉藏汗或者策旺阿拉布坦;三、鉴于仓央嘉措一旦掌权便会有生命危险,暂由自己的儿子阿旺仁钦入主噶丹颇章,代行摄政,等危险过去,事态平稳,即把摄政之位交给六世达赖喇嘛仓央嘉措。这是一个凡人不能做出的决定,让仓央嘉措始料不及,他同样跪下,对摄政王桑结说:'上师啊,你不能走,要走我走。'摄政王桑结说:'我走,能保住你。你走,我们谁也保不住了。'

"政治家的桑结用极大的忍耐和牺牲精神遏制了已在驻地磨刀霍霍的拉藏汗的蒙古军队。康熙皇帝本意是安定西藏,并不想让拉藏汗或者策旺阿拉布坦获得统治权,对桑结的决定采取了认可的态度,并通过传话以非正式的方式回到了承认仓央嘉措为六世达赖喇嘛的立场上。迫在眉睫的战争以及对仓央嘉措的处置推迟了,西藏又有了两年和平时光。在这两年里,仓央嘉措跟随经师曲介喇嘛和久米多杰活佛以及前来布达拉宫授课的哲蚌寺大喇嘛和甘丹赤巴,学习了《依靠经教》《怛特罗之讲授和所有生成次第及圆满次第》《金刚庄严王咒经》等。撰写了《色拉外院马头观音供养法及成就诀》《答南方藏人阿衮果所问马头观音供养法》《开启心灵的歌曲》。

"转眼到了1705年2月,康熙四十四年正月,格鲁派的拉萨默朗木祈愿大法会如期举行,作为主会场的拉萨大昭寺人头攒动。蒙古和硕特部首领拉藏汗率侍从参加,那些侍从依仗着拉藏汗的势力在大昭寺门前横冲直撞,全然不把来来往往的僧人放在眼里。前摄政王桑结也来了,他的随员看不惯拉藏汗侍从的嚣张,厉声呵斥。双方先是恶语相向,后是激烈厮打,最终成为刀剑相搏。桑结的随员都是虔诚的佛教徒,哪里敌得过从悍锐的蒙古骑兵中百里挑一的拉藏汗侍从,很快就是死的死,伤的伤,逃的逃。拉藏汗意识到,桑结的随员给自己提供了一个兵戎问罪的理由,武力夺取西藏统治权的机会终于来了。他在督促侍从继续捕杀桑结随员的同时,火速命令早就集结在藏北那曲的蒙古军队向拉萨进发。

"已在悬崖上的桑结只好孤注一掷。他让'隐身人血咒殿堂'起用了'最后的勇士',一个誓死忠于达赖喇嘛和前摄政王桑结的蒙古人接到了唯一一次密令。他叫丹增旺杰,是拉藏汗的内侍,他作为卧底出现在无形密道的另一端,其目的就是为了毒杀拉藏汗。最早传出来的消息是,拉藏汗死了,同时被毒死的还有两个和硕特部的大臣。但是三天后,当拉藏汗的骑兵用长枪挑着丹增旺杰的头,出现在布达拉宫前时,一直躲在白宫内静观事态发展的桑结这才意识到,丹增旺杰失败了,'最后的勇士'成了最后的牺牲。他觉得十拿九稳的毒杀计划之所以失败,唯一的原因就是出现了叛誓者。谁啊,谁是叛誓者?——又是那个从五世达赖喇嘛留下遗言以来,一直没有搞清楚的问题。

"这时候飞马来报,蒙古军队分三路打来,已经包围了拉萨。桑结立刻奔出布达拉宫,调集前后藏十三万户的军队前往阻拦,双方决战于拉萨以北的彭波果拉山口。但是在佛教的圣地,以战争救赎的人,能有什么好结果呢?六世达赖喇嘛仓央嘉措预感到了来自命运的不祥,立刻写了两封信,一封是写给拉藏汗的,泣血喷泪地劝阻,要他看在共同信仰释迦牟尼的份上不要武力进攻;一封是写给拉萨三大寺住持、拉藏汗的经师嘉木样协巴和远在日喀则扎什伦布寺的班禅额尔德尼的,希望他们立刻或亲自或派人前往战场斡旋调解。但是就跟仓央嘉措预见到的那样,他的努力毫无效果,信使还没到达目的地,势单力薄的藏军就'犹如被鹞鹰扑打的麻雀一败涂地'。拉藏汗的骑兵占领了拉萨,大量的蒙古骑兵出现在大昭寺、色拉寺和布达拉宫脚下。桑结坐牛皮船逃往贡嘎,后考虑到继续对抗只能引来生灵涂炭,便率领残部从贡嘎来到堆龙沟,向拉藏汗的老婆结莫次仁扎西投降。拉藏汗的老婆得到桑结后,秘密押到堆龙德庆的浪子村,在一个月黑风高的夜晚,亲自操刀,以忤逆之罪,处死了这位忠于朝廷、忠于六世达赖喇嘛仓央嘉措、发誓不让蒙古人统治西藏的摄政王。事件发生得既隐蔽又突然,当西藏人民以为他们的主人、曾经的摄政王桑结还在和蒙古人浴血奋战时,桑结已经羽化而升天了。

"先前格鲁派中曾有人攻击摄政王桑结,说他贪婪权力,不让六世达赖喇嘛仓央嘉措亲政。直到他被拉藏汗杀害,人们才意识到,他那样做是为了保护这个伟大的诗人、歌手,为了让仓央嘉措成为一个自由的达赖、人民的福主。如果仓央嘉措亲政,被杀的就一定是仓央嘉措。更可怕的是,一旦拉藏汗除掉仓央嘉措,就一定会扶持一个新达赖,然后自命摄政王,大权独揽,这不是圣教的需要,更不是西藏的福音。

"仓央嘉措和大多数人一样,也是半个月以后才知道桑结遇害的确切消息。他来到布达拉宫白宫东面德阳夏广场上方的达松格廊道里,望着南壁上的书写,不禁泪光满面。那是他的前辈五世达赖喇嘛阿旺罗桑嘉措在选择桑结为摄政王后,破例向全藏发布的文告:'向包括和硕特部蒙古在内的各施主们宣布,桑结嘉措与达赖喇嘛无异,政教两者之职责妥交桑结嘉措尽守。此文告也是遗嘱,由所有世间护法神监护之,按于布达拉宫的三架楼梯顶部墙壁之上,印有吉祥轮纹的双手掌印。'就像文告中所说,为了表示权威,五世达赖喇嘛按上了自己的双手掌印。可如今,无异于达赖喇嘛的摄政王桑结,却被他的施主和硕特部蒙古的首领拉藏汗杀死了。以仓央嘉措的单纯和透明,他不得不向无处不在护法神大声发问:为什么?这究竟是为什么?

"这时有个声音雷鸣一样从身后传来:'喇嘛我告诉你,这是为了权力。'仓央嘉措吃惊地回过头去,认出是全副武装的拉藏汗,悲伤地说:'施主啊,你也是佛教的信徒,难道还有比戒杀行善、永断轮回之苦更重要的事情吗?权力是什么?如果它不是魔鬼的诱惑,就不会引发如此悲惨的事件。'拉藏汗说:'喇嘛你有所不知,我们信佛就是为了获得尊崇和权力,为了这个目的,佛道往往也是魔道。'仓央嘉措说:'邪恶的人,你在玷污佛教。'拉藏汗狞笑着说:'你终日沉湎酒色,不守清规,你是一个假达赖,你有什么资格指责我呢?现在我已经拥有了西藏的一切,我来这里就是想告诉你,今天是你离开布达拉宫的日子。'仓央嘉措哭着说:'西藏给蒙古贡献了信仰,蒙古却给西藏送来了刀兵,天哪,天哪,我早就知道会有这一天,三世怙主,布达拉宫,上师桑结;我走了。'说着,边唱边踉跄而去:

>死后到了地狱，
>
>阎王有照业的镜子，
>
>阳世上看不到的报应，
>
>在那里毫厘不差。

"拉藏汗大吼一声：'站住。'又说，'还有一件更重要的事情，你必须找到一个理由，说服我不杀你，否则你一走下布达拉宫石阶，下面的卫兵就会一刀砍下你的首级。'仓央嘉措仰天长叹，脱口而出：'明空赤露，明空赤露。'

"'明空赤露'是宁玛派九乘教法最高法门大圆满法的理想境界，在这个境界里，人剥离了全部的污垢和妄念，宽宽坦坦地暴露着原始的本性，那是一种清寂平和的天然，是高远蓝天的无染、珠晶大地的透明，那就是佛。仓央嘉措这个时候提到'明空赤露'，大概是表明他已经是生死与涅槃无分别，没有取舍，不做破立，砍头只当风吹帽，无所谓，无所谓。但对同样是佛教徒的拉藏汗来说，一种大境界的突然君临，总让他感到只可仰视不可平观，他搞不清自己是这种大境界的催生者还是刈戮者，咬住自己习惯于发布死亡令的舌头，摆了摆手。

"就这样，因为'明空赤露'，生性残暴的拉藏汗没有杀死仓央嘉措，而是采取了奏请朝廷废黜仓央嘉措，另立六世达赖喇嘛的办法。又是因为'明空赤露'，康熙皇帝没有准奏，而是说，朕以为众蒙古俱倾心皈向达赖喇嘛，仓央嘉措有达赖之名实，'明空赤露'可以为证，众蒙古皆服之，岂可说废就废？康熙皇帝在不废立仓央嘉措的同时，又封拉藏汗为'翊法恭顺汗'，赐金印一颗，似乎是想把政权和教权分开，以便在平衡中实现对边疆各族各派的控制。

但拉藏汗是个权欲熏心的人，他一定要把政权和教权集于一身，眼看康熙皇帝又在保护仓央嘉措，便召开了一个拉萨三大寺即哲蚌寺、色拉寺、甘丹寺高级喇嘛会议，企图造成废黜事实，再报奏皇帝批准。仓央嘉措的命运再一次被推向了生死难测的关口。

"三大寺会议开了三天，还是因为'明空赤露'，与会的所有高级喇嘛，没有一个赞成废立的，都说仓央嘉措的放荡，不过是'迷失菩提'，他是'游戏三昧'的圣手，已经亲证了'明空赤露'的'大无分别心'。这是宗喀巴大师用三年时间坐禅冥想的成就，如今仓央嘉措已是想来就来，那境界如同宁玛派的大圆满、噶举派的大手印，是万有一味、怨亲平等、染净无别、空乐无别的。对仓央嘉措来说，爱情不是爱情，是佛痴；女人不是女人，是佛母。喇嘛们从密法修炼的角度理解着他们热爱的仓央嘉措，说来道去，就是不同意废黜。他们知道，仓央嘉措一旦失去达赖喇嘛的身份，等待他的就是被处死，拉藏汗将迅速扶持一个傀儡新达赖，那一定是西藏人不喜欢的。

"又是一种巨石压卵的情势，又是一次倒悬之危的来临，而仓央嘉措牵挂的却不是什么达赖的地位、活佛的身份，而是情人措曼吉姆的安危。已经说好了不再见面，却还是改不了缠绵的习惯。他用达赖喇嘛珍贵的雕神金镯，买通守卫，离开了软禁他的拉鲁嘎采林苑。拉鲁嘎采林苑位于布达拉宫西北，一出林苑就是原野，他骑马行走在原野上，跟随他的依然是侍卫喇嘛鼎钦和算定他一定会出现的宁玛僧人小秋丹。小秋丹提醒他：'尊者，拉藏汗正在召开三大寺会议，废黜你还是继续信仰你，就看格鲁派高僧的态度了，你为什么不在十地菩萨、三世怙主面前静坐，祈祷一个好消息呢？'仓央嘉措说：'最好的消息就是措曼吉姆的安好，我在她跟前静坐祈祷不是更好吗？'说罢他唱道：

> 初三的洁白月亮，
> 沐浴过你的圣光，
> 请求你答应我，
> 和十五的月亮一样。

"谁也不知道这天仓央嘉措在哪里见到了龙女措曼吉姆，但一定是见到了，否则他不会唱出这样的情歌：

> 人像木船的马头张望，
> 心似经文的旗幡飘荡，
> 命中注定的情人啊，
> 请接受今生前世的悲伤。

"拉藏汗的眼线因此探明了措曼吉姆藏身的地方，当拉藏汗派骑兵前去捉拿'假达赖'的'酒色人证'时，却发现措曼吉姆已经变成了尸体，尸体旁边挺立着墨竹血祭师独眼夜叉和豁嘴夜叉。但是我怀疑尸体的真实性，如果措曼吉姆真的被杀死，凶手独眼夜叉和豁嘴夜叉还挺立在尸体旁边干什么？他们的挺立似乎就是为了制造被杀的假象：情人已经死了，人证已经没有了。打消拉藏汗捉拿人证的念头，再由他们仔细查找然后除掉，是最合理的解释。这说明虽然桑结死了，人主噶丹颇章代行摄政的桑结的儿子阿旺仁钦也被拉藏汗赶下了台，但格鲁派的噶丹颇章还在发挥作用，'隐身人血咒殿堂'依然在行动。拉藏汗立刻决定，清洗布达拉宫，撤换所有旧有的喇嘛。

"那些日子里,在拉鲁嘎采林苑外面的原野上,仓央嘉措还碰到过萨迦派的八思旺秋,八思旺秋说:'你侥幸没有被废黜,并不等于厄运已经离开你,拉藏汗是不会让你活着的。现在只有一个办法救你的命,那就是到我们萨迦派的寺院里去,或者改宗萨迦教法,这样我们这些萨迦信徒就能名正言顺地保护你了。'仓央嘉措说:'所有的格鲁派信徒都在保护我,难道这还不够吗?至于我的命,那并不属于我,它是自来自去的,我有什么可留恋的。'后来又碰到了噶玛噶举派的噶玛珠古,噶玛珠古说:'听人讲你已经有了明空赤露的境界,是可以自主生死的,请到我们的寺院去,给我们讲经传法吧,将来离开这个情器世界时,你会念及我们的好处,留下遗言,在我们噶玛噶举派里转世,这样你的法体将会得到我们最隆重的塔葬,你的情人和后代也将得到我们最坚定的保护和教养。'仓央嘉措说:'我不会有那样的遗言,也不会有那样的转世,至于我的情人和后代,自有人保护和教养。'

"仓央嘉措还不知道,根本不是他买通守卫离开了软禁之地,而是拉藏汗的有意放行。拉藏汗依然在不遗余力地搜集仓央嘉措的罪证,八思旺秋的出现和噶玛珠古的到来,意味着废黜仓央嘉措的理由又多了两条。但是不论对仓央嘉措,还是对拉藏汗,最最重要的,是出现了蒙古准噶尔部首领策旺阿拉布坦的使者。使者是一个蒙古喇嘛,他的出现让拉藏汗得到了废黜仓央嘉措最重要的证据,也把仓央嘉措的命运迅速推向了无可挽回的绝境。他说:'我们的汗王是明空赤露的信仰者,他派我来迎接你,在你身处困境的时候,伟大的蒙古准噶尔部将成为你最为慷慨的施主和最后的靠山。'仓央嘉措想了想说:'我要是跟了你们去,达赖喇嘛的地位是保住了,但西藏呢，我却要离开它了。倘若你们保驾我来到西藏，那你们跟拉藏汗来到西藏又有什么不同？你们做我的施主，肯定是为了你们在西藏的权力，我生来与权力无关。我们都是有信仰的，信仰让我们追求精神的自由，而不是追求枷锁一样的权力。'

"仓央嘉措和策旺阿拉布坦使者的接触，很快被眼线报告给了拉藏汗。拉藏汗上奏康熙皇帝，只讲策旺阿拉布坦的利诱，不讲仓央嘉措的拒绝，立刻引起了康熙皇帝的高度重视。康熙谓左右朝臣，此达赖如果被准噶尔迎去，众蒙古皆向策旺阿拉布坦，西域将有分土裂疆之危。当即颁下圣旨：'拉藏汗因奏废桑结所立六辈达赖，诏执送京师。'

"这就是说，仓央嘉措，'明空赤露'的仓央嘉措，就要离开西藏前往北京了。拉萨一片骚动。仓央嘉措来到大昭寺，最后一次朝拜文成公主带到西藏的释迦牟尼十二岁等身像。甘丹寺、色拉寺和哲蚌寺的许多喇嘛闻讯赶来，大昭寺广场上，万僧叩首，许多喇嘛都在请求：'神圣无比的达赖喇嘛，请给我们讲经吧，请留下你明空赤露的法统吧。'"

香波王子喘着气，停顿了片刻，又说："仓央嘉措一定讲了，也留下了法统，通过灵识附体的传承、转世的传承和修炼的传承。宁玛派九乘教法最高法门大圆满法的理想境界'明空赤露'，如今又出现在一个姑娘的肚子上，你们都看到了，那不是文上去的，那是紫红的胎记，是从娘肚子里带出来的，说明这个名叫措曼吉姆的姑娘是有来头的，仓央嘉措的情人，和能够转世的活佛一样，会把佛母的意义延伸到永远。当然'明空赤露'的出现并不是为了证明谁是谁的转世，而是指明了'七度母之门'的伏藏路线。下一步,啊,下一步……"他闭上眼睛，似乎已经了然于心，"放了我吧，我可能离'最后的伏藏'已经很近很近,也许就差这一步了。"

他乞求着,心说措曼吉姆已经用死后的裸体告诉他,在大昭寺,谁是"明空赤露"的拥有者,谁就应该掌握"七度母之门"的伏藏,或者能够提供新的"授记指南"。

碧秀冷漠地扫他一眼,起身出去了。

审讯室里,另外两个警察连连打着哈欠。

香波王子意识到自以为无比重要的仓央嘉措以及"明空赤露"对警察不过是无聊的闲扯。他懊悔地摇摇头,垂下脑袋,舔着干裂的嘴唇说:"我要喝水。"

一个警察出去拿来一瓶矿泉水给了他。他拧开,正要喝,碧秀进来了,一把夺过矿泉水说:"一点都没交代,还给他水喝,渴死他。"说罢,举起矿泉水,自己咕噜咕噜喝起来。

香波王子说:"你这是在虐待我。"

碧秀坐下说:"不是我们不喜欢仓央嘉措,也不是我们不尊重一个研究仓央嘉措的知识分子,而是证据不让我们因为仓央嘉措而放过你。检验结果出来了,这把拉丝柄藏刀上的指纹是你的。"

香波王子说:"不可能。"

"还有,在措曼吉姆的阴道里,提取到了你的精液。"

香波王子愤怒地说:"这就更不可能了。"

"我们也希望不可能,更希望神佛对你真的有过加持,你真的能发掘到什么'七度母之门'的伏藏。可我们是警察,警察是什么知道吗?就是只看证据不听狡辩的护法神。"

审讯结束了。香波王子再次戴上手铐,被押送到重大嫌疑人关押室。碧秀亲自监督着,让看守所的一名看守给他戴上了脚镣。

香波王子又说:"我要喝水。"

碧秀暴躁而仇恨地说："你杀了人，还想舒舒服服活着？去阴曹地府向阎王要水喝吧，人间没有你喝的水。"他没有意识到，自己把"隐身人血咒殿堂"世间护法主门隅黑剑应有的愤怒和玛瑙儿不来上班的烦恼，搅混到一起，一股脑强加给了香波王子。

第三章　劫中之劫

1

第二场考试就要开始，古茹邱泽喇嘛照例来到布达拉宫坛城殿尊师瓦杰贡嘎大活佛跟前请求指导。瓦杰贡嘎大活佛闭着眼睛不理他，额头上被他自己用三尺锡杖砸伤的地方已经结疤了，噌噌地跳动着，表示着大活佛内心的怨怒。古茹邱泽在尊师面前勾头伫立了整整两个小时，懊悔自己对"七度母之门"的迷恋，又知道自己是无法放弃的，便跪下，责罚似的磕了三个响头，悄悄离开了。

就在古茹邱泽喇嘛一只脚跨过坛城殿的门槛时，突然听到尊师沙哑而不失穿透力的声音从后面传来："只有一种情况拉萨河才会改变方向，那就是干涸。"

古茹邱泽愣住了，心想：我没有干涸，我不必改变流淌的方向。是吗，尊师？

瓦杰贡嘎大活佛又说："九位考官中，还有四位支持你修炼'七度母之门'，你不可失察，警惕是必须的。"

古茹邱泽浑身一抖，尊师说"四位"，而第一场考试他因五票而获胜，其中一票居然是尊师投给他的。难道尊师会支持他修炼"七度母之门"？

古茹邱泽喇嘛退回到坛城殿里，等待尊师给自己更多的忠告，但是尊师再也无话，巨大的沉默弥漫在殿堂之上。片刻，尊师消失了，他也消失了，等古茹邱泽再次看到尊师就在眼前时，第二场考试已经开始。

还是在持明佛殿，八座佛塔和莲花生大师八神变之间坐着包括瓦杰贡嘎大活佛在内的九位考官。两个竞任者依然相对而坐，中间放着那把代表威严的三尺锡杖。格西喇嘛们环绕着考官和两个竞任者，用挑剔的眼光看看这个，看看那个。

第二场考试只有一个步骤，那就是竞任布达拉宫峰座大活佛的双方互相提问诘难，再由考官投票评出优胜者。古茹邱泽喇嘛是上一场考试的优胜者，理所应当首先面对苯波甲活佛的挑战。

苯波甲活佛憋足了劲，动作敏捷地连击三下掌，又从脖子上取下念珠，使劲挥舞着，用奚落人的口气问道："还是上一场考试你没有回答的问题，你的弟弟自杀了，你的妃宝叫你'邱泽哥哥'，为什么，为什么？"

一提到弟弟，古茹邱泽喇嘛立刻陷入悲痛之中：弟弟自杀了，不是喇嘛却有着喇嘛情怀的弟弟自杀了。他哑然无声，伸出右手，手掌向上，用寂灭之态挥洒着晶莹的眼泪，告诉对方："大悲成空，大空成有,有情亲才会有我佛,有我佛才会有恩慈,眼泪是恩慈的明灯,让明灯照亮你黑暗阴险的内心吧。"

苯波甲活佛又问:"修法的人无欲无思,无牵无挂,而你却俗泪涟涟,莫非'七度母之门'是一个不佛、不法、不显、不密的低俗之门?"

古茹邱泽喇嘛闭目不答,脑子里全是弟弟、弟弟的自杀。

弟弟是中央民族大学的学生,毕业后主动申请回到了家乡。家乡曾经是黄河源头著名的草原,阿尼玛卿雪山高耸在北方,巴颜喀拉雪山挺身在南方。可是现在,雪山已经不白,草原已经不绿,河流瘦小着,架在河床上的转经筒已经不能随流转动了。只有一座座鄂博和嘛呢石经堆以固有的姿态高挺着,七彩的经幡由高而下,铺向四面八方,颜色鲜艳得似乎刚刚绘染过。

弟弟觉得家乡是需要他的,需要一个牧民的儿子、一个被与生俱来的民族自豪感鼓荡出抱负的藏族青年来施展他的才能。他激动地打电话告诉哥哥古茹邱泽喇嘛:"我现在是乡长啦,旦木镇乡长,过几年我就是旦木镇县长,我要好好干,要实现你们这些喇嘛活佛实现不了的理想。"但是两年后,就在他依靠银行贷款在乡政府所在地盖起一大片牧民定居点,以为从此牧民就可以过上好日子的时候,他却自杀了。

修建定居点的那些日子里,弟弟逢人就说:"保护环境是大趋势,两年之内,黄河源头所有草原上的所有牧民都得撤到定居点,你们把牛羊早点卖掉,准备搬家,只要搬进定居点的,政府答应发放生活补贴和环境保护费。用这些资金,我们可以建立畜产品生产基地和开发旅游业,还可以偿还贷款。"没有人作出反应,就连爸爸和妈妈也用诧异的眼光看着自己的儿子:"孩子,寺院里的喇嘛可不是这样说的。"弟弟说:"爸爸呀,我家的牛羊太多了,吃得草原都把土皮翻起来啦,土皮不到两寸厚,下面就是沙子石头,沙子石头要是露面了,风一吹,两三年就是沙漠。政府给我们想出了一个办法,叫作'牧繁农育''西繁东育',就是把瘦羊和断了奶的小羊卖给东边的农民,让他们圈养,用饲料喂大育肥,然后杀了卖肉。"爸爸激愤地回应:"草原上的羊是山神的孩子,怎么能圈起来呢?它们会吃饲料吗?不经过山神的允许,没有我们念经超度,杀了卖肉是有罪的。"

弟弟有一次打电话给古茹邱泽喇嘛,说起扎西老人一家的事儿,痛心地哭了。他说他动员扎西老人卖掉多余的牛羊,搬到定居点去住,扎西老人给他跪下说:"搬家就是要了牛羊的命,没有了牛羊我们还有什么?牛羊会一茬一茬地生,钱能生出孩子来?"弟弟说:"你还惦记着生孩子,如今草原都变成了黑土滩,就是因为牛羊生了太多的孩子。"扎西老人的儿子卖掉了家中的几只羊,气得老人中风了,瘫痪在帐房里无法行走。有一天,家里没有人,饿极了的羊群和牛群围着帐房吃起来,它们吃掉了牛毛的帐房,也吃掉了老人,等儿子回来时,扎西老人只剩下一具牛羊啃不动的骨架了。白花花、血淋淋的骨架是弟弟亲眼看见的,弟弟说:"我真恨不得吃掉的是我自己呀。"

妈妈开始转山了,是家乡的丹巴喇嘛让她这样做的。丹巴喇嘛说:"转山吧,等你的虔诚感动了神佛,你那在拉萨做大喇嘛的儿子古茹邱泽就会回来,他一回来,雪山就会变白,草原就会变绿,到那时你们也就用不着卖掉羊群和牛群,到乡政府住房子去啦。"转山就是围绕着巴颜喀拉山群里的巴颜神山一圈一圈地转。妈妈是磕着等身长头转山的,转一圈得七天。她戴着很厚很厚的木头手套,围着牛皮围裙,每一次磕下去,都要念一遍六字真言,说一句:"儿子快回来,雪山白起来,草原绿起来。"草原完全沙化之后,弟弟挡在妈妈磕头转山的路上说:"走吧,妈妈,我求你了。"妈妈说:"这里是巴颜喀拉山神保佑的地方,我们祖祖辈辈都在这里,为什么要走?你哥哥就要回来了,雪山就要白了,草原就要绿了,我不走,你也不要走。"弟弟说:"妈妈,等雪山变白,草原变绿,我们和哥哥一起回来。"妈妈说:"不转山不祈祷,你哥哥怎么能回来,雪山怎么能变白,草原怎么能变绿?"弟弟望着岩石嶙峋的亘亘山峰,突然跪下,磕了一个头说:"再见了,神山,我们不得不走了,请保佑我们今后的日子吧,定居点的生活一定会比这里好。"然后站起来,抱起了妈妈。但等他把妈妈放到马背上,自己骑上去准备离开时,看到不远处的转山道上,又有了许多磕头转山的人,那些已经被他动员到定居点的牧人又都回来了。妈妈趁机溜下了马,走过去加入了转山人的行列。弟弟哭着说:"妈妈,你能不能不要这样,磕头,磕头,一辈子受穷,还是磕头,磕头……"

弟弟给他打电话:"哥哥,你快回来吧,告诉妈妈不能再这样。"古茹邱泽没有回去。两个月以后,妈妈死了。

妈妈死在祈求儿子回来,祈求雪山变白、草原变绿的转山路上。雪山依然没有白,草原依然没有绿。古茹邱泽想象得出以后的事情,有人把妈妈背到天葬场,家乡的喇嘛们围着妈妈诵经超度,然后由天葬师解开裹尸的氆氇。喇嘛们退到地势较高的地方,点着了召唤神鹰的桑烟,一阵噼里啪啦的声音,松枝柏叶冒火了。喇嘛们不断添加着酥油、糌粑和曲拉。烟袅高高升起,又随风飘散了。天葬师喊起来:"呜——呜——"喇嘛们齐声喊起来:"呜——呜——"乌鸦出现了,抢先落在了尸体上。接着,上百只秃鹫从四面八方飞来,越来越低地盘旋着，然后落下来，赶跑了乌鸦。乌鸦和秃鹫的叫声格外凄凉。啄食尸体的过程就是太阳升起的过程。天葬场上的尸体转眼便成了骨架。天葬师走过去，赶跑秃鹫，用一把明晃晃的斧头砍开骨架，又砸得粉碎，然后用血水把炒面和碎骨拌起来，捏成一条条的食物，摆成了一个个万字符。秃鹫们耐心等待着，一俟天葬师离开，便争先恐后地扑过去，把那些条状的食物吃得一干二净。

弟弟说，爸爸没有看见天葬的过程，他躲到山冈后面，跪在地上小声念着超度亡灵的经咒。弟弟没有念经，他边哭边说着一些世俗的话："妈妈，你就这样走了，你一天好日子也没有过，就这样走了。"爸爸严肃地纠正道："你不要这样说，你妈妈过的是好日子，活在草原上放羊放牛就是好日子，转山就是好日子。她被神佛收走了，说不定已经脱离轮回了。"

妈妈死了以后，爸爸接着开始磕头转山。弟弟说："爸爸，你能不能不要这样，磕头，磕头，一辈子受穷，还是磕头，磕头……"

弟弟再也没有劝过爸爸和家乡的人离开草原，当定居点无人居住的房子在荒风中迅速破败，计划中的畜产品生产基地和旅游开发因为牧人们的漠视而不能实现，作为一乡之长的弟弟无力偿还建设定居点的银行贷款时，他选择了自杀。自杀前他说的最后一句话是："我的爸爸妈妈、父老乡亲，你们不能一生都在磕头，磕头，磕头，然后心甘情愿地去忍受别人不能忍受的贫穷和落后，这种一千年以前的生活应该结束了。"

弟弟自杀了，妃宝喊起"邱泽哥哥"了。

妃宝是弟弟在县里上中学时的同学。不知道他们是什么关系，自从妃宝来到拉萨，成为古茹邱泽喇嘛的修法伴侣，她就不止一次地说："总有一天我要离开你，我要过世俗的生活，我要生孩子，孩子的父亲最好是你弟弟,我看上你弟弟啦。"古茹邱泽从来不表态,不表态就是不愿意:为什么,为什么你看上了我弟弟而没有看上我呢?仅仅因为我是喇嘛?

如今弟弟死了,她就不能再说"我要离开你,我看上你弟弟"这样的话了。她不叫他"明王"和"喇嘛",而改叫"邱泽哥哥"了。

苯波甲活佛再次击了三下掌,使劲挥舞着念珠问道:"难道不是过去造作的因导致了今天的果?自杀胜于杀人,现在的因又会形成未来的果,这万有因果的道理,'七度母之门'如何解释呢?"

古茹邱泽喇嘛打了一个激灵,像从梦中醒来,突然仰起头,做出一副辩经者常有的傲慢姿态,哼哼一笑,说:"'七度母之门'的第二门便是:有无果报?谁来果报?是命运,还是神祇?或者命运就是神祇?"

苯波甲活佛逼问道:"有没有?说清楚。"

古茹邱泽喇嘛击了一下掌说:"佛说为善必昌,若为善不昌,其自身或祖上必有余殃,殃尽乃昌;为恶必殃,若为恶不殃,其自身或祖上必有余昌,昌尽乃殃。"

格西喇嘛中有人叫了一声好。瓦杰贡嘎大活佛点了点头。

苯波甲说:"什么为善不昌、为恶不殃,莫非'七度母之门'是迷惘之门,连僧童能解的前因后果都要重新强调?在我们西藏,富裕受人尊敬,贫穷遭人鄙视,因为富裕是好人得了福报,贫穷是坏人受了惩罚。所以今生今世的富裕和贫穷是前世的业报,贫穷者只能礼拜佛僧,奉行众善,期待来世的富裕。"

古茹邱泽说:"照你的说法,积德行善的只能是贫穷的信徒,而不是有钱的财东和富裕的高僧?"

苯波甲用手背击掌,吼一声:"不。"

古茹邱泽也用手背击掌:"不,我同意你的看法,'七度母之门'让我们警惕的就是,僧高不行善,佛尊不作为,为富不仁义,有财不施舍。"

苯波甲说:"古茹邱泽喇嘛,你信佛贬佛,修法违法,难道你的'七度母之门'是用来和佛门对抗的吗？"

古茹邱泽说:"自古以来西藏就有两种佛教:贵族的佛教和贫民的佛教。贵族的佛教以获得政权、领地、属民、财产为目的,因此领主之间、庄园之间、僧团之间、教派之间的战争从来没有止息过,一旦打起来,佛祖释迦、观音菩萨、大智文殊、大愿地藏全都抛弃了,黑刀白刃,你死我活。贫民的佛教则以修来世为目的,忍受今世的痛苦是为了获得来世的幸福,所以有无穷的朝拜,有欲望的节制,有生命的仁爱,有贫贱的喜乐,有苦难中的忍耐。"

苯波甲愤怒地说:"无论贵族还是贫民,所作所为都是前世决定的,战争有战争的缘起,忍耐有忍耐的缘起。你的弟弟自杀了,你的妃宝叫你'邱泽哥哥'了,为什么？"

在场的人都把眼光投向了古茹邱泽喇嘛。大家都知道,佛徒无私掖,这个问题是不能回避的。作为布达拉宫峰座大活佛的竞任者,古茹邱泽必须像洗澡一样赤条条毫无遮掩地面对每一场考试。瓦杰贡嘎大活佛紧张地闭上了眼睛。

古茹邱泽说:"最早的佛教发现,没有什么能让人减少对死亡的恐惧,肉体的毁灭一直是我们最不愿意面对的事情。我们的密法前辈试图通过苦苦修行达到生命不朽,灵识永恒,即让灵识从这个肉体走向另一个肉体,如同搬家,从旧家搬向新家,从破房搬向好房。于是有了'迁识夺舍'、活佛转世,有了即身成佛、即世成佛,有了生命长存、不生不灭。"

苯波甲说："你还是没说明白你的弟弟为什么自杀，你的妃宝为什么叫你'邱泽哥哥'。"

古茹邱泽说："圣教中许多人反对修炼佛法密宗，因为如果一个人不死，那就否定了因果报应的定律，做了恶事不下地狱，做了善事不上天堂。而'七度母之门'告诉我们，'迁识夺舍'、活佛转世的前提是灵魂的觉醒，即身成佛、即世成佛的前提是灵肉的清净，生命长存、不生不灭的前提是灵性的绵延。灵魂、灵肉、灵性的完美组合才能保证一个人在善善相报的脉线上长存不灭。一个人是可以不死的，这是佛智之下、佛掌之内因因果果、报应不休的必然。"

苯波甲说："佛说生命无常，而你说一个人可以不死，这是反佛之谬理。"

古茹邱泽说："万千佛法之中，真有生命不死的法门，那就是'七度母之门'。'七度母之门'的唯一成就者就是不死的象征。"

苯波甲警惕地问："谁？谁是唯一的成就者？"

古茹邱泽一字一顿地说："仓央嘉措。"

苯波甲"啊"了一声，鉴于对仓央嘉措的崇拜，一时不知说什么好。

古茹邱泽昂奋地说："仓央嘉措的灵识以万千身变衍化转世，我弟弟就是仓央嘉措的转世之一，我弟弟没有死，他的灵识已穿过大地，从脚掌进入我的腹腔胸腔，我是古茹邱泽喇嘛，同时又是我弟弟旦木镇乡长。"

瓦杰贡嘎大活佛失望地摇头想：你这样说，就是给自己挖陷阱了。

苯波甲激问道："自杀也有传承，也会迁移灵识，你的俗人弟弟自杀了，难道你也要背佛而自杀？"

古茹邱泽喇嘛诅咒似的回应道："如果你希望我自杀，下一个自杀的就是你，我弟弟的灵识明天就会进入你的肉体，你的自杀方式是跳进油锅。"

苯波甲恐惧得浑身一抖，用击掌平静了一下自己，问道："你说你弟弟没有死，他的灵识已进入你的肉体，这是不是妃宝叫你'邱泽哥哥'的理由？妃宝叫了你也就等于叫了你弟弟，叫了你弟弟也就等于叫了你，是不是？"

古茹邱泽想说实话，但内心一片空白，不知道什么是实话，只好双手抚胸，半张着嘴，再次做出执空无声的样子，蔑视着对方。

苯波甲意识到无声就是空虚，对方已经被自己问到了要害，穷追猛打地说："难道你不知道你的妃宝跟你弟弟是什么关系？"看对方无言，又说，"上中学的时候，妃宝和你弟弟就已经粗欲交合，俗男俗女能做的事情他们都做了。妃宝怀着你弟弟的孩子离开县中学，回家准备生养，遗憾的是孩子早产而死。当妃宝来到拉萨，成为你的修法伴侣时，她已经预知你弟弟将会跟你合二为一。她发誓要嫁给你弟弟，也就是说，她发誓要嫁给你，这就是为什么她叫你'邱泽哥哥'的原因。哈哈，我没有说错吧，古茹邱泽喇嘛？"

古茹邱泽从来没听说过妃宝和弟弟的事儿，但他相信苯波甲活佛没有撒谎，这是布达拉宫峰座大活佛的竞任考试，是极其庄严肃穆的场合，无论对手怎样卑劣，也不可能胡编乱造。是苯波甲活佛派人仔细调查了有关他的一切？不不，是修炼密法的神通让苯波甲知道了所有。他强迫自己相信后者，强迫自己让仇恨飘然而过，让一丝钦佩油然而生。

瓦杰贡嘎大活佛一眼不眨地望着弟子，等待着。

古茹邱泽再也没说什么。

瓦杰贡嘎大活佛沉重地说："投票吧。"他看着以尼玛考官为首的另外八个考官，心说这几个人里，到底是哪四个人在第一场考试中支持了修炼"七度母之门"的古茹邱泽喇嘛呢？这第二场考试，他们还会支持吗？他想着，把自己的一票投给了苯波甲活佛。

投票的结果出来了。所有人都大吃一惊。

苯波甲活佛失控地跪下，仰天大喊："佛啊，佛啊。"

古茹邱泽喇嘛愣坐着，半天不起来。

2

电话是阿若喇嘛打给王岩的，他的意思是想知道警察会拿香波王子怎么样，没想到王岩说："你要想香波王子出来，只有一种办法，就是找一个人给他顶罪，能找到这样的人吗？"阿若喇嘛这才意识到，王岩也不希望香波王子被抓。他一边听王岩说着香波王子的案情，一边重复王岩的话想让身边的邬坚林巴也听明白，突然用眼神问邬坚林巴："能找到这样的人吗？"又是一次没想到，邬坚林巴思索了一下，竟然说："能。"

阿若喇嘛于是告诉王岩："能。"

王岩说："等着，我们去找你们。"

阿若喇嘛关了手机立刻问："谁？"

邬坚林巴说："智美，我可以去试试。"

邬坚林巴将智美约到药王山上的时候，那儿正在举行露天的琉璃法会。法会缘起于三百多年前，当时拉萨发生了一场瘟疫，六世达赖喇嘛仓央嘉措登上药王山的顶峰，向着东方药师琉璃光如来祈祷朝拜，瘟疫很快消失。从此这里成了供奉药王琉璃光如来的圣地和大藏医传道授业的所在,信徒们叫它曼巴札仓,即医学僧院。因为和人的身体健康有关,前来颂祷祈福的人特别多,常常是逢会必盛。

所有人都在念诵"药师佛咒",即使像邬坚林巴这样的高僧和智美这样崇尚新信仰的人,也都毫不犹豫地把自己混杂在人群里,成了众声合唱的一部分。带着旅游团围观照相的导游告诉大家:"知道这是为了谁的祈祷?为了你啊,你听见了就是为了你。多好的机会,为了你的健康和长寿,赶快奉献香火钱吧,证明你已经接受祈祷。"有个游客问:"多少钱?"导游说:"一分不嫌少,十万不嫌多,随你的便啦,重要的是虔诚。"这些外地游客纷纷掏钱,投向里三层外三层的喇嘛。念经的喇嘛对钱视若无睹,像对着飘落的树叶,游客们便投得更多。

邬坚林巴和智美祈祷了大约半个小时,然后离开法会,走向药王山东麓半山腰的查拉路甫石窟。

邬坚林巴说:"你当然知道查拉路甫石窟是吐蕃第三十三代赞普松赞干布的茹雍王妃主持开凿的,她为什么开凿这个石窟?"

智美说:"唐朝的文成公主和尼泊尔的墀尊公主都从自己的故乡带来了佛像,茹雍王妃想拥有自己的佛像,就开凿了这个石窟。"

邬坚林巴说:"可这不是她开凿的第一座石窟,第一座石窟被堵死了,是瞬间堵死的,所有的工匠以及浮雕神像都被堵在了里头。是什么能够瞬间堵死一座巨大的石窟呢?通常认为是山体崩塌,但无论当时还是后来,无论是挖掘还是采用先进的探测仪器,都没有找到崩塌掩埋的痕迹和石窟的位置,西藏的第一座石窟和第一批石刻佛像,就这样神秘失踪了。锲而不舍的茹雍王妃招募工匠,很快又开凿了第二座石窟,这就是我们看到的查拉路甫石窟,遗憾的是茹雍王妃没有来得及在石窟内刻好佛像就去世了，现在的六十七尊浮雕虽然大部分仍然是吐蕃时代的作品，但都在茹雍王妃之后。"

智美问道："你为什么给我说这些？"

邬坚林巴不回答，又说："其实药王山最著名的还不是供奉药王琉璃光如来的曼巴札仓和查拉路甫石窟，而是摩崖石刻。石刻的佛像绵延两公里，至少有五千尊，差不多就是一座从吐蕃到现代的石刻艺术走廊。据《真如经》记载，其中一尊佛像是六世达赖喇嘛，但却不是仓央嘉措，而是藏王拉藏汗命令工匠按照自己的真身刻出来的，据说惟妙惟肖。说明当年拉藏汗在废黜仓央嘉措之后，一直想自己代替达赖在西藏的地位，但又做不到，只好把自己刻成佛像了却夙愿。"

智美点点头，没说话。

他们朝山脉南面走去，走不多远就看到色彩艳丽、大大小小的石刻佛像和经文排列在山体上。就像裙裾飘飘的神佛列队而聚，做法事，诵经咒，俯瞰万家灯火，把满腔的悲悯挥洒在山石天地之间。如果说在西藏红山布达拉是名副其实的万神殿，铁山加布日（药王山的别称）就是无可争议的万神广场。药王山顶是西藏电视塔，钢铁的耸立表明佛的光芒已经神变为无数电波，带着图像和声音，走进了千家万户。

邬坚林巴说："研究和修炼清楚地告诉我们，空行护法在'七度母之门'的传承里，授记了茹雍王妃第一座石窟的位置、石窟瞬间被堵死的原因、堵在里面的所有工匠和浮雕神像的名字，你难道不想知道？"

智美说："不想知道，真的不想知道。"

邬坚林巴说："那么摩崖石刻呢？研究和修炼还告诉我们，只有'七度母之门'才能告诉我们,五千尊石刻佛像里,到底哪一尊佛像是按照拉藏汗的真身刻出来的六世达赖喇嘛,你不会连这个也不想知道吧?"

智美扫了他一眼说:"这个嘛,当然想知道。"

邬坚林巴继续说:"你的确想知道,你父亲对我说过,你们的祖先是蒙古人,家族一直居住在西藏,也就蒙藏不分了。作为格鲁派的宣谕法师,你父亲从来没有过固定依附的寺院,一辈子都是一个漂泊不定的云游僧,因为没有哪个寺院愿意终身容留你父亲。圣教内许多人都知道你们家族的传说:你们是拉藏汗的后代,你的祖父是拉藏汗第六代嫡传后人,你想知道哪一尊佛像是按照拉藏汗的真身刻出来的六世达赖喇嘛,也就是想真真切切看到祖先拉藏汗的形态相貌。"

"这对我重要吗?"

"很重要,你想知道你跟你的祖先拉藏汗长得像不像,因为在蒙古人和藏族人的意识里,祖先总会选择外形面貌酷似者注入最强盛的精神、最精华的灵识、最坚定的遗志,跟祖先最相像的也必然是最完美、最出色的继承者。不像就是不肖,你当然不想做个不肖子。佛经里说,像即佛,嗣即佛,人即佛,雄即佛。你想证明你的祖先是佛,你也是佛。你到底是个蒙古人,比藏族人更重视血统和门第。更重要的是,你的祖先拉藏汗是你发掘'七度母之门'的动力,它跟你对新信仰联盟的同情一起,成了你的两个翅膀,假如你是一只想飞的鸟,你就不能少了任何一个翅膀。"

智美说:"你好像比我更了解我自己。"

邬坚林巴又说:"如果没有拉藏汗对仓央嘉措的迫害,也许就不会有作为仓央嘉措遗言的'七度母之门'。你和你的祖先拉藏汗一样，是信佛而背佛。从拉藏汗的角度说，他敌视仓央嘉措，更敌视极力扶持仓央嘉措的摄政王桑结，为的是夺取西藏的权力。为了权力他信佛，当时的西藏全民信佛，他不信佛就无法立足西藏。那么你呢，你作为拉藏汗的后代，同样敌视仓央嘉措……"

智美打断对方的话："我不是敌视，是喜欢。"

"也许吧，但你更多的是利用。你比其他人更希望知道仓央嘉措遗言到底是什么，因为你和你的祖先拉藏汗一样，都想利用仓央嘉措羞辱圣教，使其黯然无光。拉藏汗为了权力，而你却为了所谓的新信仰。你能得到什么？得到新信仰联盟给你的金钱和地位，还是荣耀和风光？"

智美盯着邬坚林巴半晌无话，似乎说：你那刀子正戳到我心窝里，有点痛了。

邬坚林巴说："我把你约到这里，说这些的意思是，如果你还抱着原来的目的，就不要再发掘'七度母之门'了。"

"我知道你很担心毁教之门真的毁了圣教。"

"我担心的是你，如果'七度母之门'不是毁教之门呢？"

智美说："那我就毁了'七度母之门'，我们不需要对新信仰联盟不利的仓央嘉措遗言。"

"我没说错吧，你敌视仓央嘉措，也敌视你的竞争者香波王子。我劝你放弃，要么放弃你对新信仰联盟的同情，要么放弃你的掘藏。你知道，西藏大部分活佛喇嘛都是仓央嘉措的崇信者，都无法抗拒地受到了世间成就'七度母之门'的第一人仓央嘉措的熏陶。"

"也包括你了？"

邬坚林巴沉思了一会儿："是的，仓央嘉措早就是我修炼的理想，我想成功，想看到表示圆满教义的仓央嘉措遗言。"

"那我就更不能放弃了,对新信仰联盟,我不是同情是传承,传承的意义就是生命的意义。"

邬坚林巴吃惊道:"传承?居然有传承?"

智美说起祖先拉藏汗的一段往事,让邬坚林巴嘘唏不已。

公元 1716 年 3 月 18 日,意大利人德西德里长途跋涉来到了拉萨。其时正是西藏政局剧烈动荡的日子,拉藏汗因为杀害摄政王桑结、废黜六世达赖喇嘛仓央嘉措,另立新达赖,激怒了格鲁派僧人,"隐身人血咒殿堂"的无形密道再次实施毒杀,拉藏汗饮酒中毒,奄奄一息。德西德里知道后,来到布达拉宫,献上了一瓶从罗马带来的"塔利亚卡"解毒药。拉藏汗服用后效果明显,两三天就痊愈了。他觉得这是天外神药,而德西德里也是天外来人,他说:"让我像父亲照顾儿子那样照顾你吧,你留在拉萨,学好藏语,以便我们随时交谈。"德西德里趁机传道,还说整个东方世界应该有一种新信仰,他为新信仰而来。拉藏汗正在受到佛教徒的攻击,对自己不得不信仰的佛教大为不满,觉得新的出路也许就是神赐的新信仰,便说:"如果你能够用你的教义说服我,我和我的家族以及朝臣和属民,都将成为新信仰的追随者。"德西德里没想到会这么顺利,他才来不久,几乎没做什么努力,就得到了西藏之王如此慷慨的允诺。公元 1717 年 1 月,德西德里完成了第一本用藏文写的批驳藏传佛教和宣言新信仰的书《黎明驱散黑暗预示旭日东升》,拉藏汗特意在布达拉宫为他安排了一个献书仪式,庄严地接受了这本书,并建议德西德里:"你用你的新信仰教义和喇嘛们公开辩论,这样我们就可以比较谁优谁劣,然后进行选择。"德西德里发奋努力,试图让拉藏汗实现诺言,但历史并没有给他这样的机会,拉藏汗死了,被突然攻入拉萨的同样信奉佛教的蒙古准噶尔部的兵将杀死。死前拉藏汗用喷血的吼声留下了不可背叛的遗言:"就像我已经发过的誓,我的子孙后代,要想称霸一方就去找来新信仰。"

智美说:"这就是我的祖先拉藏汗跟新信仰最初的因缘。他要求后代追寻新信仰,后代们就一直在追寻,坚持不懈。"

邬坚林巴说:"德西德里我是知道的,他说的新信仰,就是基督教。对当时的西藏,基督教当然是新信仰。"

"我的祖先拉藏汗和他以后的所有先辈,都不认为新信仰就是基督教,在我们家族的传承里,从来不提耶稣,不提任何教主,只说新信仰。"

他们朝药王山北麓走去,北麓有加布日神泉,水质优良,有医治疾病的作用,曾是历辈达赖喇嘛的专用饮水源。据说仓央嘉措曾经在此裸浴,晚霞来临的时候,他显现了莲花生大师的真身,莲花生一如既往地坐在洁白的莲花上,身边是佛母明妃。他们,来自天上的一男一女,明媚得就像彩霞本身。

邬坚林巴虔诚地跪在泉边,捧起泉水喝了一口说:"仓央嘉措是莲花生大师的转世,药王山的泉水就是证明。"

智美也跪下,也喝了泉水,完全是下意识的,似乎表明如果不是刻意提醒,他其实并不反感仓央嘉措。

邬坚林巴说:"我已经搞清楚了,香波王子是强奸杀人,就在宗角禄康。"

智美站起来,望着流云飞走的天空,冷静地说:"香波王子不会在掘藏的时候干这种事情,一定是陷害,更何况他现在和梅萨在一起,没有必要强奸别人。"

邬坚林巴说:"我也这么想,但据说证据都是指向他的,唯一的凶器上有他的指纹,死者措曼吉姆的身体里也有他的精液。"

智美问："你听谁说的？"

邬坚林巴不回答，又说："在密道的高级修炼中，精液被称作'敌'，属于方便之乐；指纹被称作'印'，属于悲心之空。它们都可以离开人体而存在，当心念化现为空行母，而空行母又成为运载的火箭时，它们就会出现在任何地方。香波王子的指纹和精液一定是被空行母运到了凶器上和揩曼吉姆的身体里。"

智美说："空行母是正义的化身，怎么能陷害香波王子？"

邬坚林巴说："如果空行母执意要保护'七度母之门'呢？"

智美说："不，很可能就是警察，警察在陷害他。"

邬坚林巴说："关键是现在怎么办，我们必须保证香波王子继续发掘'七度母之门'，否则一切就将前功尽弃。"

智美说："你想营救香波王子？显然你对我没有信心。"

邬坚林巴坦诚地点点头。

智美说："香波王子的掘藏中断了，你和阿若喇嘛又不能发掘新的'光透文字'，不靠我靠谁？"

"靠你可以，但你能保证你有百分之百的把握吗？"

"不能保证。"

"还是啊，不如你去自首，给香波王子顶罪，争取让警察把香波王子放出来。"

智美瞪着邬坚林巴："原来你今天找我就为了这句话。"

邬坚林巴苦笑道："对不起，不得已而为之。"

"你找对人了。我有杀死揩曼吉姆的动机，我从她身上发现了'明空赤露'。"

"对，杀她是为了不把'明空赤露'暴露给别人。"

智美忽然笑了："但是我拥有了'明空赤露'应该赶紧去掘藏，

没有理由自首啊？"

"我们可以举报你，甚至直接把你押送去公安局，你可以招供。"

"我这样做又为了什么？"

"为了'七度母之门'，为了你祖先的传承。"

智美摇头："可万一仓央嘉措遗言是护佛不是毁佛呢？"

邬坚林巴说："你不自信了，不想赌一把了？"

"我不想赌。如果自由的香波王子是唯一的掘藏人，我会如你所愿，去公安局换他出来。可惜我相信除了他，还有我，我也是'七度母之门'选中的掘藏人，我有独立掘藏的能力，我是占卜之神，这一路走来，我的占卜没有一次是失误的，更何况我还有法侣索朗班宗。香波王子被抓恰好是命运给我的机会。"智美说着就走，"对不起，不能奉陪了，索朗班宗还在酒店等我呢。"

邬坚林巴回到药王山医学僧院前的琉璃法会中，早有阿若喇嘛和王岩、卓玛从信徒堆里挤出来迎候在那里。邬坚林巴摇摇头，告诉他们智美没有答应。

阿若喇嘛遗憾地叹口气，面朝王岩和卓玛："怎么办？"

王岩说："常规的做法是，找到真正的凶手，推翻证据，或者找到他们伪造证据的证据，但这样太难了。既然他们要执意陷害香波王子，真正的凶手就会得到保护，更何况重案侦缉队内部有严格的保密制度，每一个环节都可能作伪，也都可能永远查不出来。除非凶手自首，或者有人反水。"

阿若喇嘛问："不常规的做法呢？"

王岩说："据了解，香波王子是重大犯罪嫌疑人，又来自外地，很快就会从拉萨看守所转移到堆龙德庆重犯看守所。具体时间是保密的，但估计就在四十八小时之内。"

阿若喇嘛说:"你的意思是……打劫?"

王岩说:"我说了打劫?"

3

梅萨掀开小房子后门的门帘,想告诉国字脸喇嘛自己饿了,光喝奶茶是喝不饱的,应该给她一些糌粑。喊了几声,没有回应,奇怪地想:喇嘛们呢,怎么没人看着她?立刻意识到,逃跑的机会来了。她迅速溜出小房子,快步穿过甬道,走向大昭寺主殿。到了主殿才想到,已经是晚上,游客早就散尽,想从主殿正门走出去是不可能的。又拐回甬道,看看还能通向哪儿,看来看去都是死路。

梅萨再次走进主殿,心说总是有门道的,不然这里值夜换班的喇嘛如何进出?她躲进黑暗里,悄悄移动着,窥伺着所有或朦胧或清晰的门洞和窗洞,看不到一个喇嘛、半个活佛,只有灯影恍恍惚惚地闪烁着,把那些神佛雕像深深浅浅地照满了四壁和天地,越照越昏暗,诡秘便从昏暗中油然而出。参差不齐、胖瘦不匀的鬼影穿行在各个殿堂之间,粗铁链子的门帘欻啦欻啦响着,似乎一伸手就能触摸到鬼影的躯体,那是无形无色的肉感,在金身佛像的遥视里,变幻出一些黑森森的无常来,把梅萨吓得从头到脚,遍体寒凉。她蹲了下来,平静着自己,尽量控制着哆嗦,又开始往前摸索,突然肚子和胸腔一阵冷痛,正要捂住,感觉一潮大水哗地在体内荡起来。"月亮明点"?她作为法侣的"月亮明点"出现了。她知道,一旦掘藏出现转折,法侣就会有圣洁的"月亮明点"荡然来临的反应。

她抽着冷气,心说恐怖居然也能催生"月亮明点"?急速翻开坤包,寻找着,竟没有找到任何抚慰并接收"月亮明点"的东西:

干净的纸或布。她想完了完了，一个法侣到了这种地步，就只剩下狼狈了。她赶紧往前走，琢磨逃出去后第一件事就是寻找商店。但是接着就是沮丧，她根本逃不出去。她停靠在一根木柱上，捂着肚子喘了一会儿，才发现已经来到居中的释迦牟尼殿门口，朝里望一眼，突然想起金灯中央那个金箔镶饰的宝瓶来，为了防止灰尘掉进去，瓶口塞着一卷白纸。那就用它来救救急吧，干净不干净已经顾不得了。

她走进释迦牟尼殿，走向供桌上数列镶嵌着红绿宝石的高脚长明金灯，吃惊地发现，金灯中央的宝瓶已经不见了。她失望地要离开，感觉"月亮明点"又在汹涌，赶紧蹲下。就在这时，她看到了那卷白纸，那卷白花花的纸被人丢弃在供桌下面。她一把抓起来，大喜过望地摩挲着，发现那白纸居然出奇得柔软，赶紧躲进黑暗的角落，解开衣扣，放了进去。

立刻觉得舒服了许多，肚子和胸腔似乎也不痛了，梅萨又开始寻找逃出去的门道，找了近一个小时也没找到。夜晚的大昭寺主殿俨然是个没有缝隙的铁屋子，大概这就是国字脸喇嘛和他的手下放松看护的原因吧。她倦怠地坐到镏金神羊殿前的地上，正想接下来怎么办，忽见一丛高大的黑影遮住了自己，举头一看，是一群喇嘛——国字脸喇嘛和他的手下正在三步远的地方静立着，似乎这些喇嘛即使做了捕快也还充满了怜悯，不忍心用呵斥吓着她。

大昭寺主殿的三层，一间悬挂阎魔黑门帘、门楣镶嵌鏖战金轮的隐秘佛舍里，被绑押来的骷髅杀手大声斥责大昭寺的喇嘛与圣教之敌同流合污，妨碍了他谋杀香波王子的行动。斥责了半天，也没有人搭理他。他低头，用牙齿撕咬捆绑自己的绳索，看撕咬不开，气恼地抬脚便踢,踢得面前的供桌砰砰响。

这时一个苍老的声音说:"你从哪里来?谁让你来?"

骷髅杀手不回答,反问道:"知道'隐身人血咒殿堂'吧?知道无形密道、黑方之主吧?知道'七度母之门'即将开启,仓央嘉措遗言就要出世,圣教又要面临危机吧?"

寂静。似乎这就是回答。

苍老的声音突然说:"啊,原来你是用不着我来惩罚的,赶快离开这里,去你该去的地方。"

话音一落,大昭寺喇嘛就松绑放了他。骷髅杀手始终没看清是谁在和他说话,只觉得厉眼喷火、阔嘴吐焰的大黑天塑像身边,昏暗的酥油灯和粗铁链子后面,一个没有五官的神像嗞嗞有声。他怎么没有五官?他的五官哪里去了?

骷髅杀手满腹疑惑地离开隐秘佛舍,走出了大昭寺。他看看明净的天空,快速走向八廓北街,在人来人往的街口席地而坐,拿出骷髅刀摆在了面前。对他来说,似乎一切都已经结束,家族的传承、血咒殿堂的期待、修炼的圆满,转眼成为泡影,他要做的,就是在黑方之主还没有要求他实现"要么香波王子死,要么我死"的"隐身人誓言"之前,卖掉骷髅刀,凑足路费离开拉萨,赶快回到家乡罗马恩尼草原去。如果他必死无疑,那就应该死在家乡,死在亲人们身边,死在格桑德吉看得见的地方。格桑德吉,格桑德吉,还是不是我的老婆了呢?离开已经一年了,她想不是也有理由不是了。不过儿子永远是自己的儿子,儿子已经四岁了;不过爸爸永远是自己的爸爸,尽管爸爸会对他失望得从此失去笑声。儿子,爸爸,老婆,他来回想,又来回说:"我就要回去了,回去就要死了。"

可是他多么不想死啊,多么想继续活在黑方之主的信任之中,多么想在实现家族的传承和修炼的圆满之后,把格桑德吉请回家,一家人好好活着。那才是修炼的真正圆满。

他伤感得几欲掉泪,一声比一声重地叹着气。

很快就有一个穿着蓝色藏袍的人来问价钱,他说:"五百。"他估计这是一张火车票的钱。

那人蹲在他面前,把骷髅刀翻来覆去看着:"好刀,好刀。"

骷髅杀手说:"看来你是识货的,我是个贼,急着出手,按它的价值,五万都不止。"说着拍了拍腰里的"遍撬一切"。

那人说:"这可是一把沾满鲜血的刀。"

骷髅杀手警觉地瞪起眼睛:"你能看出来?"

那人说:"几千年了,它杀死过僧侣贵族,也杀死过平民百姓,杀死过佛教的敌人,也杀死过掌握它的人。"说着,嗖地拔出刀来,用舌尖舔了舔刀锋,盯着骷髅杀手,眼光顿时变得阴鸷。

骷髅杀手突然觉得此人面熟起来,紧张地问:"你要干什么?"

"我们见过面的,不认识了?"那人露出蓝色藏袍里的警服。

骷髅杀手眼睛一转:警察?神经质地说:"我可没杀人。"

那人狞笑一声:"是你没本事杀人。我得到了最新指令,要用你的血惩罚你的无能,然后再对香波王子执行死刑。"

骷髅杀手满眼惊恐,颤颤巍巍地说:"啊,你是黑方之主派来的。"

那人说:"我叫碧秀,身份是警察,从北京开始我就尾随着你,本来是要匍匐在你的脚下,祝贺你绝杀成功的,没想到你太让黑方之主失望了。按照'隐身人血咒殿堂'的规矩,骷髅刀将送你走向另一个世界。"

"我没忘我们的规矩,更没忘我的毒誓,就是想不通你为什么会带这么多警察来杀我?"骷髅杀手指了指碧秀身后。

碧秀蓦然回头。骷髅杀手跳起来就跑。

追杀开始了。骷髅杀手疯狂地逃跑着,踢散了好几个地摊,躲不及的人纷纷被他撞倒。他的光头在阳光下闪逝而去,袈裟呼啦啦作响,蒙脸的黑氆氇里,吼如闷雷:"让开,让开。"而碧秀的追撵更加疯狂,追出去不到五十米,就一把拽住了对方的袈裟。骷髅杀手用袈裟袖子甩打着碧秀,竭尽全力朝前拖拉着。碧秀用骷髅刀刺了几次都没有刺中要害,只好丢开袈裟,掏出了枪:"对不起了骷髅刀,我不能用你杀死一个叛誓者。"说着举枪瞄准了骷髅杀手。

但碧秀没想到骷髅杀手已经把他带到了八廓街派出所门口,更没想到对方会一头扎进派出所大门号叫起来:"杀人了,杀人了。"

几个警察从房间里闪了出来。碧秀转身消失在环绕大昭寺朝拜的人流里。

4

王岩再次来到新世纪宾馆的网吧,挑了一台僻静的电脑,打开自己的QQ,看"度母之恋"不在线,留言道:

"毕竟我撞死了一个无辜的人,无法从脑子里消除纠缠不去的麻烦,就一直想着你的话:'履行警察职责,皈依慈悲佛门。'抓住乌金喇嘛,回击新信仰联盟对佛教的进攻,算不算'皈依慈悲佛门'呢?我们认为,乌金喇嘛未必就是一个人,也许是一个符号,这个符号贴在谁身上,谁就应该具备乌金喇嘛的特征,比如七七四十九处伤疤,只要符合这些特征,我会毫不留情地拔枪射击。这样做对不对呢?你说'念佛就是忏悔,度人就是赎罪'。我已经开始念佛了,每天都念六字真言和阿弥陀佛,但不知道怎么做才是'度人'。还有,一个叫珀恩措的姑娘死了,她的死跟我有关,有人叮嘱我千万不要报警,因为这也是她的愿望,她发过誓,只要警察来她就跳楼。但我离她很远,说服不了她,只能报警。你一定会问我,你是怎样说服的?没有,一次也没有说服过。我为什么不等到打通电话、说服无效之后再报警呢?难道我是故意的?为什么要故意?也许我不报警,她就不会自杀。她有一个吸毒成瘾的哑巴妹妹,现在谁来照顾?"

他瞪着QQ等了一会儿,没等来"度母之恋",便关掉电脑,走出了网吧。

卓玛在门口等他,问道:"你在电脑上干什么?"

王岩略一踌躇说:"寻找灵魂。"

"谁的灵魂?"

王岩不回答,拉着卓玛走向宾馆门前的路虎警车:"快走,我们去找香波王子,从他开始筛选,看到底谁是乌金喇嘛。"

他们知道没有碧秀的引见,万难见到香波王子,便开车驶向重案侦缉队。路过大昭寺的时候,远远看到碧秀从八廓街走了出来。

碧秀穿了一件蓝色藏袍,步子迈得很快,不时回看,一抬头,看到停下来的路虎警车,赶紧跑过来,开门上去。

王岩问他:"好像有人追你?"

"一个叫骷髅杀手的,他恨我抓了香波王子,想杀我,简直疯了。"碧秀这样说是想留下埋伏,一旦他杀了骷髅杀手,说起来也是正当防卫。

卓玛回头看了他一眼:"你都装扮成这样了,谁会杀你?是你去杀人吧?"

王岩怕他们吵起来,赶紧说:"正要去找你,恰好碰上了。"

碧秀说:"你们找我不就是想见香波王子吗,不行,谁也不能见。"

王岩说:"我们的目标是乌金喇嘛,想从他这里了解一些情况。这些情况对你也有用,你可以在场。"

碧秀问:"你们有乌金喇嘛的线索了?"

王岩点点头:"见到香波王子你就知道了。"

碧秀不再说什么。卓玛驱车驶向拉萨看守所。

半个小时后,他们在看守所重大嫌疑人关押室见到了香波王子。

香波王子站起来,拖着沉重的脚镣,哗啦哗啦前走两步,就像在自己家里招待客人,笑着说:"坐呀,别客气。"

他们没有坐,除了一张香波王子睡觉的木板地铺,其实无处可坐。

王岩说:"你恐怕能想到,我们对乌金喇嘛比对你更有兴趣。乌金喇嘛跟你一样试图开启'七度母之门',但他没这个本事,只能利用你。我们想你应该知道,在你的掘藏中,谁对你的关怀最多、推动最大?"

香波王子说:"你们三位警察、阿若喇嘛和邬坚林巴、骷髅杀手、死去的边巴老师,都是关怀最多、推动最大的。"他指着碧秀,"尤其是他,他几次想打死我,又把我关在这里不给水喝,让我想到这么恶劣阴毒的一个人在阻止仓央嘉措遗言出世,那仓央嘉措遗言就一定是光明伟大的,我一定要发掘出来,这是最大的推动。如果你们要确定乌金喇嘛,他是首选。"

王岩说:"看来你早就认为乌金喇嘛不是一个人,而是一个符号,可以贴在任何人身上。"

香波王子说:"是的,这个人必须和乌金喇嘛有共同之处。"

"什么共同之处?"

"就是坏、坏、坏,坏到头上长疮脚底流脓。"

王岩说："你对'七度母之门'的狂热和你制造的几起血案都说明你跟乌金喇嘛非常相像……"

香波王子说："是的，我制造过许多血案，第二次世界大战是我发动的，奥斯维辛集中营是我建立的，911事件是我策划的，世界上所有的恐怖袭击都是我制造的，满意了吧？"

王岩说："不管怎么说，你首先得证明你不是乌金喇嘛。"

香波王子说："我怎么证明？"

王岩说："大家都知道，新信仰联盟在绑架乌金喇嘛后，乌金喇嘛有过一次自杀的经历，用刀在自己身上戳出了四十九个窟窿。现在，只要你脱光自己，让我们看到你浑身上下没有密密麻麻的刀伤，你就能证明自己不是乌金喇嘛。"

"原来这样就能证明？但我不能脱。"

王岩说："为什么？"

香波王子说："当年朝廷需要查验仓央嘉措的圣体，专门派了精于相术、明察秋毫的金字使者，才得出正确结论：'作为圣人的体征法相则圆满无缺。'我是仓央嘉措的传人，我的身体怎么能随便给你们看，你们算老几啊？看了也得不出正确结论。"

"现在由不得你。"王岩望了望碧秀，恳求道，"帮帮忙，把他的衣服脱掉。"

"那不行，我们这是文明关押，在给他定罪之前，我们没有权力脱光他的衣服。"碧秀还想说什么，手机响了，拿出手机不接，先把王岩和卓玛推搡出去，然后自己出来，重重地关死了门。

香波王子喊起来："什么文明关押，我都渴死了。虐待狂，我要喝水。"看对方不理，便说，"我卖唱，我卖唱，我用仓央嘉措情歌换一杯水还不行？"说着，胸腔里一阵酸楚，唱出的仓央嘉措情歌也更加悲酸动人了：

> 邂逅相遇的娇娘，
> 浑身散发着芳香，
> 恰似拾起了松耳石，
> 再不忍抛到路旁。

碧秀仔细听了情歌，却没有拿水给香波王子。他闷闷地想：玛瑙儿怎么还不来上班？

5

香波王子被押出羁押室，来到看守所大院时，还以为要放了他，抖动手铐脚镣喊道："赶快给我开锁，我要去把拉萨河喝干。"

碧秀说："耐心一点，枪毙你之前，肯定会给你打开。"

香波王子这才看到，他面前停着几辆囚车，后门都已经打开，里面坐满了警察。

五辆警车排队驶出了看守所大门。现在是午夜，这里是拉萨，到处流散着狞厉的黑暗，所有的地物地貌仿佛都变成了怒目猖张的魔面鬼脸，月亮是一颗黑暗的心，怪异地跳动着，让城市和生命在夸张的死亡强调中，呈现出佛魔共居的紧张和诡秘。

路虎警车鬼影一样跟在了后面。再后是喇嘛鸟。

阿若喇嘛说："不知道哪一辆里有香波王子。"

邬坚林巴说："肯定是中间一辆。"

阿若喇嘛摇摇头，不合时宜地闭上眼睛说："在我的观想里，香波王子在前面第一辆警车里。"

喇嘛鸟的后面,是一辆装满了僧人的中型丰田面包车,车里有阿若喇嘛带来的北京雍和宫喇嘛,有邬坚林巴从大昭寺八廓街花钱雇来的流浪僧。丰田面包车后面,不远不近跟踪着智美和索朗班宗的切诺基。

索朗班宗问:"你觉得今天晚上会成功吗?"

智美冷笑着说:"他们不会,我们会。"

"香波王子不是你最强大的竞争对手吗,你干吗还要营救?"

"他不过是我的掘藏对象,我要从他手里掘到'七度母之门'。"

"那么你的占卜呢?"

智美懊恼地拍了拍方向盘说:"很奇怪,只要香波王子停止行动,卜神就不会光顾我了。"

这时手机响了。索朗班宗说:"我来替你接。"

传来邬坚林巴的声音:"我知道你在后面,想干什么?不是光明亮堂的人,没有利佛利法利僧的心,我劝你还是不要忤逆了伟大的'七度母之门',回去吧,捣乱是会有生命危险的。"

智美说:"自古以来掘藏就是赌命,你都不怕,我怕什么?"

十分钟后,警车来到了林廓北路上的五岔路口。路灯突然黑了,五辆警车随即熄灭车灯,围绕路心岛转起来,转了四圈,等到车灯再次打亮时,五辆警车已经散开,一辆走向林廓北路,一辆走向林廓东路,一辆走向纳金路,一辆走向江苏路,一辆掉头回到夺底路。

阿若喇嘛说:"糟糕,他们一定发现了我们。"

邬坚林巴停下喇嘛鸟:"到底跟踪哪一辆?"又说,"上江苏路吧,这是去堆龙德庆重犯看守所最近的一条路。"

阿若喇嘛睁开眼睛,不容置疑地说:"押解香波王子的警车开上了纳金路。"

"怎么可能呢？路向不对。"

"拉萨没有不对的路向，所有的路都会通向你要去的地方。"

邬坚林巴迟疑地回头望了望阿若喇嘛，他知道阿若喇嘛能看见别人看不见的：已逝的岁月、即将的发生、障蔽后面。但这种现象并不常有，只在寂静清虚、修炼观想的时候出现。邬坚林巴拧着方向盘，往纳金路走了几米，又拐向了江苏路。

阿若喇嘛生气了："邬坚林巴，为什么不听我的？"

邬坚林巴又拐回来，犹犹豫豫开上了纳金路。

阿若喇嘛催促道："机会到了，快啊。"

不到十分钟，喇嘛鸟带动后面的丰田面包车，追上去一前一后夹住了警车。除了邬坚林巴，所有僧人，那些来自北京雍和宫的喇嘛、那些花钱雇来的流浪僧，一起扑向了被迫停下的警车。"开门开门开门。"喇嘛们拍打着警车的车窗玻璃，拍打不开，就从路边抱起石头准备砸碎玻璃。

两个警察开门下车："干什么，干什么？"

警察被推开了，喇嘛们打开所有的车门，没看到香波王子，里面除了警察还是警察。

阿若喇嘛傻眼了，冲着警察吼一声："香波王子呢？"

警察们一个个装得傻眉愣眼："什么香波王子，香波王子是干什么，洗头发的？"

阿若喇嘛招呼僧人们赶快上车，自己回到喇嘛鸟里，一脸羞赧地对邬坚林巴说："听你的就好了，快走。"

喇嘛鸟啸然而去，在江苏路的尽头、金珠路的开端，追上了另一辆警车。

又是一次夹击,这次丰田面包车在前,喇嘛鸟在后。跟上次一样,除了邹坚林巴,所有喇嘛都下车冲过去,迫使警察打开了车门。阿若喇嘛直接扑向后门,大喊一声:"香波王子。"结果是又一次失望:警车里除了警察还是警察。

阿若喇嘛迅速回到喇嘛鸟里:"还有三辆警车在三条路上,三条路都可以通往堆龙德庆,但必须绕道,我们直插过去,说不定还能截住一辆。"

如同流星追月,喇嘛鸟和丰田面包车来到北路,守在了通往堆龙德庆的路口。警车如期而至,香波王子却仍然不在警车里。

阿若喇嘛无奈地靠在车头上,拿出手机打给了王岩:"我们拦截了三路,三路都扑空了。"

王岩说:"现在只有南路和中路了,南路是赶不上的,只能来中路和我们会合,要快。"

阿若喇嘛说:"不要等我们,你们可以先动手。"

王岩说:"不行,我们是警察,警察打劫警察,很容易火并伤人,我们只能悄悄跟踪。"

喇嘛鸟和丰田面包车又一阵疾风快驰,二十分钟后追上了路虎警车,又前驱半公里追上了警车。警车被迫停下了,面对汹涌而来的几十个喇嘛,四五个警察都下车掏出了枪。

碧秀朝天一连开了两枪,没有吓退喇嘛们。喇嘛们似乎明白,碧秀和他的部下毕竟是藏族,而且都信教,不可能朝穿袈裟的人开枪,大呼小叫地冲撞过来,把警察一个个推开了。车门大开,唯一没有下车的香波王子出现在阿若喇嘛面前。

阿若喇嘛一把揪住香波王子:"快走。"这才发现对方是戴着手铐脚镣的。他喊道:"抬起来,抬起来。"几个雍和宫喇嘛把香波王子从警车里抬出来,又抬进了喇嘛鸟。阿若喇嘛指挥道:"上车,上车,快走。"

碧秀十万火急地通知重案侦缉队的各路警察速来支援。

喇嘛鸟狂奔而去,丰田面包车在后面掩护着。

一公里之外,路虎警车横在路心等待着他们。王岩招手让他们停下,冲到喇嘛鸟的窗口说:"现在许多警车都在朝这里奔驰,所有的路口都已经封堵,你们是危险的,香波王子还会被夺回去。"

阿若喇嘛说:"那怎么办?"

王岩说:"把香波王子转移到我们车上,没有人敢搜查北京来的警察。"

阿若喇嘛说:"我们是要放了他,保证他继续发掘'七度母之门'的伏藏。"

王岩说:"为了抓住乌金喇嘛,我们比你们更希望'七度母之门'的发掘不要中断。"

阿若喇嘛犹豫着看看邬坚林巴。邬坚林巴说:"如果能打开手铐和脚镣,让香波王子自己跑,比跟着我们保险。"

王岩说:"我们会想办法给他打开,快做决定吧阿若喇嘛,时间不多了。"

香波王子被迅速抬进了路虎警车。

停在路边树林里监视着路虎警车的切诺基很快超到前面去了。开车的智美告诉身边的索朗班宗:"我要让他们乖乖地把香波王子交给我。"

路虎警车朝着堆龙德庆驶去,那儿是青藏公路的必经之地。王岩和卓玛想沿着青藏公路开到温泉胜地羊八井,在"一洗洁、二洗清、三洗明、四洗慧、五洗圣、六洗得度"的温泉里让香波王子洗个澡。

借此机会，他们就可以看到香波王子的裸体，以亲眼所见来证明他有没有七七四十九处刀伤，是不是乌金喇嘛。如果不是，下一步就是一面筛选别的人，一面牢牢跟着香波王子，在掘藏中等待乌金喇嘛的出现。

香波王子瘫坐在后面，有气无力地说："我渴。"

王岩说："车上没水，我们不可能停下来给你找水，营救你不容易，万一碧秀他们追上来呢。忍着点，到了羊八井，有你喝的。"

香波王子舔舔干裂的嘴唇，昏沉沉地歪着头，闭上眼睛，费力地说："我不能再往前走，你们也不能往前走了。"

卓玛警觉地问道："你怎么知道我们不能往前走？"

香波王子说："我也说不清，像是仓央嘉措的意志。"

王岩说："可惜我们并不相信你可以传达仓央嘉措的意志。"

但很快就证明香波王子的话几乎是谶语，一起车祸让路虎警车停了下来。车祸发生在一条岔路口，一边是水泥桥，一边是土石路，就在桥和路中间，一辆切诺基轧倒了一个白色仙女装的女人，浑身是血的白衣女人趴在车轮下面，朝着路虎警车痛苦地招手。王岩和卓玛犹豫了一下，下车走了过去。

白衣女人一把抱住了王岩的腿，喊着："帮帮我，帮帮我。"看王岩弯腰想把她扶起来，又指着水泥桥说："快去抓住他，他跑了，想轧死我的人跳到河里去了。"

出于警察的本能，王岩走到桥边朝下看着。卓玛跟在后面。

瞬间，一个人影从水泥桥的另一侧闪出来，一个滚儿打向路虎警车，拉开车门，溜了进去。白衣女人翻身起来，几步跑向路虎警车，一踏进车门，车就呼啦一下朝前开去。

等王岩和卓玛反应过来，想开着劫持者丢弃的切诺基，准备追撑时，才发现自己真傻，人家怎么可能留下车钥匙呢？

6

智美把路虎警车的速度开到了极限。他们走向岔道，朝东掉头，开向了拉萨的方向。索朗班宗不时地发出一阵阵尖叫。昏头涨脑的香波王子睁开了眼睛，做梦似的看到，开车的居然是智美。他叫了一声智美。智美不理他。他一连叫了几声智美，智美都不理他。于是他就拍自己的脑袋，脑袋好像不疼，那就是做梦了。他闭上眼睛，伸出舌头舔了舔脖子上的鹦哥头金钥匙，又舔了舔手铐。手铐有点冰凉，如同水的冰凉，他就像饥渴的婴儿遇到奶头那样，拼命咂了一下，裂出血口的嘴唇一阵疼痛。他呻吟了一下，就听一个女人说：

"沿着翁堆新卡路往前绕，不要从正面接近大昭寺。"

智美说："你好像对这里挺熟。"

女人说："我是在拉萨长大的。"

香波王子再次睁开了眼睛，瞪着智美的背影，晃了一下手铐，又移动了一下脚镣，干干地咳嗽了一声，似乎一下子就把糊涂咳没了，脑子渐渐清醒起来。他知道自己不是在做梦，真的是智美，智美没有死，智美死而复生，智美这么快就转世了，一转世就是个大男人。还知道他很快就会有水喝了。

"智美，智美。"他叫着，"你救了我。"

智美这次回了一句："好我的掘藏大师哩，你连命都不保，还掘什么藏。"

索朗班宗回头盯着他，带着喜庆的神色叫道："香波王子。"

即使干渴虚弱至极，香波王子好色的眼睛还是水亮了一下：哪来的姑娘？

"你是长头发？"她打量着他说。香波王子晃晃头，让潇洒的披肩长发动起来。她又问："你是牧马人的车主？"香波王子眨了眨眼，仿佛说：牧马人早被警察没收了。她一笑："认识我不？"香波王子下意识地点点头。

索朗班宗说："真的认识？前世注定的爱侣，那是要用仓央嘉措情歌做信物的。"

是啊，我就是这个意思。香波王子想着，就唱起来，声音很轻，有点费劲，干渴的嗓子让情歌涩涩巴巴的，就像皱了的绸缎、礁遏的流水、遇堵的风。

> 眷恋的心上人儿，
> 若要去学法修行，
> 就随着小伙子我，
> 走向深山的岩洞。

索朗班宗惊呆了，她不过是试探着说说，没想到对方心领神会。尽管那焦干的嘴唇里进出的音调不甚流畅，但味道是醇的，情韵是足的，蕴涵是深广渊厚的，像是先前就听过，积淀在记忆里很久很久，也很牢很牢。相比之下，智美的仓央嘉措情歌简直就不堪入耳了。

她问："当年仓央嘉措就是这样唱的吧？"

香波王子笑笑："对啊，你怎么知道？"

"我听着，心里一阵舒服，就知道了。"

香波王子问："你叫什么？"

她正要说，智美一脚踩住刹车，声音被晃断了。路虎警车继续往前走。

智美说:"现在是什么时候,你还有心唱情歌。"心说我真是太大意了,怎么能让他们见面?虽然《卜神法音》告诉他:"控制了女人的身体,就能控制女人的灵魂。"但并没说谁先控制了她,谁就是唯一的控制。智美恨得咬牙:梅萨已经是他的了,他又来勾引索朗班宗。

路上行人越来越多,走不过去了,路虎警车在大昭寺南侧停下来。立刻有一些乞丐和流浪僧围过来。

智美说:"不要开门,他们会把手伸到你的腰包里。这些寄生虫,就知道要要要,把藏族人的脸面都要没了。"

索朗班宗说:"你怎么这么说,流浪和乞讨也是一种生活方式,最早的佛包括释迦牟尼都是托钵行乞的,他们不过是返璞归真罢了。不像那些有寺院归属的佛僧,除了有众多信徒贡献钱财外,国家还能发放一些生活补贴。"

智美说:"行乞的原因是不一样的,有些是为了修炼,有些是为了糊口,有些是出于习惯,有些纯粹就是懒惰。"

香波王子突然说一声:"有些是为了'明空赤露'。"

智美倏地转过头来,讥讽地说:"'明空赤露'?你都半死不活了,还能想到'明空赤露'?"

香波王子说:"智美,真的是你吗?我还是有点不相信。"

智美说:"当然不是假的,当隐则隐,该出就出,这才是掘藏者的素质。山神用震怒的坍塌收我去修炼,还对我说,大昭之后,止波晋美,什么意思呢,就是经历大昭寺之后,香波王子就停止啦,智美就晋升为主要掘藏师啦。快说你在大昭寺找到了什么?"

香波王子摇摇头。

智美说："不想告诉我？你现在又是手铐又是脚镣，是个地道的罪犯，没有自由可言，不可能继续发掘'七度母之门'的伏藏，完成使命的只有我，我和她，她是我的法侣。"

"法侣？看她的面相当然应该是法侣，但是不是你的法侣呢？"香波王子望了一眼索朗班宗，喘口气又问道，"智美你说实话，你为什么会在去昌都的路上突然失踪，又为什么会在拉萨突然出现？"

智美不想回答这个问题，沿着自己的思路说："大昭寺要是不出现'七度母之门'的伏藏，就一定还会出现能够显示'授记指南'的'光透文字'。但显然你没有得到，如果得到，你不会重返大昭寺让警察抓住。反过来说，大昭寺要是不让你得到'授记指南'，就很有可能会直接显露'最后的伏藏'。"

香波王子说："有水吗，我要喝水。"

智美说："告诉我你现在到底掌握了什么，我立马给你买水。"

香波王子说："智美你变了，不是原来的智美了。"

索朗班宗说："我现在就去买水。"

智美厉声道："你是谁的人，怎么不听我的？"又对香波王子说，"我们把你营救到这里，就是为了用最快的速度接近'七度母之门'，快告诉我。"

一个流浪僧敲打着车窗，朝里窥伺着，小声乞讨："嘛呢，嘛呢。""嘛呢"在藏语是六字真言，在英语是钱。他在要钱的同时，也给对方送去了祝福。

突然流浪僧的眼睛闪烁出了狂喜的光辉：香波王子终于出现了。他知道香波王子并没有在大昭寺达到目的，一定还会来，于是就等着。他沿着大昭寺外的八廓街一圈一圈地转经，机敏地观察着周围的动静，没有什么能逃过他的眼睛。他的嘴脸依然蒙着黑氆氇，光头依然锃亮，袈裟却脏腻得有点恶心，袖筒里也没有了骷髅刀，但他知道自己仍然名叫骷髅杀手。

离骷髅杀手大概五十米，尼泊尔首饰店的门口台阶上，坐着一个戴着假发和墨镜、穿着绛色僧衣的人，时不时朝这边张望着。没有人知道他是谁，就连万分警惕的骷髅杀手也没有认出他就是要夺己之命的警察碧秀。

碧秀先是发现了路虎警车，然后才发现了骷髅杀手。他以为车内还是王岩和卓玛，就没有立刻扑过去，耐心等待着一个不会有同行认出他的绝杀时机。

骷髅杀手一只手敲打智美身边的车窗，一只手摁在腰间的"遍撬一切"上，突然朝后一滑，又用更大的力量敲打起后面的车窗。香波王子抬头看了一眼，不禁一阵颤抖：又来了，死亡就像他的影子，到哪里都跟着他，不同的是，警察给他的死亡是缓期的，骷髅杀手给他的死亡属于立即执行。

香波王子说："快离开这里，杀手来了，他几次差点要了我的命。"

智美问道："谁？他？这个流浪僧？"伸手就要打开车门。

香波王子惊叫一声："别。"又晃晃手铐，"我现在这个样子，他一刀就能捅死我。"

智美眼珠一转说："我会保护你，但你必须告诉我你在大昭寺找到了什么。"

索朗班宗说："佛啊，我们救人还要讲条件。"

香波王子沉默着，他想到的是，他要是死了，"七度母之门"的发掘就会结束，他要是不死，面对警察和杀手的追踪、手铐和脚镣的束缚，其实也已经结束。不如就告诉智美吧，或许智美是顺利的，智美能很快发掘到"七度母之门"的伏藏，就算他贪天之功为己有，那也比前功尽弃得好。再说掘藏是要有因缘的，因缘在人家那儿，不在自己这儿，自己又何必捏着羊毛不捻线呢。"

香波王子叹口气说："智美你真笨啊，我已经告诉你们了，那些流浪僧，他们行乞的原因，有些是为了'明空赤露'。"

智美说："'明空赤露'是宁玛派密宗大圆满法契证虚空佛性与实相人性的妙高境界，它跟'七度母之门'有什么关系？"

香波王子说："在大昭寺，谁是'明空赤露'的拥有者，谁就掌握着'七度母之门'的伏藏，或者能够提供新的'授记指南'。"

智美摸了一下脸颊上的伤疤说："还有呢？"

香波王子说："没有了，就这么简单。"

智美盯着香波王子，看到对方诚实的脸上没有欺诈的痕迹，忽地打开车门，一步跨了出去。铜墙铁壁般的路虎警车顿时门户大开。智美觉得自己不是故意的，自己并没有让骷髅杀手杀掉香波王子的愿望，但瞬间的举动是来不及纠正或解释的，一个卑鄙而残忍的形象立刻定格在了索朗班宗眼里。而索朗班宗刚刚认识了香波王子，对他的感觉那么好，好得就想立刻跟他在身边。

索朗班宗冲着智美吼起来："你怎么能这样？"

根本就没看清骷髅杀手是怎样扑进车内的，就听索朗班宗惊叫着被骷髅杀手推到了车外，香波王子惊叫着蜷缩了起来。

但接着又是骷髅杀手的惊叫，他也是被吓的。骷髅杀手来到车内，正要靠近香波王子，却从天而降了对自己的谋杀。碧秀出现了。骷髅杀手看到碧秀高举骷髅刀奔扑而来的样子，就知道自己的计划失败了。

碧秀扑到车前，探身一把撕住了骷髅杀手："你死期到了，我先杀了你，再杀香波王子。"说着举刀便刺，身子却不由自主地失去了重心，扑通一声歪倒在地上。

碧秀发现自己被一只手拽了一把，那不是人的手，是一只毛烘烘的动物手。那只手尖锐而迅捷，拽倒他的同时，又拍了他一巴掌。他爬起来，望着一个狰狞可怖的动物，哆嗦着连连后退："大猴子，大猴子。"

那不是大猴子，那是山魈。

山魈一开始关在铁笼子里，后来又牵狗一样用绳子牵着，现在连绳子也不用了，只有看不见的依赖把它联系在胡子喇嘛身边。

胡子喇嘛看着山魈袭击人，不仅不阻拦，还有些怂恿："噢啊，噢啊。"

山魈凶暴地扑咬着碧秀。碧秀先是用骷髅刀威胁，后来掏出了枪。胡子喇嘛赶紧喊："回来，回来。"山魈听话得转身就跑。

香波王子从敞开的车门里看到了山魈，高兴地喊起来："边巴老师，边巴老师。"

山魈似乎立刻认出了他，眼睛由仇恨的血色变成了温存的琥珀色，"喂喂喂"地叫着，来到车门前，友好地抓了一把他的衣服。

香波王子说："边巴老师，救救我呀，学生为开启'七度母之门'都成这样了，你还不快救救我。"

山魈回头望着胡子喇嘛，似乎在讨教营救的办法。胡子喇嘛过来，揪住它的鬃毛，带它离开了那里。

骷髅杀手突然反应过来，下车关好车门，坐到驾驶座上，一脚踩向了油门。

路虎警车开动了，碧秀来不及阻拦。智美按理是可以制止的，但他看到索朗班宗追车而去，便抢过去一把抱住了她。

"放开我，你有什么权力阻拦我？"

"你变心了。"

"变心了，变心了，就是变心了。"索朗班宗推搡着他。

智美愤愤地说："你想去送死吗？那人要在没人的地方杀了香波王子，香波王子必死无疑。而我们的当务之急是去大昭寺，调查谁是'明空赤露'的拥有者，搞清楚伏藏在哪里，或者新的'授记指南'在哪里。"

索朗班宗吼道："我不相信像你这样自私冷酷的人还能发掘'七度母之门'，'七度母之门'是仓央嘉措遗言，仓央嘉措是最不自私、最不冷酷的。"

智美说："恰恰相反，仓央嘉措才是地地道道的自私鬼，他不自私就不会只顾自己的爱情不顾圣教的需要，不自私就不会给那么多女人带去灾难。至于我的自私和冷酷，那是为了祖先追寻新信仰的传承，我不这样就辱没了祖先。"

"你的祖先不是我的祖先，你的传承也不是我的传承，我只延续仓央嘉措的传承，等待的是情人、情歌、情感，不是自私、冷酷、残杀。"

"可你毕竟在我的控制之下，你是我的法侣。"

"不，我要脱离你。"

"你脱离不了。"说着，用自己的嘴猛地堵住索朗班宗的嘴，不顾一切地亲着，亲了嘴又去亲脖子，亲了脖子她就软了。

已经走出去二十多米的山魈突然追向路虎警车，张大嘴，喷出一团团水淋淋的雾气，"喂喂喂"地叫着，像是深情无比的呼唤："香波王子，香波王子。"

不远处，一个正在坐地行乞的裸臂喇嘛突然拿起雕刻精美的木质钱钵，装进胸前的褡裢，起身走向一辆摩托车，迅速骑上去，发动起来就走。他跟踪着路虎警车,把一串轰鸣增添给了喧闹的大昭寺街市。

路虎警车里,香波王子忍不住问:"为什么救我?"

骷髅杀手说:"你要是死在别人手上,我的修炼怎么圆满?"

骷髅杀手见路就窜,很快到了布达拉宫广场,回头问香波王子:"你说去哪里?"

香波王子愣了一下说:"去有水的地方。"

骷髅杀手说:"那就是拉萨河了。"

但是走不到拉萨河边去,最近的康昂东路因更换下水管道而堵死,只能绕道,一绕道就绕到了药王山水库前。

骷髅杀手说:"这里也有水,你要干什么?"

香波王子说:"我渴。"

骷髅杀手下车,拉开后排的门,一把攥住了香波王子的手铐。香波王子一阵紧张,却见朝自己刺过来的不是刀,而是一把钥匙。砰的一声,手铐开了,哗的一声,沉重的脚镣也开了。骷髅杀手把钥匙装回腰间的"遍撬一切",定定地立着。

香波王子奇怪地看着离开自己的手铐和脚镣,等了一会儿,看对方不动手,问道:"什么时候杀我?"

骷髅杀手望着他身后碧波荡漾的水库,阴沉沉地说:"想什么时候杀就什么时候杀。"

香波王子瞪圆了眼睛:"为什么不是现在?"

骷髅杀手说:"我杀你是为了修炼的圆满,现在杀你,我不知道还算不算修炼。"说罢,掉头走了几步,又回身说,"你的死期过去由黑方之主决定,现在由我决定。如果还算修炼,只要在'七度母之门'现世之前杀了你,都能圆满。我不着急。"

香波王子看着骷髅杀手离开的背影，猛地扑到水边，匍匐在地，把嘴埋进水里，不顾一切地喝起来。他一口气喝饱了自己，顿时觉得身体由内到外透着爽快，不由得喉咙痒痒，翻身仰面朝天，放野地唱道：

　　一双明眸下面，
　　泪珠像春雨连绵，
　　……

唱得痛快了，他坐起来，却见水面上人影漂荡，定睛一看，是骷髅杀手。原来他没走，他在偷听仓央嘉措情歌。香波王子惊喜的程度超过了刚才的死里逃生，仰起脖子，唱得更加意味深长了：

　　冤家你若有良心，
　　回来看我一眼。

香波王子没注意到，偷听情歌的，还有一个裸臂喇嘛。

裸臂喇嘛把摩托车停在水库边的一片树林里，拿出手机打给了国字脸喇嘛。国字脸喇嘛说："我们的机会到了，放掉那个杀手，牢牢盯住香波王子。"

第四章　明空赤露

1

第二场考试的结果是八票对一票，古茹邱泽喇嘛居然得了八票。瓦杰贡嘎大活佛没想到，被对方问得无言以对的古茹邱泽奇迹般地成了优胜者，他打量着以尼玛考官为首的另外八个考官，心里不禁咯噔一下：为什么考官们如此一致地把票投给了古茹邱泽喇嘛？莫非他们有过商量？他们来自各个教派，当他们联合起来的时候，是否意味着各个教派都想知道修炼"七度母之门"到底能获什么成就？

接下来的第三场考试安排在两天以后。两天里，瓦杰贡嘎大活佛一直待在布达拉宫坛城殿，等待弟子古茹邱泽的到来。

古茹邱泽喇嘛出现在考试前的最后一刻，他一来就下跪，惭愧地说：“我给尊师丢脸了。”

瓦杰贡嘎大活佛说：“你已经胜了两场，丢什么脸？”

"八票对一票，我知道没有投给我的这一票是尊师的。"

"那你知道为什么我没有给你投票吗？"

"知道，为了我的执空无声，不，为了我的张口结舌。"

瓦杰贡嘎大活佛点点头："如果你认为'七度母之门'能给佛教带来福音，为什么不能坦然披露呢？"

"我还不知道'七度母之门'的最后结果是什么,我一直很担心。"

"'七度母之门'真的是不死的法门？"

"是的，尊师，我在修炼不死之法。"

"修炼的时候，你见到了仓央嘉措？"

"是的，尊师，我见过仓央嘉措，不止一次。"

瓦杰贡嘎大活佛喃喃地说："他可是佛外之佛、法外之法。"

古茹邱泽说："空门不空，俗界非俗，佛外之佛是救世之佛，法外之法是创世之法。既然世界的现状是生存的艰难、危机的频发、精神的迷惘，'七度母之门'就应该是伏藏在人类心中的救度的法宝。真佛法、大佛法，都在佛教之外。"

"但愿，但愿。"

"那么尊师，我现在应该怎么办？"

"我已经说过了，随心所欲，相信你表达的都是本尊神的愿望。"

"可在今天的感觉里，我似乎是个失败者，我找不到我的本尊安驻在身体的哪一部分，我惶惶不可终日。"

瓦杰贡嘎大活佛淡然一笑："这样就好，这样就好，这大概是修炼升级的预兆，在九级台阶之下，你会看到本尊就在你的需要之中，九级台阶之上，你就什么也看不到了。更何况你的本尊神已不是时轮、密集、胜乐、大威德、欢喜等诸位金刚,而是仓央嘉措。仓央嘉措融于度母之中,度母又是用女人之身成就正果的水性之神。水流于土,叫滋润;水浇于火,叫激灭;水行于风,叫隐荡。水、土、火、风这四大色尘因其平常而被漠视,仓央嘉措和度母之神皆在漠视之中,四大色尘掩盖着他们,让他们隐驻于利你之地而不会被你发现,你说是不是呢?"

古茹邱泽想了想,似乎明白了。

瓦杰贡嘎大活佛朝他挥挥手:"去吧,去吧。"

布达拉宫持明佛殿里,第二佛陀宗喀巴大师的银铸坐像和莲花生大师八种神变的铜像被摩擦得锃光瓦亮,八座银塔就像装饰了单色调的霓虹灯,在一片炫目的光芒中有些膨胀。九位考官依然坐在八座佛塔和莲花生大师八神变之间,神情威严得超过了身旁的雕像。围绕考官和两个竞任者坐了一片的格西喇嘛们悄悄议论着,无非是猜测:今天的考试,谁胜谁败?还有押注的,多数人押在了古茹邱泽喇嘛身上,少数人押在了苯波甲活佛身上。他们期待结果的心情似乎比竞任者还要迫切。

古茹邱泽喇嘛观察着这些格西们,用心念为自己祈祷着:你要胜,你必须胜,你是天经地义的胜利者。

第三场考试分两个步骤,第一步是上一场的失利者诘问上一场的优胜者,然后辩论。第二步是格西代表随意提问。最后由考官投票评出优胜者。这一场考试下来,如果古茹邱泽喇嘛还是优胜者,而苯波甲活佛选择放弃竞任,前者就算取得了继任布达拉宫峰座大活佛的资格,就可以择日举行仪式,由瓦杰贡嘎大活佛传法印和法衣给他。如果苯波甲活佛不放弃竞任,或者他是优胜者,那就还会一场一场考下去,直到出现四比二或者四比三的局面。

苯波甲活佛双臂前伸，响亮地拍着巴掌，轻蔑地哼哼了几声，慢腾腾问道："喇嘛尊者说过，你既是古茹邱泽喇嘛，又是你弟弟旦木镇乡长，你和你弟弟已经合二为一。妃宝发誓嫁给你弟弟，也就是嫁给你，她'邱泽哥哥，邱泽哥哥'地叫你，你怎么想？一个修炼'七度母之门'的喇嘛，打算如何面对一个求婚的女人？"

古茹邱泽说："佛不会拒绝任何一个祈求佛法的人，求婚就是求法，施法即是施爱，'七度母之门'要我们珍惜爱，尤其在人间俗界天长地久之爱、纯洁专一之爱日渐稀缺之时，我的本尊仓央嘉措把他身体力行过的佛法与人爱的融合传授给了我。信佛多久，有爱便有多久，佛是有情长久之水，不是无情短暂之光。"

苯波甲说："佛无俗情、佛无偏私、佛无世尘，难道这不是常识吗？"

古茹邱泽扬起巴掌，还没有击响，话已经说了出去："佛陀以一个'a'的音节阐述了全部教法，这个'a'就是度母的咒语。度母是古印度的爱欲之神，她的出世，说明在佛教万神殿里女性拥有了崇高地位。以此为开端，佛教不遗余力地提高着人类女性的身价，因为佛以女性为性力起源，而性力又是宇宙起源和生命起源的秘密能量。度母是秘密能量的源主，她来到西藏是因为西藏缺少修持佛法的力量。她带着破坏和温柔两种属性，向西藏演示了宇宙万物由女神性力而生的过程。性力，就是爱力，它能撮合男女，度人成佛。'七度母之门'的第三门，便是以男女情合、身合与妙合的方便走向即身成佛的门经。"

苯波甲说："啊，身合？你们听听，是身合而不是灵合，身体是什么？一堆肮脏的血肉、一堆狼食。"

格西喇嘛们议论纷纷。瓦杰贡嘎大活佛皱起了眉头。

古茹邱泽犹豫了一下说:"佛教在古老的时候,把人的肉体看成是鲜血、脂肪、纤维、体液、粪便、骷髅的组合,是毫无价值的色界一种。但'七度母之门'却把肉体尤其是女性肉体看成是宝贵的修法通道和救度本原。它告诉我们,并不是离俗界越远神的地位就越高,离女性越远神的身体就越干净,至少有一半最高的神是女性,她们转世成俗界、欲界、色界的母亲而利益众生。一个女乞丐、一个女牧人、一个女店家往往被佛陀顶在头上,因为她们培育了人世间的信仰,没有她们就没有佛。"

苯波甲说:"照你的说法,'七度母之门'是女性至上的法门?"

古茹邱泽说:"不,男性和女性、方便和智慧共生共存。修炼'七度母之门'跟修炼一切密宗法门一样,首先得具备自性不被污染的清净心、怜悯天下的大悲心、救度众生的菩提心,然后才可以极尽方便之能事。最好的策略和机密的途径是通晓生命奥义、拥有修法明妃。明妃代表无我性空、万法唯心、凡圣不二、宽坦任运、无始无终的智慧。具备了这五种智慧,就有了'慧灌顶'的条件,有了调伏阴阳,纯洁性力,实现乐空双运的可能。"

苯波甲说:"观世音菩萨大悲熏心,现妇女身前往欢喜王的住处,挑起欢喜王炽盛的欲心,而后相拥相抱行灭欲之事,让欢喜王依缘而成佛教护法。佛说:'先以欲钩牵,后令入佛智','以毒攻毒,以欲制欲',是这个意思吗?"

古茹邱泽说:"方便是父,智慧是母,明王明妃拥抱相交是'悲智和合'的象征。'七度母之门'让明妃从明王心中出世,借天然欲事而行男女双身修法,是无毒而色,无欲而交,与初等的'以欲制欲'全然不同。"

苯波甲说:"什么让明妃从明王心中出世,不过是欲火入心,犹如魔鬼抓挠。你失控而行淫泄欲，号称修炼'七度母之门'，可耻，可耻。"

古茹邱泽以手背相击表示反对，说："如果你是一盏灯，你最需要什么？最需要黑夜。明妃就是你的黑夜。所有的黑夜都来自心灵，而不是天空。"

苯波甲说："你是说你在和你的心灵妙合？"

古茹邱泽偷看了一眼尊师，犹豫了片刻才说："首先，你必须明确，在一切虚妄中，女人的虚妄最大。女性代表空，是心空之最，男性代表身，是身空之最。心空与身空结合，产生光明。光明是大乐的前提，因此说乐即是空，空即是乐。其次，你必须面对明妃，依本能而生感情，之后才能体悟大乐，即俗说的极其快乐，否则你会因为不知大乐是什么而陷入愚昧和迷惘。第三，你必须离开明妃，仅靠观想女神产生欢喜，达到与妙合同等的快乐。"

苯波甲说："大乐非乐，顽空非空，修炼'七度母之门'如何获得妙合的快乐？"

古茹邱泽说："佛的大敌是贪欲、嗔恚、愚痴等一切无明、一切烦恼。大敌当前而佛生，没有大敌就没有佛。佛利用无边无尽的大敌让自己高大而长久，大敌为友，为自己存在的理由。'七度母之门'把情欲看成是修炼的大敌，利用大敌而行佛道。修炼时先让度母真言从心中升起，在完全主宰头脑、胸臆和雄蕊之后，托举'大敌'沿梵天之线到达冠轮，然后顺脉线缓缓而下，经喉轮、胸轮、脐轮、阴轮，落入母性莲蕊。于是'大敌'又成为女性本原即般若形态和男性本原即方便形态的结合，它们的结合孕育出的不是后代而是菩提心。"

苯波甲说："仅靠'大敌'就能孕育菩提心，这可能吗？"

古茹邱泽再次犹豫起来，虽然尊师对自己修炼'七度母之门'采取了认可的态度，但他还是觉得不能畅所欲言，毕竟仓央嘉措的灌顶与尊师的灌顶大相径庭。他看到尊师冲他微微一笑，知道尊师已经透彻他的心理并在鼓励他，便声洪气朗地说："这实际上是一个大脑神经中枢被唤醒的过程，中枢的作用就在于确保妙合离开繁衍和俗欲，转移到乐与空的佛念之中。转移成功之后，'大敌'也就变成了宗教的种子，它使修炼全面升华，有了成就无上果的可能。这时如果修炼者能够显现对显宗的精通和对佛理的透彻了解，就很容易把大乐和空性结合起来，把肉体的智慧和精神的智慧结合起来。这样训练的结果是，用哲学获得了真正的生理快乐，把快乐转换成了菩提心、佛心、菩萨心。久而久之，修炼者只要念诵真言咒语，就会在心身融合的所有时间里产生极大快乐。"

苯波甲说："念诵真言咒语就能产生心身融合的大乐？这是不是说'七度母之门'在引导你沉湎享受？"

古茹邱泽说："是的，它完全是享受，但不是你说的那种俗情粗欲的享受。菩提心让'大敌'变得洁白而透明，这是纯洁无染的象征。一旦'大敌'变成纯洁无染的菩提心，不断增加的控制力就会让你拥有大力金刚的强大。你掌控着'大敌'在身体中的运行，想慢则慢，想快则快，慢如日月行天，快如闪电飞箭，还可以停下，停下来以不动佛的止观姿态静静享受。"

苯波甲举掌连击三下说："慢慢慢，说清楚，到底享受什么？"

古茹邱泽说："'大敌'在周身的运行延展了过程，也就延展了幸福。当它从冠轮下沉到胸轮时，化为大乐，下沉到脐轮时，达到极乐。因此我们说，脐轮属西方，显宗里的'极乐世界'到达密宗就成了'脐乐世界'。最后，'大敌'下降到生殖轮，如果不需要乐空双运,'大敌'就不会外走,就会在控制力的引导下沉入它的原发地。"

苯波甲说:"你是说你未破戒体?"

古茹邱泽说:"不,我强调的是时间,时间。无论是凡男俗女,还是明王明妃,他们相爱的欢乐虽然强大但却短暂,而'七度母之门'的修炼提供了这样一种可能,那就是突破大乐、极乐的有限和短暂,突破粗欲和肉体享受的无常和羞弱,获得圆满的福乐、永久的解脱,成为永远享受的快乐佛性。也就是说,用妙合来解脱,必须做到把转瞬即逝的痛快延长到一年、十年乃至一生和永恒。"

苯波甲说:"大家听啊,又是逆佛之论。佛说,诸法无恒,幻灭是根本。"

古茹邱泽说:"快乐是短暂的、生命是短暂的,关于'快乐短暂'和'生命短暂'的结论也是短暂的,否定之否定带来长久。当世界因为佛教对无常和短暂的宣扬而悲观失望时,'七度母之门'的目的就是实现有常和永恒。'大敌'永远处在将行而未行、将逝而未逝的状态中,喜乐持续着,发酵着,升华为大乐、极乐的自在佛性。无常的是生命和物质,有恒的是灵识和精神,灵识变生命,精神变物质,无常而无不常,有恒而无有恒。"

苯波甲说:"关于恒乐和控制'大敌'的修炼是古老的印度密教的必修课,没什么新鲜的,你不过是拾人牙慧。"

古茹邱泽说:"不同的是,'七度母之门'最终又抛弃了控制,它用菩提心、智慧心、无垢光、莲花容器、金刚水等修炼的阶梯,细密地指出了获得长久幸福、不衰快乐的途径,让修炼者完全松弛于自然状态,而后进入'大敌'运转的理想境界。那不仅是极乐,更是无始之乐,是'大敌'的自动运行。不靠意念,不靠经咒,不靠坐禅，自动运行的'大敌'让修炼者时刻处在极乐之中。这是西方极乐世界的美妙体验，是以人而佛的烂漫过程。"

苯波甲说："你是说你已经得道成佛？"

古茹邱泽叹口气，坦白地说："还没有。我的禅定修习遇到了智障，心有旁骛，一摇三晃，生理的骚乱、迷茫的感情、不纯粹的爱动摇了我的佛心。这时候我的本尊仓央嘉措启示我把'大敌'从颅顶沿着所有可以放血的脉道向下移动，让'大敌'在血水中变成紫色或黑色，再由气窍排出。我排出的是一切垢、一切欲、一切毒，之后……"他看了看尊师瓦杰贡嘎大活佛，欲言又止。

苯波甲催促道："之后呢？说呀。"

古茹邱泽只击掌不说话，傲慢地望着对方，等到对方露出轻蔑之态，突然说："自身清净之后，以白度母观想解脱，以绿度母观想镇服淫邪，以黄度母观想共修共度的再生之筏，以黑度母观想空境，然后从情爱妙欲入手感悟人的真性和佛性，再从人的真性中体察苦乐无别、垢净无别、男女无别、罪与非罪无别、生死涅槃无别。这时候我看到了修法女伴的女神真面目，她犹如霹雳，在一触即发的状态中，把一股不可抗拒的力量注入了我的心脉，也把永恒的大乐、无上真谛之光、纯洁的幻身融入了我的身体。我们是无邪的坦露，是天真的粗俗，是阴阳两极在佛地息壤中的融汇。总之，'七度母之门'暗藏了人类的生命密码和佛教的哲学生机，只有智慧超拔、虔诚过人、精通佛理的人，才能真正获得永不断灭的乐，成就大乐之果。"

苯波甲品咂着对方的话，问道："这就是'七度母之门'的即身成佛？"

古茹邱泽说："不仅仅是，这才是仓央嘉措传授于我的'七度母之门'第三门,要完成即身成佛,必须进入第四门。"

苯波甲击掌道:"那就快说第四门。"

考官席上,瓦杰贡嘎大活佛喊了一声:"停。"

所有人都看着他:为什么?第三场考试的第二步格西代表随意提问还没有进行呢。

瓦杰贡嘎大活佛平静地说:"投票吧。"

古茹邱泽瞪着自己的尊师:还没说完呢。瓦杰贡嘎大活佛理解弟子的意思,用眼神告诉他:不用再说了,你已经胜利,再说下去很可能会转胜为败。

投票的结果是:九票对零票,九位考官都把票投给了古茹邱泽喇嘛。

瓦杰贡嘎大活佛望着另外八位考官,再次变得忧心忡忡:不可能大家一致喜欢"七度母之门",一定另有原因。他在两种可能之间猜测:一是众生迷惘、精神无所依归的时代,"七度母之门"的新鲜活力和方便独到的确吸引了在场的所有考官;二是这些考官心怀叵测,诱惑古茹邱泽喇嘛尽情显露"七度母之门",然后寻找破绽群起而湮灭之。到底是哪一种呢?

而对在场的格西喇嘛们来说,这个投票结果似乎是意料之中的。他们都望着苯波甲活佛,看他会不会放弃竞任,一旦放弃,竞任考试就算结束,布达拉宫峰座大活佛的继承人就是古茹邱泽喇嘛了。

苯波甲活佛平静地坐着,突然站起来,击掌旋转,啪啪啪的一阵响声后,大声说:"佩服,佩服,我佩服'七度母之门',佩服古茹邱泽喇嘛,但我更佩服最后的胜利者,最后的胜利者是谁呢?"

格西喇嘛们互相看看。苯波甲活佛走过去,笑着一拳打在古茹邱泽喇嘛身上,朝九位考官哈哈腰,转身离开了。

2

　　水面上的人影消失了,骷髅杀手悄然离去。香波王子停止情歌,起身沿着药王山东麓下滑的湖相沉积层往下走,突然趴下,再一次喝水。水库的水被他喝干了,仿佛就是这样,他是一个创世纪的神,喝干了地上的水,于是就有了陆地。他抬起头,望着云彩大口喘气,然后跪下来,谛听一支来自高高的药王山顶的歌,也是仓央嘉措情歌:

　　骏马起步太早,
　　缰绳拢得晚了,
　　没有缘分的情人,
　　知心话儿说得早了。

　　他想起了梅萨,想起他曾经在行车的寂寞中给梅萨教唱过这首情歌,梅萨总是不屑一顾,说他不懂仓央嘉措和他的情歌,哼两句就不唱了。要是梅萨学会就好了。要是梅萨能唱得跟山顶上的歌手一样就好了。要是山顶上的歌手是梅萨就好了。要是梅萨的歌声是对他的召唤就好了。一想到召唤他就站了起来,望着山顶往上走,走着走着就有些奇怪:自己怎么会这样,随便听到有人唱歌,就幻想是梅萨。

　　不,不是幻想,是断定,越来越清晰的歌声让他断定,唱歌的就是梅萨。原来她学会了,只跟着他哼了两句就学会了。

　　梅萨怎么会在这里?

　　香波王子回望着水库,来到著名的查拉路甫石窟前。"梅萨,梅萨。"他大声喊叫。歌声消失了,寂静就是回答,梅萨果然在药王山上?"梅萨,梅萨。"他再次喊道。歌声又响起来,梅萨果然在山上。

但是只有歌声不见人影,梅萨藏起来了,很可能就在石窟里。香波王子绕过一堆嘛呢石,拐上一条石头路,吃力地朝上走了一会儿,又从右至左转了一圈,身子一缩,隐入了石窟。石窟昏昏默默,窈窈冥冥,一根巨大的方形石柱伫立在最显眼的地方,三面石壁和石柱上凿满了神佛的高隆浮雕,有释迦牟尼及其弟子迦叶、阿难,有无量光佛和各类菩萨,有吐蕃第三十三代赞普松赞干布及其大臣。香波王子知道这些浮雕共有六十七尊,还有一些造像,大部分古拙粗朴,躯干敦实,五官夸张,眼睛热烈如炬,属于吐蕃时代的造像。他沿着可以绕行礼拜的廊道,一连走了三圈,上上下下观测那些明暗不均的凹凸,发现这里根本不可能藏匿着梅萨,赶快又出来,绕过石窟,走向更高的地方。

歌声早没了,更高的地方是更多的寂静。零零星星有一些没有导游的游人,胡乱看着,走着。香波王子喊起来:"梅萨,梅萨。"天空传来风的回答,呼呼地刮跑了"梅萨"。他到处找了找,一无所获,正要回到水库旁边去,一块石头滚下来差点砸到他身上。抬头一看,吃了一惊,就见高高的悬崖上,一个没有佛像的敞大佛龛里,探出了一颗女人的头,英挺的鼻梁、妩媚的眼睛、浓密的秀发、忧郁的表情,不是梅萨她是谁?

两个人几乎同时叫了一声对方的名字。

香波王子惊喜地问:"你怎么在这里?"

梅萨哭了,喊起来:"香波王子,快来救我。"

香波王子说:"这么高的地方,你是怎么上去的?"

梅萨说:"我不是从这上来的,是从山那边走来的。"

香波王子说:"你可以原路返回啊。"

梅萨说:"我找不到路了。"

下又下不来,回又回不去,她就只好待在这个悬崖峭壁上的佛龛里了?可是她干吗要从山那边走到这里来呢?干吗来到这里后还要纵情歌唱仓央嘉措情歌呢?难道梅萨早就预见到他们会在药王山会面?香波王子来不及细想,转身朝山下走去,回头说:"你等着,等着,我去找绳子。"

香波王子开着路虎警车,从不远处的土产商店里,买来了足以从山顶拉到山脚的麻绳。他把麻绳扛到山顶,一头拴死在最高处的两棵连理松树上,再把绳子顺着悬崖放下去,下端正好到达山脚。

他从山顶吊了下来,打算自己下到佛龛里,想办法让梅萨顺着麻绳溜到山脚,然后自己再下去。他是一个从小在雅拉香波神山攀岩长大的人,只要有一根绳子,再陡的山体都能自由上下。

佛龛到了,他一蹬一扑,顺势扳住了龛壁。这时候如果梅萨拉他一把,他就能进到佛龛里去。但梅萨没有拉,却使劲推了他一把。他说:"你这是干什么?"再蹬再扑,再次扳住龛壁,激动地说:"快啊,快拉我一把。"他被拽住了,但不是梅萨,是国字脸喇嘛。

香波王子大吃一惊,想顺着绳子逃跑,但已经来不及了。五大三粗的国字脸喇嘛力大如牛,一手把他拽进佛龛,再一用力,他就从佛龛里消失了。

佛龛一侧有一个洞,洞内是个杳杳冥冥的石窟,石窟有石门,大概是通往山那边的。透过手电筒的光亮,香波王子看到七八个喇嘛混同在石窟的造像艺术里,仿佛也是被雕刻出来的。

国字脸喇嘛说:"秋吉桑波大师早就说过你会像飞蛾自投罗网,果然你从天上飞来了。"

香波王子不理他,看到梅萨已是泪满眼眶,扑过去抱住她,心疼地问:"没事儿吧?"

梅萨用手背擦着眼泪摇摇头。

"没事儿就好,我们终于又在一起了。"香波王子抱紧她,冲着国字脸喇嘛吼道,"你们要干什么?"

国字脸喇嘛说:"我们知道你还会去大昭寺,与其你偷着去,不如我们请你去。"

香波王子断然拒绝:"我不去。"

国字脸喇嘛说:"那你的意思是想从悬崖上下去?"说着,招呼几个喇嘛过来撕住了香波王子。

梅萨瑟缩在香波王子怀里说:"他们真的会把你扔下去,妥协吧,也许我们还有机会继续开启'七度母之门'。"

香波王子说:"被他们抓进大昭寺就没机会了。"

国字脸喇嘛把梅萨从香波王子怀里拽出来,喊道:"听我的口令,一、二、三……"

喇嘛们抬着香波王子抛了起来。香波王子大喊一声:"等一等。"

国字脸喇嘛一个箭步过去抱住了他:"你这人就是真经不念念歪经,明灯指路的时候你却闭着眼睛走黑道,现在知道我们不是吓唬吓唬就算了吧?"

香波王子坐在地上,一声不吭。

国字脸喇嘛说:"起来,跟我们走。"

香波王子仰头看着石窟伞盖形的方顶,慢腾腾站起来说:"梅萨你快看顶上,是不是七个度母的造型?他们把我抛起来时我看到了,七个度母都在对我微笑。"

梅萨朝上看着,所有的喇嘛都仰头看着,方顶上的七度母造型似乎被人看着看着才格外清晰起来,一个个就像刚刚镌刻上去的,没有风化的地方,没有损坏的细部,简朴的线条每一根都显得有力而坚实。更显眼的是,七个度母都是身着兽皮蕃服的马步立姿,阔鼻大目,圆脸方耳,发辫细密,项圈粗显,典型而生动的古代吐蕃贵族妇人的造像。传说白度母曾化现为藏王松赞干布的妃子尼泊尔墀尊公主,她是古印度美女的代表;绿度母曾化现为松赞干布的唐妃文成公主,她是唐朝美女的代表。她们都有艳丽静美的容貌、多情温厚的神情、聪慧善良和解脱苦难的意象,是佛教奉献给人类的善神、美神和端方华丽的富贵之神。可是这里的度母怎么一点神的飘逸都没有?一个个都是实实在在的人,长相、个头、衣着、姿态,如果不是作为度母标识的施愿手印和大朵菊花,怎么看都是盛装出席节日庆典的你老婆,或者你妈妈的年轻时代。

香波王子说:"这个石窟是什么年代的,怎么记载里头没有?"

没有人回答他的问题,似乎也用不着回答,他立刻想到了松赞干布的茹雍王妃。不,不是想到了,是看到了,他看到伞盖形的方顶中央,镌刻着吐蕃王室的女性标志——一只母性的山羊,看到最古老的藏文以朴拙的线条盘踞在山羊身上,那分明是"茹雍"二字的原始书写。也许这就是茹雍王妃主持开凿的第一座石窟?就像传说的那样,它被崩塌的山体堵死了,所有的工匠以及浮雕神像都被堵在了里头。

香波王子说:"你们是怎么进来的?快带我出去。"

生怕他跑了,国字脸喇嘛死死攥住了他的胳膊。喇嘛们打着手电,沿着一条S形的通道朝前走去。香波王子发现,通道两侧有一些浅浅的浮雕和壁画,从风格上断定那也是松赞干布时代的作品,又想到一般石窟哪有这么长的通道，只有王族的墓道才会这样。茹雍王妃名义上是开凿石窟，其实是给自己营造墓室，她在墓室的伞盖形方顶上依照自己的形象镌刻了七个兽皮蕃服、阔鼻大目的立姿度母，就是希望自己跟墀尊公主和文成公主一样，成为度母的一员然后去转世。

香波王子想着，突然一个灵感：这是不是"七度母"最早的形成呢？在西藏，原初的度母只有两个——白度母和绿度母，它们是度母神的母本，后来也就是在松赞干布时代，显然与茹雍王妃有关，度母变成了七个，再后来，又变成了二十一度母，二十一度母又神变出无数度母。如果相信从石窟方顶上看到的度母是最早的"七度母"，"七度母之门"的历史是不是可以往前推到松赞干布时代呢？

那么，它跟莲花生大师以及仓央嘉措是什么关系？跟他正在开启的"七度母之门"是什么关系？

香波王子知道，在关于"七度母之门"的研究和修炼中，就有这样的说法：空行护法通过"七度母之门"的传承，授记了茹雍王妃第一座石窟的位置、石窟瞬间被堵死的原因、堵在里面的所有工匠和浮雕神像的名字。现在，石窟居然被他找到了，消失了一千多年的西藏第一座石窟和第一批石刻佛像，就这样和他不期而遇。让他奇怪的是，这些喇嘛们既然带着梅萨走进了石窟，说明他们对此是熟悉的，可他们似乎并不清楚自己到达了什么地方，是真的无知，还是佯装不知？

走了半个小时他们才走出通道，出口在药王山南端摩崖石刻群落里，大大小小的五千尊神像中间，有一尊除盖障的造像，还有一尊虚空藏的造像，两个出口一左一右隐藏在它们的背后。香波王子明白了，为什么先进的探测仪器探测不到茹雍王妃主持开凿的第一座石窟，因为仪器探测的是山体的崩塌，而石窟的出口，根本就没有山体崩塌的痕迹。他站在摩崖下，望着遮蔽了出口的蓝黄白三色的除盖障和虚空藏，似乎隐隐地意识到了什么，却被国字脸喇嘛一把拉转了身子。

香波王子和梅萨在众喇嘛的挟持下，朝山下走去。

3

已是晚霞燃烧的时候，拉萨的晚霞要么不出现，要么就会像滚动的烈焰惊人地烧红半个天空。香波王子在半个天空的红色里想到了逃跑，他望了一眼梅萨，见她正在和一个拽紧她的喇嘛说话。

梅萨说："我要去方便。"

喇嘛说："不行，到了大昭寺再说。"

梅萨说："不行也得行，我是一个女人，女人来啦，知道吗？"说着挥了挥拳头，拳头里攥着一卷纸。

香波王子意识到机会来了，大声说："喂，你这个喇嘛，怎么连'女人来啦'都不懂，慈悲还要不要了？快让她去。"

喇嘛拽住梅萨不放。

香波王子喊起来："来人哪，喇嘛绑架女人了。"

这一喊，果然奏效。游客们纷纷看过来。喇嘛赶紧放开了梅萨。

香波王子说："我也要方便。"

国字脸喇嘛抓他抓得更紧了。

香波王子又喊起来："救命哪，喇嘛打人了。"喊着一拳打在了国字脸喇嘛的腮帮上。

国字脸喇嘛一把掐住他的脖子，恶狠狠地说："你再喊我就掐死你。"说着，拽他来到厕所前，又推他一把，"去吧，不要磨蹭时间，你只有两分钟。"

香波王子和梅萨走向厕所。国字脸喇嘛招呼众喇嘛守候在厕所门口，但他没发现那是一个刚刚出现在拉萨野外旅游景点的活动厕所，卖手纸的窗口实际上是车头，车头连着洗手间，洗手间又连着男女厕所，从洗手间跨过一个栏杆，就是双人驾驶室。香波王子来到洗手间，小声对梅萨说："不要进厕所，跟着我。"然后窜到驾驶室，看司机已经不卖手纸了，正蜷在座椅上睡觉，便一把从对方腰里拽下了车钥匙，忽地推开车门，把司机搡了出去。等司机爬起来拼命时，车门已经关死，活动厕所启动了。

香波王子尖锐地打着喇叭，压过一片出售假珍珠、假玛瑙、假宝石的地摊，把活动厕所开上了公路。喇嘛们跑向停车场，钻进一辆蓝色面包车，开始追撵。但蓝色面包车追不上，似乎佛意都向着香波王子，所有的路口都为香波王子开启了绿灯，又为喇嘛们点亮了红灯。活动厕所越跑越快，转眼就把蓝色面包车甩掉了。

但是香波王子停了下来，这里是车流涌动的北京路，前方是布达拉宫广场，还没到十字路口，他居然停了下来。停了差不多有十秒，又急打方向盘，开始强行转弯。东西往来的车流紧急刹住，喇叭声响成一片，拉萨井然有序的交通规则霎时被他破坏了。他不管，他心里只有"七度母之门"，管不了那么多，他必须在晚霞烧尽之前回到药王山下，再看一眼南端的摩崖石刻群落里，五千尊神像中间，那两尊遮蔽了石窟出口的蓝黄白三色的神像——除盖障和虚空藏。

骑摩托车的警察飞快地赶到这里，质问他为什么这样？

香波王子说："你没见我开的是活动厕所吗？屎尿就要溢出来了，我不能把它溢到布达拉宫广场，那多丢人哪，中外游客看了会怎么想？为了拉萨的声誉，我决定违背交通规则，宁肯个人接受惩罚，也不能污染了这座世界注目的广场。"

警察望着香波王子诚恳的表情，严肃地说："虽然你的想法是对的，但交通规则制定了就要大家遵守，下次一定不要再犯。"

香波王子说："肯定不会有下次了。"

满街道的喇叭更加响亮。警察说："快走快走。"

活动厕所奔驰而去。迎面而来的国字脸喇嘛想让蓝色面包车立刻掉头，却没有那么大的胆量和交通规则过不去，只好继续往前开。

就在晚霞还有一丝彩亮的时候，香波王子和梅萨再次看到了除盖障和虚空藏。

他问道："你看到了什么？"看梅萨摇头，又说，"我看到了宁玛派的造像手段，就是尽量靠近民间传说，靠近本教神祇的普遍造型，比如，除盖障是不是有点像笨教尊师辛饶米沃，虚空藏是不是有点像本教的念青唐古拉山神？"

梅萨说："我看不出来，我对藏族造像艺术没有太多研究。再说了，就算你看得准，说得对，又能说明什么呢？"

香波王子说："说明这两个出口是由宁玛派的神祇守护的，茹雍王妃开凿的第一座石窟以及幽深的通道，后来成了宁玛派的秘密修道场。这就是为什么西藏第一座石窟和第一批石刻佛像虽然已经被人发现，却没有任何记载和传说的原因。而对宁玛派来说，什么样的修炼需要如此保密呢？就是九乘教法最高法门大圆满法的无上成就'明空赤露'，就是仓央嘉措离开拉萨时在大昭寺广场上向千万僧众宣讲的'明空赤露'，就是那个名叫措曼吉姆的姑娘以紫红的胎记在肚子上显现了遗传痕迹的'明空赤露'。"

传来汽车刹车的声音，蓝色面包车已经追来，国字脸喇嘛和他手下蜂拥而出。

香波王子对喇嘛们视而不见:"作为两尊刹土佛界的出世间神灵,除盖障和虚空藏在密宗修炼中承担着攘除五明、开启智能、升华境界的作用,它们是获得'明空赤露'成就的两种途径和两种境界,有时候也会成为坛城中至高无上的男性本尊和佛母的神变。它们引导人的欲望从黑浊走向纯洁和空灵,引导精液从生殖系统走向广阔的灵识空间,引导俗情的性合走向无性爱的性合。一句话,没有除盖障和虚空藏,就没有'明空赤露'。"

国字脸喇嘛追到跟前,一把抓住了香波王子。

香波王子平静地回过头去,指着摩崖上的除盖障和虚空藏,问道:"谁在石窟里头修炼?"看对方一脸懵懂,又加重语气说,"谁从这里进去,谁从这里出来?"

国字脸喇嘛说:"没有谁,你都看见了,里面是空的。"

香波王子说:"我是说从前,曾经。"

国字脸喇嘛说:"秋吉桑波大师在这里修炼了二十四年。"

香波王子兴奋地说:"谁在这里修炼,谁就是'明空赤露'的拥有者。而措曼吉姆已经用死后的裸体告诉我,在大昭寺,谁是'明空赤露'的拥有者,谁就掌握着'七度母之门'的伏藏,或者能够提供新的'授记指南'。走,快走。"

所有的喇嘛都过来,紧紧围住了香波王子和梅萨。

国字脸喇嘛说:"往哪里走?"

香波王子说:"去大昭寺,求见秋吉桑波大师。"

国字脸喇嘛愣了片刻说:"早知道你要去,我们就不抓你了。"

天就要黑了,视线模糊起来,朦胧的天影,混沌的大地,拉萨越发看不清。但香波王子的喜悦却再清晰不过,就像浮雕一样凹凸着。轻松和光明来到了眼前,"七度母之门"的开启似乎就在下一个时刻。

香波王子突然停下,当着喇嘛们的面,双手捧住梅萨的脸使劲而响亮地亲了一口,高兴地说:"今天有两件大喜事,一件是找到了'明空赤露'的拥有者,一件是找到了我日思夜想的梅萨。"

梅萨瞪着他:"首先应该是找到我呀。"

"对对对,其次才是'明空赤露'。"香波王子说罢又亲了一口,又亲了一口。

喇嘛们不好意思地扭过脸去。

大昭寺的蓝色面包车运载着一男一女两个掘藏者,离开突然黯淡寂寥了的药王山,奔向依旧灯火煌然的拉萨的中心大昭寺。

4

在香波王子眼里,大昭寺主殿三层这间悬挂阎魔黑门帘、门楣镶嵌鏖战金轮的隐秘佛舍,是既不堂皇也不高阔的,甚至都可以看成是一座建筑中堆放旧物的最不起眼的夹角。但一进去他就感觉到仿佛走进了一座古朴的立体三昧耶曼荼罗,一种圣高不见底的气氛氤氲而来。四围的陈设语境非佛非俗,不起分别,似在含蓄地对人说,一个秘密修行者的富丽就应该在最不起眼的地方体现,真正的大师会把表面的不张扬当作张扬的必要条件。秋吉桑波活佛是真正的大师。

香波王子和梅萨并排而立,面对着供桌上的中央神祇——一尊厉眼喷火、阔嘴吐焰的大黑天,献上了他们的见面礼:一条蓝色的女性哈达和一条黄色的男性哈达,外加一人一张一百元的钞票,然后磕头，每人都是七个。

大黑天的右首，是一帘粗重的铁链子，不多不少七盏舞着豆苗的酥油灯在铁帘后面昏暗着。一尊神像，似乎没有五官，把七盏酥油灯拥搂在怀抱里。然后就是幽深，神像后面，上下左右，到处都是幽深，不知道延伸有多么旷远，更不知道密法修行者的意识空间在当下还是在很久很久的过去或者很远很远的未来。迷蒙和苍茫成了大师居所的基调。

寂静了很久之后，不显身不露影的秋吉桑波大师突然说话了，幽深的一角里传来一个苍老的声音："我就像一个套马的牧人，总想套住你这匹野马，但你总是脱套而去。现在，你终于自己走来了。"

香波王子问："你说对了，我就是一匹野马，到现在也不知道你套我干什么。"

秋吉桑波说："先说说你来干什么？"

香波王子说："我来寻找成就了'明空赤露'大法的大师，因为我得到的启示是这样的：在大昭寺，谁是'明空赤露'的拥有者，谁就掌握着'七度母之门'的伏藏，或者能够提供新的'授记指南'。"

秋吉桑波哈哈笑了："如果我掌握着'七度母之门'的伏藏，为什么还要交给你呢？如果我能够提供'授记指南'，为什么我自己不去掘藏呢？"

香波王子说："因为大师并不知道自己已经拥有，需要掘藏者的发掘。'七度母之门'里'最后的伏藏'是唯一的珍宝，需要唯一的途径才能显露。我们来了，我们就是唯一的途径。"

秋吉桑波说："是这样吗？那你们就自己去看吧，大黑天的左首，有一道门，进去是我的如来堂，里面全是人世间的珍宝，个个都是唯一的。你们需要什么就拿什么，随便，千万别辜负了我对'七度母之门'的敬仰。"

香波王子朝大黑天的左首看去，发现那正好是三昧耶曼荼罗的东门。东门是通向大日如来的，大日如来是密宗的最高神祇，梵名叫摩诃毗卢遮那。这是太阳的别称，有消除一切黑暗的意思，所以又叫大光明遍照，或遍照如来，或最高显广眼藏如来。他的智慧之光没有内外、方向、昼夜之别，普照所有，明亮一切。

香波王子拽着梅萨走了进去，里面果然是个朗朗亮堂的所在。秋吉桑波所说的人世间的珍宝比比皆是。有摆在桌子上的玉石、玛瑙、松耳石、珍珠、金条、金砖，有放在壁柜里的许多古老经卷经册，有立在地上的好几排金塔金幢，还有悬在梁上的一些极具文物价值的古老法器。这是几千年的积攒，是一座私人博物馆，更是一般人看不到的西藏所有大寺院的内里。它们不是用来消费的，是用来支撑信仰的，是佛教得以流传的一股看不见的财富之源。

香波王子仔细看了一遍，问道："你想拿什么？"

梅萨说："真的可以随便拿？"

香波王子从壁柜里取出一本金汁书写的经卷说："大师说需要什么就拿什么，不拿白不拿。"说着，又把一块拳头大的翡翠装进了衣袋。

梅萨看他这样，也把那些玉石、玛瑙捧了一捧，装进了坤包。

香波王子说："现在你还想拿什么？"

梅萨说："什么都想拿。"

香波王子说："我也是。可是'七度母之门'的伏藏呢？或者新的'授记指南'呢？我们怎么没发现任何痕迹？"

梅萨说："眼睛里只有珠光宝气，哪还有什么'七度母之门'，尽管它也是珍宝，但它是不发光的。"

香波王子盯着梅萨："看来我们是绝配，最好的搭档，在我糊涂时你总会提醒我。"他喘口气，仰头看了看，看到一轮木头的"大日"正在顶棚上照耀，那些光焰就像伸展而来的爪子，抓捏着一些滴血的人心和鬼脸的人皮。他惊得一个寒战，一把抓住梅萨，差一点把手中的金汁经卷扔掉。

梅萨说："怎么了？"

香波王子说："我们完蛋了，我说的是差一点。这里是大日如来的道场，是遍照一切的境地，什么叫遍照一切？什么又叫遍一切处作大照明？大照明就是没有阴影的照明。什么东西在太阳临照的时候会没有阴影呢？就是没有东西的东西，这个东西就是空。但空不是什么都没有，是有形之空，是充实之空，好比这里到处都是财宝，但在佛眼里它是空的，它什么也没有，也就是说'大日'照走了财宝的阴影。既然没有阴影，财宝也就不存在了。什么样的财宝会没有阴影呢？就是没有贪欲附着的财宝。这里的财宝是没有贪欲附着的，而我们却充满贪欲地拿这拿那，大日如来对我们来说就不是驱散阴影的'大日'，而是一照就显阴影的'小日'。也就是说所有的照射都来自心灵，来自人本身，所有的阴影也来自心灵，来自人本身，就像太阳的光焰之手抓住的那些人心和人皮。而我们往往没有觉醒，自己撵跑了头顶的大光明，我们跟大日如来没有缘分，我们就是阴影，而不纯洁的心灵则是巨大阴影的酵母。既然和密宗的最高教主没有缘分，我们怎么还能沿着高度机密的'七度母之门'，实施一次伟大的掘藏呢？快快快，把东西放下。"

香波王子把金汁经卷放回壁柜，又从衣袋里摸住那块拳头大的翡翠敝屣一样丢到地上。看梅萨似乎有点不愿意，就抓住她的坤包，帮她掏出那些玉石、玛瑙，随便一丢，拉着她，走出了这间几乎让他们乱了自性的财宝如来堂。

他们重新伫立到了喷火吐焰的大黑天面前。

香波王子毕恭毕敬地说:"大师我们出来了,人世间的珍宝我们不需要,如果一些金银珠宝、古董文物就能让我们满足,那我们就不配来到你面前。我们什么也没拿,真是辜负了你对'七度母之门'的敬仰。"

半晌,那个苍老的声音才又从幽深的一角响起来:"好啊好啊,财宝都是累赘,不要是好的。但你们不会不要死亡吧,死亡是人人都会有的。人从一出生起,就行走在通往墓室的墓道里,死亡是唯一的目的。"

香波王子和梅萨对视了一下,没说什么。

秋吉桑波又说:"在你们面前的供桌上,有两丸黑药,左边的是毒药,右边的也是毒药,你们一人一丸吃了它,现在就吃了它。"

香波王子问:"为什么要这样?"

秋吉桑波说:"有胆量吃毒药的人才能掘藏。"

梅萨说:"可我们要是死了,就无法掘藏了,你能保证我们死不了吗?"

秋吉桑波说:"我只能保证你们一定会死。"

梅萨一脸苍白,看看香波王子。

香波王子一把抓起一丸毒药,再一把抓起另一丸毒药,狠狠心说:"吃,大师让吃,我们必须吃。"

梅萨恐惧地望着递给她的毒药,不敢接。

香波王子说:"你应该这么想,在这里,大日如来的光照下,我们和我们的阴影都已经消失,我们是不存在的,既然我们不存在,毒药又能毒死谁呢?它毒死的只能是虚空,虚空一死,实有就出现了,不存在变成了存在,我们又变成了我们。"

梅萨说:"佛理我是明白的,也知道你说的这些实际上是密宗掘藏者在掘藏之前的显宗修习,没有这些修习,掘藏将一事无成。可是,可是当佛理并不能主宰我的灵魂时,我只能惧怕死,不想死。"

香波王子说:"那我们就往俗里想,大师想害死两个千辛万苦的掘藏人,就算不吃毒药,我们又能存活多久呢?"说着,把手捂到梅萨嘴上,却没有把药丸放进她嘴里,"吃吧吃吧,往下咽,往下咽。"然后一口吞了两丸毒药,大声说,"谁不死,谁就是最后的掘藏人。"意思是我就要死了,梅萨你一定要坚持到底。

秋吉桑波说:"难道你们中间还有不死的?要死都死,要不死都不死,勇敢的人,你是不是一个人吃了两丸毒药?"

香波王子用沉默做了回答。

秋吉桑波说:"两丸毒药到了一起,你毒他,他毒你,毒来毒去,耗尽了毒性,人就死不了,我的两丸毒药是互相反对的。看来你们比我想象得有福分。但我还是不甘心让你们这两个不入法门的俗世之客去开启'七度母之门'。'七度母之门'庄严神圣得连传说都得缄口,你们仅凭着不贪不死的福分就想发掘它,恐怕空行的伏藏护法是不会答应的。我修法一生,嗔恨之心依然不灭,越有福分、越有机缘的人,我就越想把他们从眼前抹去。你们还是去死吧,不怪我冷酷,只怪佛法的敌人占据了我的心。"

只听当啷一声,不知从什么地方齐齐落下来两把七寸藏刀,平放在大黑天的供桌上。

香波王子盯着藏刀惊问道:"你想让我们自杀?"

秋吉桑波说:"如果你能杀死你的女伴,你就可以不自杀。你也一样,如果你能杀死你的男伴,也可以不自杀。反正你们两个必须死一个。"

香波王子说："一个修法为生的人，怎么会有这么多罪恶的想法？"

秋吉桑波说："不奇怪的，修法的反面就是修非法，我修过头了，就像走在刀刃上，身子一晃就滚下去了。'明空赤露'的反面，就是暗无天日。"

香波王子侧身望着梅萨说："你来杀我吧。"

梅萨说："我是个能杀人的人吗？我等着你来杀我。"

香波王子说："那就只能自杀了。"说着一把攥起了藏刀。

梅萨抓住他的手说："你不能死，你死了我到哪里去寻找'七度母之门'？"

香波王子说："开启'七度母之门'不在于谁活着，在于谁是因缘具足者，我没有因缘，死就死了吧。"说着，甩开她的手，举刀就刺。

梅萨抱住了他："不要，你不要。"

"别拦着他，他不会刺，他是装装样子的。"秋吉桑波激将道。

香波王子推开梅萨，一刀刺向了自己的肚腹。

看着香波王子倒了下去，梅萨扑到他身上喊起来："香波王子，香波王子，你可不能死啊。"哭了，又仇恨地望着幽深的一角说，"你是什么人？你出来，为什么要逼死他？"

"好啊好啊，有胆量，是个掘藏的人。"秋吉桑波的声音里带着冷酷的笑。

香波王子没有死，不是他心不狠，手不硬，而是不到死的时候。就在刀尖进肉的瞬间，手莫名其妙地抖了一下，一抖就软了，似乎连钢铁的藏刀也软了，就像秋吉桑波使了什么法术，让他在这个森然恐怖的地方，度过了最后一关。血流了出来，但与内脏无关，七寸藏刀只插进去了两寸，刀尖按照神的旨意机敏地躲过了要害，只把肌肉狠狠地创伤了一番。

国字脸喇嘛冲了进来，按照秋吉桑波在暗角里的指点，给香波王子敷了红白黑三色羯摩藏药丸，又从大黑天身上取下一条哈达包扎了伤口，然后两手把香波王子揪起来说："你躺着干什么，在秋吉桑波大师面前，只要不死，就必须站着。"

秋吉桑波苍老的声音又一次传来："没有死，就是你和我的缘分，现在我可以信任你们了。说实话，我没有掌握'七度母之门'的伏藏，我不过是伟大的伏藏之链的一环，供养着一卷我永远看不到什么的古老的羊皮纸。但是我知道，当有人来大昭寺寻找'明空赤露'的拥有者时，我连供养也不用了，使命只剩下用财宝和死亡考验掘藏者的能力以及监督他们的行动。现在考验已经结束，那一卷羊皮纸也应该交给你们了。"

香波王子说："那一定是大昭寺的'光透文字'，里面有开启'七度母之门'的'授记指南'。"

秋吉桑波吩咐国字脸喇嘛快去释迦牟尼殿，取来供养在宝瓶里的一卷羊皮纸。

国字脸喇嘛去了，很快就回来，神色紧张地说："不见了，怎么不见了？"

秋吉桑波问："什么不见了？"

国字脸喇嘛说："宝瓶和羊皮纸。"

秋吉桑波说："怎么可能呢？多少年了，羊皮纸一直用宝瓶供养在西藏最神圣的佛像——文成公主带来的释迦牟尼十二岁等身像前。"

国字脸喇嘛说:"真的不见了。"

秋吉桑波说:"我去看看。"

一定是另有通道通往大昭寺主殿一层的释迦牟尼殿,粗铁的帘子后面有了一阵细微的响动,过了一会儿就听深远的地方幽幽地传来开门的吱呀声。

半个小时后,香波王子和梅萨面前才又响起秋吉桑波苍老的声音:"真的不见了,有人在释迦牟尼眼皮底下偷走了宝瓶和羊皮纸。"

香波王子问:"大师,还有谁知道你是'明空赤露'的拥有者?"

秋吉桑波说:"除了你,无人知晓。"

香波王子又问:"大师,你是不是经常去释迦牟尼殿?"

"我每个星期去三次。"

"每次都去干什么?"

"念经祈祷,然后为宝瓶拂尘,为羊皮纸哈气。"

"为什么要为羊皮纸哈气?"

秋吉桑波停顿了片刻说:"我希望在我圆寂之后,我的下世还能辨认出他前世的供养,并为这种供养付出毕生。让羊皮纸浸透我的气息,是辨认的依据。但是现在不需要了,因为你们来了,供养结束了。"

还能说什么呢?大家沉默着。

粗铁的帘子后面又有了一阵细微的响动,深远的地方又传来开门的吱呀声,显然秋吉桑波再一次离去了。不一会儿,国字脸喇嘛好像得到了秋吉桑波大师的召唤,从香波王子和梅萨身后悄悄走开。

寂然了,没人了,只有面前的大黑天和粗铁帘子后面没有五官的神像陪伴着香波王子和梅萨。窒息从暗角里升起,迅速扩大着,先是酥油灯的泯灭,接着香波王子和梅萨感到呼吸困难,好像佛舍里的空气被一支巨大的针管抽去了,又好像大水湮然而来,已经没及他们的脖子。

梅萨抓住香波王子说:"我感到不对劲,赶紧走。"

香波王子说:"等等,再等等,我们必须搞清楚到底发生了什么。"

话音刚落,就听一阵杂沓的脚步声从门前经过,很快又消失了。还是寂静、窒息和黑暗,似乎这里是寒风萧然的幽野,尸陀林的死亡氛围正在逼临。

哗啦一声响,寂静结束了,门被人推开,国字脸喇嘛带着一群喇嘛,突然出现在这个既不堂皇也不高阔却有着真正的富丽和深旷的立体曼荼罗中。

国字脸喇嘛说:"赶紧走,赶紧走,再不走就走不了了。"

香波王子问:"秋吉桑波大师呢?"

国字脸喇嘛哭了:"大师圆寂了。"

香波王子一把抓住他:"你说什么?"

国字脸喇嘛重复道:"秋吉桑波大师圆寂了。"

香波王子和梅萨都说:"怎么会在这个时候圆寂呢?"

国字脸喇嘛说:"'明空赤露'可以让修炼者闭气而亡。"

"你是说他自杀了?为什么要这样?大昭寺肯定有监控录像,窃贼跑不了,宝瓶和羊皮纸是可以追回来的。"香波王子说着一把捂住突然疼痛起来的肚腹,肚腹上的伤口嗡嗡嗡地叫起来。他两眼发直,差一点倒下去。

国字脸喇嘛扶住他说:"大昭寺管理委员会不认为秋吉桑波大师是闭气圆寂,已经报案,警察马上就到,你们快离开这里。"说着,从身上摸出梅萨的手机还给了她。

香波王子没想到,他会用绝望告别大昭寺,更没想到,开启"七度母之门"的旅程,到大昭寺就算结束了。秋吉桑波毕生只做了两件事:一件是苦修成就了"明空赤露",不是为了成佛,而是为了等待;一件是供养宝瓶和羊皮纸,不是为了拥有,而是为了转交。香波王子深知秋吉桑波的心境:毕生的苦修转瞬成空,又何必苟活?圆寂吧,用肉体的毁灭领罪赎罪吧。此生已经浪费,不如立刻结束,投入下一个轮回。

香波王子和梅萨心情沉重地离开了国字脸喇嘛。

5

香波王子和梅萨走出大昭寺时,门口以及广场上已经停了好几辆警车。因为接到的报案是谋杀,警方在进入现场之前,首先包围了大昭寺。香波王子本来可以退回去,但是他没有。他义无反顾,从容不迫,一手拉着梅萨,一手朝警察招来招去。梅萨深感意外:他不怕警察抓?香波王子深知她的疑问,凄然一笑。她立即就明白了他的心:失去了掘藏的目标就成了行尸走肉,被抓的行尸走肉和自由的行尸走肉有什么区别。

似乎来这里的警察不是重案侦缉队的碧秀副队长和他的部下,他们不认识香波王子,看着一男一女坦坦荡荡招摇而过,没有任何反应。

又有了"月亮明点"荡然来临的反应。梅萨说:"你等等。"说着,从坤包里摸出一卷纸,走向灯光照不到的暗角,很快又回来,举着那卷纸,压低嗓门说:"你看你看你看。"

香波王子惊诧莫名:"什么意思,让我看你这个?"

梅萨的嗓门不禁扯大了:"你看这是什么?这是羊皮纸,是'光透文字'。我接收到'月亮明点'啦。"

香波王子说:"别给我胡说八道,三更半夜的,没有太阳,就是有'光透文字'也看不到。"

梅萨说:"可我的确看到了,也许'光透文字'也可以是'明点文字'。"

香波王子回头看了一眼,一把攥住梅萨的手,凑到眼前仔细看着纸上若隐若现的彩色线条,吃惊道:"太奇怪了,'光透文字'怎么会在你这里?"

梅萨说:"这纸是我在大昭寺捡来的。你忘了释迦牟尼殿金灯中央那个金箔镶饰的宝瓶,为了防止灰尘掉进去,瓶口塞着一卷白纸。我再次去的时候宝瓶已经不见了,塞住瓶口的白纸被人丢弃在供桌下面。"

"原来我们早就得到了,得到了还让大师领罪闭气而亡,真是太不应该了。"香波王子说着,后悔得咂舌,叹气,摇头。

梅萨说:"也许是天意吧,掘藏必须有明点伴随,宁玛派的掘藏大师、发掘过《密集》《八教》《马头明王》《金刚橛》的确吉旺秋就有过这样的看法,掘藏之前必须净身净心。身怎么净?寒泉净之;心怎么净?明点净之。我的'月亮明点'是来净化你的,这是神意让我来帮助你,你应该感谢我。"

香波王子听她这么说,小心翼翼地接过那卷纸,揣进自己的胸兜,抬头看了看广场上的警车和警察,拉起梅萨就跑。刚跑了几步,就听警察大喊一声:"别跑,再跑就开枪啦。"

香波王子和梅萨没有停下,失去的掘藏目标又回来了,就算所有的道路都是面对死亡,他们也要找出一个被死神忽略或被死神安排的逃生的缝隙。

枪响了，这一枪是朝天的，是警告。但对香波王子来说，这差不多就是起跑线上发号枪的响声，他拉着梅萨跑得更快了，转眼消失在大昭寺广场正前方宇拓路和朵森格路的交界处。左首就是拉萨电影院，大门敞开着，传来放映通宵电影的音乐声。他们跑进去，消失在一片人群、满堂黑暗里。

来到电影院的警察没有找到香波王子和梅萨，最后断定他们是从放映室外面的窗口逃跑的，三层楼的高度，他们居然像麻雀一样飞下去了。

6

睡着了。就躺在拉萨西郊烈士陵园的一大片公墓里，两个人都睡着了。很深的草，很密的树，了无人迹。香波王子认为现在这里是最安全的，管理陵园的人都守在门口，如果你不从门口走，而是翻墙进入，他们就管理不到你了。至于祭祀扫墓的人，基本不来，藏族人是要天葬的，埋在烈士陵园公墓里的大部分是汉族人，他们的后代一般都在内地，更何况现在不是扫墓的季节。

乌鸦和麻雀纷纷靠近着，它们为两个睡着的人保持了肃静，因为它们也知道，食物是这两个人吃剩下的，一旦惊醒了人，它们就吃不上了。跑来偷吃食物的还有专门寄生在墓地的食尸鼠和蚂蚁。食尸鼠闻到了活人的气息，就只去偷取塑料袋里的香肠和面包，蚂蚁有些弱智，居然爬到人脸上去了。

爬到人脸上去的还有蚊子和牛虻。牛虻先是叮醒了梅萨，梅萨睁开眼睛，望着天空想了一会儿，才想起自己为什么躺在这里。

这里挺好的，这里是香波王子的怀抱。想不起是一睡下就被他搂住了，还是睡着睡着才被他搂住的，反正很舒服，很温暖，都没有被夜里的凉风吹醒。她扑闪着眼睛，静静享受着心上人的搂抱，一丝不动，生怕惊扰了他的睡梦。他的睡梦一定很香甜，呼吸是均匀的，微微的鼾息扑在她脸上，烫一下，凉一下，痒痒的，但又不至于痒得让她去抓挠。神态是微笑的，睡梦里的微笑有点天然的淫邪，是一个好色男人出于本能的表情。她不讨厌，甚至觉得一个男人连一点欲望的表情都没有，那肯定是阴柔而无能的。

香波王子醒了，打着哈欠，迷迷糊糊揉了揉眼睛，看着梅萨，像看着一个不认识的人。忽而，他笑了，摸摸她的脸说："我梦见你了。"

"我在你的梦里干什么？"

他不说，低声吟唱起来：

> 拉萨熙攘的人群里，
> 琼结姑娘最好看，
> 我心仪已久的伴侣，
> 就在琼结姑娘里面。

唱着，香波王子抱住了梅萨。梅萨沉浸在情歌的余音里，柔情似水地叫着："香波王子，香波王子。"他们互相撕扯着对方的衣服，感觉像是配合情歌的舞蹈。突然安静了，既不唱也不说了，做爱就是一切，就是绵绵的情意、柔柔的情话、悠悠的情歌，默契得如同云与天、水与河的共在。她在心里说："我兑现了我的承诺，你千万不要辜负我。"这时候，她热泪盈眶。

缱绻结束了。香波王子望着西倾的太阳说："又是下午了。"

梅萨说:"是啊,我们睡了一夜一天。"

似乎是为了让香波王子尽快行动起来,肚腹上的刀伤隐隐的有些疼。香波王子深深吸口气,来回走了走,又坐下,靠着一棵松树,从胸兜里小心拿出接收到"月亮明点"的那卷纸,放到了一块干净的石头上。

阳光斜洒而来,"光透文字"越来越清晰,甚至都有了凹凸的效果。香波王子舔了舔挂在脖子上的鹦哥头金钥匙说:"快,翻译。"

已经来不及了。乌云遮蔽了太阳,好像是专门跟他们作对似的,等它飘散时,天就黑了。天黑得有些犹豫,很长时间黑不透,似乎天际总有残留不去的白昼。终于什么也看不见了,一轮团栾月从东而出,把他们照成了两个黑景里的白人儿。他们躲进树影里,相依而坐。

香波王子说:"告诉你个好消息,智美没有死。"

"是吗?"梅萨没有太多的惊奇。

"我见到他了,他和一个白衣女人在一起。"

"其实我已经感觉到了他的存在,那次我们在哈达青鸟被抢,我就隐隐有猜测,那个绛色氆氇袍的汉子和六七个藏民是不是智美雇来的?你忘了在塔尔寺,他不是也安排一个洗车的胖子盗走了'光透文字'吗?办法是雷同的。我也想到,他一定会和一个女人在一起,他没有女人受不了。但他不会脚踩两只船,不像你,花心得叫人难以捉摸。"

香波王子松口气:"既然你已经想到,我就不多说了。好事,他有了女人,就不想你了,你就纯粹是我的了。我现在就爱你一个,我已经不花了。"

梅萨说:"如果他想我,你难道还会把我推给他?"

香波王子笑道:"哪能呢,除非你自己去。"

梅萨正色道:"我怎么可能自己去?除非你逼我去。"

香波王子说:"你知道,我不可能逼你去。"

梅萨轻声叹息说:"我的身体和感情给了你,但我的心和灵魂还在漂泊,我现在还不能确定眼前这个自诩为仓央嘉措再生的家伙是不是它们的归宿。"

香波王子也叹息说:"梅萨,你告诉我,怎样才能赢得你的心和灵魂?"

梅萨看着他,目光轻柔,声音也轻柔:"你是一个掘藏者。"

香波王子懂了,梅萨的心和灵魂都埋藏在隐秘深处,如同伏藏,需要他去挖掘,去破译,去证悟。他点点头,用紧紧的拥抱表达了自己"掘藏"的决心。

他们依偎在一起,像一对夜幕草莽里相依为命的野兽。

梅萨说:"这是公墓,死人无数,我怕。"

香波王子说:"你是研究伏藏学的,应该知道所有的掘藏者,包括你,或浅或深都是一个修行者,修行者不仅不怕墓地,还会以墓为友。"

"理论上是这样,但我肯定不是一个修行者,如果是,我的本尊神在哪里?"

"有啊,你的本尊神就是墓葬主,也叫尸陀林主和尸陀林母。"

梅萨打了一个寒战:"别给我说这个,那么瘆人。"

月亮突然没有了,风嗖嗖地刮起来,草和树、墓碑和墓体全都飒飒飒。沉黑的夜色把所有的声音过滤成了脚步声,是鬼影在墓间穿行,碰响荒凉的一切,就为了让人毛骨悚然。

梅萨吃惊道:"怎么突然就变了?"

香波王子搂紧了她:"一定是我们的话让尸陀林主听到了,来验证你是不是一个修行者。"

朦胧中一袭洁白的纱裙从那边走来,纱裙之上没有头,纱裙之下没有脚,胳膊却是显见的,很长很白,尤其是手,每一个骨关节都有半尺长。有叫声,就像鸥鹠的哭泣:"咕咕喵呜,咕咕喵呜。"

香波王子身子一缩,魇住了似的,瞪着前面说:"看啊,尸陀林母。她是白花花的皮肤、白花花的骷髅头,吐舌一尺,龇牙咧嘴,拿着骨质的夺命杵和头颅碗。但是她今天没有露出真面目,她怕吓着我们就穿上了衣服。"

梅萨朝香波王子怀里钻了钻,忽然问道:"你怎么发抖?"

香波王子说:"我不发抖你以为我是吓你。梅萨,我冷。"

梅萨说:"我也冷,我们真的到了尸陀林?"

香波王子说:"一定是的,这里是拉萨,拉萨的陵园公墓不是修行圣地尸陀林,哪里的还会是呢?尸陀林又叫寒林或尸陀林,它往往处在城市之西的荒郊旷野,伴随着豺狼嚎叫、鬼怪哭笑。当年西藏最著名的密宗大师、噶举派祖师玛尔巴前往尼泊尔的尸陀林热玛多利参加当地僧人的法会,遇到的就是这种情形。当时有人害怕,说很可能出现非人的灾难。玛尔巴说,我要像我的师父那若巴和麦哲巴那样,在尸座上食用人肉,以禅定生起观想和享用的快乐,再让护方空行排队来这里领取食物。"

梅萨说:"嘘……你听,有人说话。"

香波王子的牙齿咯咯咯响起来,抖抖索索说:"知道为什么密宗崇拜尸陀林吗?因为只有在这里,所有的生灵都是平等的。尸陀林主和尸陀林母取消了生命的贵贱等级,把所有的男人看成是男神和须眉之精,把所有的女人看成是女神和巾帼之魂。"

梅萨说:"你看那边,那是什么?"

香波王子说:"那是舞动着长臂、人骨的法器、吃人肉喝人血的头颅碗。尸陀林主是这样,所有的人都可能这样,这是人生的缩影,你厌烦不厌烦?厌烦了就离开,所以叫'厌离',厌离人生是佛教的第一个层次。光厌离人生还不行,还应该脱离轮回,即使你的轮回不是从人到饿鬼或畜生,而是从人到神,那也是熊熊火宅,茫茫苦海,一步一个烦恼。尸陀林又是轮回的缩影,你害怕不害怕?害怕了就脱离。这是第二个层次。脱离了以后去哪里?人之初,性本佛,一切众生包括蚂蚁都有佛性,一切众生包括豺狼皆能成佛,佛是心无挂碍,没有恐怖的,所以尸陀林又是让你超越恐怖,远离颠倒梦想,即身成佛的灵天福地。"

梅萨说:"别说了,来了,我看见了腿!"

香波王子说:"人和鬼是一样的,要来就来吧,我已经害怕过了。"

一些人朝这边走来,把乱抖乱晃的树和草从夜色中区别出来,也把封闭天穹的黑云撕出了一个口子。沉黑变得浅淡了,思维和视野渐渐回来,尸陀林的意境悄然逸去。香波王子晃晃脑袋,拉着梅萨站起来,转身要走,就见后面也是人,而且更多。

已经跑不了啦,来人都是拉萨西郊烈士陵园的管理人员。

有个穿保安制服的人问:"你们是藏民还是汉民?"

香波王子知道这样问的意思:男女相见于郊野,在浪漫的藏民是正常的约会,在拘谨的汉民是不正常的苟且,便用藏语反问道:"你们是藏民还是汉民,是藏民怎么不认识藏民?"

保安立刻把男女情事放到了一边,厉声问道:"你们来过几次了,盗走了多少东西?"

香波王子说:"你说我们是盗墓的?太可笑了,这里又不是藏王墓，墓底下不是骨灰盒就是骨头，盗它们有什么用。"

保安说："盗墓贼都是这么狡辩的，走走走，到办公室再说。"

香波王子和梅萨不去，立刻有好几个人过来撕住了他们，甚至有人开始拳打脚踢。香波王子肚腹上的刀伤被打了一下，疼得他直吸溜。他知道强拗是要吃亏的，一手护住梅萨，一手护住自己的胸兜，大声说："好人是天不怕的，走就走，动什么手啊？"

一进办公室，保安就开始搜身。他依仗一把年纪，蛮横得不在乎梅萨的抗议，对所有能藏东西的地方都仔细摸了一遍。然后他更加仔细地搜查香波王子，从头到脚，里里外外，把衣袋里的所有东西都拿出来摆在了桌子上。最后，他搜出了香波王子胸兜里那卷染红的纸。

"这是什么东西，怎么装在衣服口袋里？"保安只看了一眼，就扔向了门外。

香波王子没有去捡，扔掉就扔掉，要紧的是，不能让对方觉察那是个被自己珍爱的宝贝。他给梅萨使了个眼色。梅萨明白了，那是她的东西，她捡回来就比较正常了。

梅萨说："不能把垃圾丢在烈士陵园，尸陀林主会怪罪我们的。"说着朝门外走去，却被保安一把揪了回来。

保安说："不能走，待会儿把你们交给派出所。"

香波王子看到，办公室的墙上，挂着一幅尸陀林主和尸陀林母的唐卡：可怖又可爱的骷髅，吓人又温馨的吐舌龇牙，洁白如雪的裸露肋骨，孩子般憨傻的端碗吃人肉的姿态，头戴花色宝冠，耳挂驱邪金环，系着织锦的围裙，一条腿弯曲蹬地，一条腿弯曲抬起，半跏趺的舞蹈姿势，火焰燃烧在背后，无数空行母用优美的形体把它们团团包围。

他立刻朝唐卡跪下，扑通扑通磕了几个头，欣喜若狂地说："我请，我请，我请的就是它啊。"然后抓出一把零钞，拍到桌子上。又去墙上取下了唐卡，蒙在脸上，一遍一遍地亲着，泪流满面，完全是一副疯癫痴醉的密道野僧的样子。

管理人员们愣了。保安问："你是修行的喇嘛？"

"我们两个都是修行的在家喇嘛。"香波王子情绪激动地说，"我是尸陀林主，她是尸陀林母，尸陀林啊尸陀林……"

对修行者，管理人员是宽容的，大概他们也曾遇到过类似的癫迷僧人，并不奇怪。保安歉意地说："你们想去哪里就去哪里，烈士陵园就是你们的。"

香波王子问："我们就是墓葬主，可以吗？"

"可以，可以。"

"陵园公墓、尸陀林，就是我们的家，可以吗？"

"可以，可以。"

"我们不走了，一辈子都不走了。"

"没问题，没问题。另外唐卡可以带走，钱你们收起来。"保安从桌子上拿起那把零钞，塞回到香波王子衣袋里。

他们带着尸陀林主和尸陀林母的唐卡走出办公室。梅萨从地上捡起那卷纸，牢牢攥在手心里。直到走回鬼哭神嚎的公墓，才长舒一口气，展开手指，举到了香波王子眼前。

香波王子郑重地接过来，揣进胸兜："好险啊，我们拿命换来的大昭寺'光透文字'，差一点让这些人糟蹋掉。"

他们看看天色，阴沉沉的拉萨就要亮了。香波王子想，再阴沉的夜晚也会豁亮，这就好比发掘"七度母之门"的伏藏，再艰难的坎坷也能迈过去，其中的关键不是有没有曙光，而是你有没有走向曙光的勇气。他们把尸陀林主和尸陀林母的唐卡挂在树上，坐下来，等待着太阳。

云雾在清风中消散着，鸟雀不时地群飞而起，轰一声，又轰一声，鸱鸮是看不到的，只把"咕咕喵呜"的叫声安驻在风头上，忽东忽西地漫天嚎叫。空气里依稀烙印着无数洁白的纱裙，没有头，没有脚，只有很长很白的手臂，光束一样舞动着。

这是尸陀林的早晨，白色的阳光穿林而来，打在面前的草地上。香波王子从胸兜里拿出那卷纸，放到了阳光下。梅萨跪在地上，一眼不眨地盯着，突然喊一声："出来了，'光透文字'出来了。"

第五章 一苇渡河

1

苯波甲活佛没有放弃竞任,准备继续跟古茹邱泽喇嘛对抗。对他来说,这是一个必然的选择,反正已经失败了,不如再拼一场,说不定还有翻盘的可能。如果第四场考试还是他失败,那就是真正的结局了,他就得"回家",离开山南密法领袖的地位,放弃可以转世的活佛资格,回到童年或青年时学经的寺院,过一种终生不得有任何升迁的低级喇嘛的生活。

古茹邱泽喇嘛知道第四场考试对方会孤注一掷,几次来到布达拉宫坛城殿,想从尊师瓦杰贡嘎大活佛这里得到指教,但几次他都没有看到尊师的身影。最后一次看到的,却是一个木质的莲花凳和一页空白经纸。莲花凳代表观想,空白代表本尊,经纸代表言说。古茹邱泽理解了,尊师说,观想你的本尊,你是你本尊的代言。于是他坐在坛城殿的莲花凳上观想仓央嘉措,直到考试来临。

第四场考试的方式是,两个布达拉宫峰座大活佛的竞任者居中,围绕着他们的考官和格西喇嘛们随意提问,可以问到谁,谁回答;也可以同时提问两个人,两个人抢答,或依次解答。最后由考官投票评定优胜者。

布达拉宫持明佛殿再次成为考场。和前三场考试不同的是,九位考官分别坐在了莲花生大师的八种神变铜像前和宗喀巴大师银像前,似乎他们和神像具有同样的庄严、慈爱与忿怒。两个答辩经座之间不再有十米的距离,而是靠得很近。代表威严的三尺锡杖放在了格西喇嘛座位的前面。大家静悄悄的,气氛有些肃杀沉闷。

年长的尼玛考官首先发问:"佛法是什么?佛性是什么?"

苯波甲活佛立刻抢答:"佛法是成佛救度之法,佛性是人所共有、不被客尘染濡的如来之藏。"

古茹邱泽喇嘛大声说:"我认为,佛法即是德性,德性高,佛法就高,比如四摄法,就是施舍、爱语、善行和利他的根本道德。佛性即是自性,自性即是人性,人性之爱即是佛性之爱,人性之恨即是佛性之恨。"

有格西问:"佛会有恨吗?"

古茹邱泽说:"佛恨无爱、无情、无悲悯。"

有格西问:"无上密门都是秘而不宣的,说出去就会失效。古茹邱泽喇嘛,你公开宣示'七度母之门',难道不怕付诸东流?"

古茹邱泽说:"'七度母之门'是最大方便之法门,有可说与不可说两种。我说的是可说的,它开放坦荡、光明正大。"

有格西问:"那么不可说的是什么?"

古茹邱泽说:"不可说的自然也是不可问的。"说着双手抚胸,半张着嘴不说话,一副执空无声的样子。

有格西问:"对可说之法,苯波甲活佛怎么看?"

苯波甲说:"尽人皆知,当初西藏僧人为元朝皇帝传无上密乘《喜金刚》大灌顶,授予双身修法。朝廷于民间广取妇女,践行淫戏,男女裸处,放荡恣肆,把君臣宣淫的秽行说成是垢行修莲、在欲行禅、事事无碍的境界。在西藏本土,有僧团借口修习《伏藏密法》,招来妇女做明母明妃,沉湎于性的疯狂,清净的寺院几乎变成了男欢女爱的俗世之家。宗喀巴改革宗教,一扫淫秽腐败之风,才有了今天的圣教。古茹邱泽喇嘛以男女双修张扬'七度母之门',如果不是希望圣教返归到宗喀巴以前,那也是愧对我们黄教祖师。一个喇嘛到了背师背祖的地步,他还有资格继任布达拉宫峰座大活佛吗?"

有考官问:"古茹邱泽喇嘛,你承认你背师背祖吗?"

古茹邱泽说:"我的本尊是六世达赖喇嘛仓央嘉措。仓央嘉措是宗喀巴祖师的弟子,也是尊师瓦杰贡嘎大活佛崇敬的先世佛。我以祖师的弟子和尊师崇敬的先世佛为本尊,怎么能说是背师背祖呢?我们知道,佛教的发展先有只顾自己修炼成佛的小乘,后有不仅自己成佛更要普度众生的大乘。但不管小乘还是大乘,修炼成佛都要经过漫长的过程——三个阿僧祇劫,一个阿僧祇劫的年数等于1后面加59个零(一千万万万万万万万万兆)。这就等于成佛无望,处于六道轮回中的众生有情不可能达到。所以释迦佛祖又告诉我们,依照第三乘修行,就有可能即身即世成佛。第三乘就是金刚乘也就是密宗。密宗的出现不仅为修炼成佛带来了希望,还以'方便'之说,把男女妙合、世俗情爱引入了救度。于是在古印度和古西藏的佛教里有了感情生活的位置，这是人性对佛性的改造，是佛教的一场革命和对人类的一大贡献，一个巨大的演变从此开始，我的本尊佛仓央嘉措便是巨大演变中的一个里程碑。仓央嘉措把情爱本能与极乐生佛、万法一味与妙合一味融汇起来，追求男女阴阳平等不二、方便与般若平等不二、佛心与自性平等不二，以相亲相爱的途径，成就了觉行圆满的佛道。"

有格西问："可是我们仍然不知道淫行堕落和双修成佛的区别。"

苯波甲说："或许没有区别，'七度母之门'是混乱的法门。"

古茹邱泽说："在本尊仓央嘉措的灌顶里，手结印契是身密，口诵真言是语密，心作观想是意密。大日如来因此幻化为代表身密的身光如来、代表语密的悲光如来、代表意密的心光如来。三如来以女神形貌出现，狞厉畏怖，刚猛异常，因为她们既要产生妙合之大乐，又要镇压粗欲之享乐；她们是断离自我，断离尘念，断离贪欲、嗔恚、愚痴三毒的保证。修双运，必须先修三如来，不成就三如来，就找不到双修双运的门径。因此'七度母之门'完全杜绝了走入邪道的可能，三如来的存在，就是淫行堕落和双修成佛的区别。"

寂静出现了。大家都在琢磨古茹邱泽喇嘛的话。

突然有格西问："如果一个人无从体验妙合之大乐，怎么能即身成佛，然后救度众生？"

古茹邱泽庄重地举起右手，伸出左手，响亮地拍了一下说："改虎食为羊食，改坐禅为卧禅，改语咒为身咒。"

有格西问："古茹邱泽喇嘛，请详细说明。"

古茹邱泽说："先说改虎食为羊食：修炼'七度母之门'者必须吃素，素食滋养阴空，阴空盛而阳实举。再说改坐禅为卧禅……"他边说边做动作，"平躺，两膝向外，小腿向内，脚心对脚心，脚跟接触阴轮,手结禅定印,以髋骨和后脑支撑,悬空脊背。打通任督二脉后,脊背落地,行气于肝肾两经,然后推拿。两手交叠,沿任脉推至横骨,无数下,火烫为止;再用两掌从肋下往上推,推至两掌合起,无数下,火烫为止;后用右手掌按于生殖轮,顺时针旋转,无数下,火烫为止。"他不说了,停下来,观察着大家的反应。

有格西赶紧问:"那么什么是改语咒为身咒呢?"

古茹邱泽说:"用金刚杵刺痛五官觉悟脉,这是红度母的身咒;用金刚杵刺痛过失觉悟脉,这是黄度母的身咒;用金刚杵刺痛思维觉悟脉,这是黑度母的身咒;用金刚杵刺痛贮存觉悟脉,这是绿度母的身咒;用金刚杵刺痛先知觉悟脉,这是紫度母的身咒;用金刚杵刺痛鸟腿脾脉和蚁腰肺脉,这是蓝度母的身咒;用金刚杵刺痛蛇眼脉和黑肾脉,这是白度母的身咒。之后,即可进入成佛救度之道。"

有考官说:"听起来鼓舞,但险道峥嵘,不可轻入。"

古茹邱泽说:"不,修习中的危险已经不存在了,爱欲的强迫性和破坏性走向了主动和育成,所有狰狞、畏怖、邪恶的神都变成了护持佛法的爱欲本身。性合而无性,空乐而不空,'大敌'瞬间变成了菩提心,而菩提心便是华盖之下的一轮太阳和一轮月亮,成为男女两极的象征,你是金刚身,她是彩虹身。赐福之浪滚滚而来,圆满、纯洁、平静、敞亮,与人为善的心情和温和的态度显现出一幅妙不可言的图景,那就是香巴拉境界,就是抵达了彼岸,完成了'六波罗蜜多'——你首先是布施包括财施、无畏施、法施的模范;其次是持戒即诸恶莫为、众善奉行的模范;第三是忍辱即耐受毁谤、赞誉、寒热、病痛的模范;第四是精进即献身佛法、勇猛救度的模范;第五是禅定即静虑、宁和、淡远、超脱的模范;第六是般若即通晓语言、艺术、医术、逻辑、佛理的模范。到了这一步,自身的修炼基本完成，就可以进入'七度母之门'的第四门了。"

有格西急切地问："请说说第四门。"

古茹邱泽说："进入第四门，就算是即身即世成佛。'七度母之门'的修炼者为救度而利用情欲，但任何时候情欲都不是目的，甚至救度自己和以度母之道成佛也不是目的。真正的目的是利益人群、普度众生，让自己通过'大敌'运行获得的菩提心最大限量地覆盖民众。所以'七度母之门'的即身成佛有自成和成他两层意思，既然你能把你的喜乐运行到明妃的感觉中，你也能够仅靠观想和法施把喜乐融入无边无际的慈悲之中，把大乐和极乐传递给所有郁闷、悲戚、痛苦、绝望的人群。也就是把佛的欢喜迁移到所有人身上，让所有人欢喜，让所有的时刻充满欢喜，这才叫即身成佛，是真正的极乐，是修炼刹土三昧的根本目的。"

有考官问："苯波甲活佛，你对密法修炼有什么证悟？"

苯波甲说："神境通、天眼通、宿命通、他心通是我修炼的根本。在神境通的证悟里，我和十地菩萨会晤；在天眼通的证悟里，我迄今已经看到了十六个人的五脏六腑，并为他们医治疾病；在宿命通的证悟里，我洞悉了我的前身后世，二十年以后我将在德格地方转世。"

有个格西立刻用击掌打断了他的话，问道："苯波甲活佛，这是第四场考试，如果你失败，你就不是活佛，就没有转世的资格了。而你却已经洞悉你二十年后将在德格转世，这是不是说，你已经预知你将是竞任考试最后的优胜者？"

苯波甲点点头，骄傲地说："是的，我一定是优胜者。"

有考官问："那么他心通呢？你对他心通是否也已经证悟？"

苯波甲说："是的，我已经证悟，只要我专注一境，就能知道任何人的起心动念。"

有格西问:"那就请你说说,你的竞任对手正在想什么,是否正在想他必胜,而你必败?"

苯波甲深深吸口气,双手放于膝盖,右手向下,左手向上,闭上眼睛,略一观想,便说:"没有,他没有这样想。"

有考官问:"那他是怎么想的?"

苯波甲睁开眼睛说:"他想,他想……"他欲言又止,侧头盯着古茹邱泽,似乎在征询对方的意见:说不说?

有格西好奇地逼问:"想什么?"

苯波甲说:"他想……"

古茹邱泽击掌制止:"不要说了。"忽地站起,看了一眼尊师,抬脚走向持明佛殿的门外。

格西喇嘛们哄然议论起来。

苯波甲大声说:"古茹邱泽喇嘛也已经证悟天眼通和他心通,他看到了他的妃宝,他的心在哭。"

一片寂静。有格西问:"他的心为什么哭?"

没等苯波甲回答,瓦杰贡嘎大活佛就说:"投票吧。"

投票的结果是:八票对一票,苯波甲活佛胜了。

大家都知道,投给古茹邱泽喇嘛的那一票是瓦杰贡嘎大活佛的。瓦杰贡嘎大活佛沉默着挥了挥手:大家可以离去了。投票的结果在他的预料之中,以尼玛考官为首的另外八个考官,至少有一半并不具备公正的态度,他们只想让古茹邱泽把修炼"七度母之门"的结果一点一点端出来,然后,然后谁也不知道会发生什么。一种十分奇特的预感让瓦杰贡嘎大活佛脑子有些麻木,麻木得有些可怕,那是大事件的预兆、天机不可泄露的预兆,惊心动魄之前,总是这样的。

现在是三比一，考试又得继续，至少还有第五场。

第五场考试会怎么样？古茹邱泽喇嘛能是优胜者吗？瓦杰贡嘎大活佛忧心忡忡。他发现有一种阴影老在眼前晃动，它遮挡起一片空白，就像乌云遮挡天空那样。是什么，是他心中的迷惘，还是不可测知的未来？

2

拉萨市公安局各级刑侦领导参加的紧急会议是在早晨召开的。会议只有一个议题，通报香波王子和梅萨的情况，部署抓捕行动。

重担仍然压在重案侦缉队的副队长碧秀身上。

局长就坐在他身边，小声说："对你来说这是一锤子买卖，破了这个案，你笃定就是市局负责刑侦的副局长兼任重案侦缉队队长，破不了这个案，我就不好给你说话了。"

碧秀说："我知道，我知道我在赌博，我和罪犯一样，赌的都是命运。"

会议一开完，碧秀第一个走出会议室，拿出手机打给了侦缉队的值班员："通知大家，马上赶到侦缉队，开会。"

二十分钟后，在拉萨重案侦缉队的办公室里，碧秀副队长给自己的部下说："案情重大，案犯重要，一开始大家都知道，但现在看来我们对重要性仍然估计不足。香波王子和梅萨是两个十恶不赦的连环杀手。他们在北京杀害了自己的老师边巴之后，连续作案，北京的姬姬布赤之死，甘肃拉卜楞寺的仁增旺姆之死，青海塔尔寺的伊卓拉姆之死，我们拉萨的吉彩露丁、措曼吉姆、秋吉桑波大师之死，都跟他们有关。更要紧的是，他们还会继续杀下去，如果不能立刻制止，就等于两个杀手抹杀了我们重案侦缉队全体警察的存在。"碧秀最后说了三个"一定"："一定要用最快的速度结束这一对恶魔的行动，一定不能让他们跑出拉萨，一定不能给我们重案侦缉队丢脸，有没有问题？"全体警察齐声回答："没有。"

然后碧秀把重案侦缉队的人分成了四组，第一组会同各个派出所的警察前往拉萨市的大街小巷和各个寺院，在所有来来往往的人中寻求发现；第二组会同拉萨武警支队，排查所有的酒店旅馆；第三组会同交警和机场、车站的警察，把守和监视机场、火车站、汽车站以及所有拉萨通往外界的公路要道和加油站；第四组也是最重要的一组，由碧秀亲自带领，联络、利用、监视所有已进入重案侦缉队视线并和香波王子以及梅萨有关联的人，比如智美和索朗班宗、王岩和卓玛、阿若喇嘛和邬坚林巴，等等。碧秀认为，这些人比重案侦缉队更有办法接近香波王子和梅萨，在侦缉队找不到线索的时候，他们就是鹰犬，他们走到哪里，侦缉队必须跟到哪里。

四组人马立刻行动起来，重案侦缉队的全体警察只为一个目的而奔波：抓住或击毙香波王子和梅萨。

碧秀是最后一个离开侦缉队办公室的，他想对留下来值班的玛瑙儿说："你终于来上班了？"瞪了她一眼，却又没说。

3

唐卡上的尸陀林主和尸陀林母就像威猛的瞭望哨，堵挡着所有的嘈杂。烈士陵园内、荒凉的公墓里依然保持着肃静，没有人来打扰他们。他们全神贯注在梅萨刚刚翻译出来的"光透文字"上。

大昭寺"光透文字"的"授记"仍然是仓央嘉措情歌：

> 杜鹃从门隅飞来,
> 大地已经苏醒,
> 我和爱人的相会,
> 让身心变得舒畅。
>
> 繁茂的锦葵花儿,
> 若能做祭神的供品,
> 请把我年轻的玉峰,
> 也带进佛殿里面。

"两首情歌?"这一次,香波王子没有模拟当年仓央嘉措的音调唱出来,他愣愣地望着,忧郁地说,"仓央嘉措就要离开西藏了,前一首情歌是他最后的情爱记录,说明即使危难来临,他也没有放弃和女人的约会。相反,危难往往是动力,越是深重就越会把他推向女人,尽管他也知道,所有他必须面对的危难都和女人有关,所有他必须奔赴的约会都意味着诀别。但我一直搞不明白,这个时候和仓央嘉措约会的是哪个女人?她肯定不是玛吉阿米、姬姬布赤、仁增旺姆、伊卓拉姆、吉彩露丁、措曼吉姆,因为他对她们的称呼一直是'情人',而现在'爱人'出现了。'情人'是多元的,'爱人'是唯一的,这在仓央嘉措时代的西藏,也是如此。我的结论是,仓央嘉措以达赖喇嘛的地位和生命为代价,经历了那么多生死不渝的爱情之后,又有了一次更加深刻难忘的情爱邂逅。"

梅萨说:"作为诗人和歌手,仓央嘉措未必是经一事写一诗或唱一歌的,他可以想象,可以虚构,文学本来就是一种以假乱真的东西。"

香波王子说:"但我还是相信,所有进入'光透文字'的仓央嘉措情歌,都有真实的事件作为依据,不然,涉及的人物怎么可能重现于三百多年后的今天呢?"

梅萨说:"往下说,后一首情歌怎么回事儿?"

香波王子瞪着"光透文字"沉思着,半晌不说话。

梅萨着急地问:"很费解吗?"

香波王子疑惑地说:"两首情歌不是一个时间一个地方创作的,怎么会合起来作为'授记'呢?'繁茂的锦葵花儿'这首情歌是仓央嘉措在后藏日喀则的作品,那次他在摄政王桑结的陪同下,前往扎什伦布寺五世班禅额尔德尼罗桑益喜大师座前接受比丘戒,最终虽然被他拒绝,但他却不能拒绝走进坚赞团布寝宫,他的寝宫就是佛堂。这首情歌就是在扎什伦布寺的寝宫里唱出来的,不明白为什么会用在这里做'授记',难道'让身心变得舒畅'的这次情爱相会,发生在扎什伦布寺?不可能啊,这时候蒙古和硕特部首领拉藏汗已经夺取西藏政权,仓央嘉措一直被软禁在拉鲁嘎采林苑,虽然他有可能离开林苑,走向原野,不顾一切地去跟爱人约会,但却无法走向遥远的需要骑马行走半月之久的日喀则。"

梅萨说:"但想象是无处不在的,离开了想象和虚构……"

香波王子拍了一下身边的树说:"别唠叨了,我再次提醒你,我们面对的不是一件普通的文学作品,而是开启'七度母之门'的钥匙,是发掘最后伏藏的前期伏藏。你靠那种想象啦、虚构啦等一般文学创作的规律,解释不通。"

梅萨生气地说:"是你在给我唠叨,我是出于礼貌回应你。"

香波王子说:"我给你唠叨了吗?我是在给我自己说话,在给我的影子说话。"

梅萨忍让地说:"我就是你的影子嘛。"

香波王子说:"影子不会干扰我,影子总是悄悄的。"

这一吵,亮了,香波王子拍了拍自己的脑袋,似乎更亮了:"对啊,悄悄的,他去了,作为一个密法修炼者,一个'明空赤露'的拥有者,他为什么不可以用'迁识夺舍秘法',悄悄地让自己的灵识走向扎什伦布寺呢?对迁移的灵识来说,几十几百年的时间,几百几千公里的空间,就跟没有延伸和没有距离一样。现在的问题是,他为什么要把相会爱人的地方选择在日喀则的扎什伦布寺,拉萨的旷野里不行?冲赛康的店家里不行?热切期盼他的哲蚌寺和大昭寺不行?"

"是啊,为什么?"

"一种解释应该是仓央嘉措陷入了明妃之恋,他和'爱人'的相会,实际上是密法修炼的一个程序。而宗喀巴的弟子、一世达赖喇嘛根敦珠巴修建的格鲁派六大寺院之一的扎什伦布寺,则是完成这个程序最殊胜、最有加持力的道场。另一种解释应该是'七度母之门'的伏藏是仓央嘉措毕生修炼密法的成果。别人的修炼是掘藏,他的修炼是伏藏。既然是伏藏,而且一次比一次机密、一层比一层高远,就不能再是拉萨的哲蚌寺和大昭寺,更不能是拉萨市井的店家和旷野的树林了。当然,我们也可以把两种解释合二为一,既是为了密法修炼,也是为了秘密伏藏,他的修炼是为了当下的伏藏,他的伏藏又是为了未来的修炼。这中间有两个重要环节,一个是仓央嘉措跟明妃的合作,一个是我和你的合作,都是阳体和阴体的会同,目的是平衡与和谐,而平衡与和谐是仓央嘉措乃至整个佛教唯一的追求。在佛教看来,极度的不平衡和不和谐是自然和人类所有灾难的根源。"

香波王子盯着梅萨看她的反应。梅萨面无表情，一声不吭。

香波王子问道："你觉得我说的有没有道理？"

梅萨没好气地说："影子不会说话，影子总是悄悄的。"

香波王子说："现在是我让你说，你就必须说。"

梅萨说："好，我说，你有屁的道理。你说仓央嘉措用'迁识夺舍秘法'去日喀则的扎什伦布寺，完成了密法修炼的程序，不可能的。就算仓央嘉措有这个能耐，可他的'爱人'呢？就算他的'爱人'是佛母降世，能够眨眼之间空行无阻，可他们的理由呢？光靠扎什伦布寺是宗喀巴的弟子、一世达赖喇嘛根敦珠巴修建和它是格鲁派六大寺院之一这两点，是没有说服力的。甘丹寺还是宗喀巴亲自兴建的呢，色拉寺还是朝廷钦命的'大慈法王'释迦益西创建的呢。甘丹寺是格鲁派六大寺院的首寺，哲蚌寺排名第二，色拉寺排名第三，难道它们就不是完成密法修炼程序最殊胜、最有加持力的场所？"

香波王子说："反驳得好，但有一点你忘了，不管是密法修炼，还是秘密伏藏，首先要安静，其次要安全，这是最有说服力的理由。在拉萨，到处都是拉藏汗的蒙古骑兵，所有的大寺院都有蒙古骑兵把守，仓央嘉措又是被跟踪监视的，安静和安全根本谈不上。而在后藏日喀则，拉藏汗的势力还到不了那里，扎什伦布寺的住持五世班禅额尔德尼罗桑益喜虽然对仓央嘉措拒绝接受比丘戒耿耿于怀，但仍然对仓央嘉措的密法修为抱有同门师兄的欣赏。这一点，仓央嘉措是知道的，当灾难的命运让最后的修炼或者伏藏变得迫在眉睫时，他本能地意识到扎什伦布寺是唯一可取的殊胜之地。"

梅萨无话了。

香波王子拿着翻译过来的"光透文字"晃了晃说："再看'指南'。"

为什么功高却无记载？为什么处处有的又处处没有？
　　为什么三色天梯之上是无限虚空的繁衍？为什么远走的活佛要在土、水、火、气的丛林里隐藏整个世界？为什么无量光佛的祈愿迄今没有看到神变？四上师的助力引导上升。三色宫寺、牧羊人的冬窝子，它是金色三宝之地。在雪域明灯之主圈起防雪栅栏之后，索朗班宗拜托了先佛之殿无隐之地上超荐的喇嘛。

香波王子望着"指南"一句一句地领悟，极力想把它跟日喀则和扎什伦布寺联系起来。他说："有些是不好解释的,好解释的是'无量光佛的祈愿'一句，扎什伦布寺是班禅大师的驻锡地，班禅大师是无量光佛的转世，那儿有'无量光佛的祈愿'是很自然的。还有'牧羊人的冬窝子'一句，喇嘛们的习惯是夏天去村寨草原讲经作佛事，冬天待在寺院里，所有的寺院包括扎什伦布寺对喇嘛们来说都是冬窝子。至于'牧羊人'嘛，扎什伦布寺是一世达赖喇嘛根敦珠巴主持修建的，后来才成为班禅额尔德尼世系的驻锡寺，根敦珠巴出生于后藏霞堆牧场的一户牧民家中，从小帮着父母牧羊，直到十五岁才出家，所以自称是'牧羊人'。再就是'在雪域明灯之主圈起防雪栅栏之后'一句，'防雪栅栏'在后藏比较常见，尤其是日喀则。最后一句是'索朗班宗……'"他突然兴奋起来，"看啊，索朗班宗出现了。"

梅萨问："什么索朗班宗，很重要吗？"

香波王子说："又是一个仓央嘉措的情人，因为她小鸟依人，楚楚可怜，仓央嘉措在情歌里把她比作了画眉。"他唱起来：

琼结地方的柳林，
画眉索朗班宗，
不会远走高飞，
注定能和我相会。

香波王子一连把这首情歌唱了三遍，又说："原来索朗班宗才是仓央嘉措的'爱人'。出现'索朗班宗'的这首情歌创作年代不详，所以我一直不敢肯定'索朗班宗'是什么时候进入仓央嘉措生活的。现在看来，她大概是在拉萨最后一个陪伴仓央嘉措的人。仓央嘉措离开拉萨这天，一个披头散发的女人疯狂追逐着仓央嘉措，这个女人显然就是索朗班宗。"

梅萨说："索朗班宗，索朗班宗，又是一个女人。"

香波王子说："大昭寺'光透文字'中的情歌'授记'给我们暗示了日喀则的扎什伦布寺，在那里仓央嘉措曾和他的'爱人'秘密相会，然后在修炼中进行了伏藏。而'指南'又告诉我们，这个'爱人'就是索朗班宗，她肯定已经转世，如今还活着。潜在的逻辑就是，她在哪里，'七度母之门'的伏藏就应该在哪里。"

梅萨说："我总觉得不可思议，仓央嘉措时代的玛吉阿米、姬姬布赤、仁增旺姆、伊卓拉姆、吉彩露丁、措曼吉姆一个个都复活了，现在又复活了一个索朗班宗，而这个复活的，很可能会因为我们的寻找而死去。这是我在伏藏学研究中还没有遇到过的。如果说莲花生大师，或者仓央嘉措，或者任何一个大成就者，可以通过家族传承和血缘传承，把法宝伏藏在后人身上，那么他们怎么能保证几千几百年以后这些具有伏藏指南意义的女人会拿仓央嘉措情人的名字给自己起名字呢？要知道起名字的偶然性非常大，比如我的名字，我妈妈有个朋友是研究格萨尔的，出了一本书送给我妈妈。我妈妈是只看电视不看书的，那天却随手一翻，翻到了《降服魔国》的梗概：以吞食婴孩为乐的北方魔王勒乌兹安趁格萨尔闭关修行时，掳走了格萨尔的次妃梅萨奔吉。格萨尔单人匹马前往魔国营救，途中降服了魔国戍边大臣和魔王的妹妹，最后又得到梅萨奔吉的策应，以利箭穿心杀死了魔王勒乌兹安。梅萨奔吉嫉妒格萨尔的正妃珠姆，在格萨尔的酒中下了迷幻药，格萨尔只喝了一口，便忘记了过去的一切，与梅萨奔吉留在魔国长达九年。妈妈看到这里哈哈大笑说：'这就对了，就是要把格萨尔留在自己身边，如果放他回去，他天天和正妃珠姆在一起，那你还不如嫁给魔王。这个女人有本事，我的女儿除了我叫的名字，还应该有一个对外的名字，就叫梅萨奔吉吧。'妈妈给我起了对外的名字自己却从来不叫，上小学时带我去报名，老师问，她叫什么名字？妈妈抠着头说，她叫梅萨……梅萨什么来着？后面的词儿忘了，于是我就成了梅萨。"

香波王子说："偶然中有必然。你妈妈的朋友送书，很少看书的妈妈居然看起了书，恰好看到的是格萨尔王传中梅萨奔吉的故事，后来又把'奔吉'忘了。我觉得这都是天意，在你没出生之前，梅萨这个名字就等着你。"

梅萨："又是宿命，有时候我痛恨宿命，痛恨我无法摆脱宿命。"

香波王子说："不宿命就无法接触西藏，无法进入藏传佛教，宿命是伏藏的灵魂，伏藏是宿命的典范。我对下一个目标的判断，也是基于宿命。如果'七度母之门'的伏藏不在扎什伦布寺，我们到不了日喀则，就会被天灾人祸挡住，你相信不？"

梅萨说："好吧，我听你的，什么时候出发？"

"现在就去拉萨汽车站，肯定能赶上去日喀则的长途汽车。"香波王子捂着肚腹上的伤口起身,从树上取下尸陀林主和尸陀林母的唐卡,握着木轴卷起来说,"我们得带着它,它是我们的吉祥物。"

4

一走出那片藏身的公墓,香波王子和梅萨就意识到他们已经寸步难行了。一张通缉令居然就贴在公墓第一排最醒目的一座墓碑上,把他们惊出一身冷汗。如果贴通缉令的人再往前走十步,就能望见树荫下两个被通缉的逃犯了。真是尸陀林主保佑,尸陀林母保佑。

两个人缩起身子,前后左右地张望着,想翻墙出去,却见烈士陵园大门口一个守门老人正在扬头看着他们,只好硬着头皮走过去。

还好,老人坐在地上,开始从一个锃亮的小铜盆里往外数钱,并不看他们。好像不看就是有恩,香波王子感激地掏出两元钱丢进小铜盆,拉起梅萨,大步走出烈士陵园大门。

突然,守门老人说话了:"请你们回来。"

香波王子和梅萨停下来:"干什么?"

守门老人说:"我想看看你们。"

香波王子说:"看看我们?"一抬头发现老人身边的石柱上也贴着一张通缉令,两个人的照片清晰得如同本人。他们吓得都不敢出气了,赶紧离开,似乎守门老人一伸手就会将他们抓住。

梅萨说:"连坟墓都贴着通缉令,拉萨已是天罗地网了,我们怎么离开?"

香波王子说:"我也不知道,到了拉萨汽车站再说。"

这时梅萨的手机响了,是智美打来的:"你好。"

梅萨说:"你还记得我的电话?"

智美似乎一点也不想寒暄，说："你让香波王子讲话。"

香波王子从梅萨手里接过了手机。

智美说："我很佩服你香波王子，大昭寺'光透文字'又被你找到了。"

"你怎么知道？"

"秋吉桑波大师之死就是证明。但你是不会再有下一步的，你已经无路可走。"

"不用你提醒，我知道。"

"你总不希望'七度母之门'的开启夭折在你手里吧？你和伏藏的缘分已经结束了，传下去吧，为了神圣的'七度母之门'，我可以做你的上首弟子。"

"说真的智美，本来我会考虑你的建议，但是现在不了。伏藏是高洁之圣物，它要求发掘它的人善良慈爱、品端行正……"

智美冷笑道："你认为我品行不端正？一个连秋吉桑波大师都敢杀害的人是不配教训人的。当然这不是我说的，是警方这么认为。要是你现在有机会看电视听广播你就知道了。靠通缉令出名是最快的，现在的拉萨，没有人不认得你。快告诉我你从'光透文字'中得到了什么启示，警察正在迅速靠近你，你立刻就会失去自由。"

香波王子说："好，我告诉你，'光透文字'的启示就是'七度母之门'的伏藏在龙宫里，你必须跳进拉萨河才能找到它。"

是戏谑还是实话？智美判断着，咬着牙说："香波王子我恨你，你夺走了梅萨，我一辈子恨你。"说罢手机关了。

香波王子弯下腰："哎哟，我的肚子，疼死了。"

梅萨突然跳起来扑了过去，把他扑倒在一片小树林里。几步远的马路上，一些远道而来的蓬头垢面的朝圣者正在朝布达拉宫或大昭寺磕着等身长头，一辆警车从他们身边呼啸而过。

香波王子和梅萨走出小树林，不敢走大路，就沿着一条人踩马踏的西郊小路往东走，很快到了尽头，一片土坯石料的废墟挡住了他们。香波王子停下来，喘着粗气，捂起肚子坐在残墙上，看了看四周。显然这里曾经是一片民房，拆迁以后来不及新建，就成了废墟。

香波王子说："你看看，哪儿有佛龛。"

梅萨到处看了看，没找到佛龛。

香波王子说："不可能，你看倒塌的墙壁上，那些彩绘的吉祥盘长，说明是藏家，藏家怎么会没有佛龛。"

他自己找起来，最后在一堆破烂木头和破烂藏袍下面看到了砖砌的半截佛龛。他扒掉烂木头和破藏袍，掰下佛龛上泥塑的香炉，看了看，失望地说："怎么一点香灰都没有。小时候，我常常被雅拉香波神山的山岩、冰石和自己的藏刀划破，阿妈总是捧来香灰，厚厚地盖上一层，然后用布一包，再念几句祈福的经，过两天就好了。"他拿着香炉看看，思忖着说，"也许这比香灰更管用呢，麻烦你，把它砸碎了。"

梅萨把泥塑的香炉放进佛龛，用石头砸成了粉末。

香波王子亮出肚腹，抓起香炉粉末糊在伤口上，又用原来包扎伤口的哈达重新包扎好，问梅萨："你知道它为什么管用吗？"没等回答又说，"也是阿妈告诉我的，一块石头你朝它膜拜一万次它就会有灵性。一个香炉的寿命是无限的，它常常陪伴着一家几代人，几代人每天朝它膜拜，加起来岂止一万次。而膜拜的内容无非是保佑无病无灾、有福有寿，天长日久人的虔诚和愿望就会浸透在香炉里，香炉的粉末自然就有消炎止疼、生肌长肉的作用。"

梅萨说："照你这么说，药店就不用卖药，就卖香炉粉得了。"

香波王子说："这你就错了，就算药店会卖香炉粉，香炉粉也是不管用的。因为现代医药也是信仰、情感、虔诚和膜拜的产物。既然药店已经有了这种产物，香炉粉就自动退隐，它只在没有医药的地方和没有医药的时间起作用。比如说现在的我，我已经不疼了，可以继续上路了。"

梅萨说："你在用心念战胜自己。伏藏学有一个分支就叫心念历程，自始至终没有行动，从心念伏藏到心念掘藏，都是修行最好的高僧，依靠禅坐观修，用佛法操纵着全过程。"

香波王子说："佛法即心法，信仰的力量是无限的，我们走。"

梅萨问："怎么走？"

香波王子说："跟着我，我怎么做你就怎么做。"

香波王子走到那堆掩埋着佛龛的破烂藏袍前，挑了一件最脏最破的穿在身上，又挑了一件大小合适的递给了梅萨。

梅萨不接，皱起眉头，捂着鼻子："臭，臭，臭。"

香波王子说："我们现在能遇到它，就是佛赐的圣物，所有的圣物都来自须弥山上的莲花仓库，带着四季不衰的莲花清香。你再闻闻，香不香？"

梅萨闻了闻，说："不香。"但她还是咬着牙穿上了。

接下来，他们用灰土抹脏了自己的头脸。

梅萨问："这样别人就认不出我们了？"

香波王子说："还要朝拜。"

拉萨是朝圣者的天堂，天天都有成千上万来自青海、甘肃、四川、云南以及西藏各地的朝圣者匍匐在马路上、广场中、寺院里，做一个朝圣者是最不引人注意的。香波王子和梅萨走上公路，朝着拉萨汽车站的方向磕起了长头。他们衣衫褴褛，风尘仆仆，把一个个等身长头磕得尽量虔诚而标准。和别的朝圣者不同，他们的双手没戴厚木头或三层牛皮的手套，只用破衣服包裹着，更显见他们路途遥远、摩擦地面的时间够长。厚木头的手套磨穿了，三层牛皮的手套磨掉了，只能破衣服裹手了。满怀欢喜的朝圣者，哪个不是如此坚忍呢？

不时有警车、出租车、公共汽车和其他一些车辆从他们身边经过，没有人认出他们来，就连刚刚找回路虎警车的王岩和卓玛，也没有想到前面那两个脸上蒙尘最厚、衣袍烂洞最多、身上气味最臭、磕头最是一丝不苟、行动最是缓慢如蜗牛的人，就是他们苦苦寻找的香波王子和梅萨。

路虎警车从他们身边一晃而过。香波王子直立着，盯着路虎警车远去的背影，把手在头顶拍一下，在额际拍一下，在胸前拍一下，正要拜倒在地，一辆拉萨警车尖叫着停在了离他五米远的地方。他呆住了，身体僵硬地弯曲着，就听梅萨在身后小声说："快跑。"他没有跑，既然人家已经认出了他们，再迅速的逃跑都是多余的。

然而虚惊一场，拉萨警车是跟踪路虎警车的，紧急刹车是为了一只野狗。野狗横穿马路，已经过去了，突然又不想活了似的拐到了马路中央。

生命平等的意识是拉萨的阳光，所有人包括执行紧急公务的警察都会有温暖的照临。看着野狗安全了，警车才急急忙忙驶去。

香波王子长舒一口气，回头看了看吓得一脸煞白的梅萨，嘴角一挑，轻轻一笑。他们继续磕头，两个小时后来到拉萨汽车站。

傍晚了，连夜去日喀则的客车正在售票，车上已经坐了一些人。香波王子和梅萨趴在地上，脸朝地面，翻起眼睛瞪着前边。仿佛长头磕累了，再也没有力气继续磕下去了。香波王子得意地想，全世界只有拉萨是这样的：一个逃犯可以理所当然地俯卧在地，用大地遮挡面孔，而不至于被家喻户晓的通缉搞得束手就擒。就算有明察秋毫的眼光扫过来，那也只能落在后背和后脑勺上，有用后背和后脑勺通缉罪犯的吗？

但是得意就像掠过天空的星芒，闪过去就是黑暗。香波王子绝望地看到，所有上下旅客的车门口、所有还在售票的车站窗口，以及停车的广场、进出车辆的路口，都有一些可怕的人影。他们不提行李，不带老婆孩子，他们穿着夹克或者西服，假装看报纸或者聊天，眼光却在行人脸上瞟来瞟去。

香波王子说："早该想到了，拉萨汽车站是罗网的收口，不是我们的起点。都是我的错，到了非生即死的关头，怎么还能抱有侥幸。"

梅萨说："来了后怕，不来后悔，赶紧撤吧。"

他们磕头而去，就在许多便衣的眼皮底下，不慌不忙地离开了拉萨汽车站。他们看到，就像影子一样从北京跟到拉萨的喇嘛鸟就停在马路对面的树荫下，阿若喇嘛和邬坚林巴靠在车头上说着什么。香波王子寻思：他们肯定还是不希望警察抓住我，我是不是应该去寻求他们的帮助呢？立刻又摇头，那跟投案自首有什么区别？阿若喇嘛和邬坚林巴，早已是警察眼里的反光镜了。

有个朝圣者跟在了他们身后，他留着已经均匀地长出头发的那种光头，裹着袈裟、用黑氆氇蒙着嘴脸，戴着一副没有丝毫磨损的木头手套。给人的印象是刚坐长途车来到拉萨，一下车就开始了朝拜。傍晚最后的阳光拉长他的影子投在了地上，香波王子瞥了一眼就感觉有些异样，回头一看，不禁浑身一抖。他趴在地上等了一会儿，让稍后的梅萨磕头磕到自己身边，小声说："骷髅杀手跟上了，他居然认出了我们。"

趴在地上的梅萨扭头看了一眼。同样趴在地上的骷髅杀手从黑氆氇上面露出血红的眼睛,阴恶地瞪着她和香波王子。她心里一瘆,顿时觉得站不起来了。

香波王子说:"你在我前面,往功德林的方向磕头,不管我出了什么事,你都不要停下来。"

梅萨问:"你要干什么?"

香波王子说:"我还不知道我能干什么,如果他还想杀我,我这次很可能真的要杀人了。"

但是仅仅过了不到一分钟,情况就有了意想不到的变化。正当香波王子跪在地上,厉声责问匍匐而来的骷髅杀手"你想干什么"时,一辆警车飞速而过。警车走远了,却把一个骑摩托车的人吓得失去了控制,他一头撞向路边的水泥电杆,又弹回来,连车带人摔在了香波王子身上。香波王子惨叫一声,痛苦地蜷缩在了地上。很多人围了过来,包括慈悲为怀的阿若喇嘛和邬坚林巴,包括两个便衣。

一直没有接到"不动佛明示",阿若喇嘛和邬坚林巴便猜测香波王子的下一个目标很可能在拉萨以外的某个寺院,尤其是距拉萨五十多公里的甘丹寺和二百七十多公里的扎什伦布寺,其重要地位对伏藏和掘藏都有极大的吸引力。他们一直守候在长途汽车站,却没有想到,自己早已成为警察抓捕香波王子的中介。

阿若喇嘛和邬坚林巴同时蹲下,想扶起香波王子,慈悲地问着:"没事儿吧,没事儿吧?"香波王子坐了起来,一看是他们两个,忽地又躺下。阿若喇嘛和邬坚林巴对视了一下,有点不相信,再次扶他坐起,想看个究竟,却被香波王子使劲推开了。

所有的细节都被监视阿若喇嘛和邬坚林巴的两个便衣看在眼

里，立刻扑过来，摁住了香波王子。

香波王子一动不动。他在想：怎么办呢？

一个便衣一手架着他，一手拿出手机打电话："碧秀副队长，抓住了，香波王子抓住了，他乔装成朝圣者，在拉萨汽车站。"碧秀在电话里说："不要让他跑了，我马上就到。"便衣说："他跑不了了。"

这时，那个骑摩托车的人已经从地上爬起，听着便衣打电话，意识到是警察，撒腿就跑。便衣一愣：他是谁，怎么一见警察就跑？不管是谁，抓住了再说。一个便衣立刻给香波王子戴上手铐，牢牢控制住了他，另一个便衣起身去追撵那个骑摩托车的人。

一直趴在地上观察动静的骷髅杀手这时候一跃而起，扑过来一拳打翻了控制香波王子的便衣，扶起摩托车，冲着跪在那里不知所措的梅萨喊道："快，把他扶上来。"

香波王子反应要比梅萨快，没等她起来，已经举着手铐瘸到了摩托车跟前。"上，快上。"他喊道。

梅萨一脸迷茫："我们跟着他？"

摩托车发动起来已经要走了，骷髅杀手一把将梅萨拽趴在后座上。香波王子抬腿跨了上去。被骷髅杀手打翻的便衣爬起来撕住了香波王子，香波王子身体后仰着，两腿紧紧夹着摩托车。他是从小夹着马背长大的，无意中练就的腿力这时候帮了他的忙。便衣被拽倒在地，而他却牢牢固定在摩托车上。摩托车吼叫着前冲而去，便衣被拖出了十多米才松手。一大群便衣追了过来，追了一段就开始鸣枪警告。

碧秀出现了，大声说："真是愚蠢，他们是亡命徒，警告只能让他们跑得更快。"说罢，急急忙忙钻进了一辆警车。

这时有便衣扭着那个骑摩托车的人走来，对碧秀说："我抓住了一个。"

碧秀说:"立马押回去,突审。"

骑摩托车的人浑身发抖,瘫软在地上哭着说:"我是第一次偷摩托车,我再也不敢了,放了我吧,我老婆还在医院等着我。"

碧秀一听,说道:"贼娃子添什么乱。"一踩油门就走。

碧秀的警车在拉萨河边中和国际城的桥头追上了摩托车。这辆偷来的摩托车跑了不到两公里就没油了。骷髅杀手跳下来,扔掉摩托车,从"遍撬一切"中摸出一把钥匙,迅速取下了香波王子的手铐,小声说:"牛跑,牛跑。"

梅萨问:"什么牛跑?"

香波王子说:"放过牛的人都知道,受惊的牛群不往一个方向跑。"

骷髅杀手说:"我说跑,你们就跑,分头跑,他只能选择一个追,另外两个就能活命了。"

香波王子迅速扫了梅萨一眼说:"我往自治区政府跑。"

骷髅杀手说:"如果我不死,我还会像影子一样跟着你们。"他看碧秀已经从警车上下来,嗖的一声把手铐扔了过去。

碧秀眼疾手快地接住,"哼哼"一声说:"它对我没什么用,我不可能打死了人再铐住他。"说着,扔掉手铐,掏出了枪。

骷髅杀手说:"你的骷髅刀呢?黑方之主的教言你不会忘记吧,'隐身人血咒殿堂'的使命就是让骷髅刀说话,你不会用骷髅刀惩罚人,你不是黑方之主派来的。"

碧秀再次"哼哼"了一声说:"那我就让它说一次话给你看。"他收起手枪,从怀抱里抽出骷髅刀,狞笑着晃了晃。

骷髅杀手大喊一声:"跑。"

三个人朝着三个方向跑去,碧秀一愣,再掏枪已经来不及了,犹豫了一下，觉得先惩罚内贼更符合"隐身人血咒殿堂"的规则，便大吼一声，朝骷髅杀手追了过去。

5

香波王子跑跑停停，跑了半个小时，才来到原本几分钟就能到达的自治区政府门口。他肚腹上有刀伤，又被摩托车撞了一下，能到达这里已经是佛祖保佑了。门口马路对面黑暗的树荫下，梅萨早就等在那里，冲他打了声口哨，看他行动迟缓，跑出来挽起他就走。

梅萨说："你怎么选择这里，这里是很危险的。"

香波王子说："附近有更合适的地方吗？也许追捕者想不到，逃亡的杀人犯会来政府门口躲藏。"他在黑荫里坐下，喘着气，擦着满头的冷汗又说，"伤口又开始疼了。"其实一直在疼，他忍着，只是现在忍不住了。

公路上，几辆警车划破最初的夜色飞速驶过。

梅萨说："香炉粉末不起作用啦？我现在就去药店买药。"

"绝对不能去，警察肯定知道我有伤，所有医院和药店都会有布控。现在只有一个地方，有可能搞到治伤的药。"

"什么地方？"

"大昭寺，国字脸喇嘛那里，最初就是他给我敷了红白黑三色羯摩藏药丸，又用大黑天的哈达包扎了伤口。"

"那里很危险。"

"危险只有一半，还有一半是希望。"

梅萨自语着："一半是活，一半是死，我们是在赌命了。"

他们脱掉了一身肮脏的行头，去掉了所有朝圣者的痕迹，搀扶在一起上路了。不敢坐车,只能步行,从自治区政府到大昭寺两三公里的路,他们走了一个多小时。所经之地都比较繁华,人影杂乱,灯影斑驳,有的是勾肩搭背的情侣。白天的喧闹以最后的收场掩护着他们,很少有人关注这一对卿卿我我、过于平凡的男女。香波王子和梅萨安然出现在八廓西街的阴影下,混进一大堆长年累月把这里当作露天寝地的乞丐中。

香波王子写了一张纸条:"求见秋吉桑波大师。"花两元钱让一个老乞丐去敲门递纸条。秋吉桑波大师已经不在了,守门喇嘛一定会交给和秋吉桑波大师最亲近的国字脸喇嘛。

国字脸喇嘛果然出来了。递纸条的老乞丐引他们来到了乞丐堆里。两个壮硕的喇嘛跟在后面,却没有过来,躲在大昭寺门墙的拐角处,朝这边张望着。

香波王子捂着肚子咬着牙,艰难地站了起来。

国字脸喇嘛说:"我知道是你,但你不该写'求见秋吉桑波大师',会引起别的喇嘛注意。"

"我不知道你的名字,只能那样写。我有伤,我需要红白黑三色羯摩藏药丸。"

"我知道你来干什么,药我带来了。"国字脸喇嘛说着,从身上摸出一个小布兜,正要交给香波王子,两个壮硕喇嘛嗖嗖嗖跑过来,揪住香波王子的同时,一把揪走了小布兜:"圣教的敌人,终于抓住你了。"

香波王子后退着说:"谁是圣教的敌人?"

两个壮硕喇嘛一左一右拧住他:"所有的杀人犯都是圣教的敌人。"又指向国字脸喇嘛,"还有你,吃里爬外的败类,你帮助圣教的敌人,你也是敌人。"

国字脸喇嘛突然喊起来："乞丐们，我曾经是你们中的一员，你们谁还认得我？十年前秋吉桑波大师收留了我，叫我乞丐喇嘛。乞丐喇嘛今天对老朋友们说，秋吉桑波大师对我好，就是对你们好。这一男一女是秋吉桑波大师的朋友，你们要帮他们一个忙，不要让这两个不懂事的喇嘛抓住他们。上去，给我压倒。"

四周顿起一阵骚动，有讲义气的，有凑热闹的，还有趁机使坏的，乞丐们胡喊乱叫着扑了过去，把两个壮硕喇嘛压趴在地。乞丐们没有意识到自己的行动是伟大掘藏的一部分，嘻嘻哈哈、前赴后继地扑压着，一会儿便摞成了一座山。

终于不闹了，两个壮硕喇嘛从地上爬起来，摸骨摸肉地呻唤着，再向四周寻找时，香波王子早就不见了。两个壮硕喇嘛推搡着国字脸喇嘛走向了大昭寺门口。国字脸喇嘛突然回头喊起来："再见了，香波王子，今生今世我最崇拜两个人，一个是秋吉桑波大师，一个就是你。"

香波王子和梅萨其实就藏在大昭寺前唐蕃会盟碑下的阴影里，看着三个喇嘛消失在大昭寺门内，才走出阴影，来到乞丐们中间，这儿掏掏那儿摸摸，舍散了身上全部的零钱，然后慢腾腾离开。

梅萨说："我以前挺讨厌乞丐，觉得大煞风景，没想到讨厌的才是能帮忙的。"

香波王子说："为什么要讨厌？乞丐是佛的一部分，是拉萨的一部分，或者说只要有佛，就会有乞丐。乞丐标志着怜悯的存在，给佛提供了大慈大悲的理由。乞丐还是象征，象征了释迦牟尼最初被人世的苦难所牵引，走向忏悔和拯救的时刻。每一个活佛、所有的喇嘛，都应该在乞丐面前照出自己：有没有悲悯，能不能布施，可不可忍辱，是不是精进。乞丐之心，也是佛之心；乞丐之请，也是佛之请。人世与佛界,其实没有区别,每一个乞丐,都可能是一尊佛,来挽救你,或者给你提供乐善好施的机会。"

"你和智美就是不一样,智美一见乞丐,总说他们是寄生虫,丢尽了脸面。"

"一般藏民都不这么认为,他这么说,肯定有原因。"

梅萨欲言又止,看着香波王子并不逼她说,就又主动说起来:"他父亲作为宣谕法师,虽然能够直接和神灵交通,却并没有神仙的富贵,所谓云游四方实际上就是一种半乞讨的生活。这样一种生活是不能养家糊口的,智美的母亲很早就改嫁。智美是宣谕法师一手拉大的,十二岁以前就是个小叫花子。十二岁以后,已经被父亲调教成占卜神童的他进入夏鲁寺学经。没想到师父两年后还俗,征得他父亲的同意,把他带到康定,送进了康定汉藏双语学校。他在康定长大,其中有三年是和父亲在一起,其余的时间,基本过着孤儿的生活。但他是聪明的、有志向的,志向就是和父亲一样精通占卜,却不再重复父亲的生活。他要过好日子,要做人上人,要有钱,有知识,有地位,有享受。他仇恨乞丐其实就是仇恨贫穷和卑贱,仇恨自己的童年,仇恨不堪回首的历史——自己的历史和父亲的历史。"

香波王子说:"那是不该的,他父亲其实比他强,尽管物质生活糟糕得一塌糊涂。"

"这个他也承认,所以总是不安分,想振兴祖业。他常说的一句话就是:'我们和祖先比,越来越不如了。'关于他的祖先,教内熟悉他父亲的人都知道,你恐怕也知道。"

"我不知道。"

"就是那个统治过西藏的蒙古人,大名鼎鼎的拉藏汗。"

香波王子惊问道:"拉藏汗?不可能吧?"

"没有什么不可能的。智美坚信他的家族具有拉藏汗的传承,他是拉藏汗的后代,他祖父是拉藏汗第六代嫡传后人。"

香波王子说:"原来是这样。那我就明白了,怪不得他抱着新信仰联盟的观点。"

梅萨说:"祖先的遗恨智美要弥补,所以对他来说,新信仰联盟不仅是观点,还是组织,他已经是新信仰联盟的一员了。"

香波王子又是一惊:"什么时候加入的?"

"就是那次出国,中国藏学基金会资助藏族青年学者去美国惠灵顿大学做访问学者,边巴老师推荐智美去了。一去就和新信仰联盟的人发生了联系,仿佛他们知道智美的身世,也知道智美需要钱。"

"那么你呢?"

"我也去了,这你知道。"

"我说的不是出国,是新信仰联盟,你是不是也加入了新信仰联盟?"

"那是以后的事,智美一再撺掇我,我不能不听,我是他的女人。对你失望后,我就已经决定一辈子都是他的女人,既然这样,他加入,我也只能加入。但我们没有接受过任何训练和改造,来不及了,回国的日期很快到了。"

"智美的撺掇不是你加入的理由,至少不充分。"

梅萨点点头:"更充分的理由跟你有关,跟你的仓央嘉措研究有关。仓央嘉措是人,他的所有情人包括玛吉阿米也是人,是人就应该有爱也有恨。玛吉阿米是仓央嘉措的最爱,仓央嘉措也是玛吉阿米的最爱,他们为了对方,彼此都经受了人世间所有的苦难,当然应该醒悟这些苦难是谁带给她的。"

香波王子一副你懂什么的神情:"你说他们有恨,恨什么?恨圣教?仓央嘉措不会,玛吉阿米也不会,他们都是虔诚的信仰者,即使面对死亡也不会有恨。"

"他们不恨圣教,难道不恨'隐身人血咒殿堂',不恨那些血淋淋的谋杀?"

香波王子坚定地说:"也不会,他们谁也不恨,永远不恨。"

"可是我有恨。"

"你?你恨什么?"

"我恨仓央嘉措应该恨但没有恨的一切。"

香波王子瞪着她,好像突然才发现:"仓央嘉措跟你有什么关系?"

梅萨说:"难道我就不能研究吗?别忘了,我一开始就爱你,你研究的我也在研究,为什么,知道吗?你不知道,我告诉你,既然你是研究仓央嘉措的专家,或者仓央嘉措的转世,我就必须跟仓央嘉措有关系,不然我怎么爱你,你怎么爱我?"

"你热爱仓央嘉措,你有恨,有恨就要加入新信仰联盟,然后跟我一起发掘'七度母之门',然后让圣教蒙羞丢脸,然后和智美一起贪占钱财,出人头地……"

梅萨大声辩白道:"我跟他不一样,不一样,我们并没有共同的目的。"

香波王子冷笑一声:"我看不出来,仓央嘉措屡遭拉藏汗迫害,而你,自命为爱我爱仓央嘉措的人,却和拉藏汗的继承人一起实现着拉藏汗的遗言——追寻新信仰,既可笑又可耻。"

"所以我一直在彷徨,彷徨到今天我抛弃了智美,爱上了你。我连我妈妈的话都不顾了,她让我只爱一个男人。"

"难道你现在爱着两个男人，一个我，一个智美？"

"不要再提智美了。我说过，我的感情已经给了你，但心和灵魂还飘着。"梅萨叹口气，"不说这些了，我们现在怎么办？"

香波王子半晌无话，看到梅萨搂靠着自己，一副神情倦怠、楚楚可人的样子，心头一疼，说："我们都需要休息。"

他们在朵森格路上找了个休息的地方。这里好像是一个临时的垃圾总站，有一片排放整齐的垃圾箱。从垃圾箱的夹缝里钻进去，来到中央靠着垃圾箱坐下，很安全。

香波王子说："睡吧，累了。"

梅萨担忧地说："药没拿到，白来了，你的伤怎么办？"

香波王子说："不要紧，就是疼，明天就好了。"

但是他们睡不着，拉萨的夏夜有时候是很凉的，就像今夜，凉得身体下面的水泥地变成了冰，加上对明天的担忧，脑子就越来越清醒。

梅萨说："这些垃圾箱肯定是傍晚集中到这里的，明天早晨就会拉到垃圾处理站去，我们很快就会暴露。"

香波王子说："我想起了一苇渡江。公元 520 年，梁武帝派人追赶菩提达摩。菩提达摩正走在江边，自忖和梁武帝机缘不投，随手折了一根芦苇抛向江水，然后脚踏芦苇，渡江而去。我要是菩提达摩就好了。"

"实际一点，想办法先把你的伤治好。"

"我祈求菩提达摩借我一根芦苇，我祈求慈航普度的观世音菩萨帮助我们渡过拉萨河，我祈求希望不要离开我们。"

梅萨摸了摸他的额头："你是不是伤口感染发烧了？"

香波王子说："机场有检查，天路不通，路口有把守，地路不通，只有走水路了。拉萨的水上没有路，也就没有警察，我们要是开出一条路,不就可以安全离开拉萨了吗?我是说,我们可以把拉萨河当作航道顺流而下,正好是去日喀则的方向,漂流五十公里,到达雅鲁藏布江,然后上岸,再从陆路往前赶。"

"你真把自己当成菩提达摩了,你有船啊?"

香波王子为自己的想法兴奋得忘了疼痛,站起来说:"我们明天就造船。"

天刚蒙蒙亮,他们就开始行动了,先是腾空了一个垃圾箱,垃圾箱是带轱辘的,香波王子钻进去让梅萨推着。梅萨反穿了香波王子的外衣,又从垃圾箱里捡了一顶男式灯芯绒单檐帽扣在头上,打扮得男不男女不女的,唱着仓央嘉措情歌,大大方方出现在马路中央:

> 姑娘装在少年心上,
> 就像蜜蜂撞上蛛网,
> 刚刚缠绵了才半天,
> 又想起修法的佛堂。

清晨的马路上没有别人只有警察,警察远远地听到歌声,又听到垃圾箱的轱辘在柏油路上发出的轰响,就不再注意了。有个警察还说:"现在拾破烂的真多,不是拾而是抢,不勤快就抢不上了,看来这玩意肯定能赚不少钱。我要是不当警察,就去拾破烂。"

警察的漠视给了梅萨胆量,她突然在一家药店门前停下来,咚咚咚地敲响了门。一个小姑娘打着哈欠揉着眼睛,打开写着二十四小时服务的小窗口,伸出手接了钱才问:"什么药?"梅萨说:"我那个阿哥抢了人家的情人,人家动了刀子,流了很多血,什么药你看着给吧,好点的。"

再次上路的时候,香波王子在垃圾箱里掀起遮盖他的一些烂塑料袋说:"你是谁?是观世音菩萨,还是白度母?你比我有能耐。"

梅萨说:"我是跟你学的,学成了一个骗子。"

他们来到拉萨河边,藏匿到一段废弃水坝的导流洞里,污臭的气息几乎让他们窒息,但污臭就是保护伞,这里是一个老鼠都不来的阒寂之地。梅萨拿出两瓶内服的藏红云白接骨丹、两瓶外敷的麝香乌头寒水石、一瓶酒精和一卷纱布,给香波王子洗了伤口敷了药,又让他干吞了两片止痛药,用干净的纱布拦腰一裹,两个人心里顿时踏实了许多。

香波王子说:"接下来的采购全靠你了。"

梅萨说:"我知道,但我觉得我们成功的可能性不大。"

香波王子拍拍胸脯说:"我失败过吗?你照我说的做。"

6

他们一起待到上午十点,估计商店都开门了,梅萨再次反穿香波王子的外衣,戴着男式灯芯绒单檐帽,匆匆离去。她回来时已过中午,一个结结实实的编织袋累弯了她的腰。香波王子从里面拿出了一个自动充气筒、六只汽车内胎、七根不锈钢折叠式晾衣竿、一盘尼龙包装绳、二十个编织袋,还有一个食品袋,里面是面包、火腿肠和矿泉水。

香波王子看了看,高兴地说:"齐了,就是晾衣竿比我在北京见过的细了些。"

两个人先饱餐了一顿,然后开始造船:先用气筒给六只汽车内胎充气,再把汽车内胎一排三个绑成一个平面,把五根不锈钢晾衣竿横三根、竖两根地加固在汽车内胎上,最后又给内胎裹了两层不吸水的编织袋防止它被岩石划破。还剩下两根晾衣竿,那是香波王子和梅萨的撑竿,用来摆脱触礁搁浅的危险和掌握方向。

离开拉萨的船就这样造出来了。梅萨看看表,还不到下午四点。

香波王子说:"怎么样,我们的菩提达摩号?可以出发了。"

梅萨仿佛才意识到不是闹着玩的:"真的要从水上走啊?"

香波王子仰起头颅,豪迈地说:"圣城拉萨,祝我们一帆风顺吧。"他们把菩提达摩号抬进了拉萨河。

梅萨担忧地说:"我会一点游泳,你呢?"

"你会游泳?藏民会游泳的可不多。"

"要是智美在就好了,他游得比我好十倍。"

"我们用不着游泳,我们会一直在船上。"香波王子说罢,舔了舔作为护身符的鹦哥头金钥匙,又把从烈士陵园拿来的尸陀林主和尸陀林母的唐卡绑在了身上。

香波王子坐了上去,菩提达摩号顿时有些倾斜。梅萨知道已经不可能后退,咬咬牙趴在了上面。香波王子果断地用撑竿撑住了河岸,使劲一推,就把菩提达摩号推进了河浪。河浪拍过来,就像一只手搡了一下又拉了一把,菩提达摩号摇晃着,意识到自己是一艘船,便朝着水浪的诱惑滑翔而去。

这时,从岸边的坝柳后面突然传来一阵喊叫:"你们不要命啦?回来,回来。"

香波王子回头一看,惊诧道:"智美和他的姑娘?他们怎么也在这里?"

梅萨说:"是你告诉他的呀。你说'光透文字'的启示就是'七度母之门'的伏藏在龙宫里,智美必须跳进拉萨河才能找到它。"

香波王子说:"我这样说了吗?"

梅萨说:"绝对说了,一出烈士陵园你就说了。"

香波王子想起来了:"对,我是这样说的,我说的是他吗?我说的是我吧?我在那个时候就预言了我和拉萨河的缘分,天意,天意。"

已经到了阔水地带。香波王子用撑竿划着水,发现拉萨河的宽厚到了水中才能感觉到,你看不见底,却能感觉到淹没了九丈龙宫的深沉正在下面缓缓运动。香波王子拉着梅萨坐了起来。梅萨一脸蜡黄,惊望着水面说不出话来。

香波王子说:"没事儿,没事儿,我们按照'七度母之门'的踪迹来到了拉萨河,河神会保护我们的。"话音刚落,一个大浪扑过来,忽地举起菩提达摩号,又狠狠地甩向幽深的浪谷。香波王子和梅萨同时尖叫起来。

河岸上,智美和索朗班宗跟着菩提达摩号奔跑着。

智美突然停下,愤怒地说:"他要想死就死去吧,还要带上梅萨,也不知梅萨怎么会喜欢一个要她去死的人。"然后拿出手机打给了邬坚林巴,"快来吧,香波王子搞的是自杀式逃命,'七度母之门'的开启这次真的要中断了。"

监视智美和索朗班宗的两个便衣立刻意识到有情况了,一边跟着他们,一边向河心眺望,一望便傻了眼:逃犯出现了,名副其实的亡命徒,居然能想出这样的办法来。拉萨在没桥的时候有过牛皮筏子,那是用来摆渡的,顺河而下的工具和举动自古以来都没有过。拉萨河不是航道,密集的礁石会像撞碎水浪一样撞碎所有的漂流物。

很快,便衣和许多警察都来到了拉萨河边。重案侦缉队的碧秀副队长拿着话筒向河心喊话:"赶快上岸,赶快上岸,你们这是自杀,奉劝你们不要自杀。"喊了几声就意识到,水流越来越急,上岸是不可能了,逃犯唯一的出路就是撞岩而死。他觉得义务已经尽到,收起话筒,命令自己的部下:"跟上,漂到哪里,跟到哪里,等着收尸吧。"

阿若喇嘛提醒道:"你还能见到尸体?用不了几个小时,就会冲到雅鲁藏布江。"

碧秀扭头看了一眼,没好气地说:"消息灵通得很嘛,谁通知你们的?"

阿若喇嘛高深莫测地说:"拉萨河的河神通知我们来救人。"

碧秀说:"那就去救啊,站在这里干什么?你念一句唵嘛呢叭咪吽,拉萨河就会干掉。"

阿若喇嘛走向一边,把电话打给了王岩:"你们见不到香波王子了,再见到就是鬼,他还会转世,转世之后才能继续发掘'七度母之门'的伏藏。我们从北京开始就互相联络,明天我们就要回北京了,给你们打个招呼。"然后把香波王子在拉萨河上漂流逃亡的事儿说了。

王岩沉默着,突然喊一声:"在哪里?我们马上就到。"

这时邬坚林巴过来,一把抓住阿若喇嘛说:"我突然想起来了,说不定有个地方能救起他们。快,我们走。"

他们转身离开。阿若喇嘛突然又回来,把同样的话告诉了碧秀。

水急浪猛的河面上,达摩号的颠簸越来越惊险,好几次都是一直往下掉,一直往下掉,似乎就此完蛋了,又奇迹般地翻了上来。香波王子和梅萨浑身湿透,呛得连连咳嗽,本能地贴伏在达摩号上,紧紧抱着汽车内胎。

香波王子说:"坚持住,坚持住。"

似乎是为了挑衅他这句话，恶浪挺起来，一掌拍在了他脸上。他感到一阵眩晕，黑暗顿时覆盖了他。好在他没有松手，他在黑暗中飞了起来，轰然落下的时候，水流好像平缓了些。

他喊道："梅萨，梅萨。"

梅萨就在他身边，她的感觉比他更糟，吐字不清地说："我已经死了。"

好在河道突然变宽了，仿佛有一只手突然撕大了峡谷，水流铺展而去，顿时平缓了许多。两个人喘着气，吐着水，互相看了看，也看了看身下的达摩号。菩提达摩号始终没有翻，这似乎是最大的鼓舞。香波王子长舒一口气，用额头摩擦着船体，像是膜拜：保佑啊，西藏所有的神灵都来保佑。

梅萨恐惧地说："太阳就要落山了。"

香波王子抬头看了看，发现拉萨城已经远去，要是从陆地上走，肯定已经超过了警察的封锁线。他笑着说："我们已经成功了，把不是航道的拉萨河当作航道，安全离开了拉萨。现在要做的是……"

话没说完，只听哧啦一声，菩提达摩号腾空而起，在空中停了一会儿，又被巨浪打进了水里。梅萨身子一歪，淹进了水里，又忽地上来，香波王子一把揪住了她。

"抓牢，抓牢。"他喊着，再看菩提达摩号时，两只内胎已经因划烂而泄气，作为骨架的所有晾衣竿严重变形，这才意识到礁石出现了。他坐起来，端起抱在怀里的撑竿，瞪起眼睛观察着。水面上出现一片血色。香波王子说："你烂了还是我烂了？"立刻意识到，是自己伤口上的血，再一次涌流不止了。

一块顶端安驻着鸟窝的巨石飞速而来，香波王子毫不犹豫地朝着巨石戳了过去，只听咔嚓一声，撑竿断了，菩提达摩号丝毫没有减速或者改变方向,而他自己却差一点被戳翻到水里。这次是梅萨拉了他一把,他刚把内胎抱住,水流就把菩提达摩号冲到了巨石上,砰的一声,又一只内胎烂了。

现在,六只汽车内胎还剩下三只,菩提达摩号几乎不存在了,存在的只是随时还会撞裂划烂的三个连体的内胎。香波王子和梅萨趴在内胎上,看到河道突然变窄,急流更急,激起的浪花就像节日的焰火,直冲上去又散落而下,一座刀锋般的礁石横挡在前面。两个人抱在了一起。

香波王子上牙碰着下牙,咯咯咯地说:"别怕,大不了……"

梅萨哆嗦着叫一声:"别说死,我就怕死。"

香波王子狠狠心说:"死到临头,怕也没用。"

岸上的人顺着拉萨河往下游跑,有奔走的,有车行的,跑在最前面的是喇嘛鸟。喇嘛鸟突然停下,钻出阿若喇嘛、邬坚林巴和几个雍和宫喇嘛。他们走下公路,快步来到河边。

邬坚林巴说:"就是这个地方,只要他们安全到达这里,就能堵住他们。"

这个地方河面并不宽,水流也很急,但前面是个葫芦口,从上游漂来的许多枯枝败叶、腐草朽木壅塞在这里。此刻这些壅塞物唯一的价值就是柔软,撞上去不会粉身碎骨。

碧秀带着人到了,摇着头说:"上游水那么急,礁石那么多,到不了这里,这里只是个收尸的地方。"

阿若喇嘛说:"凡事有个万一,万一他们活着到达这里呢?你是不是不抓他们了?"

碧秀说:"是的,不抓了,我去抓鬼。"

阿若喇嘛拽上邬坚林巴,扭身走向公路。公路上停满了车,有警车，有出租车，有路过看热闹的公车私车，就是没有他们希望看到的路虎警车。阿若喇嘛拿出手机正要打给王岩，邬坚林巴突然兴奋地喊起来："看啊，有人下去救他们了。"

远远的激浪中，两个黑点朝着香波王子和梅萨漂去，他们是两个救援者，在最近的距离中看到了死神对香波王子和梅萨的威逼。

这是一次致命的撞击，刀锋般的礁石割散了三个连体的内胎，也割裂了抱在一起的香波王子和梅萨，他们来不及看清对方怎么样，就各自抱着一个内胎旋转而去。涡流出现了，一涮就把梅萨涮进了水壑，她靠着自己那一点泳技，努力浮出水面，挣扎了几下，朝着又一个漩涡一头栽了下去。而香波王子却被一股尖细的激流带离了漩涡，直冲而下，更加不幸地朝着另一座暗藏杀机的礁石扑撞过去。只听咚的一声响，他感到天空掉了下来，黑暗棒击着他，他脑袋一沉，"哎哟"一声就什么也不知道了，怀里的内胎离他而去。

只有进到水里才能感觉到，漩涡是可以漩进也可以漩出的。梅萨又一次浮出了水面，内胎脱手了，她本能地抓了一下，却抓在另一个漂浮物上。就是这个漂浮物突然揪住了她的头发，拼命往上拽着，使她一连躲过了两个漩涡。她以为是香波王子，抱住对方，懊悔地说了一句："什么一帆风顺，我拦住你就好了。"然后被一股水浪呛得几乎闭气。

拽她的人还在拽，但力气越来越小，终于拽不动了，哗啦一声响，两个人同时往下掉去，深渊出现了，他们一直往下掉，一直往下掉，突然觉得被什么东西狠狠顶了一下，又急蹿直上，哗的一声蹿出了水面。就在这时，似乎有神力相助，脱手而去的内胎突然又被水浪卷了回来，那人一把抓住，套在了梅萨身上。

梅萨头昏脑涨，半醒半迷，也不知是心说还是嘴说："香波王子，你不是不会游泳吗？我怎么觉得你是会的。"

顺着狂奔的水，连续撞岩而去的香波王子有了一丝丝的清醒，感觉有人使劲扶着他，心说到底是会一点游泳的，梅萨你比我强啊。然后不由得张开嘴，想吸一口气，却灌了一口水，还没吐出来，便又一次撞到礁石上，昏迷再次控制了他。

救他的人大声喊叫着："你可千万不要死，你死了我救你干什么？"他没有内胎，全靠自己出色的水性保护着香波王子，也保护着自己，免不了也会狠狠撞在礁石上。他奇怪地想：怎么在水里撞礁就跟从山上滚下石头砸着自己是一样的？可不能再砸了，再砸我就丢死人了：在全系统的运动会上拿过金牌的游泳健将下水救人却淹死了自己。他一只胳膊用力划水，机警地躲闪着礁石。突然礁石变大了，眼看躲不过去，便把身子向前，抱住香波王子的头，让自己的屁股重重地夯在了礁石上。他疼得惨叫一声，回身再游，又一头撞到另一块礁石上，两眼顿时金星乱飞。等金星消失的时候，他看到了希望，一股水流从两礁之间射过，那边，一座平坝升起。不是平坝，而是壅塞河道的枯草朽木。它们本来也是漂浮物，现在却拦住了所有其他漂浮物。

天色即将黑下去，河面上的人渐渐模糊。

邬坚林巴兴奋地说："看啊，他们被堵住了。"

阿若喇嘛跑向河边，两脚插进水里，焦急地喊着："往这边游啊，怎么不游了？"他不知道，就算是两条鱼，在这样的水流里游走，也会筋疲力尽的。更何况漂浮物虽然不动，但下面的水流很急，稍一松懈，就会卷到下面去，下面是黑暗而深长的黄泉隧道。

这时碧秀也喊起来："喂，他们活着还是死了？"一连喊了几遍都没有人回答。其实河中的人也在喊："快下来接我们，我们没有力气了。"但岸上的人听不见,风浪把声音卷没了。

阿若喇嘛抬脚就往水里走,走到河流淹没大腿的地方,突然又跳回到水边:"哎哟我的释迦牟尼,我可从来没下过水。"然后朝岸上的人喊道,"谁是会水的,会水的下去拉一把。"

岸上的警察和围观的人都是藏民,藏民不是大山的儿子就是草原的后代,游泳对他们来说想都不敢想,那是龙王龙太子的本事。除非像智美这样在北京生活的藏民,中央民族大学的游泳池把他培养成了鱼。藏民都怕热,别的人是热了就吹凉,他是热了就下水,一到夏天,几乎天天下午泡在学校游泳池里,泡了几年就泡成游泳健将了。

邬坚林巴走向智美:"现在轮到你了,你不会见死不救吧?"

智美说:"他们到底死了还是活着?我是宁肯背尸,也不救命的。"

他身边的索朗班宗说:"那你就不是人了。"

智美说:"我就没打算做人,做人有什么意思?"

河中的两个救援者已经有些吃不消了,昏迷的香波王子和也已经昏迷的梅萨死沉死沉地拽着他们,他们几乎无力再把他们托出水面。甚至有一次香波王子被水流冲到了漂浮物下面,救他的人一手扳住一根朽木,扎进水里,用牙齿咬住他的衣服才又捞了回来。两个救援者你一声我一声地喊起来:"快来人哪,坚持不住了。"

风浪小了些,若断似连地传来喊声,却听不清楚喊的是什么。

碧秀几次把警服脱了又穿上,给人的感觉是想下去救人却又无可奈何。只有他自己知道内心比河浪还要疯狂的叫嚣是什么:杀了香波王子,杀了梅萨,也杀了河里的两个救援者。他们立刻会被漂浮物下面的潜流卷走,天已经黑了,根本无法打捞。几个小时后,就会冲进天下第一险河的雅鲁藏布江,几天之后就会冲进喜马拉雅山脉,鬼神都不知道那几个人是被他杀害的。但临到下水时他只能长叹一声:旱鸭子,我怎么是一只下水就等于自杀的旱鸭子?

那边,索朗班宗还在说:"你真的不救?那我就下水了。"说着就往水里走。

智美一把攥住她的胳膊:"你又不会游泳。"

索朗班宗说:"连不会游泳的都要救人,你会游泳却要冷酷到底,你真的不是人了。"

智美说:"我们只为'七度母之门'而活而死,你不明白吗?"

索朗班宗急得跺着脚,转身离去,朝着岸上一层层的人乞求着:"谁会游泳啊,救救人吧,救救人吧。"乞求没有结果,她坐在河岸上悲痛地哭起来,说:"我早就应该去找他,怎么就没去呢?"

她想起那次和香波王子的见面,当她说"前世注定的爱侣,那是要用仓央嘉措情歌做信物"的时候,香波王子立刻唱了起来。她没想到香波王子的仓央嘉措情歌会是这样一种声音:就好像空着的心房突然迎来了主人,钥匙一响,门就自动开了。此前也有人想进去,但是门,牢固的心房之门就是不开,错觉中以为开了,一推却又是牢牢的关闭。主人,你是我内心一千年的等待,终于等来了,所有的都已经为你敞开,你却要死去了,你让我眼看着你就要被滔滔河水冲走了。她学着香波王子的声音唱起来:

> 眷恋的心上人儿,
> 若要去学法修行,
> 就随着小伙子我,
> 走向深山的岩洞。

智美回头看着索朗班宗，心说你越唱我越不救，不救，就是不救。我连梅萨都不想救，还救香波王子？他们死了，我就是唯一的掘藏者。心里恨着，耳朵却在不由自主地谛听索朗班宗的仓央嘉措情歌，莫名的感动不期而至。他吃惊地审视自己：居然他会被感动？片刻之后，他更加吃惊地发现，自己已经脱掉衣服，在情歌的推动和护送下，来在了水边。

智美问自己：你是拉藏汗的后人，你不是铁石心肠吗？

天黑了，河面上的人影和水流变成了一种颜色，救援是看不见的，只有声音不时地响起来，证明他们还在和水流抗衡。差不多折腾了一个小时，河中的人才慢慢靠近水边。

智美先是拖着香波王子来到了岸上，然后再下去，又是一番看不见的折腾，才把梅萨拖上来。为什么要先救香波王子？难道"七度母之门"比梅萨更重要？难道香波王子真的比他更有希望发掘到伏藏？不不不，他永远不想清醒地面对那个一直被他死死摁在内心深处的想法。

阿若喇嘛紧张地问："香波王子活着吗？"

智美瞥他一眼说："我不救死人。"然后又一次扑进了拉萨河。

公路上突然响起了救护车的鸣叫声。这辆救护车早就停在那里，到了这个节骨眼上才显示了它的存在。一个穿着白大褂的人从车上下来，他戴着崭新的礼帽、墨镜和口罩，背着皮制的有琉璃光如来绣像的药囊，胸前挂着银光闪闪的听诊器，更引人注目的是，他是个罗锅。

罗锅藏医扑到香波王子身上，使劲挤压着肚子。然后又指导阿若喇嘛挤压梅萨的肚子。阿若喇嘛看着梅萨裸露的白皙的皮肤，犹豫着不敢有所动作。

索朗班宗过来，推开阿若喇嘛说："我来吧。"

最后被智美救上来的是两个救援者，他们实在没有力气挪动半步了，趴伏在水边让人拽着衣服拉到了岸上。

阿若喇嘛首先惊叫起来："啊，原来是你们？"

王岩和卓玛躺在地上，直喘气不说话。

香波王子和梅萨依然是昏迷的。

罗锅藏医喊着："快把他们抬上救护车。"看碧秀似乎不允许，便一边朝救护车走去，一边大声说："这两个人要是被淹死，你们警察虽然没有下水救人却也可以不负责任，但要是别人救上来以后再死掉，那警察的责任就大了。"

碧秀想了想，吩咐部下照罗锅藏医说的办。几个警察把香波王子和梅萨抬上公路，又抬进了救护车。两个警察上车后就不下来了，显然是想跟着救护车去医院。

罗锅藏医说："快去看那两个救人的人需不需要拉到医院抢救，需要的话一起走。"

两个警察下车跑向河边，没跑出去几步，就听身后一阵发动汽车的声音，回头一看，只见救护车往路心一拐，朝着拉萨飞奔而去。

反应最快的不是警察，而是索朗班宗。她疯了似的跑向公路，钻进一辆出租车，喊道："跟上去，跟上去，跟上那辆救护车。"

出租车司机问："抬到救护车上的是什么人？"

索朗班宗说："我前世注定的男人，快快快。"

智美阻拦不及，赶紧穿好衣服，也拦了一辆出租车，追寻而去。

河边，两个警察大声向碧秀汇报："救护车带着两个罪犯走了，我们的人一个也没跟上。"

碧秀问："看清楚救护车是哪个医院的了吗？"

然后打电话给医院，医院总机转了好几个电话才让碧秀明白：医院并没有派车前往拉萨河边的救人现场，一辆救护车傍晚被人盗走了。碧秀愤怒地大叫一声："盗贼是谁？"然后指挥警察赶快上车追撵，却见阿若喇嘛拦住自己说：

"你忘了你说过的话，万一香波王子和梅萨活着到达这里，你就不抓他们了。"

"我没抓呀，你看见我抓了吗？我去抓鬼。"

疲惫不堪的王岩和卓玛从地上坐起来，望着公路上一辆辆迅急开走的警车，互相看了看。

王岩说："但愿我们救他们不是为了让碧秀练习射击。"

卓玛说："刚才在水里，有一阵我累得差点松开梅萨，你知道为什么没有松开？就是想证明我的水性不比你差。"

王岩说："结果呢，结果还是证明你比我差，你救的是女的，我救的是男的，重量不一样。而且我还没有忘记破案。我在水里摸遍了香波王子，身上光溜溜的没有一处刀伤，说明他不是那个贴了乌金喇嘛符号的人。"又看到阿若喇嘛和邬坚林巴站在旁边听自己说话，便指着他们说："你，还有你，都可能是乌金喇嘛，你们敢当着我们的面把袈裟和内衣脱掉吗？"

阿若喇嘛说："不敢，喇嘛从来不脱光自己，人前人后都不能。"

第六章　索朗班宗

1

　　间隔只有两天，第五场考试很快到了。瓦杰贡嘎大活佛的担忧变成了现实，空白出现了，古茹邱泽喇嘛没有到场。谁也不知道他去了哪里，更不知道他为什么没有到场。他缺席，对手苯波甲活佛就算胜了一场。

　　现在是三比二，考试还得考下去，至少还有第六场。

　　布达拉宫持明佛殿里，轰轰隆隆响起了格西喇嘛们的诵经声。这是尼玛考官的建议：大家总不能白来，就让我们简简单单举行一次法会，祈愿生灵万物平安吉祥吧。

　　瓦杰贡嘎大活佛独自走出持明佛殿，让管家派人寻找古茹邱泽喇嘛：一定要找到他，告诉他无论发生了什么事情，他务必回来参加第六场考试，而且要取胜。

晚上，古茹邱泽喇嘛回到了布达拉宫。他来到坛城殿，在密集金刚坛城、胜乐金刚坛城、大威德金刚坛城的环绕下，向尊师瓦杰贡嘎大活佛禀告他之所以缺席考试的原因。

古茹邱泽平静地说："我的妃宝走了，我去送她。"

瓦杰贡嘎大活佛说："你是故意的，你不想取胜这一场考试。"

古茹邱泽没有吭声，什么事情能躲过尊师的眼睛呢？只是尊师并不知道原因之后还有原因，那些不可测知的微妙，已经从言说到了不可言说，从思议到了不可思议。

妃宝是他养起来的，几年前就养起来了。她什么也不做，衣食无忧，舒适安逸。可是她说："你不创造任何价值，本来就是被信徒供养起来的，现在你又供养了我，我觉得很别扭，非常别扭。"又说，"信佛的人不能什么也不做就信佛，那算什么呀？我要回去啦，我要去做点事情啦。"

古茹邱泽说："你说得对，信仰不是职业，不是少数人的专利，而是人人都应该具备的精神状态。喇嘛也不是精神贵族，而应该是一个创造者。你非要走，那就走吧，我没有理由阻拦你。但是……"

妃宝水汪汪的大眼睛望着他："说呀，但是什么？"

古茹邱泽说："等着我。"

妃宝说："你是说永远吗？你是说下一世吗？"

古茹邱泽说："我不知道。"

妃宝说："你应该知道我的年龄。"

古茹邱泽说："二十五岁的青春年华。"

妃宝说："白白地浪费掉吗，我这一世？"

他无言以对。于是就有了长亭送别,就有了考试缺席。

又过了两天,第六场考试如期举行。持明佛殿里,点起了更多的酥油灯,每一尊神像前都是一溪一河的闪耀。火光给佛像增添了光明,也增添了神性的伟岸,就像西藏的山水把无言的辉煌裸裎于天造地设之间。无垢法力和无量悲愿从容地流淌在殿堂的每一个角落,佛尊无涯,僧徒们如同置身在百千亿佛的境界里,谦卑而惬意。

九位考官再次坐到八座佛塔和莲花生大师八神变之间。他们今天在袈裟外面罩上了缀着珠宝饰带的红色大披风,表达着内心的隆重和肃穆。

相对而设的答辩经座之间,代表威严的三尺锡杖上,拴上了七字文殊咒的经幡。西边是苯波甲活佛,东边是古茹邱泽喇嘛。但是东边的经座是空的,开考时间就要到了,古茹邱泽喇嘛还没有来。所有人都在嘀咕:他是否又要缺席?

很多人的眼睛都望着持明佛殿的门口。

苯波甲活佛希望的是,对手最好不要来,就像第五场考试那样,让他不战而胜。但是他的天眼通和他心通告诉他,古茹邱泽喇嘛肯定会来。

第六场考试是立宗辩。立宗辩就是摆出一个代表经宗法宗的观点,让竞任对手询问、补充、诘难、批驳,在场的所有考官和格西喇嘛也可以随意发问,但以竞任对手为主。立宗者必须有问必答,一旦被问得理屈词穷,就算失败。对手不必和他一样立宗,就可以成为优胜者。如果他一直都是对答如流,那就需要对手立宗,回答他和在场考官、格西喇嘛的问题。最后由考官根据个人表现,投票确定优胜者。所以一般情况下,竞任的双方都不会首先立宗,而是靠抓阄确定首先立宗的人。

还有一个规定，第六场考试中竞任的双方谁都不能击掌，谁击掌谁就是失败者，不管他的提问或答辩多么精彩。据说这是为了考查竞任者的自控能力，这种能力的体现是，给大脑一个信号，它就会像上了发条一样自始至终左右你的行为。而一般的修炼者做不到，提问或答辩激烈时，往往会出于习惯和下意识先击掌再说话。

大家眼巴巴等待着，持明佛殿的门口除了空气和烟袅，什么也没有。但让大家惊讶的是，殿堂里突然响起了古茹邱泽喇嘛的声音："不好意思，让大家久等了，但不是我来晚了，而是大家来早了。"人们迅速把眼光从门口转移到考场中心，才发现古茹邱泽喇嘛早已经落座。

他是从哪里进来的？人人都在询问。连瓦杰贡嘎大活佛也感到蹊跷：这弟子，难道已经练就了穿墙破壁、无碍行走或隐身匿形的法术？难道"七度母之门"给这个痴心修炼者的福赐是显示种种神变的奇迹？

古茹邱泽喇嘛抱歉地望了望尊师，然后面朝苯波甲活佛说："我要立宗，我的立宗观点是：'七度母之门'是不死的法门，生命可以长存不朽。"

大家又是一阵吃惊：他居然抢先立宗？是自傲，还是自信？不管是什么，抢先立宗的人，十有八九是要失败的。

苯波甲活佛从吃惊中回过神来，问道："你是说不光灵识不死，肉体也可以不死？"他看对方点头，又问，"这是你修炼'七度母之门'的最后结果？"

古茹邱泽说："不，这只是'七度母之门'的第五门。"

苯波甲说："既然第五门是不死之门，那就不仅仅是背佛，更是反佛了。众生自无始以来，死了又生，生了又死，就像车轮旋转，轮回于六道之中。而佛命比如人命，也会速死而别，连佛祖释迦牟尼都是如此，'七度母之门'怎么能比佛祖更高？"

古茹邱泽说："佛祖释迦牟尼死了吗？"

苯波甲愣怔着。

古茹邱泽说："他是圆寂，是涅槃。涅槃不是死亡，是再生。佛说，我有无量之寿。从佛祖释迦牟尼诞生到现在，仅有两千五百多年，怎么说是死了呢？"

苯波甲说："可是肉体呢？我说的是肉体。"

古茹邱泽说："我说的也是肉体，肉体不死，释迦牟尼就在西藏，就在我们身边，只不过我们谁也无缘亲见。"

苯波甲问："就算佛陀不死，可这跟'七度母之门'有什么关系？"

古茹邱泽说："包括'七度母之门'在内，一切密法修炼的都是肉体，肉体是精神实体，没有肉体便没有灵识、魂魄以及所有的精神现象，怎么能说精神不死，而肉体却可以速朽呢？佛不死，众生也不死，因为一切众生皆有佛性，一切众生皆能成佛。"

苯波甲说："那就请你举出不死的人。"

古茹邱泽说："除了死的人，剩下的都是不死的。"

苯波甲说："我看不到会有剩下的。"

古茹邱泽说："那是因为人生在世，浑浑噩噩，没有机会得到避死的法宝。"

苯波甲问："什么是避死的法宝？"

古茹邱泽说："人死不外是天灾、人祸、自害。天灾有震灾、水灾、火灾、雪灾、雷灾、热灾、冻灾；人祸有战争之祸、行路之祸、残杀之祸、坠落之祸、污染之祸；自害有贪欲之害、嗔怨之害、愚痴之害、饮食之害、药物之害、无明之害。由于它们的存在，生命的渐渐衰朽、死亡的不可避免,被说成是自然规律。但'七度母之门'告诉我们,当我们有幸躲开天灾、人祸、自害之后,生命就可以不死,肉体就可以不朽。"

苯波甲问:"关键是能不能躲开,怎样躲开?"

古茹邱泽说:"这就是避死的法宝要开示我们的。"

所有人都望着古茹邱泽喇嘛,等待他把避死的法宝说出来。他用腹式呼吸镇定着自己,骄傲地仰着头。

苯波甲催促道:"说呀,如果你真的有避死的法宝。"

古茹邱泽说:"修炼'七度母之门'第五门,就是用天灾门修炼避灾眼,用人祸门修炼避祸眼,用自害门修炼避害眼。这三只眼深藏在人的身体之内,本来是不睁不亮的,修炼就是让它们出来、睁开、发出光亮,看到能看到的一切。"

苯波甲问:"怎样修炼?"

古茹邱泽说:"观想紫度母,以打通所有的肾经肾脉,便可以听知;观想黄度母,以打通所有的肝经肝脉,便可以目知;观想绿度母,以打通所有的肺经肺脉,便可以嗅知;观想黑度母,以打通所有的脾经脾脉,便可以吻知;观想红度母,以打通所有的心经心脉,便可以舔知。你能测知,就能回避,等你回避了所有死亡的机会和可能,你就有了长存不死的前提。"

苯波甲问:"怎样观想?"

古茹邱泽说:"佛说,瞻一尊神颜,百神就授记。诸神的出现是你的意变,随着意变,你将对应身变和语变,身变即不动变,语变即万咒变。如此观想,天长地久,自性的佛果就会显现,这是母本,他界的佛果就会安家,这是父本。母本和父本一旦结合,自然就会光亮无限地产生避灾眼、避祸眼和避害眼,这是修炼'七度母之门'

的如意妙果。"

苯波甲说:"虽然从逻辑般若来看,一个人回避了所有死亡的机会和可能,就能够长存不死,但百分之百的回避是不可能的。佛说,电灭即寿,瞬刻即久,人的生命,比之雷电,能闪一下就算长寿了。夭一切寿,空一切有,短一切久,寂一切喧腾。灭度是真谛,无常是佛意,人怎么可能长生不老呢?"

古茹邱泽说:"'七度母之门'看生命是不生不灭、不垢不净、不增不减的,既然如此,那就是'无老死,亦无老死尽'。"

苯波甲说:"就算你长出了避害眼,又怎么能避开病死和老死呢?"

古茹邱泽说:"如果病死老死迎面而来,你当然避不开。避害眼看到了病死老死为什么走来,它做到了舍因断缘而无果,所以人不死。"

显然古茹邱泽喇嘛的话引起了大家的兴趣,有格西问道:"请古茹邱泽喇嘛说说,怎么样才能舍因断缘而无果呢?"

古茹邱泽说:"自害有贪欲之害,断掉它;有嗔怨之害,断掉它;有愚痴之害,断掉它;有饮食之害,断掉它;有药物之害,断掉它;有无明之害,断掉它。当所有自害的缘起断掉之后,生命就只剩下了宁静的滋养和合理的利用。石头没有砸击它就永远是石头,河水没有截流它就永远是河水。"

苯波甲说:"可是风会吹坏石头,太阳会蒸发河水。"

古茹邱泽说:"风吹坏的只是自性脆弱的石头,而'七度母之门'的修炼目标是金刚不坏。什么是金刚不坏?不是因为它硬,而是因为它空。空谷吹风,流逝的是风,而不是空谷。太阳当然会蒸发河水,但河水到了天上又会变成更多的水,降落于河水,河水不是小了,而是大了。"

苯波甲说:"我们想听的不是道理,而是不死的方法。"

古茹邱泽说:"人体有能放血的脉和不能放血的脉,比如隐藏脉、金矛脉、黄胆汁脉是可以放血的,空处脉、银扣脉、蛇眼脉是不能放血的……"

有格西说:"喇嘛尊者能不能不用古藏医的术语,要是用藏医和汉医共识的词汇,听得懂的人会更多一些。"

古茹邱泽说:"当然可以。脉道即穴道,让红度母驻守心经神门穴,让黄度母驻守肝经太冲穴,让黑度母驻守脾经公孙穴,让绿度母驻守肺经太渊穴,让紫度母驻守肾经太溪穴,让蓝度母驻守心包经劳宫穴,让白度母驻守胃经足三里穴。七度母还有七个妹妹,让奋迅度母驻守小肠经阳谷穴,让金颜度母驻守膀胱经昆仑穴,让顶髻尊胜度母驻守胆经丘墟穴,让吽音叱咤度母驻守大肠经合谷穴,让消苦度母驻守三焦经阳池穴,让大寂静度母驻守任脉神阙穴,让破敌度母驻守督脉命门穴。驻守巩固之后,观想药师佛咒和度母咒,直到咒语融入血液,流淌在所有经脉之间,它会保证血管里的血永远是充足的,更是干净新鲜的。干净新鲜的血是生命不朽的保证。除此之外,你还要扩大无染心地,杜绝一切污垢、语垢、行垢、法垢、亲近垢、思维垢、饮食垢。你的境界是十地菩萨的境界,但你并不是菩萨,你是一个具足肉身和灵魂的人,一个只差两步就可以不死的人。"

苯波甲问:"只差哪两步就可以不死?"

古茹邱泽说:"人体之内,所有十四条经脉之外有一条脉外脉,所有三百六十个穴位之外有一个穴外穴。脉外脉也叫除障脉,当你的修炼打通所有脉道之后,人世间强加给你的全部贪、嗔、痴、慢、疑等无明都会集中到脉外脉，或者盘结在此，或者流泻而出。盘结会导致无明增生，流泻会引来光明灿烂。你需要的是流泻，所以修炼的结果便是让主宰流泻的神永驻此地。穴外穴被释迦牟尼命名为无量光地或长寿佛果，是可以保证生命长存的不死穴。当你的修炼已经把三百六十个穴位变成了三百六十位驻守体内的善方之神，当你的脉外脉已经被金刚界诸佛主宰，不死穴即长寿佛果便会欢喜而出。我已经说过，'七度母之门'暗藏了人类的生命密码，修炼就是破译密码，就是获取能量，能量是取之不尽的。"

苯波甲问："不死穴在哪里？喇嘛尊者找到了吗？"

古茹邱泽说："找到了。"

苯波甲问："这么说，你已经是一个不死的人了？"

古茹邱泽响亮地击了一下掌，干干脆脆说："是的，我不死，我永恒。当我的尊师圆寂之后，我还活着，当我的弟子离世之后，我还活着。我没有转世，我就是我，一直活着，一百年一百年地活着。我跟释迦牟尼，跟莲花生大师，跟仓央嘉措活得一样久长，他们都没有圆寂，他们都还活着。"

全场惊呆了，一片沉寂，为古茹邱泽喇嘛惊倒四座的话，也为他不可思议的举动。他居然击掌了，他情绪激动，忘记了第六场考试的规定：竞任者双方不能击掌，谁击掌谁失败，不管他在考试中表现多么出色。他让大家看到，这个自诩为已经成就了长生不死之法的人，其实连最基本的自控能力都没有修炼到家。

已经用不着投票了。考官席上，瓦杰贡嘎大活佛第一个打破了死一般的沉寂，厉声道："你死了，已经死了。"

古茹邱泽平静地说："禀告尊师，我没有死，我只是失败了。"

瓦杰贡嘎大活佛愤怒地瞪了弟子一眼，小声说："你的失败就是我的失败。我问你，你为什么要故意击掌？"

古茹邱泽低下头说："尊师一眼就看破了。"

第六场考试就这样结束了，苯波甲活佛又是不战而胜。

现在是三比三，考试拖到了决胜局。

考官们和格西喇嘛们纷纷猜测：第六场考试中，古茹邱泽喇嘛显露了"七度母之门"的第五门，那么第七场考试呢？第七场考试是最后一场考试，一定会显露"七度母之门"的第六门？第六门是什么？第六门之后还会有第七门，第七门是最后的法门，最后的法门又是什么？

古茹邱泽完全明白大家的猜测，大声说："'七度母之门'的修炼一共七门，前五门大家已经知道了，第六门是伏藏之门，第七门是……"

"不要说了。"瓦杰贡嘎大活佛厉声打断弟子的话，站起来就要离去。

苯波甲活佛问道："大活佛留步，请明示第七场考试什么时候举行？"

瓦杰贡嘎大活佛说："没想到考试拖到今天还没有结束，马上就是布达拉宫大诵经法会的日子了，只能在法会之后接着再考，你们说呢？"

尼玛考官代表另外几个考官说："只能这样，万僧聚首的大诵经法会是不能耽搁的。"

古茹邱泽喇嘛突然仰起头，不无激动地说："啊，我怎么忘了，布达拉宫大诵经法会就要举行了。"然后快步离开了持明佛殿。

2

香波王子醒了,他先看到了梅萨,又看到了骷髅杀手,在他们的凝视中呆愣了半晌,才有了一丝丝的意识,就像一扇窗户被记忆推开了缝隙,亮光出现了,越来越多,然后是整个世界,所有的往事。他想坐起来,身子重得就像粘连着整个地球。他张张嘴,想说话却没有说出来。一声轻响,一把勺子碰在了他的牙齿上。温暖的液体顺着勺子流向了舌头,他想了想,想起这是牛奶,便咕咚一声咽了下去。接着就是一连串的咕咚声,他喝完了一茶缸牛奶,疑惑地眨巴几下眼皮,就又睡着了。

一会儿,香波王子说起了梦话:"妈妈,妈妈……"他看到妈妈从豌豆地里走来,经过青稞田的埒坎,消失了。"妈妈,妈妈。"他喊着,发现妈妈又出现在自家的木头栅栏前,头上戴着一朵红艳艳的花,笑着,看见儿子后她笑着。两三年才增加一岁的八十多岁的好妈妈的笑容,就像儿子坐实了的永远的摇篮,散发着不尽的奶香和果香。然后妈妈说话了,声音里仿佛掺了酒,他一听就醉了,他一醉妈妈就消失了。"妈妈,妈妈。"他看见妈妈在厨房里,把陶锅里的糌粑糊糊倒在棕红色的木碗里,怎么倒也倒不完,香喷喷的糌粑糊糊就像妈妈的乳汁,妈妈留下乳汁就不见了。"妈妈,妈妈。"他到处寻找妈妈,终于在炕上找到了。妈妈说:"儿子,睡吧,跟我一起睡吧。"

香波王子一直睡着,一直和妈妈在一起,再次醒来的时候,他听到梅萨正在和骷髅杀手说话。

梅萨问:"你能告诉我这是什么地方吗?"

骷髅杀手说:"不是我不告诉你,是我也不知道。"

梅萨再问:"那你怎么把我们送到了这里?"

骷髅杀手说:"是个姑娘让我送来的,她说这个地方是你们必须要来的。"

梅萨又问:"哪个姑娘,叫什么?"

骷髅杀手说:"不知道,我问她名字她不说。我说在西藏,没有名字的姑娘都叫卓玛。她说那就叫卓玛吧。"

梅萨说:"卓玛?卓玛在西藏不计其数。"

骷髅杀手说:"她说她是唯一的卓玛,在虚空里。"

梅萨说:"又是佛家话,我最头疼的就是佛家话,绕来绕去就是不往实处说。"

香波王子突然开口了:"她已经说到实处了,卓玛就是度母,'唯一的卓玛'就是'七度母','在虚空里'就是在度母穿行的最高处。"

梅萨和骷髅杀手都盯着他。梅萨笑了。骷髅杀手突然起身,推门而去。

梅萨说:"看来女的比男的更顽强,我躺了三个小时就醒了,你躺了三天才醒来。我们天天给你的伤口换药,还给你打吊瓶,你已经不发烧了。多亏骷髅杀手帮忙,他说他是家乡罗马恩尼草原畜牧兽医站的防疫员,草原上常常是人畜共病,所以也常常防治人的疫病。看他治疗起来挺在行的,还不是一个完全假冒的藏医。"

香波王子这才发现自己躺在一张大炕上,炕上铺着鲜艳的地毯,地毯上又有华丽的卡垫,炕中央是一个镶饰铜边的漆画矮桌。矮桌的那边,放着一件白大褂、一顶崭新的礼帽、一个皮制的绣像药囊,还有墨镜、口罩、听诊器、吊瓶什么的。

梅萨指着一顶尖顶的法王帽说:"他把这个放在背上装成了罗锅藏医,从碧秀手里抢出了我们。我问他为什么要这样,他不说。"

香波王子说："他不想说真话，又不会说假话。"说罢，疲倦地闭上眼睛，又睡着了。

梅萨歪在大炕的另一角，也打着哈欠，闭上了眼睛。

过了大约两个小时，骷髅杀手吵醒了他们。其实他动作很轻，蹑手蹑脚进门，放下采购的东西，准备离开，香波王子和梅萨就同时醒了，似乎有某种感应。

骷髅杀手说："我给你们准备了一个星期的吃喝，一个星期之内，那个让我把你们送到这里来的姑娘会来找你们，你们耐心等着，不要走出大门，活动范围就是这个院子。如果那姑娘不来，一个星期后也就是从今天算起的第八天，你们就必须离开这里，出了大门往西走不远，就是你们熟悉的地方，幸运的话你们会开始下一步计划，不幸运的话麻烦又会缠上你们。"

梅萨有点不舍地说："看样子你要离开我们了？"

骷髅杀手说："有人在追杀我，我得走。我一定还会出现，还会见到你们，我是杀手。"他走了，哼哼唧唧的，好像哼的是仓央嘉措情歌，又好像不是。

迷惑。一个星期都是迷惑。迷惑让他们不再兴奋，也很少思考，大部分时间都处在懒懒的浅睡当中。充足的睡眠和食物以及恰当的药品，让香波王子和梅萨恢复得一天比一天好。那姑娘没有来，已经是第八天了。第八天是离开的日子，香波王子起了个大早，振作精神在院子里转了又转，似乎告别的时候他要记住这座院子里的所有细节。

这是一座藏式砖木结构的四合院，每面都有三层，用陡峭的露天木梯连接起来。窗棂和门楣都是精雕细刻的，虽然失去了昔日的明丽鲜艳，但莲花、鹤鸟、绀马、白象的造型依然历历在目。除了香波王子和梅萨居住的西房楼下，其他所有房间的门窗都是关闭的，里面清静得就像坟墓。门窗和墙壁都很干净，天井中整齐地摆放着一些盆花，盆花中间的地上生长着一片茂盛的蜀葵和几株亮绿的山梅花。人呢？都一个星期了，没见一个人，房屋的主人好像有意回避了他们。

为什么要回避？疑问让他好奇，他一间房子一间房子地朝里窥伺着，只要有玻璃，有门缝，就会把脸贴上去。他看到了大红的沙发、大红的柱子。看到了彩绘的房梁和花饰斑斓的柜子，看到了富丽的佛堂，就像寺庙里一样。看到了所有居家过日子的摆设和墙壁上的装饰，有唐卡，有挂毯，有直接绘在墙上的吉祥双鱼宝。还有文字，粗犷朴拙，就像一些古老的花朵绽放在不被尘封的岁月里。显然这是一个家底殷实、家传深厚的人家，怎么可以丢下不管，让两个陌生人一住就是一个星期呢？

香波王子更加不解地后退着，突然有了一个奇怪的发现，在所有门与窗之间的墙上，都镶嵌着一块石板，石板上雕刻的图案都是一样的：凌乱的柳叶、啁啾的画眉、一对头碰头的蛤蚧。蛤蚧？为什么是蛤蚧？蛤蚧在不同类型的藏民族里都不是图腾，怎么会出现在庄严吉祥的房屋正墙上？再仔细看看，突然就看明白了：那不是蛤蚧，是形似蛤蚧的雪蛙。

雪蛙虽然也不是图腾，但因为它是一味治疗肾阳虚弱、性能衰退、痿软无精的珍贵藏药而受到藏医崇拜。藏医认为它是从白度母莲花座前的白海螺里化现出来的情爱兽，舍身为人来救治世间的无性之痛。雄雪蛙身子细长，生活在雪线之上，雌雪蛙形体圆胖，生活在湖中河里，每年交配季节的三月，雄雪蛙会从雪山上一步一步跳到山下的溪流边，雌雪蛙会从湖边河畔出发，逆溪流而上。雄雌在溪边相会,在有月亮的晚上完成交配后,立刻分手,分手的时候它们凄惨地叫着,仿佛在表达一年的相思足够长,片刻的相会实在短。因此在草原上雪蛙又是相思和相会的象征,是藏医喇嘛们为男女性爱提供的生殖保证。

相思相会的象征——雪蛙,再加上凌乱的柳叶、啁啾的画眉?香波王子皱起眉头思考着,突然大叫起来:"梅萨,梅萨。"

梅萨从西房出来,问道:"现在就走吗?"

香波王子却唱起来:

> 琼结地方的柳林,
> 画眉索朗班宗,
> 不会远走高飞,
> 注定能和我相会。

然后指着墙中石板上雕刻的图案说:"看啊,这是'琼结地方的柳林',这是'画眉索朗班宗',这是一对分别来自高山和低湖的雪蛙,它们'不会远走高飞',它们'注定'要在这里'相会'。"

梅萨说:"什么意思嘛?"

香波王子说:"我的意思是说,就是在这里,面对着正墙上镶嵌的石板,仓央嘉措唱出了这首情歌。或者,仓央嘉措在这里唱出了这首情歌之后,房屋正墙上就镶进去了这些精心雕刻的石板。不管哪一种情况,它都证明仓央嘉措来过这里。现在的关键是,他为什么会来这里?"

梅萨瞪着他:"说啊,为什么?"

香波王子一字一顿地说:"因为这里是索朗班宗的住所。"

梅萨说:"根据呢?"

香波王子说:"我正要寻找。"说着走过去,推了推门,发现那把老式的铜锁其实是防君子不防小人的,便一脚踢了过去。门开了,他一步跨进门槛,四下看看,盯上了墙壁上的唐卡、挂毯和直接绘在墙上的吉祥双鱼宝,最后眼光停在那些粗犷朴拙的藏文字上。他又唱起来,还是"琼结地方的柳林"这首情歌,还是深情无比的样子,然后对跟进来的梅萨说,"我说的没错吧,仓央嘉措来过这里,不仅来了,还把情歌写在了墙上。"

梅萨望着墙上的情歌呆愣着,突然说:"你凭什么认为它就是仓央嘉措的手笔呢?就算是仓央嘉措的手笔,又怎么能确定这就是索朗班宗的住所呢?"

香波王子说:"因为索朗班宗是我们下一步寻找的目标,是'七度母之门'的最新指南。如果仓央嘉措来这里不是为了索朗班宗,大昭寺'光透文字'的'授记指南'里,就不可能出现'索朗班宗'这个词。现在它出现了,它引出了'琼结地方的柳林'这首情歌,而我们又找到了这首情歌产生的地方,怎么能说索朗班宗跟这里没有关系呢?"

梅萨说:"这只是你的合理判断,我要的是证据。"

香波王子说:"那很简单,我们不走了,等这座院子的主人回来,问问他。"

梅萨说:"又不去扎什伦布寺了?我们为了去扎什伦布寺差点被拉萨河淹死,怎么能说不去就不去了?"

香波王子说:"你记不记得我说过这样的话,如果'七度母之门'的伏藏不在扎什伦布寺,我们到不了日喀则,就会被天灾人祸挡住。"

梅萨说:"好像说过。"

香波王子说:"宿命让我们如此富有灵性,拉萨河的恶浪挡住了我们的脚步,我们无法到达日喀则,说明'七度母之门'的伏藏不在扎什伦布寺。"

梅萨苦笑着说:"你这样出尔反尔说明你缺乏自信,总是否定自己的人干不成大事儿。"

香波王子说:"开启'七度母之门'算不算大事儿?我正确地走到今天说明我的思维方式是对的。否定自己是佛的精神,佛说,世界上本无一佛,不过是名字叫佛。就是在这种完全彻底的自我否定中,佛日益伟大起来。"

他们留了下来。骷髅杀手让他们一个星期后也就是今天必须离开这里,但他们没有听他的。他们固执地等待主人的归来,想搞清楚这座古老宅院是否曾经是索朗班宗的住所,如果是,他们对"七度母之门"的继续发掘,就将从这里开始。

一天一夜过去了,不仅没有人来,连清风、连阳光也不来了。这是一个阴霾蔽日的早晨,香波王子等不住了,他想总该出去看看,这座院落周围的环境,它处在拉萨的什么方位,有没有邻居。也许邻居会告诉他,过去和今天的主人,到底是谁?

他叫上梅萨,带上该带的东西,打开了院门。一个多星期以来,他们是第一次打开院门,一打开就惊呆了,门槛下的青石板地上,仰面朝天躺着一个端庄秀丽的姑娘。姑娘身体裸露着,九处刀伤,九个血洞,排列成了"足少阴胆经穴"的走向。血迹漫溢了一地,一地的血迹上,还有一身漂亮的白色仙女装。

香波王子和梅萨不禁攥起手,靠到了一起。他们听到了对方心脏的哆嗦,仿佛地上的血是他们的,是从他们脸上流下来的,流得脸色纸一样惨白。

香波王子焦干的嘴唇轻轻碰了一下:"我见过她,你也见过她,她就是跟智美在一起的那个姑娘。"

梅萨愕然地说:"也就是让骷髅杀手把我们送来这里的那个姑娘,这里是她的家,她是来找我们的。"

香波王子朝门前四周望了望说:"可她怎么会死呢?而且是这样一种死法?她并没有出现在大昭寺'授记指南'里,要死也是索朗班宗。"

梅萨说:"我们并不知道她有没有出现在'授记指南'里。"她指着女人胳膊上的坤包说,"为什么不找找证据呢?"

香波王子弯腰拿起坤包,打开翻了翻,找出身份证,看了一眼,半张嘴说不出话来。

身份证上的名字是:索朗班宗。

梅萨说:"怪不得她说她是穿行在虚空里唯一的卓玛。"

香波王子憾恨得不知道怎么办好,一迭声说:"可惜,可惜,我要是早知道她叫索朗班宗就好了,我一定会保护她,拿我的生命保护她。"

梅萨悲怆地说:"仓央嘉措情歌里到底隐藏着什么秘密啊,只要是情歌里提到的情人,我们找到一个就死一个。"

香波王子说:"索朗班宗我们还没有找到,她就已经死了。可以这样理解,她用死亡证明我们现在的寻找是正确的,接下来的问题是,她来自哪里?"说着,突然意识到自己已经在坤包和身份证上留下了指纹,正要擦掉,就听不远处有人说话,扔掉坤包,拉起梅萨就跑。

他们跑向了东边的巷道,又想起骷髅杀手的话:"出了大门往西走不远,就是你们熟悉的地方。"又拐回来,朝着西边跑去。

3

　　西边的巷道连接着一片民宅，白生生的墙头上是一道道红艳艳的墙饰和一丛丛飘着经旗的箭垛。

　　梅萨说："往西我们并不熟悉啊，找个人问问这是什么地方。"

　　香波王子说："快离开这里，这里是杀人现场。"

　　然而有人已经报案，他们来不及逃跑了。警笛的呼啸声从民宅那边传来，参差错落的房顶、墙头、树梢、箭垛、佛塔之上，腾起一股股烟尘。他们扭脸走进伸向民宅深处的小路，藏进一个四围是牛粪墙、中间是干羊粪的燃料仓里。

　　警笛不响了，传来了警车碾过民宅通道的声音。少见多怪的狗们叫起来，边叫边往路边跑。一只毛脸胡子的大狗从自家门洞里跳出来，跑向马路，突然又折回来，扑到门前的燃料仓上吼叫着。蹲踞在里面的香波王子和梅萨吓坏了，仰面朝天躺倒在仓底。香波王子知道这是一只西藏凯里阿瑟犬，也叫藏狮子，是一种非常凶猛的牧羊狗，一旦扑进来，就是老虎扑食，两个人都得完蛋。尤其让人担忧的是，毛脸胡子的叫声会引来警察，警车正在二十步远的马路上经过。

　　慌乱中，香波王子本能地抓起一把羊粪扔了过去。被激怒的毛脸胡子吼叫得更加疯狂，半个身子从牛粪墙上探下来，几乎咬住香波王子的腿。香波王子恐惧地蜷缩着，讨好地说："喂喂，你别这样，我们是好人你看不出来吗？"他一"喂喂"，燃料仓外面也开始"喂喂"，像是对他的回应。回应一出现，毛脸胡子就不叫了，左右兜了几下，转身离开，跑向了嘈杂的马路，代替它趴在牛粪墙上的竟是一只他们很熟悉的动物。

梅萨首先喊起来:"山魈。"

香波王子说:"不是山魈是边巴老师。"

山魈琥珀色的眼睛此刻有些迷茫,"喂喂喂"地叫着,噏其鼻子,张嘴龇牙,不时地伸出爪子来,想要抓他们一把。

香波王子说:"边巴老师,你不认识我们了?"

山魈一听,更加的张牙舞爪,"喂喂喂"地吼叫着,把唾液喷到了他们脸上。

香波王子似乎越恐惧越有灵感,他从怀里掏出了尸陀林主和尸陀林母的唐卡,哗地打开,覆盖在了梅萨和自己身上。现在,山魈看到的是龇牙咧嘴的骷髅、可怕的红舌头、冰寒似雪的白色裸体、端碗吃人肉的阴恶姿势、火光熊熊的造像背景。山魈好像是认得它的,顿时放弃了暴怒,吼叫变成了哀鸣,"呵呵"了几声,转身跳下牛粪墙,跑向一户人家,掀开黑色的门扇钻了进去。

片刻,山魈带着胡子喇嘛来到了燃料仓前。

胡子喇嘛说:"起来吧。"探身从他们身上掀开了唐卡。

香波王子和梅萨坐了起来,依然恐惧地望着山魈。山魈朝下弯起尾巴,平静地望着他们,愤怒的神情不见了,眼睛里流淌和善的光波。

胡子喇嘛好像生病了,显得很虚弱,无精打采地裹着冬天厚重的羊皮袄。他使劲从袖筒里伸出干枯的手,朝他们招了招:"来啊。"

香波王子起来,也拉梅萨起来,看到马路上警车已经过去,赶紧跨出牛粪墙,跟在了胡子喇嘛身后。山魈跑过去,掀开黑色的门扇,又过来摸了摸香波王子手里的唐卡。香波王子一下释然了,一声声地叫着"边巴老师",拽起梅萨,大步走进门去。

这是一座西藏最普通的石头围墙、土坯和木头造房的平民院落,但最普通的院落却显现着最不普通的标记：东边的房廊里，有一幅色彩浓艳到流淌的壁画，那正是尸陀林主和尸陀林母并排而立的形象，和唐卡上的一模一样。

怪不得山魈一见他们覆盖了尸陀林主和尸陀林母的唐卡，立刻就友好起来，原来尸陀林主和尸陀林母是这里的标记，山魈住久了，熟悉了，对带有这种标记的人也就视同家人了。问题是，为什么在家院里会有这样的壁画？胡子喇嘛和山魈怎么会待在这个地方？香波王子还没有问出口，只见更加不普通的标记赫然来到眼前：坐北朝南的正房顶上，堆着一些青松的叶子，叶子上是一块洁白如玉的石头，石头旁又是一个象征黄金的铜斗。

香波王子惊问："这里是'青松石之家'？是伟大的医圣宇妥·云丹贡布的族人？"

胡子喇嘛点点头，不无骄傲地说："我是拉卜楞寺的喇嘛，这里是我的老家。"

香波王子告诉梅萨："'青松石之家'是西藏伟大的医圣宇妥·云丹贡布家族的称号。这个家族有一个非常博学的人，名叫哲吉印度小金刚。他是云丹贡布的前辈，曾应一个美丽姑娘的请求，治好了邪恶的那加国王的病。作为报答，姑娘献出了自己的生命，当她的尸体顺河而来时，上半身盖满了金子和绿色的青松宝石。哲吉印度小金刚把金子和宝石捞起来，放在自己的屋顶。一个牧人见了说：'好啊，好啊，你有一个青松石的屋顶。'传播开去，'青松石之家'就成了宇妥家族的称号。这个称号意味着救死扶伤的荣耀，宇妥的后代便用松叶、白石和铜斗替代珍贵的青松石和金子做了家族的象征。"

梅萨说："又是救命的'青松石之家'，又是死亡的尸陀林壁画，挺矛盾的嘛。"

香波王子说:"佛的意义就是消除所有矛盾,尤其是两极分化的矛盾,比如有与无、生与死、善与恶、美与丑、爱与恨、天堂与地狱等。医圣眼里的世界,都是尸陀林主和尸陀林母主宰的坟墓,他的志向就是,在死亡的坟墓里创造生命旺盛的天堂,所以尸陀林又往往是杰出藏医的修为背景。"

梅萨还要问什么,香波王子扭头盯上了胡子喇嘛:"据我所知,'青松石之家'的传人都是布达拉宫最耀眼的医圣,可你,为什么不是?"

胡子喇嘛说:"我们只是宇妥家的族人,这一片都是族里的人。我们不是传人,传人在那边,那边。"胡子喇嘛指了指院子后面。后面是马路,马路那边就是香波王子和梅萨刚才走来的地方。

香波王子说:"那边?那边是索朗班宗家。"

胡子喇嘛点点头说:"索朗班宗的阿爸是个了不起的藏医喇嘛,是宇妥家族的骄傲,可惜他已经圆寂了。"

香波王子问:"他的传人呢?"

胡子喇嘛说:"你指的是索朗班宗吗?她不是喇嘛。"

香波王子明白了,胡子喇嘛的意思是藏医必须是喇嘛,是可以结婚生子、传宗接代的那种喇嘛。又问:"索朗班宗是干什么的?"

胡子喇嘛说:"她呀,她在防雪栅栏里上班。"

香波王子问:"你说防雪栅栏?哪儿的防雪栅栏?"

胡子喇嘛说:"布达拉宫的'防雪栅栏'。"

香波王子说:"布达拉宫怎么会有'防雪栅栏'?"

胡子喇嘛说:"雪村,雪村,六世达赖喇嘛仓央嘉措喝过酒的雪村。仓央嘉措说,宇妥家族是西藏防雪栅栏里的青松石之家,是灵魂的存在、肉体的主宰。"

香波王子恍然大悟："仓央嘉措的确说过'西藏防雪栅栏里的青松石之家'这句话，可我怎么就没想到他指的是布达拉宫的围墙呢。"

胡子喇嘛嘿嘿笑着点了点头。

梅萨说："什么意思？我不懂。"

香波王子说："布达拉宫正面下方是用城墙围起来的，北面依山，三面依墙。过去城墙内的建筑大部分是布达拉宫办事机构即噶厦下属机关、藏军司令部、印经院、监狱、仓库、马厩、骡院、水院、作坊等。还有一部分是贵族住宅、普通民居和酒馆。这个被城墙围起来的地方，就叫'雪'。'防雪栅栏'应该是防护雪村的栅栏，而不是防止雪灾的栅栏。如果这样理解，骷髅杀手就说对了，出大门往西走不远，就有一个熟悉的地方等着我们，那就是'防雪栅栏'。"

梅萨半晌不吭声。

香波王子问："怎么了，不相信我的话？"

梅萨说："我在想，伏藏的设计者真是太了不起了，它不仅设计了掘藏的路线，还考虑到了掘藏者的经历、心理、知识结构、思考能力、生活背景、身体状况，等等，并且还要准确控制路线的走向，任何一个环节出现偏差，都无法实现掘藏。比如我们因为受伤、水难、逃命等缘起被营救到索朗班宗家里躲藏，然后又来到这里碰到了山魈和胡子喇嘛。这是谁的安排？骷髅杀手说是虚空里唯一的卓玛让他把我们送到了这里。而你的解释是，唯一的卓玛就是'七度母'，在虚空里就是度母穿行的最高处。拉萨的最高处,不就是'防雪栅栏'里的布达拉宫吗？"

香波王子说："说得不错，应该是布达拉宫，而且……"突然问,

"今天几号？"他和梅萨都看了看表，又说，"那就更对了，布达拉宫大诵经法会就要举行了，按照惯例，明天是法会的第一天，也许这就是我们的机缘。"

梅萨问："法会？法会与我们有什么关系？"

香波王子说："《地下预言》中最主要的预言是'七度母之门'，次重要的便是布达拉宫大诵经法会。按照《地下预言》的说法，法会期间，万僧聚首，一千个叛誓者将身束炸药进入会场。他们的首领会在太阳落山之前、机缘到来之时发出指令，让所有叛誓者在同一时刻点火引爆，炸毁布达拉宫，炸死所有进入布达拉宫的喇嘛。"

梅萨说："那我们去干什么，送死吗？"

香波王子低头看着鹦哥头金钥匙说："你别紧张，法会年年举行，并没有发生过这种事情，毕竟《地下预言》是几百年前就发掘出的伏藏，能准确预言所有事情的可能性不大。再说《地下预言》又告诉我们，一千个叛誓者中只有一个首领，一旦他死掉，或者跟他的先辈失去叛誓的传承，或者他接不到确认自己为首领的信号，爆炸的指令就不可能发出，'预言'的可靠性也就自动消失，若干年后，会有叛誓者的领袖再次预言和再次伏藏。"

梅萨说："你怎么知道首领已经出问题了呢？"

香波王子说："没有人知道首领是谁，连他自己都不知道。爆炸前几分钟，一千个叛誓者会同时感悟到首领的存在，举起右手，并起食指和中指，指向他们的首领。有一个人指错，就会被认为缘缘不合而放弃对首领的选择。这样的情况下，出问题的概率是很大的，或者说，几乎不可能有不出问题的时候，布达拉宫也就不可能有爆炸的时候。"

梅萨若有所思地点点头："原来是这样。"

香波王子说:"不管怎么说,布达拉宫大诵经法会我们必须参加,僧众汇聚,加上朝拜的信徒,那就是人山人海,正好可以隐蔽我们。"

梅萨说:"如果我们把目标确定为布达拉宫,又怎么解释大昭寺'光透文字'的内容呢?"

香波王子说:"我也在想这个问题。我们已经确定,大昭寺'光透文字'中,'授记'给我们的情歌表明仓央嘉措又有了一次更加深刻难忘的情爱邂逅。这次邂逅的不是'情人',而是'爱人',是'爱人'索朗班宗。它告诉我们,和所有密法大师一样,仓央嘉措经过了许多次'明妃之约'。不同的是,别的密法大师收获的是佛法,是即身成佛的阶梯,而仓央嘉措收获的是爱情,是情歌,是热恋的欢乐和失恋的痛苦。在别的密法大师那里,明妃是修佛的工具,在仓央嘉措这里,明妃成了目的,成了佛——他通过女性修佛,而把女性当成了佛;别人的明妃是'修法伴侣',他的明妃是'情人'或'爱人'。可见他把人性和佛性黏合在了一起,从而没有压抑自己作为一个西藏男人的真实性情,更没有以宗教的借口脱离开放的男女自由性爱的西藏风土。这样,仓央嘉措就变得更加纯粹,他是佛,佛就是人,人加佛等于爱,爱一切人,包括爱女人。他消除了宗教和世俗的界限,天人合一,率性而为,根本就不在乎明天就会到来的灾难甚至死亡。所以对仓央嘉措来说,爱情就是就义,是超越生死的修行。这样的修行不仅要有特定的时间、特定的伴侣,还要有特定的地方。我们看特定的时间:大难来临,仓央嘉措被拉藏汗从达赖喇嘛的宝座上赶下来,命途难测,已经高高举起的屠刀随时都会砍下来。再看特定的伴侣:她知道和仓央嘉措的爱情意味着生命的结束,处死就在欢愉之后的某一刻,比起仓央嘉措,她更是就义,更加悲壮。至于特定的地方,哪里会比布达拉宫更完美、更有魅惑呢?"

梅萨说:"我也这么想,伟大的伏藏都是步步攀高的,既有地理高度,更有精神高度,西藏的精神高峰在哪里?"

香波王子说:"问得好,答案也许就在'七度母之门'的最后开启中。"

梅萨说:"但现在的问题是,蒙古骑兵早就打败了藏军并处死了敢于抵抗的前摄政王桑结,和硕特部首领拉藏汗已经占据了布达拉宫,仓央嘉措一直被软禁在布达拉宫西北面的拉鲁嘎采林苑。他和布达拉宫之间,已是无路可走。还有他的'爱人',不管她是谁,都跟他一样无法抵达似乎比彼岸还要遥远的布达拉宫。"

香波王子说:"大昭寺'光透文字''授记'给我们的是两首情歌。我开始以为后一首情歌创作于扎什伦布寺的坚赞团布寝宫就意味着它把我们指向了日喀则的扎什伦布寺,理由是仓央嘉措虽然被软禁,不可能前往日喀则去跟'爱人'约会,但作为一个'明空赤露'的拥有者他可以采用'迁识夺舍秘法'让自己的灵识离开肉体。现在看来判断是失误的,灵识去了布达拉宫,而不是去了扎什伦布寺,或者就是他本人去了布达拉宫,他无法再进入白宫和红宫,却可以隐藏在'防雪栅栏'内的雪村。那是他熟悉的地方,有贵族的宅子、平民的房屋,还有酒馆。"

梅萨问:"证据呢?"

香波王子说:"证据就是仓央嘉措说过的那句话:'宇妥家族是防雪栅栏里的青松石之家,是灵魂的存在、肉体的主宰。'他为什么这样说,因为'青松石之家'是姑娘奉献了尸体、金子和绿色宝石之后的结果,在古文献的注疏里又被称作'圣洁之女献身献宝之家',这里的'献身'就是死亡。所以仓央嘉措的话也可以这样记录:'宇妥家族是防雪栅栏里的圣洁之女献身献宝之家,是灵魂的存在、肉体的主宰。'如此就清楚了，宇妥家族的索朗班宗就是仓央嘉措所指的'圣洁之女'，她在'防雪栅栏'里以不怕死的姿态勇敢地接待了苦难中的仓央嘉措，让他在走进'献身献宝之家'的同时，有了索朗班宗就是他'灵魂的存在'和'肉体的主宰'的感觉。"

梅萨点点头说："这样的解释是可以接受的，有一种伏藏就是给最伟大的经典或经句提供注疏。宇妥家族的注疏是'青松石之家'，'青松石之家'的注疏是'圣洁之女'，'圣洁之女'的注疏是索朗班宗，而所有这些注疏都是为了证明布达拉宫是我们的下一个目标。现在，只要把'授记指南'搞清楚，我们就可以继续发掘'七度母之门'的伏藏了。"

香波王子想了想说："有点难，既然跟扎什伦布寺没关系，'授记指南'就更不好解释了，只能走一步看一步。"说着挥了一下手，"我们赶紧走。"

由远及近的警笛又开始呼啸，好像又有了增援的警察。门外响起一阵杂沓的脚步声，显然是警察们在跑动。他们听到碧秀大声说："有人看见从死者家里走出来一男一女，经描述，很可能就是香波王子和梅萨。东南西北同时开始，快。"

香波王子知道，对这片民宅的排查开始了。他推了一把梅萨说："进屋。"也不管胡子喇嘛愿意不愿意，和梅萨迅速钻进了被"青松石"覆盖的正房。

胡子喇嘛和山魈都跟了进来，审视着他们。

梅萨泄气地说："我们无处可逃，进屋又能怎么样？"

香波王子对山魈说："边巴老师，快想办法把我们藏起来。"

胡子喇嘛摇摇头，带着山魈出去了。香波王子和梅萨从窗户里看到，胡子喇嘛给山魈说着什么，说着说着，山魈就跳起来扑向了院门口。

黑色的门扇被警察推开了,但是他们无法进来。山魈守卫在门口,就是尸陀林主对生命的警告:死亡,死亡,死亡。

香波王子和梅萨紧张地观察着,四只手牢牢攥在一起,手心、额头全是汗。

四五个警察一会儿退,一会儿进。山魈威风凛凛地挺立着,你在三步之外,它就瞪你吼你像狗一样吠你,你进入三步之内,他就扑你抓你咬你,猛恶得就像狮子老虎,警察几经努力后放弃了,理由是有一只如此凶悍的怪物,一男一女两个逃犯怎么可能藏到这里来。

排查进行了两个小时才结束。山魈一直守在门口,一刻不停地吼着扑着,渐渐它不吼了,四周变得格外安静。香波王子和梅萨长舒一口气。

警察离开了,似乎有些灰心丧气,连启动警车的声音也没好意思发出来。

香波王子问胡子喇嘛:"你为什么要救我们?"

胡子喇嘛指了指他卷在手中的尸陀林主和尸陀林母的唐卡说:"你有这个,有这个就是宇妥家族的人。"

香波王子点点头,对梅萨说:"我没说错吧,尸陀林主和尸陀林母是我们的吉祥物,我们现在是宇妥家族的人。赶紧走啊,到有'防雪栅栏'的地方去,索朗班宗曾在里面上班。"

他们很快离开了胡子喇嘛和山魈。山魈送他们来到院门外面,前后左右地踱着步子,一副依依惜别的样子。

香波王子一再地回头说:"边巴老师,再见了。"

梅萨也是一再地回头,挂着眼泪说:"边巴老师,保重啊。"

4

离开那片宇妥家族的民宅，没走多远，他们就看到了区公安厅看守所，才意识到自己所处的位置是拉萨东北郊区。两个人就像侥幸漏网的鱼，心有余悸地从网边溜了过去，偷眼看着看守所紧闭的铁门和门前的警车警察，禁不住吐吐舌头，加快了脚步。

香波王子说："我们没有犯罪吧？所有的怀疑和指控都是诬陷是吧？那我们怎么就像真正的杀人逃犯那样胆战心惊、贼眉鼠眼的？"

梅萨说："伏藏学可以解释这个问题，法事、仪轨、会供、祈祷、灌顶、加持等宗教活动会形成一种强烈的外在压力，催动人的心理机变。而心理机变又会让人瞬间转换角色，从一个普通人一跃而为空行护法或者被莲花生大师授记的伏藏拥有者。许多掘藏师就是这样获得成就的。我们也是在外在压力下产生了心理机变，不，是畸变。当警察、喇嘛、社会、舆论都认为你是杀人逃犯时，你也会转换角色而产生只有杀人逃犯才会有的心虚和恐惧，甚至你都会瞬间丢弃怯懦和善良，真的去杀死一个人，以适应环境对你的塑造。"

香波王子打了一个激灵说："我会杀人吗？"

梅萨认真地说："你会，我也会。"

香波王子吃惊地望着梅萨："你怎么这么说？"

梅萨警觉地望着左首就要经过的一座镶嵌警徽的大门，拉了一把香波王子说："我们不会是来自首的吧？"

那是一座敞开的大门。从大门里突然跑出几个警察，接着是一队，很长很粗的一队，奔跑着，朝他们淹灌而来。香波王子转身就跑，但已经来不及了。梅萨一脸惨白地拽着他，战战兢兢地闭上了眼睛：抓吧，抓吧，反正已是在劫难逃。

警察的队形突然从中间裂开，包围了他们，一些黑蓝的警服从他们身上嚓嚓地蹭过去，他们顿时感觉到黑云压顶，一片兵荒马乱。似乎是为了让他们在恐怖中多停留一会儿，抓罪犯的手始终没有伸过来揪住他们。警察们还在跑动，还在包围，里里外外四五层。他们下意识地蹲下，抱着头，就像两个已被抓获的罪犯，老老实实，一声不吭。

突然，亮堂了，最后一排警察从他们身边擦过，渐渐远去。香波王子放下手，瞄了一眼，似乎有些不相信，愣了半响，才拉着梅萨站了起来。

梅萨瞪着在公路上列队奔跑的警察问："怎么，他们不是来抓我们的？"

香波王子面对镶嵌警徽的大门和门柱上的铜牌，看到铜牌上写着"自治区人民警察学校"几个字，长舒一口气说："原来他们是学生，是练习跑步的。他们肯定认不出我们，警方不可能把通缉令贴到自己家里。"

梅萨说："可通缉令是上了电视的。"

香波王子说："你是学生过来的，你知道学生宿舍一般没有电视，多数人又不愿意集中到大教室去看，除非遇到节日，或者世界杯、奥运会什么的。"

他们迅速离开警察学校，走了不到半个小时，又看到了拉萨监狱。

梅萨说："这条路上怎么尽是这些机构，就像是专门针对我们两个的，我感觉不吉利啊。"

香波王子说："应该说是大吉大利，警方不会想到我们竟然就在看守所、警察学校、监狱招摇过市。这些地方恰恰是设防最薄弱的，尤其是监狱,他是罪犯最后的归宿,不是逃窜的闹市,用不着在这里通缉。"说着,他来到监狱高墙下,朝着塔楼上的哨兵招了招手。

寂寞的哨兵友好地笑着,眼光在梅萨身上扫来扫去。

梅萨捂着心跳说:"他在盯着我,好像认出我来了。"

香波王子说:"他盯的不是逃犯,是女人。"

两个人往前走去,来到监狱斜对面的树林里。香波王子说:"我现在发愁的是下面的路怎么走。从这里到布达拉宫,不可能再有通缉令的真空地带,说不定连麻雀乌鸦都能认出我们来。沿途没有商店,我们不能乔装,更何况还有警察设置的路卡。"

梅萨说:"那你赶快想办法呀,躲到监狱跟前干什么?好像你随时准备进去。"

香波王子说:"办法是有的,就看有没有机会实现它。"

他们等了两个多小时,下午了。香波王子沮丧地说:"现在就是有机会,我们也不能利用,布达拉宫很快就要关门了。"

梅萨说:"你是说我们要在这里过夜?"

骷髅杀手留给他们的食物还剩一点,他们分开吃了,互相拥搂着,熬到了晚上,熬过了一个漫长夜晚。太阳刚一出来,香波王子就拽着梅萨跳出了树林。他们看到和太阳一起出现的还有一辆由囚车改装成的货车。货车是从监狱大门驶出来的,驾驶室门上清晰地印着"拉萨监狱"几个字,一看就知道是监狱里的生活用车。

香波王子小声说:"肯定是去菜市场买菜的,拦住它,警察不可能检查监狱里的车。"

梅萨说:"可司机会直接把我们交给警察。"

香波王子说:"一般不可能,开生活车的大都是食堂管理员,电视播放新闻也就是播放通缉令的时候,食堂正在开饭,管理员不可能回家看电视。"

梅萨说:"万一呢?万一他看了报纸呢?"

香波王子说:"你啰唆什么,我们这是赌命,主要看运气,如果'七度母之门'还需要我们开启,空行护法就会把运气加持给我们。"说着,一瘸一拐地走到马路中央,朝着开过来的货车扑通一声跪下,举着十块钱喊道,"好人哪,好人哪,拉我们一程吧,这里没有公共车,也没有出租车,可是我的腿,不行了。"

司机停下车,从车窗里探出头来,朝他使劲挥手,意思是让他走开。他磕了一个头,又一把将梅萨拉跪到地上。

司机见一个漂亮姑娘也在给他磕头,心顿时软了,问道:"你们是哪儿的?"

香波王子起身说:"我们是宇妥家族的,要去布达拉宫。"

司机说:"可我不去布达拉宫,我要去农贸市场。"

香波王子说:"正好,我们也要去农贸市场给布达拉宫买一些供品。"说着,把十块钱给了司机,示意梅萨进驾驶室,自己过去从后面打开车厢门,跳了进去。

车开了。梅萨坐在副驾驶座上,忽闪着美丽的大眼睛,给司机说这说那。

司机不时地瞟着她,高兴地说:"我每个星期采购三次,二、四、六早晨,你以后要是搭车,就在监狱门口等着。"一会儿又说,"从你们那里到监狱,至少要走半个钟头,有急事你给我打电话,我可以去接你的。"他说了一个电话号码,一再叮嘱,"你记住,一定记住。"

梅萨乖巧地把电话号码重复了两遍说:"这个号码我永远不会忘。"说着,拿起车前司机的狱警帽,调皮地扣在自己脑袋上,然后从坤包里掏出镜子照了照,问道,"你看我像不像警察?"

司机看了她一眼，笑着摇摇头。

梅萨说："不像？我知道为什么不像，我没穿警服。"说着，从驾驶座的靠背上取下司机的警服，穿在自己身上，又去照镜子，"像不像？还不像？"

就在这个时候，他们经过了路卡。设卡的警察一看是监狱的车，再一看司机旁边坐着一个女狱警，招招手，让他们过去了。

香波王子和梅萨顺利到达农贸市场。

告别了司机，他们就假装挑选蔬菜低下了头。到处都贴着通缉令，香波王子随便一瞅就看到了两张。他凑过去，记住了通缉令上的举报电话，小声对梅萨说："走，去那边，那边是批发市场。"

农产品批发市场里，到处都是装满货物的卡车，有一些来自堆龙德庆县、达孜县和林周县。这三个县离拉萨比较近，有人就把当地产的青稞、豌豆、土豆等农产品运到拉萨来批发。香波王子一到这里就把头抬了起来，他觉得既然拉萨警方认定逃犯还在拉萨，就不会把通缉令张贴到外县去。外县的批发商们一般都是晚上赶路，上午做生意，下午或者晚上再赶回去，没有时间看电视、读报纸，即便在批发市场看到通缉令，也没有闲暇仔细阅读，从而记住通缉犯的相貌。他带着梅萨到处走了走，淡漠地看着所有人，所有人也都淡漠地看着他们。他放心了，要来梅萨的手机，走向了一辆来自达孜县的卡车。

卡车的驾驶室里，一个戴礼帽的中年人正在打电话。

香波王子站在车外，笑望着中年人，等中年人打完了电话，立刻凑上去，举着手机和十块钱说："老板你好，我的手机没电了，我有个紧急事情，麻烦用一下你的手机，我给你十块钱。"

中年人把手机递出窗口却没有接钱："电话费就算了，兄弟。"

香波王子满脸堆笑，弯腰合掌地感谢着，接过了人家的手机。他走向一边，拨通了通缉令上的举报电话，压低声音用藏语说："你们要抓的人我看见了，一男一女，就在甘丹寺的门口。"对方问他是干什么的。他说做生意的。又问他叫什么名字，他说我害怕报复，不敢说。然后就把手机挂断了。

香波王子还了手机，再次谢了人家，招呼梅萨马上离开农产品批发市场。

梅萨说："只要碧秀一个电话打回来，立刻就会戳穿你的把戏。"

香波王子说："可惜举报电话已经不通了。"说着伸开五指，把偷来的手机卡晃了晃，装在了身上。"以后再来这里还给他。"又说，"重案侦缉队的主要警力很快就会奔赴达孜县的甘丹寺，只要少了警察的眼睛，我们今天就能安然无恙地进入布达拉宫。至于看了通缉令的老百姓，是比较好糊弄的，假发、墨镜、蒙脸的氆氇，三样东西就能蒙混过去。"

5

碧秀驱车赶往林廓北路和娘热南路的交叉口，那儿有一个路卡，设卡的部下电话告诉他，他们拦住了智美和他的切诺基。

智美一见碧秀，就嚷嚷起来："抓不住香波王子抓我，我又不是杀人逃犯。"

碧秀说："不是抓你，是找你了解情况，索朗班宗是一直跟你在一起的，为什么突然离开了你？"

"她没有离开我，只是暂时糊涂，以为香波王子才是她等待的情人。她还会回来的，我跑来跑去就是为了找到她。"

"你不用再找了。"说着拿出一张照片给他看。

智美一脸铁青,浑身僵硬,半晌憋出一句话:"谁干的?"

"我们在她的包和身份证上提取到了香波王子的指纹。"

"那怎么还不去抓?"

"找你来就是为了抓住他。"

"找我管屁用。"

"我们在各个路口设卡设了一个星期,所有的酒店旅馆排查了两遍,没有他们的踪影。听说你会占卜,你应该知道他们下一步往哪里走。"

"不知道,知道也不会告诉你们,我自己去报仇。"

手机响起来,是重案侦缉队值班员打来的,告诉碧秀,有人举报香波王子和梅萨。举报手机是达孜县的,机主叫巴扎群培,一个生意人。

碧秀说:"达孜的手机,达孜的机主,举报说在达孜县的甘丹寺门口看到了通缉令上的一男一女,应该是可信的,因为甘丹寺是拉萨三大寺之一,是格鲁派六大寺的首寺,很有可能伏藏着'七度母之门'。不过,还需要再验证一下。"

他从值班员玛瑙儿那里要了举报手机的号码,打了过去,打不通便皱着眉头说:"一个生意人,本来是唯利是图的,他如果提出要奖金,我倒会相信。现在不仅高尚得分文不取,还关了手机,不敢面对警察的询问,为什么?香波王子是个聪明人,能让人轻易认出他们就是通缉令上的逃犯?"他冷笑着,突然拍了拍智美的肩膀说,"好了,现在不需要你了,他们自己跳了出来。这个举报电话只能说明香波王子和梅萨还在拉萨,又开始行动了,想来个调虎离山计,准备干什么? 一定是冲着布达拉宫的,今天是布达拉宫大诵经法会的第一天。"

智美说:"搞这种小儿科的骗局,正是香波王子的风格。"

碧秀咬咬牙,一副孤注一掷的样子,立刻通知部下:只保留通往拉萨之外的路卡,市内路卡全部撤销,集中警力,投入布达拉宫。然后丢下智美,走过去钻进了警车,却没有马上开走,又一个电话带住了他,是黑方之主打来的。

黑方之主说:"门隅黑剑,听说过玛吉阿米这个人吗?"

碧秀愣了一下说:"听说过,她是仓央嘉措的情人,是'隐身人血咒殿堂'曾经的追杀对象。"

黑方之主说:"《地下预言》里说,'玛吉阿米,布达拉宫掘藏之神的金刚佑阻'。说明我们的追杀并没有成功,玛吉阿米一直都在转世。现如今,当布达拉宫出现掘藏之神,玛吉阿米就该露面了。"

"'布达拉宫掘藏之神的金刚佑阻'?她在哪里?"

"也许随时会出现,也许直到'七度母之门'的伏藏现世之后才会出现。《地下预言》还告诉我们,玛吉阿米不仅是'掘藏之神的金刚佑阻',还掌握着一份仓央嘉措后代的名单。"

碧秀满脸的肌肉抖颤着:仓央嘉措后代的名单?尽管他很熟悉《地下预言》的内容,但从未意识到这"名单"会跟自己有关。

黑方之主的声音突然有些沙哑:"本来我想亲自动手,但考虑再三,觉得你离这个名单比我更近,更容易成功。你的任务加重了,除了除掉骷髅杀手和香波王子,还要除掉香波王子的'金刚佑阻',得到那份记录着所有仓央嘉措后代的名单,这名单比任何活着的人都重要,有把握吗?'隐身人血咒殿堂'期待着它的护法主。"

碧秀半晌不吭声。

黑方之主说:"你是不是没有听明白?"

碧秀机械地说:"明白了,我知道应该怎么做,放心吧,有把握。"
"好,很好,到底是门隅黑剑。"黑方之主挂断了。

碧秀没想到杀人的使命又有了增加,而且越来越沉重而严峻:香波王子的"金刚佑阻"玛吉阿米?仓央嘉措后代的名单以及名单上的所有人?都需要门隅黑剑一个个铲除?可见他在无形密道的主人黑方之主的眼里,是多么重要。一直以来他希望陶醉的不就是这种被器重、被信任的感觉吗?他依靠"隐身人血咒殿堂"安身立命,这样的依靠让他能产生一种对神秘使命的满足和在机密中显要的欣喜。

他出生在山南孤儿庄园,孤儿庄园最早的主人是碧秀拉巴,他是碧秀拉巴家族的后代,爸爸就给他起名叫碧秀。五岁的时候,爸爸妈妈磕着长头去拉萨朝拜,一去不归。他沿着朝圣的路,去寻找爸爸妈妈,走了差不多一年走到了拉萨。在大昭寺碰到同样来朝圣的山南孤儿庄园的乡亲,才知道爸爸妈妈已经在拉萨病死了。他不想回寂寞的家乡,就留在热闹的拉萨,尝试着生存,尝试着寻找依靠。因为找不到而变得非常强悍,打架,打架,打架,总是在跟人打架,常常被人打得满脸青肿,一身伤痕。这时候他会去医院,脱光了自己守在医生旁边,一守就是大半天。有一次医生问:"你要干什么?""看病。""挂号了吗?""没挂。""去挂号。""没钱。""没钱怎么能看病?""我流血啦,血流完了就要死了,我不想死。""你爸爸妈妈呢?"这时候他哭了,他被打得多惨都不哭,但一问起他爸爸妈妈他就哭了。医生不得不给他看病上药。

他做过乞丐、小偷,进过管教所、孤儿院,然后上学,逃学。十四岁那年,去色拉寺做了一个杂役僧。大概是性格孤僻、出手凶狠、天性顽劣的缘故,他被一个僧俗难辨的神秘人看准,带出寺外,引入"隐身人血咒殿堂"的无形密道，开始以最原始古朴的方式修行祭杀大法。不久他得到灌顶并进行了"隐身人誓言"的宣誓，赐法名为碧秀衮波斯仁——响箭一样的护教战神。二十三岁那一年，默朗木祈愿大法会的日子里，他去大昭寺朝佛，碰到两拨人厮打，双方都动了刀子，他冲过去劝解，下了所有人的刀子，自己也挨了两刀。警察把他带到刑警队做笔录的时候，一个队长说："你知道你下了几把刀？六把，了不起啊，要不是你，他们互相捅来捅去，肯定要出人命。你其实是一块当警察的料。"

两个月以后，他果然当了警察。他的师父、那个把他引入"隐身人血咒殿堂"无形密道的僧俗难辨的神秘人说："刑警队要你，我们也觉得你去当警察是合适的，我们要为将来的'除根计划'做好准备。从现在起，你就是'隐身人血咒殿堂'的世间护法主门隅黑剑，直接接受无形密道的主人黑方之主的指挥。你很可能永远见不到黑方之主，但你要绝对忠诚他，就像忠诚'隐身人誓言'一样。"又说，"我和你缘分一场，就此散了吧，以后我们恐怕不会再见面了，我要去很远很远的地方，去等待发掘'七度母之门'的开始。记住你的天戒，天戒如破，灌顶就会收回，修法的证悟和圆满也就流水一般淌走了。"他诺诺连声，用一脸坚硬的肌肉表示：天可破，天戒不可破。他的天戒就是女人，师父不止一次地告诉他，女人是他命中的克星，任何一个女人对他都是致命的丧棒，都可能引起他精神崩溃、生命毁灭。所以，他首先必须做到厌离女人，视女人为粪土垃圾。"不能接受女人的任何东西，尤其是她们的心。"

他照办了，不恋爱，不结婚，甚至能做到看都不看女人一眼。他精力旺盛，又没有别的消遣，全部时间都花在破案上，工作自然很出色，几年后就从刑警队调入了重案侦缉队。又过了几年，便成了副队长。队长提拔到局里之后，侦缉队就由他说了算。这期间他经受了严峻的考验，是女人的考验，让他感到自己是坚强而不凡的，大部分人做不到的事情他做到了。

是侦缉队那个模样招人喜爱的女警察玛瑙儿对他产生了爱情，她请他来到她家做"手抓"给他吃，边吃边喝酒，两个人都喝高了。她借着酒劲历数他的不是："那次去阿坝出差你为什么不带我去？我好心好意煮了牛肉给你送去，你却把它在车上放馊了，馊得连狗都不吃了。你去成都开会，我让你给我带双鞋，你说忘了，别人的怎么没忘？你有一颗猫眼石，我要了几次你为什么不给我？我一天到晚在你眼皮底下晃，星期天我换了便衣走在大街上，你居然不认识了？请你看电影你为什么不去？约你去宗角禄康你为什么骗人说有案子？在侦缉队只要有空闲，我就想跟你说话，你躲什么躲？你为什么要让那个新来的打扫你的办公室？你知道我想打扫。你一个单身汉，我帮你洗洗衣服又怎么了？看把你紧张的。想请你吃饭请了多少次，今天才来。"他一言不发，使劲喝着，直到她走过来坐在他身边，以一个藏族女人火辣辣的温柔，撕掉了他的上衣，抽掉了他的皮带。他说："皮带上有枪，小心走火。"玛瑙儿以为他是一语双关呢，噗笑着说："我不怕走火。"他吼道："可是我怕，把枪给我。"他推开她，抢过皮带，系好，开门走了。即使在醉意沉沉的时候，他也没忘记师父的叮嘱：不能接受女人的任何东西，尤其是她们的心。

第二天他在重案侦缉队的办公室里收到了他丢在玛瑙儿家的上衣和一张纸条，纸条上写着："你不是一个藏民，更不是一个男人。"不是就不是呗，他无所谓，反正他永远都不会做女人希望男人做的那种事情。对男人，有女人的理想，更有信仰的理想，他是"隐身人血咒殿堂"的世间护法主门隅黑剑，是"隐身人誓言"的执行者，他的法名叫碧秀衮波斯仁——响箭一样的护教战神，这样的男人没有七情六欲，早就超出女人的想象了。

但是，玛瑙儿毕竟是一个抹不去的存在，她经常突如其来地出现在脑海里，影响着他的情绪，让他觉得即使她代表烦恼，那也是自己不可缺少的，缺少了更烦恼。仿佛他的宗教使命、他那来源于修炼的厌离女人的天戒，都无法让他彻底摆脱世俗爱欲的牵绊。加上他的警察身份、不能滥杀无辜的要求，他就像陷落在了泥淖里，挣扎着，一直都在挣扎着。

这会儿，碧秀想着黑方之主的话："'隐身人血咒殿堂'期待着它的护法主。""很好，到底是门隅黑剑。"突然就有些着急：一定啊一定，这次可一定要完成使命。他拿出手机打给了正在奔赴布达拉宫的各路部下：

"发现香波王子暂时不要抓，他还有更重要的同伙，要以他为诱饵引出来，一网打尽。你们跟紧他，看他跟谁接触，所有跟他接触过的人，都要监视起来。"

说完了，碧秀吃惊自己居然会做出这样的决定：缓杀香波王子。黑方之主并没有下达这样的指令。可如果不缓杀，怎么能得到仓央嘉措后代的名单呢？他给自己鼓劲似的攥攥拳头：缓杀，缓杀，就是应该缓杀。

6

阿若喇嘛和邬坚林巴坐在路边的遮阳伞下，一边喝酸奶，一边观察警察设置的路卡。这是在北京中路离功德林不远的地方，密集的车辆让路卡内外显得格外拥挤，警察们一丝不苟地检查每一辆经过的车，等待检查的车一点一点往前挪。突然，它们不挪了，它们肆无忌惮地奔跑起来。阿若喇嘛忽地站起，伸长脖子看了一会儿，才意识到路卡已经撤销，警察眨眼消失了。

阿若喇嘛当然不认为警察在这里抓到了香波王子和梅萨，但他知道拉萨内外的十几个路卡中，只要一个路卡达到目的，所有的路卡都会消失。现在路卡消失了，说明香波王子和梅萨很可能再次落网。

阿若喇嘛和邬坚林巴立刻钻进停在路边的喇嘛鸟，一路疾驰，来到重案侦缉队的门口。门内门外一片平静，一辆警车也没有。

阿若喇嘛和邬坚林巴疑惑地互相看看。侦缉队的警力不归，说明警察没有抓到目标，而是去了新的地方。

邬坚林巴沉思着，用手掌一下一下拍击着方向盘。

突然响起一阵幽幽旷旷的空山梵呗，来短信了。阿若喇嘛拿出手机迅速看了一眼，正要告诉邬坚林巴，就听一阵喇叭声，路虎警车停在了路边。王岩和卓玛下车，走了过来。阿若喇嘛礼貌地从喇嘛鸟里出去，迎接着两个一路都在打交道的警察。

王岩朝重案侦缉队的门口望了望："香波王子在哪里？"

阿若喇嘛说："警察都没有目标，我们怎么知道？"

王岩说："喇嘛是先知，是预言家，你们躺下睡一觉就能梦见香波王子去了哪里。"

阿若喇嘛说："我们的梦当然会有大愿法力的显现，遍知一切的众生怙主总会在关键时刻给我们有益的明示。但现在不是做梦的时候，我们还有智慧和正在走来的明示互相成为印证。智慧的人，是不会在'七度母之门'开启之前,让香波王子和梅萨停止行动的。"

王岩笑着点点头:"你们的智慧是佛的智慧,所以我们一直都在听你们的指挥,但现在有件事情你们必须听我们的。"说着,一把撕住了阿若喇嘛的袈裟,"到我们车里去,脱掉你的袈裟。"

阿若喇嘛不愿意。王岩架住了他的胳膊,卓玛从后面拦腰抱住。两个人连推带拉,硬是把阿若喇嘛塞进了路虎警车。然后一前一后压住他,撕开了他的袈裟和内衣。

肉体出现了,惊心动魄,密密麻麻全是痊愈的伤口。王岩和卓玛呆愣着,一时间都不知道怎么办好了。他们希望通过满身的伤疤验证谁是乌金喇嘛,然后抓捕归案,但当验证突然来临时,他们反而不敢相信了。

王岩说:"乌金喇嘛曾经在'北美乌仗那坐禅中心'门外的广场上自杀过一次,自杀时用刀在自己身上戳了七七四十九个血窟窿,从此四十九处刀伤便成为乌金喇嘛的符号而衍生着不同年龄不同国籍的乌金喇嘛。如今符号贴在了你身上,你成了乌金喇嘛,你还有什么可狡辩的?别动,让我数一数,是不是四十九处伤口。"

阿若喇嘛挣扎着:"罪孽的人,你们怎么敢这样无礼,修行者的法体是不可玷污的。"

王岩又说:"新信仰联盟给了你什么好处,你为虎作伥,制造血案,披着喇嘛的外衣干着魔鬼的勾当。好在我们及时识破了你,你猖獗的日子不会再有了。"

邬坚林巴和另外几个雍和宫喇嘛扑了过来,从车门口撕开王岩,推倒在地,拉出阿若喇嘛,扶着他钻进了喇嘛鸟。

王岩爬起来,掏出枪,就要射击。

卓玛说:"王头儿,数清楚他身上的伤口再开枪。"

王岩说:"也对。"

两个警察追了过去。喇嘛鸟启动了。王岩朝汽车轮胎开了一枪,没打着,赶紧和卓玛返回路虎警车,开上就追。

卓玛说:"恐怕我们追不上了。"

王岩说:"为什么?"

卓玛指了指表盘说:"必须加油。"

王岩说:"那就先去加油。阿若喇嘛,不,乌金喇嘛的目的并没有达到,只要香波王子不停止掘藏,乌金喇嘛就还会出现。"

喇嘛鸟里,阿若喇嘛整理着撕开的袈裟和内衣,喘着气说:"快点,快点。"

邬坚林巴问:"去哪里?"

阿若喇嘛拿出手机,大声念起刚才没有来得及告诉邬坚林巴的短信:

不动佛明示:布达拉宫。

又说:"今天是布达拉宫大诵经法会开始的日子,一千个叛誓者将按照祖先的指令身束炸药进入会场,在太阳落山之前集体点火引爆。这是《地下预言》的告诫,警察是不知道的,知道了也不相信,但是对你我,它是常识。"

邬坚林巴说:"但是《地下预言》又说,一千个叛誓者中只有一个首领,只要他失去叛誓传承或者死掉,爆炸的指令就不能发出。"

阿若喇嘛说:"谁也不知道这个首领是谁,是否已经死掉,或者失去传承。"

邬坚林巴说:"就算几百年前的《地下预言》会在今天变成现实,

它跟我们有什么关系？我们是来开启'七度母之门'的。"

阿若喇嘛充满忧虑地说："不动佛的安排不能不听，走吧。"

邬坚林巴说："等等，还应该有一个能开启'七度母之门'的人，万一香波王子出了事儿，我们不至于落空。"说着，掏出手机打给了智美，"你在哪里？找到香波王子了吗？"

智美说："你怎么知道我在找他？"

邬坚林巴说："他有开启'七度母之门'的'指南'，他本身就是'指南'。"

智美说："香波王子根本就不是发掘伏藏的参照，我的卜神已经安驻在心里，我现在谁也不靠。我找他是为了报仇，他从我手里夺走了梅萨，现在又杀死了索朗班宗。"

邬坚林巴摸着胸前镶嵌着猫眼夜光石的檀香木念珠，沉默了一会儿说："我也听说索朗班宗死了，她的死你是有责任的。我不该把她介绍给你，因为……因为你跟香波王子没法儿比，最后得到伏藏的不是你。"

这一激将果然奏效，智美说："那就走着瞧，我会及时通知你我的发掘成果，现在，我要去布达拉宫了。"

邬坚林巴关了手机说："是不是要通知王岩和卓玛？光我们两个恐怕无法阻拦碧秀对香波王子的抓捕。"

阿若喇嘛"嗯"了一声说："你是真人不露相的，现在终于要显示聪明才智了。这一步很好，用两个外来警察牵制碧秀副队长。修行的人，就是要把所有的缘起都利用起来。"他拿出手机，什么也没说，只把"不动佛明示"转发给了王岩。

各路人马都在奔向布达拉宫。布达拉宫耸立在辉煌之上，就像喜马拉雅探秘天堂，危险而迷人。

第七章　防雪栅栏

1

一来到布达拉宫下面，香波王子就不走了。眼里看到的和心里升起的并不一样，无限巍峨的不是山势和建筑，而是空间和时间。似乎布达拉宫代表着西藏的一切，站在这里，也就站在了历史的尽头、人类精神的尽头和未来的所有时光里。

香波王子说："其实我太笨了，'布达拉'就是'普陀洛迦'。当初我逃离雍和宫时，是印有'普陀洛迦'字样的经幡给我指出了逃跑路线，并且用一尊无名一尺金佛的先有后无暗示了禅机：'七度母之门'在雍和宫已经归空不见，要依止普陀洛迦也就是布达拉宫。《地下预言》中也说，'凡是无名佛菩萨，都是观世音的化身，来自圣地普陀洛迦,走向圣地普陀洛迦'。可惜我当时没有开悟。"

梅萨说:"伟大的伏藏到处都可能有暗示,说不定很多暗示我们迄今还没有发现。暗示有伪暗示和真暗示、无效暗示和有效暗示。能够一直行走在有效暗示的路线上是非常不容易的。有时候伏藏并不仅仅在一处,而在多处,但只有一处是最重要的,是唯一的'正文'伏藏,掘藏的过程决定着掘藏者走向哪一处。再说了,吃瓜子的时候就吃瓜子,吃西瓜的时候就吃西瓜,我们不能拿起瓜子就想吃西瓜。"

香波王子说:"也许设置暗示的人应该提醒我。"

梅萨说:"这不可能,伏藏学对暗示的看法是,设置暗示和暗示本身并不知道他在暗示什么。一切都是偶然,无数偶然的聚合组成了必然。"

香波王子和梅萨看到城墙上站满了紫袈裟、黄披风的喇嘛。高挺伟矗的城墙,加上顶部外侧的女儿墙和喇嘛们的高度,远看就像兵勇云集的万里长城。那些喇嘛像是从城墙上长出来的,深灰的林带上开出了绚烂的花,一溜儿耀眼。

香波王子驻足观望着,小声告诉梅萨:"这就是'防雪栅栏'。"

梅萨说:"我的心突突突的,好像布达拉宫真的要爆炸,'防雪栅栏'转眼就会消失。"

他们戴着假发和墨镜,用花氆氇蒙着鼻子和嘴。在西藏这样的装束并不奇怪,荒风常常刮起漫天尘土,紫外线常常让人脸色紫红,很多人为了防晒和防尘,即使夏天也会蒙起嘴脸。他们混迹在熙熙攘攘的人群里,没有引起任何人的注意。

香波王子哈哈一笑说:"这么多喇嘛都不担心,你担心什么?"他沉浸在自己的思维里,背诵起大昭寺"授记指南"的句子来:"'在雪域明灯之主圈起防雪栅栏之后……'谁是'圈起防雪栅栏'的'雪域明灯之主'？松赞干布和五世达赖喇嘛？对了，一定指的是伟大的藏王松赞干布和五世达赖喇嘛。"

梅萨问："你怎么知道？"

香波王子说："古代文献有多处把布达拉宫称为'雪域明灯之地'，最初建造了布达拉宫的松赞干布和后来重建了布达拉宫的五世达赖喇嘛不是'雪域明灯之主'是什么？一千三百多年前，藏王松赞干布从山南迁都拉萨河谷后，就在红山建起了最初的布达拉宫。最初的布达拉宫有三道围城，围城当中有堡垒式宫室九百九十九座，又在红山顶上修一大庙凑足千座之数。遗憾的是，雷击电火，兵燹地震，让这座稀有王宫很快成了历史的遗迹，只剩下了法王洞和圣观音殿。公元1642年，五世达赖喇嘛建立西藏噶丹颇章政权，不久便开始主持重建布达拉宫，三年后白宫以及城墙落成，西藏政权便从哲蚌寺的噶丹颇章移驻布达拉宫。几十年之后，为安置五世达赖喇嘛灵塔，摄政王桑结修建了红宫和灵塔。这正是'雪域明灯之主圈起防雪栅栏之后'，也是六世达赖喇嘛仓央嘉措入主布达拉宫的时候。接着便有了居住在'防雪栅栏'之内、属于'青松石之家'的索朗班宗。"

梅萨问："不过知道了'雪域明灯之主'又怎么样呢？他们'圈起'的'防雪栅栏'范围太大了。"

香波王子沉思着说："是不是说，'防雪栅栏'内每一尊佛都可能隐藏着'七度母之门'的伏藏呢？"

梅萨说："不会吧，布达拉宫有多少尊佛像？"

香波王子说："万米壁画上的佛像、千座佛塔上的佛像、唐卡绘像、经版像、各种佛与菩萨以及护法神的塑像和刻像，加起来约有一百万尊。虽然至少有一半是仓央嘉措时代以后的作品,但每一尊的年代我们不一定都能分辨清楚。更何况新塑的佛像都是要开光加持的,加持以后,索朗班宗的'拜托'也可以从邻近的佛像、同类的佛像,附丽而来。"

梅萨发愁地问:"许多伏藏都被伏藏者设计好了自行转移的特点,也就是四方迁徙,应运而生,或把一个信息分蘖成许多个信息,到处散布。问题是我们时间有限,不能全部找遍。"

说着,他们走向"防雪栅栏"正中的三层石砌城门楼。僧人和信徒们排着长长的队。在这个万僧聚首的日子里,城门楼前增设了安检,人和物品都要经过电子眼的检查。负责这项工作的几个喇嘛显然经过专门训练,动作麻利而熟练。虽然没有人相信古老的《地下预言》会如期实现———一千个叛誓者将身束炸药进入会场,一个个准确指出他们的首领,然后让首领发出共同点火引爆的指令,但防备还是需要的。小心没大错,毕竟布达拉宫太重要太重要,重要得如同圣教本身,不能有任何纰漏。

香波王子和梅萨排在队伍里一点一点往前挪,半个小时后才到跟前。检查顺利通过,他们进门,顺时针绕过门内石砌的影壁,混杂在人群里,不由得弯下腰,虔诚地走向长长的石阶。

香波王子突然停下了,指着一座石碑问道:"认识它吗,无字碑?"

梅萨说:"听说过的,很著名,没想到这么不起眼。"

香波王子说:"可是它很重要,它是朝拜布达拉宫的起点。当年摄政王桑结建造布达拉宫红宫时,除了几个亲近的噶伦,外界包括朝廷都不知道五世达赖喇嘛已经圆寂。为了六世达赖喇嘛仓央嘉措的安全,桑结匿丧不发十三年。所以红宫落成后,只能以五世达赖喇嘛正在闭关修行,不能亲题碑文为借口,立起一座无字纪念碑。

后来桑结打算补上碑文，没来得及跟仓央嘉措商量，就被拉藏汗杀害了。"

梅萨说："他为什么要跟仓央嘉措商量？"

香波王子说："这就是我想说的。"

梅萨说："以后再说吧，我们还是抓紧时间去拜访索朗班宗'拜托'过的圣像。"

香波王子说："不能以后再说，大昭寺'光透文字'的'指南'第一句话就是，'为什么功高却无记载'。"

梅萨说："你是说它指的是无字碑？"

香波王子说："既然整个'光透文字'的指向和我们的判断都是布达拉宫，那就一定是了。桑结想补碑文的时候已经把摄政王的权力交给了儿子，他想做最后一件事，通过立碑的形式巩固仓央嘉措的地位。可惜他没有做到，历史留下来的还是无字碑。"

梅萨说："可这是布达拉宫红宫落成的纪念碑，跟仓央嘉措有什么关系？如果要论'功高'，那也是五世达赖喇嘛，或者桑结自己。"

香波王子说："不应该是他们两个。五世达赖喇嘛圆寂八年后，才开始修建红宫。这时候仓央嘉措早就被认定为转世灵童，虽然还没有坐床，但已是天定的活佛。在西藏活佛高于一切，谁是活佛谁就是赐福红宫的功高盖世者。"

梅萨说："那么，这跟'七度母之门'有什么联系？"

香波王子说："事实上仓央嘉措入主布达拉宫不久，摄政王桑结就想把碑文补上，但遭到了仓央嘉措的拒绝。仓央嘉措说，要补你就补上我的前世，或者你自己。我这个达赖喇嘛，是做不久的。这是仓央嘉措对自己的预言，显然他对罢黜的命运早有准备。桑结坚持要补上现世达赖，所以一直都在跟仓央嘉措商量。后来，也就是在仓央嘉措就要离开西藏的那些日子里，一夜之间，有个喇嘛冒着生命危险在无字碑上刻上了仓央嘉措的形貌和一首情歌。喇嘛立刻被拉藏汗处死，刻上去的仓央嘉措和情歌也被磨平了。"他指着碑面说，"你仔细看看，还有磨平的痕迹。"

碑面上，一些磨痕依稀可见，甚至还能看到几处没有完全磨平的凹下去的笔画。历史的烟云在面对仓央嘉措时变得缠绵不去，就像他的情歌一样。

梅萨问道："刻上去的是哪一首情歌？"

香波王子说："很遗憾我一直没搞清楚。我现在想到的是，这个喇嘛很可能是受了仓央嘉措的指派，这首情歌也是仓央嘉措指定的，它一定寓意深刻，说不定就是'七度母之门'最后的'授记'。"

梅萨说："有点道理，伏藏的技巧之一就是，最明显的也是最隐蔽的，就看你根器如何、悟性怎样。仓央嘉措想刻在光天化日之下，'拜托'给日月星辰和不灭的时间，这比'拜托'给任何一尊圣像都要高明得多。"

香波王子思考着说："最明显的也是最隐蔽的？喇嘛被杀害，刻上去的情歌被磨平，仓央嘉措会不会采取别的办法？"

他们环绕无字碑转了一圈，没感悟到任何其他线索，便走向石阶，踏上了攀登布达拉宫这座信仰之宫和精神高峰的最初历程。

成群的红衣喇嘛、虔诚的信徒、好奇的游客都在往上走。从西往东斜面延伸的石阶如同一座铺向天堂的梦梯，往上攀行的人都像是一些穿过历史的古人，或者活动在未来的后人。香波王子觉得仿佛到了另一个世界，没有时间的流淌，没有朝代的更迭，假如你想站在石阶上不动，那就意味着时间不动不移，你属于古代，也属于未来，你是永恒的存在，"七度母之门"也是永恒的存在。

香波王子突然停在一块足窝深深的石阶上，问梅萨："假如你是仓央嘉措，除了刻上石碑，还有什么办法可以最明显也最隐蔽地留下自己的语言？"看她有些迷惘，又问道，"难道歌手不可以把秘密隐藏在自己的情歌里？仓央嘉措是当时西藏家喻户晓的情歌王，他离开拉萨时，拉萨全城都在唱他的情歌，难道不是由于他的引导？他唱起来，别人就跟着唱起来，然后传十传百、传千传万。也就是说，很可能拉萨全城都在唱的这首情歌，就是他想刻在无字碑上的，这比起碑文来，更明显也更隐蔽。"

梅萨不停地点头："是是是，是这样，你再讲清楚一点。"

"我指的是仓央嘉措启程前往京城的日子。"香波王子说着，看了看身边一个络腮胡子牛仔帽的游客。牛仔帽紧靠着他，似乎也在听他说话。他招呼梅萨朝上走了两级，躲开牛仔帽，才又说，"公元1706年是藏历火狗年，5月17日，太阳刚刚出来……"

他立刻又闭嘴了。他看到碧秀正从上面隔着三四级石阶的地方看着他，阴恶的眼睛就像老鹰窥伺着食物。他下意识地后退一步，摸了摸自己的护身符，那个鹦哥头金钥匙。

碧秀扑过来，一把揪下他的假发，扔到地上说："你就是变成鬼我也能认出来。"

香波王子拉起梅萨就跑。身前身后都是人，他一抬腿就撞到了人身上。碧秀再次扑过来，一只手攥着他，一只手攥着枪。

香波王子央告道："现在离'七度母之门'已经很近了，再给我一点时间吧，就算你有权力判我死刑，也得给我留下悔过的机会。"

碧秀阴沉沉地说："那就赶紧悔过吧。"他把眼光扫向熙熙攘攘的人群，"知道我为什么不一枪崩了你吗？因为玛吉阿米就要露面了。"

香波王子一怔，想起《地下预言》里的句子来："玛吉阿米，布达拉宫掘藏之神的金刚佑阻，受持仓央嘉措后代的名单，一展成空。"他瞪着碧秀，紧张地说："你想干什么？还想杀了玛吉阿米？"

"'隐身人血咒殿堂'想得到那份记录着所有仓央嘉措后代的名单，如果玛吉阿米把名单和她的生命绑在一起，我是不会客气的。"

梅萨推搡着碧秀："喂，警察能随便杀人吗？"

"别叫我警察，这时候不是，我叫门隅黑剑。"

刚才紧靠着香波王子的那个络腮胡子牛仔帽的游客又靠了过来，突然转身，双手抓住了碧秀拿枪的手，一拧。碧秀"哎哟"一声，手被反剪，枪脱手了。牛仔帽抢了枪就跑。碧秀大吼一声追了过去。牛仔帽突然停下，站在高一级的石阶上，居高临下地望着他。碧秀呆愣着，半晌才认出这个人是骷髅杀手。他扑了过去。骷髅杀手抬腿一脚踢在他脸上，他惨叫着滚倒在地，又被兴冲冲上来的人踩了几脚。等他爬起来再追时，骷髅杀手已经不见了。

这时，布达拉宫城门楼安检处突然出现骚乱，有人声嘶力竭地喊叫："他身上有炸药！"

人群动荡起来，有的往外跑，有的往上蹿。碧秀瞪了香波王子一眼，快步走向安检处，看到几个负责安检的喇嘛已经扭住了一个高个子。高个子也是喇嘛装束，被人撕开的袈裟里，拦腰绑着一圈儿牛皮纸包装的炸药，少说也有二十管。

碧秀副队长命令两个部下："快把他带离这儿，这儿人多。解除炸药后，押到侦缉队突击审讯，看是不是还有同伙。"

高个子喇嘛吼起来："我要见瓦杰贡嘎大活佛，快让我去见瓦杰贡嘎大活佛。"

碧秀说："你没有权利提出这样的要求，带走。"

但是负责安检的喇嘛不让警察把人带走。他们正在请示布达拉宫峰座大活佛瓦杰贡嘎的管家。管家在请示过瓦杰贡嘎大活佛后明确指示："把人带到雪村护法神殿里，大活佛要亲自询问。告诉警察，我们处理不了的，一定请他们帮忙。"

碧秀说："既然瓦杰贡嘎大活佛这么说，我们也只好同意，但必须有我们的人跟着，我和我的部下必须为整个布达拉宫的安全负责。"然后调两个部下过来守在安检处，吩咐他们，如果再检查出一个身绑炸药的人，拉到警车里，就地审讯。

两个安检喇嘛架起高个子喇嘛，走向了布达拉宫脚下的雪村护法神殿。

碧秀紧跟在后面，摸出手机来，要把布达拉宫出现人肉炸弹的事儿向局长报告，想了想，又算了。如果局长派一些不听他指挥的警察来这里，肯定会干扰他的计划。况且炸药的出现很可能是个诡计，目的在于把警方的注意力从香波王子和玛吉阿米身上引开。他紧趋几步，从正面盯着高个子喇嘛，发现他很年轻，最多二十五岁，长得清秀而白皙，如果留一头长发，说他是美女也会有人相信。

他问道："所有身束炸药进入会场的叛誓者都这样年轻吗？"

高个子喇嘛脸上挂着坚韧和坦荡，望着碧秀一言不发。

他又问："莫非叛誓者的传承越来越坚固锋利了？"

高个子喇嘛还是不说话，眼神变得轻蔑了，仿佛说：你没有资格和我说话，我要见瓦杰贡嘎大活佛。

碧秀冷冷一笑说："小心栽到我手里。"

2

从西往东斜面延伸的石阶上,香波王子和梅萨愣怔了半天才回过神来。

梅萨惊慌地说:"他们来了,一千个身束炸药的叛誓者,布达拉宫随时都会爆炸,我们为什么不能改天再来呢?"

香波王子搂着她,怜惜地说:"也许我们可以分开,你退出'防雪栅栏',在外面等着我。"

"我不是怕死,我是怕我们一死,'七度母之门'也就消失了。"

"我想到的是,伟大的伏藏者左右着我们的命运,既然他不会让'七度母之门'消失,也就不会让我们死掉,要死早死了。"香波王子说着,从地上捡起自己的假发重新戴好。

他们继续往上走,继续刚才的话题。

香波王子说:"我刚才准备说什么?准备说仓央嘉措启程前往京城的日子。这一天是藏历火狗年5月17日,太阳刚刚出来,仓央嘉措就从软禁他的拉鲁嘎采林苑出发了。押解他的是拉藏汗的骑兵,一百多人组成的马队。仓央嘉措骑马走在中间,一左一右是两个陪伴他的人——宁玛僧人小秋丹和侍卫喇嘛鼎钦。他们没走多远,就有一群一群的信仰者围了上来,他们喊着:'六世佛宝要走了,六世佛宝要走了。'不断献上哈达,献上酥油茶、青稞酒、糌粑团、风干肉。仓央嘉措和押解马队走过去的路,成了哈达的长廊、供养的长廊,无数人流着眼泪膜拜祈祷,都说不论上师你走到哪里,都会世世代代护佑我们。

"从祈祷的人群里突然走出了拉萨三大寺的代表,拦住马队,恳求马队首领,不要把仓央嘉措带走。马队首领说:'西藏的新主人、格鲁派的信徒拉藏汗已经发布指令，仓央嘉措是圣教的敌人、格鲁巴的克星，他继承的是叛誓者的法脉，难道你们不知道吗？'三大寺代表说：'我们的尊者会是这样的吗？交给三大寺处理，我们自会查验清楚的。'马队首领说：'不行，我们本来要废黜他然后处死他，但是大皇帝不允许，让我们押送京师听候发落，请你们赶快让开。'三大寺代表执意不让，马队首领命令部下用刀枪驱散，流血事件眼看就要发生，宁玛僧人小秋丹站出来说话了：'还是让尊者走吧，如果留在拉萨，除了被害死，还有什么好处呢？拉藏汗放不过他。不如去见大皇帝，现在这个情势，只有大皇帝才能保护他。'三大寺代表说：'我们担心的是路上，路上。从拉萨去京师，漫漫长途，一年两载，谁来保护尊者？'小秋丹说：'我和我的生命，还有他。'说着指了指侍卫喇嘛鼎钦。鼎钦使劲点点头。三大寺代表知道有大皇帝的诏命和拉藏汗的押送，仓央嘉措是拦不住的，便向小秋丹和侍卫喇嘛鼎钦合掌礼拜：'那就拜托二位了。'这时仓央嘉措说话了：'天空只要出现太阳，人们就不会再往天上看，只有阴霾蔽日的时候，人们才会寻找太阳。三大寺的上师们，快回去吧，你们应该记住，我身着格鲁派的袈裟而做宁玛派的持明（密宗）僧人，实践圣贤大德无量之秘法，戒行者难以理解，多有诬陷歪曲。自我之后，圣教将不再有修炼密宗的达赖喇嘛了。'话音未落，一条哈达突然从仓央嘉措怀里飞起，被风吹送着飘向了色拉寺上空。一会儿，又飘回来，在大昭寺金顶之上盘旋了几圈，最后飘向红山，降落在布达拉宫最神圣的殿堂帕巴拉康顶上。跑马跟踪哈达的喇嘛们激动地哭起来，他们知道这是达赖喇嘛暂去内地，不久就会转世返回西藏的预兆，便奔走相告，西藏福德不浅，众生还有希望。

"马队押着仓央嘉措来到被看作是哲蚌寺外围的吉彩露丁园林，

哲蚌寺的喇嘛在这里设立锅灶，备食迎迓。这是西藏最隆重的欢迎仪式之一，众僧流泪献茶，衷心祈祷。突然，几个喇嘛把仓央嘉措抬起来就跑，别的喇嘛不顾生命危险，用身体挡住了追撵过来的蒙古骑兵。抢夺成功了，他们把仓央嘉措请到了哲蚌寺噶丹颇章。哲蚌寺的尼穹护法闻讯前来举行了降神仪式，完了向在场的众喇嘛说：'仓央嘉措如果不是五世达赖喇嘛的转世，鬼魅当碎我首。'然后带着几个面具喇嘛跳起了摧敌金刚舞。这时，苍穹显现一架五色彩虹，一端在仓央嘉措头顶，一端直达噶丹颇章金顶。喇嘛们知道这是仓央嘉措为哲蚌寺祝福祈祷的结果，纷纷跪地，用似歌非歌、如泣如诉的诵经声表达着他们对仓央嘉措的爱戴。而仓央嘉措还给他们的却是肝肠寸断的情歌，那些生命与鲜血写成的情歌。

"霸居在布达拉宫的拉藏汗听说哲蚌寺抢了仓央嘉措，立刻调兵攻打。扬言如果不把仓央嘉措交回来，和硕特蒙古将用最悍锐的黑帐房骑兵踏平整个哲蚌寺，杀掉所有的喇嘛。哲蚌寺的喇嘛全都集中到噶丹颇章前，手操家伙，誓师迎敌。仓央嘉措从法座上泰然而起，和煦的面容上圣洁的目光让大家如同沐浴神性的温暖，他望了望天空和众僧，把不忍之心变成了安慰：'不要这样，佛祖创造的圣教是和平、和谐、和美，我今天被人当作囚犯押解，是业障导致的，是因果的体现，不是蒙古人的错，蒙古人也是佛祖的信徒啊。'他朝噶丹颇章外面走去，活佛喇嘛们哭着拦住了他。他说：'生死对我已经没有什么区别了，我不久就会回来，重见我的西藏、我的上师、我的僧徒。'他的声音悠远而温馨，表达着爱人胜过爱自己的心情，无所畏惧地走向了蒙古骑兵的军阵。

"就是从哲蚌寺开始，一个披头散发的女人疯狂追逐着仓央嘉措。我说过，这女人很可能就是索朗班宗。蒙古骑兵驱赶着她，一次次驱远，一次次又来，似乎她抱定决心要跟仓央嘉措一起上路。突然，押解马队周围出现了几路人马。马队严阵以待，以为是来劫持仓央嘉措的，观察了一会儿才发现，他们都是冲着那女人来的。一路人马把披头散发的女人抱到了马背上，另外几路人马开始疯狂地追撵抢夺，一片混战。后来才知道，几乎所有曾经围绕仓央嘉措展开行动的政治集团和宗教集团都派出人马参与了这次抢夺。

"蒙古准噶尔部的首领策旺阿拉布坦一直想找到一个控制西藏的突破口，现在突破口终于有了。仓央嘉措的后代理所当然就是仓央嘉措的转世，把仓央嘉措的情人和后代控制在自己手里，然后宣称六世达赖喇嘛仓央嘉措已经在准噶尔部转世不就顺理成章了吗？

"独眼夜叉和豁嘴夜叉又来刺杀仓央嘉措的情人，他们代表了'隐身人血咒殿堂'，而血咒殿堂又代表了圣教内部的左翼势力。他们坚持以持戒清净立足佛教之林，坚持活佛转世制而摒弃世袭制；他们对仓央嘉措的情人尤其是为了爱情死活不顾的情人，绝对不会放过。

"蒙古和硕特部首领拉藏汗已经实现了推翻桑结政权、废黜六世达赖喇嘛的目的，而被废黜的借口又是仓央嘉措是假达赖，那就意味着他们必须另立一个所谓的真达赖。除掉仓央嘉措的情人，就是断除别人利用她和她的孩子来跟自己作对的可能，为另立新达赖扫清道路。

"萨迦法王的大管家八思旺秋和噶玛噶举派的头面人物噶玛珠古，这天也出现在送别祈祷和抢夺女人的人群里，很长时间谁也不说话。突然八思旺秋感叹道：'他就这样走了，仓央佛爷。'噶玛珠古说：'是啊，是啊，没想到是这样一个结局。'八思旺秋说：'还记得我们打过的一个赌吗？'噶玛珠古说：'当然记得，我当时说，我已经看出来了,仓央嘉措一副离经叛道的面相,他要是成了一个好达赖,我就带着所有尊我为上师的噶玛巴改宗格鲁派。'八思旺秋说:'而我是这样说的,如果仓央嘉措不能成为一个好达赖,我就率领所有听我话的萨迦僧人改宗噶玛噶举派。现在看来,我赢了,我不必改宗噶玛噶举派,而你却要改宗格鲁派了。'噶玛珠古说:'你是说,仓央嘉措是个好达赖?'八思旺秋说:'你看今天的送别祈祷,拉萨全城的人都出动了。拉萨之外的人还不知道他们的仓央佛爷就要离开,要是知道,也会千里万里来送别的。在我的记忆里,自从藏土有了佛教,还没有哪个佛爷能够赢得这么多的信徒。'噶玛珠古说:'我知道,我知道,西藏人对他的信仰是空前的。'八思旺秋说:'全西藏信仰的达赖,怎么可能不是一个好达赖呢?唯一让我迷惑的是,仓央嘉措只有二十四岁,他靠了什么,就能让众生如此迷恋?'噶玛珠古说:'这个问题我想了许多日子,已经想明白了。'八思旺秋说:'想明白了什么,能告诉我吗?'噶玛珠古沉默着,突然指着前方说:'那个披头散发的女人,我们想办法把她救下来吧。'八思旺秋说:'我也这么想,我们不如她,她是信仰谁就会把生命献给谁的。'噶玛珠古说:'信仰仓央嘉措的人都会信仰她,她一定是度母的化身,就等着我们这些信仰度母的人去救她呢。'八思旺秋和噶玛珠古带领各自的喇嘛,跑向了疯狂抢夺女人的人群。

"仓央嘉措一生都没有行使过布达拉宫赋予他的权力,达赖喇嘛天然具备的煊赫威势被他轻轻一挥,就用纯粹的人性之纱严严实实地盖住了。他勇敢地踢开了地位——雄狮宝座象征的一切,踢开了奢华至极的物质享受,甘于懦弱和贫贱,只把心灵的需要看得至高无上,挥洒着性情。唱啊,以流行歌手的姿态,情真意切地唱啊,就唱情歌,每一次开口都是情歌,仅仅是失恋的和热恋的世俗之歌。

但从送别仓央嘉措的场面看，谁也不能否认仓央嘉措是西藏的中心，他就是宗教，是西藏乃至蒙古，青海，康区最高的宗教领袖、万众景仰的圣僧大宝。他在修炼中创造着人性和佛性的共存，似一叶灵舟，载着好奇和满足渡向彼岸，不经意间就把所有的水划向身后，融入了遥遥远远的彼岸。不，他不是融入彼岸，他就是彼岸，他孤拔而起，以苍凉和清洁，以纯真和坚贞成为信仰的彼岸。他把众生的理性和情感集纳在自己身上，成了一座活动的山，由信仰建造的冈日波钦山。

"八思旺秋和噶玛珠古最终得到了这个很可能就是索朗班宗的披头散发的女人,他们利用教派力量,成功地保护了她。几乎在同时,噶玛珠古按照自己打赌的承诺,带领一些尊他为上师的噶玛巴改宗了格鲁派。

"也就是从几路人马疯狂抢夺披头散发的女人即索朗班宗的混战开始，整个拉萨都唱起了这样一首仓央嘉措情歌：

> 洁白的仙鹤，
> 请把翅膀借给我，
> 我不会远走高飞，
> 到理塘转一转就回。

"为什么不唱别的就唱这一首？因为仓央嘉措想把这首情歌流传下去，就带头唱起来，这跟现在的歌星和狂热的追星一样。刻在无字碑上的情歌不是被人磨平了吗？那他就想办法镌刻在人们的记忆里，表现在人们的口头上、音乐中。仓央嘉措用心良苦，这首被看成是他转世预言的情歌，迅速走向千家万户、角角落落，任凭时间流逝，它却在磨砺中神奇地崭新着。后来这预言像人们坚信的那样应验了，七世达赖喇嘛果然诞生在理塘，他带着仓央嘉措的灵识入主布达拉宫后的第一件事情，就是扑向德丹吉殿，察看殿内的物件是否缺了什么。这是仓央嘉措的寝宫，也就是七世上一辈子的寝宫，所有的物件都是他用过的、熟悉的。但现在如果我们断定这首情歌也是曾经刻在无字碑上的情歌，那就不光是转世预言，还有可能是'七度母之门'的伏藏指南。"

梅萨费解地说："可是它指南了什么呢？"

香波王子摇摇头："现在还很难说清楚，走着看吧。"

石阶急转折回，变成了从东往西的斜面。他们加快了脚步，走到斜面的中间，又折向一面从西往东的石阶，停下来往上看着。石阶的每一级突然变得清亮了，阳光在人群之上就像一些钻空子的小野兽，不时地扑下来舔一下，舔一下，舔出了石阶青蓝绿白红的颜色。凌乱的脚步，向上的延伸，五十米之外就是著名的彭措多朗大门。它被白色的幕帐遮罩起来，如同密门天堂、黑面净土，把光明的境界隐藏在了黯淡和冰凉之后。

香波王子问："怎么样感觉？这是世界最高庄严的台阶。"

梅萨朝上瞪起眼睛说："感觉很不好，真的很不好。"

香波王子问："为什么？"

梅萨失声叫起来："你看前面，智美也来了。"

智美背着背包，挎着胜魔卦囊，堵挡在五步之外，面孔阴沉而凶怒，嘴角朝下撇着，脸颊上的伤疤因为充血而变得紫紫红红，一副顽魔欺世的样子。

香波王子迎上去问道："你想干什么？"

智美说："终于把你等来了，你不觉得我比你聪明吗？"

香波王子说:"能在布达拉宫等我的人都不弱智。"

智美说:"你为什么要杀死索朗班宗?"

香波王子不想回答,抬脚就走。

智美一把拉住他,咬牙切齿地说:"你抢走了梅萨,杀死了索朗班宗,我对你恨之入骨你知道吗?"说着从背包里摸出一块刚好可以满把握住的绘着佛像的石头,那石头一头像锥子,一头像斧子,打磨锋利的剖面上,青光闪闪。"没想到吧,我会制造一块原始人的石器,画上佛像贴上标签,说它是旅游纪念品。安检是不管这个的,我用它杀了你是迟早的事儿。"

香波王子冷静地说:"你不会的,你和你的新信仰联盟跟我一样渴望看到仓央嘉措遗言。"

智美扫了一眼梅萨说:"过去是这样,现在不了。现在我要让梅萨看到,她的选择是多么错误,她作为法侣紧紧跟定的掘藏大师不该是你,而是我。所以你还是明智一点,如果你认为'七度母之门'比她更重要,就应该把'授记指南'以及有关'七度母之门'的所有线索都告诉我,就算是你对仓央嘉措遗言的挽救。"

香波王子说:"不可能。"大步往上走。梅萨紧跟其后。

但是很快又停下了,他们从彭措多朗大门的左边看见了王岩和卓玛,从右边看见了阿若喇嘛和邬坚林巴,还有警察,那些不走的左顾右盼的都是便衣警察。一瞬间的紧张之后,香波王子意识到,其实他不过是一诱饵,根本就没有自由。一旦像《地下预言》中预言的那样,玛吉阿米作为"掘藏之神的金刚佑阻"出现在布达拉宫,就算碧秀不以"隐身人血咒殿堂"的名义一枪崩了他,警察也会随时把他这个通缉逃犯抓起来。他想到自己和梅萨很可能无法掘藏到底,不知在哪个环节上就会突然停下,一种悲凉和不甘油然而生。

香波王子看着梅萨，目光里充满了无奈。他说："重要的是'七度母之门'现世，而不是由谁来发掘，是不是？"

梅萨说："我明白你的意思，我们可以前功尽弃，'七度母之门'不能半途而废。"

香波王子叹口气，踌躇着，告诫自己：不愿意，不愿意，就是不愿意让智美得到他和梅萨的发掘成果。但当智美再次来到他身边，威胁说警察马上就要抓他，他根本不可能最终开启"七度母之门"时，他说："我在大昭寺就对你说过，谁是'明空赤露'的拥有者，谁就掌握着'七度母之门'的伏藏，遗憾的是你失去了机会。现在我还可以告诉你新的'授记指南'，但愿你能聪明起来。"

智美说："我肯定没有你聪明，但我比你狠，掘藏有时候要狠狠地掘。"

香波王子说："我知道你有凶狠毒辣的遗传。"

智美问："什么意思？"

香波王子说："拉藏汗的嫡传后代嘛，你不凶狠谁凶狠？"

智美望了一眼梅萨："你都告诉他了？"然后得意地哈哈一笑，"我为我的祖先拉藏汗而骄傲，他是一代豪杰，乱世中的英雄。他废黜了六世达赖喇嘛仓央嘉措，却因此让仓央嘉措名气更大、影响更广、流传更久。仓央嘉措和你们这些热爱仓央嘉措的人都应该感谢我的祖先拉藏汗。"

香波王子说："是的，很感谢，所以我想告诉你新的'授记指南'。"

梅萨一把抓住香波王子："你再想想。"

香波王子叹口气，看了看智美手中的石器说："我不是依靠你，而是想和你竞争。如果伏藏者，不管是莲花生大师还是仓央嘉措，确定的掘藏者是我而不是你，你就是杀了我，或者警察抓了我，我也会继续掘藏。如果确定的掘藏者是你,我对你的保密又有什么意义呢?但愿你能成功。"说着看了看四周,发现好几双眼睛都盯着自己,便一字不落地背诵起了大昭寺"授记指南",完了说,"你记住了吧,要不要我再给你写出来?"

"要,当然要。"

片刻,智美带着香波王子写给他的"授记指南",拍了一下斜挎在肩上的胜魔卦囊,得意地笑着,生怕别人抢了先,推搡着人群,朝着石阶上面的彭措多朗大门疾步走去,突然又停下,三步两步蹿到梅萨跟前,拉她到一边,小声说:"还好吧,我很想你。"看梅萨不言语,又说,"跟我走吧,你还是应该相信和依赖我。"

梅萨歉疚地摇摇头。智美双手扶住她的肩膀,深情地注视她的眼睛。梅萨不敢承接他的目光。她知道那目光在述说什么,流逝的岁月、甜美的日子、彼此的恩爱。那时候,尽管她在心里还有一丝保留,但双方都是那样认真而投入。他们是专一的,尤其是智美,在他失踪以前,在她把自己交给香波王子以前,从感情到行为从来没有背叛过她、辜负过她。今天的分手,除了智美失踪造成的死亡误会,责任全在梅萨,说到底,是梅萨离开了他。

智美说:"你不会忘记吧,我们的经历?我们一起出国,一起加入新信仰联盟,一起接受人家提供的经费,用这些钱你买了手机、电脑、衣服、首饰,连你回国的机票都是联盟提供的。还有,我们共同的理想和仇恨……"

梅萨明白,她和智美的共同理想是掘藏,让仓央嘉措遗言把控诉和诅咒公诸于世。至于仇恨,其实从来没有共同过,智美是替拉藏汗仇恨,梅萨是替仓央嘉措仇恨。她长叹一声,否认道:"没有,我们没有共同的仇恨。"

智美吼起来:"有,我们都恨圣教,恨'隐身人血咒殿堂',恨仓央嘉措。"

梅萨说:"谁恨仓央嘉措了?其实你也不恨,你不过是想利用他。而我,我热爱仓央嘉措,跟你是山南水北。"

智美说:"我知道,就这一点分歧,造成了今天你和我的隔离,但'七度母之门'一旦开启,仓央嘉措遗言一旦传开,我们的目的就会同时达到,我们也会再次走到一起。别忘了我们彼此的承诺:共信,共爱,共生,共死。比起你和香波王子,我们更是仓央嘉措情歌的实践者。你还是我的,还是我的,走着瞧啊,你总不会跟一个死人跟到底吧?从现在开始,他每走的一步都是靠近死亡,警察和'隐身人血咒殿堂'都不会放过他,还有我们的新信仰联盟和乌金喇嘛更不会放过他,说不定到时候不是你动手就是我动手。回心转意吧,现在还来得及梅萨。"他说着,拉了一把梅萨,看她不动,走了。

梅萨满脸通红,好像这些话是她说出来的,憋得她半天才喘出一口气来。她捂住自己的胸口,想压住心脏的狂跳,却压出一阵恐惧来。

香波王子赶紧过去,抱住她:"智美说什么了?"

梅萨摇摇头,嗫嚅道:"智美疯了。"然后哆嗦着抓住香波王子,"唱,快唱。"

"唱什么?"

"难道你还会唱别的?"

香波王子唱起了仓央嘉措情歌:

中央的须弥山,

悄然屹立如常，
太阳和月亮的运转，
绝不想弄错方向。

一曲终了，梅萨渐渐平静了。

3

雪村护法神殿隐藏在布达拉宫城墙内一片低矮的房屋里，十分不起眼，但它却起着维护红山山麓和布达拉宫基址的重要作用。据说多少年来藏地妖魔总想摧毁布达拉宫的础石，好让这座巍峨的神宫一夜之间坍塌，雪村护法神殿就是为镇服妖魔而建。神殿里供奉着十忿怒明王之一的地下金刚和马头无敌，形貌狞伟，色彩浓艳，看了就让人放心：有它们在，任何妖魔鬼怪休想靠近。

酥油灯闪烁的明王供桌前面，布达拉宫峰座大活佛瓦杰贡嘎面容和悦地伫立着，身边是面色黧黑、一脸威严的管家和大活佛的弟子古茹邱泽喇嘛。

高个子喇嘛被两个安检喇嘛押进了护法神殿。

管家说："你不是要见大活佛吗？大活佛就在这里。"

高个子喇嘛满脸恭敬地望着瓦杰贡嘎大活佛，挣扎着想跪下，架住他的两个安检喇嘛不让他跪。瓦杰贡嘎大活佛挥挥手，让两个喇嘛放开了他。

碧秀喊一声："慢着。"几步过去，把高个子喇嘛绑在腰里的一圈儿炸药取了下来。

高个子喇嘛扑通跪下，咚的一声，一个头磕下来，几乎在砖地上把头磕烂："我祈请大活佛相信我，相信我的话。"

古茹邱泽喇嘛说："这里是护法神殿，护法明王知道你说了实话还是假话。"

高个子喇嘛说："《地下预言》的明示大活佛没有忘记吧？在布达拉宫大诵经法会开始的今天，一千个叛誓者将身束炸药进入会场，在太阳落山之前，一起点火引爆。"

瓦杰贡嘎大活佛平静地点点头。

高个子喇嘛说："但是现在变了，《地下预言》又有了新内容，一千个叛誓者将不再身束炸药进入布达拉宫，因为他们已经在布达拉宫里头埋藏好了炸药。埋藏炸药从三年前开始，三年中几乎每个月都会有叛誓者进宫添加药量，如今的药量能炸毁十座布达拉山、一座拉萨城。现在，一千个叛誓者唯一要做的，就是共同指认首领，然后得到引爆炸药的指令。指令一旦发出，一千个叛誓者都会奋不顾身担当起引爆炸药的使命。"

古茹邱泽喇嘛说："既然变了，那你怎么还会身束炸药呢？"

高个子喇嘛说："我不这样能见到大活佛吗？我绑在身上的不是炸药，是鞭炮，不信你们撕开看。"

碧秀撕开了炸药的牛皮纸包装，果然看到里面是花色纸的鞭炮"一柱擎天"。他把二十多管统统撕开，统统都是"一柱擎天"。他从自己的枪套里拿出手枪通条，捅破一个"一柱擎天"，倒出里面的火药闻了闻，才向瓦杰贡嘎大活佛和古茹邱泽喇嘛点点头："是鞭炮。"

古茹邱泽问："你是什么人，为什么要给我们通风报信？"

高个子喇嘛说："我是叛誓者的叛誓者。"

古茹邱泽再问："你为什么要做叛誓者的叛誓者？"

高个子喇嘛说："这是圣教的需要，更是开启'七度母之门'

的需要。"

古茹邱泽又问:"谁派你到这里来的?"

高个子喇嘛几乎哭着说:"我的祖先派我来,我的传承派我来,我修炼的本尊大神派我来,观想和梦示中都有指派的密语,请你们相信我。"

瓦杰贡嘎大活佛冷漠地望着他。在场的所有人都冷漠地望着他。

高个子喇嘛绝望地说:"啊,你们不相信我,不相信叛誓者的叛誓者就是布达拉宫的忠实保卫者,不相信布达拉宫埋藏着炸药,不相信会在今天太阳落山之前爆炸。"

古茹邱泽说:"那就请你告诉我们,炸药埋藏在布达拉宫的什么地方?"

高个子喇嘛说:"我不是进宫添加药量的人,我不知道。但护法明王在上,我可以用死、用万劫不复的誓言证明我没有撒谎,请给我一把刀。"

瓦杰贡嘎大活佛冷冷地对古茹邱泽喇嘛说:"给他。"

古茹邱泽犹豫着。他身边的管家立刻从自己腰间抽出一把七寸藏刀递了过去。碧秀生怕发生意外,跳过去横挡在瓦杰贡嘎大活佛前面,举枪对准了高个子喇嘛。

高个子喇嘛握刀在手,长叹一口气,撕开袈裟里的贴身僧衣,露出了肚腹。他说:"护法明王在上,瓦杰贡嘎大活佛在上,我要是说了假话,此生了断之后,不得往生成人,世世都是饿鬼、畜生,世世都在地狱痛苦煎熬。"说罢,双手握着刀柄,一刀攮进了肚腹,力量之大,不光七寸刀身,连半个刀柄都进去了。

所有人包括怒发冲冠的护法明王都惊叫了一声。

接着就是倒地,扭曲,流血,安静。

人们哗地拥过去,看到已是无可挽救,又忽地退回来。古茹邱泽跑出去叫来了布达拉宫的藏医喇嘛。藏医看了一眼蜷缩在地的高个子喇嘛,朝瓦杰贡嘎大活佛弯弯腰,转身就走,边走边说:"我去把收尸喇嘛找来。"

在场的人呆愣着,一个清秀而白皙的年轻喇嘛,就这样为剖白心迹、为获得信任而死。但他本人和所有人都觉得这样是值得的,因为他终于把布达拉宫即将爆炸的事实推到了人们面前。

瓦杰贡嘎大活佛突然清醒过来,连一句超度亡灵的经咒都没有来得及念,就吩咐管家和古茹邱泽喇嘛:"搜寻炸药,快,发动布达拉宫的全体喇嘛,搜寻炸药。"然后又求救似的望着碧秀说,"警察,警察。"

碧秀紧紧张张朝外跑去,又回头大声说:"我们会尽到责任的,现在最重要的是维持好秩序,不要把消息传出去,传出去不得了,一切都会完蛋。"

这句话提醒了瓦杰贡嘎大活佛,他把已经离开的管家和古茹邱泽喇嘛又喊回来,叮嘱道:"告诉喇嘛们,搜寻是秘密的,不得互相议论,不得说给任何宫外的人,泄密者撵出布达拉宫。"

碧秀副队长来到雪村护法神殿外面,立刻拨打局长的电话。潜意识里警察的责任感在这个紧急关头起了作用,他只有一个意念:保卫布达拉宫。

一阵风吹来一潮音浪,那是红宫里的经声从敞开的窗户里流泻而来,流进了他的耳朵,流过了他的心,一下子把那意念冲散了。他把手机捂在耳朵上朝上看着,和局长的通话顿时变得南辕北辙:

"一切正常,我们已经发现了香波王子和梅萨,但是今天布达拉宫人很多,当众抓捕恐怕会引起骚乱,已经暗中布控,他们一定跑不了。"

局长说:"你的考虑是对的,但也要当机立断,抓捕这两个逃犯越快越好。"

碧秀关掉手机,长舒一口气。他想象得出,局长一旦知道布达拉宫埋藏着炸药,肯定会把全市的警力都调来。他们碰上就抓,不会看着作为诱饵的香波王子和梅萨一个殿堂一个殿堂地去寻找"七度母之门"。他现在必须豁出去了,决不能让搜寻炸药的行动干扰了黑方之主交给他的任务。

碧秀回头望着从雪村护法神殿出来,踏上内部通道,快步走向白宫的瓦杰贡嘎大活佛。心说搜寻炸药就靠你们了,你们熟悉布达拉宫的建筑结构和所有隐蔽的地方,一点不比警察的作用小。但是作为重案侦缉队的副队长,他不能一点举动也没有,让瓦杰贡嘎大活佛感觉到警察正在全力以赴地搜寻炸药是有必要的,不然大活佛会把电话直接打到自治区政府请求另派警察。

4

香波王子和梅萨拾级而上,就像两个蚂蚁蠕动在高山之前,不管肉体有没有缩小,心首先就渺小起来。他们感觉着人在宏伟和壮丽面前的那种无言,在高峻和挺拔之下的那种卑怯,一点一点靠近着彭措多朗,靠近着用洁白的幕帐遮蔽起来的布达拉宫东大门。到了,不禁弯下腰低下头去。进门的一刹那,香波王子惊奇地叫了一声,就像被光芒刺了一下,疼痛得有点幸福、惶恐。但进入眼睛的却是黑暗,彭措多朗大门内,光明一下内敛了,收到佛的怀抱里去了。而梅萨的感觉却是眩晕,好像到了天宫,那云彩上的地基让她有些飘然失根。她拽住香波王子，尽量让自己有脚踏实地的感觉。

香波王子说："看见了没有，这是用整个树干做的门闩。"

梅萨呆愣着，她是第一次走进布达拉宫，几乎不能用语言表达自己的感觉。

香波王子说："这么粗的门闩，五六个人才能把门闩死，外面的人想要推开它是不可能的。"说着，他把眼光投向门楣上一排怒吼的怪兽，"那是七头狮子的雕像，它们是西藏动物雕刻的典范，最原始的藏狮子都是这样，几乎可以成为现代卡通的蓝本。"

梅萨问："为什么都是七个数？一进布达拉宫的大门，我们就遭遇了'七'，是不是所有吉祥的事物都含有七？"

香波王子说："不一定的，每一个地方都有自己的吉祥数字，西藏的吉祥数字是七。对一个人来说，心仪哪个数字，哪个数字就是吉祥的。'七'对我们肯定不同凡响，也许布达拉宫之门就是'七度母之门'。"

他们继续往前走，幽暗的阶梯式通道里，前面是深邃，左右也是深邃。那些通向外面的墙洞，透过深邃告诉人们什么叫铜墙铁壁。宫墙的两边是坚硬的花岗岩，中间夯塞着黏性很强的三合土和浇筑着铁汁，墙壁的厚度足有五米，感觉它不是宫墙而是城墙。

梅萨说："从里面看到的布达拉宫比从外面看到的还要令人震撼。"

香波王子说："当初的建造者把它看成了立体的信仰，发誓一定要让它和佛教一起千秋万代坚固下去，让地震、天火、敌人、时间，都不能侵犯它和摧毁它。"

梅萨突然变得十分忧郁："能做到吗？有人想要炸毁它，叛誓者已经来了，我就不信一千个叛誓者都是傻子，绑着炸药硬往有安检的地方钻。"

香波王子说:"所以我们要抓紧。"

一些喇嘛从身边经过,经文在嘴边像溪河一样流淌着,让人想到那是水浪的激响穿行在时间的隧道里。不断有人碰撞着香波王子和梅萨,似乎在催促他们:快走啊,快走啊。香波王子拉着梅萨加快了脚步,他知道要是在这个地方有人从背后给他一刀,那就太容易了,他都看不清对方的面孔就会倒下去,即使不被刺死,也会被乱脚踩死。这么想着,他突然紧张起来,恍然觉得有人正在背后推搡他,回头看了一眼,吃惊地看到一张刀斧砍凿的脸上两只凶狠的眼睛正在发光。

一瞬间他僵住了,和对方身子贴身子地伫立着。

碧秀说:"我是来告诉你,你最多只有三个小时。"

香波王子说:"三个小时是不够的,既然你的目标除了我,还有作为'金刚佑阻'的玛吉阿米和那份仓央嘉措后代的名单,你就必须等到伏藏掘出,因为很可能只有'七度母之门'的伏藏现世之后,玛吉阿米才会出现。"

碧秀阴冷地说:"布达拉宫埋藏着炸药,三个小时内如果找不出来,我必须报告局长,那时候会有大批警察和武警来这里。你没有机会再去发掘'七度母之门',我会在第一时间逮捕你。"

香波王子说:"不可能,炸药是一千个叛誓者带在身上的,不是埋藏在布达拉宫的。"

碧秀说:"现在变了,据叛誓者的叛誓者透露,三年前叛誓者就开始进宫埋藏炸药,如今的药量能炸毁十座布达拉山、一座拉萨城。一千个叛誓者唯一要做的,就是共同指认首领,然后得到引爆炸药的指令。指令一旦发出,一千个叛誓者都会奋不顾身地担当起引爆炸药的使命。"

香波王子说:"叛誓者中不可能产生叛誓者,反复无常的人在一千个叛誓者中是不存在的,他们死也不会背叛。"

碧秀说:"恰恰相反,有人宁肯赴死,也不会不背叛。"说着,绕过香波王子和梅萨,朝前走去。

香波王子对梅萨说:"听见了吧,三个小时,三个小时够干什么?他妈的,死有余辜的叛誓者,这个时候来捣乱。"他恼怒地攥起拳头,突然看到五步远的墙根里站着阿若喇嘛,便扑过去双手撕住,抱起来朝着墙洞扔了过去。

邬坚林巴恰好在墙洞那儿,张开双臂接住了。

香波王子又指着不远处躲在昏暗中的王岩和卓玛吼起来:"你们想干什么?想抓我?现在就抓,反正我已经没有多少时间了,我放弃'七度母之门'行不行?既然它跟我没有缘分,我又何必辛苦自己呢?抓呀,快过来抓呀。你们要是现在不抓我,就从我眼前滚开,不要再干扰我。三个小时后,不管你们谁来抓我,我都跟你们走,行了吧?"

一些经过的喇嘛和信徒诧异地看着他,仿佛说:如此神圣温暖的地方,如此馨香庄严的时刻,这个人怎么会怒火冲天?

"你们看什么看?"香波王子吼着,愤怒地唱起来:

> 无论是豺狼獒狗,
> 喂它点糌粑就熟,
> 身边的斑斓母虎,
> 越熟却越发凶怒。

梅萨推搡着他:"你给他们唱什么仓央嘉措情歌,他们又不懂,再说仓央嘉措情歌又不是打人的手枪。"

　　王岩和卓玛朝他们走来。

　　香波王子迎了过去："来啊，我不怕你们，尤其是那个叫王岩的，我仇恨你。不让你报警，你偏要报警。你是故意的，你就是想逼死珀恩措，这笔账迟早我要跟你算。"

　　王岩小声而严厉地说："我们来这里与你无关，赶快离开这里，这里很危险，我们已经找到了乌金喇嘛。"

　　香波王子不说话了，半响问："谁？谁是乌金喇嘛？"

　　卓玛说："等你发掘出'七度母之门'的伏藏，你自然就知道了，快走。"

　　香波王子和梅萨朝前走去。王岩和卓玛迅速靠近墙洞，那儿平静地伫立着阿若喇嘛和邬坚林巴。

　　王岩一把攥住阿若喇嘛的手腕："我希望你跑，因为我更希望一枪打死你。"

　　阿若喇嘛说："我为什么要跑？"

　　王岩说："你是乌金喇嘛。"

　　阿若喇嘛说："凭什么？就凭我身上的伤疤？"

　　王岩说："我们要数一数。"

　　阿若喇嘛说："不用数，一共四十九处伤疤。"

　　王岩说："眼见为实，一定要数。"

　　阿若喇嘛说："我已经说过了，喇嘛从来不脱光自己，人前人后都不能。"

　　王岩说："你的命运你说了不算。走吧，我们找个隐蔽的地方。"

　　邬坚林巴突然开口了："不用隐蔽，就在这里，阿若喇嘛不脱，我脱。"说着一把抓开了自己的衣胸，"看看吧，这是什么？"

伤口，痊愈的伤口，满胸脯都是。王岩惊呆了。

邬坚林巴说："数不数啦？我身上也是四十九处伤疤。告诉你们吧，聪明的警察，所有修炼'七度母之门'的佛僧，在到达第五门之后，都会在自己身上留下伤疤，而且是七七四十九处伤疤。"

阿若喇嘛同样吃惊地望着邬坚林巴："你也在修炼'七度母之门'？从来没听你说起过。"

王岩问："为什么？为什么要在自己身上留下伤疤？"

邬坚林巴说："这是本尊神在梦中的授记，不足为外人道。"

卓玛摇头道："真残酷，修炼'七度母之门'真残酷。"

邬坚林巴说："这根本就不算什么，能忍受巨大伤痛是小境界，伤而不痛是中境界，刀剐无伤是大境界。"

卓玛还想说什么，发现王岩已经转身离开了。

香波王子和梅萨快步走出幽暗的通道，来到了白宫正门外一片开阔的广场上。阳光酣畅地倾泻着，一下子浴亮了他们的脸。梅萨眯起眼睛往天上看着，好像告别阳光已经很久很久。香波王子迅速观察着四周说：

"这就是德阳厦广场。"

梅萨用脚蹭了蹭阿嘎土夯筑的地面说："听说过的，原来就是它。"

香波王子说："德阳厦是举行金刚神舞法会的地方，也曾是节日期间历代达赖喇嘛观赏藏戏和民间歌舞的场所。南北两侧黄色的宫前楼过去是僧官学校，专门为噶厦政府培养'孜仲'也就是中级以上的官员。值得一提的是，这所格鲁派僧官学校的重要师资，大都来自南传宁玛派祖庙敏珠林寺。为什么呢？表面上的理由是敏珠林寺的高僧以精通历史、佛学、藏文和历算名闻全藏，实际上是因为三百多年前敏珠林寺的寺主久米多杰活佛曾是六世达赖喇嘛仓央嘉措的经师。仓央嘉措喜欢这个宁玛派的经师，他的转世——自七世开始的所有达赖喇嘛当然也会一如既往地喜欢。达赖喇嘛喜欢的，僧官就更应该喜欢。这样一来，格鲁派政权内的许多官员或多或少都有了敏珠林寺高僧的传承，该寺的活佛喇嘛乃至整个宁玛派僧人也就越来越多地在布达拉宫取得了上师的资格。"

梅萨不耐烦地说："以后再给我介绍吧，现在应该抓紧时间破译大昭寺'授记指南'。"

香波王子说："介绍的过程就是破译的过程。"

梅萨说："可问题是我们毫无进展。"

香波王子说："思考就是进展，既然格鲁派政权内的许多官员有着敏珠林寺高僧的传承，既然宁玛派僧人越来越多地在布达拉宫取得了上师的资格，那么出身宁玛派又有'明空赤露'境界的仓央嘉措就可能成为许多僧官修行时的观想对象或者本尊神祇。这就等于告诉我们，大昭寺'授记指南'里的'处处有的又处处没有'是什么意思。这个'有的'和'没有'指的都是仓央嘉措，只要有僧官的地方就有仓央嘉措，或者说，僧官修行离不开被超荐的上天之佛，只要有佛像，就有仓央嘉措的影子。"

梅萨说："那么它跟'七度母之门'到底是什么关系？"

香波王子说："只要有仓央嘉措，就可能有'七度母之门'。"

梅萨发愁地说："还是老虎吃天。"

香波王子说："那也得吃。"

他们快速穿过德阳厦广场，走向白宫大门。大门高悬在空中，门前的帷幕是个倒立的凹形，以白色的背景衬托着三个蓝色的象征普天呈祥的菱立福德金轮。一道木梯陡然而立，把平整的德阳厦广场和直立的白宫连接成一体。漫过广场的人群到了木梯前，就像激流遇到了礁石，忽地一下拍天而起。

香波王子突然停下了，愣愣地望着前面的木梯。

梅萨说："走啊，别耽误时间了。"

香波王子说："你看那是什么？'三色天梯'？"

陡立的木梯是三排连起来的，中间一排原是专供达赖喇嘛上下的，现在用一块经幡遮挡着，呈明黄色；右边一排原是官员通道，现在由活佛喇嘛经过，呈紫红色；左边一排原是僧众通道，现在挤满了信徒，呈黑蓝色。

香波王子说："幸亏遇到了大诵经法会，不然我们怎么能看到三种颜色。"他背诵着"授记指南"里的句子，"为什么三色天梯之上是无限虚空的繁衍"，喊一声，"走，快上。"

他和梅萨沿着"三色天梯"走上去，刚走到半中腰，突然一个人冲了下来。所有人都在向上，只有他是向下的，向下的力量非常猛烈，一连撞倒了好几个人，也撞得香波王子和梅萨歪斜了身子。

香波王子一看是智美，愤怒地推开他："你要干什么？"

智美说："对不起了两个笨蛋，我在达松格廊道打了第一卦，要接近'七度母之门'根本不能从这里上。"说着，连撞带挤地走了下去。

香波王子回望着智美说："快走，只要我们是自由的，就不能让智美抢先。"他推搡着梅萨，连跨几步踏上木梯，站在了达松格廊道的平台上。

5

其实智美还没有得到关于开启"七度母之门"的任何启示,他在达松格廊道进行了第一次占卜,结果是空白。卜神已经安驻卦象却是空白,说明场合不对,熙熙攘攘的达松格廊道不是一个理想的占卜之地。他冲下"三色天梯"往回走,就是想到天光云影照耀、僧气人气凝聚的德阳厦广场才是一个卦象灵验之处。

他站在广场中央,念诵着神卜经咒,转着圈选择占卜地点。片刻,他走向广场北边的回廊,在一根插着经幡的柱子后面,抱着胜魔卦囊坐了下来。

作为一个既有宣谕法师的占卜家传,又对西藏占卜文化有着精深研究的学者,他熟悉各种占卜术,真言占卜、骰子占卜、羊肩胛骨占卜、念珠占卜、圆光占卜、神签占卜以及箭卜、梦卜、鸟卜、相卜、脉卜、绳卜、语卜、字卜、石头卜、数字卜,等等。他觉得每一种占卜只要虔诚,只要经咒准确和方法得当,就都是灵验的。区别只在于卜问的事情是否对应着占卜术的特点。真言占卜和骰子占卜宜于俗事,念珠占卜和圆光占卜宜于佛事,神签占卜宜于个人,羊肩胛骨占卜宜于集体,梦卜和鸟卜宜于出行财贸,相卜、脉卜和绳卜宜于疾病利害,语卜和字卜宜于老人,石头卜宜于孩子,数字卜宜于女人,绳卜宜于亲属,箭卜则宜于寻找失物。但是面对"七度母之门"这样神圣伟大的掘藏事业,这些占卜都有可能无力灵验,就好比用抛分币的办法可以测知今天宜不宜上街,却无力断言一个人一生的命运和世界大事。所以他选择了"玛瑙石金刚输入占卜法"。

二十一颗玛瑙石都是在忿怒佛母秽迹金刚面前开光加持过的。他从胜魔卦囊里拿出来,逐个摩挲了一遍,紧急口诵大猛护世金刚手咒："唵叭杂叭呢吽。"一共二十一遍。然后改念卜神祈祷文，拿出了卦辞谱。

刚才在达松格廊道，他已经把香波王子写给他的大昭寺"授记指南"亲手抄了一遍，并写进了卦辞谱的每一页。第一页对准一，第二页对准二，第三页对准三，依此类推，一共写了二十一页。这就好比把信息输入了计算机，无论二十一颗玛瑙石的卦象如何演变，他都能从卦辞谱里找到和"授记指南"对应的那个数字，再根据对应数字代表的形象，判定占卜的结果。整个占卜过程中，关键在于二十一颗玛瑙石演变的卦象。

他把二十一颗玛瑙石抛向空中，根据落地的方位，用笔一一记下了方位所代表的数字，然后用这些数字去碰撞卦辞谱里和"授记指南"对应的数字，变成二十一组数字。然后把二十一组数字加了一遍，又减了一遍，再把加减出来的两个数字连起来。这是一个号码，他很快在卦辞谱中找到了标有这个号码的物象——雕刻有狮头的东方宝座。他知道这指的是白宫东大殿的达赖喇嘛狮子法座，便把所有东西塞进胜魔卦囊，提起来就走。

到了东大殿他还得占卜，这样的占卜叫"母占卜"，要是结果还是雕刻有狮头的东方宝座，那就说明"七度母之门"就在东大殿。他再行"子占卜"，两次三番，就可以找到方位，找到地点。要是结果不是雕刻有狮头的东方宝座而是别的物象，他就得奔赴这个物象所在的地方，再来一遍"母占卜"。如此占卜下去，奔赴下去，直到一个物象重复出现，或者千载难逢地出现最后一个号码。

他大步流星，不时地推搡着挡道的人："劳驾，劳驾，让开，让开。"

好几个喇嘛怒目而视。

第八章　灵塔丛林

1

搜寻炸药在布达拉宫的主要殿堂同时进行，几乎所有布达拉宫的喇嘛都参与了行动。基本上是在哪个殿堂行走的喇嘛负责哪个殿堂的搜寻。他们熟悉自己朝夕相处的地方，爬高就低地搜寻着，把那些他们掌握的暗洞和蔽角都扫了一遍，然后又去检查哈达的皱褶、唐卡的卷轴、佛像的前后、梁柱的夹缝、斗拱的雕洞、供品的器皿，以及佛龛、经函、床榻、橱柜等所有他们能想到的地方。

来参加布达拉宫大诵经法会的外寺僧人都很好奇，不断有人问："你们在找什么呢？"布达拉宫的喇嘛们都得到了"泄密者撵出布达拉宫"的指令，宁肯装聋作哑，也不会说实话。但越是守口如瓶，就越发引得外寺僧人猜疑不止。他们大部分来自西藏各地的格鲁派寺院,少部分来自宁玛派寺院、噶举派寺院和萨迦派寺院,对布达拉宫在这样一个隆重而庄严的日子里出现的纷乱和怠慢非常不满。

"往年总会有人把我们引导到诵经的座位上,今年怎么没人管我们,我们的座位在哪里?"

"法会的主持变了嘛,今年的主持是瓦杰贡嘎大活佛。"

"那就更不应该了,他不是格鲁巴的骄傲吗?"

马上有人反驳道:"瓦杰贡嘎大活佛当然是格鲁巴的骄傲,他以为来诵经的上师都是头上有顶灯,胸腔里有心灯的人,若是引导他们那不是看不起他们了吗?法会的主会场在司西平措,找个座位坐下就是了。"

阿若喇嘛和邬坚林巴也在猜疑,也在打探,没打探出什么,就有些紧张,担忧布达拉宫正在发动所有喇嘛寻找"七度母之门"的伏藏,那不就乱套了吗。即便他们的行为跟"七度母之门"没有关系,那也是非常不利的,万一破坏了伏藏现场,伏藏就会自动消隐。

邬坚林巴说:"我们应该阻止他们。"

阿若喇嘛说:"我也这么想,不过我更希望得到不动佛的明示。"

邬坚林巴说:"那我们就在这里等着?"

阿若喇嘛说:"不动佛的明示不等也会来,现在我们应该去见见瓦杰贡嘎大活佛。"

瓦杰贡嘎大活佛来到白宫顶层的西日光殿里等待搜寻炸药的消息。西日光殿曾是五世达赖喇嘛办公、休息、读经、修行的地方,由大福妙旋宫、福足欲聚宫、喜足绝顶宫、寝宫和护法神殿组成。其所以叫日光殿,是因为最初修建时敞开了五分之一的宫顶,类似一个天井,让阳光直射而下。那时西藏没有玻璃,不可能建成玻璃房,一般是夏天的白昼敞开宫顶,冬天和雨天以及晚上再用篷布苫住。但瓦杰贡嘎大活佛却认为,日光殿这个名字是当时的摄政王桑结起的,最初的含义是,五世达赖喇嘛使格鲁派成了西藏的执政僧团,又得到了清朝大皇帝金册金印的敕封,他是西藏的太阳,他居住的地方自然就是日光的殿堂。没有人反对他的看法,可问题是自从瓦杰贡嘎担任布达拉宫峰座大活佛之后,除了晚上修行或者接见弟子时去坛城殿,其余时间都待在西日光殿里。西日光殿成了他办公、待客的地方,他把大事小事都带到这里来处理,让那些跟他一般高矮的教界大德有了别的想法:西日光殿,那是属于你的地方吗?你不是不明白,可为什么还要一而再再而三地光顾呢?

现在,瓦杰贡嘎大活佛就站在西日光殿阳光最灿烂的大福妙旋宫,对各殿堂的搜寻头领、几个在他面前诚惶诚恐的喇嘛说:"不是没有,是没有找到,再去找,看看哪些地方你们还没有想到。"他拿起供桌上的香蕉撕开了皮,拿起苹果做了一个剖开的手势说,"比如,这些里面。"又拿起一根筷子在一盏酥油灯里搅了搅说,"还有这里面。"

几个搜寻头领匆匆去了。瓦杰贡嘎大活佛对一直守候在旁边的管家说:"警察呢,他们有什么发现?"

管家说:"他们从雪村开始搜查,这会儿还在德阳厦。"

瓦杰贡嘎大活佛说:"还在德阳厦?太慢了。"

管家说:"警察搜查得很仔细,地毯式排查,快不了的。"

瓦杰贡嘎大活佛说:"你派人盯着他们,随时报告搜查进展。"

管家走出大福妙旋宫,在护法神殿门口看到古茹邱泽喇嘛正在和四个宫外高僧说话,就招招手说:"进去吧,进去吧。"

古茹邱泽喇嘛弯腰伸手做了一个请的样子,然后带他们走进大福妙旋宫。紧板着面孔的瓦杰贡嘎大活佛一见他们，立刻就和颜悦色起来，说了一些东道主的客气话，请大家坐下，又让侍从喇嘛端来了奶茶。

这四个宫外高僧是来自拉萨下密院的图巴活佛、敏珠林寺的久米多杰活佛、昌都强巴林寺的首席大喇嘛森朵才让，以及下一届布达拉宫峰座大活佛的竞任者山南密法领袖苯波甲活佛。

下密院的图巴活佛首先开口："布达拉宫的喇嘛们都在忙什么？好像丢了经，经不是都已经记在心里了吗，还怕诵不出来？法会的时间就要到了。"图巴活佛已经八十五岁高龄了，是教界著名的密宗大师，对宁玛派的大圆满和噶举派的大手印都有令同道惊羡的证悟，面对瓦杰贡嘎大活佛这样比自己年纪小的同道，说起话来自然是不客气的。

瓦杰贡嘎大活佛低着头不说话。

古茹邱泽喇嘛说："佛陀之经加上古往今来大德们的著述，我们的经是多如牛毛的，谁能全部记在心里呢？"

山南密法领袖苯波甲活佛说："不，不是在找经，房梁案底会有什么经？到底在找什么，我们有权利知道。"

瓦杰贡嘎大活佛闭上了眼睛。古茹邱泽点点头，又摇摇头。

敏珠林寺的久米多杰活佛说："有什么难言之隐，说出来大家担待，我们四个毕竟都是从布达拉宫出去的。"

古茹邱泽说："四位上师都在布达拉宫有至少十五年的修行时间，本来就是布达拉宫的人嘛，当然有权利知道。"

昌都强巴林寺的首席大喇嘛森朵才让说："不见外就好啊，说吧，喇嘛们到底在忙什么？"

瓦杰贡嘎大活佛突然睁开眼睛说："图巴上师的责问是对的，

我们不仅丢了经，连心也丢了。布达拉宫是什么？是我们的心脏。"然后以一个布达拉宫大活佛必然会有的傲慢扫视着大家说，"你们不会不知道今天是一千个叛誓者身束炸药进入会场的日子吧？"

图巴活佛哈哈一笑："你担心他们会在太阳落山之前一起点火引爆？我都来了，我没有预言，你担心什么？这种事情不会再出现了。"

瓦杰贡嘎大活佛摇摇头说："不会出现的只是一千个叛誓者身束炸药进入会场的可能，但爆炸随时都会发生。"他把叛誓者的叛誓者那个高个子喇嘛的死和死前的告密说了出来。

图巴活佛忽地站了起来，以少有的严峻瞪着瓦杰贡嘎大活佛和古茹邱泽喇嘛。另外几个客人也都站起来，面面相觑。

苯波甲活佛气愤地说："已经三年啦？三年中每个月都有叛誓者来到布达拉宫添加药量，如今的药量能炸毁十座布达拉山、一座拉萨城？那么，那么古茹邱泽喇嘛你在干什么？眼睛长到头顶上了吗？高高在上的大师，你修行的功力都到哪里去了，'七度母之门'难道没有给你提供任何预见的能力？"

在场的人听明白了，作为布达拉宫峰座大活佛的竞任者，苯波甲活佛的指责已经超出了就事论事的范围，完全是考场争辩的延续。所有人都知道六场考试已经结束，结果是三比三，布达拉宫大诵经法会之后，将举行第七场考试也就是决胜局的考试。而苯波甲活佛的指责如果形成议论和共识，很可能会影响九位考官的最后投票，谁愿意把票投给一个给布达拉宫带来危险的人呢？不仅古茹邱泽喇嘛的竞任会一败涂地，就连现任峰座大活佛瓦杰贡嘎也得引咎辞职了。

瓦杰贡嘎大活佛脸色难看地扭头不理他。

久米多杰活佛说:"埋怨布达拉宫的上师有什么意义啊?佛祖在上,本尊在上,都是崖洞岩缝里出来的人,我们几十年的苦行或许就是为了今天这个显示修为的日子,我们岂能袖手旁观。"

图巴活佛同意地击了一下掌,转身就走,突然又回来说:"在场的几位听着,竞赛佛法的机会来了。"

大家都望着图巴活佛:什么意思啊?

图巴活佛说:"修行有深浅,佛法有高低,衣钵有明暗,成就有大小。让我们四个都来显圣吧,谁找到炸药,谁就是我们大家的上师,也是你瓦杰贡嘎大活佛的上师。你布达拉宫峰座大活佛的位置,就要让出来给这个人了。"

瓦杰贡嘎大活佛板着面孔毫无表示。

森朵才让大喇嘛说:"这个恐怕不妥,竞任考试正在举行。"

图巴活佛说:"谁都知道苯波甲活佛和古茹邱泽喇嘛已经是三比三的平手,不必再考下去了。现在,另有高僧要脱颖而出。"

森朵才让大喇嘛说:"你已经八十五岁了,不去准备涅槃,哪来的心思竞争布达拉宫峰座大活佛?"

图巴活佛说:"我是为了我吗?我是为了苯波甲活佛。苯波甲活佛,拿出你的真功夫来。"又向前逼问一句瓦杰贡嘎大活佛,"行不行?"

瓦杰贡嘎大活佛看到久米多杰活佛也有逼他同意的意思,便望了望自己的弟子古茹邱泽喇嘛。

古茹邱泽说:"尊师,我看行。"

瓦杰贡嘎大活佛又把眼光投向苯波甲活佛。

苯波甲活佛愣了一下说:"大家说行,那就行吧。"

瓦杰贡嘎大活佛点着头,一字一顿地说:"为了尽快找到炸药,为了布达拉宫,我们都应该摒除私念,全力观想。我同意图巴活佛的意见,谁找到炸药,谁就是下一届布达拉宫峰座大活佛。"

图巴活佛和久米多杰活佛一前一后走了。

接着,苯波甲活佛也走了,他说:"我很远很远的前世曾把自己的灵识寄居在格萨尔的一只战狗上,战狗是用鼻子作战的,我今天就要试试我的鼻子灵不灵,闻也要把炸药闻出来。"

大福妙旋宫里,只剩下了昌都强巴林寺的首席大喇嘛森朵才让和古茹邱泽喇嘛。瓦杰贡嘎大活佛喘口气,摩挲着胸前的佛珠,平静了一下,探询地望着森朵才让:你不走,就是还有话要说。

森朵才让朝门口看了看,再次落座,用左手弹了一下右手,一连做了三个深呼吸,仍然难以平静,便使劲闭上了眼睛。

瓦杰贡嘎大活佛说:"关键时刻你不会和我作对吧?"

森朵才让说:"和你作对的是你的命运,今天的布达拉宫要经受前所未有的考验,和炸毁布达拉宫同样震惊的还有'七度母之门'的浮现,有个名叫香波王子的俗家掘藏者来到了拉萨你不会不知道吧?"

瓦杰贡嘎大活佛点点头,他早就知道了,而且内心是欢喜的,但他觉得不到时候决不能表现出来。他说:"听说,警察正在通缉他,他为掘藏杀了人。一个掘藏者一旦和罪孽有牵连,伏藏就会离他而去。古往今来的佛教徒有多少人想开启'七度母之门'而未能实现,对我们来说它永远是个梦。什么香波王子,很可能就是个盗窃文物的罪犯。"

森朵才让说:"上师你错了,香波王子是一个伟大的掘藏者,他的转世传承我们无从知晓,他的法脉却正在显露出来。所谓罪孽或者没有,或者是护法神的震怒。我来找你,就是想告诉你,你不能阻拦他，一定要帮助他。"

瓦杰贡嘎大活佛惊诧地"嗯"了一声说："帮助他？莫非此人已经来到了布达拉宫？"说着，把犀利的眼光扫向古茹邱泽喇嘛。

古茹邱泽赶紧说："我也是刚刚知道，还没有来得及禀告尊师。"

森朵才让说："如果我的观想没有错的话，他们这会儿正在达松格廊道，他们当然不是来避难的，更不是来诵经祈祷的。"

瓦杰贡嘎大活佛甩了一下胸前的佛珠，站起来说："你是说'七度母之门'就在布达拉宫？"

森朵才让突然睁开眼睛说："不是我说，是香波王子说。到目前为止，他是面对'七度母之门'的伏藏时，唯一得到'授记指南'的掘藏者。"

这时管家拽着一个少年喇嘛跑了进来，声音颤抖着说："大活佛，炸药找到了，在达松格廊道找到了。"

2

达松格廊道就是白宫东大门的门厅。四根雕刻精美、色泽鲜艳的大木柱散发着浓郁的殿堂气息，信仰从开阔如原野的德阳厦广场延伸过来，仿佛就因为这两根柱子，一下子由平民的质朴变成了贵族的繁丽。

香波王子和梅萨仔细看过柱子，又拐向南壁。南壁之上，是五世达赖喇嘛在选择桑结为摄政王后、于"桑结嘉措与达赖喇嘛无异，政教两者之职责妥交桑结嘉措尽守"的文告之下按上的手印。手印已被玻璃罩起来，加上岁月的遮掩，看上去有些斑驳却更加神秘。古老的权威以世间护法神的名义在监护一个摄政王的同时，也监护了整个西藏和西藏的灵魂。

香波王子说:"没有五世达赖喇嘛,就没有摄政王桑结,没有摄政王桑结就没有仓央嘉措,没有仓央嘉措就没有'七度母之门',没有'七度母之门'就没有我们。或者反过来,没有我们就没有'七度母之门'。"

梅萨说:"比起'七度母之门',我们算什么。"

香波王子快速走动着,把廊道里的壁画看了两遍,最后停在一幅唐卡前说:"布达拉宫是立体的空间信仰,'七度母之门'是看不见的时间信仰,它们因为我们的发掘走到了一起。"

梅萨不想扯这些空灵的话题,指着唐卡右下角说:"这是什么?"

香波王子凑到跟前看了看说:"无常的标识。"

梅萨说:"我看是火焰,是爆炸的火焰。"

香波王子说:"无常如同焰火,焰火一熄,就是灰烬。同样是飞扬,性质是不同的,所以佛说,诸法无常,心行处灭。"

梅萨说:"你再看火焰下面是什么?是不是炸药,一包一包的,一包里头又是一管一管的。"

香波王子"哦"了一声,仔细看看,却比梅萨看到了更要紧的。他指着一朵火焰描画着:"这不是一个梵文'炸'字吗?"

两个人紧张起来:爆炸的火焰、炸药的形状、显而易见的梵文"炸"字,没有比这更明确的启示了。唐卡反映的是一千多年前布达拉宫的构造和修建的场面,难道一千多年前的场面就已经预示了布达拉宫的爆炸?或者仅仅是唐卡制作者的预示,而唐卡标明的制作年代是"康熙四十五年",也就是公元1706年仓央嘉措被拉藏汗押送北京的这一年。这一年距今也有三百多年了,说明今天的叛誓者是按照三百多年前的指令进行秘密活动的,坚不可摧的叛誓者的传承居然如此富有成效。更重要的是，这幅唐卡精确指明了埋藏炸药的地方，就在这里——布达拉宫司西平措大殿。

梅萨说："真没想到，我们是来寻找'七度母之门'的，却无意中发现了叛誓者埋藏炸药的地方，现在怎么办？"

香波王子说："这样的发现是不能捂在心里的，告诉他们，也算是给我们增加了一份开启'七度母之门'的功德。"

他们四下看看，没看到碧秀和别的警察，只看到几个喇嘛爬上梯子正在达松格廊道梁柱的空隙里摸索。

香波王子两步过去，问一个扶梯子的少年喇嘛："你们在干什么？是不是在搜寻炸药？"看少年喇嘛愣怔着不回答，又说，"炸药不在上面，在这儿。"说着，又退回原地，指了指唐卡右下角的司西平措大殿，"看到了吗，这就是埋藏炸药的地方，它会在太阳落山之前爆炸，快去报告。"

但是在少年喇嘛看来，他指的是唐卡，而不是唐卡上的司西平措，他望着香波王子说："瓦杰贡嘎大活佛的指令是'泄密者撵出布达拉宫'，你是从哪里知道布达拉宫有炸药的？"

香波王子说："世界上没有我不知道的事情，我还知道瓦杰贡嘎大活佛为什么不让泄露炸药的秘密。放心，我不会乱说的，我比大活佛更不愿意引起大家的恐慌，扰乱了布达拉宫的秩序。"

少年喇嘛给梯子上的人喊了一声什么，转身就跑，没跑多远，就和瓦杰贡嘎大活佛的管家撞了个满怀，愣过神来后结结巴巴说："炸药，炸药，在达松格廊道。"

香波王子觉得已经尽到了责任，招呼梅萨朝着达松格廊道那边的白宫东大殿快速走去，脚步是坚定的，心里却疑虑重重：达松格廊道并没有给他们灵感，他们和智美走了相反的方向，到底谁对谁错呢？

东大殿门口非常拥挤，一些来诵经的喇嘛和信徒到这里就不走了，这里是大诵经法会的分会场。香波王子和梅萨被前后经过的人搓来搓去，举步维艰地站在人堆里。

梅萨说："我们都凑不到跟前去，怎么找啊？"

香波王子说："那就用心找，用灵找。这里是白宫最大的殿堂，曾经是西藏地方政府的办事机构。你往北看，最醒目的就是达赖喇嘛的狮子法座，法座是不动不移的，谁坐上去谁就是达赖喇嘛。悬在法座上方的匾额看清了吧，'振锡绥疆'，匾上有'同治御笔之宝'的红色玺印。同时这里也是白宫的壁画之库，最著名的一组博彩绘画是'猕猴变人'。说的是观世音菩萨派遣一只神变猕猴来到雪域高原修行，遇到美艳的罗刹女。罗刹女几欲挑逗，一再恳求：'让我们结合在一起吧，如果你不答应，我就会成为妖魔之妻，生下无数魔鬼，雪域高原将变成魔鬼的世界。'猕猴执意不肯，再怎么说，也不能破戒。一日观世音菩萨托梦给猕猴，告诉他，你为自己的修行，不肯破戒，那只是小乘之为，你若是和罗刹女结合，在雪域高原繁衍后代，那是见义勇为、利益世界的大乘之为，孰重孰轻你自己掂量吧。猕猴当即醒悟，立刻和罗刹女结为夫妻，并生下了六只小猴。他们吃了地上的五谷，毛发渐短，尾巴渐缩，说起了人话，变成了西藏的先民。这个故事跟达尔文的进化论不谋而合，可见爱因斯坦的话是对的，他说任何宗教如果有可以和现代科学共依共存的，那就是佛教。"

梅萨说："你又扯远了，别忘了我们是来干什么的。"

香波王子说："没有忘，猕猴破戒和罗刹女结合的理由，也应该是仓央嘉措的理由——不做小乘做大乘。仓央嘉措的大乘之为当然不是为了繁衍后代，而是为了让佛教更具人性，更加亲民，更有入世的魅力。佛教的目的说到底并不是为了让几个僧人修炼成佛，如果不能让拥有七情六欲的广大俗人离苦得乐，摆脱烦恼，佛教宁肯自寂自灭。在仓央嘉措看来，爱情是离苦得乐的唯一通道。"

梅萨说："你不会认为仓央嘉措就是那个猕猴，他的情人就是罗刹女吧？"

香波王子说："我就是这么认为的。'授记指南'里说，'为什么三色天梯之上是无限虚空的繁衍'？这是什么意思？在佛经里，猕猴和罗刹女的繁衍是'无限虚空'的繁衍，而仓央嘉措在密宗修炼中最崇尚的境界就是'无限虚空界'。因为它繁衍的是'有'，是世俗的情义、男女的爱情。这情义、这爱情就好比天空的蔚蓝，当蔚蓝很少时，你会说天上有蓝，当全部都是蔚蓝时，你会说天上干净得什么也没有。爱情很少，就是'有'；爱情无限，就是'空'。在爱情消灭所有的苦恼之后，你就从'有'进入了'空'，又从大'空'看到了真'有'。"

正说着，突然看到两个发放诵经茶饮的喇嘛一人提着一桶奶茶走来，挤成一团的喇嘛立刻裂出了一条口子，那口子直通前方"猴子变人"的壁画。香波王子和梅萨几乎同时迈动脚步，沿着口子快步走去。还没走到跟前，口子突然消失了，他们又被裹缠在喇嘛堆里。他们焦急地往前挤着，蓦然发现也许这个地方是最合适的，远观的效果是如此美妙，让他们不仅看到了壁画上的猕猴和罗刹女，还看到那些猕猴的分布如果用线条连起来，就是一座山脉和树林背景上的斑斓佛塔。

梅萨以为香波王子没看到，指着壁画说："塔、塔、塔。"

香波王子说："刚才我说了，仓央嘉措最崇尚的'无限虚空界'

繁衍的是'有',而最初诞生的佛塔,就是'有'的象征。佛说,万物皆空,没有自性。弟子问,连佛也是空的,也没有自性吗?佛说,佛虽空,但有塔。于是建造一土塔用来象征佛,名叫'窣堵波'。佛塔是寺庙的先河,也就是说先有塔,后有庙。法界为'空',塔境为'有',佛既是'空'又是'有'。作为佛的替身,'佛塔'就是佛与塔,就是空与有,就是空中有'有',有中有'空',就是色即是空,空即是色。"

梅萨说:"别绕了,我知道佛教是思辨的科学、思辨的信仰,你就说我们现在怎么办吧?"

香波王子说:"快去有佛塔的地方。"

他们推搡着喇嘛,挤出东大殿,直奔红宫的达赖喇嘛灵塔殿。

这时,王岩和卓玛来到白宫东大殿,在喇嘛堆里挤来挤去,不断打听:"谁是布达拉宫的喇嘛?"

终于有人说:"我是。"

王岩赶紧问:"布达拉宫哪里有电脑,能上网的电脑?"

喇嘛问:"电脑?公家的还是私人的?"

王岩说:"都行,只要方便我们用用,我们是警察。"

喇嘛显然有些顾虑:"不知道,你们去问问别人吧。"

3

当瓦杰贡嘎大活佛一行匆匆来到达松格廊道,面对那幅唐卡时,都感觉他们被人戏弄了。唐卡不过是一幅薄薄的卷轴画,背后的墙壁上也没有洞隙和夹层,怎么可能藏匿炸药?

管家严厉责问少年喇嘛:"到底怎么回事儿?"

少年喇嘛指着唐卡右下角，又把香波王子的话重复了一遍。

遗憾的是在场的所有人都没有在唐卡右下角看到香波王子眼里的"无常的标识"，也没有看到梅萨眼里的"爆炸的火焰"和一包一包一管一管的炸药，更没有看到火焰描画的梵文"炸"字。不是他们学识修为不够，而是时过境迁，缘起已逝，廊道里的光线变了，天然的石头颜料的深浅、色泽也变了，幻影不再，观看的效果也就大相径庭。在他们眼里，出现在唐卡右下角的，不过是一些修建布达拉宫的石头和木料，以及一些冶炼铁汁的烟雾，没有象征和隐喻，没有佛理的启悟和任何神示的痕迹，无法去联想石头、木料、烟雾背后司西平措和炸药的关系。

管家还在斥责少年喇嘛："告诉你炸药的那个人是谁，搞清楚了吗？没搞清楚怎么能胡乱禀报？"

瓦杰贡嘎大活佛和蔼地望着身边几个布达拉宫的喇嘛说："他是对的，事关重大，他应该说风就是雨。继续搜，越谨慎越好。"又对管家说，"到底是谁说这里有炸药，你带他去确认一下。"

管家带着少年喇嘛走了。

两个认识瓦杰贡嘎大活佛的外来喇嘛路过这里，赶紧低头弯腰伫立在一边。没见过瓦杰贡嘎大活佛的喇嘛知道此人非同小可，也都恭敬地不走了。达松格廊道突然出现了阻塞，看不清这边的人喊起来："走啊，往前走啊。"

几个侍从喇嘛赶紧保护着瓦杰贡嘎大活佛离开了那里。

古茹邱泽喇嘛弯腰伸手让森朵才让大喇嘛走在前面。

森朵才让大喇嘛说："我不去了，我应该投入竞赛，竞赛佛法，我相信我的密法传承是殊胜的，它会让我找到炸药。"

古茹邱泽说："没想到你也会有野心。"

森朵才让大喇嘛说:"我不想做大家的上师,更不想代替瓦杰贡嘎或任何一位他的继任者成为布达拉宫峰座大活佛,我只想证明我这个乡下喇嘛一贯的谦虚。他谦虚地隐藏在边远的昌都,可是他的修行呢,一点也不比你们拉萨的高僧差。"说罢,钻进拥挤的喇嘛群,左闪右闪,悄然不见了。

接下来的搜寻更是细而又细,各个殿堂的喇嘛甚至都把裹在柱子上的壁毯、铺在地上的地毯掀了起来,把花瓶里面、牌匾后面、卡垫下面都找了一遍。瓦杰贡嘎大活佛又让古茹邱泽牵头,带着一队喇嘛把那些归属不明、责任不清的走廊、穿堂、甬道、楼梯、房顶、殿与殿之间的衔接处清查了一遍。有些地方即便搭梯子也是够不着的,他们就找来八节电池的手电筒,探照灯一样扫描着。

回到西日光殿的瓦杰贡嘎大活佛一直都在打坐念经,他知道焦灼万分的心情一点都不能显露。人心惶惶的时候,危险即将来临的时候,大事件就要发生的时候,他要做的就是用泰然自若的举动告诉僧众:其实世界上是没有危险的,当修行把生死的体验变成家常便饭,人需要克服的,仅仅是内心的危机。

管家不时带来最新消息:

"在达松格廊道说有炸药的人找到了,一男一女,就是那两个被警察通缉的发掘'七度母之门'伏藏的人,这会儿去了灵塔殿,我已经派人跟上了。"

瓦杰贡嘎大活佛闭上了眼睛。

"警察的进展依然很慢,他们排查的路线跟两个掘藏者寻找'七度母之门'的路线是一样的,总是掘藏者离开后,他们才到。这是不是说,警察也知道掘藏正在进行?"

瓦杰贡嘎大活佛没有回答。

"该搜寻的地方都搜寻过了,喇嘛们还在搜寻。"

瓦杰贡嘎大活佛念经的声音大起来。

过了一会儿,负责诵经的大僧官也进来禀告:"大诵经法会的时间已经过了半个小时,大家都在猜测,到底出了什么事儿?"

谁都知道这是很严重的,大诵经法会的时间是上午十点,多少年来都没有变过,因为它是观世音圣地布达拉宫诞生的时间。观世音圣地的诞生决定了圣教的兴盛,而大诵经法会便是圣教兴盛的证明。

瓦杰贡嘎大活佛没有任何表示。直到大僧官第三次出现,禀告说大诵经法会已经推迟了一个小时后,大活佛才说:"多烧一次茶,让大家继续等待,就说引经师还没到。"等大僧官走后,他又让管家把主会场司西平措的引经师叫到了跟前。

瓦杰贡嘎大活佛说:"现在只有你能承担了,你是怎么想的?"

引经师说:"大活佛让我怎样我就怎样。"

瓦杰贡嘎大活佛说:"很好,你就在西日光殿喜足绝顶宫里等待,千万不要出现在会场,等我的传唤。"

引经师退了出去。引经师是大诵经法会的经头,是第一个出声诵经和掀起诵经高潮的人,类似合唱中的独唱。他烂熟各种经典和念诵仪轨,嗓音洪亮,吐字清晰,相貌堂堂,德高望重,又有"格西"学位和至少十年显宗、十年密宗的修行经历,每年由拉萨三大寺推举,再由布达拉宫组织高僧审定。如此重要的人是不能随便更换的,更何况想更换也未必有合适的人选。所以他没到,那就得等。

可话又说回来,作为有圣教各派参加的西藏"第一殿堂法会"的引经师,他怎么可能没到呢?只要他活着,只要有命,他就应该到场啊。

瓦杰贡嘎大活佛突然问管家："图巴活佛、苯波甲活佛、久米多杰活佛、森朵才让大喇嘛这会儿在哪里？"

管家说："我已经派人找过了，一个也没找到。"

瓦杰贡嘎大活佛说："几个大活人都找不到，还能找到炸药？"

管家说："不是我们没有能耐，实在是佛法高明，他们四位上师转眼就消散成气啦。"

瓦杰贡嘎大活佛说："你也是修法之人，你就不能修炼成火眼金睛？"

管家把头一低说："上师传授我。"

瓦杰贡嘎大活佛说："准备好奶茶，十分钟以后他们就到。"

其实没用十分钟，五分钟他们就到了。

他们都没有走远，就在白宫最高层第七层的另一端东日光殿。东日光殿和西日光殿一样，也是达赖喇嘛办公、休息、读经、修行的地方。不同的是，西日光殿是五世达赖喇嘛罗桑嘉措所建，东日光殿是十三世达赖喇嘛土登嘉措所建。东日光殿由喜足光明宫、永固福德宫、长寿尊胜宫、护法殿和寝宫组成，拥有布达拉宫最豪华的起居陈设。图巴活佛、苯波甲活佛、久米多杰活佛、森朵才让大喇嘛不约而同地把显示佛法的地方选择在了东日光殿，主要是因为它是白宫最高最安静的地方，高为凌，静为虚，凌虚之境正是显灵密法的妙门之地。图巴活佛选择了护法殿，苯波甲活佛选择了永固福德宫，久米多杰活佛选择了喜足光明宫，森朵才让大喇嘛来得晚，却发现别人选择剩下的长寿尊胜宫，恰好是他最喜欢的。但不管在哪个殿里，他们要做的事情都一样，就是奋力念诵经咒，让观想把自己带入身心俱销的灵识之界，也就是无意识状态，然后让灵识和本尊神浑然一体。这个时候，如果祈请虔诚而有效，本尊神的一部分能力就会变成他的能力，修炼大威德怖畏金刚的就会像大威德怖畏金刚那样威猛异常，修炼胜乐金刚的就会像胜乐金刚一样慧猛四方，修炼时轮金刚的就会像时轮金刚那样静猛无比，修炼喜金刚的就会像喜金刚那样利猛如剑。既然有了如此殊胜的金刚精进之法，他们就会穿墙破壁，用闪电的速度想去哪里就去哪里，发现炸药埋藏在什么地方，还不是轻而易举的事？本尊神是没有高下之分的，他们要竞赛佛法，其实就是竞争自己和本尊神融合的状态，融合了一半的不如融合了全部的，融合了全部的不如夙缘使然、人神不分的。

四位高僧，加上被瓦杰贡嘎大活佛特意叫来的古茹邱泽喇嘛，坐成了一个半圆，喝着端上来的奶茶，谁也不说话。

瓦杰贡嘎大活佛说："上师们受累了，但不是你们受累，是本尊神受累，也不是你们喝茶，是本尊神喝茶。快说，快说，圣教心脏的安危比你们的架子更重要。我，布达拉宫峰座大活佛瓦杰贡嘎放下架子求你们了，快说。"

下密院的图巴活佛首先开口："佛都没有架子，我们拿什么架子？我刚才去了普贤菩萨殿，看到门槛是两根木头对接起来的，对接的地方有两尺长的空隙，用黑铁皮包裹着，空隙之间、包铁里面，就是叛誓者的黑炸药。"

瓦杰贡嘎大活佛看了管家一眼，管家抬脚就走。八十五岁的著名密宗大师、大圆满法和大手印法的证悟者还会有错吗？

古茹邱泽说："管家慢着，还是听听其他三位上师的。"

图巴活佛不快地瞪了古茹邱泽一眼："耽误了怎么办？"

没等古茹邱泽回答，苯波甲活佛就一脸惊诧地说："图巴上师怎么和我不一样啊，我先去了普贤菩萨殿，没看到什么，又去了时轮殿,看到时轮殿南墙上最光炫的壁画大回遮天母座下原来是空心的,两米见方,炸药就在里边。这才明白为什么叛誓者积累炸药都三年了,布达拉宫的喇嘛就是看不见,因为墙皮太厚,比山还厚。我是闻出来的,格萨尔战狗的鼻子,还没有失去作用。"

瓦杰贡嘎大活佛和古茹邱泽喇嘛都听出这个峰座大活佛的竞任者在挖苦布达拉宫的喇嘛不如格萨尔战狗,同时"哼"了一声,盯上了敏珠林寺的久米多杰活佛。

久米多杰活佛说:"我哪儿也没有去,就待在法界里,打眼一看发现上师殿的阎摩护法肚子里,装了一肚子白炸药。"

瓦杰贡嘎大活佛听明白了,久米多杰活佛显示的是喜金刚神通,这样的显示遣动的不是灵识,而是法眼,是射出法眼的无限穿透之光,比起其他修行来更高了一层。他顿时露出钦佩之色点了点头,然后把眼光投向了森朵才让大喇嘛。

森朵才让大喇嘛说:"我也不说我去了没去,但现在你们必须去,看看弥勒佛殿的石头供案上有没有一对吉祥鹿,吉祥鹿是不是炸药捏成后上了漆的。"

图巴活佛不高兴地说:"竞赛佛法可不是跟我作对,快去验证一下,到底谁对谁错。我已经说过了,谁找到炸药谁就是我们大家的上师,是理所应当的布达拉宫峰座大活佛。"又瞪着瓦杰贡嘎大活佛问道,"这你是答应了的,是不是啊?"

瓦杰贡嘎大活佛愤怒地说:"布达拉宫危在旦夕,峰座大活佛又算得了什么。更何况有人正在发掘'七度母之门'的伏藏,你知道那意味着什么?"

图巴活佛说:"意味着什么我比你清楚,快、快、快,快去把炸药找出来。"

瓦杰贡嘎大活佛低头沉默着，四位上师说出了四个殿堂：普贤菩萨殿、时轮殿、上师殿、弥勒佛殿。尽管他会立刻让喇嘛去查证到底哪个殿堂埋藏着炸药，但作为同样也是显密两宗大师的转世活佛，他首先要判断一下，他们四位孰对孰错，就好比一个老师优越地面对着一群学生的答案。他喜欢这样，他的布达拉宫峰座大活佛的地位要求他必须这样。判断的办法很简单：默念大智文殊师利七字咒"嗡啊喏吧咂呐嘀"，同时用右手大拇指依次按压另外四个指头，念着念着内心就会突然升起一道温暖的光亮。光亮升起之时，拇指的按压立刻停下，它停留在哪个指头上，这个指头代表的殿堂和高僧就应该是预言正确者。但是很奇怪，他都默念了十遍大智文殊师利七字咒，内心温暖的光亮一直没有出现，而平时做起判断来只要默念三遍就够了。瓦杰贡嘎大活佛发现自己已经失去了神助的敏锐，立刻停止了默念和按压，抬头逼望着自己的弟子古茹邱泽喇嘛："说说你的预言吧。"

古茹邱泽摇摇头说："在几位上师面前，我哪敢显示小聪明，雕虫小技的本领还是不要拿出来丢人了。"

瓦杰贡嘎大活佛说："你还是说说吧，尽管谦虚是喇嘛的美德，但刚猛的佛法有时候又会把当仁不让放在首位。再说，你是布达拉宫峰座大活佛的竞任者之一，如果你的预言正确，那我今天就可以把法印和法衣传给你了。"

古茹邱泽说："我没有大法在身，我只能谦虚。"

苯波甲活佛嘲笑道："我听说三年前古茹邱泽喇嘛在圣观音殿打坐修行时预言了世界佛教的第七次集结。如此重大的事情都能预言，那是何等高明的法力啊。古茹邱泽喇嘛，你就不要谦虚了。"

古茹邱泽脸颊顿时泛红，惭愧地说："说实话，在我的观想里，根本看不到炸药在哪里。如果非要让我预言，我只能说布达拉宫没有炸药。"

瓦杰贡嘎大活佛说："你不要这样宽慰我，你大概已经看出我的判断失败了，这并不奇怪，事情重大到已经超出了我们的想象和修行能力。"

古茹邱泽说："是的，我在宽慰你，布达拉宫怎么会没有炸药呢？"

管家瞪着古茹邱泽说："那就赶快去找，还啰唆什么。"

瓦杰贡嘎大活佛说："你们去吧，按照四位了不起的上师的预言，你们派四组喇嘛仔细搜查普贤菩萨殿的门槛、时轮殿南墙壁画大回遮天母的座下、上师殿阎摩护法的肚子、弥勒佛殿石头供案上的一对吉祥鹿。"又对图巴活佛等人说，"四位上师也去监督吧，免得出现纰漏。我会拿着布达拉宫峰座大活佛的法印在这里等着你们。谁的预言正确，谁就是挽救了布达拉宫的大师，我会立刻把法印交给他，把法衣脱给他。"

管家和古茹邱泽摇摇头，引导着四位高僧匆匆而去。西日光殿的大福妙旋宫里，只剩下了瓦杰贡嘎大活佛。他静坐了片刻，起身脱下杏黄色法衣，走向南边的供案，来到一尊长寿佛前。金质的长寿佛是菩萨装束，眼波文静如水，仪态高贵典雅，发髻高耸，璎珞如花，如同世间最美丽也最富态的母亲。瓦杰贡嘎大活佛朝长寿佛拜了一拜，然后从佛像后面拉出一个镶着金边的楠木盒子，打开，小心翼翼地取出了黄缎包裹的峰座大活佛的法印。

说实在的，尽管下届布达拉宫峰座大活佛的竞任考试还要继续，瓦杰贡嘎大活佛已经做好了传位给弟子古茹邱泽喇嘛的准备。他知道，"七度母之门"的第六门是伏藏之门，当发掘伏藏的脚步已经来到布达拉宫时，所有的考官都将得到这样的启示：伏藏之门的开启，就是修炼之门的畅通,不管你反对还是喜欢"七度母之门",你都得承认伏藏的祖师是莲花生大师。既然莲花生大师或者他的转世比如仓央嘉措伏藏了"七度母之门",就意味着整个佛教显、密两宗和大、小、金刚三乘对"七度母之门"的眷顾,所谓"七度母之门"是毁教之门、叛誓之法的说法显然是不能成立的。当掘藏的荣耀和修炼的殊胜碰撞到一起时,我们为什么不能对"七度母之门"坚定的修炼者古茹邱泽喇嘛高看一眼呢?香波王子的掘藏是对古茹邱泽的帮助,缘起如此良好,它将使我们成为佛意的执行者,成为顺缘的运载之舟。这些话都是可以公开说出来的,也就是说,他可以公开说服其他几位考官,在最后一场考试中让古茹邱泽喇嘛胜出。

但是现在,他不了,他要传位给别人了。这个决定来得如此突然,又是如此得水到渠成。一切都是因果,都是宿命,布达拉宫的安危高于一切,"七度母之门"的顺利发掘高于一切。他无权顾虑自己,只思考一个问题:他希望四位上师中谁成为他的继承人?他觉得最好不是下密院的图巴活佛,他已经太老了,早就不适应这个职位。也不要是山南密法领袖苯波甲活佛,他是个心胸狭窄的人。敏珠林寺的久米多杰活佛做人做佛都有很好的口碑,但也不是最佳人选,毕竟他是个宁玛巴,布达拉宫的宁玛派气氛已经太浓太浓了。那么昌都强巴林寺的首席大喇嘛森朵才让呢?应该是他们四人中的最佳人选,森朵才让一旦入主布达拉宫,他就由大喇嘛变成了大活佛,从此便可以代代转世了。

瓦杰贡嘎大活佛双手抱着法印,胳膊上搭着杏黄色法衣,走到法座前面,立等着找到炸药的消息和那个可以从他手里接过法印法衣的高僧。

4

香波王子和梅萨来到了达赖喇嘛灵塔殿。高大的灵塔让他们不时地仰起头来,假发、墨镜和蒙着鼻子的花氆氇显得碍事了,香波王子取下来说:"都认出我们来了,还戴着它们干什么。"梅萨前后左右看了看,看到几乎所有的僧人和游客都和他们一样,高高地翘着下巴,没有人注意到他们。她把墨镜和花氆氇取下来,仍然保留了假发。

一个游客禁不住拿出数码相机朝着灵塔闪了一下,立刻有喇嘛从暗角里跳出来抓住那人要罚款。那人说:"多少。"喇嘛说:"一百。"那人说:"我给你二百,我再拍一张。"喇嘛说:"不行。"

香波王子感叹地说:"这就是'赡部洲第一庄严'的五世达赖喇嘛灵塔,也是布达拉宫历史最久、体积最大、建筑最豪华的一座灵塔。据说当时摄政王桑结亲自草创了这座菩提塔形制的灵塔设计,建造时花费白银一百零四万两、黄金十一万两。从基座到塔顶,装饰了一万五千五百四十颗珍珠、翡翠、玛瑙、金刚钻石、红绿两种大松石等,极尽豪华珍贵。其中有一颗大象脑子里生成的大于拇指的珍珠尤其罕见。塔瓶是存放遗体的地方,前面是佛龛,供着千手千眼观世音像,后面是五世达赖喇嘛的棺柩和一些他生前用过的生活、佛事用具。整座灵塔就是一座用镶嵌宝石的金皮包裹着不朽肉身的殿堂。"

梅萨望着塔前的陈设,那些明清时代的金灯金碗、珐琅瓷器和一些更加古老的法器祭皿,眩晕得揉着眼睛说:"会有不朽的肉身?"

香波王子说:"当然是经过制作的。肉身的制作非常繁复。先将遗体清洗干净,不用任何刀剪,不开任何口子,从上下通气孔中取出内脏,拿羌塘沼盐吸出水分,让它脱水干枯后,用白檀香粉、木香、藏红花、帕苦玛粉、高级冰片、天然漆液等进行至少六次灌洗浸透的处理,然后穿上法衣,裹上锦袍,在法容上涂上金粉。这个人就面目如生,像刚刚睡着或者闭目打坐一样。"

梅萨说:"既然跟生前一样,为什么不露出来让信徒瞻仰呢?"

香波王子说:"藏传佛教是轻贱肉身的,精神已经离开的肉体,远不如一件破旧的衣服更有价值。留下活佛的法体,并不在于'音容宛在',而在于'法力宛在'。活佛尤其是活佛之首的达赖喇嘛用过的所有物件都是具有法力的,肉体是他寄居过的一间房子,法力自然比他用过的其他东西更强大,所以肉体是用来朝拜和加持佛法的,而不是用来纪念和瞻仰的。再说活佛是不会死的,他已经转世了,已经再次活生生地来到了你面前,你还瞻仰他上一世的肉体干什么?应该瞻仰的只能是塔。从下往上,塔座象征大地广土,坛体象征天下阔水,圆锥象征炽盛大火,月盆象征风息人气,最高处则是飘飘不散的灵识和精神。土、水、火、气都有了,说明肉体已经回归物质四界也就是色界,而精神又依靠四界成了新的缘起和因果之法。"

梅萨说:"这么多讲究,我以为塔葬只是一种类似于天葬、水葬的丧葬形式。"

香波王子说:"严格地说,灵塔不是丧葬。灵塔是一种把出生、死亡、再出生的生命之轮,变成视觉艺术的艺术,是佛教理义的立体表现,是建筑的一种。活佛的法身既是一种建筑材料,也是一个建筑理由。所以豪华的灵塔必须和豪华的建筑在一起。"说着指了指灵塔殿的柱子。

灵塔殿里有十六根粗硕的方形木柱,梁头斗栱的雕刻是极致的精美和艳丽，配上悬挂的帏幔和华盖，张扬出来的是天宫里的华美色彩。

他们朝前走去。五世达赖喇嘛灵塔两侧是十世达赖喇嘛楚臣嘉措、十二世达赖喇嘛成烈嘉措的灵塔，两座灵塔都是珠光宝气，金衣裹身。

香波王子说："在藏传佛教格鲁派中只有达赖、班禅和屈指可数的大活佛才能在圆寂后以灵塔保存肉身，达赖喇嘛和班禅活佛是金质灵骨塔，其他大活佛依地位不同分别为银、铜、泥质灵骨塔。在藏地，灵塔的奢华几近疯狂，其价值远远超过了佛殿和佛像。一世达赖喇嘛的灵塔建筑在日喀则的扎什伦布寺，二世至四世达赖喇嘛的灵塔建筑在哲蚌寺，五世至十三世达赖喇嘛的八座灵塔都建筑在布达拉宫红宫。"

梅萨说："五世至十三世，怎么会是八座，应该是九座。"

香波王子感叹地说："唯独没有六世达赖喇嘛仓央嘉措的灵塔，因为找不到他的法体，他的圆寂永远是个谜。他是西藏唯一一个没有灵塔的活佛。"

梅萨说："一个'远走的活佛'。"

香波王子说："对，一个远走的活佛。"

梅萨好像无意中背诵了一句"授记指南"里的话："为什么远走的活佛要在土、水、火、气的丛林里隐藏整个世界？"突然惊叫起来，"'土、水、火、气的丛林'？你刚才说了，灵塔就是一个土、水、火、气的象征，塔座象征土，坛体象征水，圆锥象征火，月盆象征气，红宫有八座灵塔，不就是'土、水、火、气的丛林'吗？"

香波王子愣了一下，点点头："对啊，我怎么没想到？简单地说就是，仓央嘉措在灵塔丛林里隐藏了整个世界。"

梅萨说:"那就是说他没有'远去'?"

香波王子说:"这并不重要,重要的是'授记指南'用'远去'两个字限定了活佛,那就是唯一离开西藏、没有灵塔的仓央嘉措。"

梅萨说:"那么'隐藏整个世界'又是什么呢?"

香波王子说:"我想应该是这样,佛典里把五世达赖喇嘛的灵塔称为'赞慕林耶夏',意思是价值半个世界,而隐藏在灵塔丛林里的却是'整个世界','整个世界'一定指的是比五世达赖喇嘛灵塔还要宝贵的灵塔。"

梅萨说:"那就应该是,仓央嘉措在灵塔丛林里隐藏了灵塔,可布达拉宫偏偏没有六世达赖喇嘛仓央嘉措的灵塔。"

香波王子说:"为什么没有?"

梅萨说:"你说是因为找不到他的法体,他的圆寂永远是个谜。"

香波王子说:"不,是因为'隐藏',这句话中最关键的词应该是'隐藏'。现在看来布达拉宫红宫不是八座灵塔,而是九座,仓央嘉措也不是没有灵塔,而是隐藏了灵塔。"他激动地攥了一下拳头,"我们要找的,就是这座隐藏起来的灵塔,它一定是伏藏'七度母之门'的地方。快走,灵塔丛林。"

香波王子带着梅萨来到七世达赖喇嘛灵塔殿,殿内除了灵塔,还有七世达赖喇嘛噶桑嘉措的坐像,四壁是格子佛龛和典藏经书。他们围绕殿堂中央装饰华美的灵塔转了好几圈,又去四壁角落里寻找,没有发现隐藏仓央嘉措灵塔的痕迹,便迅速来到八世达赖喇嘛灵塔殿。

八世达赖喇嘛强白嘉措灵塔殿对他们依然是空白,什么也没有发现,就像遥远的山峰拒绝着他们的攀登。灵塔前的吉祥八清净:法轮、右旋海螺、白伞盖、尊胜幢、莲花、净瓶、双鱼、万字符十分耀眼，但带给他们的却是没有启示的暗淡。他们看看表，发现三个小时的期限已经过了一半，赶紧往外走，扑向九世达赖喇嘛灵塔殿。

失望再次笼罩了他们。无论九世达赖喇嘛隆朵嘉措的灵塔和坐像，还是正中供奉的祖师宗喀巴说法像，都坚定地用冰冷推搡着他们。他们没有看到任何可以隐藏仓央嘉措灵塔的地方，很快出来了。

香波王子说："但愿十一世的灵塔能带给我们惊喜。"

他们走向大殿北侧的达赖世系殿，殿堂里供奉着一世至五世达赖喇嘛像，十一世达赖喇嘛克珠嘉措的灵塔十分醒目地挺起在诸位先世喇嘛和众佛像的关怀里。

香波王子说："作为灵塔，所有达赖喇嘛都很风光，几乎都是布达拉宫的主角。但他们活着的时候，布达拉宫带给他们的并不都是灿烂与荣光。这里阴暗、极端、沉闷，杀机四伏，让我常常想起五世达赖喇嘛圆寂前给摄政王桑结的遗嘱：'我身前身后，包括你有八人行走，此八人有六人可靠，两人不可靠，他们是政教的敌人、格鲁巴的克星，你千万要当心。'又说，'我受班达拉姆之命保持沉默，更何况我不能预言忠臣什么时候变成奸臣，我已经给你传授了消除一切违碍的六臂依怙随许法，只要你极力祈祷，护法大神自会开示你。'但似乎护法大神并没有开示摄政王桑结，桑结没有消除危险，从此以后，就没有人能够消除了。"

梅萨说："宗教集团之间素来就有对抗。"

香波王子说："这种对抗是表面的，最重要的是从7世纪开始，政权介入了宗教，宗教也想利用政权达到扩大地盘和吸引信民的目的。而宗教和政权之所以能够水乳交融，关键在于宗教在发展过程中完全丢弃了高尚与纯粹，释迦牟尼时代度己度人的弘法目的变成了利己主义的排他行为，由修持方法不同而形成的宗教派别嬗变为争权夺利的利益集团。宗教渐渐脱离了心灵，脱离了信仰。在这里'政教合一'的制度是个大祸害，它就像一把利剑砍掉了宗教的头，这个头就是'众善奉行，诸恶莫为'。"

梅萨说："可藏传佛教并不是一开始就这样。"

香波王子说："当然，就拿格鲁派来说，一世达赖喇嘛根敦珠巴享年八十四岁（按虚龄计算，多加一岁，下同），二世达赖喇嘛根敦嘉措享年六十七岁，三世达赖喇嘛索南嘉措享年四十六岁，四世达赖喇嘛云丹嘉措享年二十八岁。随着从纯粹教派到政治教派的演变，达赖喇嘛的寿命越来越短了。而寿命只有二十八岁的四世达赖是直接被刺死的，据藏文史料记载，崇信噶玛噶举派的后藏上部之王藏巴汗派人刺死了四世达赖，然后扶持噶玛噶举派建立了噶玛政权，他们'仇视黄教，几欲根本灭除'。五世达赖喇嘛坐床后，依靠卫拉特蒙古和硕特部首领固始汗，推翻噶玛政权，建立了格鲁派的噶丹颇章政权，正式确立了'政教合一'的制度。五世享年六十六岁，算是寿终正寝。六世达赖喇嘛仓央嘉措享年二十四岁，完全成了险恶政治的牺牲品。七世达赖喇嘛噶桑嘉措享年五十岁，八世达赖喇嘛强巴嘉措享年四十七岁，都还可以，算正常圆寂，但接下来就惨了，从九世到十二世，全部夭折。公元1815年，九世达赖喇嘛隆朵嘉措在布达拉宫暴亡，享年十一岁；公元1837年，十世达赖喇嘛楚臣嘉措又在布达拉宫暴亡，享年二十二岁；公元1855年，十一世达赖喇嘛克珠嘉措还是在布达拉宫暴亡，享年十八岁；公元1875年，十二世达赖喇嘛成烈嘉措依然在布达拉宫暴亡，享年二十岁。每逢达赖喇嘛暴亡，清朝驻藏大臣都要下令不准移动法体，不准移动达赖寝宫里的一切东西，一律锁拿达赖的侍从官员，由驻藏大臣验尸追查。

大家明明知道达赖喇嘛是被毒死的，但每次都查无结果，不了了之，凶手也就更加肆无忌惮。"

梅萨说："与其说是政权谋杀了宗教领袖，不如说是宗教自己杀害了自己首脑，谁让你用权力欲望代替清净无为的纯粹信仰呢。"

两个人在达赖世系殿里转了三圈，看过了所有可以隐藏灵塔的地方，没有任何收获。当他们离开时，十一世达赖喇嘛灵塔前的长明灯送别似的闪烁着，灭了一盏，又灭了一盏。

香波王子说："现在，灵塔丛林只剩下十三世达赖喇嘛的灵塔了。十三世享年五十八岁，是六世达赖喇嘛仓央嘉措到十三世达赖喇嘛之间最长寿，也是政教两途最有作为的，所以他的灵塔非同小可。"

梅萨说："你是说在他那里隐藏仓央嘉措灵塔的可能性也最大？"

香波王子喘口气，没有吭声。

第九章　晶体菊花

1

十三世达赖喇嘛灵塔殿坐落在红宫西侧。香波王子和梅萨走进灵塔殿时，几个布达拉宫的喇嘛正在搜寻炸药。喇嘛们移动了所有能够移动的物品，连固定在祭台上的香火盆也用螺丝刀拧了下来。

香波王子突然问一句："仓央嘉措的灵塔在哪里？"

几个喇嘛同时愣了一下，都望着他没有回答。

香波王子又问："六世达赖喇嘛的灵塔隐藏在哪里？"

一个喇嘛"呵呵"一笑说："六世达赖喇嘛的灵塔，天上去了。"

喇嘛们继续紧张地搜寻炸药。香波王子心说，我已经告诉他们炸药埋藏在布达拉宫司西平措，他们怎么还在这里找？也许在司西平措没找到？

喇嘛们搜寻到哪里，香波王子和梅萨就跟到哪里，跟了一会儿没发现什么有价值的线索，便来到十三世达赖喇嘛灵塔前仔细观瞻。

香波王子说："十三世达赖喇嘛灵塔就宏丽来讲，仅次于五世达赖喇嘛灵塔，就价值来讲，在八座灵塔中首屈一指。它建于1934年，是布达拉宫最晚的建筑，仅塔身的金皮就用去纯金五百九十五公斤，镶嵌的大量钻石、玛瑙、珍珠、翡翠、珊瑚、松耳石、琥珀、红宝石、蓝宝石等名贵珠宝一万多颗。塔内除了十三世达赖喇嘛的法体，还藏有释迦牟尼的舍利、全套的大藏经和一些来自空行世界的神秘文物。"

梅萨问："什么文物？"

香波王子说："没有记载，谁也说不清楚。"

"我的意思是，仓央嘉措的灵塔不会在里面吧？"

"不大可能，灵塔中的空间毕竟有限，再说仓央嘉措的灵塔既然能够成为'授记指南'的一部分，就不会隐藏在一个永远看不见的地方。"说着，带着梅萨来到十三世达赖喇嘛土登嘉措的坐像前。

坐像前的法案上摆着一座由金丝和二十万颗珍珠串缀成的珍珠塔。他们隔着保护栏杆，把身子探进去，仔细观看着。

香波王子问："有什么发现？"

梅萨说："太漂亮了，但它跟隐藏在灵塔丛林里的'整个世界'——仓央嘉措的灵塔毫无关系。"

香波王子又问："为什么？"

梅萨说："灵塔应该是肉身塔，这塔是透明的，除了珍珠还是珍珠。"

香波王子说："可是它和别的肉身塔一样，都被选入了权威的《金塔目录》。"

梅萨说："也许是指他的价值跟肉身塔一样珍贵。"

香波王子说："它的价值？为什么它的价值跟肉身塔一样珍贵？就因为二十万颗珍珠？"

梅萨说："再说肉身塔一般都是菩提塔，它的形状也不是菩提塔的样子。"

香波王子问："那它像什么？"

梅萨说："有点像坛城。"

香波王子说："我也这么看，这是一座坛城塔。佛经上说，一坛一世界，指的是整个大彻大悟的佛境。"

梅萨说："你是说坛城就是隐藏在灵塔丛林里的整个世界？"

香波王子皱起眉头说："还不能肯定。有一个问题我想不明白，既然它被选入了《金塔目录》，那它就应该是灵塔。可它没有肉身，怎么能证明它跟仓央嘉措的关系呢？"

梅萨说："是啊，它没有肉身，灵塔怎么会没有肉身？"

香波王子回头看了看，发现殿堂里的喇嘛都各忙各的，没有人关注他，就摁住旁边的柱子纵身跳进了保护栏杆。他几乎趴在上面仔细观察着珍珠坛城塔的里面，不小心下巴碰到了塔座上，一阵防盗铃的尖叫声突然响起。两个喇嘛顿时扑了过来，就在香波王子跳出保护栏杆的同时，一左一右揪住了他。

香波王子说："你们揪住我干什么，我偷了吗？"

两个喇嘛哪里会听他声辩，拧着胳膊推他来到十三世达赖喇嘛灵塔殿外面，给布达拉宫保卫处打电话，说是抓到了一个贼。

红宫西侧的暗道里，突然窜出碧秀，对两个喇嘛说："放开。"

喇嘛说："他是贼，想偷舍利子。"

碧秀指着自己制服上的"警察"臂章,大声说:"我在执行公务,我说放开就放开。"

喇嘛放开了。

香波王子望着碧秀的眼光既感激又仇恨,口气生硬地说:"你规定的时间还没到。"

碧秀说:"已经不多了,你得抓紧。"

香波王子拉起梅萨就走。

梅萨问:"去哪里?"

香波王子拉她来到昏暗的穿廊大木柱后面,小声说:"你猜我在珍珠坛城塔里看见了什么?两朵拇指大的晶体菊花。我吃惊珍珠也有这样的,但刚才喇嘛告诉我们,那不是珍珠,是舍利子。"

梅萨说:"仓央嘉措的舍利子?"

香波王子愣怔着:"仓央嘉措也会留下舍利子?"

梅萨说:"难道不会吗?"

香波王子说:"我当然希望会。但接下来的问题是,谁会把舍利子带回拉萨,带到这里呢?又怎么能相信这个人带来的就是仓央嘉措的舍利子呢?"他一愣,突然激动起来,"果然有一个人始终跟着仓央嘉措,无论他走到哪里,天涯海角,无论他活着还是圆寂了,都会在灵魂的相随相伴中实现爱情与信仰的统一、人性与神性的统一。这个人是谁?这个人如果不是仓央嘉措的最后一个情人而仅仅是一个虔诚的信徒,那我对仓央嘉措的研究就没有意义了。但是我坚信我的研究不会没有意义,坚信一定是她,一定是这个我还不知道叫什么名字的坚爱和坚信的化身。"

梅萨神经质地哆嗦了一下:"又有了一个女人?"

"一个历史人物的出现,总有一种现实的对应,这就是我们的掘藏。"香波王子说着，立刻想到了死亡，想到了已经死去的姬姬布赤、仁增旺姆、伊卓拉姆、吉彩露丁、措曼吉姆、索朗班宗，六个在转世中复活了的仓央嘉措的情人，已经在开启"七度母之门"的过程中被发掘之后悲惨地死去了。现在，难道又有了第七个情人——一个已经复活、势必会死去的女性？他说："仓央嘉措情歌里提到的情人，只剩下玛吉阿米了，难道就是玛吉阿米的转世？"

梅萨不寒而栗，喃喃地说："这应该是意料之中的。"

香波王子说："我一直希望《地下预言》不要总是准确、准确。"说着，禁不住背诵起关于玛吉阿米的句子来：

> 让乔装护法的骷髅杀手用粗砺之舌舔掉玛吉阿米的头。
> 让护佑圣僧大宝的门隅黑剑用锁链锁住玛吉阿米的灵魂。
> 让持教的凹凸大血黑方之主阎罗敌挖掉玛吉阿米的心脏。
> 让御敌的鹫头病魔吃掉玛吉阿米的脚让她永世无法走动。
> 隐身人血咒殿堂把如此猛烈的诅咒射向了圣教的最大祸害情欲和淫痴。
> 她是烦恼大黑的化身，是杀死圣僧大宝、摧毁圣教传承的群魔之首。
> 但是独脚鬼之主索命太乌让保护了她，谁也没有拘住玛吉阿米的灵魂，也没有找到她的尸体。
> 追杀现在开始。
> 玛吉阿米，站在兜率天宫之上，等待掉头，等待心脏碎裂，等待双脚斧斫，等待灵魂受难。
> 玛吉阿米，布达拉宫掘藏之神的金刚佑阻，受持仓央嘉措后代的名单，一展成空。

小心伏藏。

梅萨说:"'七度母之门',七个情人的血祭之门?"

香波王子连自己也不相信地否认道:"不是,不是。"

梅萨摇摇头,望着他,好像期待他能说出一句她更愿意相信的话。他没说,沉重地无奈着,一缕哀伤飘逸在嘴边,那是情不自禁地哼唱:

> 在那东山顶上,
> 升起了洁白的月亮,
> 玛吉阿米的面容,
> 浮现在我的心上。

梅萨听着,眼睛里闪动起晶莹的泪花。香波王子心疼得把她拉进怀抱,说:"这次我一定万分警惕,决不让她死,哪怕豁出命去。"

梅萨缩在他怀里苦笑道:"你连她是谁都不知道。"

香波王子自信地说:"只要她出现,我就能认出来。她有标志,蓝色的孔雀尾毛是她的标志。或者就像唐卡表现的那样,她戴着孔雀尾毛的项链,或者就像历史呈现的那样,她左臂上有蓝色的孔雀尾毛的胎记。"

梅萨身子一颤,沉默了一会儿,安慰道:"你也不要太惦记她,什么时候出现,什么时候死亡,莲花生大师或者仓央嘉措早就伏藏好了,命运是逃脱不了的。再说了,女人代表死亡,但也代表希望。我们每次遇到女人,就会前进一大步。如果玛吉阿米现身,一定是掘藏的最后时刻。我们不必伤感,快决定下一步怎么走。"

"下一步嘛……就是不知道如何用女人或舍利子来证明仓央嘉措圆寂在什么时候、什么地方。"

梅萨从他怀里出来,眼睛忽闪着问:"这很重要吗?"

香波王子说:"太重要了。"

他没有继续说下去,探头望了望十三世达赖喇嘛灵塔殿的门口。那儿,碧秀正在和两个布达拉宫保卫处的人说话。保卫处的人朝这边看了几眼,转身离开了。香波王子带着梅萨走过昏暗的穿廊,来到持明佛殿门外一个进深五六米、站直了就会头碰房梁的暗角前。

香波王子蹲进暗角,小声说:"快过来,还有重要的话要说,这里安静。"

2

暗角里落满了灰尘,一股干燥的尘土味呛得梅萨连连咳嗽。看着梅萨进来,香波王子朝后挪了挪,一脚踩到一条腿上。有人尖叫一声。又有人扑过来,把香波王子揉了一个马趴。

一个男人吼道:"没长眼睛啊?"

香波王子爬起来,猫着腰回过头去,模模糊糊看到一男一女两个人影,忍不住讥诮道:"干什么呢?这里是布达拉宫,不是你们胡搞的地方。"

那女人说:"你看清楚了没有,我们胡搞什么了?"

那男人说:"听喇嘛说仓央嘉措的情人来过这里,我们进来看看不行吗?"

香波王子连声说行。男人和女人手拉手,弯着腰出去了。

香波王子说:"仓央嘉措的情人来过这里?"他要过梅萨的手

机照了照，看到一些废弃的经页胡乱堆放在这里，别的没什么，就面朝外坐了下来。

梅萨靠到他身边，等了片刻说："什么重要的话，快说。"香波王子正要说，她又道，"先别说，抱住我。"香波王子抱住了她。她又说："抱紧点。"

香波王子把她抱紧了，吻她一下，自语道："来这里的是哪个情人？难道是自始至终追随仓央嘉措的玛吉阿米？"

梅萨扭了扭身子，小声说："再亲亲我，我想……"

香波王子大感惊奇："这儿？这儿让我不自在。"

梅萨说："风流倜傥的情歌王子，把采花当生活，视爱情如生命，还在乎这儿那儿？"

香波王子睁大了眼睛，想努力看清梅萨的表情，片刻摇摇头说："对不起梅萨，不是我不爱你，是我自己突然不行了。我不知道为什么，也来不及想清楚在我身上发生了什么。我给你唱情歌吧。"

说唱歌，其实没唱，或者说不像以前那样一往情深地放开歌喉，只是低低地吟哦，声音轻得只有他和他怀里的梅萨才听得清。

> 你皎洁的面容，
> 就像十五的月亮，
> 月宫里的仙娘，
> 性命已不久长。

情歌声里有一种透心透肺的凄楚，还有一种灼伤、吞噬的力量。梅萨哭了。在梅萨的记忆中，在香波王子为她唱的仓央嘉措情歌中，这是唯一的一首：不是为了追逐，不是为了勾引，不是为了猎艳；

没有才华横溢，没有得意扬扬，没有自命风流。只有从血液里流淌出来的真情实意，只有绵蜜的深爱和温暖的给予。在梅萨的感觉中，这已经不是过去的香波王子了。

可惜时间紧迫，来不及仔细体会。梅萨叹口气，说："快说吧，不能再耽搁了。"

香波王子诅咒了一句碧秀："无常鬼，阎罗王，才给我们三个小时。"然后搂着她说，"还是舍利子，要知道舍利子直接关联着死亡。以往关于仓央嘉措的死亡有好几种说法，一种说法是仓央嘉措在押解京师的过程中，暴尸荒野，它来源于《清圣祖实录》和《清史稿》：'康熙四十四年，桑结以拉藏汗终为己害，谋毒之，未遂，欲以兵逐之。拉藏汗集众讨诛桑结。诏封为翊法恭顺拉藏汗。因奏废桑结所立达赖，诏送京师。行至青海道死，依其俗，行事悖乱者抛弃尸骸。'这是最权威的也是最不可信的说法，因为拉藏汗把仓央嘉措押送北京后不久，便拥立伊西嘉措巴桑布为六世达赖喇嘛，朝廷为了稳定西藏政局，只能认可拉藏汗的做法，官方文件里关于仓央嘉措道死青海的说法只不过是为了给拉藏汗拥立新达赖找个理由。现在有了舍利子，推翻《清史稿》的说法就更有依据了：既然是'抛弃尸骸'，哪里来的舍利子？

"再一种说法是前往京师的途中，仓央嘉措染病圆寂，去了清净佛土。这一说出自《七世达赖喇嘛传》。旅途中，仓央嘉措依止菩提心念诵许多教诫经文，接见数万汉、藏、蒙古信徒。驻锡当雄时染病，日渐加重。渐次行至青海湖边，使者催请仓央嘉措继续前行，仓央嘉措说：'从此地起，你们只能驮我尸骨，我再也无法行走了。'又说，'我一旦殡天，不久即可重会。'内侍们齐聚在仓央嘉措跟前祈请道：'为圣教众生吉祥，愿我佛留住。若决意要去别土，为了圣教和众生利益,速作转世.'然后大家悲痛祈祷。仓央嘉措说:'临终无需多言,牢记我平时的话,必有善报.'说罢,摇头三次,口诵《大悲心咒》,显示生命的最后状态,灵识即向佛天净土升华而去。此后法体请往西宁塔尔寺,火化之时,天空出现众多天神天女,彩虹祥云自北向南飘去。塔尔寺护法预言:'南方将升起太阳.'预示灵童将转世在南方理塘。因为是《七世达赖喇嘛传》里的说法,显然有美化前世的嫌疑。六世不圆寂,七世就无法转世,这里说的'圆寂'很可能只是一种推断。现在有了舍利子,就更可证明此说的不可信,因为活佛火化时示现舍利子是一件大极盛极的事儿,如果是真实记录,不可能不提到。

"又一种说法跟五台山有关,出处是《十三世达赖喇嘛传》。书中说十三世达赖喇嘛到五台山朝佛时,曾到过仓央嘉措闭关的一座山洞,并在此念诵《大慈悲经》二十一日。于是就有人推断,仓央嘉措被押送到北京后,康熙皇帝把他软禁在了五台山,他在那里修行并圆寂。这是最不可信的一种说法,因为仓央嘉措根本就不是一个可以用闭关静修打发时日的人,他的佛法深染着俗情,修炼是开放式和互动式的,无需闭关,闭关只能损法和戕人。再说软禁等于养虎遗患,五台山跟西藏佛教千丝万缕,僧人教派之间很快就会传开,万一仓央嘉措再次被西藏地方势力利用,内乱就会不可遏止。深谋远虑的康熙皇帝不会看不到这一步。不过这种说法一直在流传,你现在到五台山打听,五台山的僧人还会把仓央嘉措修行的山洞指给你看。

"还有一种说法是押往京师途中,仓央嘉措被迫离开押送队伍,遁往各地弘法传教。此说法出自《仓央嘉措秘传》。它说把仓央嘉措押送京师,根本不是康熙皇帝的诏命,而是拉藏汗的主意。他先斩后奏，押解途中才向朝廷报告。当押解队伍来到错那湖畔时，康熙皇帝诏谕前往西藏调解蒙藏矛盾的朝廷钦使恰纳喇嘛和拉藏汗的押送将军俺鞎喀：'尔等将此教主大驾迎来，将于何处驻锡，如何供养？实乃无用之辈。'申饬极严。众人惶恐，感到性命难保，又没有万全之策，便恳求仓央嘉措道：'为今之计，唯望足下示仙逝状，或者伪做出奔，不见踪迹。若非如此，我等性命休矣。'异口同声，哀恳再三。仓央嘉措当即拒绝道：'你们当初和拉藏汗是如何策划的？照这样，我是不达妙音皇帝的宫门金槛，不觐圣容，决不返回。'此言一出，恰纳喇嘛和俺鞎喀等人觫惧不安，图谋害死仓央嘉措。仓央嘉措知道后又说：'我没有贪求私利之心，也不想坑害你们，你们既然如此担忧，不如我一死了之。'一个风大雪骤的夜晚，就在库库淖尔——青海湖边，仓央嘉措只身一人，悄然遁去。此后，仓央嘉措云游各地，为他人治病祈福，先后到了尼泊尔和印度，之后来到西藏各地，回到了拉萨。又怕被人认出后遭到迫害，便离开西藏，来到青海、甘肃一带传教。担任过十三个寺庙的堪布，最后定居在阿拉善，创建了一座规模不小的格鲁派寺院。公元1746年，圆寂于阿拉善的朝克图库烈庙，享年六十四岁。"

香波王子喘口气继续说："《仓央嘉措秘传》的作者阿旺伦珠达吉出生于蒙古贵族家庭，曾去西藏学经，后出任阿拉善旗第一大寺广宗寺的一世诺门汗大喇嘛，自称是仓央嘉措的微末弟子。他是个有政治野心的人，想仿效西藏模式在阿拉善建立'政教合一'的制度，结果被反对'政教合一'的蒙古王爷砍头，并把他的头埋在了城门石坎下。从此后，广宗寺的喇嘛进出城门都不敢从石坎上迈过。

"但在我的感觉里，几乎所有依靠宗教实现政治目的的人，都会利用佛教对想象力的崇拜而编造有利于自己的宗教神话。《秘传》

的作者想通过'政教合一'的制度，获得整个阿拉善地区的政权和教权，于是就把自己说成了六世达赖喇嘛仓央嘉措的弟子，而《秘传》也就成了这位弟子的政教资本。仓央嘉措终生反对'政教合一'，始终认为人们对权力的贪欲是信仰的最大敌人。他如果真的有这么一个虔心尊崇他的弟子，就不会是一个对'政教合一'感兴趣的喇嘛。更重要的是，如果作为六世达赖喇嘛的仓央嘉措没有在库库淖尔——青海湖边圆寂，而是又在教区内的阿拉善过了四十年上师生涯才去世，那七世达赖喇嘛是谁的转世呢？七世达赖喇嘛以后的历代达赖喇嘛又是谁的转世呢？他们岂不都成了冒牌货？维持整个圣教发展的转世传承岂不是失去了根本的依据？"

梅萨问："你是说仓央嘉措一定是圆寂了，就在青海湖边？"

香波王子说："我的意思是，《秘传》也没有提到仓央嘉措的舍利子，所以它是不可信的。在仓央嘉措的转世灵童——七世达赖喇嘛诞生以后，仓央嘉措就只能'圆寂'，如果他不'圆寂'，还想以一个喇嘛的身份出现在教内，有人一定会强迫他'圆寂'。要知道'隐身人血咒殿堂'从来没有消失，也从来没有停止过活动。为了圣教免受灾害，他们随时都会启用独眼夜叉和豁嘴夜叉。护法是需要流血的，信仰是需要牺牲的。再说了，仓央嘉措是个深明大义的人，他知道自己的存在对圣教不利，即使他在肉体上不'圆寂'，也会在名分和生存方式上'圆寂'。"

梅萨问："什么意思？"

香波王子说："他会离开圣教，离开佛界，然后隐姓埋名。"

梅萨说："做一个凡俗的人？那他能干什么？"

香波王子说："他来自门隅山野，什么都能干。更何况他是诗人，是歌手，是情圣。他还有别人的帮助，他至死不渝的情人一直都在帮助他。一句话，有了情人，他就能活下去。"

梅萨问："那你认为仓央嘉措的结局到底是什么？"

香波王子说："最接近事实的一种说法是，在押解途中被拉藏汗的人杀害。拉藏汗早就想除掉仓央嘉措，但在拉萨和整个西藏，他只能借皇帝的诏谕把他押送北京，而不能从肉体上消灭，消灭势必引起信民的暴乱。万无一失的办法是，把仓央嘉措押出西藏然后让他'病故'或者'圆寂'，其实就是杀害。"

梅萨说："我也这么认为，被拉藏汗杀害的可能性太大了。"

香波王子说："但接近事实并不等于就是事实，在我的研究里，他先是自杀过一次，然后又面对着被杀的危险。"

梅萨问："自杀？为什么要自杀？他是一个很坚强的人。"

香波王子说："押送队伍经过那曲时，远在新疆的蒙古准噶尔部首领策旺阿拉布坦派三百骑兵拦住了去路。他们仗着人多，要求拉藏汗的押送将军俺靶喀留下仓央嘉措。俺靶喀的押解马队只有一百多人，围在仓央嘉措身边准备以死相拼。仓央嘉措对俺靶喀说：'不要再为我做出任何牺牲了，我来跟他们说几句。'说着伸出了手，'给我一把刀。'他看俺靶喀在犹豫，高吼一声，'给我一把刀。'他带着刀策马走向策旺阿拉布坦的三百骑兵，平静地说：'我知道准噶尔蒙古的骑兵来这里是要我跟你们去。我若是去，就仍然是六世达赖喇嘛，仍然有宫殿，有华服，有美食，有众生的崇拜，我若是不去，就是死路一条。但对一个诚心修法的喇嘛来说，没有死与活的选择，只有今生与来世的区别。我不会贪图今生的荣华跟你们去，因为我不忍心众生的西藏和蒙古出现两个达赖，更不忍心两个达赖引出两个西藏和两个蒙古。'他闭上眼睛又说，'啊，众生信仰达赖，不是为了争斗不休，流血不止。'说着，跳下马背，拔出马刀，用金刚舞的姿势挥舞了几下,反手刺向了自己。有人扑了过去,抱住他的同时用自己的身体挡住了锋利的马刀。马刀脱手了,仓央嘉措反过来抱住救他的人,悲愤地喊道:'血,血,我怎么让你流血了?'"

梅萨问:"这个人是谁?"

香波王子说:"不知道,当时最靠近他的只有三个人,侍卫喇嘛鼎钦、宁玛僧人小秋丹,还有一个就是后面我会提到的'蕃女'、仓央嘉措最后的情人。从仓央嘉措反过来抱住对方的举动和不无怜爱的喊声中,我断定很可能是这个情人。"

梅萨紧问道:"又有了一个情人,谁呢?"

香波王子没有回答,又说:"情人的挽救给了仓央嘉措再次说话的机会,他说:'除了妙音大皇帝的金殿,我哪里也不去,你们听好了,抢我就是抢一具尸体。'说着又一次举起了马刀。策旺阿拉布坦的三百骑兵撤了,他们也是佛门信徒,担待不起逼死达赖喇嘛的罪过。"

梅萨说:"我怎么觉得这个情人不是救了他,而是害了他,因为紧接着就是被拉藏汗的人杀害。自杀是悲壮的,被杀是悲惨的。"

香波王子说:"当时执行杀害任务的是拉藏汗的押送将军唵靼喀。唵靼喀和拉藏汗一样,都信仰格鲁派,但拉藏汗的宗教信仰为权力服务,哪个教派能让他夺取西藏政权他就信仰哪个教派。唵靼喀的信仰却是为了自己的福报、子孙的福报和来世的幸福。所以在拉藏汗是信仰一个宗教集团,在唵靼喀是信仰万能的神灵,而信仰神灵就是相信福佑和恶报的存在。希望福佑的唵靼喀一进入青海湖地区就得到了拉藏汗的密令:处死仓央嘉措。他立刻想到达赖喇嘛世系是观世音菩萨的转世,杀害一个观世音的转世是要遭报应的,他很犹豫,有些不敢,但又想不出一个两全齐美的办法,好几天都在杀与不杀之间徘徊。徘徊的结果是，出现了侍卫喇嘛鼎钦的自杀。在决定仓央嘉措生死存亡的最后关头，鼎钦以生命的奉献表达了自己对主人的忠诚。他自杀后，唵鞡喀亲自动手割下了首级，又把他的脸剁得面目全非，装进一个木匣子，派人飞马报奏远在拉萨的拉藏汗：仓央嘉措已被处死。然后就是仓央嘉措的遁去。而朝廷钦使恰纳喇嘛给康熙皇帝的奏章却是这样说的：'喇嘛暴亡，依其俗，抛尸高野。从人秋丹及一蕃女焚香发喊，以饲鹰鹫，后及拉藏汗营帐，作证喇嘛之死。'可以肯定恰纳喇嘛是押送将军唵鞡喀的同谋，奏章里关于'喇嘛暴亡，依其俗，抛尸高野'以及'焚香发喊'的情节是编造的。他既是朝廷钦使、皇家御用喇嘛，又是一个虔诚的格鲁派僧人。当他面对忠于朝廷和忠于达赖的选择时，共同的信仰让他站在了仓央嘉措一边。但'从人秋丹及一蕃女'却没有必要虚构，他们是人证，被带到'拉藏汗营帐'供述仓央嘉措之死，证言一定是这样的：尊者被杀，依藏俗，天葬以饲鹰鹫。"

梅萨怀疑地望着他："仓央嘉措真的没有被杀害？"

香波王子十分肯定地点点头："可以说是两个优秀而善良的蒙古人恰纳喇嘛和唵鞡喀将军放走了他。"

梅萨由衷地说："太好了，以后呢？"

香波王子说："作为一个自己并没有圆寂，但转世灵童却已经产生的达赖喇嘛，仓央嘉措是决不能继续待在圣教之内的，他的选择只有一个……"

梅萨说："你刚才说了，离开圣教，离开佛界，然后隐姓埋名。你有这方面的证据吗？"

香波王子说："应该是有的。"

梅萨似乎不相信："不会又是一种《秘传》吧？"

香波王子说:"放心,我热爱仓央嘉措,研究他是因为他是我的理想,是宗教理想,也是世俗理想。我不需要利用仓央嘉措达到什么个人目的。"

梅萨说:"那么舍利子呢?我们现在面对的是舍利子。"

香波王子说:"既然仓央嘉措悄然遁去,就有可能在圆寂之后让人把仓央嘉措的舍利子带回布达拉宫。这个人只能是仓央嘉措的情人,别的人是不可信的。她没有政治企图,以她对仓央嘉措的挚爱和崇敬,决不会随便找一块菊花水晶石,就说是仓央嘉措的舍利子。仓央嘉措的情人把他的舍利子带到了布达拉宫,但鉴于朝廷已有废黜六世的成命,不能公开供养,只好把他的灵塔隐藏在灵塔丛林里。"

梅萨问:"到底是哪个情人带回了舍利子?"

香波王子说:"玛吉阿米,一定是玛吉阿米。"

梅萨说:"你不是说玛吉阿米死了吗?在布达拉宫下的雪村前,墨竹血祭师独眼夜叉和豁嘴夜叉当众杀死了玛吉阿米和她不足一岁的孩子,一个藏军军官宣说了玛吉阿米的罪孽——亵渎神明,侮辱神圣的达赖喇嘛,又犯有淫欲、贪婪、欺妄、诓骗、无耻等人间极罪。"

香波王子兴奋地说:"现在看来她没有死,舍利子能说明一切。玛吉阿米一直活着,她是仓央嘉措的第一个情人,也是最后一个情人,是真正的'爱人'。当初雪村前的杀害很可能只是找了个替身,目的是让仓央嘉措从此死了心,安心学经,一意念佛,做一个恪守清规的宗教领袖,同时也让围绕玛吉阿米和孩子而产生的各个政教集团的阴谋活动失去意义。"

梅萨说:"这样的解释是可信的。"

香波王子说:"当舍利子悄然来到我们面前时,所有仓央嘉措情歌里提到的情人都有了现实版,而且都已经死了,唯独玛吉阿米还没有现实版,更没有死。也就是说,舍利子向我们启示了它跟玛吉阿米密不可分的关系,玛吉阿米给布达拉宫带来了仓央嘉措的舍利子,仓央嘉措的舍利子又给发掘'七度母之门'带来了玛吉阿米。'七度母之门'应该是七个情人守护之门,玛吉阿米是最后的守护神,就像《地下预言》里说的,'玛吉阿米,布达拉宫掘藏之神的金刚佑阻'。"

梅萨说:"从玛吉阿米和她不足一岁的孩子,以死亡的假象离开仓央嘉措,到仓央嘉措被押送北京的途中他们再次相遇,中间是一段多么艰难的情爱历程啊。"

香波王子说:"是的,是的,我要说的就是这个历程。这个历程我知道,但我只知道历程的主人公是仓央嘉措的情人,不知道她就是玛吉阿米,现在对上号了。"

梅萨说:"我们扯远了,还是说眼前的事情吧。"

香波王子点点头,克制着激动,停了一会儿说:"仓央嘉措的灵塔不是肉身灵塔,而是菊花舍利子灵塔,菊花舍利子是舍利子中最珍贵的,被称为'佛国第一宝'和'舍利王'。再加上作为歌手、诗人、情圣、达赖喇嘛、密宗大师的仓央嘉措无与伦比的名气和影响,它的价值超过了布达拉宫所有的灵塔。这就更有把握认定'授记指南'里的'整个世界'指的就是珍珠坛城塔了。"

梅萨说:"可'授记指南'是这样说的:'为什么远走的活佛要在土、水、火、气的丛林里隐藏整个世界?'为什么?"

香波王子说:"为了给发掘'七度母之门'留下启示。每座坛城都有一个修炼密法时必须首先进入的无形法门,所有的无形法门都是无量光佛的福荫之地。而无量光佛有很多形态,其中之一就是手捧宝瓶,瓶中插一朵菊花舍利子那样的素色菊花。我们现在要找的就是持拿菊花的无量光佛。"

梅萨问:"在哪里?"

香波王子说:"很可能就在无量光佛殿。"

他们从暗角里钻出来,看到不远处智美提着胜魔卦囊匆匆而过,好像是走向了十三世达赖喇嘛灵塔殿。

梅萨说:"他的掘藏路线居然和我们基本一致。"

香波王子说:"应该不会相差太远。其实我很佩服智美,他的占卜即使在圣教内也是一流的。可惜他心地不善,不会有好运的。"

梅萨恳求道:"别向他施放毒咒,他也是为了信仰。"

香波王子说:"我没有米拉日巴的功力,只是在为他惋惜。"

3

古茹邱泽带着几个喇嘛在普贤菩萨殿的门槛上撬开了包裹在外的黑铁皮,看到那门槛果然是两根木头对接起来的,对接的地方有两尺长的空隙,空隙之间塞着一个长方形的黑油布包,跟图巴活佛说的完全一样。

站在一边的图巴活佛得意地说:"就是它,快打开吧。"

但立刻就是遗憾,黑油布包裹着的不是叛誓者的黑炸药,而是十二片嘛呢玉石经片。图巴活佛呆愣着,不相信自己的预言居然会失败,喃喃地说:"为什么?为什么是嘛呢玉石经片?"

嘛呢玉石经片就是刻在璞玉上的"嘛呢"即六字真言。

古茹邱泽吩咐几个喇嘛赶快把十二片嘛呢玉石经片送到西日光殿瓦杰贡嘎大活佛跟前,自己转身就走,飞快地来到时轮殿,见苯波甲活佛垂头立在一边，就知道他的预言也失败了。

是管家带着几个喇嘛凿开了时轮殿南墙最光炫的壁画大回遮天母座下的墙壁，正如苯波甲活佛预言的那样，里面是空心的，两米见方，但不是炸药，七个皮口袋里装的全是七彩青稞。

七彩青稞是加持或开光仪式中，由大师随着经咒撒向加持或开光对象以及仪式参与者的祝福。大师的念力和你的愿望附着在每一粒青稞上，成为佛法的布施和保佑信仰者往生净土的助力。可这些七彩青稞储藏在大回遮天母座下，它们在助力谁呢？

古茹邱泽喇嘛向管家通报了普贤菩萨殿的情形，朝着苯波甲活佛躬躬腰说："上师你再用格萨尔战狗的鼻子闻一闻，这些'七彩青稞'是派什么用场的，储藏在这里多长时间了？"

苯波甲强词夺理地说："那是七彩炸药，你敢吃吗？"

古茹邱泽抓起半把，丢进嘴里嘎嘣嘎嘣嚼起来，赞叹道："就像是刚刚从田里收割回来的，还这么新鲜。"

管家说："现在就看久米多杰活佛的预言了。"

古茹邱泽说："我看好的可不是他，是森朵才让大喇嘛。"

管家和古茹邱泽朝着上师殿快步走去，还没到跟前，就碰到一个喇嘛抱着一个大食子前来报告："上师殿的阎摩护法肚子里哪里有炸药，装的是这个。"

食子是献给神佛的供养，按照密宗无上瑜伽部的仪轨，做食子的原料包括肉蔻、竹黄、红花、丁香、豆蔻、砂仁等六种良药和金、银、玉、珊瑚、珍珠等五种珍宝粉末，外加乳酪、酥油、蜂蜜、冰糖、糌粑、白酒、净水等。面前这个制作精良的食子烙印着古藏币的痕迹，显然已经很久很久了。

古茹邱泽喇嘛闻了闻，又舔了舔，对随后赶来的久米多杰活佛说:"你的喜金刚神通怎么不灵了?上师的法眼居然也会走神。看来,布达拉宫峰座大活佛的继任者只能是森朵才让大喇嘛了。"

久米多杰活佛说:"不是佛法不灵,而是缘分不够,既然命中注定我不是那个挽救布达拉宫的人,只好随它去了。"

管家催促道:"那就快去弥勒佛殿。"

管家和古茹邱泽到达弥勒佛殿时,石头供案上的一对吉祥鹿已经被砸碎了。森朵才让和几个喇嘛围着它们,正不知如何是好。

古茹邱泽蹲下看了看,半晌才说:"你说它们是炸药捏成后上了漆的?"

森朵才让大喇嘛诚恳地说:"我说错了,它们是酥油花。"

酥油花是用彩色酥油制作的佛教工艺品,它是不能长期保存的,天气一热就会融化,但弥勒佛殿石头供案上的这一对上了漆的吉祥鹿酥油花已经放了好几个冬夏秋冬,却一直完好无损。

古茹邱泽说:"是不是上了漆,酥油花在夏天就不会消融?"

森朵才让大喇嘛说:"这不是一般的漆,是天上的漆。"

砸碎的一对吉祥鹿酥油花很快被送到了西日光殿。

西日光殿有些诧异,突然就花影抽搐,阳光摇晃。瓦杰贡嘎大活佛面对最后送来的破碎吉祥鹿,不禁有些失态,一屁股坐进法座,半张嘴"啊啊"地叫了两声。他不仅吃惊四位高僧的预言都落了空,也吃惊作为布达拉宫峰座大活佛的他居然从未听说布达拉宫藏匿着这些物品。

大福妙旋宫的地毯上,一溜儿摆着十二片嘛呢玉石经片、七口袋七彩青稞、烙印着古藏币的大食子、破碎的吉祥鹿。

瓦杰贡嘎大活佛望着面色一个比一个难看的四位高僧,大声说:"上师们辛苦了,预言的失败不是你们法力不高,而是缘起不够,我没有对你们失望。"其实他说的是很失望。他起身走向供案,把峰座大活佛的法印放回楠木盒子,再把楠木盒子推移到金质长寿佛后面,虔诚地欣赏着长寿佛有些女性特征的文静典雅的风格,再次拜了拜,然后从领口提起搭在胳膊上的杏黄色法衣,哗哗一抖,披在了身上。

图巴活佛懊恼地说:"我的法力从来没有失灵过,这是第一次,肯定有别的原因,也许是为了成全你,你的机会到了大活佛,赶快显示你的神通吧,但愿你不会让我们失望。"

苯波甲活佛依然不服气地说:"是啊,瓦杰贡嘎大活佛如果比我们更有修持,何必要依靠我们呢?"

久米多杰活佛自惭地说:"看来我的法力欠佳,面对前所未有的佛难,布达拉宫选择了更加出色的预言家。"

瓦杰贡嘎大活佛说:"谁?谁是更加出色的预言家?"

久米多杰活佛说:"你。"

森朵才让大喇嘛点点头,诚恳地说:"现在我们只能依靠你了,快让神通来证明你的尊崇,布达拉宫和众僧都看着你。"

瓦杰贡嘎大活佛说:"作为大显宗和大密宗的迷徒,我靠的是佛经教典和十地菩萨的加持,菩萨会开示我,我会有办法的。现在请你们回到众僧当中去,安抚他们,让他们耐心等待。注意,千万不要泄露布达拉宫埋藏炸药的秘密。"

四位高僧走了。

瓦杰贡嘎大活佛长喘一口气,问管家:"他们现在在哪里?"

管家说:"警察还在东大殿搜查。"

瓦杰贡嘎大活佛说:"我问的不是警察。"

古茹邱泽喇嘛赶紧说:"香波王子和梅萨还在灵塔殿。"

瓦杰贡嘎大活佛瞪了古茹邱泽一眼,似乎嫌他没有悄悄告诉他,又说:"我问的也不是这两个开启'七度母之门'的人,'七度母之门'与布达拉宫有什么关系呢?我问的是炸药,炸药现在在哪里?"

古茹邱泽说:"它很可能就埋在我们心里。"

瓦杰贡嘎大活佛说:"那岂不是说我们的心即将爆炸。"

这时门外突然有了一阵骚动,两个外地僧人前来拜见瓦杰贡嘎大活佛,被侍从喇嘛拦住了,其中一个便冲着门庭喊起来:"我们要见见瓦杰贡嘎大活佛,他如果还是受人尊敬的大师,就不应该如此无礼地对待两个远道而来的喇嘛。"

管家赶紧跑了出去,一会儿进来说:"来自北京雍和宫的两个喇嘛,一个叫阿若·炯乃,一个叫邬坚林巴。"

古茹邱泽说:"啊,阿若·炯乃。阿若·炯乃就是那个最早在互联网上呼吁开启'七度母之门'和公布了冥想成就的人。"

瓦杰贡嘎大活佛犹豫了一下说:"让他们进来。"

阿若喇嘛和邬坚林巴走进西日光殿大福妙旋宫,朝大活佛和古茹邱泽喇嘛弯弯腰,眼光落在了地毯上,不禁面露惊讶。

阿若喇嘛说:"这些东西我好像在哪儿见过。"

邬坚林巴赞同地点点头。

瓦杰贡嘎大活佛显然不希望在这个时候谈论这些搜寻出来的藏匿物品,面无表情地说:"雍和宫来的二位尊客,有什么事吗,要不要在这里喝碗奶茶?"

阿若喇嘛直截了当地说:"大家都在猜测,大诵经法会到现在还不开始,是不是《地下预言》中说的一千个叛誓者身束炸药进入了会场?"

瓦杰贡嘎大活佛有些生气,但还是尽量平静地说:"叛誓者是不是身束炸药进入了会场,你到宫外城门楼下的安检处问一问,这样的小事我怎么知道？"

阿若喇嘛说："原来在大活佛眼里这是小事，那我就问错了。我们看到布达拉宫的喇嘛们都在各个殿堂翻箱倒柜，搬来搬去，不知道他们在寻找什么？"

瓦杰贡嘎大活佛说："这跟你有关系吗？"

阿若喇嘛说："它影响了大诵经法会的正常举行，跟每个人都有关系。"

瓦杰贡嘎大活佛说："我们已经告诉大家了，引经师还没到，到了立刻就开始。"

阿若喇嘛说："我们以雍和宫喇嘛的身份请求，布达拉宫的喇嘛应该立即停止搜寻，停止对我们这些外来喇嘛的不恭和怠慢，法会应该马上开始。如果引经师还没到，就请瓦杰贡嘎大活佛亲自担任主会场司西平措的引经师。"

瓦杰贡嘎大活佛半晌不说话。他觉得自己当然应该尊重来自北京雍和宫的喇嘛，毕竟雍和宫曾经是皇寺，是世界上最高规格的藏传佛教寺院，现在也没有失去领袖风范，依然享有内地藏传佛教最高殿堂的声誉。但尊重身份并不意味着同意请求，更何况冠冕堂皇的请求背后还有另外的目的。他望着古茹邱泽喇嘛轻轻点了点头。

古茹邱泽跨前一步说："如果你是一个虔诚的诵经者，你的请求并不过分。但我猜测你并不是来参加大诵经法会的。"

阿若喇嘛说："那我是来干什么的？"

古茹邱泽说："你来布达拉宫也是为了寻找，你担心喇嘛们的寻找会妨碍你的寻找。"

对方一下把话挑明了，阿若喇嘛有点猝不及防。

古茹邱泽又说："瓦杰贡嘎大活佛想忠告你，'七度母之门'的发掘不是靠寻找，而是靠等待，就算布达拉宫的喇嘛翻箱倒柜是为了'七度母之门'，那也是做做样子罢了。如果你是个福德缘分俱全的人，就用不着担心'七度母之门'会落到别人手里。"

阿若喇嘛冷冷一笑说："既然大家都不掩饰了，那我就把话说清楚，掘藏不是掘墓，不需要那么多喇嘛参与。唯一的时间和唯一的人选是莲花生大师留给我们的掘藏法则，布达拉宫正在违背法则，破坏伏藏的现世，赶快住手吧，现在还来得及。"

古茹邱泽说："这么说你认为你是唯一的人选？"

阿若喇嘛说："我，或者香波王子，还不一定呢。"

古茹邱泽说："请你走吧，大言不惭的人，我们不会听你的，除非你现在就证明你是伟大的掘藏师。"

阿若喇嘛悲愤地喊起来："毁了，毁了，你们把'七度母之门'彻底毁了，大胆妄为的人们，你们不是仓央嘉措的信徒。"

一直不说话的邬坚林巴这时大声说："瓦杰贡嘎大活佛，你面前的嘛呢玉石经片、七彩青稞、大食子和吉祥鹿我十年前就见过，怎么会在这里呢？"

阿若喇嘛说："对，我也见过，在修炼'七度母之门'的观想中见过。"

古茹邱泽说："请不要胡说八道，快走吧。"

阿若喇嘛和邬坚林巴走了，失望把他们的脸涂抹得铁青铁青，脚步也有些滞涩，哗哗地甩动着袈裟袖子，表示着对瓦杰贡嘎大活佛和古茹邱泽喇嘛的严重不满。

瓦杰贡嘎大活佛望着两个雍和宫喇嘛的背影说："通知所有喇嘛，停止在各个殿堂的搜寻。"

古茹邱泽愣怔着：这不是答应了阿若喇嘛的请求吗？

瓦杰贡嘎大活佛对管家说："到现在还没有发现炸药，说明搜寻是不顶用的，必须降神了，让狮面佛母和北方多闻天王告诉我们炸药在哪里。快请朗色护法。"

管家说："大活佛你是知道的，朗色护法正在生病。"

瓦杰贡嘎大活佛说："那也得请他出面，我们没有别的办法了。"又对古茹邱泽说，"赶快在萨松朗杰殿做好准备。"

古茹邱泽走出西日光殿大福妙旋宫，快步走向萨松朗杰殿。

"喇嘛尊者去哪里？我有事禀报。"一个阔鼻喇嘛拦住了他。

古茹邱泽着急地说："什么事儿，快说。"

"有两个警察，他们到处打听布达拉宫哪里有能上网的电脑。"

"那你就领他们去呗。"

"我不知道哪里的电脑可以让外面的人用。"

"你知道我的僧舍吗？我僧舍的电脑可以用。"古茹邱泽大步前去，又回头说，"门没锁，电脑也没设密码，随便用。"

4

骷髅杀手没想到，在这种时候他还能听到黑方之主的声音。这个声音通过手机传送到布达拉宫时有点颤抖，但却显得更加阴险也更加坚定，似乎连悬摇在殿堂顶部的五彩妙幢也随之颤抖起来。

黑方之主说："知道我为什么要让碧秀杀你吗？"

骷髅杀手慌乱地说："不、不知道。"

黑方之主说："是因为你中了魔，居然偷偷学唱仓央嘉措情歌。你迄今不死，不是碧秀无能，是命中注定你该有最后一次机会。只要你在'七度母之门'现世之前，杀掉香波王子，证明你依然是'隐身人誓言'的担当者和无形密道的护法主，你的修行就依然有效，圆满还会属于你。"

骷髅杀手耳朵一阵轰鸣，觉得自己没有听清黑方之主的话，觉得那声音来自梦幻而不是来自现实。他等了一会儿，等来了一声笑，便大着胆子问："你为什么要启用碧秀？他也是'隐身人血咒殿堂'的人？"

黑方之主说："是的，你们都是'隐身人血咒殿堂'的成员，你叫骷髅杀手，他叫门隅黑剑。不同的是，你有家族坚不可摧的传承，从血缘上说，你的祖先是墨竹血祭师独眼夜叉。而门隅黑剑的血缘却要追溯到最早的叛誓者，这一点他并不知道，一旦知道就很难说他还会对我们有利。他只是从修为上继承了墨竹血祭师豁嘴夜叉的遗志，所以我真正看重的是你而不是他。"

骷髅杀手琢磨着对方的话，半晌无语。

黑方之主说："香波王子现在是走向长寿佛殿的，长寿佛殿里，佛龛墙的拐角，有一块无量光降服玛姆精怪的墙布，掀开墙布，有一扇门，里面是幽闭室，你最好在那里完成使命。"

没了，声音的消失就像一把插在胸口的箭，抽去的时候，骷髅杀手感到浑身的血液都被抽走了。

他习惯性地用拇指探摸手机键盘，摁了一个闭着眼睛都能摁对的号码，通了。格桑德吉依然沉默，只有沉重的呼吸带着她的期盼，如梦而来。他试图像前几次那样唱歌，心中却不禁一酸，止不住哽咽起来。这时电话那端传来一声咳嗽。他的心一下绷紧了。咳嗽过后，他意外地听到了她的声音，很久没听到了，如同仙音。

她说："你的仓央嘉措情歌是跟谁学的？"

骷髅杀手说："一个叫香波王子的人。"

她说:"你再跟他学几首。"

骷髅杀手说:"不行了,他很快就要死了。"

电话那端立刻陷入沉默。骷髅杀手不想就这样结束这次难得的通话,赶紧告诉她一个天大的好消息:"我就要实现'隐身人誓言'了,我的修炼就要圆满了……"

没想到她毅然挂断了电话。他再打过去,那边就是忙音了。

骷髅杀手站在长寿佛殿的斜对面,阴郁地四下看看,眼光掠过所有人的脸。黑方之主就在这里,正用刀子一样的眼光穿透着他的心。他感到脊梁一阵发凉,蓦然回头,又觉得头皮发凉,便仰头搜寻廊檐上面那些可以藏人的雕梁画栋。

杀人,我真的又要杀人了?他在心里问。

是啊,是啊。他回答着。仿佛一架杀人的机器,在锈蚀了一段时间后,突然又启动了按钮,一切都是不由自主的,眼睛里突然冒出的锋利的凶光证明他还没有丢掉攒了三十刀牦牛历练出来的狠恶。他发现自己正在兴奋起来,而一个"隐身人血咒殿堂"的护法主被重新启用后受宠若惊的兴奋是不受大脑支配的。

脊背和头皮上的凉意渐渐消失,随之而来的是胸腔里的激荡和滚烫。他把眼光投向长寿佛殿的门口,看到香波王子和梅萨正跨过门槛走进门里,从心里冷笑一声,悄悄靠了过去。

黑方之主也把电话打给了碧秀。碧秀正在不远不近地跟踪着香波王子,手机在腰际像利爪抓他一样震动了一下。他一看号码,立刻转身躲到了廊柱后面。黑方之主的声音颤抖而绵软,似乎马上就会断线,但在碧秀听来,世界上再也没有比这更强硬的东西了:

"你曾经宣誓你是'隐身人血咒殿堂'最忠猛的使命执行者,你的法名叫碧秀衮波斯仁——响箭一样的护教战神。但是直到现在,你还没有令我满意的表现。骷髅杀手迄今还活着,是他的造化,你和他的较量结束了。你们现在共同的敌人,一是香波王子,二是玛吉阿米,你要不惜一切代价得到那份仓央嘉措后代的名单,然后摧毁'七度母之门'!"

碧秀小心翼翼地说:"香波王子是诱饵,他现在还不能死。"

黑方之主说:"如果香波王子起不到诱饵的作用,玛吉阿米的出现,很可能就在香波王子灭亡之后。"

碧秀说:"我明白了,我会见机行事。"

5

对香波王子来说,布达拉宫的所有佛殿里,这座佛殿是他来得最多的。他就像回到老家一样,用温热而亲切的眼光打量着一切,看到没有丝毫变化,就满意地点了点头。他觉得所有的佛像都认识他,都和蔼可亲地看着他。

梅萨站在进门左首烫金的立牌前,看着上面写着"长寿佛殿"几个字,就拉住香波王子说:"错了错了,这里不是无量光佛殿。"

香波王子说:"没错,长寿佛也叫无量寿佛。藏传佛教认为,无量光佛是原生态的阿弥陀佛,无量寿佛是化身后的阿弥陀佛。前者代表空间,后者代表时间,两者其实一样。不过一般人都把这儿叫长寿佛殿。"

梅萨原地转了一圈说:"这么多佛像,全是长寿佛?"

香波王子带她走向正中一尊戴着黄色桃形僧帽的佛像,双手合十拜了拜说:"这是宗喀巴。之所以叫长寿佛殿,两个原因,一是沿墙的佛龛里供奉着一千尊长寿佛,二是那边有一尊艾格泽迪护法神,它来自印度密宗,其实就是大威德怖畏金刚的异态表现,而大威德怖畏金刚又是无量寿佛的忿怒尊。无量寿佛为了教令法界,以威猛镇服外道,以智慧摧破业障,就变幻出了大威德的模样。"

梅萨迅速提醒道:"用它来守护'七度母之门'?"

香波王子愣了一下:"啊,也许。"

他带她走过沿墙的佛龛,望着一尊尊莲花座上以禅定印手捧宝瓶和菊花的长寿佛,突然有些迷茫,我们是来瞻仰长寿佛的吗?他说:"'授记指南'里有'为什么无量光佛的祈愿迄今没有看到神变'一句,一开始我认为,班禅活佛是无量光佛的转世,班禅的驻锡地扎什伦布寺一定有无量光佛的祈愿,现在看来达赖喇嘛的驻锡地布达拉宫更需要无量光佛也就是长寿佛的照耀。"

梅萨问:"为什么?"

香波王子说:"我已经告诉过你了,达赖喇嘛世系早逝夭亡的比较多。班禅活佛世系则比较长寿:一世班禅克珠杰享年五十四岁,二世班禅索朗曲朗享年六十六岁,三世班禅罗桑丹珠享年六十二岁,四世班禅罗桑却吉是最长寿的,享年九十三岁,五世班禅罗桑益喜享年七十五岁,六世班禅巴丹益喜享年四十三岁,七世班禅丹白尼玛享年七十二岁,八世班禅丹白旺修享年二十八岁,九世班禅曲吉尼玛享年五十五岁。究其原因,历史上的班禅世系有潜心修佛的传统,不太入世,远离政治漩涡,清心寡欲,也没有被暗害的。'政教合一'对班禅世系来讲,只是小范围、地区性的。"

梅萨说:"这似乎并不是我们需要搞清楚的。"

香波王子说:"不对,搞清楚了以后我们就会知道,布达拉宫的长寿佛是'政教合一'的制度已经形成、达赖喇嘛世系出现夭亡以后才开始供奉的。他们从班禅世系的长寿中受到启发,希望无量光佛即长寿佛的转世班禅活佛能够加持达赖喇嘛。加持的结果是，出现了享年五十八岁的十三世达赖喇嘛，长寿佛殿也就成了布达拉宫最重要的殿堂之一。几乎所有长寿佛都是在达赖喇嘛世系出现夭亡以后才开始建造开光的。"

梅萨说："这时候建造的长寿佛对我们很重要吗？"

香波王子说："不，更重要的是班禅活佛的加持，谁能说他的加持不是一种伏藏呢？最早的加持来自五世班禅罗桑益喜。仓央嘉措被押送北京后，拉藏汗想自己取代达赖喇嘛，不成，便重新选定八宿地方一个乞丐之子为五世达赖喇嘛的转世灵童。之后他为了树立新达赖的威望，巩固自己的地位，邀请他一直崇信的在格鲁派中拥有崇高地位的五世班禅来拉萨为新灵童授戒。五世班禅在拉萨大昭寺给新灵童授沙弥戒，取法名为伊西嘉措巴桑布，然后在布达拉宫参加了隆重的坐床典礼。典礼期间，五世班禅在布达拉宫住了五天，他借口打坐怕光拒绝住进拉藏汗给他安排的西日光殿，而自作主张把寝宫选在了这里。"

香波王子说着，不经意地回头看了一眼，发现五步远的地方就是骷髅杀手，立刻想到肯定是碧秀又来了，不然骷髅杀手不会离自己这么近。他朝远处看了看，果然看到碧秀站在长寿佛殿的门口，正在朝这边张望。他信任地看了看骷髅杀手，依然觉得对方是来保护自己的。

骷髅杀手把手紧紧插在裤子口袋里，里面是他从碧秀手中抢来的枪，枪口朝外顶着，就像他的生殖器正在勃起。这时只要他想开枪，都用不着把枪掏出来。有那么一刻，他的右手食指的确已经扣动了扳机，突然看到右侧靠墙的地方艾格泽迪护法神正怒视着自己，就又把手指挪开了。他知道艾格泽迪护法神就是大威德怖畏金刚的另一种形式,而大威德怖畏金刚又是他一家三代的本尊神,他还没有朝拜怎么就可以实施杀戮呢?更何况本尊大威德又是无量寿佛的忿怒尊,虽然它的存在是为了攘除邪恶、摧毁敌手,但"佛不见血",让一个生命在寿佛面前短寿,那肯定是有违本尊旨意的。

他跪下,给大威德怖畏金刚磕了一个头说:"请慈悲的本尊神闭上眼睛吧,我要杀人了。"这才起身,继续盯上了香波王子。

梅萨也看到了骷髅杀手,没太在意,催促香波王子说:"接着讲啊。"

香波王子说:"那个时候这里不叫长寿佛殿,叫德丹吉殿,是六世达赖喇嘛仓央嘉措的寝宫。仓央嘉措十四岁入主布达拉宫后一直住在这里,现在是布达拉宫保留下来的唯一拥有仓央嘉措遗迹的地方。"

他们走向殿堂北边,那儿有一个围起来的铺着地毯的长方形平台,有一把低扶手的黄绸坐垫的椅子。

香波王子说:"这就是仓央嘉措的经台和宝座。他就在这里修行念经,默唱那些永远唱不完的情歌。"

梅萨说:"'七度母之门'会不会在这里?"

香波王子说:"不会,我在调查仓央嘉措时好几次都想到这里会不会留下他的什么遗书。仓央嘉措是个敏感又敏思的人,在离开布达拉宫前肯定已经预感到自己的不归路了。后来我发现,我想到的别人也会想到,这些地方,整个寝宫肯定已经被拉藏汗和其他人三番五次地翻找过了。"

梅萨说:"那我们到这里来还有什么用呢?"

香波王子说:"肯定有,不然'授记指南'不会把我们引导到这里来。我说过,五世班禅其实是欣赏仓央嘉措的,对拉藏汗废黜一个卓越的密法诗人非常不满。但他为什么还要接受拉藏汗的请求,来为一个显然是拉藏汗的傀儡,所谓转世灵童授戒和参加坐床典礼呢?为什么来了以后不住拉藏汗给他安排的西日光殿,而是住进了德丹吉殿呢?也许这才是关键。"

梅萨问:"那么为什么?"

香波王子说:"达赖和班禅都是格鲁派的领袖,格鲁派的高僧们希望无量光佛的化身班禅活佛能够秘密加持达赖喇嘛世系,让真正的仓央嘉措的转世灵童尽快出现,并且像班禅活佛一样长寿。五世班禅带着一尊来自释迦牟尼故乡印度的长寿佛住进了德丹吉殿,离开的时候,他把这尊长寿佛留在了仓央嘉措宝座面前的佛龛里。这是德丹吉殿的第一尊长寿佛,也应该是五世班禅对达赖世系的真正加持。这样的加持很可能会变成掘藏的途径,变成'授记指南'的内容:'为什么无量光佛的祈愿迄今没有看到神变?'"

梅萨望着一壁辉煌的佛龛问:"第一尊长寿佛在哪里?"

香波王子说:"我正在找,但是找不到,我们用肉眼很难分辨一千尊长寿佛中哪一尊更加久远。"

梅萨说:"总会有区别,造像的历史阶段和艺术家不一样,风格、用料、色泽、大小、品貌都可能显示出特点来。"

香波王子说:"我也这么想,抓紧时间,再找。"

他们面对佛龛上上下下一格一格地观察对比着,极力想从一千尊长寿佛中找出一尊不一样的来。

香波王子说:"五世班禅在德丹吉殿的这一次加持非常成功,不久西藏历史就发生了重大变化。拉藏汗重新选定的五世达赖喇嘛的转世灵童并没有得到西藏人和整个格鲁派的认可,其他蒙古王族各部也不信仰,称他为'门巴喇嘛''先生''阁下''执白莲者',

或者直呼其为'门巴人'。他们怀念仓央嘉措,并根据仓央嘉措离开拉萨时留下来并传唱一时的那首情歌——"洁白的仙鹤,请把翅膀借给我,我不会远走高飞,到理塘转一转就回",坚信他们的活佛、浪漫的情歌王会在理塘转世。很快就传来在理塘发现仓央嘉措转世灵童的消息,拉藏汗派人前往理塘,试图毒杀灵童。他派出的使者中有一个康区僧人,极其崇拜仓央嘉措,把毒丸调换成了一般的胃疾药丸,才使灵童免遭毒害。灵童的父母担心这样的事情再次发生,带着灵童离开理塘,逃往德格。后被驻牧青海湖的格鲁派大施主蒙古亲王巴图尔台吉迎往青海,供养于塔尔寺。紧接着,远在新疆的蒙古准噶尔部首领策旺阿拉布坦以护送女儿和拉藏汗的长子成婚为借口,派兵进藏,打败了拉藏汗的军队,占领了拉萨。拉藏汗带着一名仆人,冲出布达拉宫,在彭措多朗大门外和几十个准噶尔士兵刀剑厮杀,杀死七八个对手后当场阵亡。就这样,权欲熏心的拉藏汗又被更加权欲熏心的策旺阿拉布坦吃掉了,让人警醒的是,他们不仅都是佛教的信徒,而且都是格鲁派的施主,他们拉一宗打一派,而西藏宗教各派也就随着他们的沉浮而沉浮。"

他们沿着佛龛从左边走向右边,一千尊长寿佛都被他们的眼光镀上了一层薄膜,越来越看不清楚,越来越觉得风格、用料、色泽、大小、品貌都丝毫没有区别。

梅萨说:"既然五世班禅把常年陪伴自己的长寿佛留在德丹吉殿是他对达赖世系的真正加持,既然这一次加持非常成功,'授记指南'中怎么又说:'无量光佛的祈愿迄今没有看到神变'呢?"

香波王子说:"虽然五世班禅的加持非常成功,但'授记指南'并不是要我们去探索有哪些成功迹象,而是要我们牢牢盯住'七度母之门'。'七度母之门'的伏藏迄今没有现世,所以说'无量光佛的祈愿迄今没有看到神变'。我们为神变而来。"

梅萨问："是不是说，五世班禅帮助六世达赖喇嘛仓央嘉措完成了'七度母之门'的伏藏？"

香波王子没有回答，继续按照自己的思路说下去："五世班禅的加持最大的成功还在于，拉藏汗被杀后，蒙古准噶尔部首领策旺阿拉布坦霸据一方，反清叛乱。康熙皇帝认为，西藏屏蔽青海滇蜀，如果被准噶尔盗据，将边无宁日。遂派大军征讨，同时册封了诞生于理塘的仓央嘉措的转世灵童，派兵护送进藏。将拉藏汗拥立的六世达赖喇嘛伊西嘉措巴桑布，送往北京处理。这实际上等于又承认了仓央嘉措的达赖喇嘛身份。仓央嘉措的转世灵童从青海塔尔寺回到拉萨后，五世班禅受邀前来拉萨为他授沙弥戒，取法名为噶桑嘉措。于是，五世班禅再次来到了布达拉宫。这一次，他住进了西日光殿。因为西日光殿将是七世达赖喇嘛噶桑嘉措的寝宫，格鲁派的高僧们再次希望无量光佛的化身班禅活佛加持达赖喇嘛世系，好让七世达赖喇嘛健康长寿。没有文献记载这一次五世班禅是否又带来了一尊常年陪伴他的长寿佛，但西日光殿里一定会供奉长寿佛，我刚才说了，安驻一尊长寿佛是五世班禅对达赖世系的真正加持。"

梅萨说："文献里没有记载，那就是没有带来。"

香波王子说："那么，加持西日光殿时必不可少的长寿佛是哪里来的？"

梅萨说："要是我，就会把德丹吉殿的长寿佛请到西日光殿。既然仓央嘉措已经转世，就没有必要继续加持德丹吉殿，让一尊十分灵验的长寿佛去西日光殿保佑七世达赖喇嘛是顺理成章的事儿。"

香波王子说："我想得出的结论就是这个。"

梅萨说："你是说我们要去西日光殿？"

香波王子说:"再看看,在离开这里之前,我们要做到万无一失,绝无遗漏。"

他们又沿着佛龛从右边走向左边,一千尊长寿佛越来越冷漠地面对着他们。他们几乎把鼻子贴到佛龛边沿的木棱上了,也没有找到不一样的那一尊。佛龛的延伸出现拐角,就剩下最后几十尊了。梅萨在前,香波王子在后,梅萨看过的,香波王子再看一遍,两个人专注得连呼吸都屏住了。

就在这时,一直和香波王子保持着五步距离的骷髅杀手突然凑过来,一把抓住了他。香波王子扭头一看,骷髅杀手正在狞笑。

6

王岩和卓玛在阔鼻喇嘛的带领下,来到布达拉宫西侧的僧舍区,走进一间面积很小的僧舍,一眼就看到,素净的榻铺上,放着一个白晃晃的笔记本电脑。王岩朝着阔鼻喇嘛说了声"谢谢",顾不得观看一下僧舍内的陈设,扑过去抱起了电脑。

王岩打开电脑,登录自己的QQ,上次他的留言还在,而"度母之恋"却没有回话。他失望得一掌拍在榻铺上,对卓玛说:"我找电脑就是想和'度母之恋'对话,他是一个'七度母之门'的修炼者,有第三只眼,能预见我们无法预见的,可就在我最需要他的时候,他居然这么长时间不上线。"

卓玛问:"'度母之恋'?他是哪里的?"

王岩说:"网聊认识的,谁知道他是哪里的。"

卓玛说:"看来你们缘分还不够。"

"我想也是。"王岩坐在榻铺上,放下电脑,这才抬头看了看周围。

僧舍是简陋的，简陋得有点返璞归真，藏传佛教的浓烈色彩在这里一丝都没有，连形成榻铺的也不是通常那种五彩的地毯和卡垫，而是白色的羊毛毡。大概是过于朴素的缘故，墙壁上镜框里的一张画报图片显得格外醒目，似乎是一种强调，你必须看它，你不看它你的眼光就没地方搁。王岩和卓玛都看起来：

　　高耸连绵的雪山，一马平川的草原，雪山白得耀眼，草原绿得发光，河流是清澈见底的，画出一个连接雪山和草原的S形。一边是羊群，一边是牛群。河上有桥，不，那不是桥，是架在河床上的转经筒。水流推动着它，转一圈就等于草原念了一遍祈福禳灾的六字真言。

　　王岩看着看着走神了，似乎想得很远，远得就像画报图片里的景色。他突然站起来，问那个一直没有离开的阔鼻喇嘛："这里住的是谁？"

　　阔鼻喇嘛自豪地说："瓦杰贡嘎大活佛的弟子，下一届布达拉宫峰座大活佛的最佳人选古茹邱泽喇嘛。"

第十章　骷髅杀手

1

　　阿若喇嘛和邬坚林巴刚走出白宫西日光殿,阿若喇嘛的手机就响了,那个从不显形的不动佛这次又把短信的声音改变成了约翰·列侬的《双重梦幻》。两个年轻游客回头看着阿若喇嘛,似乎吃惊这样一个半老的喇嘛,居然也喜欢约翰·列侬。阿若喇嘛依旧讨厌这种由不得自己的随意改动,等两个年轻游客离开后,才掏出手机摁出了短信。他望着短信半晌不吭声,过了一会儿,才把手机用手掌托到邬坚林巴眼前。

　　邬坚林巴看了,有些兴奋,更有些疑虑。短信是这样的:

不动佛明示：在班达拉姆不让拆除的佛殿里。

邬坚林巴说："不动佛让我们放弃香波王子和梅萨？我们跟了一路，就这样轻易放弃？"

阿若喇嘛说："放弃是对的，从来没有仅靠别人就能获得成功的掘藏师。"他确信在布达拉宫喇嘛到处翻找搬动的干扰下，"七度母之门"的伏藏是万难出现了。"'班达拉姆不让拆除的佛殿'？你知道在哪里？"

邬坚林巴习惯性地保持了沉默，但显然他是知道的。两个人默契地走向了红宫司西平措大殿，登上了二楼画廊。

这里差不多是一个壁画博览会，六百九十八幅壁画让西藏的壁画艺术在这里出现了一个高峰。遗憾的是，他们无暇欣赏艺术，比艺术更重要的信仰之魅正在牵引着他们把思想集中在眼看就要失去又眼看就要得到的寻访中。

他们从画廊登上三楼，来到了曲结竹普殿的门梯下。

曲结竹普殿又叫法王洞，和上面一层的圣观音殿帕巴拉康一起成为松赞干布时代的遗存，是布达拉宫最早的建筑，已经有一千三百多年的历史了。仓央嘉措时代，摄政王桑结在制定红宫修建方案时，打算拆除陈旧的法王洞和圣观音殿。三大寺高僧劝他不要这样，说拆除古迹就是拆除民意，是不吉利的。桑结分别在五世达赖灵前和吉祥天女班达拉姆像前占卜，五世达赖之灵显示了不让拆除圣观音殿的征兆，班达拉姆显示了不让拆除法王洞的征兆。

阿若喇嘛和邬坚林巴站在法王洞前，上下左右地看着。法王洞坐落在红山的山尖上，居高临下的洞式格局，以古拙粗朴的风格，穿越时间的打磨挺拔而来，显示出在西藏古代的崇拜里，浸透着对高山和天空的爱情式的专一和单纯。

还是一前一后，两个人轻手轻脚迈进了门槛，似乎里面是一个睡着的孩子，他们不敢惊醒。

传说这里曾是松赞干布的静修之地，但静修时的佛像一尊也没有，只有当年用过的炉灶和灶上的石锅、石臼见证着传说的真实。但更加真实的似乎是墙壁，他们被古老的烟火熏染得漆黑闪亮，斤斧凿洞的痕迹隐约在漆黑之中，就像岁月之手的抠挖。灯光尽情地幽暗着，就在看见与看不见的夹缝里，创造着西藏的神秘和佛教的不可测知。

阿若喇嘛和邬坚林巴沿墙从左到右走了一圈，互相对视了一下，意思是没发现哪个地方是有门的。在他们的观念里，"七度母之门"一是修炼的法门，二是教典的密门，三是伏藏与掘藏的进出之门。进出之门当然应该是看得见摸得着的。他们回身一前一后地观察那些塑像。

这里的塑像都是松赞干布升天后创作的，有松赞干布像、文成公主像、墀尊公主像、芒松赤江王妃像、大臣吞弥·桑布扎像、噶尔·东赞像、王子贡日贡赞像，都属于吐蕃晚期的造像艺术。还有弥勒佛铜质镀金像、观世音菩萨石雕像和泥塑的释迦牟尼、莲花生大师、白度母、护法天王、宗喀巴大师、尊者米拉日巴等，都是五世达赖喇嘛和摄政王桑结重建布达拉宫后的作品。

阿若喇嘛和邬坚林巴一圈一圈地转着看，转了三圈，也没看出什么名堂来。他们停下了，阿若喇嘛站在尊者米拉日巴塑像前，疲倦地叹口气，耷拉着脑袋，看到一束光就像画笔一样在地上描来描去，无意识中望了一眼光源所在的地方，发现一盏酥油灯无风而舞，照在铜质镀金的弥勒佛像上，弥勒佛便用衣袖把光亮挥过来投在了地上。舞动的光亮是无常的、不确定的，不仅不知道应该照在什么地方，还会瞬间泯灭。这么一想，他愣了一下，眯起眼睛往前看，不禁晃了晃脑袋，晃出了一屏景象，模糊着，模糊着，渐渐清晰了。

那是他的冥想成就的一部分，他在冥想中不仅得到了"七度母之门——北京雍和宫"的启示，还真真切切看到了这幅景象，看到了"七度母之门"的召唤。然后他才在互联网上发出了开启"七度母之门"的呼吁：

"先逝的尊者、敬信的上师哪一个给了我们故步自封的教诲？莲花生大师赐予我们共有的光辉，而我们却互相保密、心念相隔，这是迄今为止亿万叩拜都不能打开'七度母之门'的唯一原因。开启'七度母之门'的钥匙在哪里？谁是灵魂相托的福田？谁是口耳相传的法嗣？谁是心念相印的仙人？"

遗憾的是，这幅景象一直不能复原，他不知道它在哪里，甚至觉得那也许是他前世修行的地方，突然出现在了超越时空的冥想中。

但是现在，这幅景象不仅复原了，还奇迹般地来到了面前，就是它，就是他从这个角度面对着的法王洞：粗朴而陈旧的早期壁画，表情生动的吐蕃人物，两根古老的木柱，支撑着并不高敞的殿顶，木柱上的兽脸雕刻像狮又像狗，就在两根老木柱之间，一排摩尼宝珠闪烁着明灭不定的光点，光点组成了一行古藏文字：

七度母之门

阿若喇嘛回头一把抓住身后的邬坚林巴，急促地说："我看到了，看到'七度母之门'了。"然后捂住自己的嘴，左右看看，发现没有人注意他，便小心翼翼地走过去，站在那排闪闪烁烁的摩尼宝珠前，激动得不知如何是好。

邬坚林巴跟在身后，他也看清楚了，光点的闪烁就是"七度母之门"，也就是说，"七度母之门"的伏藏很可能就在摩尼宝珠后面。他有些紧张，后退了一步，闭上眼睛，默默祷告了一句。

阿若喇嘛轻轻摸了摸摩尼宝珠，光点一下消失了，好像那是一抹就掉的水，宝珠呈现出陈旧的香烟熏染的颗粒，让整个法王洞都暗淡了许多。他赶紧缩回手，想恢复闪烁的光点，却发现暗淡比闪烁更耀眼，宝珠用烟熏的黑色组成了两个字，烟雾一样有点飘。他想多看几眼，就听身后的邬坚林巴转身走了。

阿若喇嘛追上去，一把攥住邬坚林巴问："你看到了什么？"

邬坚林巴反问道："你看到了什么？"

两个人同时说："老家。"

2

一把抓住香波王子的骷髅杀手突然收敛了狞笑，用极小极清晰的声音说："不用找了，跟我来，就一个人。"说罢，两步跨向佛龛墙的拐角，掀起一块无量光降服玛姆精怪的墙布，推开了一扇跟墙壁浑然一体的窄门。

香波王子跟过去。

骷髅杀手神秘地说："进去你就知道了，或许里面是'七度母之门'呢。"

香波王子犹豫了一下，想回头看看梅萨，就被骷髅杀手一把推了进去。骷髅杀手接着进来，顺手放下墙布关上了门。

没有窗户，门一关，就漆黑一片了。谁也看不见谁，只能根据对方的呼吸判断对方的方位。

香波王子说:"这是什么地方?"

骷髅杀手说:"你不是很熟悉布达拉宫吗,怎么连这个地方都不知道,这是幽闭室。"

香波王子说:"你让我来幽闭室干什么?"他知道幽闭室又叫惩戒室,是布达拉宫惩戒违法喇嘛的地方。

骷髅杀手说:"黑方之主不想让愚蠢的仓央嘉措遗言吞噬我们的心。他希望所有对'七度母之门'感兴趣的人都放弃修炼和发掘,包括你,但是你不听他的警告,你一意孤行走到了现在。"说着把手插进了裤子口袋。"我一家三代的本尊神无量寿佛的忿怒尊大威德怖畏金刚在上,不是我,是子弹杀死了香波王子。"

香波王子这才明白,那个保护他的骷髅杀手消失了,那个追杀他的骷髅杀手又回来了。没工夫思索其中的原委。他悄悄朝后退去,希望幽闭室有足够的面积让他躲过子弹,但是没退几步,他的后背就靠到了墙上。他听到骷髅杀手沙沙的脚步声正在靠近自己,赶紧乞求道:"你已经好几次救我,为什么好事儿不能做到底呢?'七度母之门'就要现世了。"

骷髅杀手掏出枪说:"这正是你死期已到的原因。"

香波王子说:"看来我最终还是逃不脱你的追杀,你以杀为修,以血为法,是一个摘掉了忏悔之心的人。不过死前我还想知道,你的女人到底回来了没有?"

骷髅杀手不吭声,大约他觉得莫名其妙。

香波王子自己也觉得莫名其妙,死到临头还关心杀手的男女之事,真是风流成性,外加死不悔改。但"关心"的欲望居然不可遏止,而且饶有兴味。"你不回答,说明她还没回来。我告诉你,千万不要灰心。能够让一个骷髅杀手动情的女人,也一定是个知情知义的女人,那你就唱起来,坚持不懈地唱。在西藏,只有不会唱仓央嘉措情歌的男人,没有听不懂仓央嘉措情歌的女人。我知道你在偷学我唱的仓央嘉措情歌,也许已经唱给她听过,如果她还没有被打动,那就是你唱得还不到家。"

香波王子说着,心头突然一沉,意识到他这话也是说给自己的:梅萨迄今没有被他真正打动,她的心她的灵魂还飘着,不知所归。不是仓央嘉措情歌不好,是他香波王子还没唱出触动灵魂的味道。香波王子,仓央嘉措的转世,一生以唱仓央嘉措情歌为自豪,居然无法用情歌俘获心上人的心。

巨大的震惊覆盖了香波王子,至死也没能用仓央嘉措情歌赢得梅萨的心和灵魂,这比死更让他难过。骷髅杀手不存在了,"七度母之门"不存在了,生死荣辱都不存在了,天地间存在的只有无边的悲哀和一缕不尽不绝的情歌:

> 在离别远行的时候,
> 送你多情的秋波,
> 永远以微笑和真情,
> 来把你思念相迎。

这不是香波王子最动情的情歌,却让他自己泪光闪闪。他发现有一盏灯,正悄悄燃起,正在照亮自己心底的黑暗。香波王子攥着胸前的鹦哥头金钥匙,默默祈祷着,朝一边溜去,尽量不让身子在墙壁上蹭出声音来。

突然,咣当一声门开了,接着便是一声枪响。

幽闭室的外面，长寿佛殿的佛龛前，梅萨专注地看过了最后几十尊长寿佛像，还是没有找出不一样的那一尊来，揉着眼睛说："我的眼珠子都快要掉出来了。"没听到香波王子的反应，扭头一看，他居然不在身边。她朝佛龛那头望了望，又回头看看身后，奇怪地想，他去哪里了？下意识地看看表，发现离碧秀规定的三个小时还差十分钟了。十分钟？十分钟他们能发掘出"七度母之门"的伏藏来？她急转身四处寻找，找到的却是碧秀。

　　碧秀快步走来，厉声问梅萨："你的搭档呢？"

　　梅萨浑身一抖，朝一边躲去，心说香波王子是不是出去了，他出去为什么不叫我？她去门口寻找，喊着："香波王子，香波王子。"

　　碧秀穿梭在走走停停的游客中间，看看这个，瞪瞪那个，然后来到香波王子刚才站立的佛龛前，一眼就发现最可疑的地方是佛龛墙的拐角，那儿十分碍眼地挂着一块无量光降服玛姆精怪的墙布。他走了过去，哗地掀开了墙布。墙布后面是光滑的墙壁，他失望地狠踢了一脚，只听咣当一声响，黑洞出现了。恍然他以为墙倒了，再一看，原来是一扇门被打开了。

　　门开的瞬间，碧秀听到了枪响。

　　幸亏碧秀踢门，干扰了骷髅杀手开枪。子弹从香波王子耳边擦过去，打进了阿嘎土的墙里。香波王子突然看到一道亮光豁然而来，便一跃而起，扑了过去。他扑出幽闭室，扑向长寿佛殿里络绎不绝的人群，回头看了一眼追过来的骷髅杀手和碧秀，跑向了长寿佛殿的门外："梅萨，梅萨。"

　　梅萨跑过来："你去哪里了？"

　　香波王子拉起梅萨就跑。喇嘛和游客的墙堵挡着他们，他们不时地破墙而过，撞翻了好几个人。

梅萨问："我们去哪里？"

香波王子说："计划不变，西日光殿。"

3

朗色护法是被几个喇嘛抬进萨松朗杰殿的。

当一张帆布活动床摆到瓦杰贡嘎大活佛面前，朗色护法挣扎着坐起来时，所有人都吃惊地睁大了眼睛。

那是一张惨白的没有一丝血色的脸，脸上没有肉只有皮，颧骨如同骷髅一样凸起着，生命的衰竭就像植物到了冬天，枯黄得一捏就碎。尽管大家都知道，在西藏，所有的宣谕神巫——护法神的代言人，都不可能有太强壮的身体和太长的寿命，但像朗色护法这样才到四十就衰弱不堪的情形还是少见的。不能强壮和不能长寿的原因是，每一次成功的降神仪式都是神灵和人体水乳交融的过程，当强大的无所不能的神灵进入人的肉体时，必须耗尽人体所有的元气、所有的精神才可以发布人所要求的预言。也就是说，神必须要有足够的能量供给才能有所作为，一次次的降神就是一次次地耗尽人的能量，不可避免的衰竭和短寿就这样发生了。所以尽管护法神的宣谕神巫地位尊崇，却不是一个福寿禄齐全的人。

古茹邱泽喇嘛一边搀扶着朗色护法，一边把叛誓者在布达拉宫埋藏了炸药，太阳落山之前就要爆炸的危机告诉了他。"这是几百年来布达拉宫遇到的最大危机，请朗色护法宣谕神旨，炸药到底埋藏在哪里？"

朗色护法点点头，深深地吸口气，闭眼趺坐了一会儿，似乎突然来了精神，伸腿到床下，稳稳当当站到了地上。

然后，他被瓦杰贡嘎大活佛亲自请到了降神法座上。

喇嘛们紧张地驱赶着游客、信徒和布达拉宫以外的僧人，迅速关死了萨松朗杰殿密不透风的黑木门。

萨松朗杰殿也叫殊胜三界殿，是红宫的最高殿堂，正中供奉着用藏、汉、满、蒙四种文字书写的"当今皇帝万岁万万岁"的牌位，牌位上方是乾隆皇帝打坐念佛的肖像。大概从七世达赖喇嘛开始，每逢藏历新年，历辈达赖喇嘛都要率噶厦僧俗高官和三大寺高级喇嘛向牌位和画像庄严礼拜。因为有此活动，萨松朗杰殿在布达拉宫显得格外尊崇，许多重要仪式，比如降神仪式、高级灌顶仪式、大活佛授戒仪式，都在这里举行。

殿西靠墙，供奉着十一面千手观世音像的地方，一幅色泽沉郁的珍贵唐卡悬空而下。唐卡上就是朗色护法为之代言的神祇北方多闻天王，他眼光凶狠，面目狰狞，身色是带有暗绿铜锈的黄色，右手拿着慑服经幢，左手握着吐宝兽，脚踩三界魔怪，一副大气磅礴、摧破一切魔障的样子。

降神法座就安置在这幅唐卡之前。

古茹邱泽喇嘛来到朗色护法跟前，帮他穿上了黄色丝绸的法衣。法衣长襟及地，上面怒云遍体，火焰腾身，红白两种图案从身下身后缠绕而来，托住了胸前玉石打磨的护心镜。古茹邱泽用手掌把护心镜擦得愈加明亮，然后把金箔铸造的十二叶大坎肩从朗色护法头上套下去，再给他系上织有护法神脸谱的围裙和骷髅装饰的腰带，然后蹲下，把一双缀满金豆的高筒白靴穿在了他脚上。

朗色护法手持金刚杵，正襟危坐。

古茹邱泽喇嘛退到了一边。瓦杰贡嘎大活佛带头跌坐在卡垫上，在场的许多喇嘛都跟着坐了下来。念诵经咒的声音爆浪而起，朗色护法身后的八个喇嘛吹响了胫骨法号，敲起了嘎巴拉骷髅鼓，钹镲共鸣，还有一阵阵刚刚刚的梆子声。

古茹邱泽站在香炉旁，合掌而语，发出的不是经咒，而是一句极其普通的话："神你来，神你来，快说炸药埋藏在哪里？"然后点着了左香炉的芸香、右香炉的柏香，点着了二十一盏粗捻子的酥油灯。

朗色护法闭上了眼睛，也是经咒满嘴，突然睁眼，射出两道寒光，立起来，腾空一跃，又坐下，闭眼，一圈一圈地摇晃。等再次睁眼，就变得虎视眈眈了。他脸上露出让人恐怖的猛恶和凶暴，喘息，大喘息，更大喘息，突然止息，然后长长地吐气，惨白的脸色渐渐红了，越来越红，好像心脏把所有的血都挤压到了脸上，就要破皮而出了。没有肉只有皮的脸颊鼓了起来，颧骨不见了，生命就像植物到了夏天，滋生出一片盎然生机。

古茹邱泽喇嘛按照惯例走过去，从供桌上拿起尖顶的法冠，戴在朗色护法头上，又用一根金丝绳勒紧了他的脖子。法冠是两层，里子是白银，面子是黄金，一坨一坨隆起的金叶上，镶嵌着红色宝石。法冠足有十七公斤重，一般人戴在头上能把脖子压弯，但是朗色护法的脖子不仅没有弯，而且挺得更直。他四肢抽搐着，站起来，一手握着金刚杵，一手摇着金刚铃，手舞足蹈，一会儿慢悠如云，一会儿急骤如风。

突然他感到了痛苦，这种痛苦正是大家所期待的，它告诉人们这是神进入人体的刹那，痛苦就像女人分娩之后，孩子又回到了子宫里。朗色护法回落到法座，痛苦的表情上两片嘴唇和两个鼻孔都分了家，眼睛好像竖了起来，眉毛跑到了眼睛下面。他身子扭曲着，颤抖着，然后就是痉挛，头部明显肿大，浑身明显肿胖，嘴里先是吐着白沫，再是吐出了精液，最后吐出了血水。

古茹邱泽喇嘛把一木桶白花花的布达拉宫自酿的青稞酒泼向了他，把一银碗酽到发黑的茯茶水泼向了他，把一金盆的麦子撒向了他。

他不动了，朗色护法突然不动了，似乎连呼吸也没有了。

古茹邱泽喇嘛回头看了看瓦杰贡嘎大活佛。瓦杰贡嘎大活佛冲他点了点头，意思是：你问吧，现在可以问了。

古茹邱泽跪在朗色护法面前，大声问："炸药在哪里？"

朗色护法闭着眼睛，咕咕哝哝说着梵语，谁也听不懂，因为这是神的语言，神的语言转换成人的语言还得几秒钟。

古茹邱泽用更大的声音再问："炸药在哪里？"

朗色护法突然闭嘴了。

古茹邱泽又问："叛誓者把炸药埋藏在了什么地方？"

朗色护法张了张嘴。古茹邱泽赶紧把耳朵凑了过去，但一丝呼吸都没有听到。

古茹邱泽说："炸药，炸药，埋藏在哪里？神啊，快告诉我们，北方多闻天王啊，快告诉我们。"

朗色护法突然睁开了眼睛，好像眼睛是说话的，说出来的是眼泪，两股眼泪喷涌而出。这时，他说出了一句清晰到不能再清晰的话："我不是神，我不知道炸药在哪里。我也不是朗色护法，我的名字叫索加。我的牧民老妈妈呀，你的儿子索加就要走了。"说罢，仰身倒在了法座上。

人们惊呆了：神都是这样，最后都会变成人。

古茹邱泽站起来，扶起了朗色护法。但他立刻感觉到朗色护法的身子正在僵硬下去。他摇晃着对方,喊着:"朗色护法,朗色护法。"喊了几声就知道,以往降神时的仰倒是昏厥,但这次不是,这次是死亡。

古茹邱泽喇嘛抱着朗色护法,哭了。

沉默的喇嘛们把眼光投向了瓦杰贡嘎大活佛,眼光的内容是一致的:现在怎么办?

管家说:"很多人已经知道布达拉宫埋藏着炸药。"

瓦杰贡嘎大活佛忧郁地问:"警察呢?"

管家说:"他们搜寻的进展太慢了。"

瓦杰贡嘎大活佛说:"清理旅游的人和俗家信徒,告诉僧众,诵经大法会不可能取消,但参加者的来去是自由的,包括布达拉宫的喇嘛。谁想走,都可以,如果都走完了,就剩下我一个人,我就是引经师,也是诵经的僧众。"

古茹邱泽大声说:"还有我呢。"

管家说:"我们大家都不会离开。"这时手机响了,管家拿出来"喂喂"了几声,脸上立刻严肃得就像失去了五官,谦卑地说:"大活佛就在这里。"他迅速把手机递给了瓦杰贡嘎大活佛,看瓦杰贡嘎不接,又说,"是西藏佛教协会打来的,好像事情很紧急。"

瓦杰贡嘎大活佛拿起手机,只听不说话,但一阵比一阵紧张的表情告诉大家,一件重大无比的事情正在发生。整个通话他只说了一句:"我们会做好准备。"这句话深沉得就像布达拉宫本身。他把手机还给管家,对古茹邱泽喇嘛说:"你让大家都去司西平措。"然后抬脚就走,走了几步,回头把管家叫到跟前,小声说,"你,跟我去帕巴拉康。"

管家忧心忡忡地说:"可是炸药怎么办?它随时都会……"

瓦杰贡嘎大活佛打断他的话，小声说："一定要查出来，第七次集结开始了。"说着大步而去。

管家呆愣着：第七次集结开始了？又回头对古茹邱泽喇嘛说："大活佛说第七次集结开始了，莫非你三年前在帕巴拉康的预言要实现了？"

古茹邱泽没听见，他催促大家快去司西平措，又指挥几个喇嘛把朗色护法放到帆布活动床上，然后说："用哈达盖起来，不能让外人看出抬的是个人。"他和几个喇嘛一起，把朗色护法的尸体抬出了萨松朗杰殿。

4

香波王子和梅萨一口气跑到了西日光殿。这里出奇的安静，只有几个值守的喇嘛打着哈欠站在门口。他们的前面是"游客止步"的牌子，牌子无声地阻拦着人们的脚步，不曾料到会被香波王子一脚踢开。

香波王子和梅萨穿门而入。几个值守的喇嘛来不及拦住他们，却正好来得及拦住追撵过来的骷髅杀手和碧秀。

碧秀说："我是警察。"

喇嘛说："那也不能进到西日光殿里抓人，等我们把他们赶出来。"

骷髅杀手和碧秀只好守候在门口。

碧秀向骷髅杀手伸出手："把枪还我。"

骷髅杀手冷笑说："还给你，你再向我开枪？"

碧秀说："我现在没心思杀你，浪费子弹。"

两个喇嘛跟踪香波王子和梅萨进来，想赶他们出去，却发现他们已经跪倒在大福妙旋宫的地毯上。那副虔诚祈祷、五体投地的样子，让两个喇嘛怎么也不忍心强行驱赶。一个喇嘛说："磕吧磕吧，磕完头赶紧走。"

香波王子和梅萨膜拜的是长寿佛。他们一进大福妙旋宫，第一眼看到的就是长寿佛，立刻就明白，他们的判断没有错。当年五世班禅加持达赖世系时，真的把德丹吉殿的长寿佛请到了西日光殿。面前的长寿佛和长寿佛殿里的所有长寿佛都不一样，它色泽稍深，趋向女性，明显有着亚历山大占领印度河流域后带来的希腊风格。这是早期印度佛教造像的特征。而长寿佛殿里一千尊长寿佛色泽明黄，趋向男性，更多一些中国内地特征。

梅萨一边膜拜一边问："找到了这尊长寿佛，接下来我们怎么办？"

香波王子说："我不知道，我想长寿佛会告诉我们。"说着，起身朝供案走去。突然又停下，吃惊地望着地毯上摆了一溜儿的十二片嘛呢玉石经片、七口袋七彩青稞、烙印着古藏币的大食子和破碎的吉祥鹿酥油花。"啊，这是什么？"

梅萨说："像是献给长寿佛的供品。"

香波王子说："谁献的？为什么偏偏这个时候摆在这里？"

梅萨说："我们已经没时间了，还管这些东西干什么。"

香波王子几乎喊起来："还不明白啊，它们是掘藏指南。"

着急上火的梅萨也喊起来："那你赶紧解释啊，卖什么关子？"

香波王子说："我现在要请你解释，先说嘛呢玉石经片，'嘛呢'是什么？"

梅萨说："'嘛呢'是六字大明咒的略称。"

香波王子说："它还是藏传佛教密宗莲花部的根本真言，是对大乘佛教的全部理义和普世信念的高度概括。自从公元1227年噶玛噶举黑帽系的大师噶玛拔希开创诵唱习惯以来,它在离尘垢、断烦恼、解脱轮回、证悟清净、发菩提心、具足一切功德的信仰活动中,塑造了西藏,给一个永世不衰的民族提供了最根本的精神资粮。"

梅萨瞪着他,仿佛问:说这些干什么?

香波王子说:"在仓央嘉措看来,如此重要的'嘛呢'一定要有一个好去处,所以当崇信仓央嘉措的庄园主把'嘛呢'刻在十二片玉石上进贡给他后,他便送给了自己的情人。我一直搞不明白他到底送给了哪个情人,又是谁从这个或这些情人手里得到了这些嘛呢玉石经片。仓央嘉措离开拉萨时,有人把它们分成两份,一份六片贿赂朝廷钦使恰纳喇嘛和拉藏汗的押送将军唵靼喀,希望他们沿途好好对待仓央嘉措。恰纳喇嘛当即表示,这么珍贵的佛供我还是还给上人吧。仓央嘉措不收,说,你把它顶在头上,对你是有好处的。唵靼喀将军则把自己的六片佩在了腰里,仓央嘉措见了说,不要这样,你应该挂在你的帐房顶上。据说从此以后,唵靼喀成了一位福将,出生入死没有丝毫伤害,活了七十五岁才去世。一个蒙古武夫活到这个岁数,差不多等于平常人的一百岁。但是不知为什么嘛呢玉石经片会出现在这里,而且一共十二片,一片不少。"

梅萨说:"我听不出你想表达什么,讲故事吗?现在不是时候。"

香波王子生气地说:"这些故事早忘掉了,见到嘛呢玉石经片才想起来,不讲出来我们怎么能判断它出现的意义。"

梅萨说:"那讲吧讲吧,我听着呢。"说着看了看手表,限定的三个小时已经过了,而掘藏的希望却依然渺茫。

香波王子说:"七彩青稞呢,你知道它是干什么的?"

梅萨说:"活佛抛撒给信众的祝福,可以帮助人们脱离轮回,往生净土。"

香波王子说:"仓央嘉措离开拉萨时,布达拉宫红宫的第一座歇山顶正在铺瓦,本来说好铺瓦竣工后由他开光,没想到他却凄然离去。铺瓦结束时,押解途中的仓央嘉措已经到达千里之外的当雄。怀念他的僧人飞马来寻,坚持由他开光。仓央嘉措站在当雄草原上,口诵经咒,抓起一把把七彩青稞朝着拉萨的方向撒向了空中。不一会儿,千里之外的布达拉宫红宫崭新的歇山顶上,就落下了一层七彩青稞。人们惊叹之余,把七彩青稞收集起来,供养在了布达拉宫。但后来神奇的七彩青稞突然消失了,有人说是被拉藏汗烧掉了,有人说是被僧人们藏了起来。三百多年以来,没有人追问过七彩青稞的下落,圣教已经忘记了它。除了我,我在研究仓央嘉措生平时知道了这件事,没想到又在这里亲眼见到了它。"

梅萨说:"你怎么知道面前这七口袋七彩青稞一定是仓央嘉措从当雄草原抛撒过来的呢?"

香波王子说:"它已经充当了'七度母之门'的掘藏指南,就一定会和仓央嘉措有关系,空行护法不会用假货来欺骗我们。"

梅萨说:"它是掘藏指南?你怎么说得这么肯定?"

香波王子说:"没有时间再犹豫了。再说大食子……"

梅萨知道他又会考问她,抢着说:"献给佛的供养。"

香波王子说:"准确地说,是献给佛的最高供养。大食子的原料、形状、外观都是严格按照莲花生大师伏藏的'印度密宗无上瑜伽部的仪轨'制作的,不得随便改动。但面前这个大食子上却留下了仪轨之外的痕迹——古藏币的烙印。谁有权力这么做呢?只有达赖喇嘛,只有仓央嘉措。仓央嘉措的情人没什么好东西送他,就送他一枚民间流通的古藏币。仓央嘉措珍爱如宝,把它用金链子串起来带在身上，每逢布达拉宫的僧人制作大食子，他就会用古藏币印戳一样印在最醒目的地方，意思是大食子是他情人的奉献，请佛保佑她幸福平安。大食子是须弥山的象征，须弥是梵文，'妙高'的意思，佛经上对'妙高'的解释是：'妙在金子堆成，高在顶天立地'。"说着，他停下了，看着梅萨的反应。

梅萨说："你说得云山雾罩，我越听越不得要领。"

香波王子说："有点耐心好不好，要领需要你自己感悟。现在说酥油花。酥油花最早是本教徒的礼神食品。文成公主带着释迦牟尼十二岁等身像到达拉萨时，已经到了草衰花谢、果实离树的冬季。按照印度习俗，佛前必须供养六品：花、涂香、圣水、熏香、果品和佛灯。六品中缺少花和果品，藏族人就用酥油加颜料制作了一捧花和一盘果，献给了释迦牟尼。这是佛教塑造酥油花的开始。后来变成大规模的造型艺术是靠了格鲁派祖师宗喀巴大师的推动。公元1409年，首次拉萨大昭寺祈愿大法会前夕，宗喀巴在甘丹寺做了一个梦，只见鲜花遍地，异彩纷呈，佛祖的身上虹霞斑斓，珠光宝气弥漫了天地。他醒来后立刻吩咐僧众按照梦境制作酥油花，并在拉萨大昭寺祈愿大法会上隆重展出，这是第一次酥油花以大型佛菩萨的塑像和人物故事为内容出现在佛教舞台上。酥油花是冬天制作，夏天消融，就像一个华丽的梦，转瞬即逝，这恰好又是无常、无色、无自性的体现，所以酥油花又是佛教理义的生动演示。这一对吉祥鹿酥油花是仓央嘉措亲手制作的，它在酥油之外还添加了冰寒石和冰片的粉末，有降温凝固的作用，再加上外面涂了一层很厚的自然漆，所以一年四季都保持着老样子。"

梅萨问："仓央嘉措制作它干吗，有什么用意吗？"

香波王子说："古印度有一尊善神叫鹿目女，她由母鹿演化而来,是大原野的守护神。她有一双大而亮的眼睛,能望得很远很远。有一天她望见山那边有一些自然生长的香稻,就派人采来香稻的种子,播撒在了原野上。于是原野有了连片的稻谷,人们有了丰衣足食的日子。所以在古印度人的观念里,鹿不仅是吉祥的,更有登高望远的意思。所以吉祥鹿的造型一般都会出现在寺院的平顶或脊顶上。又因为释迦牟尼成佛后,首先来到博罗奈城的鹿野苑,向曾经追随他的五个侍从宣说自己大彻大悟的'四谛''十二因缘'等。五个侍从立刻被感化,心生欢喜,成了佛陀最早的五个弟子。这是佛陀的第一次说法,被称为'初转法轮',发生在众鹿生活的鹿野苑。所以当吉祥鹿出现在寺院的平顶或脊顶时,往往是翘头相对,中间是金色法轮。法轮是圆形的,外延又呈心形,象征佛教就是心灵之教,一心一意、心佛不二者为上。"

梅萨说:"没错,我们一路走来,拉卜楞寺、塔尔寺、哲蚌寺、大昭寺的寺顶上都有吉祥鹿和金色法轮。"

香波王子说:"四样圣物有四个故事,四个故事有一个共同点,你听出来了没有?"

梅萨说:"直说吧,别再问了。"

香波王子说:"关于嘛呢玉石经片,仓央嘉措对恰纳喇嘛说,你把它顶在头上。又对唵靼喀将军说,你应该挂在帐房顶上,这里说的是'头顶'和'帐房顶'。关于七彩青稞,它从千里之外飞来,落在了布达拉宫红宫的歇山顶上,这里说的是'歇山顶'。关于大食子,它蕴含'妙高','妙在金子堆成,高在顶天立地',把'金'字和'顶'字抽出来,说的就是'金顶'。关于吉祥鹿酥油花,说的是'平顶'或'脊顶'。四样圣物都突出了一个'顶'字,而大昭寺'授记指南'告诉我们,'四上师的助力引导上升'。既然是'上升'，那就应该是登顶，而在这里，在布达拉宫，顶就是金顶。"

梅萨说："'授记指南'说的是'四上师的助力'，没说'四样圣物的助力'。"

香波王子说："这也正是我的疑惑。"

突然有个声音从他们身后传来："你不用疑惑，这四样圣物正是四上师法力的见证。"

香波王子和梅萨猛然回头，看到一个气宇轩昂的僧人正在冲他们微笑。

"我是古茹邱泽喇嘛，听说有人闯进了西日光殿，赶过来看看，你讲的故事我都听到了。"然后又说，"四位密宗上师预言了四个埋藏炸药的地方，没想到找到的却是四样圣物，感谢你告诉了我它们的来历，我相信布达拉宫还没有人知道得这么详细。"

香波王子心里一揪说："埋藏炸药的地方埋藏着四样圣物？那么炸药呢，找到了没有？它就在司西平措。"

古茹邱泽直率地说："是吗？四位上师的预言都失败了，你就不要再说毫无根据的话，我们已经够乱的了。"

香波王子说："四位上师没有失败，鬼使神差，他们成了我们的掘藏助理，帮助我们找到了发掘'七度母之门'的最新指南。麻烦你告诉他们，谢谢啦。"

梅萨问："哪四位上师？"

香波王子断然说："不重要，重要的是四位上师怎么知道应该把四样圣物摆在这里呢？"

古茹邱泽说："这里是布达拉宫峰座大活佛瓦杰贡嘎办公的地方。"

香波王子说："他在这里办公？他一定是希望这尊神奇无比的班禅长寿佛能够带给他好运。"

古茹邱泽说:"是啊,你怎么知道?他做了一个梦,梦中空行母告诉他,他应该在班禅长寿佛面前等待新一束佛光的来临。我想他等来了四样圣物就是等来了新一束佛光。可惜他还不知道,他正在为查找炸毁布达拉宫的炸药而焦头烂额。"

梅萨问:"新一束佛光?"

古茹邱泽点点头。有一个想法他没有说出来:新一束佛光等于四样圣物,四样圣物等于仓央嘉措,仓央嘉措等于离经而不叛道,未来的佛光一定是脱离经卷、脱离寺院、脱离派别、脱离宗教集团的民众生活,它日常而又理想。

香波王子说:"'四上师的助力引导上升',快走,上金顶。"

5

三个小时的期限已过,碧秀副队长在西日光殿门外至少又等了一刻钟,看香波王子和梅萨迟迟不出来,这才拿出了手机。毕竟我是警察,我得为布达拉宫负责,我不能再等了。他想着拨通了局长的电话。

局长问:"什么时候知道埋藏着炸药?"

碧秀说:"三个小时以前,但当时我们觉得很可能是教敌散布的谎言,想尽快排除掉,现在看来……是真的。"

局长火了:"你胆子不小,这个时候才报告。两个逃犯呢?"

碧秀说:"在我们的严密监控之下,我们发现他们有重要同伙,想等待露面之后一网打尽。"

局长说:"不要再等了,听我的,立刻实施抓捕。然后疏散僧人和游客,我带人马上就到。"

碧秀挂断手机，愣怔了半晌，走过去，对一个一直跟着自己的部下说："传我的命令，从现在开始，重案侦缉队分成三组，全力以赴排查炸药，排查的路线不能再跟两个逃犯的掘藏路线一样。现在我们要全力以赴保卫布达拉宫，争取在局长带大队人马到来之前找到炸药，否则就显得我们太无能了。"

部下问："两个逃犯呢？"

碧秀说："我来处理。"

骷髅杀手看了看不远处的碧秀，走向几个堵住不让进的值守喇嘛，弯腰鞠躬，极其恭敬地问："西日光殿还有别的门吗？"

值守喇嘛说："没有，有窗道，窗道是通往金顶的。"

骷髅杀手愣了一下，转身就走。

碧秀赶紧跟上了他，没跟多远就跟丢了，熙熙攘攘人太多，就像海里跟丢了一浪水。

6

香波王子和梅萨朝西日光殿的外面跑去，快到门口时，又戛然止步。骷髅杀手和碧秀正在门外朝里张望，如果不是几个值守喇嘛站成一排堵挡在门口，他们早就冲进来了。香波王子和梅萨焦急万分，这时候跑出去等于往枪口上撞，可三个小时的期限已过，大批警察随时都会出现，如果还在这里犹豫，他们将寸步难行。

只能往前冲了，要么被打死，要么冲上金顶。他拉着梅萨正要冲，就听古茹邱泽喇嘛说："跟我来吧。"

他们转身回到大福妙旋宫，在古茹邱泽喇嘛的带领下往南穿过福足欲聚宫，来到喜足绝顶宫狭窄的窗户前。

古茹邱泽说:"从这里出去,往左再往右,就能看到通往红宫金顶的楼梯,要是有人把守,你们就说是我的朋友。"

"你为什么要帮助我们?"香波王子推开窗户,窗户很高,他先扶梅萨上去。

古茹邱泽小声说:"为了'七度母之门'。"

香波王子自己爬上窗台,又问:"能说具体一点吗?"

古茹邱泽说:"我一直都在修炼'七度母之门','七度母之门'的第六门是伏藏之门。我一直幻想着掘藏,也做好了准备。没想到福缘是你们的,你们已经开始了。知道吗,要么天堂,要么地狱,你们只有百分之十的希望,百分之九十是死亡。"

香波王子说:"你把希望夸大了,其实希望只有万分之一。人活着就是为了万分之一的希望,而不是为了万分之九千九百九十九的死亡。"说罢,跳下窗户走了。

古茹邱泽喇嘛思考着香波王子的话,脸上出现了两坨惭愧的红晕,摇摇头,喃喃自语道:"我不如啊,大不如,喇嘛不如俗人,佛不如众生,我那被堵死的'七度母之门',也许就要出现光亮了。"

香波王子和梅萨来到通往红宫金顶的楼梯,朝上看了看,发现半人高的铁栅门是锁着的,上面挂着一个"今日金顶不开放"的牌子,一个小喇嘛守在那里。

香波王子走到小喇嘛跟前说:"我们是古茹邱泽喇嘛的朋友,他让我们上去看看。你已经看见了,我们是从西日光殿喜足绝顶宫的窗户里翻出来后,沿着房顶到达这里的。这是你们的内部通道。"

小喇嘛望着他们,想恭敬又不知道怎么恭敬,脸都红了,战战兢兢给他们打开了门。在布达拉宫,古茹邱泽喇嘛对他这样一个干粗活的小喇嘛来说是个高不可攀的人物,高不可攀的人物的朋友自然也是高不可攀的。香波王子和梅萨顺利通过铁栅门，直扑金顶。

大诵经法会的主会场在司西平措大殿，正好在金顶下面，为了庄严和肃穆，法会期间金顶是不开放的。在香波王子和梅萨到达之前，这里阒无一人。

香波王子和梅萨一上金顶，就有些不胜照耀的感觉，太阳把巨大的灿烂捣碎后涂抹在了宫顶，宫顶放射着最明媚的阳光，就像金色的海潮哗哗涌荡。他们用手挡住了眼睛，朝前走了走，旋转着身子看了看金顶群落里所有的金顶、所有的辉煌，吃惊得半晌无话。

香波王子说："我来过许多次金顶，每次来都是一层人，嘈杂把辉煌掩盖了。今天好像是第一次来。"

梅萨说："在我的梦想中，天堂就应该是这样。"

香波王子说："布达拉宫的金顶一共七座，都是铜瓦镏金，单檐歇山式。脊顶和外围女墙上的装饰有宝塔、宝幢、宝瓶、人面金翅鸟、金刚铃、鹰头、狮面、祥鱼、莲花、法轮。几乎象征了佛教所有最基本、最重要的理义。"

梅萨说："都说布达拉宫有红宫和白宫，是红与白的宫殿，上了金顶我才明白，它是红、白、黄的'三色宫寺'。"

香波王子说："'三色宫寺'？你指的是'授记指南'？太对了，你的反应比我快。"说着背诵起大昭寺"授记指南"里的句子来，"'三色宫寺、牧羊人的冬窝子'，现在这一句就好理解了，'三色宫寺'显然指的是布达拉宫，'牧羊人'指的是达赖世系。既然一世达赖喇嘛根敦珠巴自称是'牧羊人'，所有的达赖喇嘛就都应该是'牧羊人'。因为他是他们的前世，他的后世——历辈达赖喇嘛都是他的再生，是他不同的生命形态。"

梅萨说："那么'冬窝子'呢？"

香波王子说:"自从18世纪中叶驻藏大臣秉承清廷旨意,帮助七世达赖喇嘛噶桑嘉措在拉萨拉瓦采也就是灌木林建起罗布林卡的第一座建筑后,罗布林卡就成了历辈达赖喇嘛夏季生活办公的地方。每年藏历三月十八达赖喇嘛从布达拉宫移住罗布林卡,到十月初再返回布达拉宫。所以罗布林卡被称为'夏宫',布达拉宫被称为'冬宫'。既然达赖喇嘛是'牧羊人','冬宫'就应该是'冬窝子'。"

梅萨说:"'冬窝子'的金顶建造得如此灿烂,肯定是为了描述信仰,这是信仰的制高点。把'七度母之门'的伏藏选择在这里,应该是符合逻辑的。伏藏学中就有殿藏和顶藏,殿藏指的是藏于密室,顶藏指的是举于高处。藏族崇拜天,离天越近的伏藏越神圣,护藏的空行母和空行男照顾起来也方便一些。"

香波王子说:"但是我们不能揭开金瓦寻找伏藏,我们还是得感悟启示,用启示来对应'授记指南'。"

梅萨说:"'授记指南'里说,'牧羊人的冬窝子,它是金色三宝之地'。'三宝'指的可是佛、法、僧三宝?"

香波王子说:"不是吧?佛法僧三宝不能单纯用金色来形容,常规的颜色归属是:佛为金,象征伟大光明;法为白,象征浩瀚无边;僧为红蓝黑,象征众、广、繁、多。"

梅萨说:"那就应该是金顶上的三宝。"

香波王子说:"我也这么想,会不会是金顶上数量最多、体积最大的宝塔、宝幢、宝瓶。"

梅萨说:"可是我们搬不动,也没有时间去搬动。"

香波王子说:"难道伏藏者连这点都想不到?"

梅萨说:"应该想得到,'七度母之门'是伟大的伏藏,所有的设计都是尽善尽美的,也许目标就在一个我们已经看到却没有想到的地方。"

他们走近一座宝塔,仔细观察着。

香波王子说:"还是应该在意义之中寻找。"

梅萨说:"什么意义,说呀。"

香波王子说:"宝塔的意义繁多,但最重要的就是佛逝而塔在,象征了胜义之'有'。宝幢本来是古印度的军旗,有尊胜的意思。而在佛教看来,尊胜就是解脱烦恼,就是悲心觉悟和脱离偏见,象征了涅槃之'寂'、性空之'寂'。宝瓶也叫净瓶或本巴,是一种灌顶法器,当吉祥清净的甘露流溢而出时,它象征的是妙善与福智的'圆满'。现在,你把'金色三宝'的三个象征意义连接起来,看看它是什么?"

梅萨说:"'有''寂''圆满'?"

香波王子说:"是的,有寂圆满,翻译成藏语就是司西平措,司西平措又称西大殿或集会大殿,就在我们下面。"

梅萨说:"又到下面去了?不可能吧,我们已经攀上金顶,这是一个信仰的高度,而伏藏的规律是沿着信仰的阶梯步步高升。"

香波王子说:"毕竟金顶首先是建筑的高度,也许在伏藏者看来,既然是信仰的高度,那就与金顶的高度无关。高度只是一个内心的标尺,你量在哪里,高度就在哪里。"

梅萨说:"如果是这样,我们登上金顶干什么?完全可以从'金色三宝'的字面上领悟'有寂圆满'嘛。"

香波王子说:"'授记指南'让我们来到这里,一定还有非来不可的最充分的理由,分头寻找,快。"

他们一南一北,在金顶区的平场上快速走动着,寻找一个更加坚实的能让他们毅然前往"有寂圆满"——司西平措大殿的理由。他们知道在这个理由没找到之前,他们不能离开这里,一旦离开,很难重返。掘藏的规律是,只能沿着伏藏的路线往前走,不能来回反复,机缘和理由不可能等待同一个掘藏者的第二次光顾。

然而,他们走来走去寻找到的,不是最充分的理由,而是一个性命攸关的时刻。

7

阿若喇嘛和邬坚林巴一步比一步坚定地走出了布达拉宫,两个人都相信法王洞的指示来自浩瀚的时间深处永不泯灭的莲花生大师的意图,也来自他们的因缘。掘藏的因缘属于他们,而不属于香波王子和梅萨。

他们走向喇嘛鸟,换下守候在里面的几个雍和宫喇嘛,朝东开去。刚刚奔驰起来,阿若喇嘛的手机就响了,一直伴随着他们的不动佛把短信的声音改变成了猫王的《Such A Night》。

不动佛明示:老家是唯一的心愿。

阿若喇嘛说:"不动佛的明示来迟了,我们正在去'老家'的路上。"

在古代西藏,每当喇嘛出现迷惘,就会现世一种伏藏。这种伏藏大多是"意伏藏",就是由莲花生大师伏藏在修行者的意识里。一旦外界需要,就会情不自禁地流淌出来——用话语,用歌声,或者用文字。阿若喇嘛和邬坚林巴现在要去的"老家",就是一个曾经有多位苦修僧人宣说过"意伏藏"的地方。称作"老家"是因为苦修者习惯于把自己获得最高证悟的地方,说成是洗涤灵魂、诞生法性的福宝之地——老家。也因为在那里宣说的伏藏,大多是来自印度老家的返璞归真的佛法。

阿若喇嘛和邬坚林巴崇拜这个地方,因为在宣说过"意伏藏"的苦修者当中,有他们共同的宗师阿罗桑的祖先。阿罗桑的祖先是"意伏藏"的发掘者,他们是"地伏藏"的发掘者。一般来说,"地伏藏"比"意伏藏"更重要,他们的掘藏在佛法传承上也就有了后浪推前浪、一代胜一代的意思。

一个半小时后,他们来到林周山卓玛拉深谷的谷口。路没有了,他们下车,邬坚林巴顺手把修车的改锥和钳子装进了斜挎的布包。

他们往山谷里走了二十分钟,看到一面葱茏的石崖峭然耸天,茂密的植物欢迎似的哗哗响,"老家"到了。一个阿若喇嘛和邬坚林巴都曾经朝拜过的圣地,无比亲切地来到了面前。

两个人停下来,肃穆地瞩望了片刻,然后走过去,沿着古老而陡立的石阶,来到了洞口的平台上。平台两侧是深谷,一侧是崖壁,一股阴湿寒凉的气息扑面而来。

沉默。面前的崖壁让他们必须沉默。

阿若喇嘛想:一千多年前,当莲花生大师把最后的也是最重要的伏藏"七度母之门",伏藏在六世达赖喇嘛仓央嘉措的内心深处,而仓央嘉措作为莲花生大师的转世和伏藏的承载者,以遗言的形式再次进行伏藏的时候,怎么会预见伏藏现世的时间、发掘伏藏的喇嘛呢?又是谁在什么时候按照莲花生大师或仓央嘉措的旨意把它们刻在了绿草掩映的石崖上?

石崖上的刻字再醒目不过了:

日西之时阿若·炯乃在此掘藏。

阿若喇嘛看看天色，正是日西之时。他扑通一声跪下，把额头久久埋在洞口的草丛里，感觉莲花生大师和仓央嘉措就在石崖上面慈祥地鸟瞰着他，感觉两位大师的期待正在和自己内心的渴望妙然对接，一股力量就在对接的刹那勃然而起。

他抑制着激动，闭上了眼睛。他知道自己现在最需要的是冷静。他默诵着经咒，用司冬女神的"冰雪祈祷"让坚不可摧的冷静注满了周身。然后慢慢起身，慢慢抬头，仍然闭着眼睛，张开嘴，让清风吹拂着自己的心：原来是这样，所有的冥想、所有的梦示、所有的迷惘，都是为了让他走到今天，走到这里。这里是林周山脉卓玛拉山谷，也就是度母山谷，是巨大的荣耀降临头顶的地方，从古到今屈指可数的"掘藏大师"的桂冠已是伸手可及，啊，伸手可及。

当然对他来说，重要的并不仅仅是做一个"掘藏大师"，而是尽快破译和了解殊胜而伟大的"七度母之门"，然后得法、修法、再造佛法。大迷惘的时代，缺少灵魂、没有主宰的岁月，伏藏就是暗夜后面的太阳，掘藏好比迎接太阳冉冉升起。

阿若喇嘛睁开眼睛，注视着刻在石崖上的自己的名字，轻手轻脚地靠近着，似乎那是清梦里的鸟儿，些微的响动就会让它惊飞而去。他看到石崖上的绿苔长成了一个巨大的"万字不断"，看到"万字不断"下面摇曳着四棵茂密的澈确树，树的中间有一个岩洞，洞口的形状酷似并蒂的花蕾。毫无疑问，伏藏就在岩洞里头，而他要做的就是钻进岩洞，掘出伏藏。他叉开手指，以鹰爪的形状，使劲在自己胸脯上抠了一下，然后轻轻拨开了澈确树的树枝。

现在，他离洞口、离想象中的"七度母之门"只有两步半了。邬坚林巴的声音却让这两步半的距离突然变得十分遥远：

"阿若喇嘛，你现在还不能进去。"

他回头吃惊地望着对方。

邬坚林巴说："我在这里，你忽视了我的存在。"

阿若喇嘛诚实地说："对不起，我太激动了。"

邬坚林巴说："你知道我为什么一路都和你在一起？"

阿若喇嘛一愣："难道你不是为了帮助我？"

邬坚林巴用从未有过的冷峻口气说："也许仅仅是为了在最后一刻提醒你不要蛮来。阿若喇嘛，你为什么掘藏？"

"这有什么含糊的？为了像世间成就'七度母之门'的第一人仓央嘉措那样，实现一个佛僧自我塑造的最高理想，为了让最后的伏藏带给圣教最后的圆满和光荣，更为了让新信仰联盟以及乌金喇嘛羞辱佛教的阴谋破产。"

邬坚林巴摇摇头："万一仓央嘉措遗言不是你希望的内容，而是乌金喇嘛希望的内容呢？"

阿若喇嘛说："伏藏者有伏藏的职责，掘藏人有掘藏的使命。伏藏的内容和后果，改变不了掘藏人的使命。"

邬坚林巴欲言又止。那种深埋心底的担忧和恐怖又出来折磨他了：如果仓央嘉措遗言真的是毁教之门、叛誓之法，真的饱含对自己受难和情人受害的愤怒，饱含对权争与血腥之政教的失望和诅咒，真的让圣教面对爆炸性的羞辱和不攻自灭的情形，一瞬间他和阿若喇嘛就会成为助纣为虐的罪人和魔鬼而无颜存活。他想着，知道自己该怎么做了，扭过头去说："根据常识，大掘藏之前，必须举行攘灾仪式，否则掘出的伏藏就不会保存长久；必须有十个以上的喇嘛作为见证，否则掘藏是不算数的，你也就不会领有'掘藏大师'的称号。人们会说，阿若喇嘛哪里掘出了伏藏，不过是从拉萨八廓街买来的假经文。"

阿若喇嘛吃惊道："掘藏就在此刻，我去哪里寻找十个以上的喇嘛作为见证并托付他们举行攘灾仪式？"

邬坚林巴说："你忘了，从这里往西两公里就是千修洞，曾有一千个'日朝巴'在那里避世潜修。现在没有那么多了，但找到十个修行的喇嘛还是可以的，就看你能不能说服他们来这里为你伟大的掘藏作证。"

阿若喇嘛扬头注视着远方，发现卓玛拉山谷正好是东西走向的，千修洞的方向林带茂密，一片苍翠，便说："你守住我们的'老家'等我，我快去快回。"

阿若喇嘛走下岩洞口的平台，迅速消失在山谷阴坡上的林带里。

邬坚林巴望着林带，深深地吸口气，朝着岩洞五体投地："莲花生大师在上，请赐给我机缘和资格，让我第一个开启'七度母之门'；请洞悉我的内心，为了圣教的盛衰，我将担当护法使命。如果仓央嘉措遗言真的是毁教之门，我就首先毁了这遗言，天打雷轰在所不辞。如果仓央嘉措遗言确然是救世的珍宝，我将交予我的同门师兄阿若喇嘛。是他把我从雍和宫一路带到了这里，他是真正的掘藏大师。"说罢，爬起来，摸了摸胸前的念珠，快速朝岩洞走去。

"万字不断"的绿苔下，四棵茂密的澈确树后面，并蒂花蕾一样的岩洞口就像是给邬坚林巴定身度做的，恰好是他的高度和宽度。邬坚林巴毫不费力地钻进了洞口，镶嵌着猫眼夜光石的檀香木念珠顿时亮了，不灭的夜光指引着他走向了寒气逼人的岩洞深处，也走向了一个放置伏藏的天然石函。

显然这个石函被人许多次撬开过，但这并不等于里面没有伏藏。因为伏藏由空行护法控制和保护，它可以在伏藏危险时取走伏藏，也可以在最恰当的时机通过虚空界的搬运实现伏藏。邬坚林巴最担心的就是,他的出现会被空行护法认为是危险来临而取走伏藏,毕竟洞口的石崖上刻着"阿若·炯乃在此掘藏"。

他从布包里取出改锥和钳子,在游蛇般的凹槽里敲打着,敲打了一圈,又敲打了一圈。当改锥被钳子打弯的时候,缝隙渐渐张开了。他把钳子平伸进去,使劲一撬,石函就像河蚌一样张开嘴,吐出了珍宝。

那是鹿皮包裹着的一张没有文字的白色经纸。邬坚林巴知道上面是"光透文字",轻轻拿起来。

他冲出岩洞,来到平台上,把白色经纸对着太阳,想看看显示的"光透文字"到底是什么。突然发现阿若喇嘛站在平台的一侧,还喘着气,好像刚沿着石阶上来。他愣了,阿若喇嘛也愣了。

邬坚林巴问:"你没去'日朝巴'的千修洞?"

阿若喇嘛望着对方手中的白色经纸,冷笑道:"我担心你经不起'掘藏大师'的诱惑,果然你捷足先登了。"

邬坚林巴涨红了脸辩白道:"我没想做'掘藏大师',我只是……"

阿若喇嘛苦笑着摇摇头,他现在最担忧的,还不是"掘藏大师"的名声旁落,而是伏藏现世之后,邬坚林巴因没有能力破译和了解而继续隐匿,那就等于把升起的太阳放置在了乌云后面,迷惘的心灵依然不见晴光。他吼一声:"把它给我。"扑过去就抢。

邬坚林巴躲开他:"我必须先看看,它到底是什么。"

阿若喇嘛哪里会听他说,再扑,再抢。邬坚林巴躲着,再三再四地躲着,躲不开就推了一把。这一把推得力气太大,也是情急之中忘了平台两侧是深谷,阿若喇嘛被推出去好几米,突然不见了,就像神人、就像梦人、就像影人一样消失了,只有声音冲天而上:"啊——"是悠长悠长的声音,是惊尖惊尖的声音。邬坚林巴半天才反应过来，阿若喇嘛下去了，他把阿若喇嘛推到深谷下面去了。他转身跳向石阶，抖抖索索地差点从石阶上滚下去。

一刻钟后，邬坚林巴在谷底找到了阿若喇嘛。阿若喇嘛气若游丝，见了邬坚林巴，没有愤恨，没有后悔，甚至都没有一丝埋怨，脸上浮现出祥和的笑容，平静地望着他："你不要哭，你听我说。"

邬坚林巴强忍眼泪，听阿若喇嘛说出了最后一番话。

他丢开手中的白色经纸，爬在阿若喇嘛身上，痛声号哭："莲花生大师我祖，仓央嘉措我祖，你们不能看着发掘'七度母之门'是这样一种结果，救救阿若喇嘛，救救伏藏。"那情状已经完全不像一个勘破生死寿夭的修行喇嘛了。

鲜血染红了草丛。太阳的烈烈光焰投射而来，拥搂着草地上的白色经纸。经纸上的"光透文字"已经显现出来。邬坚林巴泪眼蒙眬地看着，知道那是古代专门的伏藏语言，一把抓在手里，就听阿若喇嘛的手机短信提示音响起来，是席琳·迪翁的《爱的力量》。他赶紧从阿若喇嘛身上找出手机看看：

不动佛明示：香波王子之心即伏藏之心。

第十一章　司西平措

1

王岩和卓玛边走边打听古茹邱泽喇嘛，打听到司西平措大殿门口，就听一个仪表堂堂的喇嘛说："我就是。"王岩愣住了，似乎有点不相信。

古茹邱泽说："进去说。"

司西平措已是人满为患，但那些喇嘛，不管是布达拉宫的，还是外来的，见了古茹邱泽喇嘛就都恭敬地让开了路。他不断朝他们点着头，带着王岩和卓玛来到了大殿中心。那儿放着三张诵经的卡垫，像是专门为他们设置的。他们坐下，然后就是沉默，似乎都在琢磨，第一句话该怎么说。

突然，王岩和古茹邱泽几乎同时开口了："你是……"

卓玛好奇地看看这个又看看那个："你们认识？"

王岩说："你是'度母之恋'？"

古茹邱泽说："你是'乌仗那孩子'？"

两个人笑了。卓玛一听就明白："网上认识的？"

王岩说："这是我的搭档卓玛。"

古茹邱泽盯着卓玛，半晌才说："我们没见过面吧？"

卓玛干干脆脆地说："没有。"

古茹邱泽说："那怎么这么面熟？"

卓玛说："我是一个典型的警察，很多人都说见过，仔细一想，原来跟电影电视上的警察混到一起去了。"

古茹邱泽说："不对，你肯定在我的观想里头出现过。"

卓玛说："是吗？很荣幸。"

古茹邱泽说："我就是想不起你为什么出现在我的观想里。下次吧，下次观想我就知道了。"

王岩说："是雪山、草原、河流以及架在河床上的转经筒让我找到了你，找你是有问题要问了。"

古茹邱泽说："这是缘分，不知道我能不能回答。"

王岩说："有人说所有修炼'七度母之门'的佛僧，在到达第五门之后，都会在自己身上留下伤疤，而且是七七四十九处伤疤。"

古茹邱泽肯定地点点头。

王岩说："据此我们是否可以推断，凡是身上有四十九处伤疤的人，都可能是修炼'七度母之门'的人？我们都知道，乌金喇嘛曾公然在自己身上戳出了四十九个血窟窿，难道乌金喇嘛也是修炼'七度母之门'的人？"

古茹邱泽说:"这也正是我的迷惑,我发现我正在接近一个秘密。那就是'七度母之门'并非单纯的佛法,它还是魔法。它既是尽善尽美的救世之法,也是极恶极猛的毁世之法。"

王岩说:"你是说连乌金喇嘛都在修炼'七度母之门',它就一定是魔法?"

古茹邱泽说:"也许修炼'七度母之门'可以从正道进入,也可以从旁道进去,正道是正信正觉之道,旁道就是乌金喇嘛之道。所以他说:'我来了,我是乌金喇嘛。快打开《地下预言》,快启动七度母之门。'"

卓玛插嘴道:"好个乌金喇嘛,居然也在修炼'七度母之门'。"

王岩说:"为什么一定要在自己身上留下伤疤?"

古茹邱泽说:"经络脉道是人体的先天之源,'七度母之门'是挖掘先天之源的法门,修炼者必须做到从穴位深处攘除毒魔,再请来吉神祥灵安驻于此。达到这个目的可以循序渐进,也可以一蹴而就,刀创之法是一蹴而就的必经之路。"

王岩说:"那么你呢?你身上有没有四十九处伤疤?"

古茹邱泽说:"有的,你想看吗?"

王岩说:"不看了,只是想知道,你对'七度母之门'的修炼有没有结果?"

古茹邱泽说:"不可能有,所有的修炼者都会停止在第五门。第六门是伏藏之门,伏藏现世之前,我们只能等待。"

王岩说:"掘藏者已经出现了,那就是香波王子和梅萨。在你的预期里,他们会成功吗?"

古茹邱泽说:"不知道,这是佛门机要,对我也是保密的,任何故作高深的预言都是欺骗,欺骗别人,也欺骗自己。"

王岩说："'七度母之门'的修炼一共几门？"

古茹邱泽说："自然是七门，第一门是有没有神、神在哪里之门；第二门是有无果报、谁来果报之门；第三门是情合、身合、妙合方便之门；第四门是即身即世成佛之门；第五门是生命长存之门；第六门是伏藏之门；第七门是践行之门，也就是护佑世界、利益众生之门。"

王岩说："修炼者能不能越过第六门的伏藏之门，直接进入第七门？"

古茹邱泽说："不能。掘藏不成功，践行就没有方向，佛教古老的理义和传统的实践，并不能解决现实和未来的问题。伏藏现世，就是信仰再生，践行的目的，就是结束一种失去精神主宰、抑郁成群的年月。在世界有必要淘洗灵魂、再造信仰的时候，从正道进入'七度母之门'，就有可能拯救灵魂、重塑人类。"

王岩说："那么，如果'七度母之门'永远不现世呢？"

古茹邱泽说："我不知道世界会怎样，我会怎样。我正在竞任布达拉宫峰座大活佛，考试已经进行了六场，最后一场就在几天以后。我想我能够取胜，能给自己找到一个满意的升华之路。但出任布达拉宫峰座大活佛跟修炼'七度母之门'毫无关系，我会继续等待。你知道，我的家乡在阿尼玛卿雪山和巴颜喀拉雪山之间，那里的雪山已经不白，草原已经不绿，河流越来越小，架在河床上的转经筒已经不能随流转动了。信仰的衰败会导致自然的衰败，拯救信仰的'七度母之门'同样也能拯救自然。"

王岩说："新信仰联盟和乌金喇嘛更加扑朔迷离了，你有第三只眼，你肯定比我看得更清楚。"

古茹邱泽说："我的第三只眼已经闭上了，在这些日子里，它从不开窍。我知道有什么事情要发生了，是大事儿。佛教史上有六次重大集结，每次集结之前，高僧大德、上座比丘一个个都会失去修行的成就。集结之后，成就又会加倍增长。所以佛经上说，目不开窍、魂不守舍、心不连身、意不在经，皆佛天大事之兆。"

王岩说："你曾说念佛就是忏悔，度人就是赎罪，念佛不难，度人怎样做？"

古茹邱泽说："其实你已经在'度人'了，抓捕乌金喇嘛，就是'度人'。乌金喇嘛试图利用'七度母之门'打击佛教，你以他为目标，说明你和'七度母之门'已经结成了同党。我曾经说过，魔鬼肯定会利用佛教内部的矛盾，以佛灭佛。你要进入佛教，成为一个僧人，才能以僧护僧、以佛光佛。"

王岩说："你知道我撞死了一个人，她叫伊卓拉姆，或者说，伊卓拉姆选择了让我撞死。在我内心无法排除烦恼的时候，你告诫我，履行警察职责，皈依慈悲佛门。现在看来你是对的，尽管我整天面对的是犯罪、暴力、血案，是新信仰联盟以及乌金喇嘛对佛教的进攻，但命中注定我是一个与佛有缘的警察。"

古茹邱泽说："心念是最好的缘起，你会成为正义的化身，就像威慑邪恶的护法神。"

王岩又说："我有一个女朋友，她叫珀恩措，最近死了，是跳楼自杀的。跳楼前她不让人报警，发誓说一见警察她就跳。可我还是报了警。有人说，我是故意这样做的，就是想逼死她。可我为什么要这样做，怕她继续纠缠我？珀恩措还有一个哑巴妹妹，没有工作和收入来源，而且还吸毒，据我看不是一般的上瘾。本来很漂亮，跟她姐姐一样漂亮，后来变得骨瘦如柴，像鬼一样。现在谁来照顾？真可怜。"

古茹邱泽直勾勾地望着王岩，眼光就像两把洞穿一切的利剑，半晌不言语，突然说："你来照顾。"

王岩条件反射似的浑身一颤："为什么？"

古茹邱泽迷蒙了眼睛，答非所问地说："你皈依吧，皈依需要灌顶，它是一个人良好品行的保证。"停了片刻又说，"我看到了你灵魂的不安和内心的忏悔，那是自性归佛的萌芽，青苍苍的萌芽，在辽阔的心海里，已是有根有叶了。"

卓玛听得有些不耐烦了，起身要走。

古茹邱泽说："就在这里等着吧，一会儿，所有的人都会来这里。"

话音刚落，一群外来喇嘛挤过来，围住了他们。

王岩警觉地站起来："你们想干什么？"他想起了"度母之恋"曾经告诫他的："从现在开始，你见到的每一个陌生人，都可能是乌金喇嘛。"他突然有了一种强烈的属于警察的直觉：自己身边的这些人中，一定会有乌金喇嘛。

2

骷髅杀手跑下西日光殿，跑到东大殿，沿着旅游通道，跑向灵塔殿，往南蹿上楼梯。然后推开守门的小喇嘛，翻过铁栅门，来到布达拉宫金顶。

这里没有僧人游客，寂静如同旷野，作为杀人现场是如此理想。骷髅杀手掏出手枪，直奔香波王子。

香波王子一愣，仓促后退，却撞到了墙上。回头一看，自己正好在墙边，墙外是一百一十七米的悬空高度。他靠墙站住了，恐惧地看着骷髅杀手一步步向他逼来。

骷髅杀手往前走动着，突然停下了，在五步远的地方举枪瞄准了香波王子的头："原来你是想死在布达拉宫金顶，也好，我打死了你，再把你扔下去，那你就是不慎摔死的。"

香波王子无话可说，望了一眼骷髅杀手身后不远处的梅萨。梅萨拔起一根挂经幡的经杆，平端着，用有经幡的一头对准骷髅杀手的后背，悄悄过来。

香波王子说："你先别开枪，听我说，你知道你将要杀死的是什么人吗？"

骷髅杀手说："一个叛誓者的转世。"

香波王子直摇头："不对，是一个风流情种，他在情场上纵横驰骋，所向披靡。他短暂的一生里，赢得了无数姑娘的爱情。你猜他靠什么征服姑娘？是靠了英俊潇洒、风流倜傥？"

骷髅杀手憨憨地摇头："不对，靠的是仓央嘉措情歌。"

香波王子点头道："答案正确。可当他用仓央嘉措情歌去勾引他最心爱的姑娘时，那姑娘却拒绝了他，还嘲笑他最不懂仓央嘉措、最没有资格唱仓央嘉措情歌、最不配拥有爱情，你知道为什么？"

骷髅杀手说："不为什么，就因为他真不懂。"

香波王子说："你听过我唱情歌，你说我是最不懂仓央嘉措的人吗？"

骷髅杀手说："会念经的喇嘛多又多，真懂经的喇嘛少又少。"

梅萨接近着，接近着，突然发力冲过来，把经杆戳向骷髅杀手的脊背。

香波王子紧张得张大了嘴。骷髅杀手从香波王子眼光里发现了危险，一侧身，让过了经杆头。梅萨一击落空，身形不稳地向前踉跄。骷髅杀手顺势一拨，牵引梅萨来到了香波王子身边。香波王子张开双臂，把梅萨紧紧抱在怀里。经杆落在地上，经幡哗啦铺了一地。

骷髅杀手举枪对着梅萨："我本来没得到杀你的指令，可你已经来了，只好让你陪葬了。"

梅萨说："我自己找死，我不怨你。只想求你等我问他一句话再开枪，好吗？"

骷髅杀手说："一个快死的人的请求，我能不答应吗？"

梅萨张开双臂，吊在香波王子脖子上，目光是前所未有的缠绵，声音是前所未有的温柔："说你不懂仓央嘉措和他的情歌，想知道为什么吗？"

香波王子点头说："想，做梦都想。但我不希望你告诉我，我是掘藏师，我要自己去证悟。"

梅萨说："也好。死到临头，我忽然想听歌，你愿意为我唱吗？仓央嘉措情歌。"

香波王子说："当然愿意。可是你要排队等着，我先要给另外一个女人唱。"

梅萨一怔："另外一个女人，谁？"

香波王子说："有人死了，比活着幸福；有人活着，比死了痛苦。这个拿枪对着我们的人，是个不幸的杀手。他爱他的女人，女人却离开了他。我猜不是那女人不爱他，是世上任何一个女人都不能容忍亲爱的人把杀人当作修炼，把别离当作圆满。男女间的纠葛和人世间的所有恩怨一样，不能用怨恨去报复，只能用爱心去包容。我想先为这个身陷哀怨的女人唱一首。"

梅萨松开香波王子，离开一点看他，两眼放光。

香波王子转向骷髅杀手："放下你的枪，拿起你的手机，拨通她的电话。"

骷髅杀手如中魔法，拿枪的右手竟不知不觉往下沉，左手也情不自禁伸向了衣兜。

忽然间，凭空响起一声呵斥："傻瓜，你上当了！"

骷髅杀手右侧两座金顶的夹缝里有一道矮墙，矮墙那边倏地站起一个人。他一声呵斥把骷髅杀手唤醒，然后翻过矮墙腾腾腾朝这边走来，一边走一边说："你上当了骷髅杀手，香波王子想用情歌把你的心唱软，这是他们死里逃生的唯一办法。"

香波王子和梅萨扭头一看：智美？

智美望着香波王子和梅萨，既兴奋又生气。兴奋的是他们共同出现在金顶上，说明他按照"玛瑙石金刚输入占卜"的指引开启"七度母之门"，到现在没有偏差。生气的是，他的占卜也给香波王子提供了一种验证，证明他也是正确的。智美使劲从鼻孔里"哼"了一声，几乎把鼻涕"哼"出来，心说香波王子的正确马上就会终止，到达下一个目标时，我就不会再看到他了。他陷入更加疯狂的追杀而自顾不暇，他快要死了，我坚信我就要赢了。智美想着刚刚在金顶结束的这次"母占卜"，当号码出现时，他心里不禁激荡了一下，那是卦辞谱中的最后一个号码，预示着他现在要去的是最后一个目标、最后一座殿堂，他将在这座殿堂里进行最后一次"子占卜"，很快，啊，很快，"七度母之门"的伏藏就要通过他的手显现于世了，不仅新信仰联盟和乌金喇嘛会以他为骄傲，佛教内部也会用他的名字命名"最后的伏藏"。他是真正的双赢，搁在哪个阵营里都是伟大的人物、了不起的英雄，就像他的祖先拉藏汗，扬名四海，青史留影。

智美把提在手里的胜魔卦囊挎到肩上，又把握在手里的锋利石器放进挂囊，慢慢走近骷髅杀手，见骷髅杀手警惕地朝一边闪了一步，呵呵一笑说："你枉称骷髅杀手，几句仓央嘉措情歌，就能把你唱得无所作为。就因为你自己失恋，看见一对有情人落难就心生慈悲？错错错，你应该嫉妒怨恨，凭什么你和你的女人生生别离，他们俩却双宿双飞？"

梅萨怒斥道："智美，你居然如此狠毒。"

智美说："你不能怨我，是你先背叛了我，背叛了我们的使命和情感。"

话音未落，智美急转身，向骷髅杀手扑去。骷髅杀手猝不及防，被智美扑倒在地。拿枪的手磕在地上，枪摔了出去。骷髅杀手抱着智美，拼命翻身，忽一下把智美压倒在身下。

香波王子看机不可失，扑过去抓到了枪。

骷髅杀手看见了，从智美身上跳起来，抱住香波王子，朝自己一拉，就骑在了对方后背上。他撕住香波王子的头发，咚咚咚在地上磕着，疼得香波王子立刻松开了枪。骷髅杀手伸手要去抓枪，被梅萨跳过去一脚踢开了。

这时智美翻身爬起，冲向梅萨，拽着她往金顶下面拖："梅萨，跟我走，快走。"

梅萨挣扎着："智美，我们已经分手了。"

智美说："那不是真的，分是为了掘藏，合也是为了掘藏，你是我天经地义的法侣。"

梅萨从智美肩膀上望过去，看到香波王子和骷髅杀手缠斗在一起，难分难解，想过去帮忙，却被智美抱紧了，挣脱不开。她奋力推搡抓扯，都不能让智美松手。

眼见骷髅杀手的拳头砸在香波王子脸上，那脸立刻就肿了。

眼见骷髅杀手的脚踹中香波王子的小腿，那腿立刻就瘸了。

眼见骷髅杀手的膝盖顶住香波王子的下腹,香波王子立刻就弯了腰。

梅萨心疼得眼泪哗啦啦流,哀哀地说:"智美,求求你了,让我去帮他。"

智美说:"你帮他不如我帮,只要你答应和我一起掘藏,共同开启'七度母之门',我和你一起救他。"

梅萨说:"我不能答应你,莲花生大师和仓央嘉措伏藏'七度母之门'的时候没有这样安排,我命中注定是香波王子的法侣。"

智美说:"现在他被暴打,一会儿他还会被杀死,也是命中注定。"忽又恳求道,"别这样梅萨,我们的目的就要达到了,你应该明白,香波王子只能去死,他要是现在不被骷髅杀手干掉,也会在发掘伏藏的最后一刻被我们干掉,新信仰联盟和乌金喇嘛不需要一个失去了领路价值的掘藏者。你一开始就是我的法侣,我们彼此都有共信、共爱、共生、共死的承诺,你的使命就是协助我发掘'七度母之门',再协助我干掉失去利用价值的香波王子。这个时刻马上就要到了,走啊,跟我走啊,不能再执迷不悟了。"

梅萨喊道:"放开我,我不会跟你走。"

这时骷髅杀手弯腰抱住了香波王子的腿,往上一举,竟然将香波王子举上了边墙。梅萨吓得一声尖叫。骷髅杀手往下推去,香波王子头朝下,半个身子立刻悬在了空中。香波王子绝望地喊了一声梅萨,声音从空旷的天上迅速朝下跌落。

现在,骷髅杀手的手抓着香波王子的双脚,只要他一松手,香波王子立刻就会从一百多米高的金顶坠落而下,变成一声闷响和一堆粉碎的骨肉。现在,谁也无法挽救香波王子,连刮过金顶的风速都不可能超过骷髅杀手杀人的速度。

梅萨不敢喊叫了,怕激怒骷髅杀手。

智美却喊起来:"松手啊,骷髅杀手快松手啊,撂下去,撂下去!"

梅萨忍不住骂智美:"你住嘴!他死我也死。"

智美又喊道:"你只要一松手,你这一路的艰辛就都值了,你一家几代人的传承就实现了,你几十年的修炼就圆满了。松手吧,你!"

骷髅杀手回头看了智美一眼,又把抱着香波王子双脚的手抬高了一点。已经到了危险的极限,香波王子就要下去了,他的手在空中胡乱划拉着,惊叫不止。

智美继续喊着:"你不敢扔下去是不是?无能的杀手,还犹豫什么?"

骷髅杀手没来得及松手,手机响了。

他腾出一只手,掏出手机,按了一下通话键。

传来黑方之主的一声叹息,然后是沉重而悲凉的声音:"我曾经让你记住,你的命运是'寂杀而归',现在我还要告诉你,我们'隐身人血咒殿堂'的终极传承也是这四个字:'寂杀而归'。记住,'寂杀而归'。"

说完,电话挂断了。骷髅杀手满脸迷茫,过去和现在他都不明白"寂杀而归"有什么深意。忽听智美又一声喊叫:"别发愣,快松手!"骷髅杀手扫了一眼香波王子,却见对方正在向他伸出手。

香波王子说:"把手机给我。"

天风吹拂,香波王子的声音飘在空中,让骷髅杀手恍惚。

又听香波王子说:"你必须满足一个将死的人的愿望。"

骷髅杀手正在犹豫,香波王子咬着牙,弯上身子来,把手机接了过去。

香波王子打开通讯录，看到了格桑德吉，按下了"呼叫"，又对骷髅杀手说："请你等一会儿，等我为她唱首情歌你再松手，好不好？"

骷髅杀手听着手机的呼叫，不置可否。忽然，呼叫声停，暂时没人接，手机里传来一曲优美动听的彩铃，让香波王子和骷髅杀手都吃了一惊：是一个女声的清唱，唱的是仓央嘉措情歌：

  一双明眸下面，
  泪珠像春雨连绵，
  冤家你若有良心，
  回来看我一眼。

一时间，香波王子和骷髅杀手都惊呆了。香波王子能感觉到，骷髅杀手能听出来，那是格桑德吉自设的彩铃，是格桑德吉自己的歌唱，是特地唱给骷髅杀手的心曲。

也许，格桑德吉就在电话边，她用彩铃表达着自己心灵的呼唤。

骷髅杀手喃喃地说："格桑德吉……"

一失神，骷髅杀手的手不知不觉松开了，香波王子感觉身子就要坠落，大叫一声："抓紧了！"骷髅杀手一个惊醒，手上用力，攥紧了险些扔下去的香波王子。却听梅萨一声惊呼："小心！"

只见智美已经把梅萨推向远处，从地上抓起经杆，向骷髅杀手的手臂打去。

智美叫道："叫你松手，你还不松手，松手，松手！"

骷髅杀手没有松手，也没法躲避，瞪着智美，一晃眼又瞪上了经幡。击打他的经杆是挂有经幡的一端，经幡哗啦啦迎风一展，亮出了飘扬的两个藏文大字。

经幡飞舞着,经杆偏离了,没打中骷髅杀手的手臂,却打中了香波王子的手。手机掉了,从一百多米的高处向下坠落。

和手机一起坠落的是格桑德吉的彩铃,是那曲优美动听的仓央嘉措情歌。

还有骷髅杀手的心。还有香波王子的心。就好像坠落的不是手机,而是唱情歌的格桑德吉。

布达拉宫金顶突然一片沉寂,连智美也被这突如其来的气氛所感染,有了瞬间的呆怔。他手上的经杆突然不动了,经幡就在边墙外面凌空招展,把两个藏文大字醒目地展现在布达拉宫金顶的碧空之上。

——寂杀!

骷髅杀手如遭雷击。

黑方之主的声音历历在耳:你的命运是"寂杀而归",我们"隐身人血咒殿堂"的终极传承也是"寂杀而归"。记住,"寂杀而归"。

迷茫间,抓香波王子的手不知不觉松开了。

香波王子的身体忽地一沉,他闭上眼睛,正要向死亡坠去,左脚腕却被一只大手抓住了。

香波王子睁眼一看,是智美的手。

现在,香波王子的性命又悬在智美手上了。他仰望智美的脸孔,那脸孔因他的角度太低而有些变形。香波王子忍不住笑了,轻轻叫了一声:"智美,你好。"

智美说:"有什么遗嘱,快说。"

香波王子说:"希望你把掘藏进行到底。"

智美说:"你放心。"

香波王子又说:"希望你如实公布仓央嘉措遗言。"

智美说:"你还相信仓央嘉措遗言是护教的珍宝?"

香波王子慨然道:"理所当然,我不相信一个用生活的全部、用生命的所有激情唱情歌的人,心中会充满怨恨。"

智美说:"我现在把你扔下去,难道你心中也没有怨恨?"

香波王子说:"没有怨恨,只有怜悯。"

智美冷笑:"你真以为你是佛?"

香波王子说:"佛说,众生是佛,佛无你我。"

智美说:"你如果放弃梅萨,我就救你上来。"

香波王子笑了,叹气道:"心高气傲的智美,只能以这种手段赢得竞赛。"

智美脸色一白,低头不语。这时候,他听见了梅萨的声音。

梅萨厉声说:"智美,把他拉上来!"

智美扭头,瞥见梅萨站在身后,双手紧握那把刚才被她一脚踢开的枪,枪口对着他的后背。

一阵悲凉袭来,智美仰望天空,失落地说:"梅萨,你忍心拿枪对着我?如果我松手,让他随风而逝,你真忍心对我开枪?"

他听梅萨坚定地说:"我会的。"

"不要,梅萨你不要。"智美听见香波王子在说,"我死了以后,你要帮助智美继续开启伟大的'七度母之门',千万不要让仓央嘉措遗言因我而毁。千万!"

没听见梅萨的回答,只听见铁器掉地的脆响,显然是手枪从梅萨手中跌落了。

然后,智美听见了梅萨的抽泣。他心中蓦然一阵疼痛。

智美说:"梅萨,要是我被香波王子悬在墙外,你会不会用枪对着他的后背?"

梅萨说:"我会,我一定会。"

智美长声叹息,说:"我知道梅萨不会撒谎,有你这句话,就够了。"

然后双手使劲,把香波王子往上拉着,一边说:"香波王子你听着,我救你,是不忍心看梅萨伤心,是要让你死心,要让你亲眼看见你崇拜激赏的仓央嘉措遗言,是怎样狠毒地诅咒了你狂爱的圣教。"

智美说完,走过去从地上捡起枪,装进衣袋,扭头就走,路过梅萨,他想说句话,喉头哽咽,竟没有说出口。

香波王子瘫倒在边墙下,浑身散了架一般。梅萨跪在他跟前,无比心疼地抚摸他,嘴里呢呢喃喃,不知说什么好。

广漠的虚空里,布达拉宫金顶风声呼啸。一只鹰在盘旋,孤独的姿影放任而轻慢,就像一个真正的神,从渺远的天幕中窥伺着人间,慈猛之态,骄娇可爱。天是蓝的,云是白的,好像这个时候他们才发现,天是蓝的,云是白的。

香波王子眉头紧锁,目光如电地射向梅萨身后。梅萨追随他的目光向后仰望,只见经幡飘扬,两个藏文字的"寂杀"在高原的罡风里猎猎呼响。

当然,她也看到了手握经杆的骷髅杀手。骷髅杀手站在边墙上,凝视着经幡上的"寂杀",发出一声无比凄凉的喊叫:"寂杀而归!"

香波王子急切地喊一声:"错了!"

骷髅杀手在墙头上摇晃,就要跳下去,突然又收回前倾的身子,瞪着香波王子问道:"什么错了?"

香波王子说:"'寂杀而归'错了。"

骷髅杀手摇头:"没错,黑方之主的密令,'寂杀而归'是我的命运,也是'隐身人血咒殿堂'的终极传承。见'寂杀'而归天,今天是我归天的日子。"

香波王子摇头:"不对,'寂杀'就是无杀,佛有'寂杀之证',就是关于无杀的证悟。'寂杀而归'是遇到'寂杀'而归里,而归家,不是归天。"

骷髅杀手还是摇头:"不是归家,是归天。我有'隐身人誓言':'要么香波王子死,要么我死'。我杀不了你,一切就结束了,家族的传承、血咒殿堂的期待、修炼的圆满,还有生命,归天的宿命是摆脱不了的。"

香波王子说:"大错特错。既然'寂杀而归'是'隐身人血咒殿堂'的终极传承。那就是说,遇'寂杀'而归家的不仅仅是你骷髅杀手,而且是整个'隐身人血咒殿堂'。既然'隐身人血咒殿堂'都已经解散回家,你的'隐身人誓言'就在'寂杀'面前自动废止了。"

骷髅杀手沉默片刻,突然两眼放光:"你说的是真的?你不骗我?"

香波王子说:"很久以前,伏藏者伏藏了'隐身人血咒殿堂',又在一代又一代的隐身人心中伏藏了凶残和阴狠。想想几百年前他们对仓央嘉措情人的迫害,看看几百年后他们对姬姬布赤、仁增旺姆、伊卓拉姆、吉彩露丁、措曼吉姆、索朗班宗的手段,千刀万剐也不过分。"

说着,他看看梅萨。梅萨点头。他话锋一转,又说:"但你们也是人,是人就有佛心慈念。就像你,从北京一路追杀我到拉萨,为什么总是杀不了？不是我命大福大，是你心怀恻隐。无论你怎么乔装强悍和凶残，都掩饰不住你内心的软弱和善良。即便真的残忍，平心而论，也都有一个理想支撑：护教护法。为了这个理想，一代一代的隐身人付出了最大的牺牲，那就是普通人的生活和正常人的人性。在你，骷髅杀手，牺牲的就是你的家、你的爱情、你的格桑德吉。但是，一个宗教，如果带给信徒的不是福分，而总是牺牲，信徒就有理由怀疑它存在的价值，所以隐身人必须回家。使命有开始就有结束，现在就是结束的时候，骷髅杀手，从你开始，'寂杀而归'！"

骷髅杀手热泪盈眶，但仍然不想从墙头上下来。他摇摇头说："可'七度母之门'是仓央嘉措遗言……"

梅萨打断他的话说："你放心，'七度母之门'开启的当然是诅咒和羞辱，但用不着你们承担，因为这也是当年迫害仓央嘉措情人的因果报应。"

香波王子立刻纠正道："对不起梅萨，我还是坚信'七度母之门'开启的是光明，仓央嘉措遗言一定是给天下苍生的祝福。骷髅杀手你听着，这也是'隐身人血咒殿堂''寂杀而归'的最大理由。"

香波王子越说中气越足，感觉已经恢复了不少，扶着梅萨站起来，向骷髅杀手挥挥手，高声说："恭喜你没有杀死我，要是你杀死了我，警察会逮捕你，你就回不了家，最重要的就都要失去了，赶紧回家吧，爱人、儿子、爸爸都等着你，你家的牛羊、牧狗、香喷喷的羊肋巴、热腾腾的酥油茶也都等着你。"

骷髅杀手擦了一把眼泪，凄恻地说："我没有路费。"

"这个容易。"香波王子说着，赶紧掏钱，把身上的钱全掏了出来，大致数数，不到六百块，"不多，你都拿着，坐汽车回罗马恩尼草原肯定是够了。"

香波王子还要说什么，梅萨捅捅他的腰，轻声说："走吧，给骷髅杀手留点面子。"

香波王子把钱放在了金顶上。两人转身走去，没走出去几步，就听骷髅杀手喊道："等等。"

回头一看，骷髅杀手已经从边墙的墙头上跳下来了。他手拄经杆，红着脸，看着他俩，却不说话，很不好意思的样子。

梅萨轻声问香波王子："他要干什么？"

香波王子笑道："他想听歌。"

梅萨说："没时间了，我们还得抓紧掘藏。"

骷髅杀手突然说："不，不是想听，是想学。好几次没有杀你，就是想让你教我唱仓央嘉措情歌。"

香波王子对梅萨说："时间再紧也得满足他，如果因为度人灵魂就耽误了'七度母之门'，那这扇门不开启也罢。"说罢，走过来，站到骷髅杀手面前唱起来，教他唱，也是给他唱的：

  俏眼如弯弓一样，
  情意和利箭相仿，
  一下就射中了啊，
  我这火热的心房。

  露出了皓齿微笑，
  向着人来人往的街巷，
  那目光从眼角射来，
  落在了少年我身上。

香波王子极其耐心地给骷髅杀手教会了三首情歌，然后才告辞。骷髅杀手恋恋不舍，用刚刚学会的仓央嘉措情歌告别着他们：

  这个弯月儿去了，
  那个满月儿来了，
  在月儿最亮的时候，
  我们将重新聚首。

梅萨说："他跑调了。"

香波王子说："也许跑调才是他最真挚的表达。"

梅萨忽然掩嘴而笑，说："第一次听你给男人唱仓央嘉措情歌。"

香波王子说："很色情？"

梅萨说："不，很慈祥。"

香波王子说："我要给女人唱呢？"

梅萨说："有点儿流氓。"

香波王子停下脚步，看着梅萨，一脸严肃，满眼诚恳："谢谢你，梅萨。"

梅萨翻着白眼问："为什么谢我？"

香波王子笑而不答，拉着梅萨沿楼梯走下了金顶。

梅萨说："我们现在要去'有寂圆满'——司西平措大殿是吗？可我们还是没有找到去那里的最充分的理由。"

香波王子说："找到了，'有寂圆满'的意思是：'有'了骷髅杀手的'寂杀而归'，然后就是'七度母之门'的'圆满'。这是掘藏的重要环节。通俗地说，骷髅杀手的回家就是最充分的理由，我们用仓央嘉措情歌挖掘出了一个冷酷杀手的爱情，就是最充分的理由。"

梅萨回味着香波王子的话:"对啊,伏藏学中,'理由'往往是不可重复的。既然骷髅杀手已经唱起了仓央嘉措情歌,就不可能第二次去做杀手,这就是不可重复,不可重复就是理由。"

他们互相搀扶着,走向了司西平措大殿。

3

一进入通往司西平措大殿的甬道,香波王子和梅萨就被碧秀副队长拦住了,好像他猜到他们一定会来这里。因骷髅杀手"寂杀而归"带来的喜悦瞬间消失,绝望接踵而至。最后的殿堂就在十米之外,他们居然不能顺利走进去。香波王子抚摸着脸上的伤痕,一声不吭。

碧秀拍了拍腰里的两只手铐,又指了指周围拥挤的喇嘛说:"该是归案的时候了,我不想惊动他们。"

香波王子和梅萨祈望着他:"再给我们最后一次机会吧。"

碧秀说:"作为'隐身人血咒殿堂'的护法主门隅黑剑,我当然不甘心在没有得到仓央嘉措后代名单的时候,就对你们动手,但作为一个警察,我只能遗憾地说,机会是你们自己丢失的。"他说着,从腰里摘下了两只手铐,"几分钟后,全市所有的刑警都会来这里搜寻炸药,刑警没有不认识你们的,我不能把抓捕你们的功劳让给他们。快告诉我,玛吉阿米在哪里?既然她是'布达拉宫掘藏之神的金刚佑阻',就一定在附近。"

香波王子把手并起来,伸向碧秀:"你铐吧,我早就知道我不会成功的,'七度母之门'和我并没有太深太牢的缘分。"头却抬起来,望着右首,瞳光闪闪的,好像看到了什么。

受他的感染,梅萨也朝右首望去。

香波王子神秘地对梅萨说:"我看见她了,她走到灵塔丛林里去了。"

"谁?"碧秀警觉地四下看看。

香波王子说:"事到如今,我也不想隐瞒你了,玛吉阿米就在那儿,灵塔殿里。"

碧秀推了香波王子一把:"你带我去抓。"

香波王子带着碧秀走向灵塔殿,突然停下,指着几步远的五世达赖灵塔前一个年轻漂亮的女游客说:"就是她。"看碧秀有些疑惑,又喊了一声,"玛吉阿米。"

那女人果然回头,还冲香波王子微微一笑。

刹那间,碧秀扑了过去,他拎着本来准备铐住香波王子和梅萨的两只手铐,扑向了一个掌握着所有仓央嘉措后代名单的人。他疯了,一心只想得到那份名单。

香波王子拉着梅萨,跑向人头攒动的"有寂圆满"——司西平措大殿。

梅萨说:"她怎么冲你笑?"

香波王子说:"因为我先冲她笑了。"说着,做了一个仅属于他的标志性的暧昧手势,又自嘲说,"久已不做,有点生疏了。"

身后,传来那女游客的尖叫:"你干什么,抓流氓。"

碧秀已经卡住女游客的喉咙,猛然明白上当了。女游客不是一个人,还有她的同伴。几个男女同伴从灵塔殿的四周跑过来。碧秀松开手,连声说"对不起,对不起,认错人了",转身就跑。

碧秀跑向司西平措大殿,里面挤满了喇嘛,水泄不通。他一头扎进去，挥动着手铐，拼命往里钻。喇嘛们纷纷让开，一让就把香波王子和梅萨亮出来了。香波王子和梅萨也在拼命往里钻，却比碧秀艰难十倍。没有人给他们让路，他们磕磕碰碰地恳求着："劳驾，劳驾。"

碧秀冲过去，抓住香波王子的同时，咔嚓一声给他戴上了手铐。香波王子没有再做逃跑的努力，推了一把梅萨说："你跑吧。"可她哪里跑得了，拥挤的喇嘛把所有能逃跑的缝隙都堵住了。碧秀抓住她的手，把她和香波王子铐在了一起，然后用另一只手铐铐住了自己和香波王子。

"谁是如来佛，谁是孙猴子，这下你们该知道了吧？"碧秀得意地说着，带他们朝外走去。许多喇嘛惊讶地望着他们。

有人问："这一男一女怎么了？"

碧秀说："你们没见过杀人凶犯吧？今天可以见一见了。"

手机响起来。碧秀一看来电显示，骤然有些紧张，拽着香波王子和梅萨边往外挤边说："局长，两个逃犯已经抓住了，就在我手里。"

局长急促地说："放掉。"

碧秀突然停下了，瞪着香波王子和梅萨，一脸僵硬。

局长的声音更加急促："你的耳朵不好使吗？放掉。"

"为什么？"

局长说："我在圣观音殿，你火速给我赶过来。"

碧秀说："可是，局长，两个逃犯……"

局长说："没有时间再解释了，你一分钟内赶不到，我就把你从警察里除名，还要起诉你玩忽职守罪。"

碧秀先打开自己和香波王子的手铐，再打开香波王子和梅萨的手铐，狠狠地瞪了他们一眼，什么话也没说，返身就跑，一连撞歪了好几个喇嘛。

4

碧秀跑步来到圣观音殿门前时，里面已经聚满了人。

圣观音殿帕巴拉康在红宫法王洞的上面，它是布达拉宫无比神圣的殿堂。殿内主供一尊由檀香木天然生成的观世音菩萨像。传说当年松赞干布修建布达拉宫时，天神托梦，说藏王应当在有雪边地供奉一本尊佛像护佑疆土，教化人民。松赞干布即派自己的化身西纳比丘前往天竺。西纳比丘见到天竺大森林中有一棵奇异的旃檀树，朝着十方天地激射光芒，便知道王之本尊将从此出。他用斧头砍伐旃檀树，旃檀树理解西纳比丘的用意，瞬间变成观世音菩萨像说："我愿往西藏有雪之邦，做藏王松赞干布的本尊。"这个传说让观世音菩萨成了西藏的保护神，让达赖喇嘛成了观世音菩萨的转世，这尊檀香木的观世音菩萨也就成了布达拉宫的镇宫之宝。

碧秀明白，这个无比神圣的地方只允许无比神圣的活动，今天这里的聚会非同小可。他站在殿门口同治皇帝御书匾额"福田妙果"的下面，朝里看了看，发现聚集在这里的僧俗人众都是些大人物，像公安局局长这种级别的人只能像守卫一样立在门边。

他来到局长身后，小声说："局长，人太多太堵，你除名吧，一分钟过了两秒。"

局长沉声说："不要乱说话。"

碧秀朝里看去，辨认着那些坐在便携式椅子上的人，除了自治区、拉萨市、西藏佛教协会的领导和布达拉宫管理委员会主任、布达拉宫峰座大活佛、拉萨各大寺院的住持活佛外，别的他都不认识。这些人也是刚刚来到圣观音殿，主持者还在挨个介绍，但碧秀马上就知道，他们来自各省的大寺名刹，代表着整个中国的佛教。

突然有人打断了主持者的话："没有时间介绍得那么详细，大家下去互相了解吧。我先把情况介绍一下，世界佛教界的第七次集结已经开始。这次集结是突然开始的，几乎在同一个时刻，世界各地那些因缘具足、有资格参加大集结的上座比丘都得到了通知，大集结已经开始，让他们迅速前往。谁也没想到，大集结的地点就是中国西藏的布达拉宫，大集结的开端就是布达拉宫诵经大法会。

"大家一定会问：谁通知他们的？我的回答是不知道。我们只了解到两点，第一，这些上座比丘早就从经书、从梦境、从感悟、从观想、从上师的口耳相传、从修炼的法门、从各种方便渠道中得到了'通知'即将到来的启示，已经做好了大集结的准备；第二，现在全世界佛教界都知道有人正在发掘'七度母之门'的伏藏，发掘即将结束，伏藏即将现世，就是这个消息导致了世界佛教界的第七次大集结。全世界的高僧来布达拉宫就是想知道这个被许多信徒看成是唯一的法门、最后的伏藏、未来的希望的仓央嘉措遗言到底是什么。世界佛教组织已经紧急接触中国政府，各地佛教高僧正在陆续前来拉萨。中国政府承诺，保证这次世界佛教大集结平安吉祥。现在迫在眉睫的是两个任务：一是安全，二是接待。"

那人还在讲话，局长带着碧秀副队长来到了门外。

"听清楚了吧？安全第一。从现在开始，我和你的任务就是全力以赴用最快的速度找到炸药，排除险情。红宫交给你们重案侦缉队，白宫由我负责，其他建筑和周边建筑由自治区公安厅负责。"

碧秀点着头，试探地说："放掉香波王子和梅萨太可惜了。"

局长说："刚才领导讲话你听没听？全世界的高僧来布达拉宫就是想知道这个最后的伏藏到底是什么。这个时候怎么能因为我们警察的抓捕而断送'七度母之门'的发掘呢？尽管香波王子是罪犯，但国家声誉高于一切,佛教徒对仓央嘉措遗言的期待高于一切。"

碧秀说:"香波王子还有重要同伙,名叫玛吉阿米,一直没有露面,我猜想把发掘'七度母之门'的消息传出去的人和这个同伙应该是一个人。"

局长说:"没那么简单,你知道为什么要在圣观音殿召开这个会议?三年前有人在这里打坐修行时就预言了今天的大集结,时间和地点丝毫不差。他说是护法空行给他发了手机短信,当他在檀香木的观世音菩萨面前把手机短信拿给大家看时,多数人不仅不相信,还怪他以物色扰乱人心。空行母的启示只可出现在观想中和梦境里,怎么可能是手机短信呢?我的意思是追查传播消息和发出通知的人是徒劳的,法律注重人证物证,而它给我们提供的却是空行母,你难道会抓一个神来做你的人证?"

碧秀不甘心地追问:"三年前预言大集结的这个人是谁?"

局长说:"布达拉宫峰座大活佛的接班人古茹邱泽喇嘛。"

碧秀说:"谁给他发的短信,按照对方的手机号码往下查呀。"

局长说:"你以为就你聪明,别人都是傻子。查了,发短信的手机号码是空号。更奇怪的是,一离开圣观音殿,古茹邱泽喇嘛手机上的短信便自动消失了。"

碧秀说:"这里有很多疑点……"

"一切等大集结完了再说,现在要紧的是寻找炸药。"局长看看表,"赶快行动吧,时间不多了,如果由于我们的失职而让炸药在太阳落山之前爆炸,你和我以及所有对布达拉宫的安全负有责任的人,都得下地狱、变饿鬼。"

5

圣观音殿的会议结束以后，参加会议的人都来到布达拉宫彭措多朗大门前的石阶下，迎候来自世界各地的高僧大德、上座比丘。这些比丘有的从自己的国家直接飞往西藏拉萨，有的先到了中国首都北京，再转机到达拉萨。但不管他们从哪里来，都将在同一时刻出现在布达拉宫前。

作为最主要的东道主，瓦杰贡嘎大活佛在管家的陪伴下站在迎候队伍的前排，无法自已的兴奋让他暂时把炸药即将爆炸的担忧放在了一边。他明白这些客人的到来既不是冲着他，也不是冲着布达拉宫，而是冲着"七度母之门"的伏藏，冲着一对名不见经传的世俗男女。但是毕竟布达拉宫因为拥有"七度母之门"即仓央嘉措遗言而成了世界关注的焦点，这是不期而至的荣耀。

这时有个官员模样的人过来向他请教："'七度母之门'到底是什么？"

瓦杰贡嘎大活佛说："简单讲，它是仓央嘉措的遗言，是亟待发掘的伏藏，也是密宗修炼的法门。"

"还是不明白，能不能详细一点？"

瓦杰贡嘎大活佛说："在藏地几乎所有具备活佛转世传承的寺院都有'七度母之门'的研究者和修炼者。他们各自为阵，以最隐蔽的方式从事着修炼和推动着研究。即使在同一座寺院里，你也无法揣测到底谁跟'七度母之门'有关系。但是多年来大家都知道，修炼和研究毫无进展，修炼者试图通过观想、通过与神明的直接交流得到'唯一的法门'。研究者试图利用超人的智慧、不懈的探索发掘'最后的伏藏'。可他们始终处在鸦雀无声的黑暗之中，一点响动也没有。但是就在最近,古茹邱泽喇嘛通过布达拉宫峰座大活佛的竞任考试公开了自己修炼'七度母之门'的成果。当他宣布他的修炼仅止于'七度母之门'的第五门,而第六门便是伏藏之门的时候,两个名叫香波王子和梅萨的掘藏者出现了。他们的举动让所有人意识到,机密而遥远的'七度母之门',神圣而伟大的仓央嘉措遗言,居然就在布达拉宫。这还不算,就因为他们发掘伏藏的举动,藏传佛教的'七度母之门'直接导致了世界佛教的第七次重大集结。"

那官员点着头,还想问什么,瓦杰贡嘎大活佛微笑着扭转了脸,他现在需要平静,需要思考突然来临的第七次集结。

瓦杰贡嘎大活佛比谁都清楚,没有集结就没有佛教,没有佛教的发展,每一次集结都是一座里程碑、一次大转折。

第一次集结发生在释迦牟尼圆寂不久,在佛陀上首弟子迦叶的主持下,五百比丘集结在王舍城外的七叶窟,可以说正是这次集结诞生了有关佛陀教义的佛经。释迦牟尼在世时,只有以口相传的佛法,没有文字记载的佛经。在这次集结中,释迦牟尼的弟子阿难诵出了佛陀言说的"经",优波利诵出了佛陀制定的"戒律",比丘们用古印度流行的巴利文记录下来,形成了最初的"佛经"。从此,佛教开始成为一个以偶像为表、以佛说经典为心、以念经禅坐为行的宗教集团。

第二次集结发生在释迦牟尼圆寂一百周年。印度东部毗舍利僧团违背传统戒律,储存盐巴,过午再食,饮未发酵的棕榈酒和未搅动的牛乳,随便用坐具,乞受金银财物等。西部摩头罗僧团的耶舍长老亲自考察后,提出强烈反对,试图纠正此等违法行为,却遭到对方拒绝。于是耶舍长老召集七百比丘在毗舍利集结,用大诵经的方式重新审定戒律,责成毗舍利僧团限时改正,回归传统。毗舍利僧团不服裁定,召集上万普通比丘,集结在毗舍利以诵经抗衡。参与七百人集结的都是上座比丘,被称为"上座部",参与万人集结的都是普通比丘,被称为"大众部"。这次集结实为两僧团分别集结的合称,佛教史上的第一次分裂就此发生。它意味着佛教的发展走向多元与开放,意味着佛教徒正在用改变戒律的办法增强亲和力,使信仰从高高在上的少数人的修行开始走向更广大的世俗人众。

第三次集结发生在释迦牟尼圆寂二百三十六年,这时古印度阿育王已经皈依佛教,他在鸡鸣寺供养上万僧众谈经论道,许多外道乘机混入,试图用自己的教义影响阿育王。于是众说纷纭,莫衷一是。阿育王觉得有必要肃清外道,净化佛教,便召集一千名上座比丘在华氏城集结。他们诵唱古典佛经,确定并巩固经教义理,对各种外道邪说进行清理批判。然后派出一批僧人,离开恒河流域,向远途境外传教弘法。这次集结避免了佛教被外道吞没,维护了佛教的纯粹性,并开始向更加辽阔的地域扩展。

第四次结集发生在公元前100年前后,当时佛教内部不仅有上座部和大众部的分庭抗礼,两部之中又分裂出许多派系,各持一端,互相敌视。笃信佛教的大月氏贵霜帝国的迦腻色迦王,在今天的克什米尔一带召集五百罗汉隆重集结,采纳各派意见,完成了论藏汇编,共三十万颂九百六十万言。之后,迦腻色迦王组织工匠,把一些经典论藏镂刻在铜板上,珍藏于佛塔之中。大约同时,斯里兰卡国王阿巴耶在阿卢寺召集五百比丘,背诵上座部三藏,广泛注释,诞生了第一部巴利文的三藏经及注释。两地集结开启了求同存异之风,把三藏(经藏:佛陀本人的言论说法,律藏:僧侣的清规戒律,论藏:对教言教理的阐述解释)中的"论藏"推向了前所未有的高峰。

第五次集结发生在公元1857年,鉴于佛陀说法时的用语巴利文语和作为古印度大众语的巴利文已经失传，而后来各种语言对巴利文经典的解释和依靠的蓝本出现偏差，甚至大相径庭。缅甸贡榜王朝的明顿君王召集两千名上座比丘，集结于首都曼德勒城。以律藏为主，重新审定巴利文经典，并对原文严格进行校对修订，然后把两千上座比丘共同认定的律藏铭刻在七百二十九块石碑上以求长存。这次集结强调的是戒律和戒律的原创性，其实也就是强调了信仰集团的重要，加固了组成集团的纽带，把恢复戒律的正宗、正统当作了巩固组织和纯洁组织的必要手段。

第六次集结发生在 1954 年至 1956 年，为纪念释迦牟尼圆寂两千五百年，缅甸政府在仰光北郊的一座山冈举行了佛教史上最盛大的一次集结，两千五百多名来自缅甸、柬埔寨、斯里兰卡、印度、尼泊尔、泰国、中国的上座比丘应邀参加。这次集结的目的还是为了正本清源，对以假乱真的各种巴利文三藏尤其是经藏和论藏筛汰审定，然后进行严密的核对校正，使世界佛教拥有了迄今为止最权威、最完善的巴利文大藏经，由此体现了经文教典的严肃性和宗教组织的纯粹性。

这是伟大的里程碑式的六次集结，那么第七次呢？

第七次集结就发生在今天，发生在布达拉宫，发生在有人开启"七度母之门"的时候。啊，瓦杰贡嘎大活佛一想起来浑身就有些颤抖，是激动。作为一个佛门高僧，面对如此重大的事件，他不能不激动。激动来自期待，全世界都在期待，释迦牟尼在期待，三世如来、八大菩萨、二十一度母、贤劫千佛在期待，地球之上所有的佛僧、所有的信民都在期待：大集结的成果是什么？它关系到佛教的命运，佛教未来的走向——寂灭或者辉煌；关系到灵魂是否得救、人类是否幸福，我们的精神在迷惘摇摆、无奈无助中还能走多久。而所有这一切，都要看能不能成功发掘"七度母之门"的伏藏即仓央嘉措遗言，仓央嘉措遗言到底是什么？

瓦杰贡嘎大活佛问身后的管家："我们能不能帮他们一下？"

"帮助谁？"

"两个开启'七度母之门'的年轻人。"

"不能，大活佛，他们有他们的命运，我们的当务之急是找到炸药。"

炸药？沉重无比的炸药让瓦杰贡嘎大活佛挺直的腰板顿时塌了下来。警察是越来越多了，而且带来了炸药探测仪和六七只警犬，每座殿堂都成了重点搜查的地方。他回头望了望彭措多朗大门，真希望这个时候有人跑出来告诉他：炸药找到了。

管家说："大活佛你看，客人已经来了。"

一长溜望不到头的小轿车和大轿车从北京路驶来，进入布达拉宫广场后，很有秩序地停下了。车里的人纷纷走下来，顿时就红黄青紫一片，袈裟和法衣的会合就像霞片落地。世界各地的高僧们缓缓走来，黑头发的、黄头发的、白头发的，也有无头发和长头发的。第七次世界佛教大集结开始了。

瓦杰贡嘎大活佛寻思，第六次集结的上座比丘最多，一共两千五百多名。那么第七次呢？一看布达拉宫广场的车阵僧潮，至少有四千名上座比丘，加上他们的随员，一万僧众轻松超过了。

瓦杰贡嘎意识到以布达拉宫峰座大活佛的身份亮相于大集结的激动人心的时刻已经到来，便整了整簇新的袈裟，快步朝广场走去。所有迎候的人都朝广场走去。几乎在同时，有个喇嘛从彭措多朗大门内冲出来，大喊一声："大活佛。"

瓦杰贡嘎大活佛停了下来，回身满怀期待地望着那喇嘛，他知道一定是有消息了：炸药已经找到？"七度母之门"的伏藏已经发掘？

但是等那喇嘛从石阶上跑下来，气喘吁吁地站到瓦杰贡嘎大活佛面前时，说出来的却是一个坏消息："出事了，司西平措出事了。"

6

走来走去的香波王子和梅萨不时地碰撞在喇嘛身上，有时甚至会踩到盘起的脚上腿上，但喇嘛们并不在乎，看一眼他们，就又去专心自己的事情了。

梅萨说："人这么多，碍事，碍事，碍事，要是这里没有人就好了。"

香波王子说："也许就需要人多，也许并不需要我们这样走来走去。掘藏的路线是设定好了的，掘藏的环境一定也是设定好了的。你想想，我们一路走来，基本上是有什么样的环境，就有什么样的路线。"

梅萨说："你说的也对，伏藏就是环境的掩埋，掘藏就是环境的开启，这在理论上是成立的，可如何发现开启的钥匙却因人而异。"

香波王子盯上了大殿西端达赖喇嘛的无畏雄狮宝座，宝座上方悬挂着乾隆皇帝的御书匾额"涌莲初地"。宝座和匾额之间，华彩的经幡扭结成了一个圆轮，圆轮中间又是一个写满经文的黑色圆点。

梅萨说："我们走近了看看。"

香波王子说："走近了也没用，我们不可能拆开宝座和匾额，所有我们做不到的，都不会成为伏藏的选择。我在乎的是那个圆轮，这是一个别的殿堂没有的造型，突然出现在这里，感觉有些特别。圆轮的中心有一点，那是太阳的象形字，曾经出现在西藏那曲的日土岩画中，关于这个象形字，古代藏文、汉文、埃及文都是一样的。"

"你是说，西藏最早的文字是象形的，而不是拼音的？"

"每一个古老民族都有象形的童年，有些被时间湮灭了，有些却保留了下来，藏族是保留童年痕迹最多的一个民族。它把童年神话变成了膜拜的对象，也变成了保护的对象。你再看大殿内四十四根柱子和柱子上的斗拱，那些雕刻精美华丽的佛像、动物和花饰，不仅是一种装饰，更是一种语言、一种表达。"

"关键是它在表达什么。"

"是啊，它在表达什么？《布达拉宫志》里说，作为支重柱，司西平措大殿有四十二根就够了，后来又加了两根，为什么？"

"你是说我们需要找到这两根不知为什么加进去的柱子？"

香波王子停了片刻说："我们一时找不到，表面上看起来都是支重柱。再说加了两根柱子，然后就伏藏于这两根柱子，那也太明显、太注重'实有'了。"

"不错，伏藏应该是不虚也不实、不堕'常边'也不堕'断边'的。"

"所以我怀疑它是为了凑数。在西藏人童年的结绳记事中，第四十四个绳结表述的是心想事成，也叫'事成之心'。而那些雕刻在斗拱梁柱上腾空一跃、獠牙血嘴的动物又都是用来象征'护法之心'的。建造布达拉宫红宫时，木雕大头领白朗贡布草拟了许多花饰，别人问他：'这是什么花，怎么没见过？'白朗贡布说：'好花都开在人心里，你到哪里去见？心中没有圣洁，莲花又在哪里？'后来人们就把许多木雕花饰称为'心里生长的花'或'圣洁之心'。"

梅萨说："听来听去，你强调的是'心'，可别的殿堂也有被称为'圣洁之心'的花饰，也有象征'护法之心'的动物雕刻。"

香波王子说："但别的殿堂没有外加两根柱子，凑够四十四根的做法。而凑足这个数的时候，正好是仓央嘉措时代。经幡代表的太阳之心、柱子代表的事成之心、雕兽代表的护法之心、花饰代表的圣洁之心，它们汇集在一起，难道是巧合吗？"

梅萨茫然地摇摇头。香波王子笑了笑，他知道自己也是茫然的，越说越茫然。他们绕开一群喇嘛，东张西望地走上了二楼画廊。

香波王子说："这里有六百九十八幅壁画，四百多名画师参与了绘制。我们快速看下去，只能浏览，不能细观。"

梅萨惊讶地望着壁画："我从来没见过这么多、这么鲜艳的壁画，眼前全是汹涌的色彩，浏览能浏览出什么来？"

香波王子说："试试看吧，多用脑子少用眼睛，快走。"

二楼画廊的喇嘛比下面少一些，他们快步过去，香波王子不停地说着："壁画里有数不清的佛像，藏传佛教中最重要的佛、菩萨、护法神都在这里得到了表现。此外还有莲花生、阿底峡、宗喀巴，除了仓央嘉措以外的历辈达赖，以及佛本生故事、成就者传奇等。但布达拉宫壁画最著名的还是历史题材，有唐皇五难吐蕃求婚使者图、文成公主进藏图、大昭寺传说图、布达拉宫修建图、固始汗拜见五世达赖喇嘛图、十三世达赖喇嘛朝见慈禧太后和光绪皇帝图等。还有一些壁画反映的是劳动与生活场景，有农耕、狩猎、渡河、冶炼、奏乐、舞蹈、骑马、射箭、摔跤、洗浴等。所有的壁画中，东壁一组五世达赖喇嘛生平事迹图最重要，有游乐、观戏、讲经、赴京途中、御赏金顶黄轿、朝见顺治皇帝等。看，就是这幅。"

他们停下了，仰头观看着。

壁画的中央是年轻俊秀的顺治皇帝和睿智沧桑的五世达赖喇嘛。顺治皇帝的座位略高一点，他抬头祥和平静地望着五世达赖喇嘛。五世达赖喇嘛却低着头，睁大眼睛，护法神一般两眼如炬地瞪着下面，下面是两个献贡的僧人和俗人。

梅萨拉拉香波王子说："走吧。"

香波王子一动不动："五世达赖喇嘛的眼光为什么是下视的，他在看什么？而且如此吃惊？"

"你以前没发现吗？"

"我以前看到的都是复制品，和看真迹居然有这么大的区别。你看，五世达赖喇嘛下视的眼光恰好落在献贡僧人的身上，确切地说，落在了他举起的藏式茶壶上。"

"这就应该吃惊吗？"

"那个献贡的僧人是不合常规的。他是五世达赖喇嘛身边的人，在这种场合应该把藏壶举向顺治皇帝。但他似乎突然转身，和那个朝廷的献贡俗人一起，把藏壶举向了五世达赖喇嘛，五世达赖喇嘛当然要吃惊了。五世达赖喇嘛的吃惊或许就是一种启示。"

"启示什么？"

"让后来观赏这幅壁画的人也感到吃惊：这个献贡僧人为什么不合常规地转向了五世达赖喇嘛？"香波王子说，"你看，献贡俗人把头仰成水平虔诚地望着五世达赖喇嘛，献贡僧人的头却只是略微抬起，盯着手中的藏壶，或者说用藏壶遮挡着自己的脸。他遮起自己的脸不让五世达赖喇嘛看到，因为他想让五世达赖喇嘛只看到他手中的藏壶。"

梅萨眨巴着眼睛："藏壶有什么好看的？"

"从五世达赖喇嘛的角度，他看到的只能是壶盖。藏壶是一种祭神的琼浆供器，壶盖是很讲究的，它是个带有藏文咒语的圆轮，圆轮的中心有一点，而且是直直翘起的一点，直直翘起显然是一种强调。"

"圆轮的中心有一点？你指的是壶盖之心？可这又能说明什么呢？"

"圆轮就是法轮，当年释迦牟尼初转法轮时，就是把手合在心口，宣说了自己的彻悟。圆轮之心，就是彻悟之心。"

"你说的还是'心'，但我更加不得要领了。"

香波王子苦苦一笑说："我也不得要领，不过是一种推测，我一边推测一边怀疑自己：对吗？也许还不到抓住要领、豁然开朗的时候。"

他们走下二楼画廊，在喇嘛堆里挤来挤去，不知往哪里走，停下来上下左右看看。没看出什么，转身要离开，一下子愣住了。原来他们已经来到了那一对著名的巨型织锦帷幔前。

梅萨仰头看着："太棒了，织锦竟有这么富丽的，简直精美绝伦。"

香波王子说："这一对锦幔是康熙皇帝祝贺红宫落成的御赐，右边的绣着宗喀巴大师像，左边的绣着五世达赖喇嘛像，全部用金线编织。当年为织造这对锦幔，康熙下旨建造了一座织造工厂，耗时一年多，费银一万六千多两，运到西藏后，立刻被西藏人视为罕见的妙音之宝，受到隆重膜拜。这时五世达赖喇嘛示寂已有十四年，离六世达赖喇嘛仓央嘉措入主布达拉宫还差一年。一年后，当仓央嘉措第一次站到这一对巨大的锦幔前时，突然唱出了这样一首情歌：

　　黑业白业的种子，
　　虽是悄悄播下，
　　果实却隐瞒不住，
　　自己在逐渐成熟。

"我一直在想,仓央嘉措为什么在这个时候唱出了这样一首情歌?字面上的意思是情人怀上了他的孩子,但为什么又把导致怀孕的爱情说成是'黑业白业'呢?'业'简单地说就是'因',就是'种子','黑业'是感染了秽恶不净的苦果,'白业'是感召了净妙清白的乐果。纯粹的宗教含义让我觉得它另有深意。"

梅萨望着他,把眸子里的询问变成了亮光:什么深意?

香波王子说:"情歌的意思是有因必有果,因果关系的符号其实就是吉祥八宝中的法轮。法轮如同车轮,是古印度的一种兵器,后来变成佛教法器是因为它可以旋转不停。不停就是走动,象征了佛法经久不衰、四处传播,即所谓'法轮常转'。法轮都有八根辐条,代表释迦牟尼从觉悟到圆寂的八大功德。但'走动'也好,'常转'也好,'功德'也好,这只是法轮外圈的意义。八根辐条从不同的方向伸向中心,突出了它们的因果关系。圆轮的中心有一点,这一点是'因',它辐射开去,形成了外圈,这是'果';但外圈的转动又会带动中心的转动,外圈又变成了'因',中心又变成了'果'。"

梅萨说:"又是一个'圆轮的中心有一点',但你仍然没有说明白,为什么仓央嘉措第一次站到这一对锦幔前时,唱出了一首表达因果关系的情歌?"

香波王子说:"我现在还说不明白,但我觉得司西平措大殿一定在向我们诉说着什么,不然它不会让我们如此集中地感悟到'心'的存在——经幡代表的太阳之心、柱子代表的事成之心、雕兽代表的护法之心、花饰代表的圣洁之心、壶盖代表的彻悟之心、情歌代表的因果之心。如果我们继续看下去,说不定还能发现别的'心'。"

"所有这些'心',别人很可能也会发现。"

"但任何人如果没有从雍和宫开始到布达拉宫的曲折经历,发现了又有什么用？他怎么知道这是开启'七度母之门'的必经之路呢？更何况情歌代表的因果之心是谁也发现不了的，除了我。"

"那就应该从情歌代表的因果之心开始，这是你的专利，体现了掘藏的唯一性。"

香波王子再次抬头，看了看那一对著名的巨型织锦帷幔，小声唱了一遍那情歌。梅萨用心听着，然后说："你刚才只解释了'黑业白业'，但我觉得这首情歌的重点好像是'果实'，'逐渐成熟'的'果实'。"

香波王子说："说得对，这首情歌至少有两个喻指，'果实'的喻指是什么呢？既然仓央嘉措面对锦幔之上五世达赖喇嘛的金线绣像唱出了这首情歌，就一定与五世有关。五世是'因'，他是'果'？'果实却隐瞒不住'指的是他作为五世的转世灵童，被隐瞒了十多年的经历？'自己在逐渐成熟'指的他入主布达拉宫的事实？"

梅萨说："我觉得有道理。"

香波王子说："既然五世是'因'，仓央嘉措是'果'，情歌代表的因果之心就应该是五世达赖喇嘛和仓央嘉措共同的心。共同的心，共同的心，他们共同的心在哪里？也许就在'先佛之殿无隐之地'。我们别忘了大昭寺'授记指南'的最后一句：'索朗班宗拜托了先佛之殿无隐之地上超荐的喇嘛'。"

"首先'先佛之殿'就不好解释，这里不是释迦牟尼殿。"

"可以这样解释，对众僧来说，释迦牟尼是'先佛'，对格鲁派来说，宗喀巴是'先佛'，对仓央嘉措来说，五世达赖喇嘛是'先佛'。司西平措是五世达赖喇嘛灵塔殿的享堂，自然应该是'先佛之殿'。"

"那么'无隐之地上超荐的喇嘛'呢，怎么解释？"

香波王子紧攒了双眉说："再想想，再想想。"

突然一阵喧嚷,大殿里的喇嘛们骚动起来。许多人朝门口跑去。几个喇嘛经过香波王子和梅萨身边,差一点把他们挤倒。香波王子抱着梅萨紧张地观察着,心说今天怎么这么乱?好像失控了,没人管了,不会破坏了伏藏环境吧?

第十二章 玛吉阿米

1

司西平措大殿门口,几十个外来的喇嘛堵挡在那里不让警察进去。碧秀副队长带着重案侦缉队的人推搡着他们,却遭到了强烈反抗。他意识到正在和警察抗衡的是一股蓄谋已久的力量,却不知道为什么会这样。

碧秀拼命喊着:"炸药,炸药。太阳落山之前就要爆炸,赶快离开,不要妨碍我们搜查。"

有一些布达拉宫的喇嘛从里面冲出来,帮着警察撕扯堵挡门口的外来喇嘛:"让开,让开,难道你们不怕炸药爆炸?你们不怕,我们怕,布达拉宫怕。"

堵挡门口的外来喇嘛不听。两拨喇嘛你推我搡，不一会儿就打起来了。大殿内外一片喧嚷。警察又成了劝架的，怎么劝也劝不开，突然听到有人喊："诵经了。"

转眼之间，堵挡门口的外来喇嘛撤向大殿中心，纷纷落座。碧秀副队长带着部下走进大殿，把他们围起来，恳求他们离开。他们不理。强行拉他们起来，立刻会有好几个喇嘛过来把警察推开。

显然这是一个紧密团结的僧人集体。

碧秀无可奈何地望着他们，心说罢罢罢，被打坐诵经占用的中心地带超不过司西平措大殿总面积的百分之一，而且也没有造像、供台、壁龛、墙饰等这些必须重点怀疑、仔细搜查的地方，就暂时搁置吧。碧秀指挥重案侦缉队的人从没有诵经喇嘛的四个角落开始搜查。

这时瓦杰贡嘎大活佛带着管家走进了大殿，霎时一片安静。从外来喇嘛群里突然冒出了古茹邱泽喇嘛，快步迎了过去。

瓦杰贡嘎大活佛一见古茹邱泽喇嘛，严肃地说："这里怎么这么乱，佛教在世界范围内的第七次集结无比荣幸地降临到了布达拉宫，大诵经法会已经成为大集结的前奏，今天是个非同寻常的日子。"

古茹邱泽平静地说："尊师，我早就知道了，三年前我在圣观音殿帕巴拉康打坐修行时就预言了今天的大集结。"

瓦杰贡嘎大活佛面无表情："为什么那个时候你不告诉我，你正在修炼'七度母之门'？"

古茹邱泽说："我不敢，我也不敢坚持我的预言，就像现在，我不敢坚持我对炸药的预言一样。"

瓦杰贡嘎大活佛说："你是说你还是坚持布达拉宫没有炸药？"

古茹邱泽说："不，现在不坚持了，尊师如果能让警察离开，给我一个小时,我就能把炸药找出来。"

瓦杰贡嘎大活佛说:"一个小时?不行,大集结的国内外高僧很快就要进入布达拉宫,我不能让他们知道布达拉宫献给他们的见面礼是炸药。"

古茹邱泽说:"既然这样,我们只好宣布,大诵经法会正式开始,任何人包括警察都不得干扰。"说着,转身面向坐成方阵的外来喇嘛。

传来一阵高亢洪亮的引经声:"唵——嘛——呢——"接着就是众喇嘛的和声:"叭——咪——吽——"

出事了,布达拉宫出事了,这才是真正的大事件。瓦杰贡嘎大活佛发现不仅一向谦恭的弟子古茹邱泽喇嘛夺走了他作为峰座大活佛主持大诵经法会的权力,连言听计从的司西平措大殿的引经师也不等他的传唤,走出西日光殿喜足绝顶宫,加入了非法诵经的会场。他似乎不相信这是真的,盯着他们看了半晌,挥着手大喊一声:"停下。"

没有人理睬他,他这才意识到这些诵经的都不是布达拉宫的喇嘛,自己一个也不认识,而古茹邱泽喇嘛和引经师却认识他们。他感到蹊跷,疑虑地望了一眼身边的管家。

管家说:"大活佛,其实古茹邱泽喇嘛早就背叛了你,'七度母之门'就是叛誓者的法门。"

瓦杰贡嘎大活佛说:"不不,我们不能怀疑'七度母之门'的神圣和伟大,正是它导致了世界佛教的第七次集结。"

管家坚定地说:"古茹邱泽喇嘛就是一个叛誓者,所有来这里诵经的都是叛誓者,他们是沆瀣一气的团伙。"

瓦杰贡嘎大活佛浑身一颤:"你怎么可以这样说?"他不愿意相信自己的弟子是叛誓者团伙的一员,却又无法解释面前的事实:

这么多外来的陌生喇嘛正在非法诵经，古茹邱泽是他们的主持。

瓦杰贡嘎大活佛抬眼望着弟子，弟子坐在诵经喇嘛的前排，一边诵经一边望着他，眼睛里的清澈一如既往地映现着内心的明净和恳请：尊师，原谅我。瓦杰贡嘎大活佛转过脸去，深深吸了一口气，然后使劲憋住，仿佛这样就能排除对弟子的原谅：决不原谅，决不。

他气呼呼朝门外走去，一晃眼看到一对俗装男女伫立在大殿一侧，当司西平措大殿内大部分红袈裟的喇嘛都开始打坐念经时，这一对俗装男女显得格外突出。他眯起眼睛盯着他们，就像盯上了即将开启的"七度母之门"，内心的兴奋不期而至：香波王子？

瓦杰贡嘎大活佛不禁走了过去，想告诉两个掘藏者：第七次结集已经开始，全世界的上座比丘能来的都来了。他们是冲着"七度母之门"的伏藏才选择了布达拉宫，你们可千万不要让他们失望。

这时有个喇嘛跑来对管家说了些什么。管家立刻过去，挡在瓦杰贡嘎大活佛面前说："各国的上座比丘已经到了彭措多朗大门前，作为布达拉宫的主人，大活佛不去迎接是不合适的。"

"可是这里，炸药、不听话的古茹邱泽、胡乱诵经的喇嘛……"瓦杰贡嘎大活佛犹豫着走向门口，又回头看了看香波王子。

香波王子也看到了瓦杰贡嘎大活佛，疑惑地看着他走来又离去，突然发现司西平措大殿一片安静，诵经的喇嘛不出声了。他扭头望过去，看到那些外来喇嘛正在调换座位，把方阵变成了圆阵。古茹邱泽喇嘛站在圆阵的中央，展翅飞翔一样举起了双臂。

一会儿，随着古茹邱泽喇嘛双臂有力地落下，引经师再次发出了一阵高亢洪亮的引经声："唵——嘛——呢——"接着就是众喇嘛的和声："叭——咪——吽——"

这声音仿佛一根利矛，一下子捅开了香波王子淤塞的脑海。他觉得豁然一亮,"啊"了一声,跳起来,拍了一下梅萨,激动地说:"找到了,找到了,圆轮中心的一点找到了,'授记指南'里的'无隐之地'找到了,它就在那儿,就在那儿。"

2

香波王子指的是司西平措大殿的中心。

梅萨说:"你怎么这么肯定?理由呢?快说理由。"

香波王子说:"'先佛之殿'里,经幡代表的太阳之心、壶盖代表的彻悟之心、情歌代表的因果之心,从图像、法传、佛理三个方面告诉我们:圆轮的中心有一点。这一点指的就是'授记指南'里的'无隐之地'。换句话说,'无隐之地'就在圆轮的中心,也就是'先佛之殿'的中心。"

梅萨说:"可这个'先佛之殿'是方的,不是圆的,看不出任何'圆轮'的意思。"

香波王子说:"别忘了司西平措又叫'有寂圆满',更何况诵经的喇嘛已经明白如话地坐成了圆阵。"

梅萨一愣,点点头:"对啊,'有寂圆满'。"

司西平措大殿的中心,一地喇嘛诵经正酣。

香波王子大声说:"'授记指南'中说,'索朗班宗拜托了先佛之殿无隐之地上超荐的喇嘛','超荐的喇嘛'就是他们。五世达赖喇嘛圆寂后,摄政王桑结匿丧不报十四年,每年都在司西平措大殿秘密举行超荐法会。布达拉宫诵经大法会就是从当年的超荐法会延续而来,所有在这里诵经的喇嘛都应该是'超荐的喇嘛'。"

梅萨再次点点头。

香波王子笑着："啊哈，找到了，找到了。"

梅萨说："不是找到了，是超荐的喇嘛自己显露了。"

香波王子说："对，是他们自己显露了。你说得对，掘藏的路线是设定好了的，掘藏的环境也是设定好了的。"

梅萨说："这是我说的吗？是你说的。我说的是，伏藏就是环境的掩埋，掘藏就是环境的开启，但如何发现开启的钥匙却因人而异，你太伟大了。接下来怎么办？"

香波王子昂奋地挥了一下手："掘藏。"

梅萨指着大殿中心说："这么多人，谁允许我们掘藏？"

香波王子一下僵住了：是啊，谁允许他们在司西平措大殿公然发掘伏藏？他看着前方，发现碧秀和一些警察还在搜寻炸药，突然想起他们在达松格廊道看到的那幅唐卡，唐卡的右下角、无常的标识、爆炸的火焰、火焰下面一管一管的炸药、火焰描画出的梵文'炸'字。三百多年以来，机密的叛誓者、坚不可摧的传承的体现，居然是精确指明了埋藏炸药的地方——布达拉宫司西平措大殿。太阳落山之前就要爆炸，警察是怎么搞的，到现在还没有找到？

但是香波王子立刻意识到，找不到炸药也许是对自己的成全，为什么不能利用炸药来发掘"七度母之门"呢？啊，寻找炸药，堂而皇之的理由，利用它，也利用警察。他想对梅萨说，又怕梅萨鄙视。因为在他们以发掘炸药的名义掘藏的时候，警察实际上就停止了对炸药的搜寻。

有点卑鄙，也很残忍。

他嗫嗫嚅嚅说了出来。意外的是梅萨举起拳头给了他一下："我们不谋而合。"又说，"我们尽快得手，警察还会有时间在太阳落山之前把炸药找出来。"

他沉重地点点头。看来这是唯一的选择，他随时都会被抓或被杀，掘藏不可能拖延到找到炸药以后。

香波王子和梅萨走过去，站到碧秀副队长身后。碧秀回头，本能地掏出手铐。他身边的警察立刻把香波王子和梅萨围住。香波王子打了个手势，示意碧秀暂停。

香波王子说："你要炸药，我要'七度母之门'。"

碧秀说："废话。"

香波王子凑近碧秀跟他咬耳朵："你像只没头苍蝇，瞎碰乱撞，永远也找不到炸药。"

碧秀也跟香波王子咬耳朵："你也别想开启'七度母之门'。实话告诉你，局长已经命令我放你掘藏，因为世界佛教第七次集结已经开始……"

"什么？佛教第七次集结？"香波王子惊诧不已。

碧秀接着说："你还不知道？来自全世界的佛门高僧都将聚集在布达拉宫，目睹仓央嘉措遗言的出世。所以警察不仅不会抓你，还要成全你。但你别高兴得太早，我不仅是警察，还是门隅黑剑。警察不抓你，门隅黑剑也会抓你。不是抓你，是杀你，在仓央嘉措的毁教遗言出世之前。"

愕然之余，香波王子想告诉碧秀，"隐身人血咒殿堂"都已经"寂杀而归"，门隅黑剑也该"寂杀而归"，却没有说出口。碧秀不是骷髅杀手，不到亲历果报的时候，几句话改变不了他的本性。香波王子略一沉吟，把碧秀拉到一边，低声说："我们做个交换，我告诉你炸药埋藏的地方，你保证让我安全掘藏。"

碧秀一把揪住香波王子的衣领："你知道炸药在什么地方？快说！"

香波王子凛然道:"你先保证让我安全掘藏。"

碧秀说:"你是佛教之敌,黑方之主决不会让你得逞。杀你不杀你,我说了不算。"

香波王子说:"但你至少可以保证再给我一个小时。"

一个小时?他要干什么?等他的"金刚佑阻",那个既是仓央嘉措的情人,又掌握着所有仓央嘉措后代名单的玛吉阿米?碧秀心里一阵激荡,永不消逝的"隐身人誓言"就像一股大水,又一次破堤而出。杀心如同指针,再次指向了他在心里怒吼了一万次的目标。碧秀恶狠狠地说:"好吧,再给你一个小时,快说炸药在哪里?"

"动动脑子吧,炸药已经自己跑出来了,可你们却视而不见。"

碧秀疑惑地瞪着香波王子:炸药跑出来了,在哪儿?

香波王子一笑:"你知道这些外来喇嘛为什么要和警察抗衡?"

"怕我们干扰了诵经。"

"难道他们不怕被炸死?"

"是啊,我也这么问。"

香波王子说:"他们当然不怕,他们抱定了必死的决心,他们就是叛誓者。他们开始不让你们进门,眼看堵不住了,又撤回来,占领大殿中心,以诵经作掩护不让你们接近,为什么?因为炸药就在大殿中心喇嘛们诵经的地方,他们要严加保护。"

碧秀一声不吭。从北京一路追杀到拉萨,他对这位掘藏者的判断能力不仅相信,而且迷信。何况开阔坦荡的司西平措大殿里,也的确只有喇嘛们诵经的大殿中心,是警察唯一没有搜查的地方。

碧秀露出难得一见的笑容说:"快去掘藏吧,一小时很短。"

梅萨跨前一步,叮嘱碧秀:"佛祖也有错的时候,为防万一,别的地方的搜查千万不要停止。就算我们是罪犯,也不希望辉煌神圣的布达拉宫被叛誓者炸毁。"

碧秀说："万一错了，我会立即杀了你们。"

3

碧秀命令重案侦缉队的人包围大殿中心，强行疏散那些诵经的外来喇嘛。盘腿诵经的外来喇嘛手挽着手，把大殿中心当成了坚守的阵地。碧秀没了办法，只好求助于布达拉宫的喇嘛。几百个布达拉宫的喇嘛涌进了司西平措大殿，几乎是四人抬一个，把那些外来喇嘛一个个请离了大殿。

外来喇嘛簇拥在大殿门外，朝里面冲撞着，冲了几次都没有冲进来。古茹邱泽喇嘛制止着他们，大声说："还不到时候，还不到时候。"引经师亢亮地吼起来，全体外来喇嘛抗议似的高声诵唱起了经文。

布达拉宫的喇嘛把大殿的中心地带围了起来。碧秀副队长一边派手下严加警戒，一边打电话向局长报告。十分钟后，局长亲自到场，他带来了十几名消防队员和两条搜查犬。

两条搜查犬在大殿中心的灰色地砖上快速地嗅来嗅去，几乎同时发出了找到目标的叫声。两个目标相隔约十米，好像在这十米之间都埋藏着炸药。

消防队员在地上画出几条线，把一些一尺长的小钢钎楔进灰色地砖的砖缝，小心翼翼地撬挖着。

局长靠近碧秀，用下巴指了指香波王子和梅萨说："这就是那两个逃犯？他们不去开启'七度母之门'，守在这里干什么？"

碧秀说："是他们告诉我这个地方埋藏着炸药，他们一定想看看结果如何。"

局长说："他们是怎么知道的？你可千万别上当。"

碧秀说："我想不会，两条搜查犬都证明下面有爆炸物。"

局长望着香波王子和梅萨，满腹狐疑地摇摇头说："眼看大集结的各国高僧就要到达司西平措，他们倒清闲了。"

香波王子和梅萨装得清闲，其实很紧张。"七度母之门"的伏藏正处在最后的发掘之中，这是石破天惊的一刻。在他们的感觉里，此刻此地，真正的主角是他们，而所有的警察、所有的消防队员，以及两条搜查犬，都不过是他们的帮工。他们默默祈祷着，就要露面了，就要露面了，"七度母之门"——仓央嘉措遗言终于要在他们锲而不舍的发掘之下，向世界洞开它的真面目了。它到底是无量无垠的仁爱之光，还是阴狠恶毒的复仇之剑，揭开这层灰色地砖就知道了，一分钟，两分钟，最多再有十分钟。

第一块地砖被猛地撬了起来。香波王子和梅萨的手捏在了一起。但立即又分开了，像触电一样。一个疑问流星一般地在两人脑海中划过：一旦仓央嘉措遗言现世，他和她的掘藏蜜月就将结束？他坚信是悲悯，她坚信是诅咒，他们的爱情如何面对石破天惊的掘藏结果？

地砖被一块一块地撬起来搬到了一旁。地砖下面，什么也没有，一抹平整的阿嘎土。

香波王子和梅萨朝前靠近着，对视了一下：怎么会没有呢？

碧秀走过来，瞪着他们说："一小时不长，不掘藏了？"

梅萨说："不看见炸药，心不踏实，没法掘藏。"

香波王子说："什么法门，都怕轰隆一声爆响。"

两条搜查犬的表现让人再次燃起了希望。它们在阿嘎土上跑了几个来回，并不断发出找到目标的叫声。

香波王子和梅萨想：还有一层？"七度母之门"的伏藏就在阿嘎土的下面？

警察和消防队员以及围住大殿中心的布达拉宫喇嘛都在想：怎么会把炸药埋藏得这么深？布达拉宫没有内奸是办不到的。

消防队员开始更加小心地起挖阿嘎土。阿嘎土很瓷实，厚度大约十公分，他们先在不同的地方掏出一些洞，然后一点一点扩大面积。不断有人把掏挖出来的阿嘎土用手捧到一个帆布兜里，再运离大殿中心。渐渐地，土少了，露出了一层木地板，地板是用四棱原木拼起来的，显然正是这些四棱原木形成了整个司西平措大殿坚固的地面。

"没有啊，炸药没有啊。"很多人都在说。

"没有啊，伏藏没有啊。"香波王子也在说，沮丧得浑身发抖。梅萨说："难道我们错了？不可能啊，这最后一步，我们的分析是最可靠的。"

谁也没有注意到，大殿门外，那些外来喇嘛高声诵经的声音突然消失了。

碧秀有点不甘心，让喇嘛找来几把笤帚，带着人扫尽了地板上的细土粉末，扫出了一片干干净净的大殿中心。

局长说："你还想把地板也撬了？"

碧秀看了看，发现原木很长，而且是一根一根铆接起来的，要撬就得把整个大殿的地面全部挖开，或者锯断原木。如此结实的地方，炸药怎么可能埋进去？

局长恼火地说："你尽做一些没把握的事情，现在这个烂地面怎么收拾？大集结的各国高僧马上就要进来了。"

碧秀抑制不住愤恨地回头看了看香波王子和梅萨。

局长又说:"赶快给我填平,然后在大殿中心铺上地毯。"

这时有人突然亢亮地喊了一声:"有门了。"

仿佛一种信号,大殿门外,一股巨大的力量涌荡而来。那些外来喇嘛突然冲了进来,就像洪水猛兽,谁也无法阻拦。警察和布达拉宫喇嘛专注于大殿中心搜寻炸药的进展,完全放松了警惕,等反应过来试图堵挡回去时,已经被他们冲撞得七零八落,甚至连局长和碧秀副队长也被他们冲到了大殿一角。情急之下,碧秀手伸向后腰,意识到自己的枪早就被骷髅杀手抢走了,便从一个部下手里夺过枪来,正要鸣枪警告,局长一把拉住了他。他们很快就发现,冲进来的外来喇嘛并没有像刚才那样用打坐诵经的方式占领大殿中心,而是把四棱原木的地板、被警察打扫得干干净净的地板围了起来。

这些外来喇嘛要干什么?碧秀带着几个警察,拼命挤过去。

被冲撞到一边的香波王子和梅萨也拼命挤过去。

有人又用亢亮的嗓音喊了一声:"有门了。"

碧秀和几个警察挤到了前面。香波王子和梅萨也挤到了前面。几乎在同时,他们看到,大殿中心的地板上,在中心的中心,隐隐显露着一扇仰光门。那门比普通的仰光门要扁一点,是紧紧镶嵌进去的,和地板一种颜色,一样齐平。如果没有那一声"有门了"的提醒,也许根本就发现不了。

碧秀扑了过去,他觉得打开这扇门,肯定就能看到炸药。

香波王子和梅萨也扑了过去,他们觉得这扇门就是"七度母之门",里面肯定有最后的伏藏——仓央嘉措遗言。

那个亢亮的声音再次出现:"开门了。"

碧秀急得团团转，不知道怎样开门。

香波王子跟他一样，沿门边摸了一遍，着急得抠挖自己的胸脯，又抠挖自己的脑袋，想从那里面抠挖出智慧来。然而什么灵感也没有，关键时刻，心中脑中一片空白，荒凉得就像沙漠瀚海，拥堵得就像沉山重石。

这时有人喊："看我的，我来了。"

香波王子抬头一看，是智美。

智美不知从哪里蹿了过来，一手攥着那块绘着佛像的锋利石器，一手伸进兜在肚子上的胜魔卦囊，拿出一只一拃长的羚羊角，傲慢地摇晃着："关键时刻还得我来，看看，你们看看，这里是什么。"他把羚羊角递给了香波王子，又说，"我在司西平措进行了最后一次'子占卜'，好不容易得到了这个结果。"

香波王子拿着羚羊角不知所措。

智美说："这是卦象万花筒，看啊。"

香波王子赶紧把尖细的一头放在眼睛上，一看就吃惊不小。摇了摇再看，还是一副吃惊的样子。

梅萨等不及地夺过来："我看看。"看了也很吃惊。香波王子、梅萨、智美这时候都在心里念叨着羚羊角里的显现：

露娜街的玛吉阿米，荡铃子上的露珠。

智美一把夺过羚羊角，问道："是最后的'指南'吧？什么意思？"

香波王子说："你不是说你已经得到结果了吗，还问我干什么？"

"我不问你，我问她。"智美微眯了眼睛，似笑非笑地望着梅萨，神情里浮现着暗藏心底的威逼和自得：终究是我得到的结果，终究是我们两个人的合作，天意，佛意，神意，鬼意。

梅萨下意识地退后一步，靠在香波王子身上，又赶紧挪开。

智美说："我最后一次提醒你，你是我的法侣，你有共信、共爱、共生、共死的承诺，你还是新信仰联盟的成员，你想报复圣教以及'隐身人血咒殿堂'，想为仓央嘉措雪恨。现在，机缘到了，是我献给你的机缘，快让香波王子说出来吧，'露娜街的玛吉阿米，荡铃子上的露珠'是什么意思？"

香波王子望着脚下的仰光门说："用不着绕来绕去，我说就是了。"

梅萨疑惧地望了一眼智美，又朝香波王子摇摇头。

香波王子说："不让我说？为什么？"

智美不无遗憾地说："你要做好准备，最后的'指南'一旦说出，就意味着你要结束。"

香波王子说："我追求的就是结束，我不像你这种沽名钓誉之人，我不在乎谁第一个发掘了'七度母之门'。"

梅萨说："他说的结束是你的生命。"

智美笑了笑，点点头。

香波王子说："我明白，你又想利用我，又想置我于死地。"

智美说："不是我，是我和梅萨，我和梅萨都在利用你，又都想杀了你。你之所以现在还活着，就是没有把知道的全说出来，当然不到一定时候，你自己也不知道该说什么。但是现在我们可以断定，你说出来的将是最后的故事。"

香波王子两眼如炬地盯着梅萨："是吗，你也在利用我，也想杀了我？"

梅萨望着香波王子就像望着一座突然嶙峋骇异起来的山，内心充满失望：你怎么能这样猜忌我？但是紧接着她又点了点头，躲闪着香波王子的眼光，生硬而严肃地说："说吧，'露娜街的玛吉阿米，荡铃子上的露珠'是什么意思。"

但香波王子从生硬和严肃中感觉到的却是柔软和关切，抬起你的眼睛，让我看看，那一定是水幽幽的悲伤。他说："到了最后关头，死也好，活也罢，我都不在乎，我只在乎让仓央嘉措遗言证明我敬拜的情歌王是光明而殊胜的，新信仰联盟以及乌金喇嘛俺蕞佛教的企图不会实现，你也必须放弃报复圣教，为仓央嘉措雪恨的想法。"说罢他就唱起来：

　　水晶山上的净水，
　　荡铃子上的露珠，
　　甘霖做曲的美酒，
　　智慧天女正当垆，
　　拌和圣洁的誓约，
　　饮下不堕三恶途。

4

香波王子说："我曾经以为，仓央嘉措还有一位没有出现在情歌里的情人，她的名字叫鲁纳羯姆，意思是鲁纳羯的仙女。现在看来，这个鲁纳羯姆就是玛吉阿米，仓央嘉措没有不在情歌里出现的情人。鲁纳羯是发掘《地下预言》的地方，大概为了纪念《地下预言》，六世达赖喇嘛仓央嘉措把拉萨的一条繁华街市命名为鲁纳羯，后来又被人写成了露娜街。我刚才唱的'水晶山上的净水'这首情歌，就是最早在露娜街由玛吉阿米唱出来的仓央嘉措情歌。

"玛吉阿米带着不足一岁的孩子,出现在露娜街的时候,她已经是一个被'隐身人血咒殿堂'公开处死的人。仓央嘉措以为她死了,所有的政教势力包括监护西藏的拉藏汗都以为她死了,甚至也不能排除摄政王桑结对她已被处死信以为真的可能。但是'隐身人血咒殿堂'却不会自己骗自己,实施了屠杀的墨竹血祭师独眼夜叉和豁嘴夜叉更不会忘记他们杀死的那个女人和女婴不过是冒名顶替。所以对玛吉阿米和孩子的追杀依然存在,而且愈发得紧迫急骤,只不过内紧外松罢了。玛吉阿米的忠实保护者宁玛僧人小秋丹比以往更加警惕慎重,他头戴一顶金花帽,身穿宽大的氆氇袍,把自己装扮成一个商人来来去去。他们以父女关系,住进了露娜街的阿甲客栈。

"但是仅仅过了一个月,'隐身人血咒殿堂'的无形密道就查访到了异样:阿甲客栈里的这个商人,从来不做买卖。他有一个女儿,天天都出门,戴着头发编织的眼罩,蒙着白缎子的哈达,抱着一个孩子。说是去街市上逛游吧,不像,说是去寺院拜佛吧,也不像。那就是去乞讨了,可商人的女儿怎么可能去乞讨呢?跟踪的结果是,她走向了布达拉宫,就站在布达拉宫和八廓街之间的路上,徘徊啊徘徊。路边有一户经幡飘摇的人家,她就在人家的房檐下避风、遮阳、躲雨、喂奶。很快无形密道就断定,她就是玛吉阿米。玛吉阿米那个时候每天都去守望,那是仓央嘉措前往大昭寺或者拉萨街市的必经之路。她的守望仅仅是为了让仓央嘉措看到自己,好让他知道她没有死,他不必为她伤心。她知道他为情人的伤心是透心透肺、没完没了的。

"每一次玛吉阿米出门,小秋丹都要跟上。这也是一种异样:女儿一出门就牢牢跟着的父亲,在西藏是没有的。独眼夜叉和豁嘴夜叉很快出现在经幡飘摇的人家,等着捕杀。这时那家的狗叫了,是那种敌意的威慑，紧张而疯狂。似乎狗比人更有灵性，一闻就知道这两个人是刽子手。小秋丹从后面赶来，拦住了玛吉阿米：'我先去看看，狗为什么叫。'他去了，一到门槛下就回头喊道：'玛吉阿米快跑。'

"玛吉阿米跑回了阿甲客栈，她知道露娜街已经没有安全可言，就想拿了随身的物品离开这里。独眼夜叉和豁嘴夜叉摆脱小秋丹的阻拦追到了这里，盘问当垆待客的女店家：'玛吉阿米在哪里？'女店家问：'谁是玛吉阿米啊？''就是那个有孩子的女人。''那个女人不叫玛吉阿米，叫鲁纳羯姆，就在楼上。'独眼夜叉和豁嘴夜叉追上楼去，发现窗户开着，那女人早已蹿向别家的房顶，然后下去，跑了。露娜街以外是鸟儿上树、老鼠钻洞的地方。两个夜叉追踪而来，在一个树洞里找到了女人：'孩子呢，孩子呢？'女人说：'孩子叫老鹰叼走了。'女人活着进去，死着出来，死去的还有蚂蚁，树洞里的蚂蚁很多被血泊淹死了。

"有人把树洞里的惨杀告诉了阿甲客栈一直都在当垆的女店家，女店家哭了，女店家的孩子也哭了。她说：'阿甲是替我死的，我拿什么报答她？她怎么知道我是仓央嘉措的情人玛吉阿米？我从来没说过，对谁也没说过。'那人说：'露娜街上的所有人都知道你是谁，我们看出来也听出来了。你的情歌总是从楼上的窗户里传出来，都是我们没听过的。我们没听过的仓央嘉措情歌你都唱出来了，你不是玛吉阿米你是谁？'

    水晶山上的净水，
     荡铃子上的露珠，
      ……

"阿甲就是阿姐,阿甲客栈就是阿姐客栈。露娜街上,阿姐客栈的女店家,死了,为了玛吉阿米,死了。知道阿姐客栈不是久留之地,玛吉阿米便离开了那里。但是她没有离开露娜街,露娜街上所有的女人,老的少的,已婚的未婚的,都戴起了头发编织的眼罩,蒙上了白缎子的哈达就是证明。来找吧,我们都是一样的打扮、一样的羞于见人,到底谁是玛吉阿米,你们来找吧。至于孩子,年轻的没有,年老的才有,年老的怎么可能是仓央嘉措的情人玛吉阿米呢?孩子成了大家的孩子,这家喂,那家养。又有女人死去了,那些日子里露娜街上不断有年轻女人被人杀害,但是没有人泄露出去一丁点关于玛吉阿米和孩子的消息。那是一个视死如归的时代,一个侠肝义胆的地方,有多少人为仓央嘉措的爱情,为玛吉阿米的活着,献出了自己的生命?他们心甘情愿,满怀欢喜,把为了别人的爱情,付出自己的一切看成是人的本能、西藏的本能,就那么平平淡淡、理所当然地奉献着,死亡着。仓央嘉措和玛吉阿米是幸运的,爱情是幸运的,把爱情高置于精神峰端的信仰也是幸运的。

　　"幸运的玛吉阿米一定见到了仓央嘉措,因为不知从哪一天开始,她再也不去布达拉宫和八廓街之间的路上徘徊了。好像吃了定心丸,她就在避难中等待,等待时来运转,等待仓央嘉措的到来。但是她常常等来的是'隐身人血咒殿堂'的搜查,是独眼夜叉和豁嘴夜叉的袭扰。好几次她都出去了,她不想连累别人,就想自己死掉算了,她难分难舍地托付着孩子:'这是仓央嘉措的骨血,留下来就是留下佛种,留下情缘和最好最美的一切。'然后走出掩护她的女人,鹤立鸡群地单另着,朝着独眼夜叉和豁嘴夜叉亮出了生命最后的光彩,那就是死亡面前的坦诚。

　　"但是这次,独眼夜叉和豁嘴夜叉改变了方法,不是杀,而是诱。

他们从身上抓出了松耳石、大玛瑙、金链金镯、翡翠珠宝,姑娘们来啊,这么多财宝做聘礼,娶一个媳妇,没有人不肯,真正不肯的就一定是玛吉阿米了。他们第一个问的就是玛吉阿米:'肯不肯呢,全是你的,而且这只是订婚的,结婚以后还有更多的,我们是西藏最富裕的人家。'玛吉阿米摇摇头,不要,不肯。他们留意地看了看她,确定她是该杀的目标之一,又去问别的姑娘,一个个问下去,居然都是不要,不肯。

    甘霖做曲的美酒,
    智慧天女正当垆,
    ……

  "露娜街的姑娘们都是'智慧天女',一眼就识破了,什么金银财宝,比起玛吉阿米的命,便成了粪土。她们都不要,都不肯,难道都是玛吉阿米?真正的玛吉阿米喊道:'不要再让别的姑娘受罪了,我是玛吉阿米,我跟你们走。'两个夜叉不相信,一把将她推倒在地:'滚开,还想以假乱真,我们不会上当的。'几个姑娘过去扶起了玛吉阿米:'仙女,仙女,你不能这样,你死了我们怎么办?保护你是我们的福气,你可不能对不起我们,对不起已经为你死去的姐妹。好好活着,你死了我们全死。'玛吉阿米再也不敢死了。活着,依然是逃亡避难。这期间,小秋丹远远离开了她,他的商人身份已被识破,人家知道他在哪里玛吉阿米就在哪里。他就把那些眼线带离了露娜街,露娜街上的女人们,拜托了。

  "其实应该拜托的不仅仅是露娜街上的人,还有羊圈里的羊、狗窝里的狗、富人家的马、穷人家的驴。那时候常常有突然袭击式的'清人头',类似后来的查户口。羊知道玛吉阿米来了,就挤挤蹭蹭把她包围在中间,水泄不通,头羊和公羊们守在羊圈外围,严阵以待。狗知道玛吉阿米危险了,就跟着她,一直跟着她,家狗野狗都跟着她,黑压压一群,此起彼伏地叫着,'清人头'的藏兵再大胆也不敢过来了。还有马和驴,都有过驮着玛吉阿米和孩子逃跑的时候,那个速度是箭镞追不上的。

"一次玛吉阿米病了,很重,头痛,发烧,浑身都肿了。露娜街的人不敢去请藏医,生怕请来一个多嘴的、见利忘义、邀功领赏的。玛吉阿米说:'我死就死了,不要再牵连到孩子。'更何况藏医都是寺院里的喇嘛,谁知道他们能不能宽容地对待仓央嘉措的情人,他们跟'隐身人血咒殿堂'有没有关系呢?突然有人跳起来,我有办法了。他叫了两个人,骑马出去,骑马回来,便把大昭寺的藏医请到了跟前。那藏医是被人蒙住了眼睛的,并不知道自己来到了什么地方,只觉得被人抱在马背上,东南西北胡乱跑,跑得晕了头,才说是到了。藏医说:'你们这样对待一个行善救人的藏医喇嘛是有罪的,好事情去了,坏事情来了,等着瞧啊。'蒙了他眼睛的那人跪下来战战兢兢说:'上师啊,我们给你磕头了,原谅我们天大的罪过,我们是唱着六世达赖喇嘛仓央嘉措的情歌去请你的,我们唱着唱着就哭了。'藏医喇嘛再也没有埋怨,虔诚地号了脉,从药囊里取了药,这才说:'莲花生大师保佑,大医圣宇妥上人保佑,保佑她,也保佑你们,你们做对了。'他已经猜到他在给谁看病,却不知道这是在哪里。离开的时候他主动说:'蒙起来,把我蒙起来。'

"病好后,又过了一年避难躲灾的日子,玛吉阿米要走了。这时候仓央嘉措还没有被罢黜和押送京师,她说她要去见仓央嘉措,是早就说好了的。就在'鲁纳羯',后来发现了《地下预言》

的地方,是死是活都要去。鲁纳羯姆——鲁纳羯的仙女,就要回到老地方去了。

  拌和圣洁的誓约,
  饮下不堕三恶途。

  "我过去一直没有搞清楚'鲁纳羯'在何处,只能肯定它不是露娜街,不然玛吉阿米不会离开。她走了以后就再也没有露面,没有她活着的影子,也没有她死去的消息。但是现在,我知道了,我知道'鲁纳羯'在什么地方了。"
  智美和梅萨一起问:"什么地方?"
  "就在眼前,我们的脚下。玛吉阿米居然来到了这里?不过仔细想想,也没什么不可能的,摄政王桑结早已自顾不暇,率性惯了的仓央嘉措接一个明妃来到布达拉宫有什么不可以?当然很危险,随时都有可能惨遭'隐身人血咒殿堂'的杀害,但他和她都已经到了为爱情不怕死的程度,也就一切无碍,穿行自由了。"
  香波王子说着蹲下来,在隐隐显露的仰光门上摩挲着,比画着一些更加隐蔽的木纹说:"你们看,木纹是什么?"
  智美和梅萨挪到他身后,看了半天:"一条龙?"
  香波王子说:"是的,一条龙,一条浅黑的龙,'鲁纳羯'就是藏语黑龙王的意思。现在看来,就是在这个地方,仓央嘉措根据修炼中莲花生大师的开示,发掘了《地下预言》,让关于'七度母之门'的消息流行于世,然后又按照莲花生大师的授记,伏藏了'七度母之门'即仓央嘉措遗言。"
  智美说:"关键是怎么打开它。"

碧秀副队长一直在旁边听他们说话，这时踢了踢地上一根刚才撬挖地砖的小钢钎，大声说："打开容易，叫消防队员。"

香波王子说："不能用硬器。用什么打开，仓央嘉措情歌已经告诉我们了，'净水''露珠''美酒'，指的都是酒，而'当垆'又是卖酒。"

碧秀派人很快找来了一瓶酒。

香波王子打开酒瓶，沿着木纹形成的黑龙王浇了下去。只听咔嗒一声响，像是锁链断裂，又像是冰石下地，黑龙王的龙头和龙尾都翘了起来。香波王子激动得脸色通红，跪在黑龙王的旁边，一手扳住龙头，一手扳住龙尾。他试着用力，轻轻地，轻轻地，毫无动静，突然一咬牙加大了力气，只见地面晃动了一下，仰光门忽地升了起来，然后倾斜，像所有的门那样，缓缓打开了。

惊叫，在场的所有人都发出了一声惊叫。

5

对香波王子和梅萨来说，这是"七度母之门"，"七度母之门"终于开启了。

对警察和大部分喇嘛来说，这是炸药之门，炸药终于找到了。

对既是警察又是门隅黑剑的碧秀来说，这是玛吉阿米来过的地方，作为"金刚佑阻"，她很可能留下了仓央嘉措后代的名单。

但是香波王子和梅萨却没有预期中的喜悦。香波王子诧异地一屁股坐到了身后梅萨的脚上。梅萨"哎哟"一声，一把撕住他的肩膀，浑身哆嗦。

香波王子说："我们发掘到了什么？我们要的不是这个，是伏藏。"

梅萨也说:"是啊,我们要伏藏,伏藏。"

他们并不是要搜寻炸药的,他们假装知道埋藏炸药的地点,不过是想借碧秀以及警察的力量发掘"七度母之门"的伏藏,没想到最后发掘出来的真的是炸药。

智美把手伸进胜魔卦囊,摸出卦象万花筒的羚羊角,再看看。没错啊,仍然是"露娜街的玛吉阿米,荡铃子上的露珠"。玛吉阿米出现在露娜街,露娜街就是"鲁纳羯"即黑龙王,而"荡铃子上的露珠"代表了情歌,情歌又用"酒"昭示了开门的方法,一切都衔接得天衣无缝,怎么可能不是遗言是炸药呢?

碧秀喊起来:"局长,炸药找到了。"

局长带着两个消防队员走过来,低头看着:一张色彩暗淡的大幅唐卡铺在地上,唐卡上是一管一管的黄色油纸包装的炸药。那些炸药组成了一个和仰光门同样宽大的"心"形图案。

局长嗅了嗅淡淡的硫黄味说:"数一数,有多少管炸药。"

碧秀蹲在门边数起来,完了说:"一百零八管。"

局长说:"立刻让所有的喇嘛离开司西平措大殿。"然后又命令消防队员,"用最快的速度排除炸药,注意安全。"

香波王子站了起来。他看到包围着大殿中心的所有外来喇嘛都举着右手,并起食指和中指,指了过来。他朝自己的两边和身后看了看,心说他们在指谁呢?

蓦然之间香波王子想起了叛誓者,叛誓者现在唯一要做的,就是共同指认首领,然后得到引爆炸药的指令。指令必然会在太阳落山之前发出,一旦发出,一千个叛誓者都会奋不顾身地担当起引爆炸药的使命。

香波王子看了看表,现在正是太阳落山的时候。

碧秀也意识到面前这些喇嘛就是叛誓者,叛誓者正在指认他们的首领。首领在哪里?必须立刻清除掉,否则炸药随时都会爆炸。他冲着正准备卷起大幅唐卡的两个消防队员喊一声:"别动。"然后前后左右看了看,一双鹰鹫的眼睛盯上了香波王子。许多人的眼睛都盯上了香波王子。

"你?原来你就是首领,叛誓者的首领?"碧秀说。

"我?我是叛誓者的首领?"香波王子再次看看那些外来喇嘛手指的方向,发现他们的确是指向自己的,不禁哼哼一笑。但他立刻意识到这不是玩笑,没有人会在这个时候在这种问题上跟他开玩笑。他抓抓自己的头发,回头走向身后的梅萨,摊开两手说,"这是怎么啦?我不知道,不知道为什么会这样?"

梅萨正在和智美嘀咕着什么,这时扭过头来问:"是真的不知道,还是装着不知道?"

香波王子说:"我装什么?我何必要装?"

智美说:"叛誓者,叛誓者,堂堂正正的掘藏师,突然变成了阴险恶毒的叛誓者,而且是首领,真没想到。"

香波王子摇摇头,困惑惊怕得不知说什么好。

梅萨更是一脸惶恐和疑惑:"是不是你早就埋下了伏笔?你说过,没有人知道叛誓者的首领是谁,连他自己都不知道。爆炸前几分钟,一千个叛誓者会同时感悟到首领的存在,举手指向他们的首领。"

香波王子点点头:"我说过,但不是为了埋下伏笔。"

梅萨又说:"你还说过,叛誓者的首领会在太阳落山之前、机缘到来的时候发出指令,让叛誓者点火引爆,炸毁布达拉宫,炸死所有进入布达拉宫的人。"

香波王子说:"那都是《地下预言》里的话。"

梅萨痛苦地摇头:"别提什么《地下预言》。你带着我发掘什么'七度母之门'的伏藏,目的就是为了炸毁布达拉宫,完成叛誓者疯狂的死亡计划?"

香波王子有口难辩地抓挠着自己:"不是这样,绝对不是!"

梅萨指着那些举着右手久久不肯放下的外来喇嘛说:"那么这些人的举动怎么解释?"

香波王子急得通红了脸:"梅萨,听我说梅萨……"

智美高声说:"别再狡辩了,他们都指向了你,罪恶的叛誓者指向了更加罪恶的首领。"他哈哈一笑又说,"原来我们都是一条路上的同志,都要毁灭圣教,只不过你比我们更狠。我和梅萨以及新信仰联盟和乌金喇嘛,仅仅是要揭穿圣教的虚伪,用它自己的罪恶摧毁它的神圣,你却要炸毁世界上最辉煌的佛教殿堂和成千上万佛教徒的生命!"

香波王子不看智美,就看梅萨。

梅萨眼睛里突然有了冷漠的仇恨:"你应该清楚,怀疑甚至批判一个宗教,那是公民的权利。但要毁灭神圣的宫殿和教徒的生命,那是犯罪!"她悲哀得几乎要哭,"大阴谋,大诡计,圣教的敌人、格鲁巴的克星、走向阴谋的叛誓者,你居然一直在欺骗我。"

香波王子连声叹气,无话可说。碧秀副队长拿着手铐走向香波王子。香波王子本能地后退着,脑海里一片翻腾:

叛誓者怎么会认定我就是他们的首领?我怎么才能表明我不是?

或者我真的就是?毕竟面前的事实不可回避:所有的叛誓者都按照古老的约定举起右手指向了我。而他们指向谁,谁就是首领。

我无法证明我不是叛誓者的首领,但我可以做到不发出任何罪恶的指令，不让叛誓者炸毁布达拉宫，炸死所有进入布达拉宫的人。

或者，神佛让叛誓者选择我做他们的首领，就是为了选择一个一定不会发出罪恶指令的人，保卫布达拉宫，保卫世界佛教的第七次集结？

一千个叛誓者中只有一个首领，一旦他死掉——已经死掉，或者当场死掉，爆炸布达拉宫的指令就不可能发出，《地下预言》骇人听闻的爆炸预言和叛誓者的罪恶也就会自动消失。

至于"七度母之门"的伏藏，已经与我没有关系了，它应该属于梅萨，或者智美。

香波王子眼光一一扫过梅萨、智美、碧秀，平静地说："你们不觉得这是一件好事情吗？我就要死了，没有人再向叛誓者发出引爆炸药的指令了。"说着，把手伸向了智美，"给我，把你准备杀我的石器给我，现在用不着你动手了，我自己解决自己。"

智美犹豫了片刻，递了过去。香波王子攥着那块绘有佛像的石器，看了看打磨锋利的青光闪闪的剖面，把像锥子的一头对准了自己。

碧秀警觉地后退了一步。

梅萨说："不要吓唬我，你假装了一路，现在又要假装自杀。"

香波王子绝望地说："你不会再看到我假装了，我会证明我自己。"说罢举起石器，朝着自己的咽喉扎了过去。

一瞬间香波王子倒在了地上。但他是被人推倒的。他身上流着血，却不是从致命的咽喉流出来的，是倒地的时候石器滑过脖子，扎破了他的耳朵。

不是梅萨，梅萨下意识地要去推他，却被别人抢先了。

推倒他的人是从叛誓者中跳出来的，压住他，从他手里夺走了石器。

香波王子爬起来，吼道："你是谁？为什么救我？"

"我是古茹邱泽喇嘛，我不明白，你为什么要自杀？"

香波王子捏了一把自己的耳朵，看看满手掌的血说："我为开启'七度母之门'而来，不是为引爆炸药之门而来。"

古茹邱泽说："啊，炸药之门？谁说这是炸药之门？我修炼的可从来不是炸药之门。在我修炼'七度母之门'第五门的最后关头，我获得的证悟就是你，就是这扇铺在地上的门和门里的'心'形图案。还有，我的本尊仓央嘉措几次出现在我的观想里，告诉我，当掘藏大师出现的时候，你要带领忠于你的喇嘛守候在'有寂圆满'的中心，要保卫它并在那里诵经。福音将在'心'中诞生。"

香波王子说："可现在，'心'就要爆炸了。"

古茹邱泽说："那不是爆炸，是神速的佛光对世界的照耀，心是悲光柔软之心，它会洗刷地球，让战争、欺诈、饥饿、病厄以及灵魂的污染和众生的贪、嗔、痴、慢、疑消失在无边广大的慈爱之中。"

香波王子说："毕竟是炸药，跟你说的没有关系。"

古茹邱泽说："不会没有关系。远古的印度有一个名叫多光的王国和一个名叫慧月的公主。慧月公主脱胎于观世音菩萨大慈大悲的眼泪，在三世佛前立下誓言，要用纯洁的女儿之身修成正果，解脱众生有情的苦难。对那些在深山老林苦修的僧人，她说：'我的愿望就是让你们成为观世音菩萨的后学。'她是阿底峡大师的本尊，是一切羯磨和灌顶之神，代表所有世间佛的法力和尊严。她的肤色象征智慧，手中的法器象征救拔之力。她法缘深厚，福力广大。当她引导弟子进入密法大道时，痛苦的有色界和美妙的虚空界会自然而来。在这片有色界和虚空界里，我们会看到七个女神的形貌。她们是欧洲度母,亚洲度母,非洲度母,北美洲度母,南美洲度母,大洋洲度母,南极洲度母。就跟她们的名字一样,她们共同领有地球,却又分管着不同的领域,她们共同的称呼就是'七度母'。"

香波王子说:"都跑到全世界去了,你想让我干什么?"

古茹邱泽说:"在我修炼'七度母之门'时,我听到了仓央嘉措的妙音——关于'七度母之门'最后的证悟,不能依赖修炼,只能依赖香波王子的掘藏。你为什么不打开看看呢?打开这些黄色油纸的包装,看看里面是什么。"

香波王子说:"不,我的打开也许就是引爆。"

古茹邱泽说:"是的,你是叛誓者的首领,当我们把右手指向你的时候,你已经别无选择地走进了仓央嘉措的期待。这是你的因缘,也叫宿命。但我已告诉你了,你引发的不是爆炸,是照耀和洗刷。"

香波王子望了一眼梅萨,仿佛说:也许我是叛誓者的首领,但绝不是一个骗子。

梅萨眼里一片晶莹:香波王子终于不必用生命去证明他自己了。

这期间,警察都在一旁虎视眈眈,却不敢对香波王子采取行动。发出引爆指令和引爆炸药只需一眨眼,快过任何行动。万一那些叛誓者被警方的行动激怒,或者把警方的行动当成引爆指令,就将无法制止。谁也不知道他们会用什么方法引爆炸药。警察能做的,只是在炸药和叛誓者之间拉起防线,防止任何人靠近。

碧秀来到门边,蹲下来看着色彩暗淡的大幅唐卡上排列成"心"形的一百零八管炸药,问两个消防队员:"有把握吗?"

消防队员摇头说:"一点都没有。"

两个消防队员都是排爆专家,经验丰富,但在今天这个场合——

神圣诡秘的宗教气氛笼罩下的布达拉宫,谁也不敢轻言自己有把握。

碧秀说:"那就让我来吧。"说着挪过去,掀起了大幅唐卡的一角。

古茹邱泽厉声道:"那是'七度母'唐卡,是伏藏,不是你们应该沾手的,赶快离开。"

香波王子这才看到色彩暗淡的大幅唐卡上,若隐若现着七个形貌俊秀、仪态万方的度母。每个度母下面都写着名字,显然她们就是古茹邱泽喇嘛刚才说的有色界和虚空界里的"七度母"。红色的是欧洲度母,黄色的是亚洲度母,黑色的是非洲度母,绿色的是北美洲度母,紫色的是南美洲度母,蓝色的是大洋洲度母,白色的是南极洲度母。

现在他相信了,自己打开的就是"七度母之门",或者说,"七度母之门"和炸药之门是同一个门。他既是唯一的掘藏者,又是必须引爆炸药的叛誓者的首领,既然这样,很可能就像古茹邱泽喇嘛说的,他引发的将不是炸药的爆炸,而是佛光的照耀和洗刷。但愿,但愿,但愿,古茹邱泽喇嘛所言不虚。

香波王子看看司西平措华丽的顶棚,又看看围绕大殿中心的那么多喇嘛,走过去,推开两个消防队员大声说:"让我一个人开启,也许是爆炸,也许不是。不管是什么,请喇嘛们离开,警察也离开,赶快撤离布达拉宫,还有梅萨和智美,你们也离开。"

碧秀说:"我不会离开,我一定要等到玛吉阿米出现。"

叛誓者中也有人喊道:"我们不会离开,我们已经发过誓了。"

这时门口有人拍起了巴掌,许多喇嘛都拍起了巴掌。仿佛是一种信号,包围着大殿中心的外来喇嘛纷纷后退,迅速让出了大部分空间。

一个重要时刻突然降临,来自世界各地的高僧大德出现在了司西平措大殿。参加世界佛教第七次集结的上座比丘，按照神示的时间，准时走进了发掘"七度母之门"伏藏的现场。

古老的南传佛教、北传佛教、上座部、大众部、小乘佛教、大乘佛教、金刚乘佛教、中观派、瑜伽行派的代表，强大的藏传佛教、汉传佛教、喜马拉雅山以南印度和尼泊尔佛教、东南亚佛教、日本佛教的代表，后起的北美藏传佛教、欧洲藏传佛教的代表，佛教四大圣地：释迦牟尼诞生之地蓝毗尼花园、释迦牟尼成道之地菩提伽耶、释迦牟尼初转法轮之地鹿野苑、释迦牟尼圆寂之地拘尸那伽的代表，东方两大佛教奇迹柬埔寨的吴哥古迹、印度尼西亚的婆罗浮屠的代表，中国四大佛教名山文殊道场五台山、观音道场普陀山、普贤道场峨眉山、地藏道场九华山的代表，以及北京、青海、四川、云南等各省市大寺名刹的代表，都来到了布达拉宫。他们不可能全部进入司西平措大殿，但代表的代表是必须到场目睹"七度母之门"伏藏的现世的，这是第七次集结的主要目的。

走进大殿的还有荣耀的东道主：中国以及西藏佛教协会的领导、布达拉宫管理委员会主任、布达拉宫峰座大活佛、拉萨三大寺以及各大寺院的住持活佛。

香波王子扑通一声跪下，闭上眼睛，双手抱住了头。他觉得只有这样才能掩饰自己惊讶、喜悦、担忧、惶恐、期待等胶结在一起的感情，也才能迫使自己平静下来，一如既往地表达自己的虔诚、智慧和勇敢。

已经不可能疑虑和踌躇了，不管前方出现什么：爆炸还是照耀、死亡还是再生，他都必须硬着头皮走下去。

有个欧洲喇嘛用藏语惊叫一声："炸药？这里怎么有炸药？"

香波王子倏然抬起头说："不，不是炸药，是伏藏，'七度母之门'

的伏藏。"说着,伸手握住了一管黄色油纸包装的炸药。

局长几步跨到碧秀跟前:"制止他,万一引爆了呢?"

碧秀说:"已经不可能了,除非能够代替他。"

局长说:"我去代替。"

碧秀摁住局长,自己转身扑向香波王子,却被古茹邱泽喇嘛挡住了。梅萨和智美也过来,用身体护住了香波王子。

所有人的眼睛都盯着香波王子。司西平措大殿鸦雀无声。

香波王子把那管炸药合在双手中轻轻搓了一下,一咬牙,哧啦一下撕开了黄色油纸的包装。

6

轰的一声响,不是炸药的爆炸,而是人群的惊叫。撕开的黄色油纸里,不是炸药,而是一卷伪装成炸药的唐卡。

香波王子长出一口气,一卷一卷地撕开,把组成"心"形图案的一百零八卷全部撕开,发现都是用黄色油纸伪装成炸药的唐卡,一百零八幅唐卡,一百零八位护法神,从左至右分别是:忿怒明王二十九众、饮血金刚二十一众、甘露漩明王十三众、红金刚亥母三十七众、黑阎摩敌八众。

梅萨过来帮他一卷一卷铺在地上,不禁问道:"怎么都是护法神?"

香波王子说:"护法神至少有两种含义,一是威慑外道,保护佛法;二是威慑众生,使其信服。所以它的位置一般都在前面紧挨着被守护者。能发掘这么多护法神,说明下面一定就是'七度母之门'。"

梅萨又问:"那么接下来怎么办?"

香波王子兴奋地搓着两手："我也不知道。"

古茹邱泽喇嘛也意识到出现一地的护法神唐卡非同寻常，激动地大声说："伏藏，伏藏，马上就是最后的伏藏仓央嘉措遗言了，起了，起了。"

立刻传来引经师高亢洪亮的声音："唵——嘛——呢——叭——咪——吽——"就像创世者在混沌开蒙前的宣言，以天籁般的洪亮在司西平措大殿回荡。

来参加第七次集结的上座比丘、活佛喇嘛、僧俗官员就像聆听佛祖释迦牟尼的法音那样，沉浸在如雷贯耳的庄严肃穆之中。很快，有人跟上了，所有在场的僧人都跟上了。交响乐般宏大的气势，推动着经咒的浪潮，变成了唯一的存在，让人想不起，世界上除了经声还有什么。

香波王子瞩望那些东方和西方的福音转播者，仿佛看到如此辉煌的声音对心灵的冲撞就像原子弹对山脉的轰击。爆炸出现了，那是心的爆炸，也是心的照耀。他身后是梅萨和智美。梅萨一脸惊异和惶恐：这就是佛教？这就是仓央嘉措遗言要诅咒的佛教？

还有碧秀，一瞬间他忘了自己还负有惩罚仓央嘉措后代的使命，挺身而立，感佩地望着香波王子和诵经的僧人，禁不住张张嘴，也想跟着他们发出自己的声音，却发现自己不仅不会，也不配，总有一种相形见绌的感觉让他在诵经的时候舌头硬起来。他摸了一把那张刀斧砍凿的脸，眼睛里天生的凶光顿时又闪亮起来。

诵经的浪潮变得低沉而舒缓。所有人都瞩望着香波王子，都把期待投向了他。他们都知道，结束了对一百零八位护法神的祈祷之后，真正的掘藏、最后的开启就要来到了。

香波王子趴到地上，掀起了衬托着一百零八位护法神的大幅"七度母"唐卡。下面还是一层四棱原木拼起来的木地板，清晰地显现着一扇圆圆的焰火门，就像佛陀背景上的明慧之光，熠熠地跳跃着。

梅萨双手抱到胸前，按压着咚咚不已的心。智美盯着焰火门，把手伸进胜魔卦囊，胡乱揣摩着。

碧秀在对面大声问："知道怎么打开吗？"

香波王子不回答，但他是知道的，他比任何人都多看到了一样东西，那就是孔雀的尾毛。不，不是尾毛，是树结。那焰火门的一侧，有一个树结。就像孔雀尾毛一样，一轮一轮的蓝色木纹中间，是一个更蓝的核。那核又像睁大的眼睛，朝着香波王子亮亮地眨巴着。最闪亮的一点是一个凸起的按钮。

香波王子摩挲着按钮，轻轻一摁，没反应。再摁，还是没反应。又摁又摁又摁，都没有反应。他屏住呼吸思考着，突然喘口气，蹲踞着朝后挪了挪，仔细观察孔雀尾毛一样的蓝色树结，一首仓央嘉措情歌自心灵深处油然而出，他唱起来：

> 印度东方的孔雀，
> 门隅深处的鹦哥，
> 生地各不相同，
> 都来拉萨会合。

唱着，香波王子从脖子上取下了鹦哥头金钥匙。显然，他这把祖传的钥匙、他的护身符，是用来开启孔雀尾毛的。生地不同的"孔雀"和"鹦哥"已经在拉萨会合，但"孔雀"并不坦荡直率，它显示的是凸起的按钮，而不是凹陷的锁孔。按钮是需要密码的，也就是说，他这把鹦哥头的金钥匙直接开启的还不是面前熠熠闪烁的焰火门，而是另一个隐藏着密码的地方。密码，密码，密码，哪里是鹦哥头必须得到的"孔雀密码"？

香波王子把焰火门上孔雀尾毛一样的树结指给他们看，然后起身望着智美，希望占卜之神能帮助自己找到密码。

智美摇摇头，他在金顶结束了最后一次"母占卜"，又在司西平措大殿完成了最后一次"子占卜"，卜神已经不来安驻了，他没办法，只能等待香波王子的发掘。

香波王子又望望梅萨。

梅萨说："掌握密码的也许是个人？"

香波王子说："如果是人，就一定是玛吉阿米，因为孔雀尾毛是玛吉阿米的标志，我这把鹦哥头金钥匙般配的应该就是她了。还因为她是唯一没有以转世形态出现的仓央嘉措的情人。她既然掌握着孔雀密码，自然就应该出现在这个焰火门上显示孔雀尾毛的时刻。"香波王子四下看看，"该出现了，为什么还不出现？"

梅萨突然收回眼光，低视着鼻尖像是在凝望自己，紧张而恐惧的神色里流露出无法自已的骄傲："原来，原来，原来是开门的密码，我想有可能玛吉阿米没必要出现了，有可能她的标志孔雀尾毛和'七度母之门'没有任何关系，更有可能她什么也不是，她的存在只是个误解，只是个多余。但是现在看来，她必须露面了。"

香波王子望着她：什么意思？

梅萨说："有些话你早就说过，情歌里的'孔雀'指的是玛吉阿米，'鹦哥'指的是仓央嘉措本人。但我一直不相信跟你有什么关系，你的鹦哥头是锻造出来的，不是长出来的，很难说是天底下唯一的鹦哥。"

香波王子说："你乱了，我们现在说的是玛吉阿米。"

梅萨说："玛吉阿米绝对是唯一的，因为她的孔雀尾毛是长出来的，如果你能开启她，说明你也是唯一的。"

香波王子问："你怎么知道她的孔雀尾毛是长出来的？"

梅萨说："玛吉阿米其实早就出现了。"

在哪里？灵性使香波王子没有问出口，只是直勾勾地盯着梅萨。智美却在左顾右盼。

"看我，不要看别处。"梅萨说着，挽起衣袖，亮出了自己的左臂。

香波王子和智美都看清楚了，梅萨的左臂上有一个孔雀尾毛的胎记，一轮一轮的蓝色纹饰中间，是一个眼睛一样的核。的确是玛吉阿米的标志，三百多年前的玛吉阿米就是带着这样的标志，一次次和仓央嘉措离别又重逢。

香波王子激动地发抖："为什么，你为什么现在才说？"

"机缘不会出现得太早，也不会出现得太晚。我等到现在才有了焰火门上孔雀尾毛的启示，才听你唱出关于'孔雀'和'鹦哥'的情歌。而在玛吉阿米后代的传承里，如果没有仓央嘉措情歌的启示和外在的相同标志的引诱，就没有暴露自己的义务。"

他们的话很轻很细，就像枕边的絮语、耳畔的情话。但是香波王子知道，他的激动足以让他唱出最亢亮的仓央嘉措情歌，足以让他跳过去，抱住梅萨，一口亲死。但是他克制着自己，毫无表示。几步远的地方就是碧秀，决不能让这个一心想得到仓央嘉措后代名单的门隅黑剑知道玛吉阿米已经出现。

香波王子问："你真的掌握着所有仓央嘉措后代的名单？"

"这是我们家传的最大秘密，承认掌握着名单，却不知道名单是什么。"

"我明白了，《地下预言》说玛吉阿米'受持仓央嘉措后代的名单'，是为了保护你。"

"是的，我不想一旦暴露就被人剜穴杀害。"说着，梅萨打了个寒战。

一直沉默着的智美突然攥住梅萨的胳膊说："仓央嘉措后代的名单与发掘'七度母之门'有什么关系？快说密码。"

梅萨说："可它不是什么密码，家传的密语里从来没有密码，不过是一座山，我曾经在地图上找过，没找到。"

香波王子和智美都盯着她："什么山？"

"瞿麦山。"梅萨小声说。

"瞿麦山？"智美大声重复着，皱眉蹙眼地摇摇头。

香波王子恍然大悟，他想起了一首仓央嘉措情歌，不禁唱起来：

  在那山的右方，
   拔来无数"瞿麦"，
   为的是洗涤干净，
   对我和情人的毁谤。

第十三章　伏藏之心

1

司西平措大殿里，诵经的声音平和而流畅，就像悠远的历史演绎着丰饶的精神，以声音的形态，优雅清晰地显现在了发掘伏藏的现场。

香波王子说："瞿麦又叫七寸草或七星净草，是一种可以熬汁洗涤的植物。仓央嘉措唱出这首情歌，是为了在瞿麦山上等待情人的到来。现在看来，既然玛吉阿米的转世说出了瞿麦山，就更能证明，这个情人，在押送京师的路上，一直陪伴着仓央嘉措的情人，就是玛吉阿米。仓央嘉措一个人遁去了，玛吉阿米和宁玛僧人小秋丹被蒙古骑兵带到'拉藏汗营帐'作证仓央嘉措之死。'拉藏汗营帐'

在拉萨之外的东嘎村,也就是从东嘎村出发,玛吉阿米开始了向着瞿麦山的跋涉。就她一个人,小秋丹在作证之后不久就圆寂了。圆寂之前告诉她,没有我,你哪儿也不要去,就去拉萨,找到寄养在别人家的孩子,好好养大,都养大,就算对得起仓央嘉措了。又说你去也是白去,他不会在瞿麦山上等你,那儿荒凉人少,狼豹出没,他等你就是等死,你找他也是找死。玛吉阿米说:'仓央一定会等,仓央一定不死。'她去了,要饭而去,褴褛而去,净脚而去,路途上的艰辛有多少,数数她永远浓密的头发就知道。一年后,玛吉阿米到达了瞿麦山,发现山脚下有户游牧的人家,便过去打听仓央嘉措,主人摇头不答。她沿着山道攀爬上去,只见一个枯如干柴的苦行僧正在闭目坐禅。她趴在草丛里问道:'喇嘛你告诉我,可曾见到仓央嘉措?'苦行僧说:'你是谁,你找仓央嘉措干什么?他怎么会在这里?'她起身离开,走出去好远了,突然听到身后传来一阵歌声:

> 你这终身的伴侣,
> 若真是负心薄情,
> 那头上戴的碧玉,
> 它怎么不出一声?

"她转身就跑,情歌,情歌,仓央嘉措情歌,还有什么信物能比情歌更可信呢?他们抱在了一起,都是蓬头垢面,沧桑盖脸,已经互相不认识了。唱了情歌听了情歌,才意识到,只有仓央嘉措才会等在这里,只有玛吉阿米才会来到这里。两个人始终坚信:等待和寻找的结果,一定是相逢。

"相逢后的日子是幸福的,他们住在山上,有了爱情的自由和厮守的甜蜜，偶尔也会分开，便是去山下的牧家化缘。每次都是玛吉阿米去，她说：'仓央我不让你去，我要伺候你。'山下的牧家已经知道他们是什么人了，渐渐传开去，又来了一些牧家，每天奉献着食物，算不上是最好的，却是最干净新鲜的。仓央嘉措长出了肉，不再思念，也不再忧愁，枯如干柴的苦行僧长出了肉，长出了皮肤的光泽。但是该走了，这里不是久留之地，牧家的供养就是消息，谁知道会不会传到魔鬼那里。担忧很快变成了现实，离开瞿麦山的第四天，仓央嘉措就遭到了人生最悲惨的迫害，比情人失踪，比赶出布达拉宫，比押送京师，比自杀和谋杀更悲惨的迫害。

"那时候他们正在草原上休息，走累了，想喝水，玛吉阿米便拿着皮口袋去河边汲水，一去不归。仓央嘉措立刻去找她。本来玛吉阿米已经引开了那些骑兵，骑兵们悄悄跟着她，她发现了，就朝相反的方向走去。走了很远，走近了一座碉房，碉房便成了囚禁她的地方。骑兵首领说：'只要你帮我们找到仓央嘉措，我们就放了你。'玛吉阿米说：'仓央嘉措已经死了。'首领说：'死了你还在这里干什么？'她说：'我在找他的灵魂。'很不幸仓央嘉措找到了这里，确切地说，找到了离碉房两箭之程的一座草冈下。草冈下有一顶帐房，听他打听一个外乡的女人，帐房里的一家大小就都出来给他跪下了，一个老人口口声声叫着：'活佛，活佛。'然后指着碉房说，'骑兵们说抓住了仓央嘉措的情人，来寻找那情人的，就一定是仓央嘉措。活佛，你可千万不要暴露自己啊，他们是拉藏汗派来的魔鬼，他们会割断你的喉咙。'仓央嘉措谢过那家人，毫不犹豫地走向了碉房。

"为了找到情人玛吉阿米，仓央嘉措自投罗网了。二十个骑兵在碉房门口的草地上团团围住了仓央嘉措，首领说：'拉藏汗王是这样说的，我们是佛教的徒子徒孙，我们曾经崇信过你，所以要宽容地请你自己选择,是死,还是活?要是想活,我们就必须剜掉你唱情歌的喉咙。'在他们看来,剜掉仓央嘉措的喉咙他就不能唱情歌,不能唱情歌他就不是仓央嘉措了。仓央嘉措一听此话,头发就竖了起来,血脉偾张地说:'我不能不唱,我也不能不活,除非玛吉阿米死去,在我前头死去。'首领说:'我不让她死,我还要娶她做老婆呢。'仓央嘉措问:'她同意了吗?'首领遗憾地摇摇头,又说:'她同意不同意有什么要紧呢,我有的是力气。'仓央嘉措说:'那我就一定要活着,一定要救她,我不要喉咙了,我不唱情歌了。'说着潸然泪下,仰起头,'来吧,剜掉我的喉咙吧。'几个骑兵架住了仓央嘉措,首领拿着一把细长的弯刀走过去准备动手。仓央嘉措又说:'请慢,在毁掉我的歌喉之前,能不能让我最后唱一首情歌。'他唱起来,唱起了最后的情歌,不管面前虎视眈眈的二十个骑兵允许不允许,他以最深最柔的感情、以最亮最美的声音唱起来。这是血性之爱、男人之爱的表达,是填补女人对男人的所有理想空白的一次歌唱:

在那东山顶上,
升起了洁白的月亮,
玛吉阿米的面容,
浮现在我的心上。

要是不曾相见,
我们也不会相恋;
要是不曾相恋,
也不会忍受相思的熬煎。

"然后……"香波王子说不下去了,创剧痛深地咬住嘴唇,咬出了血,停了一会儿又说,"然后,拉藏汗派来的骑兵压住了仓央嘉措,首领将细长的弯刀捅进仓央嘉措嘴里,准确地割断了声带。一声嘶叫,疼痛难忍的仓央嘉措用浑身的细胞发出了一声人类和动物都不能发出的嘶叫,断了,声带断了,歌喉断了,那是爱情的歌喉,是西藏的歌喉,突然,断了。公元1707年,康熙四十六年,仲秋。历史阴险地割断了仓央嘉措的歌喉。就这样,情歌断了,他再也唱不出,她再也听不见,仓央嘉措情歌结束了。这个天降的诗人、伟大的歌手、不朽的二十五岁的情人,用雪域高原赋予的生命和藏族人的血脉创作音乐和诗歌的历史,永远结束了。

"而就在这一刻,就在喉咙暗哑、情歌结束、西藏最美丽的声音告别年轻的仓央嘉措的时候,另一种诞生正在出现。那就是爱神,藏传佛教拥有了真正的爱神。佛教是世界上神像最多的宗教,无以计数的万神殿里,唯独没有爱神。但是现在有了,他叫仓央嘉措,他由六世达赖喇嘛和情歌大王幻化而成。他是世界上唯一唱出了求爱之歌的爱情之神。就这样,仓央嘉措不能再歌唱了,上天以为情歌的暗哑是西藏最大的悲剧,所以让爱神诞生了,不朽的情歌在爱神的指导下,拯救了后世的藏地、所有藏族人的爱情。

"关在碉房门内的玛吉阿米知道发生了什么,哭着,喊着,一头撞向了锁紧的门,倒下去了。门外,仓央嘉措已经昏迷,失去了歌喉的天才歌手正在昏迷。

"不知道过了多久仓央嘉措才醒来,醒来后他发现自己躺在一顶帐房里,曾经祈求他不要暴露自己的那一家人都围着他,不,围着他们两个,他和玛吉阿米。玛吉阿米睡着了,眼泪挂在腮边睡着了。仓央嘉措艰难地起身,摇醒了玛吉阿米,紧闭着说不出话来的嘴,用手势焦灼地表达着：'走啊，远远地走啊，不走就会连累这家人。'玛吉阿米明白了，挣扎着起来，挽住了仓央嘉措。这家的老人也明白了，连声说：'不会的，不会连累我们的。'一家人扶着他们走出帐房，走向了囚禁过玛吉阿米的碉房。

"碉房门口的草地上是一地的人影，都躺着，死了。那是二十个骑兵，在执行完拉藏汗的命令，割断了情圣、诗人、歌手、六世达赖喇嘛仓央嘉措的歌喉之后，全体自杀。二十个骑兵全体自杀。"

2

低沉而舒缓的诵经声突然再次响亮跌宕起来，是《妙法莲华经》的众声合诵，似乎来自世界各地的高僧大德们格外珍视这个集体会合的机会，抛弃了平日里信守的静默寂远，不失时机地创造着殿堂梵呗的恢宏壮丽。

"全体自杀，为什么？"梅萨一出口就觉得问得太傻。

香波王子说："知道吗，世界上，爱情比宗教更疯狂，也更高尚，感动的力量是无穷的。"

"知道，知道。可是自杀已经换不回仓央嘉措的歌喉了。"梅萨泪雨簌簌，一把攥住香波王子的手腕，"我的心是揪出了血的，仓央嘉措的喉咙惨遭割毁，以前怎么没听你说过？"

香波王子痛苦地说："不忍心啊，不忍心让你知道在仓央嘉措的爱情苦难里，还有我们难以忍受和难以想象的经历。割断了声带还能活着，还能说话，尽管嘶哑细小得几乎听不见。这就是奇迹，是信仰的奇迹。"

梅萨说："仓央嘉措是爱神，爱神本来就是创造奇迹的神。"

香波王子长叹一声："玛吉阿米也是爱神，这个仓央嘉措最初的情人和最后的情人，也因为忠贞不渝成了西藏的爱神。"

梅萨说："是啊，是啊，玛吉阿米也是爱神。不过，你说的不对，一点都不对，玛吉阿米不是最初的情人和最后的情人，而是仓央嘉措唯一的情人。"

香波王子惊怪地望着梅萨：你怎么这么说？

梅萨说："以前我不敢也不能说，害怕干扰了你的掘藏思路，再说我说了你也不相信：凭什么呀？但是现在我可以说了。凭着我是玛吉阿米的后代，我可以告诉你，我们家族眼里的仓央嘉措，跟你说的不太一样。比如，你在你的研究著作中说他是个情圣，是泛情主义者，而且根据情歌列举了七个情人的名字。正确的结论应该是，始终如一的仓央嘉措，从一而终的玛吉阿米。情歌里出现的姬姬布赤、仁增旺姆、伊卓拉姆、吉彩露丁、措曼吉姆、索朗班宗，都是玛吉阿米的化名。至于为什么要化名？其实你在书中已经无意中说到了，'隐身人血咒殿堂'一直没有放弃对玛吉阿米的追杀，蒙古和硕特部的拉藏汗、准噶尔部的策旺阿拉布坦，还有萨迦派的八思旺秋、噶玛噶举派的噶玛珠古，都想控制然后利用她。"

香波王子说："你是说仓央嘉措一生只有一个女人？不可能，现实和历史是对应的，我们这一路遇到的可是七个仓央嘉措的情人。"

梅萨说："那不是七个情人，是仓央嘉措的七个孩子。"

香波王子说："一个情人，七个孩子？凭什么这样说？"

梅萨说："凭的就是你对尊者仓央嘉措的研究。你在书中说，'我们已经确信六世达赖喇嘛仓央嘉措拥有过女人和孩子，那么他的孩子算不算他的生命的延续？当时的格鲁派教徒们争论不休，如果算，七世达赖喇嘛就应该是他的孩子而不是别人。但事实上，按照转世理论的原始依据'迁识夺舍秘法'，生命的延续和法脉的延续、灵识的延续并不是一回事。生命只能延续在子孙当中、骨血之内，法脉和灵识却可以依托和延续在任何一个肉体包括动物的尸体上。生命的延续是世袭的，法脉和灵识的延续是神赐的、随缘的、机变的。圣教需要的当然是法脉和灵识的延续，它被看成是转世，要求后世绝对忠诚前世。而生命的延续既可以继承先人，也可以背叛祖宗。既然生命的延续无法代替法脉和灵识的延续，仓央嘉措的转世——七世以及七世以后的所有达赖喇嘛就和仓央嘉措的孩子没有关系了。争论的结果是，仓央嘉措的女人和孩子在一部分格鲁派僧人那里获得了宽容，他们怀着对仓央嘉措的热爱，开始千方百计地实施保护。这就是为什么仓央嘉措的女人和孩子常常能躲开独眼夜叉和豁嘴夜叉的追杀得以存活的原因。'"

香波王子没想到，已经变成玛吉阿米的梅萨，对他书中的内容记得这么清楚，兴奋地说："不错，我是这样说的，可它怎么能证明仓央嘉措只有一个情人呢？"

梅萨说："既然玛吉阿米和孩子躲开追杀一直活着，她或者她的后嗣的讲述就是最好的证明。就像你知道的，后来萨迦派的八思旺秋和噶玛噶举派的噶玛珠古参与了对仓央嘉措的女人和孩子的保护，她们的讲述都是改宗了格鲁派的噶举派僧人传下来的。'噶举'的意思就是口语相承，他们重视密法的口传耳听，有严格的语旨传授训练，千百年的传承都不会多一个字少一个字。所以关于仓央嘉措的传承，有噶举派根基的僧人比纯粹格鲁派出身的僧人要多得多。"

香波王子仍然迷惑得摇摇头。

梅萨又说："在她们的讲述里，仓央嘉措用自己情歌里出现过的玛吉阿米的所有化名，命名了自己的六个女孩，她们分别是：姬姬布赤、仁增旺姆、伊卓拉姆、吉彩露丁、措曼吉姆、索朗班宗，第七个孩子用了情人的本名：玛吉阿米，她就是我的祖先。这样的命名是神圣无比的，它根据命名者的嘱托，演变成了世世代代牢不可破的传承。"

香波王子看着梅萨，目光像罩了一层云翳，心中一道坚硬的堤坝突然崩溃了。多年以来，他都坚信仓央嘉措有七个情人，还有无数萍水相逢的女人。他常常对姑娘们说的一句话是："辽阔的草原怎么可能只开一朵花？雄鹰般矫健的骑手怎么可能只骑一匹马？"他自诩为仓央嘉措转世，仓央嘉措是他四面猎艳、八方用情的榜样。如果仓央嘉措用情专一，他这些年来引以为荣的猎艳"战绩"，岂不荒唐？

他在梅萨的眼里又该多么可笑！

香波王子恨得无地洞可钻。

偏偏智美又要故意往他伤口上撒盐："看你以后还怎么好意思对姑娘们唱仓央嘉措情歌。"

香波王子沮丧地说："也许，我以后不会再给姑娘们唱了。"

智美说："也没脸对梅萨唱了。"

香波王子看着梅萨，苦笑道："我现在懂了，你为什么说我是最不懂仓央嘉措、最没有资格唱仓央嘉措情歌、最不配拥有爱情的人。"

梅萨看他一脸沉痛，忍不住笑了："你也别灰心，你只是在给我、给别的姑娘唱仓央嘉措情歌的时候，才是一脸坏样，什么都不懂。而你为骷髅杀手唱的时候，你在讲述仓央嘉措命运的时候，却是一脸慈祥和悲悯，就像仓央嘉措本人一样。"

香波王子想起来了，梅萨被感动掉泪的那次，他的情歌是为珀恩措之死而唱，是为另一个姑娘的消失而哭。而梅萨发誓的前提是："你为我唱的仓央嘉措情歌。"那就是说，梅萨是在不该兑现承诺的时候兑现了承诺，把身体和感情提前交给了他。

"梅萨……"香波王子欲说还休。

"以后再说吧，我知道你想忏悔。"梅萨说。

香波王子感愧地说："我不仅应该对梅萨忏悔，更应该对玛吉阿米、对仓央嘉措的玛吉阿米忏悔。"

梅萨说："仓央嘉措时代离我们只有三百多年，三百多年能够延续几代？正常的话只有十代左右。十代当中，有一个约定俗成的严格传承，极其机密地延续了以母系为线索的繁衍：无论父亲是谁，母亲必须生下一个姑娘，姑娘必须叫母亲的名字。这既是后嗣，也是法嗣。真正的法嗣都是口头传承，不可能留下谱系让后人考证，但没有人可以怀疑我的说法。因为我、我的母亲、外祖母、外祖母的外祖母的外祖母，都叫玛吉阿米。姬姬布赤、仁增旺姆、伊卓拉姆、吉彩露丁、措曼吉姆、索朗班宗跟玛吉阿米一样，都有一串跟自己同名的母系祖先。世世代代不能改变的名字传承就这样诞生了。"

香波王子问："这样机密的传承，难道就是为了等待我们？"

梅萨说："是不期而遇。她们都是掘藏锁链上的一环，是开启'七度母之门'的保证和掘藏指南的一部分。如果你是莲花生大师、仓央嘉措、空行护法共同选定的掘藏者，就不可能不遇到。"

香波王子说："可是只要相遇，她们就会惨遭不幸。仓央嘉措亲自命名过的后代，除了你，玛吉阿米，别的都死了，为什么？"

梅萨说："我也不知道，家庭的传承没告诉我。等待的结果就是死。"

香波王子说:"可她们不该死。她们只是生命的延续,而不是法脉和灵识的延续。她们始终没有对达赖喇嘛的转世传承形成威胁,甚至连怀疑都没有。更何况时过境迁,谁会在乎她们的存在?"

梅萨半晌不言语,突然激动地说:"不错,她们在历史上并没有对达赖喇嘛的转世传承形成威胁,这是万幸,但不幸的是今天,有人重新启动了'隐身人血咒殿堂'的追杀密令。"

香波王子问:"谁?"

突然古茹邱泽喇嘛凑了过来。他离他们差不多有十步远,而且沉浸在集体会合的诵经之中,但是他居然听到了,似乎他的修炼已经让耳朵有了瞬间捕捉的敏锐,想什么就能抓到什么。他用同情的眼光望着梅萨说:"这个人一定是乌金喇嘛。"

香波王子吸了一口冷气:"乌金喇嘛?不会吧?"

古茹邱泽喇嘛说:"在我对'七度母之门'的修炼中,得到的证悟是这样的:乌金喇嘛利用了'隐身人血咒殿堂'的存在以及独眼夜叉和豁嘴夜叉的追杀传承,试图以杀害仓央嘉措的后代挑起叛誓者对正统圣教的战争。好在'七度母之门'因为是六世达赖喇嘛仓央嘉措的遗言而成为遏制和消除新信仰联盟以及乌金喇嘛的唯一法门。仓央嘉措是信仰之善和世俗之善的象征,乌金喇嘛是信仰之恶和世俗之恶的代表。你百折不挠的发掘引发了叛誓者的觉醒,叛誓者里有修炼'七度母之门'的高僧高人契证了消解战争的办法。那就是宣布:由来已久的叛誓、让人胆战心惊的叛誓,从此结束。"

香波王子问:"什么时候宣布?"

古茹邱泽喇嘛说:"已经宣布了。你是叛誓者的首领,你在司西平措大殿发掘出了贴身守护'七度母之门'的一百零八位护法神,而没有发掘出炸药,就等于宣布布达拉宫不再爆炸,仇恨与怨怼、报复与反报复、爆炸与摧毁,一笔勾销。圣教的敌人、格鲁巴的克星、走向阴谋的叛誓者已经不存在了。圣教应该摒弃门户之见和旧有之仇,走向仓央嘉措至纯至性的爱情之境。"

香波王子说:"叛誓者里修炼'七度母之门'的高僧是谁,你?"

古茹邱泽喇嘛说:"还有你,叛誓者的首领香波王子,你也在修炼,你发掘的过程就是修炼的过程。"

香波王子愣怔着,他仍然怀疑自己是叛誓者的首领,自己的作用有如此重要。

梅萨说:"按照圣教正统的观点,仓央嘉措就是叛誓者,你崇信仓央嘉措,又是仓央嘉措的传人,合情合理你就是一个大大的叛誓者,不然你的鹦哥头金钥匙就失去意义了。你用鹦哥头金钥匙开启了我,我说出了最后的'指南'。现在该你了,你快告诉我,'瞿麦山'意味着什么?"

香波王子说:"也许意味着我们必须到仓央嘉措等待玛吉阿米的那座山上去寻找密码,也许它不过是指出了另一种走向。在我的研究里,仓央嘉措离开瞿麦山、遭到割喉迫害之后,带着玛吉阿米去了林周山的卓玛拉山谷一个叫'老家'的地方。这个地方也满山满谷生长着可以熬汁洗涤的瞿麦。不仅如此,'老家'还是个僧人苦修的场所,苦修的最高证悟就是洗涤灵魂、诞生法性的涤罪之净境。仓央嘉措的目的是'洗涤干净对我和情人的毁谤',也就是想在'老家'获得最高证悟。"

梅萨说:"这么说我们还要离开布达拉宫去别处?"

香波王子说:"一百零八位唐卡护法神的出现告诉我们下面就是'七度母之门',第七次集结的高僧们已经到达现场准备见证伏藏的现世,怎么可能还让我们去那么远的地方寻找密码呢?"他再次望望智美。

智美冷冷地说:"看来你也就到这一步了。"

香波王子感觉浑身凉凉的,就像从骨头缝里渗出了懊恼沮丧。

如同白云依靠着蓝天,诵经的声音里有了一种温柔的托赖,让人觉得被托赖的这个人一定是信心满满的,一定是有条不紊、按计划行事的。只有香波王子自己知道,他不配,一定不配,不然怎么就毫无灵感了呢?经声,创造着佛教第七次集结和掘藏气场的经声,大了又小了,起了又落了,整齐而有序。就好像在两千多年前的佛陀时代就已经排练好了,今天不过是重演了一次。

香波王子来回踱步,皱眉锁眼地不知怎么办好,猛抬头,看到邬坚林巴出现了。

3

邬坚林巴从人群里挤过来,喘着气说:"我来迟了,差一点赶不上了。"然后拿出一张白色经纸,交给了香波王子。

香波王子一看,白色经纸上的"光透文字"已经被邬坚林巴在阳光下照猫画虎写了出来,惊问道:"哪里来的?"

邬坚林巴说:"林周山的卓玛拉山谷,我们的'老家'。"

香波王子一愣:"太好了,我们就需要卓玛拉山谷的'老家'。"他把"光透文字"交给梅萨,又问,"怎么就你一个,阿若喇嘛呢?"

邬坚林巴说:"阿若喇嘛走了,上天去了。"

香波王子、梅萨、智美、古茹邱泽喇嘛同时惊呼:"怎么会?"

邬坚林巴拿出阿若喇嘛的手机,对香波王子说:"阿若喇嘛把掘藏的希望寄托在你身上了,他给你留下了'不动佛明示'。"说着,打开手机短信念起来：

不动佛明示：香波王子之心，即伏藏之心。

香波王子说："什么'不动佛明示'？谁是不动佛？"

邬坚林巴摁出来电显示给香波王子看。

一个熟悉的号码出现在眼前，香波王子吃惊道："这是我的手机，不，不是我的，是边巴老师的，我用过一段时间，后来被警察没收了。"

邬坚林巴更加吃惊："不动佛用的是边巴的手机？"

香波王子说："除非存在一个同样的号码，但这是不可能的。"

邬坚林巴说："那就是你和警察在指挥阿若喇嘛？"

香波王子说："更不可能了，我向'七度母之门'发誓我没有给阿若喇嘛发过短信。应该是边巴老师的灵识在指挥，我知道他的灵识就在拉萨，在一只死而复生的山魈身上。"

邬坚林巴沉思着说："边巴的灵识？不动佛就是边巴的灵识？边巴的灵识一直在指挥阿若喇嘛掘藏？'迁识夺舍秘法'居然还能借助现代化的手机？"

梅萨说："伏藏学已经告诉我们，多种掘藏手段可以并用，但只有一种是主要的。'七度母之门'的掘藏过程至少有三种手段并行不悖，一种是智美的占卜掘藏，一种是边巴老师和阿若喇嘛的灵识掘藏，一种是香波王子的般若掘藏即智慧掘藏。显然般若掘藏是主要的，占卜掘藏和灵识掘藏最后都归流到香波王子身上，香波王子成了唯一的掘藏者。"

邬坚林巴望着香波王子说："现在就靠你了，我们都看着你，全世界的佛教徒都看着你。"

梅萨说:"那就赶快行动吧。"她已经把"光透文字"翻译出来,写在白色经纸上,又是一首仓央嘉措情歌。

香波王子从梅萨手里看了一眼,便小声唱起来:

蜂儿生得太早了,
花儿开得太迟了,
缘分浅薄的伴侣啊,
相逢实在太晚了。

香波王子边唱边点头,他已经明白了,打开焰火门的密码是什么。仓央嘉措还有一首情歌,便是对"蜂儿"与"花儿"的详细说明:

十月,是蜂儿等待花儿的日子,
一月,是花儿错过蜂儿的日子,
三月,才是蜂儿和花儿见面的日子,
一年又一年,就这样过去了。

梅萨问:"知道密码了?"

香波王子不回答,蹲下,手伸向孔雀尾毛般的树结中间那个凸起的按钮,心说没想到还是仓央嘉措的生日:藏历第十一饶迥水猪年三月一日。把数字抽出来,就跟情歌里的数字吻合了,都是1131。那就应该是:一下、一下、三下、一下。"一年又一年"指的是再生,打开"七度母之门",仓央嘉措就要再生了,密码还应该重复一遍。就这么简单,从雍和宫到布达拉宫,其实仅需要把仓央嘉措的生日,从一遍增加到两遍。香波王子想着,就要摁下去,突然听到有人发出一声低吼：

"你摁下去，我就杀了她！"

突如其来的变故太多，让香波王子和梅萨把碧秀忽略了。碧秀好长时间无声无息，似乎消失了，却在掘藏的最后时刻，冒出来，站在了梅萨身后。碧秀用骷髅杀手的骷髅刀顶住梅萨的腰，凶神恶煞般地盯着香波王子。

香波王子停止摁钮，看智美和邬坚林巴就要向碧秀出手，连忙摆手制止。他起身问碧秀："你为什么不让我掘藏？"

碧秀说："你明知故问，仓央嘉措遗言是毁教的诅咒。"

香波王子说："你凭什么一口咬定？"

碧秀说："以前我只是接受黑方之主的指令，践行传承。这一路断断续续听你讲了一些仓央嘉措故事后，我更是深信不疑：圣教带给仓央嘉措那么多苦难，他能不仇恨？有人把你唱歌的喉咙都割断了，你还会唱赞歌祝福他？"

香波王子低头不语。

碧秀厉声威逼梅萨："玛吉阿米，快把仓央嘉措后代的名单交出来！"

梅萨沉默片刻，突然把写有"光透文字"的白色经纸递给了他。碧秀喜出望外，接过去一看，除了那首仓央嘉措情歌，还有一句注释：

伤别：仓央嘉措——孤儿庄园的主人。

碧秀恼怒地叫起来："你耍我，这是什么名单！"

梅萨说："先别发火，耐心听香波王子给你解释。"

香波王子却不放心地望着梅萨,第一次怀疑她翻译错了:"你再看看'注释',是不是一字多义的。"

梅萨说:"伏藏语言一是一二是二,不可能模棱两可。"

香波王子说:"'注释'的表面意思很清楚,就是说仓央嘉措是孤儿庄园的主人。孤儿庄园的故事我说起过,它的主人是碧秀拉巴,碧秀拉巴是碧秀家族的祖先。可是我从来不知道碧秀拉巴跟仓央嘉措有什么关系。"

梅萨说:"现在你应该知道了,碧秀拉巴就是仓央嘉措。如你所说,仓央嘉措不想因为自己的存在而毁掉达赖喇嘛的转世传承,他离开了圣教和佛界,隐名埋姓地过着一个凡俗之人的生活。这样的生活让他成就了西藏历史上第一个孤儿院也就是孤儿庄园。而这个时候,一直陪伴着仓央嘉措的就是玛吉阿米。"

香波王子说:"对啊,对啊,'缘分浅薄的伴侣啊,相逢实在太晚了'。情歌表面上是失恋后的幽怨甚至有点责备,所以要用'注释'格外提醒这是'伤别'。玛吉阿米不在仓央嘉措身边时,仓央嘉措常常会有伤别之歌。"

梅萨说:"这么说,我和碧秀是同一个祖先?"

香波王子说:"这太可怕了。"

梅萨说:"是很可怕。碧秀你听着,你代表的是'隐身人血咒殿堂',你是杀人不眨眼的门隅黑剑而不是一个纯粹的警察。你在追查仓央嘉措后代的名单,却不知道自己就是仓央嘉措的后代。"

碧秀惊讶得无以言表:我?我?我?我是仓央嘉措的后代?没有人告诉我,我五岁成了孤儿。

梅萨说:"碧秀,你再听我告诉你,仓央嘉措也就是碧秀拉巴的后代名单:姬姬布赤、仁增旺姆、伊卓拉姆、吉彩露丁、措曼吉姆、索朗班宗。她们都被你们'隐身人血咒殿堂'杀害了,还被你们残忍地挖掉了经络穴位以防转世。"

碧秀浑身发抖,手中的骷髅刀几乎掉到地上:"与我无关,杀她们的是黑方之主和他的助手鹫头病魔。"

梅萨说:"现在轮到你,也轮到我了。你和我是仓央嘉措的最后两个后代,按照你们'隐身人血咒殿堂'的指令,你该先杀了我,再杀死你自己。"

碧秀崩溃了。他脑袋嗡嗡嗡的,像一个空洞的音箱,系统里贮存的语言不足以表达过于复杂的心情。他瞪圆了眼睛,但并不是瞪着告诉他祖先是谁的香波王子和梅萨,而是瞪着自己,瞪着牢牢盘踞在他内心深处的黑方之主。是黑方之主让他干了所干的一切,凭什么?就凭"隐身人誓言"的约束?就凭他对"隐身人血咒殿堂"的虔诚和对圣教平安的期待?

他原本坚毅无悔的眼睛里突然显出了白色的疏离和黑色的涣散,抬起头,孤独地扫视着四周,似乎面前是无边的旷野,一片空茫。身为门隅黑剑,为了护教使命,他要永远埋葬仓央嘉措遗言;身为仓央嘉措的后代,他却应该让愤怒的诅咒大白于天下,羞辱圣教,为让人割断了歌喉的祖先报仇。

何去何从,值得一个智慧的思想家思考三天三夜。而警察碧秀眼下能做的,仅仅是收起骷髅刀,转身离开。他像是要去找人,去找黑方之主问问:你知道不知道我是仓央嘉措的后代?转了一圈又回来,警察,他是警察,他不能离开现场,他在保卫世界佛教的第七次集结,保卫布达拉宫。再说他到哪里去找黑方之主?黑方之主是谁,他根本就没见过。

4

再也没有人阻拦香波王子掘藏了。香波王子把手放在按钮上，默念着密码："一下、一下、三下、一下。重复一遍：一下、一下、三下、一下。"却没有往下摁。

智美催促道："摁啦，怎么不摁了？你好像很害怕，手在抖？"

香波王子抬起手，举到眼前看了看："我抖了吗，我为什么要抖？"

却听智美笑道："别装了，我知道你已经动摇。"

香波王子说："我凭什么动摇？"

智美冷笑道："因为碧秀和梅萨突然成了仓央嘉措的后人，连仓央嘉措的后人都坚信他的遗言是愤怒的诅咒，你还有什么理由不怀疑自己呢？"

香波王子这次真抖了一下。智美说得不错，碧秀的阴影挥之不去——一个仓央嘉措的后代不惜以杀人为代价，阻止他掘藏，为什么？如果"七度母之门"不是毁教之门、叛誓之法，如果仓央嘉措遗言真的是消除迷惘、挽救灵魂的圆满之法、希望之法，真的是唯一抗衡新信仰联盟以及乌金喇嘛的武器，作为仓央嘉措后代的碧秀何必要对他下毒手呢？他对掘藏的阻止，是否也代表了家族的传承、仓央嘉措的意愿呢？啊，不敢想……

智美的话更加锋利了，刀一般地割着他的心："尤其是梅萨，怎么可能不传承玛吉阿米的仇恨呢？"

香波王子躲开智美的目光，问梅萨："你现在还坚信遗言是诅咒？"

梅萨当然坚信，因为她不可能忘掉仓央嘉措和玛吉阿米遭受的苦难。苦难铭记在她心底，像珠穆朗玛峰坐落在青藏高原一样永恒。但是，她不忍心回答，不忍心看见香波王子心底的绝望笼罩他的脸。

她轻轻点头，眼泪却禁不住涌流而出。

智美见了，心疼不已，一把将梅萨拥在怀里："悲伤的不应该是你。"

梅萨冲智美凄然一笑，轻轻将他推开。

智美强迫自己把心思从梅萨身上移开，高声对香波王子说："你的掘藏思路依据的是《地下预言》。《地下预言》说，一千个叛誓者在指认他们的首领后，首领将发出指令引爆炸药，炸毁布达拉宫。可现在布达拉宫只出现了叛誓者和叛誓者的首领，却没有出现炸药，你知道为什么吗？"

香波王子说："你是说《地下预言》有失误？"

智美说："不对，《地下预言》没错，它预言的炸药已经出现，不仅要炸毁布达拉宫，还要炸毁整个圣教。因为它不是普通的炸药，它是六世达赖喇嘛仓央嘉措的遗言，是全西藏最爱戴的活佛对圣教的诅咒！"

香波王子低头不语，按照掘藏的逻辑，智美的推断无懈可击。

既然如此，这按钮怎么可以摁下去？我香波王子，怎么可以做西藏的罪人？

香波王子看看四周密密麻麻专心诵经的上座比丘、活佛喇嘛。他们都是来自世界各地的佛教领袖，一旦仓央嘉措遗言是苦水，是诅咒和羞辱，整个世界、整个佛教就都将因为他香波王子的冲动而遭遇灾难。他的心怦怦乱跳。

智美说："但是现在你没有权利放弃，你必须掘藏，否则……"

香波王子抬起头，看见智美拿出了枪。是骷髅杀手从碧秀手中抢来的那把枪，梅萨曾经用它对准智美的后背，然后扔在了金顶，没想到它又成了智美的武器。

智美用枪指着香波王子说："我们是新信仰联盟的成员、乌金喇嘛的手下，你要是停止掘藏就没有理由再活着了。快，用你颤抖的手打开'七度母之门'。"

梅萨含着眼泪，伸手挡住枪口："智美，香波王子还有一个选择。"然后面向香波王子，"你可以把密码告诉智美，不然他会打死你。"

香波王子望着梅萨的泪眼，摇摇头。

梅萨说："边巴老师的灵识说：'香波王子之心即伏藏之心'。我要你遵从香波王子之心。"

香波王子说："我自己也不知道香波王子之心是什么心。"

这时有人说："佛啊，佛啊，释迦牟尼佛啊。"

是邬坚林巴，他的声音很大，是为了让更多的人听清。他说，"香波王子，有一件事，我应该告诉你。在'老家'，我问阿若喇嘛，万一'七度母之门'是毁教之门，仓央嘉措遗言是控诉和诅咒，他还掘藏不？阿若喇嘛说：'伏藏者有伏藏的职责，掘藏人有掘藏的使命。伏藏的内容和后果，改变不了掘藏人的使命。'阿若喇嘛摔下悬崖圆寂时，留下几句话，要我转告你：'该来的都要来，该报的都要报，所有人收获的果，都是当年种下的因。只要造下罪孽，就必须承担后果，小至个人，大到宗教，都一样。佛教冲破黑暗走到今天，所经受的磨难和所承担的责任一样多，不管仓央嘉措遗言是什么，我们都应该坦然面对。就算伏藏的现世会让圣教面临灭顶之灾，那也是圣教必须承担的劫难。一门宗教，如果真有泽被苍生的菩萨之心，它也会有承担任何灾难的能力和勇气。劫难之后，光明重现，这是谁也阻挡不了的。'"

说罢，邬坚林巴高喊一声："香波王子，掘藏吧！"

喇嘛群里的古茹邱泽也喊道："香波王子，掘藏吧！"

香波王子看着邬坚林巴,轻轻点头,那是他赞许阿若喇嘛信念的表示。他又抬头,向前方寻找古茹邱泽喇嘛,看到的是一片虔心诵经的僧潮,安详而宁和。香波王子泪流满面,对梅萨也对邬坚林巴和智美说:

"我想起了我的妈妈,她这会儿可能也在念经。我相信圣教能够承受一切灾难,但我不知道我八十多岁的妈妈能不能承受,不知道在通往布达拉宫的路上那些匍匐而来的人们能不能承受,不知道那些在世界各地摇着经轮、转着经筒的人们能不能承受,我更不知道多灾多难又多情多爱的西藏能不能承受。"

香波王子说到这里,已是泣不成声了:"就算他们能够承受,我也不忍心看着他们在痛苦中承受,不忍心啊!"

智美脸颊上的伤疤跳了几下,他龇起牙,眼睛眯上了,聚光在香波王子胸脯上,扣住扳机的手指朝后移动着。

梅萨喊道:"香波王子,掘藏啊,就算为了我吧。玛吉阿米怎样爱仓央嘉措,我就会怎样爱你。对我来说,爱你就是爱仓央嘉措。"

香波王子摇摇头:"我知道了,那就来世吧,来世我们继续。"

梅萨说:"你还有妈妈,你不去看你八十多岁的老妈妈了?"

香波王子顿生一种决绝而悲凉的感觉,喃喃地说:"妈妈我走了,我不能去看你了。我走了妈妈,妈妈。"

话音落地,枪声响了。

智美胸中,一股酸涩的暖流往上奔涌。他知道,涌出眼眶,那就是泪水。他不想让自己流泪,就闭上了眼睛。然后,枪响了。扣动扳机的是他的手指,下达开枪命令的却不是他,是三百多年前的拉藏汗,是他的先祖,是那个带给仓央嘉措和西藏深重灾难的人。

眼泪终于从紧闭的双眼喷涌而出。

他睁开眼，透过泪水看见有人倒下了，倒在香波王子怀里。

是梅萨，在他闭眼开枪的瞬间，梅萨扑过去，抱住香波王子，用自己的后背挡住了枪口。

仿佛知道这是必然，智美居然没有惊呼，没有痛喊，甚至都没有去关心梅萨的伤势。他上前，用枪抵住香波王子的下巴，逼迫香波王子放开了怀中的梅萨。

邬坚林巴扶着梅萨，让她慢慢坐下。

梅萨胸前鲜血淋漓，喊了一声"香波王子"，然后凄迷地一笑："告诉你一个秘密，仓央嘉措的情歌，其实不是唱给女人的。"

香波王子艰难地点头，悲婉地说："我知道，他是唱给青藏高原，唱给喜马拉雅山和雅鲁藏布江听的，他的情人，是所有的生命，是天下所有的苍生，是整个西藏。"

梅萨点头，又是一笑，笑得非常妩媚："但我还是想听你为女人唱一首。"

香波王子伸手抓住枪管，让枪口离开自己的下巴。他要为梅萨唱仓央嘉措情歌了，没有什么威胁能够妨碍他。他以仓央嘉措的原生态音调唱起来：

> 风啊，从哪里吹来，
> 从家乡门隅吹来，
> 我幼年相爱的伴侣，
> 愿风儿把她带来。

他的声音悠远而苍凉，如泣如诉。

涉水渡河的忧伤，

船夫能为我除去，

情人逝去的哀愁，

有谁能帮我消解？

伴着情歌，他看见梅萨最后的眼泪以无与伦比的清澈，滚落着；看见她那泪珠流经的脸上，一片笑容，欣慰安详，充满爱意。

香波王子知道，梅萨在生命的最后时刻，把心和灵魂托付给他了。他也笑了，用微笑深情回报着梅萨的一脸欣慰和爱意。

众声合诵的经潮变成了和平祈祷。来自世界各地的高僧大德、上座比丘以及本土的活佛喇嘛一个比一个陶醉。他们全神贯注，超然物外，大殿中心的枪声和血腥，都被淹没在庄严洪亮的经潮之中了。是头顶数不清的空行护法遮蔽了他们的眼睛，还是历经劫难练就了我佛淡定的慈悲之心，或者他们都想起了《地下预言》里的那句话："玛吉阿米，布达拉宫掘藏之神的金刚佑阻。"

香波王子收回目光，再次面对智美。

智美依然举枪对着他，眼里挂着泪水，吼道："快啊，要么你赶快掘藏，要么你把密码告诉我。"

香波王子微笑着：智美，边巴老师的学生，我的同门师弟，才华横溢的青年学者，未来的占卜大师，被新信仰联盟引入迷途的羔羊，让家族命运压垮的灵魂，你也会掉泪？

智美厉声道："我已经杀死了梅萨，杀死你就更不在乎了。"

香波王子沉默着。他的目光已经穿越智美的泪眼，穿越三百多年的岁月，回到了仓央嘉措年代。他看到了拉藏汗——那个被壮美的西藏吸引，又被布达拉宫的权力诱惑的马上汉子，看到他在仓央嘉措伟大的影子下绝望地挣扎，看到他被阴谋和欲望压迫得发狂而不胜悲惶……

"我数三下，你要是还不说，我就开枪。"

还是沉默，仿佛平静和沉默就是一切。智美比谁都清楚，香波王子不可能把自己淹没在谩骂和哭泣的情绪里，他的眼神里总有一种油然而生的悲悯是别人没有的，那是忧郁而伤感的悲悯，是智慧而敏锐的天性流露，即使现在面对枪口，行凶的人也能感觉到那种遥远而超拔的悲悯是如何地刺痛着自己——智美觉得自己渺小了，自惭形秽了，自从遇到香波王子的悲悯，他就不由自主地失去了，自信、宽容、良心和爱情全都失去了。剩下的只有卑微的愤怒、失去的羞恼，就像现在，他只能悲哀地把自己推向极端，然后以生命和鲜血为代价，让自己得到安慰。一切都是被舍死忘生的香波王子逼出来的。

"那我就数了。"

沉默。

智美数起来："一、二……"

沉默。

智美撕心裂肺地喊出了最后一个数字："三……"

枪响了。武器的声音再次出现在无比神圣的司西平措大殿、世界佛教第七次集结的场合里。

又有一个人倒下去了。

5

香波王子骄傲地挺立着，突然惊叫一声："智美！"

智美对自己开了一枪,子弹从下巴射入,穿透了他的头颅。

智美倒在了地上。在结束爱与恨、生与死的挣扎之后,他朝梅萨爬去。梅萨就在眼前,却又远在天边,他耗尽了最后一滴血也不能靠近,只能发出一声憾恨的叹息,然后离开身体,飞烟走霞一般向空中升腾,去追寻梅萨依然美丽纯洁的灵识。

冥冥之中,他看到两个警察从一个角落闪出,来到焰火门旁,指着他尚未僵硬冰凉的身体,对仍然沉浸在惊诧和悲悯中的香波王子说着什么。智美认出了他们,是北京警察王岩和国际刑警卓玛。

他听到卓玛的声音遥远且缥缈,却像一张密实的大网,牢牢覆盖了他。

卓玛说:"我知道他会自杀,他已经证悟,只能以死开始了。"

智美看见众人的目光都被这个国际刑警的惊人之语吸引了过去。又听卓玛说:"智美有两大理想:一是和梅萨终成眷属,二是开启'七度母之门'摧毁圣教。第二大理想又源于两大动力:一是他祖先拉藏汗的遗恨,一是新信仰联盟和乌金喇嘛的控制。严格地说,祖先拉藏汗的遗恨、家族的传承只是深埋在内心深处的遗传基因,在智美去美国学习前,他自己没有丁点意识。那时候他只是一个深爱藏文化、热衷占卜术的有为有志的青年。是新信仰联盟的乌金喇嘛躲在幕后,精心安排了一切:帮助他学习,资助他生活,给他灌输寻求新信仰的好处和途径。这才终于引爆了埋藏他心底的家族遗恨,把他塑造成了一个意志坚定的新信仰青年。"

智美惊讶着:好一个国际刑警,居然对他的过去了如指掌。

又听卓玛侃侃而说:"安排智美掘藏,开启'七度母之门',是新信仰联盟和乌金喇嘛近年来最大的计划。新信仰联盟制造的那些宗教惨案,虽然触目惊心,惨绝人寰,却只有视觉震撼,丝毫不能动摇宗教的精神支柱。乌金喇嘛希望依靠智美的掘藏，发掘'七度母之门'的伏藏，用中世纪式的宗教罪恶，炸毁佛教的信仰根基。而对智美这个雄心勃勃、热血沸腾的年轻人，这次伟大的掘藏是他今生今世绝无仅有的人生舞台。只要'七度母之门'开启，他的事业和爱情都将达到最高峰。不仅可以消除祖先没能找到新信仰的遗恨，还将在人类伏藏史和信仰史上名垂千古。"

即便飘浮在空中，如云如烟，智美还是呆若木鸡：这个国际刑警，怎么连他的内心都一清二楚？

卓玛接着说："可惜，这一切都必须有一个基础：仓央嘉措遗言是诅咒，'七度母之门'是毁教之门。新信仰联盟、乌金喇嘛，还有智美，都把一生的赌注下给了仓央嘉措遗言。所有的理想，所有的光荣，甚至全部的生命，都取决于开启伏藏之门的一瞬间。

"现在，不等这一瞬间到来，他就突然自杀了。是因为他感觉到了绝望，他知道祖先拉藏汗的遗恨还会是遗恨，新信仰联盟的理想已经灰飞烟灭，乌金喇嘛的计划早就成为泡影，他自己名垂青史的努力也将变作笑柄。

"更何况，机关算尽太聪明，反误了梅萨性命！

"是梅萨之死唤醒了他，让他证悟到一个真相：天上地下，爱情为尊。

"梅萨死了，如同仓央嘉措的玛吉阿米死了。而智美从香波王子的眼睛里却没有看到仇恨，没有看到诅咒，只看到了慈爱和悲悯。他就知道'七度母之门'绝不会是毁教之门，仓央嘉措遗言绝不会是诅咒、控诉和羞辱；就知道他应该追随梅萨而去，重新开始。

"因为已经有了'不动佛明示'：'香波王子之心，即伏藏之心。'

"因为香波王子之心，就是仓央嘉措之心。"

卓玛的话让人震惊。人们这才发现，仰面朝上作别人间的智美，脸上洋溢着安详与幸福的光芒。那是悔恨和报偿带来的安详，是追随爱情而去的幸福，一出现就显得十分悠远，悠远得让人能想起历史，想起拉藏汗。仿佛智美代表的不是自己，而是祖先——拉藏汗的悔恨、历史的悔恨，穿越茫茫时空恸哭而来，以自我惩罚的真诚和坚决，做了最后的定格。

智美袅袅而去，灵识的脚步带着解脱的潇洒，踏上了无碍之旅。

和平祈祷的音浪突然掀起了一个高潮，似乎是提前排练好的，声调变得抑扬顿挫。天籁般的洪亮中，又增加了超度亡灵的神圣，法音无敌，升起来，升起来，灵魂升起来，《大方广佛华严经》成了度亡的背景。似乎大家都想到了，全世界的高僧大德、上座比丘想到了，布达拉宫想到了，能让佛教重新起航的第七次集结想到了：这是代价，是为了仓央嘉措遗言的牺牲，也是血祭，是"七度母之门"的伏藏出世前必不可少的生命之祭。

香波王子面孔上突然有了坚毅的棱角：他意识到梅萨对自己以命相许的爱，就是当年玛吉阿米对仓央嘉措爱情的显现。仓央嘉措活着是为了爱，死了也是为了爱。我爱梅萨即玛吉阿米，就应该信赖"七度母之门"；忠诚仓央嘉措，就应该信赖仓央嘉措遗言。伟大的仓央嘉措绝不会辜负这种信赖，他内心充满阳光和祝福，他是无怨无恨的化身，是爱情、友善、和平的使者。他不仅自己不代表仇恨，还会消除所有的仇恨。即使处在三百多年前的苦难艰辛、黑暗悲惨中，他也一定会在遗言中祈祷后世的吉祥。

现在，唯一让他疑惑的是，国际刑警卓玛对智美怎么了解得这么透？他想问，却见王岩已经面对卓玛说出了同样的疑问。

卓玛的回答石破天惊："因为智美的感受也是我的感受，智美的理想也是我的理想,智美的绝望也是我的绝望。我就是……"他停下来,看着所有的人,"我就是你们费尽心机要抓捕的那个人:乌金喇嘛。"

愣了,没有人相信。

"我请你们看一样东西。"卓玛说着,麻利地脱掉衣服,只给自己留下了内裤和手枪。他鼻翼痉挛似的抽动着,嘴角有点歪斜,额头上的青筋突然暴了起来,神情就像他的肉体,从来没有这样激荡过。

他们都看清楚了:强壮的身体上到处都是伤疤,亮晶晶的,就像夜空里的星星。能够想象当年他在"北美乌仗那坐禅中心"门外人头攒动的广场上脱光自己,用一把双刃刀在身上戳出七七四十九个窟窿,并且边戳边笑的情形。从此他就成了血案和地震的代名词,成了人们对骇人听闻事件的等待和恐怖本身。

王岩要拔枪,却被卓玛抢了先。卓玛用枪把王岩的枪逼回枪套:"不要急,我还有话要说。"

王岩愤怒地说:"跟我们合作的绝不是乌金喇嘛。"

卓玛说:"真正的国际刑警卓玛早已被我扔进了大海,你去问问孟加拉湾的鲨鱼就知道了。我用一根绳子勒死了他,死前他指着我说:'你是乌金喇嘛,我知道你想干什么。'其实,他并不全知道。"

香波王子喃喃自语:"怪不得,怪不得你屡屡救我。"

卓玛狞笑一声说:"因为我们不想结束得那么快,我们需要用'七度母之门'的发掘引诱出所有仓央嘉措的后代,然后利用仓央嘉措后代的存在,否定活佛转世制度,让六世以后所有达赖喇嘛的转世,都失去合理性。"

香波王子嘴唇抖了一下:"够毒辣的,如果你们的目的达到,以活佛转世制度为支柱的藏传佛教将面临自佛教传入藏地以来最严峻的考验。"

卓玛说:"但这个目的显然是达不到的,因为情歌具有不可抗拒的力量,你对仓央嘉措情歌的研究和传唱,让那首关于转世预言的情歌变成了来自虚境神界的法音:'洁白的仙鹤,请把翅膀借给我,我不会远走高飞,到理塘转一转就回。'而你发掘'七度母之门'的执着,更让许多能够决定佛教命运的高僧大德看到了希望:仓央嘉措遗言既不是对圣教的诅咒,更不是对活佛转世的否定。"

香波王子哼了一声说:"连一只山魈都在帮助佛教,它的复活是'迁识夺舍秘法'的典范,而'迁识夺舍秘法'又是活佛转世制度的保姆。仓央嘉措至少有两种灵识,佛性的灵识转世成了下一世达赖喇嘛,人性的灵识依然留在肉体中,让他成就了山南孤儿庄园,然后转世,转世成了伏藏链条中所有的后代。"

卓玛说:"那些后代是仇恨的火苗,我们几年前就找到了引火的办法,那就是启用'隐身人誓言'的魔咒。被魔咒控制的人是'隐身人血咒殿堂'无形密道的延伸,是墨竹血祭师独眼夜叉和豁嘴夜叉的继续。新信仰联盟收买了历史,收买了他们的灵魂,向他们提供了一切,包括训练、改造以及经费。"

香波王子说:"还包括食物,用一号配方饲料喂养的鸡,用二号配方饲料喂养的猪,用三号配方饲料喂养的牛,用四号配方制造的甜饮料,你们激发了人类的贪欲、仇恨、愚痴以及一切罪欲和恶念,激发了他们不可抑止的杀人冲动,你们让一些善良慈悲的人拥有了蛇蝎心肠,你们来自地狱,创造地狱……"

卓玛哈哈一笑:"遗憾的是我们做得还不够,我们最终并没有点燃佛教内部的战争——叛誓者一方因为仓央嘉措后代的死亡而对正统圣教发起报复的行为始终没有出现,利用《地下预言》引爆布达拉宫的期待成为泡影。随着'七度母之门'的不断发掘,叛誓者证悟了对抗新信仰联盟的办法,那就是放弃延续了三百多年的叛誓传承和立场。更重要的是,我也在修炼'七度母之门',我也在不断证悟。"

香波王子说:"什么意思?"

卓玛说:"我预期的目的是,在修炼中改造'七度母之门',让它成为名副其实的毁教之门、叛誓之法而给佛教造成威胁,但是,'七度母之门'的第六门是伏藏之门,伏藏不现世,修炼就永远不会畅通。而发掘伏藏的过程,却把我引向了另一条道路。"

他望着齐声诵经的僧众,似乎望到了《金刚经》的伟岸,望到了声音的形体如同无边浩瀚的宇宙拥堵着所有的视野。他知道诵唱《金刚经》是佛势的显现、法威的传达,虽大力而不动,虽雷霆而无形。今夜无眠的佛教又将是一个鹿野苑里初转法轮的开端。

卓玛说:"其实新信仰联盟让我做的,除了打击佛教,为联盟开辟道路,更重要的是为迄今还不知道什么是新信仰的联盟寻找新信仰,这是联盟的出路,也是我的出路。"

香波王子说:"你永远找不到。"

卓玛说:"已经找到了,那就是'七度母之门'——仓央嘉措遗言。"

香波王子不屑地说:"怎么可能,仓央嘉措遗言会成为你们新信仰联盟的新信仰?再说你还不知道遗言是什么呢。"

卓玛肯定地说:"应该是知道的。我曾经也是一个虔诚的佛教徒,我有不散的佛灵、不死的悲心。"

香波王子愤怒起来:"不管你怎么说,你都无法开脱血债累累的罪孽。"

卓玛说:"大伏藏的现世必然伴随着血雨腥风,就像生命的分娩必然伴随着疼痛失血。现在是大出血,就需要大法力的镇服。我会为我的罪孽付出代价的。谢谢你香波王子,虽然你还没有最后发掘出'七度母之门'的伏藏,却已经发掘出了一个具有新信仰的乌金喇嘛,应该寂灭了,我说的是我,还有你。"

话音刚落,卓玛移动枪口,瞄准了香波王子。

砰的一声枪响。有人惨叫一声,倒在了地上。

6

香波王子摇晃着头,瞪着趴在脚前的卓玛,问道:"倒下去的不是我吧?"

王岩关心的是谁开的枪,回头一看,只见碧秀站在身后。碧秀从死去的智美身边捡起了自己的枪,一枪干掉了乌金喇嘛。

碧秀开枪的时候,知道自己是警察。

碧秀走过去,拿起乌金喇嘛刚才瞄准香波王子的枪,打开枪膛和弹夹看了看,里面一颗子弹也没有。

卓玛的意图竟然不是杀人,而是被杀。

碧秀愣怔着,继而长舒一口气,意识到不管是自己惩戒,还是魔鬼自戕,都是最后一枪了。结束了,"隐身人血咒殿堂"的存在、所有磨砺刀剑的传承和鲜血淋淋的对抗,都已经结束了。

碧秀如同刀斧砍凿的脸上突然飘浮起一层淡淡的悔意,眼睛里原始的凶悍被天性的哀伤所代替,弥散成一种激怒后的温顺,如同起伏的经声在朗朗中柔和着,无处不在地抚摸着。他走向一边,又回身望着香波王子，突然想起他在审讯香波王子时对方唱起的仓央嘉措情歌。他也想唱了，他奇怪自己居然还记得那歌调、那歌词，是不是他和仓央嘉措的血缘关系让他天生就具备一听就会的本领呢？他唱起来，不好意思用嘴唱，只在心里，默默温习着：

  初三的洁白月亮，
  沐浴过你的圣光，
  请求你答应我，
  和十五的月亮一样。

  应该感谢香波王子的掘藏，让他和所有人都知道，那个来自山南孤儿庄园的碧秀便是仓央嘉措的后代。当然还有更重要的，那就是香波王子从他冰硬的岩铁一样的心中，发掘出了邪恶背后美丽的蕴藏，那是一丝丝若有若无的律动，破土而出的时候，变成了对一个人不甚明了的思念，而过去，多少年了，这个人一直被他排斥在生活和头脑之外。他想立刻打电话给这个人，却发现这个人尽管是自己的部下，手机里却没有储存她的联络方式。

  碧秀把电话打给了侦缉队的值班人员，没听清对方回答，就直戳戳地说："你把玛瑙儿的手机号告诉我。"

  对方停了一会儿说："碧秀副队长，我就是。"

  碧秀愣了，半响才说："你，在值班？"

  "你忘了是你让我值班的，有事吗？"

  他突然紧张起来："没，没事，你忙，忙吧。"

  玛瑙儿说："你没事，我还有事呢。来了两个自首的，一高一矮，高的叫黑方之主，矮的叫鹫头病魔，他们说自己是杀人凶手，杀死了边巴和六名仓央嘉措的后代：姬姬布赤、仁增旺姆、伊卓拉姆、吉彩露丁、措曼吉姆、索朗班宗。为了让我相信，他们交出了凶器，一把双刃竹叶刀，一把特制的钻器。我问他们为什么自首。他们说了四个字：'寂杀而归。'我从来没见过这么平静驯良的杀人凶手，简直不敢相信。"

碧秀说："我知道他们，他们人呢？立刻关起来。"

玛瑙儿说："真的是杀人凶手？我害怕死了，侦缉队今晚就我一个人值班，你快派个人回来。"

刹那间，碧秀心里埋藏很深很久的歉疚奋勇而出，他想到了自己扇向玛瑙儿的那个耳光，想起了他拒绝她送的那颗猫眼石，以及无数次他冲她的热情泼去的冷水。为什么？就因为他格外警惕，不愿破了自己的天戒？他其实是需要女人的，需要这个情深意长的名叫玛瑙儿的女人，她漂亮得能让人做梦。

碧秀说："我不派人回去，我自己回去。"说罢，温存地一笑。

这是冷漠刻板的碧秀副队长第一次冲她笑。

经声如梦，如美妙的安魂曲，忧郁着，温柔着，把天上人间的慰藉弥散在司西平措大殿的诗画里。在场的僧众陶然如醉。

同样陶然如醉的古茹邱泽喇嘛没想到自己这么快就有了何去何从的选择。是苯波甲活佛的一席话促使他做出了决定，还是他内心本来就有教外爱教、佛外拜佛的萌芽，直到今天才长成一棵大树？

布达拉宫峰座大活佛的竞任对手、山南密法领袖苯波甲活佛，来到他身边，真诚地对他说："你赢了，祝贺啊，我要走了，去家乡寺院做一个无所事事的老喇嘛，也很好啊，颐养天年嘛。不过，不过，喇嘛尊者能不能做我的启蒙上师呢？启蒙我修炼'七度母之门'。"

古茹邱泽使劲击了一下掌，像辩经那样雄辩地说："在'七度母之门'的修炼中，没有启蒙上师，只有根本上师，我们的根本上师只有一个，那就是仓央嘉措。你敬信仓央嘉措吗？你相信仓央嘉措遗言吗？你准备殚精竭虑、死而后已吗？"

苯波甲活佛紧张地说："当然，当然。"

古茹邱泽拉住对方说："那你就不能走，你就在布达拉宫以峰座大活佛的身份修炼'七度母之门'。要走的是我，我已经决定了。"

苯波甲活佛不相信地说："没有用处，你的决定。真正的决定应该来自瓦杰贡嘎大活佛，他不会让你走的。"

古茹邱泽说："你等着，我立刻就去请求。"

本来他想等到第七次集结结束以后，再向瓦杰贡嘎大活佛提出，但现在他觉得有必要抢在苯波甲活佛宣布放弃最后一场竞任考试之前，得到尊师的首肯。他在喇嘛群里穿行着，悄悄来到瓦杰贡嘎大活佛身边，站了一会儿，小声说：

"'七度母之门'的第六门是伏藏之门，伏藏之门就要开启了。"

瓦杰贡嘎大活佛也斜着眼睛，没好气地说："你不会是来向我炫耀的吧，发掘伏藏也有你的功劳？"

古茹邱泽低下头说："第七门是践行之门，也就是利益众生之门。尊师，我要走了。"

瓦杰贡嘎大活佛似乎早有准备，半晌不语，突然喟叹一声说："布达拉宫峰座大活佛的位置真的对你没有吸引力吗？它可是藏地绝大部分活佛喇嘛修行一生都不能达到的峰巅。何况我们九位考官已经没有分歧了，大家都说，既然世界佛教第七次集结是因为'七度母之门'的即将现世，那就应该顺应潮流，让修炼'七度母之门'的人继任布达拉宫峰座大活佛。"

古茹邱泽喇嘛抬起头，崇敬地望着瓦杰贡嘎大活佛的侧影说："请尊师原谅，相比之下，我更愿意把'七度母之门'修炼到底。践行之门要求我们走出庙堂，走出教典和僧人集团，走向世俗的需要和众生的心灵，这应该是释迦牟尼的本意，也是六世达赖喇嘛仓央嘉措的愿望。"

瓦杰贡嘎大活佛把深刻的慈悲之光隐藏在发黯的皱褶里，口气突然变得平和而柔美："其实我已经想到了。也好，信仰的人，就应该像你这样，用心灵和行动念经，而不是光用嘴皮子念经。"说着，拉起古茹邱泽喇嘛的手恳求道，"那就请你为布达拉宫做最后一件事，给香波王子加冕，他应该享受到人间佛子最高规格的待遇。"

7

古茹邱泽喇嘛出现在香波王子身边。他让几个喇嘛从西日光殿请来了一尊掌管一切经典文字、伏藏教言的文殊菩萨像，又把一尊密典大神金刚亥母像安放在了司西平措大殿中心。香波王子虔诚地望着。金刚亥母是一尊他向往已久的女神：空慧光明，大智不衰，只要她大笑一声，万孽难忍。但香波王子感觉到的却是女性的慈眉善目、温润可爱，望着她，也就是望着玛吉阿米和梅萨的灵魂，望着她们最秀丽、最鲜艳、最芳香的那一面。

安置妥当了神像之后，古茹邱泽喇嘛来到香波王子跟前，把一件称作"达喀姆"的黄色大披风披在了他身上，又把一顶称作"卓姿玛"的黄色竖穗鸡冠帽戴在了他头上。

香波王子知道，高冠大氅是荣耀，也是信仰必胜的象征，惶恐不安地说："我得到了不该得到的。"

古茹邱泽喇嘛微笑着:"众生对佛教的期望太高,如果没有'七度母之门',它就无法担当。现在和将来的人们都会认为你是最后一个掘藏大师。你虽不是僧人,也未受戒,但你大佛如俗,凡心护教,有着辽阔的慧心、无量的功德,应该得到的比这更多。"

高高耸起的黄色鸡冠帽让香波王子陡然高大明亮了许多。古茹邱泽喇嘛欣赏着他,小声说:"不会再有人干扰了,掘藏吧,最后的时刻已经到来。你听,高僧们已经朗诵起《般若波罗蜜多心经》了,那是献给你的法音。"

高亮而浑厚的诵经声中,香波王子又一次想起了《地下预言》里的话:

> 打开七度母之门的结果,将不胫而走,在众生陷入迷惘之日,它是佛法圆满的太阳般的见证。

香波王子朝着诵经的僧众长身膜拜。

一只山魈不声不响穿越人群,来到香波王子身边,亲切地在他身上抓了一把,又抓了一把,好像在示意什么。看他不明白,它就摇摇晃晃趴下了,趴在了他的脚前——焰火门的旁边,长长地喘口气,然后忽地一下,身子一塌,闭上了眼睛。

一阵清风透过诵经的潮音吹起,抚摸着香波王子,像是留恋,又像是告别。香波王子望着突然无疾而终的山魈,意识到边巴老师的灵识已经御空而去,再也不回来了,他完成了帮助他开启"七度母之门"的使命,要升入天堂或者去别的地方转世成人了。

香波王子依依不舍地呼唤着:"边巴老师,边巴老师。"

似乎所有人都听到了一个掘藏者对另一个掘藏者的呼唤,诵经的声音骤然变得轻轻的，柔柔的，暖暖的，就像无数不沾地的灵魂正在舞蹈而行，就像心焰正在静静燃烧、太阳正在悄悄升起，不是从东方，而是从四面八方升起，不是从山后，而是从布达拉宫内部升起。已经不一样了，世界在即将开启"七度母之门"的时候已经不一样了，太阳从所有人的心中冉冉升起。它象征了信仰对自身的描述，象征了仓央嘉措遗言对未来人类的影响。永恒的光明将从西藏开始温暖，走向所有的寒冷与黑暗。明天的太阳，和今天的太阳，不是同一个太阳。

香波王子泪如泉涌。他边哭边唱，依然是仓央嘉措情歌，是仓央嘉措的现世代言对佛性与爱心的深情表达：

> 那一日，我听了一夜梵唄，
> 不为参悟，只为寻找你的气息；
> 那一月，我转动所有的经筒，
> 不为超度，只为触摸你的指尖；
> 那一年，我磕长头拥抱尘土，
> 不为朝佛，只为贴着你的温暖；
> 那一世，我翻越十万大山，
> 不为修来世，只为途中能和你相见；
> 那一瞬，我飞升成佛，
> 不为长生，只为保佑你喜乐平安。

香波王子跪了下来，义无反顾地把手伸向了熠熠闪烁的焰火门，伸向了孔雀尾毛一样的蓝色树结中间那个凸起的按钮。安静了，什么声音也没有了。诵经的浪潮突然停息，所有的人都屏住了呼吸，所有的眼睛都凝望着他。他默念着仓央嘉措的生日、那个寻常而又神圣的数字1131，深情无限地摁了起来：一下、一下、三下、一下……

尾　声

　　香波王子离开布达拉宫的时候，世界佛教第七次集结还没有结束。他想到了家乡雅拉香波神山，想到了天天等儿子回来的妈妈，就只能匆忙离开了。离开时，他来到布达拉宫西侧的僧舍向古茹邱泽喇嘛告别，意外地看到，警察王岩也在这里。他们正在交谈。

　　王岩说："原本是来破案的，到了布达拉宫却变成了接受洗礼。"

　　古茹邱泽望着他，深邃的眸子里有了几丝鼓励和欣赏："忏悔是洗礼的前提。"

　　古茹邱泽又说："我现在最大的愿望就是回家乡做个乡长，完成我弟弟的遗志。弟弟说得对，我的爸爸妈妈、父老乡亲，不能一生都在磕头，磕头，磕头，然后心甘情愿地去忍受别人不能忍受的贫穷和落后，这种一千年以前的生活应该结束了。"他显得悲伤而兴奋，望着墙上的镜框，镜框里白得耀眼的雪山、绿得发光的草原和清澈见底的河流，眼睛渐渐湿润了。

刹那间，他仿佛已经回到家乡，眼前出现了观想中出现过许多次的情景：

巴颜喀拉山脚下，爸爸还在转山磕头。他嘴唇干裂了，脸上紫红一片，每一条皱纹都像一条刀痕。他的木头手套已经很薄很薄，牛皮围裙也磨得千疮百孔，磕烂的额头上结着疤，流着血。他一丝不苟地把双手举起来，在空中拍一下，在额头处拍一下，又在胸间拍一下，然后全身扑地，清晰地念一遍六字真言，再说一句："儿子快回来，雪山白起来，草原绿起来。"和妈妈不同的是，他用身体丈量土地的行为总是伴随着瞭望，他不时地停下来，望着山顶或者原野发呆，喃喃地说："儿子怎么还不回来？雪山怎么还不白？草原怎么还不绿？"转山磕头的还有许多乡亲，还有孩子。妃宝一会儿抓住这个孩子，一会儿拉起那个孩子，喊道："上学去，上学去，都给我上学去。"她已经是民办小学的老师了，是个常常来到转山磕头的人群里捉拿学生的老师。

古茹邱泽扑通一声跪下了，他朝着没有雪的雪山磕头，朝着没有草的草原磕头，朝着爸爸和父老乡亲们磕头，朝着民办小学的老师妃宝磕头。

布达拉宫的大喇嘛，来自信仰高峰的大喇嘛，磕头磕到了人群跟前，哭着喊了一声："爸爸，儿子回来了，儿子要让雪山白，要让草原绿。"

就在这一刻，草原那种一片黄、一片黑、一片灰的破败风景突然不见了，黑铁似的岩石被冰雪覆盖，一望无际的翠绿、深厚而浓郁的翠绿，高高地托起了一片雪白，座座耀眼的雪山列队而来，绵延而去,就像最早的草原、最古的雪山那样。一湾清澈而饱满的河流在阳光下流淌。河床狭窄的地方,木质的转经筒又随着河水流畅地转起来。转经筒的旁边,依然耸立着高高的鄂博,下面的嘛呢石经堆被洗刷得干净明亮,七彩的经幡向四面瀑泻着,鲜艳如初,猎猎如鼓。而在更远的地方,是畜产品生产基地的厂房和牧民定居点的白墙红瓦,是牛羊马狗奔跑的身影。人们还在转山磕头,但那已经不是苦难中的祈祷,而是节日的仪式了。

古茹邱泽沉浸在自己的观想中,激动得热泪盈眶。

王岩打断他的观想说:"我明后天也要离开了。回到北京,我想做两件事,一是去自首,尽管伊卓拉姆有自杀的意图,但毕竟死在了我的车轮底下,让法律判定我有罪无罪吧。二是把珀恩措的哑巴妹妹接到身边来照顾,如果可能,我会娶她。我相信戒毒的力量会从她心里长出来。"

香波王子说:"看来仓央嘉措不仅把爱伏藏在了遗言里,还伏藏在了所有人的心里。伏藏之门,其实就是人心之门,普天之下,人人都可以是掘藏师。"

分手时,香波王子腼腆地向王岩借钱:"我身上一分钱也没有了,我需要路费,还要给我妈妈买一斤水果糖、一双棉袜子。"王岩给了他五百块钱。他说:"你留个地址吧,我一定寄还你。"

王岩说:"你的妈妈也是我的妈妈,就算我送给她老人家的礼物吧。"

香波王子弯腰道谢,又向古茹邱泽喇嘛行了告别礼,然后悄然离开。

除了古茹邱泽和警察王岩,没有任何人知道香波王子要走。但是几乎所有的高僧大德、上座比丘、活佛喇嘛都感觉到了:香波王子就要离去,如同当年仓央嘉措默默无声地离开教界那样。他们走出彭措多朗大门,站满了长长的石阶,站满了"防雪栅栏"内的每一块地方,祝福平安的诵经声浪响起来,深情送别的信仰合唱响起来。布达拉宫越升越高,为了送别的布达拉宫高挺起头颅,已经是摩天触云了。

　　而匆匆离去的香波王子不过是一个背影,一个平凡而世俗的背影,带着仓央嘉措遥远的微笑和情歌永恒的悠扬,在人们的视野里,渐渐远去。此刻,他心里只有家乡和妈妈,只有温暖深挚的情歌,仿佛唱给妈妈的歌也是仓央嘉措情歌,唱给西藏的歌都是仓央嘉措情歌。

　　一想起妈妈,他就满眼泪光,他就笑了。

　　唉,我的好妈妈呀,两三年才增加一岁的八十多岁的好妈妈,如今又要增加一岁了。

2008 年 12 月 30 日初稿

不知多少次修改

2010 年 2 月 28 日定稿